Can Evinman ist Ghostwriter. Er schreibt die Geschichten anderer Menschen auf, aber mit seiner eigenen befasst er sich nicht. Can hat verdrängt, wer er ist und wo er herkommt. Seit dem Tag, als er als Achtjähriger seine Eltern bei einem Unfall an der Nordsee verloren hat. Während seiner aktuellen Arbeit an der Autobiographie der prominenten Schauspielerin Anna Roth wird Can jedoch mit der Wahrheit konfrontiert: Seine Eltern starben nicht bei einem Unfall, sie wurden Opfer eines Verbrechens. Eines Verbrechens, das weite Kreise zieht und dessen Ursprung in einem unbekannten Kapitel der jüdischen Geschichte im 17. Jahrhundert liegt. Und das auch mit Anna Roths Familie in Zusammenhang steht. Gemeinsam versuchen Can und Anna herauszufinden, was wirklich passiert ist: Ihre Suche führt sie von Thessaloniki über Istanbul, Berlin, London bis nach Marseille. Und die Abgründe, die sich auftun, sind unvorstellbar. Jemand will mit allen Mitteln, dass die Wahrheit im Verborgenen bleibt, dass niemand das Vergangene ans Licht zerrt. Jemand, der nicht zögert, jeden zu beseitigen, der sich ihm in den Weg stellt. Und der über die nötigen Mittel verfügt. Can muss sich fragen, ob er bereit ist, alles in Gefahr zu bringen, was ihm lieb ist. Seine Familie, seine Freunde, sein eigenes Leben.

Orkun Ertener, geboren 1966 in Istanbul, lebt seit 1970 in Deutschland. Seit 1994 arbeitet er als Autor vorwiegend fürs Fernsehen und wurde für seine Arbeit vielfach ausgezeichnet, u. a. mit dem Adolf-Grimme-Preis für »KDD – Kriminaldauerdienst«. Die von Ertener entwickelte Serie, die auch international Beachtung fand, wurde von der Kritik als herausragend wahrgenommen und einhellig bejubelt. Der Autor lebt mit seiner Familie in Köln.

Weitere Informationen finden Sie auf www.fischerverlage.de

ORKUN ERTENER

LEBT

Roman

FISCHER Taschenbuch

Quellenhinweis:
Die Schreiben der Deutschen Botschaft in Ankara und des Reichswirtschaftsministeriums auf den Seiten 192/193 sowie die »Aufzeichnung« auf Seite 194 beruhen auf Originaldokumenten aus dem Politischen Archiv des Auswärtigen Amtes, die u. a. hinsichtlich der Namen verändert wurden: PAAA, Archivband R 99447.
Das Dönme-Credo auf Seite 318 wird in veränderter Form zitiert nach: Scholem, Gershom: *Die krypto-jüdische Sekte der Dönme (Sabbatianer) in der Türkei.* In: Numen. International Review for the History of Religions 7 (1960), S. 93–127.

MIX
Papier aus verantwortungsvollen Quellen
FSC® C083411

Erschienen bei FISCHER Taschenbuch
Frankfurt am Main, Oktober 2016

Satz: Dörlemann Satz, Lemförde
Druck und Bindung: CPI books GmbH, Leck
Printed in Germany
ISBN 978-3-596-19651-7

Für Lara und Selin,
für Till und Doğan,
für Kayra und Edda

Denn Freiheit heißt zuallererst, befreit zu sein vom Bedürfnis zu verstehen.

Daniel Pennac

Ich habe Angst vor Ghostwritern. Ich meine, haben Sie je einen gesehen? Allein der Gedanke daran macht mir Angst.

Neil Young

PROLOG

LÄRM

Die Ikone war nicht mehr zu retten, der Raum stand in Flammen. Bald würde das ganze Stockwerk brennen, am Ende das Haus. Das Atmen fiel mir nicht schwer, noch gab es erstaunlich wenig Rauch, aber es war laut. Welche Geräusche ein Brand hervorrufen kann, wusste ich vorher nicht, am meisten machte mir der Alarmton zu schaffen. Ich ging weiter, wurde nass vom Wasser, das brav von den Decken schoss, ohne etwas von Bedeutung ausrichten zu können, und rief laut ihren Namen. Die Feuerwehr war unterwegs, doch ich konnte nicht hinausgehen und warten. Ich musste sie suchen. Ich hatte Angst, ihn zu finden.

Irgendwann musste ich auf ihren Mann treffen. Das wollte ich. Ob ich schon darauf vorbereitet war, je darauf vorbereitet sein konnte, wusste ich nicht. Ein brennendes Haus ist kein guter Ort, um an alte Anekdoten zu denken, aber natürlich fiel mir der Desperado ein, der mich in dieses Feuer geführt hatte. An einem Septembermorgen vor über dreihundert Jahren stand auch er vor einer wilden Begegnung, seinem bisher größten Auftritt. Sein Gürtel, das wissen wir, war an diesem Tag grün.

Der Mann war ein Rockstar, eine Diva, der Messias.

Er hatte Regeln gebrochen, die dem Überleben dienten, Gesetze außer Kraft gesetzt, denen Jahrhunderte zuvor nichts anhaben konnten, hatte das Verbotene getan und verordnet. Er trug die Finsternis in sich, die wir von diesen Leuten kennen und erwarten, keine besondere womöglich, doch der Glanz, der von ihm ausging, der Magnetismus dessen, was er wollte und versprach, seine unglaubliche Gabe, die Zukunft in der Gegenwart zur Gewissheit werden zu lassen, das alles muss berauschend gewesen sein. Wie sonst hätte er ein so gewaltiges Publikum gewonnen? Junge und Alte, Verlorene und Versorgte, die in den Dutzenden ihrer Sprachen schon vieles gehört hatten, ohne sich von der Stelle zu rühren, und nun anfingen, alles zu verkaufen, um ihm jederzeit folgen zu können. Seine Anhänger hatten ihn umjubelt und verstanden, als er ihnen auf seiner Bühne einen Fisch zeigte, den er als Säugling verkleidet hatte, als er ihnen ihre Feiertage nahm und sie beseelte, ihre Frauen und Männer zu tauschen. Durch ihn fanden sie den richtigen Platz für das Böse im Leben, witterten eine Zukunft, auf die schon ihre Eltern und Großeltern nicht mehr zu warten wagten.

An diesem Spätsommertag, von dem ich gelesen hatte, war er unterwegs, um der monatelangen Erregung endlich einen Höhepunkt zu verschaffen. Um sich von den Mächtigen zu holen, was er seinen Träumern versprochen hatte. Deren Blicke war er inzwischen gewöhnt, sie waren es nicht, die ihn aufhielten, als er plötzlich stehen blieb und zu jammern begann. Er klagte über den grünen Gürtel, den er trug, seinen *elenden* grünen Gürtel. Dann soll er schweigend weitergegangen sein. Wer weiß, wie die Sache ausgegangen wäre, wenn er einen anderen Gürtel getragen hätte. Die ganze Geschichte ist verwickelt, gefährlich verwirrend, doch diesen Augenblick der Kleinmut, der einem Kleidungsstück zu verdanken war, den habe ich immer verstanden.

Während ich mich langsam vom Brandherd entfernte und weiter in jeden Raum hineinsah, in den ich einen Schritt setzen konnte, rufend gegen alle Türen klopfte, die ich nicht öffnen konnte, fragte ich mich, ob ich auch einen grünen Gürtel besaß und wie oft ich ihn trug. Ganz oben fand ich sie. Mit feuchten Haaren saß sie unter ihrer Glaskuppel auf dem Boden, den Rücken an die Chaiselongue gelehnt, die Knie angezogen und umarmt wie ein junges Mädchen. Wo sie saß, erreichten sie nur wenige Wasserspritzer.

»Komm«, sagte ich. »Wir müssen hier weg.«

Sie blieb sitzen und sah mich an, als sei sie überrascht, dass ich es mir nicht bequem machte. Anscheinend hatte sie genug Zeit für einen Plausch.

»Da war kein Reservekanister im Auto. Ich musste zu einer Tankstelle. Die ganze Zeit hatte ich Angst, die sehen mir an, was ich vorhabe.«

Wenn sie aufgewühlt ist, glaubt sie ans Gedankenlesen. Am liebsten hätte ich sie in den Arm genommen und ihr etwas vorgesungen.

»Haben sie keinen Verdacht geschöpft, oder hat ihnen deine Idee gefallen?«, fragte ich.

Fürs Erste hatte ich auch alle Zeit der Welt, war unbekümmert und geschwätzig. Wenn ich sie in Bewegung setzen wollte, durfte ich sie nicht aufscheuchen, hätte mit dem tadelnden Blick, den ich mir einfing, aber rechnen können. Auf Anhieb hatte ich sie noch nie zum Lachen gebracht.

»Ich hatte kein Geld dabei, keine Karten, nichts. Als ich losgefahren bin, habe ich nur an die Schlüssel gedacht. Ich habe ihm meine Uhr angeboten.«

Falls der Mann an der Kasse Kinder hatte, hätte ihn die Uhr um manche Sorge erleichtert, die ihm ihre Ausbildung bereiten mochte. Sie war noch an ihrem Handgelenk.

»Er wollte sie nicht«, sagte sie. »Er hat mich erkannt.«

Natürlich hatte er sie erkannt. Und zwei und zwei können die meisten zusammenzählen. Ich begann, mir die morgigen Schlagzeilen vorzustellen, und überlegte, welche Formulierungen ich selbst wählen würde. Wahrscheinlich hatte ich meinen Blick nicht unter Kontrolle.

»Was ist so komisch?«, fragte sie. »Worüber amüsierst du dich?«

»Lass uns gehen. Es wird Zeit.«

Sie blieb sitzen.

»Und die Scheißikone?«

»Brennt«, sagte ich.

Sie sah mich beruhigt an. Bevor es behaglich werden konnte, ging ich zu ihr und hielt ihr meine Hand hin.

»Er bekommt, was er verdient. Aber wir beide verschwinden hier jetzt.«

Sie rührte sich nicht, sah mich auch nicht mehr an. Wenn ich Glück hatte, musste sie nur einen Gedanken zu Ende bringen. Dass sie sich nicht drängen ließ, hatte ich oft genug erlebt. Inzwischen war Rauch im Zimmer, die Hitze allerdings hätte ich mir schlimmer vorgestellt. Ich glaubte, Sirenen zu hören, war mir aber nicht sicher. Ich war auch nicht sicher, ob sie leise noch etwas gesagt hatte.

Es war einfach zu laut hier drin.

EINS

14.–16. Juni

ÄRZTE OHNE GRENZEN **Ich bin Söldner, ich komme viel herum.** Wir fliegen über den Viktoriasee, als das Telefon klingelt und Anna eine Gnadenfrist bis zur Landung verschafft. Auf dem Flughafen in Entebbe wartet ein französischer Arzt, mit dem sie eine Affäre haben wird, die ich vermutlich brauche. Eine unerwartete Erschütterung ihrer Ehe könnte die Folge gewesen sein, eine ernste Krise mit gefährlich offenem Ausgang, die für uns nützlich wäre, mir aber angesichts des effektiven, vielleicht sogar zärtlichen Arrangements, von dem Anna und ihr Mann bis heute profitieren, eher unwahrscheinlich scheint. Auch mit einer großmütigen Ehe ließe sich etwas anfangen, solange wir die Toleranz scharf genug von der Gleichgültigkeit trennen. Allerdings würde es etwas Mühe kosten, auf dem Weg durch die Episode so wenige wie möglich zu verlieren.

Mitten in einem absurd ausufernden Satz über den überwältigenden ersten Anblick, den dieser grausame, schmerzhaft schöne Kontinent aus dem Flugzeug bietet, entschuldigt sich Anna und nimmt den Anruf entgegen. Während unserer Gespräche, die auf ihren Wunsch in der Konzernzentrale ihres Mannes stattfinden, nie bei ihr zu Hause, lässt ihr Handy nur Anrufe ihrer Kinderfrau und ihres Mannes durch, hat Anna mir versichert. Bisher sind wir nie gestört worden, sieben Sitzungen lang nicht. Mit etwas Glück kann ich auf eine schlechte oder wenigstens außergewöhnlich gute Nachricht hoffen. Einen Durchbruch erwarte ich nie, auch bei anderen Kunden nicht. In meinem Geschäft wird mit kleiner Münze gezahlt, in beliebiger Ratenhöhe. Ein eitles Lächeln, ein verlegenes Stocken oder ein abwesender Blick helfen uns oft schon weiter. Doch Anna hat mich noch nie ausreichend verblüfft. Ich sollte mir langsam Sorgen machen, aber es ist schlimmer. Ich beginne, mich zu langweilen.

Ich gebe Anna mit einem wortlosen Nicken frei, stehe auf, gehe durch den Konferenzraum mit Konzertsaalambitionen zur gegenüberliegenden Fensterfront und blicke auf die Elbe und die anderen Gebäude der Hafencity, die ich von hier sehen kann. Für den Bedarf an Privatsphäre würde unser Abstand den meisten ausreichen, bei Anna wäre es ein Glückstreffer.

»Meike, was gibt's?«, fragt Anna, und schon kriecht die erste Enttäuschung in mir hoch.

Nicht der kleinste Anflug von Sorge in ihrem Ton, keine Unebenheit in der Stimme, allenfalls jene leichte Ungeduld, die langatmigen Erklärungen, die man befürchtet, vorausgehen kann. Ich stehe mit dem Rücken zu ihr, doch dass sich in ihrem Gesicht mehr Gefühlsregungen zeigen, dafür lässt der Gleichmut von Annas nächster Frage wenig Hoffnung.

»Wie ist das passiert?«

Wie ist das Glas Milch umgefallen? Wie ist mein Kind unter den Bus geraten? Wie konnte aus mir nur diese Echse in Menschengestalt werden? Nichts ausgeschlossen vorläufig, und vorläufig höre ich auch nicht mehr als die Tür, die geöffnet und wieder geschlossen wird. Ich muss mich nicht erst umdrehen, um zu wissen, dass ich jetzt allein im Raum bin. Und ich wusste schon vorher, dass Anna ein Profi ist.

Sie sind alle Profis, am Anfang, das gefällt mir. Sie alle haben gelernt, das Maß an Befremden und Bewunderung, an Nachsicht oder Neugier abzuwägen, mit dem sie rechnen können, und die meisten sprechen erst dann, wenn sie das Ergebnis kennen. Doch was Anna sonst vorwärtsträgt, nutzt ihr nichts bei dem, was sie sich mit mir vorgenommen hat. Ihre stets gleichbleibende, monotone Aufmerksamkeit und ihre mit erbarmungsloser Freundlichkeit gepaarte Fähigkeit, jeden Gefühlsausdruck aufs Zumutbare zu reduzieren, laufen hier ins Leere. Hin und wieder müsste sie danebengreifen, damit ich etwas in die Hände bekomme, und nach den ganzen Stunden sollte sie mich gut genug kennen, um weniger Angst davor zu haben: Wie oft mir eine Geschichte auch erzählt worden sein mag, ich höre sie immer zum ersten Mal.

Das Containerschiff, das schon lässig durchs Hafenbecken zog, als ich ans Fenster kam, beginnt mit seinem Wende- und Anlegemanöver. Ich sehe mir müde an, wie die Stadt sich an ihrem Fluss neu zu erfinden versucht, und frage mich, ob es schon Zeit ist, den Auftrag zurückzugeben. Nur zweimal in fünfzehn Jahren gab es bei mir am Ende nichts zu lesen, und in einem der beiden Fälle lag es daran, dass mein Klient, ein Modedesigner und großzügiger Stifter, während unserer Zusammenarbeit weder auf seine übliche Menge Wein noch auf das Autofahren verzichtet hat. Der Nutzen, den das mögliche Scheitern für die eigene Arbeit hat, wird oft überschätzt. Mich hält diese Gefahr nicht wach, ich brauche etwas anderes, das Anna offenbar nicht zu geben bereit ist.

Anna kommt aus einer alten Münchner Familie. Der Vater, Vorstand einer Privatbank, scheint einer von denen gewesen zu sein, die sich gern mit Künstlern umgeben, um der Ödnis des Geldes zu entfliehen, was in dieser Stadt schon damals hieß, Filmleute durchzufüttern. Bei einer Feier im Haus ihrer Eltern erkennt ein Produzent, der auf der Suche nach dem jüngsten Kind einer Serienfamilie ist, die Schönheit und Selbstsicherheit einer Zehnjährigen, die ihrem Vater gute Nacht sagen will. Der Mutter gefällt das nicht, der Vater gibt noch am selben Abend seine Zustimmung, und Anna weiß nicht, dass sie selbst eine Meinung hat. Fortan sieht ihr Deutschland acht Jahre lang beim Aufwachsen zu, schickt Blumen und Briefe, als sie sich beim Skifahren das Bein bricht, drückt ihr die Daumen während der kurzen Liaison, auf die sie sich mit einem Mitschüler einlässt, dem unverfrorenen Sohn eines Landesministers, und gratuliert zum Abitur, das sie mit Bestnoten besteht.

Auf Wunsch der Mutter, deren Stimme nach dem Tod des Vaters lauter geworden ist, studiert Anna nach der Schule Medizin, legt sämtliche Staatsexamina ab, erhält ihre Approbation und kehrt in die Fernsehwelt zurück, ohne ihren erlernten Beruf je ausgeübt zu haben. Anna ist nicht wirklich begabt, das weiß sie selbst, das spüre ich, aber von Anfang an wählt sie aus, was sie spielt, hat eine glückliche Hand, und ihre Vergangenheit als öffentliches Kind hilft ihr ebenso wie der Wunsch der Zuschauer, einer Frau, die Alternativen hat, bei der Selbstverwirklichung zuzusehen. Klug und fleißig verschafft sie sich ein Publikum, das sich für einen Film entscheidet, weil sie dabei ist.

Bei einer Feier im Haus ihrer Mutter trifft Anna, da ist sie dreißig, den dreiundzwanzig Jahre älteren Martin Eissler. Eissler hat ein paar Jahre zuvor das Unternehmen seines Vaters übernommen, einen der größten Versandhandel des Landes, baut sein Erbe gerade abenteuerlustig wie furchtlos um und ist nach einer gescheiterten kinderlosen Ehe auf der Suche nach einer neuen, verlässlichen Reisebegleitung. Kein Jahr nach dieser ersten Begegnung heiratet Anna Roth, die ihren Nachnamen behält, den Mann, der sich erfolgreich bemüht, kein Hamburger Kaufmann mehr zu sein, und wird, nun noch unabhängiger vom Erfolg, zu einer der beliebtesten Schauspielerinnen im deutschen Fernsehen. Ihr Name garantiert aufsehenerregende Einschaltquoten, die umso größer ausfallen, je rarer sie sich vor einem neuen Film macht. Anna arbeitet gern und konzentriert, bekommt ein Kind, einen heute achtjährigen Sohn, und engagiert sich in zahlreichen Wohltätigkeitsprojekten, die mit dem irre wachsenden Vermögen ihres Mannes möglich und nötig geworden sind. Für eine humanitäre Organisation erinnert sie sich ihres Studiums, reist als Ärztin regelmäßig in Gebiete, die Hilfe und Aufmerksamkeit brauchen, und sorgt dabei für ausgesuchte Pressebegleitung, die dem Anliegen der Bedürftigen so nützt wie ihren eigenen Bedürfnissen. Ihr erster Einsatz führt sie nach Uganda, wo wir gerade ankamen, bevor sie hinausging.

In wenigen Monaten wird Anna vierzig, und schon vor über einem Jahr dürfte sie bedrängt worden sein. Wenn der richtige Zeitpunkt für eine Autobiographie bevorsteht, beginnen die Händler zeitig, die Wertanlage zu umwerben, deren Foto auf den Buchdeckel soll. Oft geht es um Geld, aber das wird bei Anna so wenig ausschlaggebend gewesen sein wie die Freiheit der Rede, die gelegentlich ein Hindernis ist. Einer macht schließlich das Rennen, legt den Erscheinungstermin fest, dann ruft er die Söldner an, die geübt darin sind, einen Menschen so zu sehen, wie er gesehen werden soll, und fragt, wer von ihnen zeitlich verfügbar ist. Wenn mein Telefon klingelt, handelt es sich in den letzten Jahren meist um einen Namen, der besondere Aufmerksamkeit erwarten lässt, oder die Sache hat etwas Heikles, und man braucht mehr als ein Protokoll. Doch auch ich kann nichts in die Welt bringen, was ich nicht vorfinde. Damit ich zuhören kann, muss jemand mit mir sprechen.

Anna kommt zurück, schenkt mir kurz ihr Arbeitslächeln, entschuldigt sich, ohne mir den Grund der Störung zu nennen, und ermattet mich damit, dass sie übergangslos und passgenau den Satz aufnimmt, bei dem sie durch den Anruf unterbrochen wurde. Da sind sie dann wieder, die Schönheit und die Grausamkeit Afrikas, die Weisheit des Volkswissens und der dennoch marodierende Aberglaube, da stehen hohe Mauern, vor denen man immer wieder Anlauf nehmen muss, da gibt es eine alles verschlingende Korruption und nie genug Geld, da ist zu viel Gleichgültigkeit bei uns, unerträglich viel, aber auch eine Aufgabe, die die Ansprüche an das eigene Leben ins richtige Verhältnis rückt. Die Spielregeln verlangen mir Geduld ab. Aber ich halte durch, bis eine Lücke entsteht, als Anna einen Schluck Wasser trinkt.

»War es etwas Wichtiges?«, frage ich und genieße einen Wimpernschlag lang die wortlose Verwirrung, die ich bewirke.

Als debil oder unaufmerksam hat Anna mich noch nicht erlebt, aber hat sie mir nicht gerade sorgfältig erklärt, wie viel ihr das Anliegen der Organisation und ihre Arbeit dafür bedeuten?

»Der Anruf«, sage ich.

»Mein Sohn hat sich beim Training verletzt«, sagt sie, die Erleichterung des Verstehens in den Augen. »Meike hat vom Krankenhaus angerufen, unsere Kinderfrau.«

Plötzlich ist ihr Ton ein anderer als zuvor. Scheuer, leiser. Achtsam. Vielleicht liegt eine Art Entschuldigung darin, mir solche bedeutungslosen Mitteilungen zumuten müssen. Oder eine Warnung. Hätte sie mir es nicht gesagt, wenn sie es mir hätte sagen wollen?

»Willst du nicht hinfahren? Wir können morgen weitermachen.«

»Sie werden gleich zu Hause sein. Es ist nur eine Grünholzfraktur, ein unvollständiger Knochenbruch. Kommt bei Kindern häufig vor, heilt schnell.«

Schon sind wir wieder in Uganda, mit anwachsender Stimme, bei den Kindern und Eltern dort, ihren Krankheiten, ihrem Mangel, ihrer Ausgeliefertheit.

»Wir hatten eine Patientin mit Brustkrebs. Zweiundzwanzig oder dreiundzwanzig Jahre alt, Mutter von drei Kindern. Das jüngste, ein elf Monate altes Mädchen, hatte sie bis vor kurzem gestillt. Bevor sie zu uns kam, wurde sie vom Medizinmann ihres Dorfes behandelt. Er hatte eine sichere Diagnose und eine Therapie.«

Anna trinkt einen Schluck, den sie nicht braucht. Er ist meiner Konzentration gewidmet.

»Ihr Baby war schuld. Es war besessen vom Bösen und hatte die Mutter an dem Körperteil krank gemacht, aus dem es sie barbarisch ausgesaugt hatte. Das Mädchen musste aus dem Haus, damit auch der Dämon aus der Kranken verschwand. Wir haben eine Weile gebraucht, bis wir glauben konnten, was der Dolmetscher uns da übersetzte, dann sind wir sofort hingefahren. Das Mädchen war längst tot. Es war nicht weggekrabbelt, wer weiß, wie viele Tage lang nicht. Es lag vor dem Haus und wurde von niemandem beachtet außer von den Hunden, die sich noch nicht richtig an das Kind herantrauten.«

Die Geschichte ist gut. Anna weiß, dass ich auf sie warte, und wirft mir etwas hin, das ich unmöglich für einen Knochen halten kann.

»Was ist mit der Frau geschehen?«

»Ob sie bestraft worden ist, meinst du?«

»Zum Beispiel.«

»Das hat uns nicht interessiert, sie hatte ohnehin nicht mehr lange zu leben. Unser Teamleiter hat sie weiter behandelt. Mein eigener Einsatz war kurz danach zu Ende.«

Das heißt, wir sind bald zurück in Deutschland. Ich habe keine Zeit mehr, ich muss eine Entscheidung treffen. Wenn ich Anna und mir die nächsten Wochen erleichtern will, werde ich Knöpfe drücken müssen, die ich nur ungern und selten betätige.

»Der Teamleiter?«, frage ich.

»Alain Janvier. Aus Marseille. Der Sektionschef für Ostafrika.«

»Richtig«, sage ich. »Hat dich Dr. Janvier nicht bei deiner Ankunft vom Flughafen abgeholt? Ich glaube, ich habe ein Foto gesehen.«

Wer seine Hausaufgaben gemacht hat wie ich, verdient natürlich einen anerkennenden Blick, den Anna mir mit einem Hauch von Geniertheit würzt.

»Wir hatten einen kleinen Pressetermin arrangiert. Erhöht das Spendenaufkommen aus Deutschland.«

Ich nicke, entlaste sie mit dem passenden Gesichtsausdruck von unnötigen Skrupeln, dann frage ich:

»Dr. Janvier und du, seid ihr gleich am ersten Abend zusammen ins Bett? Oder kommt man sich näher, während man Beine amputiert, bis die Grenzen allmählich fallen?«

»Wir haben keine Beine amputiert. Dafür bin ich gar nicht ausgebildet. Hauptsächlich war es eine Impfkampagne.«

Auf einen Wolkenbruch, der jäh die Luft reinigt, habe ich nicht gehofft, aber diese Lässigkeit überrascht mich doch. Immerhin steht Anna auf und geht ein paar Schritte. Manche haben Gesicht und Stimme unter Kontrolle, brauchen aber ihre Beine, um sich dosiert vom Aufruhr zu entgiften. Zuversichtlich warte ich ab.

»Woher willst du das wissen?«, fragt Anna.

»Es gab Gerüchte. Ist da was dran?«

Selbstverständlich gab es keine Gerüchte. Dafür werden Annas Leute gesorgt haben. Birgits Geschichten sind ohnehin nie nur Gerüchte. Birgit arbeitet in München bei der größten Klatschzeitschrift des Landes und weiß, was niemand sagt. Bevor ich ein neues Projekt beginne, rufe ich sie an, um zu hören, was ich über meinen künftigen Gesprächspartner nicht lesen kann, und das kostet mich nicht mehr als eine Kiste mit sechzehnjährigem Lagavulin, die ich ihr jedes Jahr zum Geburtstag schicke, und die Bereitschaft, ans Telefon zu gehen, wenn sie mich alle paar Monate gegen Mitternacht anruft, um jemandem zu sagen, wie wenig sie von sich hält. Während des Studiums habe ich die Hälfte ihrer Abschlussarbeit geschrieben, weil

Birgit keine Abgabeverlängerung mehr bekommen hätte, und danach hat sie monatelang nicht mehr mit mir gesprochen. Heute kann sie danke sagen, hat zwei Töchter, die sie nur jedes zweite Wochenende sehen darf, und weiß, dass ihr Alkoholproblem sie umbringen wird.

»Willst du darüber schreiben?«, fragt Anna.

»Es ist deine Geschichte.«

Wir schweigen, lange genug für andere, um ein Haiku zu entwerfen oder nach einem Bungeesprung auszupendeln, dann schießt ein Lächeln aus Annas Augen, das ich noch nie gesehen habe. Vollkommen unvorbereitet erwischt es mich zwischen den Schulterblättern.

»Daran glaubst du?«, fragt Anna. »An Geschichten, die man besitzt wie ein eigenes Haus?«

Kein Spott, kein Misstrauen. Die Reinheit einer Frage. Wahrscheinlich. Bevor ich antworten kann, blickt Anna auf ihre Uhr.

»Ich glaube, ich schaffe es noch in die Klinik. Wollen wir morgen weitermachen?«

Ich nicke. Jetzt lächle ich.

TAXI

Ich glaube alles. Deswegen kommen sie zu mir. Deswegen vertrauen sie mir an, was sie vor anderen nur aussprechen. Wenn sie ungeduldig auf meine Fragen warten, wenn sie in jeder gedankenlosen Bewegung meines Kopfes einen Wegweiser sehen, wenn sie meine Blicke nutzen, um ihre Lücken zu füllen, und anfangen, mich zu vergessen, je mehr sie auf mich achten, dann haben sie mich auf ihrer Seite. Dann gibt es keine andere mehr.

Es ist ein simples Geschäft, das die meisten von ihnen schnell verstehen. Sie lügen nicht, gleichgültig wie weit sie sich von den Tatsachen entfernen, und ich zweifle nicht. Wenn gelogen werden muss, um die Wahrheit zu bergen, übernehme ich das. Zweifeln müssen sie. Das ist der andere Teil der Abmachung, und auch das begreifen sie rasch: dass ich sie nur zusammenfügen kann, wenn sie auseinanderfallen. Hin und wieder nur, bei manchen reicht mir ein einziges Zögern oder ein jähes Wort. Ich sammle Augenblicke der Verwirrung, ihr Schweigen vor dem nächsten Satz, jede Sehnsucht nach der Unbeständigkeit. Anders kann ich nicht arbeiten. Ich will nicht wissen, was verborgen liegt, nicht einmal sie selbst müssen es sehen. Aber um sie zur Sprache zu bringen, um aus der Welt zu schaffen, was den Klang ihrer Stimmen verzerren könnte, brauche ich Gewissheit. Ich muss sicher sein, dass sie etwas haben, was nur ihnen gehören darf.

Am Anfang ahnen sie nur, dass es ihnen nützt, wenn sie nachlässig werden, wenn sie sich vor meinen Augen selbst überraschen. Am Ende wissen sie es. Wieder und wieder lesen sie das fertige Manuskript, stelle ich mir vor, ungläubig versunken in die vollkommene Leere zwischen den Zeilen. Dann rufen sie mich an, und jedes Mal höre ich ein sattes, unverwundbares Lächeln: Es war richtig, mir zu vertrauen, es ist richtig, mich zu vergessen. Sitzung für Sitzung haben sie vergeblich versucht, die Summe der Einzelteile auszurechnen, ihre Kraft ununterbrochen abwägend gegen die vertraute Angst, nun stehen sie berauscht vor ihrem eigenen Abbild, dem kein Röntgengerät und keine Infrarotkamera der Welt je beikommen könnten. Über der schützenden Lasur, dem Grundton, den ich für jeden Einzelnen sorgfältig auswähle, besitzt es mit seiner sichtbaren Oberfläche nur eine einzige Schicht. Alles Dunkle, alle Widersprüche und unausgesprochenen Geheimnisse sind so sorgfältig ausgeleuchtet, dass sie für immer verborgen bleiben können.

Wenn sie auflegen, weiß ich, dass wir uns schon beim nächsten Mal als Fremde begegnen werden. Dann wird es nur noch um ein paar Jahreszahlen gehen, die korrigiert werden müssen, um Namen, die zwischen diesen Buchseiten besser nicht genannt werden, wie ihnen ihre Besonnenheit nahelegt oder ihr Anwalt, manchmal um Orte, die im Strom ihrer Erinnerung verwechselt und inzwischen nachgeschlagen worden sind. Am Ende geben wir uns ein letztes Mal die Hand, und mein kleines Glück liegt darin, dass sie sich nur noch an meinen Namen erinnern. Sie sehen mich nie wieder, und wenn ich ihnen selbst begegne, dann auf Umschlagfotos von Büchern, die auf Auslagetischen liegen und eine gute Idee für Weihnachten sind. Auf den Fotos erkenne ich sie manchmal kaum, aber ich erinnere mich meist an jede ihrer Möglichkeiten, die in der Erzählung zu unabweisbaren Chancen geronnen sind.

So weit sind Anna und ich noch nicht, und vor nicht einmal einer Stunde hätte ich nicht darauf gewettet, dass wir je so weit kommen. Aber dieses Lächeln am Ende, das geht mir nicht aus dem Kopf. Ich zahle, lasse mir vom Fahrer eine Quittung geben und steige vor dem Hotel aus. Ich bleibe vor dem Eingang stehen, zünde mir eine Zigarette an und wähle unsere Nummer.

Sandra ist schon zu Hause, das Klosterprojekt hat sie am Vormittag abgeschlossen. Das Hausfest nächste Woche fällt vermutlich aus, höre ich. Karin ist tot, unsere kleinwüchsige Freundin und Nachbarin aus dem Erdgeschoss. Der Leichenwagen steht noch vor dem Haus. Es war abzusehen, aber nun kam es doch plötzlich und beinahe unerwartet.

SALONIKI

Segelboote im späten Abendlicht und zwei, drei Biere reichen meist aus, um mich larmoyant zu machen. Ein paar Häuser weiter hatte ich ein gegrilltes Meeräschenfilet und ein Glas Sancerre, bevor ich auf meinem Zimmer den Arbeitstag im Notebook zwischengelagert und der Kleinen am Telefon gute Nacht gewünscht habe. Jetzt sitze ich in einem Loungesessel auf der Dachterrasse meines Designhotels, dessen putziger New British Style hier oben zum Glück keine nennenswerten Auswirkungen hat, blicke auf die Außenalster und stelle mir Karin auf einem Segelausflug vor, mit einem roten Tuch um den Hals und einem Mann, der sie um mehr als zwei Köpfe überragt, ihr ein Glas Sekt einschenkt und nicht aufhört, ihre Canapés zu loben. Karin war jünger als ich, aber es ist nicht das erste Mal, dass ich in Technicolorfarben an sie denke; nicht nur wegen ihrer Augen und ihres Kleidungsstils hat sie mich an Jane Wyman erinnert. Obwohl ihr Leben kein Fünfziger-Jahre-Melodram war, hatte es den Ernst und die Aura der alleinstehenden Hoffnung, die sich einzurichten vermag. Dass ich die besten schmutzigen Witze, an die ich mich erinnere, von ihr gehört habe und immer neidisch auf ihre bizarren Reisen war, hat mich nie von der Vorstellung abgehalten, eines Tages in unserem Treppenhaus einem schönen Gärtner zu begegnen, der sie liebt.

Es ist nicht der beste Blick, den man von hier auf Hamburg hat, aber verbunden mit dem Gedanken an die Nächte, die Karin in einem Kühlfach bevorstehen, ist er gut genug, um mich wieder zu fragen, ob ich nicht alt genug dafür bin, endlich selbst am Wasser zu wohnen. Ein größerer Hafen wäre gut, ein Fährhafen maximal, möglichst keine Industrie, und natürlich eine Anzahl von Buchten mit ehemaligen Fischerhäfen, in denen heute Jachten und andere Freizeitboote liegen, nach der Logik des Wünschens auch mein eigenes. Man müsste nicht bei jedem Essen einen Seeblick haben, die meisten Restaurants, die ich besuchen würde, lägen ohnehin in den inneren Stadtvierteln, wo auch die besten Yogalehrer, Graffitokünstler und Eiscremedesigner der Großstadt zu finden wären. Auf der Terrasse unseres Hauses aber wäre mir die Sehnsuchtsferne unverzichtbar: der beiläufige Blick, der die kleinen Inseln vor der Küste in jedem Abendlicht so begehrt, als hätte man sie noch nie betreten, und den Fähren nach Nordafrika so lange folgt, bis sie genug Aufbruchsmilde hinterlassen haben, um sitzen bleiben zu können. Ich lege mir neue aussichtlose Argumente für Sandra zurecht, die das Wagnis einer Veränderung in den Glanz der Sicherheit tauchen sollen, da holt mich jemand aus meiner mediterranen Legoecke.

»Herr Evinman? Can Evinman?«

Sie ist links hinter meiner Sitzecke stehen geblieben. Ich muss über die Schulter blicken und sehe hoch zu einer Frau von Anfang dreißig. Die langen schwarzen Haare so offen und ausdrucksvoll wie der Blick aus dunklen Augen, das knappe, kriegerisch dekolletierte Sommerkleid vielleicht ein wenig zu zuversichtlich für einen deutschen Juniabend.

»Ja?«

»Ellen Reichert. Guten Abend.«

Sie kommt näher und gibt mir die Hand, die ich nehme, ohne aufzustehen, weil ich mir nicht so schnell ausrechnen kann, wie flink und seriös ich aus dem tiefen Sessel kommen würde.

»Ich bin die Assistentin von Martin Eissler. Ich kümmere mich um Ihr Projekt mit Anna.«

Schon sitzt Ellen Reichert mir gegenüber und winkt, ein einziger, fließender Ablauf, nach der Bedienung.

»Nehmen Sie auch noch etwas?«, fragt sie.

»Vielleicht später«, sage ich und warte ab, bis sie sich einen Gin Tonic bestellt hat und der junge Mann mit dem Haarzopf wieder weg ist.

»Bisher hat Frau Baumann das Organisatorische erledigt. Macht sie das nicht mehr?«

»Martin hat einen ganzen Harem von Assistentinnen. Heute bin ich an der Reihe.«

Sie weiß, was sie sagt und wie sie es ausspricht. Routine ist nichts, was ihr fehlt.

»Womit? Eine Ganztagsbetreuung gab es bisher nicht.«

Sie lacht. Ich bin komisch, weil Ellen Reichert höflich ist.

»Schöner Name übrigens. *Can*«, sagt Ellen Reichert und strahlt mich an. »Auch wenn Sie wahrscheinlich jede Menge Ärger damit haben.«

»Ärger?«

»*Zan, Kan.* Ich habe von unseren Mitarbeitern im Haus schon viele Versionen gehört. Die Assistentin aus Ihrem Verlag, die anrief, um den ersten Termin zu vereinbaren, nannte Sie sogar *Schan.* Dabei muss man sich nur informieren.«

Eine Gewohnheitsflirterin, nehme ich an, es gibt Schlimmeres.

»Und Sie haben sich informiert?«, frage ich.

»Can wie *Dschungel*, habe ich gelesen. Klang geheimnisvoll.«

Von null auf hundert. Mit solchen Blicken habe ich heute Abend nicht gerechnet. Warum soll ich sie fürs Erste nicht nehmen, als gälten sie tatsächlich mir?

»Bedeutet der Name etwas?«, fragt Ellen Reichert.

»Nichts, wofür ich mich schämen müsste«, sage ich.

Sie tut mir den Gefallen und lacht. Dann lässt sie ihr Lachen in ein Lächeln übergleiten, das bedauert und schon tröstet, bevor die Trostbedürftigkeit eingetreten ist.

»Anna hat mich gebeten, mit Ihnen zu sprechen. Die Sitzung morgen muss leider ausfallen.«

Sie sagt tatsächlich Sitzung, aber darüber kann ich mir später Gedanken machen.

»Warum?«

»Anna würde gern bei ihrem Sohn bleiben. Sie haben ja mitbekommen, dass er sich verletzt hat.«

»Und es gab ein Problem mit der Telefonrechnung? Sie konnte nicht selbst anrufen?«

Ein weiteres Lachen wäre jetzt wahrscheinlich auch aus Ellen Reicherts Sicht zu viel. Der Gin Tonic, der auf dem kaum mehr als kniehohen Tisch abgestellt wird, hilft ihr. Sie bedankt sich so aufmerksam, als hätte ihr der Zopfmann eine Nierenspende angeboten, fixiert eine Weile ihr Getränk, ohne es anzurühren, schlägt die Beine übereinander, kreuzt die Handgelenke auf dem oberen und sieht mich mit einem Blick an, den im Comic ein Seufzer begleiten würde. Manche Leute tragen ihn, wenn sie wissen, dass sie es einem leichter nicht machen können als mit der Wahrheit.

»Die beiden Termine in der nächsten Woche müssen leider auch ausfallen. Anna weiß noch nicht, wie sich die Sache mit ihrem Sohn entwickelt.«

Ich lasse Ellen Reichert mit meinem Schweigen allein und widme mich meinem Fehler. Der Vorstoß mit Annas Affäre war Hybris, nicht nur Übermut, die pure Arroganz. Es gab keinen Anlass für Ungeduld, jeder braucht seine Zeit, und wir hatten noch genug. Dennoch habe ich mich benommen wie ein Amateur, ein geiler Potentat, der es nicht ertragen kann, wenn die, auf die sein Blick fiel, sich zu lange ziert. Irgendwas an Anna hat mich gegen meine eigenen Regeln aufgehetzt. Vielleicht die Angst, hinter ihrem Misstrauen könne Menschenkenntnis stecken.

»Die Sache mit Uganda hätte funktionieren können«, sagt Ellen Reichert. »Der Liebhaber aus dem Hut. Überraschend und simpel, mir gefällt so was. Aber bei Anna war es vielleicht doch ein bisschen gewagt. Zu früh. Sie waren etwas ungeduldig, nicht?«

Habe ich laut ausgesprochen, was ich dachte? Es wäre das erste Mal, das erste Mal jedenfalls, dass ich es bemerke.

»Anna hat sich mit Ihnen darüber unterhalten?«

»Nein. Ich habe es gehört.«

»Sie haben es gehört?«

»Ich bin dafür verantwortlich, dass unsere Aufzeichnungen aufgeschrieben und archiviert werden. Manchmal höre ich rein.«

»Ihre Aufzeichnungen?«

Ich weiß, wie sich jemand anhört, der sich zum zweiten Mal damit begnügt, die Worte seines Gegenübers in Frageform zu wiederholen, und ich kann mir vorstellen, wie ich dabei aussehe. Aber offenbar habe ich gerade keine Wahl, und Ellen Reichert ist es recht. Nüchtern gibt sie Auskunft, als reiche sie mir Salz.

»Wir zeichnen Ihre Interviews mit Anna auf. Das ist vertraglich vorgesehen, glaube ich.«

»Da geht es um die Aufnahmen, die ich selbst mache, wenn ich sie für meine Arbeit brauche.«

Sie lächelt nachsichtig und versucht, meine hochschießende Verstimmung mit ihrem Lächeln wegzufächeln.

»Es besteht sicher eine Gegenseitigkeitsklausel. Eine reine Vorsichtsmaßnahme, nehme ich an.«

Wir waren nie allein, Anna und ich. Unsichtbare Mikrophone, vielleicht Kameras, wechselnde Schreibkräfte, diese Frau vor mir. Und sicher noch einer.

»Bekommt Annas Mann die Gesprächsprotokolle?«

Ellen Reichert lacht.

»Sie liegen auf einem unserer Server, aber ich glaube nicht, dass Martin Zeit für so etwas hat. Heute zum Beispiel ist er in Buenos Aires und versucht, eine südamerikanische Fluggesellschaft zu kaufen, die kein Mensch braucht. Reines Vergnügen, wenn Sie mich fragen. Aber wer weiß? Es wäre nicht das erste Mal, dass er aus einer Unternehmensruine einen Marktführer macht.«

Sie plaudert, und mir dröhnt Annas Frage durch den Kopf. Glaube ich an Geschichten, die einem gehören wie ein eigenes Haus?

»Das war echt heftig«, sagt jemand am Tisch hinter mir, vermutlich die Blonde, die eine Weile mit ihrer Freundin am Geländer stand, den Rücken zur Aussicht, um das Spielfeld zu analysieren, bevor sie sich für einen der Tische entscheiden konnte. »Ich wusste gar nicht, dass Uwe so abgehen kann.«

»Das war noch gar nichts«, wird ihr erwidert. »Du hättest ihn auf Fernandos Abschiedsparty sehen sollen.«

Ellen Reichert hält unser Schweigen aus. Sie beugt sich hinunter zum Tisch und lässt sich mehr Zeit, als nötig wäre, um das Glas anzuheben. Der Anblick lenkt mich tatsächlich ab, beruhigt bin ich noch lange nicht.

»Ich hätte Sie natürlich anrufen können«, sagt Ellen Reichert. »Aber ich wollte Sie gerne persönlich kennenlernen.«

Sie nimmt einen Schluck, stellt ihr Glas wieder ab, und diesmal achte ich darauf, meinen Blick rechtzeitig auf den abklingenden Alsterabend hinter ihr zu richten.

»Ich hatte die Aufgabe, unter den möglichen Autoren des Buchs eine Vorauswahl treffen.«

»Anna ist der Autor.«

Falls Ellen Reichert meinen Tonfall wahrnimmt, perlt er an ihr ab. Sie blickt mich neugierig an, vollkommen entspannt.

»Wie würden Sie sich bezeichnen? Helfer? Hebamme?«

»Ich habe kein Wort dafür«, lüge ich.

Sie nimmt es zur Kenntnis und nickt, als müsse sie bei Gelegenheit darauf zurückkommen.

»Auf der Vorschlagsliste des Verlags stand Ihr Name schon ganz oben. Nachdem ich einige der Bücher gelesen hatte, an denen Sie beteiligt waren, habe ich alle anderen gestrichen.«

»*Sie* haben mich ausgesucht?«

»Anna hat die Bücher auch gelesen. Sie hatte nie Zweifel an meiner Empfehlung.«

Anna hat nie ein Wort darüber verloren. Ich hatte sogar den Eindruck, sie könne sich kein Bild davon machen, worin mein Teil unserer gemeinsamen Arbeit liegt.

»Was haben Sie gelesen?«

»Die Bienenzüchterin, die nach Palästina zieht, hat uns sehr gefallen. Der Komponist mit dem kriminellen Sohn. Die Leichtathletin, die ihre Goldmedaillen zurückgegeben hat. Ich schätze, nicht alles ist eine Auftragsarbeit? Manchmal suchen Sie sich die Geschichten selber aus?«

»Selten«, sage ich, blicke mich nach dem jungen Mann um, der bedient, halte mein leeres Bierglas in seine Richtung und hoffe, dass Ellen Reicherts Blick sich abgeschwächt hat, wenn ich wieder zu ihr sehe.

»Wir könnten Sie morgen natürlich auf einen frühen Rückflug buchen«, sagt sie. »Andererseits haben Sie den Tag schon eingeplant. Vielleicht hätte ich etwas, was Sie interessiert.«

Die zotige Replik, die mir durch den Kopf jagt, könnte ohnehin niemand aussprechen. Aber ich verzichte auch auf die Höflichkeit nachzufragen, obwohl Ellen Reichert mir geduldig Zeit dafür lässt.

»Mein Großvater ist dieses Jahr hundert geworden«, sagt sie schließlich. »Er hat eine außergewöhnliche Lebensgeschichte.«

»Höre ich oft. Wenn ich auf einer Party den Fehler begehe zu sagen, womit ich mein Geld verdiene, gibt es immer jemanden, der eine unglaubliche Biographie kennt, mit der ich mich unbedingt beschäftigen sollte. Nicht selten die eigene.«

Ellen Reichert weiß so wenig wie ich, womit sie das verdient hat. An ihrer Milde ändert das vorläufig nichts.

»Mein Großvater war Ingenieur. Er hat in den Fünfzigern ein Verfahren weiterentwickelt, das bis heute bei Mobiltelefonen und drahtlosen Netzwerken verwendet wird. Frequenzspreizung oder so ähnlich, ich kenne mich damit nicht aus.«

»Wie ich das Handy erfand, es aber niemand gemerkt hat? Wäre das der Arbeitstitel?«

Plötzlich flimmert eine unübersehbare Müdigkeit in Ellen Reicherts Augen. Sie muss sich in mir getäuscht haben, Sätze auf Papier lassen offensichtlich keine Rückschlüsse auf die Klasse ihres Urhebers zu. Ich bekomme meine Bierflasche und ein neues Glas hingestellt, schnell geht das hier, und der junge Mann mit dem Zopf sucht nach Ellen Reicherts Blick, um sich eine weitere Portion ihrer Gunst abzuholen. Sie beachtet ihn nicht. Gelassen spricht sie weiter, mit einer Energie in der Stimme, die ihre Augen heizt.

»Ich habe seinen Beruf nur erwähnt, weil mein Großvater Patentanteile hält, die ihm einen gewissen Spielraum ermöglichen. Er würde Ihre Arbeit angemessen honorieren, aber er legt keinen Wert auf eine Veröffentlichung. Er möchte seine Geschichte nur festgehalten wissen.«

»Was hätte er zu erzählen?«, frage ich. Weil ich es wissen will.

Vielleicht habe ich genug von dem Blatt, das ich spiele, und ertrage Ellen Reicherts Blick nicht mehr. Vielleicht hänge ich aber schon an einer der Angeln, deren Ködern ich selten aus dem Weg gehen kann. Mein ältester Klient war zweiundsiebzig, Material aus hundert Jahren hatte ich noch nie.

»Er war während des Zweiten Weltkriegs in Griechenland. Hauptsächlich in Thessaloniki. Bis zum Einmarsch der Deutschen war die Stadt jahrhundertelang die Hochburg der sephardischen Juden, die sogar die Bevölkerungsmehrheit hatten. Mein Großvater hat dort viel bewegt.«

»Eine Art Oskar Schindler von Griechenland?«

»Eher ein Kriegsverbrecher. Er war bei der SS.«

VANILLE **Ich kenne diesen Geruch.** Er ist so vertraut und indiskret, dass ich ihn nicht ausblenden kann, aber ich erkenne ihn nicht. Fragen kann ich nicht, der Alte ist schon zu weit entfernt, um ihn in unsere Zeitzone zurückzuholen. Der Geruch ohne Namen, nicht unangenehm, aber sehr üppig, legt sich über den balkanheißen Tag, an dem er Dienst hat. 1942, der elfte Juli, ein Samstag, er erinnert sich genau.

»Um acht Uhr morgens war der Platz schon voll. Platia Eleftherias, der Platz der Freiheit, so heißt er noch heute, glaube ich. Neuntausend Männer hatten in den letzten fünfzehn Monaten gelernt, wie viel Wert Deutsche auf Pünktlichkeit legen. Man hatte ihnen gesagt, dass sie sich dort für Arbeitseinsätze registrieren lassen müssten, aber es war nicht das, worum es wirklich ging. Wir trieben sie zusammen, ließen sie am Anfang einfach stehen, nahmen ihnen die Kopfbedeckungen ab und ihre Sonnenbrillen. Wer ein Getränk dabeihatte, musste es abgeben. Niemand durfte rauchen. Niemand durfte auf die Toilette. Wer sich an Ort und Stelle erleichterte, weil er es nicht mehr aushielt, wer mit nasser Hose erwischt wurde, der sah schnell, was er davon hatte. Da standen sie, alle neuntausend, alle zwischen achtzehn und fünfundvierzig, kaum einer unter ihnen, der zu flüstern wagte, und die Sonne stieg immer höher.«

Kein Wunder bei diesem tiefblauen Himmel, dass so viele Menschen auf dem Oberdeck des weißen Kreuzfahrtschiffes zu sehen sind, das hinter Anton Mahler vorbeizieht. Wir sitzen in einem Wintergarten, der erst nachträglich angebaut, jedenfalls vergrößert worden sein muss und bei unserer Ankunft von außen auf mich gewirkt hat, als hätte das Haus zur Elbe hin Schlagseite und könnte jeden Augenblick seinem Übergewicht nachgeben und in den Fluss rutschen. Das Ganze ist eine Art Treibhaus, sicher fünfzehn Grad wärmer als der artige Frühling draußen und voller Pflanzen, von denen viele grellwuchernde Blüten haben. Orchideen, nehme ich an, aber ich habe kein Auge für so etwas und schon gar keine Namen.

Den Rücken zum Flusspanorama sitzt mir in einem Rollstuhl ein Hundertjähriger gegenüber, mit Sauerstoffzugängen in beiden Nasenlöchern und einer karierten Decke über den Knien, die er hier drinnen vermutlich nur braucht, weil er sie sonst vermisst. Sein Pfleger, der mir als Karol vorgestellt wurde, vielleicht dreißig, zweiunddreißig Jahre alt, steht mit verschränkten Armen an der geschlossenen Tür und lässt mich nicht aus den Augen. Weißer Kurzkittel über einer weißen Leinenhose, weiße Strümpfe in leuchtend roten Clogs und ein so überzeugender Blick, dass ich mir selbst gegenüber argwöhnisch zu werden beginne.

Ellen hält in ihrem Korbsessel, in dem sie zwischen zwei hohen blütenlosen Pflanzen kaum auffällt, die Blickachse zwischen ihrem Großvater und mir frei und feuert ihn mit ihren Augen von der Seitenlinie an. Mahler beachtet sie nicht, jedenfalls braucht er keine Ermutigung.

»Die Ersten fielen schon am Anfang um, und nicht nur Ältere. Ich erinnere mich an einen blutjungen Stotterer, dem weniger die abscheulich feuchte Hitze zu schaffen machte als eine Angst, die er wahrscheinlich noch nicht kannte. Wie die anderen, die zu Boden gingen, wurde er sofort mit Wasser übergossen. Geschlagen und getreten haben wir erst später, glaube ich. Irgendwann, ein, zwei Stunden später ungefähr, begannen wir mit der Gymnastik. Sie mussten Kniebeugen und Liegestütze machen, sooft sie konnten, ohne eine Zahl am Ende, die sie erlöst hätte. Wir hetzten die Hunde auf die, die zusammenbrachen. Wir schlugen sie mit Knüppeln und unseren Gewehrkolben. Wir traten auf sie ein, bis sie wieder auf die Beine kamen oder endgültig liegen blieben. Mir selbst kam auch einer vor die Füße, der nie wieder aufgestanden ist. Manche ließen wir tanzen, nackt, die Arme über den Schultern von anderen. Wir wollten einen griechischen Volkstanz sehen, aber keiner von ihnen beherrschte einen. Andere mussten über den Platz rollen wie Fässer oder sangen uns etwas vor. Ich kann mich nicht erinnern, dass das alles abgesprochen war. Heute nennt man so etwas Gruppendynamik, nicht? Gab es auf beiden Seiten. Keiner der Juden versuchte zu fliehen, es gab keine Gegenwehr, jeder hielt sich an das, woran sich alle hielten. Ich kann mir nicht vorstellen, dass das nur an den Maschinengewehrschützen lag, die auf den Dächern postiert waren. Gegen zwei Uhr ließen wir sie gehen. Wer auf dem Platz liegen blieb, hatte es hinter sich. Die anderen wussten, was ihnen bevorstand.«

Mahler hält inne, inhaliert seinen Stoff aus der Nasenleitung plötzlich in tiefen, lauten Zügen, die bisher nicht nötig waren, und ich bekomme die Atempause, die ich brauche. Ich habe immer noch keine Ahnung, was ich hier verloren habe, ich weiß nicht, wie ich für diesen wortflotten Greis von Bedeutung sein könnte, und den fröhlichen Blick, der sich jetzt an mich heftet, verstehe ich schon gar nicht. Offenbar glaubt Ellen, dass ich am Zug bin. Ich habe einiges gehört, bewundernswert ausdauernd und geordnet vorgetragen, konzentriert auf das Wesentliche, worin auch immer es am Ende bestehen wird. Wie Mahler bei der SS gelandet ist, habe ich nicht erzählt bekommen, vielleicht hält er es für etwas, was sich selbst erklärt, ich weiß kaum, wer seine Eltern waren oder wie seine Lebensjahre verliefen, bis er nach Griechenland kam. Aber ich weiß, dass er beim Einmarsch in Paris dabei war, achtundzwanzig Jahre alt damals, und von dort ein knappes Jahr später nach Saloniki versetzt wurde. Und ich weiß, dass er ein Mörder ist.

»Sind Sie jemals dafür belangt worden?«, frage ich, ohne mich um den wirren Rhythmus seines Atmens zu kümmern.

Mahler ist nicht schwerhörig, ich glaube nicht, dass ich irgendwelche Anzeichen übersehen habe. Und seine grotesk lauten Atemzüge haben sicher nichts mit echter Luftnot oder anderen Beschwerden zu tun, sonst wäre Karol längst bei ihm und würde ihn Bäuerchen machen lassen. Wahrscheinlich ist Mahler nur ein alter Nikotinjunkie, der die Zigaretten, die er in gewissen Momenten braucht, aber nicht mehr anzünden darf, durch kleine Sauerstoffsauereien ersetzt hat. Nichts hindert ihn zu antworten. Außer meiner Frage womöglich.

»Sie haben einen Mord begangen, von dem Sie mir gerade erzählt haben, wenigstens einen, Sie waren Mittäter an einer Reihe von anderen Morden. Ist das jemals verfolgt worden?«

Ich fürchte, dass ich spätestens jetzt zu denen gehöre, die Karol gerne verfolgen würde, weil ich durch Grobheit und deren mögliche Folgen seinen Arbeitgeber und damit seinen Arbeitsplatz gefährde, aber seinem Blick auszuweichen und zu Ellen zu sehen ist auch keine Lösung. Sie nickt mir zu, als sei sie sprachlos begeistert von meiner Frage und habe sich im Lokalfernsehen abgeschaut, wie man das zum Ausdruck bringt und die Leute am Reden hält.

»Nein«, sagt Mahler, mit dem ich fast nicht mehr gerechnet hätte. »Einem Verfahren hätte ich mich nicht entzogen, aber da kam nichts. Nach dem Krieg habe ich mich sofort selbst gemeldet. Mit der Blutgruppentätowierung, die ich hatte wie alle bei der Waffen-SS, wäre es gar nicht anders gegangen.«

Er braucht eine Weile, bis er die linken Ärmel seiner Strickjacke und seines Hemdes hochgeschoben hat, aber er will es alleine machen und bremst mit strengem Kinderblick Karol ab, der schon unterwegs ist, um ihm zu Hilfe zu kommen. Der Pfleger tritt wieder zurück an die Tür, und Mahler zeigt mir nach mühevoller Tüftelei die Innenseite seines faltigen Oberarms. Ein paar Zentimeter über dem Ellenbogen hat er eine blassblaue Hautverfärbung, die ich von meinem Platz aus nicht als Schriftzeichen erkennen kann, was auf diesem überreifen Fleisch nach all den Jahren aus der Nähe vermutlich nicht anders wäre.

»Viele Kameraden haben sich damals in den Arm geschossen, aber das wollte ich nicht. Es war unlogisch. Die Sieger hatten doch schnell heraus, warum so viele Männer an derselben Stelle angeblich eine Kriegsverletzung hatten. Ich habe ihnen meinen Namen genannt, meinen Rang, meine Einheit, meine Einsatzorte. Ich habe alle Fragen beantwortet, aber nie Details erwähnt, wenn sich niemand nach ihnen erkundigt hatte.«

Details.

»Ich wurde als minderschwerer Fall eingestuft und von den Briten nach Abschluss der Formalitäten gleich eingestellt, am Anfang als

Übersetzer. Einen Teil meines Studiums hatte ich vor dem Krieg in London absolviert, am Imperial College, mein Englisch war schon damals sehr gut. Ein paar Monate später bekam ich bei der Army eine Stelle in meinem Beruf als Ingenieur der Nachrichtentechnik. Ich wurde gut bezahlt, ich hatte nette Kollegen, unter denen zwei, eigentlich sogar drei waren, mit denen ich jahrzehntelang befreundet blieb, und nach den ganzen Kriegsjahren war die Arbeit für mich mehr als angenehm, später sogar sehr hilfreich. 1950 wechselte ich in die Privatwirtschaft und war zehn Jahre bei Siemens in München, bevor ich mich selbständig machte und zurück nach Hamburg zog. Über meine Zeit im Krieg hat mir nie jemand Fragen gestellt. In den ersten Jahren habe ich mich darüber gewundert, fast täglich, manchmal sogar geärgert, aber irgendwann gewöhnen Sie sich nicht nur daran, Sie erinnern sich selbst an die meisten Dinge wie an Geschichten, die Sie vor langer Zeit von jemandem gehört haben, den Sie einmal gut kannten, aber längst aus den Augen verloren haben.«

»Und jetzt? Jetzt sterben Sie einfach nicht? Ihr Schöpfer lässt Sie zu lange warten, und Sie müssen Ihren Druck irgendwie noch hier oben loswerden?«

Zur Hölle mit Karol und seinen Blicken. Ist das nicht ein polnischer Name? Irgendein Mahler wird damals doch auch den Acker seiner Vorfahren zerpflügt und gesalzen haben. Kann man wirklich so professionell sein, um sich um einen Mann zu sorgen, der nur zufällig kein Albtraum der eigenen Familiengeschichte ist? Mahler schweigt wieder, sieht mich an, als versuche er, meine Frage zu verstehen. Wägt er sie ernsthaft ab, der Ingenieur, und sein langer Blick zur Enkeltochter, den sie für ihre Verhältnisse ungewohnt ausdruckslos aufsaugt, hätte dann vor allem eines zu bedeuten? Dass Mahler so wenig weiß wie ich, warum wir hier drinnen zusammen schwitzen?

»Wäre es nicht besser, Sie suchen sich einen netten Staatsanwalt, dem Sie Ihr Herz ausschütten können? Soweit ich weiß, gibt es die zentrale Behörde für Nazi-Verbrechen noch. Soll ich Ihnen die Nummer heraussuchen? Die machen sicher eine gute Flasche auf, wenn sie doch noch etwas zu tun kriegen.«

Meine Empörung ist billig, wer weiß, woher sie kommt und wie echt sie ist, sie schadet entschieden meiner Neugier. Anscheinend wühlt sie Mahler aber nicht auf. Er schweigt weiter, doch ich müsste mich schon sehr täuschen, wenn das, was sich einen Weg in sein Gesicht sucht, kein Lächeln wäre, das von Neugier vorangetrieben wird. Von Wimpernschlag zu Wimpernschlag wirken die Augen des Alten frischer, kommt er näher an das Paralleluniversum, das ich bewohne.

»Was wollen Sie von mir?«, helfe ich ihm. »Was, glauben Sie, kann ich für Sie tun?«

Die Haltung, die hinter Mahlers luftdichter Sprache in Deckung gegangen sein mag, kann ich immer noch nicht entschlüsseln, von liquidierter Scham bis zum unbeteiligten, unbefleckten Bewusstsein reiner Zeitgenossenschaft ist alles drin. Doch auf einmal bin ich mir sicher, dass er freundlich sein wollte, als er uns in seinem Privatdschungel empfing. Er erweist jemandem einen Gefallen. Keine Frage, wem.

»Erzähl ihm von Großmutter«, sagt Ellen.

Mahler erkundet weiter mein Gesicht, während er Ellen mit einer Schärfe antwortet, die sich nicht an mir hochgeschliffen haben kann.

»Du kanntest sie nicht.«

Ein Familienstandard? Von Ellen jedenfalls nur ein mattes Nicken. Zu Opas Lied will sie nicht tanzen, sagt ihr Blick, nicht heute jedenfalls.

»Ihr Besuch im Sommer«, sagt sie geduldig. »Willst du ihm nicht davon erzählen?«

Mahler bleibt auf meinem Gesicht, als sei auch die Antwort auf Ellens Frage dort zu suchen. Er scheint sie zu finden.

»Das Album«, sagt er. »Bitte.«

Schon ist Karol in Bewegung und verlässt unsere Klimazone, während Mahler sich seine Schläuche mit einer Entschlossenheit aus der Nase zieht, die vermuten lässt, dass er das, was er zu erzählen hat, unmöglich erzählen kann, wenn er weiter dieses jämmerliche Bild abgibt.

»Ich habe Hilde vom ersten Tag an geliebt. Ihren ersten Lebenstag meine ich, den Tag ihrer Geburt. Ihre Eltern waren Nachbarn, unsere Mütter Freundinnen. Ich war acht, als meine Mutter eines Tages ins Nachbarhaus lief, um der Hebamme bei der Entbindung zu helfen. Wie meist war ich draußen bei Kurt, unserem alten Gärtner, der im Sommer eine Art Freiluftvater für mich war. Irgendwann hörten wir wahrhaftig ein Schreien, das schwach bis in den Garten drang und etwas so Ungewöhnliches sein musste, dass Kurt nicht nur lächelte, was so gut wie nie vorkam, er tätschelte mir sogar den Kopf. Stunden später, Kurt hatte die Hecke längst fertig, rief mich meine Mutter. Ich sollte mich ordentlich waschen und das Neugeborene begrüßen. An der Tür von Tante Irmgard blieb ich stehen, weiter wagte ich mich nicht hinein. Aber ich sah das Mädchen auf ihrem Arm, eigentlich nur sein Gesicht, hörte den Namen und wusste, dass ich Hilde einmal heiraten würde. Ein schrulliger Gedanke für einen Achtjährigen, nicht? Eine fixe Idee. Aber ich habe es nie vergessen, ich habe einfach gewartet, bis sie alt genug war. Hilde hatte nie eine Chance, einen anderen Mann zu bekommen.«

Mahler erlaubt sich ein Lachen, das stoßweise aus seinem Rachen rollt, dann gibt er Karol, der wieder zurück ist, ein Zeichen. Pflichtgetreu, aber seinem Blick nach zu urteilen nur sehr widerwillig, händigt mir Karol das bestellte Album aus, das ein digitaler Bilderrahmen ist. Ein, zwei Atemzüge lang überdeckt der Duft von Karols Aftershave, überraschend verspielt für diesen Mann, diesen anderen Geruch, der den Raum dominiert und den ich immer noch nicht einordnen kann. Auf dem Display des Geräts ist das Schwarzweißfoto einer Frau von Anfang zwanzig. Ein durchschnittliches Gesicht, nicht einmal die Augen wecken meine Neugier, die Kleidung zweckmäßig, betont sportlich für ihre Zeit, im Hintergrund der Eingang eines weißen, sakral anmutenden Gebäudes. Der Bildausschnitt ist zu klein, um die Kirche erkennen zu können, ich tippe auf Sacré-Cœur.

»Wir haben im Frühjahr 1940 geheiratet. Hildes Eltern waren nicht besonders glücklich darüber, aber wir ließen ihnen keine große Wahl. Christen, gläubige Christen, sie haben nie verstanden, was der nette Nachbarsjunge in der Partei macht, bei der SS sogar. Ging meinen eigenen Eltern nicht anders. An Flitterwochen war erst nicht zu denken. Der Westfeldzug begann, war Gott sei Dank aber bald zu Ende. Im August war Paris eine friedliche Stadt. Schüsse waren schon vorher kaum gefallen, jetzt waren gar keine mehr zu hören. Ich konnte Urlaub nehmen, und Hilde kam mich besuchen. Paris im Sommer, endlich Flitterwochen. Wir hatten nur etwas mehr als eine Woche, aber es waren wundervolle Tage.«

Ich habe darüber gelesen, ich kann mich an Fotos erinnern. Deutsche, die sich vor dem Eiffelturm gegenseitig fotografieren, entspannt in den Straßencafés von Saint-Germain-des-Prés sitzen und in offenen Ausflugsbooten bezaubert unter Seinebrücken durchfahren. Vier so gut wie unbeschwerte Jahre, ein gelungener, nicht endender Betriebsausflug. Dass die deutschen Touristen Uniform trugen und ihnen zuliebe alle französischen Uhren auf die Zeit umgestellt wurden, die in der Heimat der Gäste galt, dürfte nicht allzu lange Unbehagen bereitet haben. An Äußerlichkeiten gewöhnt man sich schnell, nehme ich an.

»Für uns als junges Paar waren die beiden Jahre danach sehr belastend. Saloniki war über tausend Kilometer weiter weg als Paris, Hilde und ich haben uns kaum sehen können. Aber im dritten Jahr, im Sommer 43, erschien uns der Zeitpunkt wieder günstig. Bei mir lief alles planmäßig. Im Februar war das Sonderkommando des Reichssicherheitshauptamtes in Saloniki eingetroffen, um umzusetzen, was zur Lösung der Judenfrage vorgegeben worden war, und die Ghettos, die wir danach eingerichtet hatten, waren im Sommer fast schon wieder leer. Die letzten Transporte waren für Mitte August angesetzt, Ende des Monats sollte die eigentliche Ferienzeit beginnen. Hilde wollte unbedingt ans Meer, sie war noch nie in Griechenland gewesen. Ich begann, unseren Urlaub zu planen.«

Obwohl ich meinen Blick nachdrücklich auf Mahler gerichtet halte, taste ich wohl nicht unauffällig genug über den digitalen Bilderrahmen. Wenn das ein Album ist, wie der Alte gesagt hat, werden noch weitere Fotos darauf gespeichert sein, und irgendwo muss ein

Knopf sein, um sie abzurufen. Von dieser Hilde, die unbedingt ans Meer wollte, will ich mehr sehen, vielleicht sogar Bilder aus Saloniki, aber plötzlich steht Karol, den ich nicht habe kommen sehen, neben mir, greift das Gerät und würde es mir schon aus den Händen reißen, wenn ich nicht schnell genug wäre, um mich daran festzukrallen. Ich habe keine Anweisung von Mahler beobachtet. Dass Karol auf eigene Rechnung handelt, ermuntert mich zum Tauziehen, das ich noch eine ganze Weile durchhalten könnte, wenn da nicht Ellens Blick wäre, der meine Finger schwächt. Ich gebe nach, Karol bringt das Gerät in Sicherheit und postiert sich wieder an der Tür. Mahler scheint nichts mitbekommen zu haben. Der Ort, an dem er sich aufhält, beansprucht seine ganze Aufmerksamkeit.

»In der Sarantopourou, so hieß die Straße, fand ich eine schöne Unterkunft für uns, im zweiten Stock einer Villa, die einem bekannten Gartenarchitekten gehört hatte. Sie besaß einen schattigen Balkon, von dem man einen herrlichen Blick in eine verwunschene Gartenlandschaft hatte, wo es die seltensten und schönsten Pflanzen gab, die ich je gesehen hatte. Von der Dachterrasse konnte man tatsächlich aufs Meer blicken. Ich malte mir ständig aus, wie Hilde und ich abends dort sitzen würden, um den Sonnenuntergang zu genießen, konnte mich kaum noch auf die Arbeit konzentrieren, ich zählte die Tage. Wer konnte ahnen, welcher Schrecken auf uns warten würde?«

Mahler sackt in sich ein, braucht eine Pause. Woher kommt dieses Mitgefühl in Karols Augen? Begreift er überhaupt irgendwas? Er hat noch kein Wort gesprochen, vielleicht kann er gar nicht gut genug Deutsch, um Einzelheiten zu verstehen und Mahlers nasstrüben Augen nicht auf den Leim zu gehen. Falls Karol ein Herz hat, ist er von allen Wahnsinnigen hier drinnen der, um den man sich die meisten Sorgen machen müsste.

»Einem Hauptscharführer, der mir einen Gefallen schuldig war, hatte ich den Auftrag erteilt, Hilde von Wien bis nach Saloniki zu begleiten«, sagt Mahler, der sich von der Aussicht auf den erwarteten Schrecken etwas erholt zu haben scheint. »Kurz vor der Ankunft in

Saloniki hatte Hildes Zug einen außerplanmäßigen Halt, leider ganz und gar nicht zufällig. Der Kretin, dem ich die Sicherheit meiner Frau anvertraut hatte, ahnte nicht das Geringste. Partisanen in Wehrmachtsuniformen. Sie brachten Hilde in ihre Gewalt, und außer meinem nutzlosen Unteroffizier bemerkte niemand etwas. Sie schärften ihm ein, nur mit mir darüber zu sprechen, und zum Glück hielt er sich daran. Man würde mit mir Kontakt aufnehmen, ließ man mir ausrichten, ich würde bald erfahren, was ich zu tun hätte. Mit dem Überbringen der Nachricht hatte der Mann seine Diskretion aufgebraucht, merkte ich, früher oder später hätte er Alarm geschlagen. Ich erschoss ihn und sorgte dafür, dass seine Leiche nicht zu finden war. Dann wartete ich darauf, dass sich Hildes Entführer bei mir meldeten.«

Ich denke nicht mehr darüber nach, warum ich erzählt bekomme, was ich erzählt bekomme. Ich blicke mich nicht mehr um. Ich lehne mich zurück, betrachte die Karos auf Mahlers Decke und höre zu. Irgendwann werde ich hier schon wieder herauskommen. Falls Karol dann freundlicherweise zur Seite tritt und die Tür freigibt. Irgendwann bin ich woanders und kann mir einen Standpunkt suchen. Oder alles vergessen. Ich bin Spezialist für verstreute Fundstücke, für Strandgut, das die Wellen der Erinnerung und der Sinnsucht anspülen. Meist gelingt es mir recht ordentlich, daraus etwas zusammenzubauen, das begeh-, oft sogar bewohnbar ist, und in fünfzehn Berufsjahren habe ich mir die Geduld antrainiert, die dafür nötig ist. Aber das hier, das bringt mich sogar dazu, Anna zu vermissen, die mir vermutlich nicht einmal verraten würde, welches Müsli sie am liebsten isst.

»Sie ließen mich ein paar Tage zappeln, dann schickten sie einen jungen Burschen zu mir, vierzehn vielleicht, höchstens fünfzehn. Er nannte mir ihre Forderungen. Wenn ich Hilde lebend wiedersehen wollte, sollte ich dafür sorgen, dass ihre Kameraden freikämen, die wir vor einiger Zeit gefangen genommen hatten. Sie lebten noch, die meisten jedenfalls, weil wir von ihnen zu erfahren hofften, wo wir ihre Komplizen fänden. Ich ließ den Jungen, der meine Antwort gleich mitnehmen sollte, eine Viertelstunde lang warten, dann hatte ich mich entschieden. Es kam nicht in Frage, ihnen nachzugeben und Verrat zu begehen. Aber Hilde musste ich retten. Falls das ging. Ich wollte mein Leben im Austausch gegen ihres anbieten und bat den Jungen, mich zu seinen Leuten zu bringen. Da er sich weigerte, schnitt ich ihm den kleinen Finger der linken Hand ab, danach den Mittelfinger. Als ich das Messer an seinen Daumen setzte, willigte er schließlich ein, mich zu führen.«

Ich kann nicht anders, ich muss zu Ellen sehen. Konzentriert hört sie dem Mann zu, der ihr Großvater ist, dem Nachnamen nach wahrscheinlich der Vater ihrer Mutter. Er wird ihr Geschenke gemacht haben, als sie ein Kind war, es gab sicher Weihnachtstage, die zusammen verbracht wurden, und Eis und Süßigkeiten, die er ihr auf der Straße gekauft hat, obwohl er wusste, dass ihre Eltern dagegen waren. Und jetzt hört sie ihm zu, bestimmt nicht zum ersten Mal, sonst wäre ich nicht hier. Jetzt ist da diese leuchtende Aufregung in ihren Augen, die sich jeder nur wünschen kann, der eine Gutenachtgeschichte erzählt. Wenn es nicht vollkommen ausgeschlossen wäre, ich wäre mir sicher, sie genießt, was sie hört.

»Die Männer, die Hilde festhielten, nahmen mein Angebot nicht an. Mein Leben zu beenden war ihnen recht, wenn ich mich weiter weigerte zu tun, was sie wollten, aber Hildes Leben zu verschonen, waren sie nicht bereit. Sie kannten den Namen des Mannes, den ich auf dem Platz der Freiheit totgetreten hatte, sie wussten genau, wer in den letzten zwei Jahren von mir erschossen oder derart verhört worden war, dass er es nicht überstanden hatte. Sie wussten so gut Bescheid, dass ich keine Überlebenschance hatte. Hilde wollten sie auch nicht verschonen. Sie hatte zu viel gesehen und gehört, sie war gefährlich. Sie war meine Frau. Ich hätte es gut verstanden, wenn sie Hilde vor mir getötet hätten. Vor meinen Augen. Sicher hatten auch diese Männer und Frauen, von denen unser Schicksal abhing, Menschen verloren, weil wir sie ihnen genommen hatten. Plötzlich meldete sich ein Mann zu Wort, der bisher geschwiegen hatte. Sie nannten ihn Chajim, aber so wie er später mit mir sprach, glaube ich nicht, dass er Jude war. Und er gehörte auch nicht wirklich zu ihnen. Obwohl er sich in der Stadt auskannte, schien er nicht aus Saloniki zu sein. Vielleicht war er Waffenhändler, ein Bote, ein Helfer aus dem Ausland, von denen es damals dort wimmelte. Jedenfalls war er keiner von ihnen, genoss aber ihren Respekt. Sie hörten ihm zu, als er sich für Hilde einzusetzen begann, für die unschuldige Frau. Soweit ich es mit meinem dürftigen Griechisch verstand, erinnerte er sie daran, dass sie keine Deutschen waren, dass *sie* so etwas nicht taten. Sogar mich versuchte der Mann zu schützen, aus Gründen der Vernunft. Das Wort *Sippenhaft* gebrauchte er in unserer Sprache, das verstand damals auch jeder, der kein Deutsch konnte, und jeder konnte sich vorstellen, was in der Stadt geschehen würde, wenn ein Untersturmführer umgebracht wurde. Als ihre Aussprache hitziger wurde, wurden wir hinausgeführt und eingesperrt, Gott sei Dank zusammen. Wir hielten uns an den Händen und sprachen kaum. Irgendwann erzählte Hilde, dass sie das Meer gesehen habe, als man sie hergeführt hatte. Azurblau, sagte sie. Mitten in der Nacht kam der Mann, der das Wort für uns ergriffen hatte, und führte uns hinaus. Von den anderen war keiner zu sehen. Wir wussten nicht, ob er unsere Freiheit erstritten hatte oder auf eigene Faust handelte. Er fuhr uns in die Stadt und verabschiedete sich. Wir waren in Sicherheit.«

Jeder Schluss ist mir jetzt recht, zur Not ein Happy End. Mahler hat sich seine Erschöpfung rege verdient, und auch ich sollte inzwischen genug geleistet haben, um endlich wieder ans Licht zu dürfen. Doch der Alte setzt sich noch einmal zurecht. Es gibt einen Nachschlag für die, denen offene Fragen jede Geschichte vergällen können. Ich selbst würde Karol lieber eine Massage geben, als eine Frage zu stellen.

»Ich hatte Hildes Besuch angekündigt, und für ihr verspätetes Eintreffen mussten wir uns eine Erklärung einfallen lassen, die niemand anzweifeln konnte. Wir sagten, der Hauptscharführer, der sie begleiten sollte, sei in Wien nicht erschienen, wodurch sich Hildes Abreise verzögert habe. Ich hatte genug Einfluss, um Nachfragen auszuweichen. Der Mann wurde vermisst gemeldet und schließlich als Deserteur gesucht, bis es wichtigere Dinge gab als ihn. Unseren Urlaub kürzten wir ab. Ich nutzte die dienstfreien Tage, um Hilde sicher nach Hause zu begleiten, und nach meiner Rückkehr nach Saloniki hielt ich mich zurück, so gut es ging. Ich habe niemals verraten, wo das Versteck der Partisanen in den Bergen lag, in dem Hilde und ich gefangen gehalten wurden. Bis zu unserem Abzug im Herbst des nächsten Jahres sah ich weg, wo ich nur wegsehen konnte.«

Das war es, jetzt ist er still und schließt sich wieder an seine Sauerstoffleitung an. Muss ich etwas sagen, bevor ich aufstehe, erwartet jemand, dass ich Mahler die Hand gebe? Karol jedenfalls dürfte kein Problem sein. Er wird glücklich sein, mich loszuwerden. Keiner seiner möglichen Blicke wäre ein zu hoher Preis für meine Freiheit.

»Sag ihm, wie der Mann hieß, der euch gerettet hat«, sagt Ellen.

Ein bedauernder Blick von Mahler, eine kleine, in diesen Tagen sicher vertraute Beschämung über seine Unzulänglichkeit.

»Habe ich das nicht erwähnt? Chajim. Sie nannten ihn Chajim.«

»Sein Nachname«, sagt Ellen.

»Evinman. So hat er sich uns in der Nacht vorgestellt. Seinen Vornamen hat er selber nie genannt.«

Evinman. Die Geschichte hat eine Pointe. Natürlich bleibe ich sitzen. Und natürlich stelle ich die Frage, die ich stellen muss.

»Wonach riecht es hier eigentlich? Dieser schwere, durchdringende Geruch. Ich bin sicher, ich kenne ihn, aber ich komme nicht darauf.«

»Vanilla planifolia«, sagt Karol. »Echte Vanille. Wir haben hier einige Exemplare. Ihr Geruch ist stärker als der Geruch der anderen Pflanzen. Wussten Sie, dass Vanille eine Orchidee ist?«

Ich schüttle den Kopf. Vielleicht ist da ein Hauch von Akzent, warum auch nicht? Aber Karols Deutsch ist glasklar und gut genug, um Mahler an keiner Stelle missverstanden zu haben.

»Der Geruch, den Sie mit Vanille verbinden, ist sozusagen die Basisnote. Sie haben sie wahrgenommen, aber wahrscheinlich nur unbewusst erkannt. Sie wird von den anderen Düften der Orchidee überlagert. Das Gesamtbukett erinnert an Tabak, ist insgesamt eher würzig als süß. Manchmal denkt man an einen alten Cognac.«

»Karol ist nicht nur ein hervorragender Pfleger«, sagt Ellen, »er hat auch ein Händchen für Pflanzen. Du hättest das hier alles sehen sollen, bevor er kam. In den letzten Jahren konnte sich mein Großvater leider kaum noch selbst darum kümmern.«

Kein Zweifel, Ellen hat das Talent, die passenden Leute zusammenzubringen. Mit einem Nicken bedanke ich mich bei Karol für die Auskunft und wende mich Mahler zu.

»Sie wissen, wie ich heiße?«

Wieder rutscht die Scham über Mahlers Gesicht.

»Tut mir leid«, sagt er. »Ellen hat Sie vorgestellt, aber auf Namen achte ich kaum noch. Mein Kurzzeitgedächtnis versagt immer.«

»Mein Name ist Evinman«, sage ich. »Can Evinman.«

Was dann folgt, ist zu viel. Die Überraschung in seinen Augen, die Aufregung, die Freude.

»Sind Sie ... Ich meine, war er ein Verwandter von Ihnen? Ja, Sie sehen ihm ähnlich, glaube ich.«

Ich schweige, und Mahler scheint Hilfe bei Ellen zu suchen.

»Ist das sein Enkel? Du hast seinen Enkel gefunden?«

Karol geht hinter den Rollstuhl, löst die Bremse und beginnt, Mahler hinauszuschieben.

»Sie brauchen Ihre Spritze«, sagt er. »Wir sind schon eine halbe Stunde über die Zeit. Und dann müssen Sie sich ausruhen. Sie können sich gerne nachher weiterunterhalten.«

Der letzte Satz könnte mir gegolten haben. Aber ich sehe nur noch Karols Rücken und Mahlers mühsamen wie vergeblichen Versuch, sich noch einmal zu mir umzudrehen, bevor er aus dem Raum transportiert wird.

Erwartungsvoll sieht Ellen mich an. Hat sie sich nicht ein Lächeln verdient? Habe ich nicht gerade mein Geschenk ausgepackt?

ROTATION **Viermal schaffe ich immer,** manchmal gleitet der Stein fünf- oder sechs-, sogar siebenmal über das Wasser, bevor er untergeht. Es ist ein weitverbreiteter Irrtum, dass die Steine vom Wasser zurückfedern und springen. Ben und ich haben das zusammen nachgeschlagen, als er sieben oder acht war. Die Wasseroberfläche ist kein fester Körper, von dem ein Stein abprallen könnte. Flach und kräftig geworfen, dabei stabilisiert durch seinen Drall, physikalisch gesprochen: den Drehimpuls, taucht der Stein ein bisschen ins Wasser ein und erzeugt eine Bugwelle, die er zunächst vor sich herschiebt und wegen seiner höheren eigenen Geschwindigkeit bald einholt. Auf dieser Welle gleitet er dann wie auf einer Schanze hoch, schießt aus dem Wasser und sinkt, nachdem er den höchsten Punkt des Bogens erreicht hat, wieder ins Wasser zurück, um auf der nächsten, von ihm selbst erzeugten Welle erneut aus dem Wasser zu fahren. Das wiederholt sich, solange die Bewegungsenergie, die ihn vorwärtsträgt, und die Rotationsenergie, die ihn vor dem Torkeln schützt, groß genug bleiben. Im Grunde handelt es sich also um ein Wellenreiten, kein Springen, und es ist ein sehr alter Zeitvertreib. Schon Homer hat seine Helden damit beschäftigt, wie wir herausfanden, aber das hat Ben damals so wenig interessiert, wie es ihn heute interessieren würde, mit seinem Vater an einem See zu stehen und so lange zu versuchen, seine Steine länger vom Versinken abzuhalten als ich, bis die dafür geeigneten Steine ausgegangen sind.

»L'chajim«, sagt Ellen. »Du kennst den Trinkspruch. Auf das Leben! Chajim ist das hebräische Wort für Leben. Und was dein eigener Vorname übersetzt bedeutet, muss ich dir nicht sagen.«

Wir stehen am Elbufer, über der Straße hinter uns thront Mahlers Haus, das sich in die Postkartenansicht von Blankenese, die sich den vorbeifahrenden Schiffen bietet, fabelhaft einfügt, wenn man von seinem unproportional großen Wintergarten absieht, den ich hoffentlich nie wieder betreten werde. Ellen redet mit mir, schon eine ganze Weile, aber ich habe noch genug flache Steine, um sie nicht ansehen zu müssen.

»Can bedeutet Leben. Selbst wenn du kein Türkisch mehr kannst, das wirst du doch wissen. Ihr habt den gleichen Nachnamen und praktisch denselben Vornamen. Das kann kein Zufall sein.«

Ellen strengt sich an. Ich weiß nicht, was von meinem Einverständnis für sie abhängt, und mir wäre lieber, ich müsste es nicht wissen. Aber so billig komme ich wahrscheinlich nicht davon. Den nächsten Wurf versaue ich, der Stein plumpst beim ersten Kontakt ins Wasser.

»Und Evinman, den Nachnamen gibt es überhaupt nicht. Ich habe niemanden gefunden. Nur dich.«

»Gefunden? Was heißt das? Du hast mich gesucht?«

Die beiden Frauen, die in ihrer Trainingskleidung an uns vorbeilaufen, bemühen sich, so wenig wie möglich zu uns zu sehen, aber natürlich müssen sie versuchen, uns zu identifizieren. Über Nachbarn im Beziehungsstreit sollte man informiert sein. Ich bin laut, das höre ich selbst, ich schreie eine Frau an, die ich vor vierundzwanzig Stunden noch nicht kannte.

»Ich habe dich nicht gesucht«, sagt Ellen. »Ich habe dich gefunden. Zufällig. Auf der Vorschlagsliste, die der Verlag Anna geschickt hat. Ich habe den Namen erkannt und meinen Großvater gefragt, ob ich ihn richtig in Erinnerung hatte.«

»Und dann? Dann habt ihr euch zusammen die Performance da oben ausgedacht und die Rollen verteilt, oder hast du ihm die Monologe alleine geschrieben? Und wo habt ihr den polnischen Grizzly her? Aus einem James-Bond-Film? Ist das überhaupt ein Pole, der Handlanger mit den roten Schuhen?«

»Karol? Er wurde uns von einer sehr guten Agentur vermittelt, die kann ich wirklich empfehlen. Hast du auch einen Pflegefall in der Familie? Nein, entschuldige. Da kann es bei dir ja niemanden geben.«

Ellens Ton bleibt nicht lange scharf, sofort stellt sich wieder die Sanftheit ein, die sie für ihre Konzentration zu brauchen scheint.

»Du warst acht, als deine Eltern starben. Du warst doch acht? Da kann man sich eigentlich erinnern. Wart ihr nie in der Türkei in der ganzen Zeit, hast du deine Großeltern nie gesehen? Hast du keine Fotos? Irgendwelche Unterlagen? Briefe, deine Geburtsurkunde. Irgendwas wirst du doch haben?«

Ich habe zu viel gesprochen, gestern Abend auf der Dachterrasse des Hotels, zu viel getrunken, jetzt büße ich die Sekunden, die ich später ihrem Kuss nachgab. Länger war es nicht, vielleicht nicht einmal so lange, ich bin mir sicher. Und eigentlich war es mehr eine Orientierungslosigkeit als ein Nachgeben. Wir sind im Aufzug hinuntergefahren, auf meinem Stockwerk stieg sie mit mir aus, um sich zu verabschieden. Dass sie mich zart an beide Schultern fasste, kam nicht überraschend, für viele sind Wangenküsse Routine, ich behaupte auch nicht, dass ich ihren Duft nicht genossen hätte. Als die vorschriftsmäßigen Küsse aber auf meinem Mund endeten, den ihre Zunge schnell öffnen konnte, brauchte ich ein paar Herzschläge, um mich daran zu erinnern, dass ich noch nüchtern genug war. Dass es einen Grund gibt, wenn mir so etwas passiert. Mit den Haaren, die ich verloren habe, könnte man ein Sofakissen stopfen, ich zahle eine Hypothek ab, ich bin verheiratet. Ich löste mich von Ellen, so vorsichtig und schnell ich konnte, riss einen Witz, der schon vor dem letzten Wort verunglückte, ich verabschiedete mich. Bis morgen. Sie nahm die Treppen nach unten und hatte ihre Terminbestätigung. Der Auftritt ihres Großvaters war gesichert.

»Warum interessiert dich das alles?«, frage ich und werfe die flachen Steine, die ich noch in der linken Hand halte, ungenutzt in die Elbe. Halbwegs ruhig, glaube ich. »Was willst du von mir?«

Ellen schweigt. Wie ein Ultraschallgerät tastet ihr Blick mein Gesicht ab. Ich kann nicht einschätzen, ob sie unter der Oberfläche, die sie sieht, ein Krebsgeschwür sucht oder Entwarnung. Auf einmal wirkt Ellen bedürftig, beinahe traurig, was mich noch wachsamer macht. Sie dreht sich um, deutet auf das Haus neben dem ihres Großvaters.

»Von da kam er, der erste Schrei meiner Großmutter, den mein Großvater und der Gärtner gehört haben. Du erinnerst dich. Er wohnt hier immer noch, richtig weggegangen ist er nie. Aber sie. Ich kannte sie wirklich nicht, er hat recht. Und ihn habe ich auch erst vor kurzem kennengelernt. Vor ein paar Jahren.«

Ich habe mich getäuscht. Es gab keine Geschenke, keine Weihnachtsabende, kein Eis.

»Meine Großmutter ist 1950 gestorben, sechs Wochen nach der Geburt meiner Mutter. Das war der Grund, warum er nach München zog. Er wollte einen Schlussstrich ziehen. Genau wie meine Mutter, achtzehn Jahre später. Sie ist abgehauen, konnte nicht einmal abwarten, bis die Schule zu Ende war. Sie hat ihn bis heute nicht wiedergesehen.«

»Wundert dich das?«, frage ich. »1968. Sie wird Fragen gestellt haben, wie alle. Wahrscheinlich hat sie irgendwann erfahren, was er im Krieg gemacht hat. Wer ihr Vater wirklich ist.«

Kein Gedanke, der Ellen interessiert. Falls sie zugehört hat.

»Meine Mutter ist sich sicher, dass ihre eigene Mutter, Hilde, Selbstmord begangen hat. Es sah aus wie ein Unfall: Mitten auf einem unbeschrankten Bahnübergang säuft Hilde der Motor ab, und sie kommt nicht schnell genug aus dem Wagen. Aber es gab einen Zeugen, einen Bauern, der in Sichtweite auf seinem Traktor saß und sein Feld pflügte. Meine Mutter hat ihn später gefunden. Er konnte sich gut daran erinnern. Er hatte sich sehr gewundert, dass das Auto so lange dastand. Es fuhr nicht weiter, hat der Mann gesagt, es stieg niemand aus. Er selber war zu weit weg, um helfen zu können.«

Noch eine Geschichte, Ellen ist eine lebende Matroschka. Keine Puppe, unter der nicht noch eine Puppe wäre. Dass sich das alles je wieder zusammensetzen lässt, wenn es einmal auseinandergeschachtelt ist, kann ich mir mit jedem ihrer Sätze weniger vorstellen.

»Beinahe mein ganzes Leben lang hielt ich meinen Großvater für tot. Meine Eltern haben mich die ganzen Jahre angelogen. Dann habe ich einen Brief gefunden, den sie nicht schnell genug vernichtet hatten. Die Leitung eines Altenheims hatte Fragen, die er selbst nicht beantworten konnte, weil er kaum noch ansprechbar war. Ich holte ihn aus dem teuren Loch, in das er sich vergraben hatte, brachte ihn zurück in sein Haus, das verfiel, weil meine Mutter nichts damit zu tun haben wollte, und suchte mir Hilfe.«

»Karol? Sicher die beste Idee deines Lebens.«

Ellen übergeht meinen Beitrag. Sie ist nicht auf Streit aus, auf gar keinen Austausch. Sie setzt mich ins Bild.

»Wir haben das Haus auf Vordermann gebracht, Karol hat weitere Pflegekräfte eingestellt, um eine durchgängige Betreuung sicherzustellen, ich bin alle seine Papiere durchgegangen. Er hatte alles akribisch dokumentiert, im Grunde sein ganzes Leben.«

»Und das hast du ihm einfach zurückgegeben? Andere hätten die Polizei gerufen.«

»Sie konnten keine Kinder kriegen, meine Großmutter und er. Damals konnte man nicht genau feststellen, woran es lag. An wem. 1949 wurde sie plötzlich doch schwanger.«

Ellen dreht sich wieder um, blickt schweigend auf die beiden Elternhäuser ihrer Großeltern, braucht einen längeren Anlauf vor dem nächsten Kapitel. Ich kann sie kaum hören, als sie weiterspricht.

»Chajim, der Mann, der sie in Saloniki gerettet hat, der Mann, der denselben Nachnamen hatte wie du, er blieb mit ihnen in Kontakt. Auch nach dem Krieg. Er hat sie hier in Hamburg besucht. Es gibt Fotos, es gibt Briefe. Ich bin sicher, dass er der Vater meiner Mutter ist. Ihr leiblicher Vater.«

Sie wendet sich mir zu, will sich abholen, was sie sich verdient hat, meine Verwirrung, meine Neugier oder meinen Protest, irgendein Gefühl werde ich doch aufbringen können. Sie bekommt einen Blick, der hoffentlich ausdruckslos genug ist.

»Dieser Evinman ist mein Großvater. Vielleicht hast du auch eine familiäre Verbindung zu ihm, sehr wahrscheinlich sogar. Den Namen gibt es sonst nicht, und du kanntest deine Eltern kaum. Du weißt nichts über deine Herkunft. Wenn er ein Verwandter von dir war, dann sind wir beide auch verwandt.«

Ich lächle, das habe ich nicht mehr unter Kontrolle, ich kenne solche Leute. Sie sind großartig, mit einigen habe ich schon gearbeitet, virtuose Grenzgänger zwischen der Realität und dem Rausch, den sie sich ohne jede stoffliche Hilfe selber verschaffen können. Auf irgendeinem Gebiet sind sie überragend, sie haben Manieren, lange fällt nichts auf außer ein wenig Übermut und Distanzlosigkeit, die anfangs als Begeisterungsfähigkeit und Herzlichkeit nicht nur durchgehen, sondern in ihrer Umgebung von denen, die sich in dieser Hinsicht weniger gut ausgestattet fühlen, genossen und bewundert werden. Wenn sich diese Glückskinder aber in etwas verbeißen, eine Idee, eine Feindschaft, eine Sehnsucht, dann merken die, die sie gerade noch beneidet haben, sehr schnell, dass man besser nicht in der Nähe bleibt. Mir ging es anders bisher, meine Neugier war immer groß genug. Aber diesmal sehe ich nicht nur zu.

»Chajim war kein Jude, er kam nicht aus Saloniki. Du hast gehört, was er vorhin gesagt hat. Wäre es nicht möglich, dass der Mann aus der Türkei kam, wie deine Eltern? Aus Istanbul? Du bist dort geboren. Anfangen zu suchen müssten wir aber wahrscheinlich in Saloniki. Wir können zusammen hinfliegen.«

Mein Schweigen hat keine Wirkung auf Ellen, vielleicht nicht einmal meine Anwesenheit.

»Ich will wissen, wer dieser Mann war, was dieser Teil von mir für mich bedeutet. Du hättest auch eine Chance. Wenn das stimmt, was du sagst, dann weißt du nichts über deine Herkunft. Willst du immer nur unbeschriebene Seiten füllen? Willst du nicht zurückblättern können und sehen, was andere vor dir geschrieben haben?«

»Fährst du mich zum Flughafen?«, frage ich. »Oder bekomme ich hier irgendwo ein Taxi?«

Ruckartig geht Ellen los, auf mich zu, bleibt in Armweite stehen. Ich glaube nicht, dass Enttäuschung und Zorn bei ihr unterschiedliche Gefühle sind. Dass ich meiner Strafe entgehen werde, glaube ich noch weniger. Aber sie schlägt mich nicht.

»Du findest ein Taxi«, sagt sie ruhig, bevor sie sich abwendet und zu ihrem Auto geht, das auf der Straße vor Mahlers Haus steht.

Ich warte ab, bis Ellen weggefahren ist. Dann hole ich mein Handy heraus, schalte es ein und höre meine Mailbox ab. Sandra wünscht mir einen schönen Tag. Den Kindern und ihr geht es gut, aber sie muss heute länger arbeiten, ihr Chef hat endlich den Umbau der alten Lampenfabrik an Land gezogen. Dass sie am Abend nicht mit zur Lesung kommt, erleichtert mich. Die zweite Nachricht ist von Anna, die dringend um Rückruf bittet. Sie will wissen, warum ich nicht zu unserem Termin erschienen bin.

NOTAUSGÄNGE

Die meisten meiner Eltern hielten mich für zu ängstlich, obwohl es nie um Angst ging. Früher konnte ich es niemandem erklären. Ich kannte die Sätze noch nicht, die mir heute nutzlos durch den Kopf irren, wenn ich in einem Flugzeug sitze und die hilflosen Gebärden zu ignorieren versuche, zu denen Sicherheitsvorschriften und Anstellungsverhältnisse Flugbegleiter zwingen.

»Wer an das Unwahrscheinliche glaubt«, sagte Georg nach der einzigen Schießerei meines Lebens, »der hält sich nicht lange mit dem Wahrscheinlichen auf. Der ist besessen vom Möglichen.«

Er war fünfundzwanzig Jahre alt damals, vier Monate älter als ich, und es klang, als hätte er es sich bis zur endgültigen Sicherheit durchgerechnet.

Irgendwo in der Nähe von Atlanta fuhr ich damals an eine Zapfsäule heran, als er aus einem Schlaf aufschrak, in den er gerade erst gesunken war. Bis New Orleans waren es noch Stunden. Mir wäre lieber gewesen, wenn er noch ein bisschen geschlafen hätte, weil ich nach Einbruch der Dämmerung auf den Beifahrersitz wechseln wollte. Mit wachsender Dunkelheit kamen meine Augen nie zurecht, doch das wusste Georg noch nicht. Ich wollte weder riskieren, uns in einen Straßengraben zu fahren, noch Opfer eines wortlosen, umso schmerzhafteren Spotts zu werden, wenn mein übliches Abendtempo jeden Truck zum Überholen nötigen musste. Panisch sah sich Georg im Aufwachen um und schrie.

»Fahr weiter, fahr sofort weiter!«

Er war durchdrungen von einer Furcht, für die es in der Realität, die ich zu überblicken glaubte, keinen Anlass gab. Ein, zwei Meter vor uns stand auf der anderen Seite der Zapfsäulen ein Pick-up, dessen Fahrer vermutlich schon im Kassenhäuschen war. Und der alte Dodge, das einzige andere Fahrzeug auf dem Gelände, konnte nur dem Tankwart gehören, den ich mir sofort so vorstellte wie sein Auto, pragmatisch und ohne jede Aufmerksamkeit für seine äußere Erscheinung. Es war meine erste USA-Reise, und ich war versessen darauf, wiederzufinden, was ich mitgebracht hatte.

»Du träumst«, sagte ich zu Georg. »Schlaf weiter.«

Er schüttelte wortlos den Kopf und blieb in seiner Benommenheit, die ich für einen Schlafrest hielt. Ich stieg aus, ging um das Auto herum und hatte den Tankstutzen gerade in der Hand, als zwei junge Männer aus dem Kassenhaus kamen und auf den Pick-up zuliefen. Zwei sehr junge Männer, jünger als wir. Jugendliche. Einer von ihnen, der Weiße, hatte eine Pistole in der Hand. Unmittelbar nach ihnen kam ein Mann mit einem Gewehr heraus. Er blieb vor dem Eingang stehen und begann zu schießen. Ohne ein Wort, ohne einen Schrei, ohne Aufregung, die ich mitbekommen hätte. Der erste Schuss ging ins Leere, der zweite traf unsere Seitenscheibe rechts hinten, wohin der dritte traf, bekam ich nicht mehr mit. Ich kauerte am Boden, hörte Georg schreien und sah den Feuerball vor mir, in dem wir verbrennen würden, wenn eine weitere Kugel in eine der Zapfsäulen drang. Es fiel kein Schuss mehr. Ich hörte einen Motor, durchdrehende Reifen, dann war es still wie nie zuvor in meinem Leben.

Sie waren sehr freundlich zu uns, die Polizisten und die Paramedics, die uns an Ort und Stelle sicherheitshalber untersuchten. Den schießfreudigen Tankwart schrie eine Polizistin an, doch er sah nicht aus, als würde er eine solche Angelegenheit beim nächsten Mal anders regeln. Während sie uns einen neuen Mietwagen besorgten und alle Formalitäten erledigten, bekamen wir auf ihrer Wache Käsekuchen und sahen uns Fotos von Teenagern an, die Tafeln mit Nummern vor sich hielten. Eher eine Geste von Höflichkeit und Respekt als ein echter amtlicher Vorgang. Wir hätten auch ein Motelzimmer für die Nacht bekommen, aber Georg und ich wollten weiterfahren. An das »take care« gewöhnt man sich schnell in den USA, aus dem Mund der Polizistin klang es diesmal bedrohlich ernst gemeint.

Ich saß auf dem Beifahrersitz, wir waren schon tief in der Nacht und hatten lange geschwiegen, als ich Georg fragte, wie er wissen konnte, was passieren würde.

»Ich wusste es nicht«, sagte er, und erst Meilen von Schweigen weiter fielen diese Sätze, die ich nicht vergesse und bis heute von ihm ausgesprochen höre, wenn ich an sie denke.

Ich habe mit Anna telefoniert. Sie hat unseren Termin nicht abgesagt, weder den heutigen noch die beiden in der nächsten Woche. Sie hat mit Ellen, die sie als Assistentin ihres Mannes kennt, gestern überhaupt nicht über mich gesprochen. Sie hat nicht gewusst, dass unsere Gespräche aufgezeichnet wurden. Sagt sie. Anna hat mit mir gesprochen, wie Anna spricht: Die extravagante Lüge einer Mitarbeiterin oder eine Grünholzfraktur, da macht sie keinen großen Unterschied. Sie hat mich um etwas Zeit gebeten, um sich erkundigen zu können.

Beim zweiten Telefongespräch waren Bewegungen in Annas Stimme, auf die ich beinahe mehr geachtet habe als auf das, was sie inzwischen erfahren hatte. Ellen hat sich heute Morgen krankgemeldet. Ihr Büro war geräumt, als man nachsah, die Daten auf ihrem Rechner alle gelöscht. Persönliche Dinge waren nicht zu finden, ob Firmenunterlagen fehlen, ist noch nicht klar. Im Moment ist Ellen nicht zu erreichen, weder auf ihrem Handy noch auf ihrem Anschluss zu Hause. Annas Mann, den sie in Südamerika anrief, hat Ellen Reichert in den knapp drei Jahren, in denen sie für ihn arbeitet, als verlässlich und kompetent erlebt, als unauffällig im besten Sinn. Er hat nicht die geringste Erklärung für das, was passiert ist, kann auch nicht glauben, dass es geschehen sein kann. Selbstverständlich wusste er nicht, dass meine Gespräche mit Anna aufgezeichnet wurden. Sagt er, sagt Anna, mit der ich verabredet habe, morgen noch einmal zu telefonieren, auch wegen unserer Termine in der nächsten Woche, die mit Karins Beerdigung kollidieren könnten. Fürs Erste hatte Anna alles gesagt, mit einer erwachenden Unruhe, die deutlich zu hören war und die für unsere Arbeit, falls sie weitergeht, nur gut sein kann.

Ich nehme einen Kaffee und ein Wasser ohne Gas, wie man inzwischen auch in deutschen Flugzeugen sagt, um sich verständlich zu machen, blicke aus dem Fenster und denke an den Tag, an dem ich die beiden einzigen anderen Menschen mit dem Namen Evinman, die ich als Kind kannte, zum letzten Mal sah. Wir waren in den Osterferien an der Nordsee, meine Eltern wollten ein Meer sehen, das sie sich kaum vorstellen konnten, und wir hatten Andreas mitgenommen, den Sohn meiner Grundschullehrerin, mit der sich meine Eltern vom ersten Tag an zielsicher angefreundet hatten. Mir war die zusätzliche Aufmerksamkeit der Lehrerin unangenehm, andererseits mochte ich sie, und noch mehr mochte ich Andreas. Auch er war ein Einzelkind, mit seinen elf Jahren drei Jahre älter als ich, und er liebte die Rolle des großen Bruders so sehr, wie ich es mochte, wenn mir einer das Entscheiden abnahm, ohne mich zu quälen.

An einem der ersten Tage nahmen sich meine Eltern vor, am späten Nachmittag eine Wanderung auf diesem seltsamen Meer zu machen, das sich regelmäßig zurückzog. Sie bestanden nicht darauf, dass wir sie begleiteten. Sie drückten Andreas ein Fünfmarkstück in die Hand, in Eis umgerechnet ein echter Schatz zu dieser Zeit, erlaubten uns, ins Fernsehzimmer des Hotels zu gehen, falls sich dort auch ein anderer Gast aufhielt, ein Erwachsener mindestens, und schärften uns ein, das Hotelgelände auf keinen Fall zu verlassen. Von der Hotelterrasse aus sah ich sie aufs Watt gehen, in ihren grünen Gummistiefeln, die sie sich im Ort besorgt hatten. Zu Hause benutzten sie solche Stiefel nicht, was mich immer gewundert hatte, weil sie darauf bestanden, dass ich meine anzog, sobald es zu tröpfeln anfing. Ich nehme an, sie hielten es für eine Sitte, an die Kinder sich zu gewöhnen hatten, wenn sie nicht auffallen sollten in diesem Land.

Ich habe ihnen nicht lange nachgesehen. Andreas rief mich, und ich glaube, wir hatten eine gute Zeit, die wir auch im Fernsehzimmer verbrachten, obwohl dort niemand war außer uns. Erst lange nach Einbruch der Dunkelheit bekam ich Angst und ängstigte irgendwann auch Andreas. Dennoch hielten wir noch eine Weile durch, eine halbe Stunde, vielleicht eine ganze, bis er seine Eltern anrief. Von den fünf Mark war genug Kleingeld übriggeblieben. Der Vater sprach nicht lange mit Andreas. Er trug uns auf, zur Rezeption zu gehen, schnurstracks, ich erinnere mich an das Wort, das Andreas später wiederholte, und dann rief der Mann meiner Lehrerin im Hotel an. Das Warten begann. Wir wurden auf unser Zimmer geschickt – fremde Menschen erteilten Kindern damals gerne übersichtliche Befehle – und sollten schlafen. Das gelang uns irgendwann. Sogar mir. Am nächsten Morgen waren Andreas' Eltern schon da. Sie waren in der Nacht eingetroffen, wollten uns aber nicht wecken. Meine Eltern blieben fort. Zwei Menschen, die mit dem Mittelmeer aufgewachsen waren und die Gefahren der Gezeiten nicht kannten. Ihre Leichen wurden niemals gefunden.

Das alles ist fünfunddreißig Jahre her, es war möglich, sonst wäre es nicht geschehen, und es war nicht besonders unwahrscheinlich. Der Name Evinman spielte danach nur noch eine Rolle, wenn es um mich ging oder, später, um Sandra und die Kinder.

HERZ

Er liest im Stehen, acht, zehn Stunden lang, unterbrochen von nur wenigen kurzen Pausen, in der einen Hand das Buch, jeden Tag ein anderes, soweit ich es überblicke, in der anderen, leicht ausgestreckten Hand der Pappbecher, in dem er das Kleingeld sammelt, das manche Besucher des Supermarkts für ihn übrig haben, zwanzig, dreißig Prozent von ihnen, schätze ich, obwohl er mitten im Weg steht, wenn sie das Geschäft verlassen, und obwohl er selbst nichts für sie hat, keinen Dank und keinen Blick. Jedenfalls ist das normalerweise so, doch als ich vor unserer Haustür aus dem

Taxi steige und über das Autodach auf die andere Straßenseite blicke, ist er nicht da. Wäre während meiner Abwesenheit der Supermarkt selbst verschwunden, ich wäre nicht unruhiger. Erst als das Taxi weggefahren ist, sehe ich ihn. An den Zeitungskasten gelehnt, sitzt er auf dem Boden, neben ihm der Einkaufswagen mit seinem Hausstand, den er jede Nacht um die Ecke zu unserem Herrenausstatter schiebt, der seit Jahren toleriert, dass sein windgeschützter Ladeneingang bis halb sieben am Morgen das Schlafzimmer eines anderen ist.

Dass der Leser heute entspannt vor seinem Arbeitsplatz sitzt, dass er kein Buch, sondern einen Pappbecher mit Kaffee in der Hand hat, das passt nicht zu ihm. Seinen Namen kenne ich nicht, aber ich weiß, dass er seine Arbeits- und Lesezeiten genau einhält, wobei er die Zumutung, die späte Öffnungszeiten für Arbeitnehmer bedeuten, nie mitmacht und spätestens gegen sieben seine Schicht beendet, um sich danach in den Schlaf zu trinken. Dabei liest er nicht, was an den Lichtverhältnissen liegen mag. Vielleicht hat er etwas zu feiern heute, vielleicht sollte ich hinübergehen und ihn fragen, bei der Gelegenheit auch gleich nach seinem Namen. Im Moment gibt es vieles, was ich lieber tun würde, als unseren Hausflur zu betreten und die Wohnungstür im Erdgeschoss zu sehen, die Karin nie wieder öffnen wird.

Natürlich hat sich nichts verändert im Haus, offenbar auch nicht an meiner alten Erwartung, dass die Dinge nicht mehr an ihrem Platz sein sollten nach einem Tod. Unverändert anstrengend ist auch der Weg in den fünften Stock, was ich schon vor zehn Jahren kommen sah, aber zur Etage fünf gehörte die Option auf eine kleinere Etage sechs mit großer Dachterrasse, und Sandra ließ nicht mit sich reden. Sie arbeitete schon damals in Jägers Firma und hatte früh von diesem Sanierungsprojekt erfahren, das sie beharrlich ein Schnäppchen nannte, ein Riesenglück, zumal sie die verantwortliche Architektin sein durfte und um jeden Preis sein wollte. Obwohl es schon damals Heldenmut und Herkunftsglück erforderte, in diesem Viertel zu kaufen, in dieser Stadt, in diesem Alter, zog Sandra uns da durch.

Ihre Eltern halfen uns, noch mehr aber Sandras fachliches Können und ihre Kontakte. Aus zwei Wohnungen machte sie eine Wohnlandschaft mit sieben Zimmern und raffinierter Wendeltreppe, aus der Dachterrasse wurde ihr Paradies, in dem zum Glück so viele, inzwischen hohe Bäume in Töpfen stehen, dass ich immer einen Platz finde, von dem ich keine Domspitzen sehen muss.

Karin kam gleich nach uns, Erdgeschoss und ein eigener kleiner Hofgarten, und gemeinsam suchten wir die vier anderen Parteien aus, soweit wir das steuern konnten, auf jeden Fall vertrieben wir nach ein, zwei Jahren eine von ihnen, die woanders, überall sonst, besser aufgehoben war. Karins Robustheit verhinderte die Liebe auf den ersten Blick, war aber die verlässliche Grundlage für eine Freundschaft, die schnell wuchs. Spätestens nach Minas Geburt war sie nicht nur unsere Nachbarin, unsere Kinderärztin, unsere Freundin, sie war Karin, die schon immer da war.

Ich schließe die Wohnungstür auf, was drinnen immer gut zu hören ist, und als ich in die Diele trete, werde ich schon fotografiert und erst danach umarmt, geküsst und befragt. Mit ihren acht Jahren ist Mina schon an der Grenze, die sie leider bald unaufhaltsam überschreiten wird, aber noch kann ich sie auf den Arm nehmen und sie, meine Wange an ihrer, in die Küche tragen, wo Beatriz am Herd steht und Töpfe unter Aufsicht hält.

»Olá«, sagt Beatriz und gibt mir die üblichen drei Wangenküsse, von denen Mina auf meinen Armen einen guten Teil kollateral abbekommt. »Ist schlimm, oder?«

Ich nicke, mehr lässt sich vorläufig zu Karin nicht sagen, und vermutlich gibt es nur wenige Wahrheiten, die Beatriz' Akzent nicht mildern könnte. Ich setze Mina ab, sehe in einen Topf, unseren größten, und gebe Laute von mir, die mit Höflichkeit nichts zu tun haben.

»Feijoada.«

»Feijoada completa«, sagt Beatriz. »Muss kochen noch eine Stunde.«

Kochen gehört eigentlich nicht zu Beatriz' Aufgaben. Wenn ich unterwegs bin oder nicht vom Schreibtisch wegkann, holt sie Mina vom Hort ab und kümmert sich um sie, bis Sandra von der Arbeit kommt. Hin und wieder schenkt sie uns aber ein wenig von dem, was ihre Großmutter und ihre Mutter ihr mitgegeben haben, und jedes Mal wird es ein kleines Fest, zu dem ihr Mann, der noch vor kurzem ihr Freund war, oft dazukommt.

»Und Nachtisch«, sagt Beatriz. »Sommerkuchen. Von Mama.«

»Ich bin heute Abend nicht da«, sage ich und überlege, welchen Grund ich finden könnte, um wenigstens bis nach dem Essen zu Hause bleiben zu können.

»Schade«, sagt Beatriz enttäuscht.

In São Paolo, ihrer Heimatstadt, ist sie vor drei Jahren der Liebe begegnet, in Gestalt eines deutschen Austauschstudenten mit Pudelfrisur, die Ludger heute noch hat. Seinen Namen konnte Beatriz nicht richtig aussprechen, das kann sie immer noch nicht, doch sein Herz aus Gold hat sie erkannt und unbedingt verdient. Als er nach Hause zurückmusste, ist sie selbst zur Austauschstudentin geworden, hat das Rückflugticket ihrem *pai* schon nach ihrer ersten deutschen Woche zurückgeschickt, und Ludger, oft umständlich im Denken, aber auffallend entschlossen, wenn es darauf ankommt, hat Beatriz geheiratet, bevor ihr Studentenvisum ablief. Dafür sind Sandra und ich ihm so dankbar wie Beatriz' Vater, der nach Erhalt ihres Rückflugtickets seine Überweisungen eingestellt hat. Eine bessere Kinderbetreuung hatten wir noch nie.

»Ist das nicht gut?«, fragt Mina und zeigt mir ein Blatt Papier, das am Kühlschrank zwischen Geburtstagseinladungen, Postkarten und Schulmitteilungen hängt.

Ich nehme das Blatt vom Kühlschrank ab, um es genauer zu betrachten, und sehe leider auch aus der Nähe den Ausdruck eines Fotos von einem Transportsarg, der Ausschnitt so exakt gewählt, dass nicht einmal die Hände der Träger zu sehen sind.

»Ich wollte es Linette und Jasmin zeigen. Aber Mama hat gesagt, das kann man nicht mit in die Schule nehmen.«

Mina hat sich einen Fotoapparat zum Geburtstag gewünscht und bekommen. Seither fotografiert sie. Menschen, vor allem uns, die essen, schlafen, pinkeln, lesen, Schuhe putzen, schreien, Fingernägel schneiden, Taschen packen, ihre Uhren suchen, finden, umlegen. Und Dinge, viele Dinge. Pfefferstreuer, Salzstreuer, Gitarren, Gitarrenverstärker, Gitarrenverstärkerregler, Kunststofftiere in Porträts und Gruppenarrangements, Fernsehbilder, den eigenen Kot, das eigene Pipi, die eigenen Füße, Rechnungen, Erkältungssäfte. Nicht jedes Foto druckt Mina aus, aber die meisten, schreibt das Datum auf und heftet sie ab. Zwei Ordner hat sie schon voll. Wenn es keine vorübergehende Laune ist, und danach sieht es nicht aus, werden wir ihr ein neues Regal für ihr Archiv kaufen müssen. Vielleicht erkundet Mina die Welt, jedenfalls erträgt sie sie jetzt besser. Seit sie fotografiert, schläft sie immer öfter durch.

»Ich glaube, Mama hat recht«, sage ich. »Manche Leute haben Angst vor Särgen.«

»Warum?«

Ich verschaffe mir etwas Zeit, indem ich das Foto wieder an den Kühlschrank hänge, aber da ist schon die nächste Frage.

»Aber das Foto ist gut, oder?«

»Es ist super«, sage ich dämlich und frage mich, ob es ein Wort gibt, das Grauen und Gelingen zusammenzubringen vermag.

»Weißt du auch nicht, warum Karin gestorben ist?«, fragt Mina. »Mama weiß es nicht.«

Am Telefon haben Mina und ich gestern Abend nicht lange gesprochen. Ich weiß nicht, wo ich sie vorfinde, ich weiß nicht, was ich sagen soll.

»Sie war krank«, sage ich. »Das weißt du, oder?«

»Sie war nicht krank. Sie war klein.«

»Das hatte mit ihrer Krankheit zu tun. Wenn Karin dich untersucht hat, hat sie dir manchmal von ihren eigenen Ärzten erzählt, erinnerst du dich?«

Mina muss nicht lange nachdenken, sie nickt. Aber in ihren Augen bleibt ein Zweifel. Von oben sind erste Gitarrenklänge zu hören, die üblichen drei, vier Akkorde, mit denen Ben seinen Verstärker einstellt. Er ist zu Hause.

»Sie ist oft operiert worden«, sage ich. »Wir haben sie zusammen im Krankenhaus besucht. Sie war schon lange krank, sehr lange. Schon seit ihrer Geburt. Und sie ist nie gesund geworden. Das geht bei dieser Krankheit nicht.«

Wieder ein Nicken von Mina, die endlich beginnt, sich die Geschichte zu erzählen, die sie nicht fotografieren kann.

»Karin war klein. Aber bei ihr drinnen, da war alles groß. Stimmt's?«

»Ja«, sage ich. »Ihre Organe. Die haben irgendwie nie richtig gepasst. Sie waren zu groß für sie.«

»Das Herz«, sagt Mina.

»Auch das Herz.«

»Karin hat gesagt, sie wird nicht alt. Aber ich hab gedacht, nicht so alt wie Oma und Opa.«

Karin hat Mina vorbereitet, das wusste ich nicht. Ich selbst bin nicht vorbereitet auf das, was meine Tochter sagt.

»Warum ist sie nicht noch mal operiert worden?« Keine Frage, eher der Beginn einer Anklage, vielleicht einer Überflutung. »Die Ärzte mussten Karin wieder operieren.«

»Bestimmt ging das nicht, ich weiß nicht. Irgendwann hilft es nicht mehr. Das ist eine schlimme Krankheit. Aber man hat sie, oder man hat sie nicht. Du wirst so was nie bekommen.«

Danach hat Mina nicht gefragt, und es ist nicht das, was sie aufwühlt. Aber das Einzige, was mir einfällt. Ich habe Angst vor den nächsten Sekunden.

»Mina«, ruft Beatriz vom Herd, lauter als nötig. »Die Farofa. Geht los. Hilfst du?«

Mina tut uns den Gefallen und nickt.

»Mache ich alleine«, sagt sie vergnügt und läuft zum Herd, als hätte eine gnädige Spontanamnesie sie fürs Erste befreit.

»Ich sehe mal nach Ben«, sage ich und gehe die Wendeltreppe hoch, auf der seine E-Gitarre mit jeder Stufe lauter wird.

Was ich höre, müsste *Sketches of Spain* sein, das Buckethead-Stück, mit dem der geniale, durchgeknallte Gitarrist, wie Ben mir erklärt hat, ein Stück von Miles Davies variiert, das wiederum dessen Hommage auf das bekannteste Gitarrenkonzert der Welt ist, Rodrigos *Concierto de Aranjuez.* Da mein Arbeitsraum zu nah an Bens Zimmer liegt, haben wir die Abmachung, dass er beim Spielen Kopfhörer benutzt, wenn ich arbeite, seither sind meine Freizeit und meine Abwesenheit meinem Sohn heilig.

Ich klopfe ein sinnloses Klopfen, das niemand hören kann, und trete ein. Wie immer sieht Ben mich zunächst nur ausdruckslos an und spielt die Weile weiter, die er braucht, bis er sich stören lassen will. Wie meist, längst nicht immer, halte ich mich zurück, obwohl man nie weiß, wie viel Zeit Ben veranschlagen wird.

»Hi«, sage ich, als er aufgehört hat zu spielen. »Alles okay?«

»Karin ist gestorben«, sagt er. »Alles okay.«

Die armselige Coolness, die ich schon bei seinen Freunden schwer ertrage, reichert Ben regelmäßig mit riskant hohen Dosen an Sarkasmus und Besserwisserei an. Ich habe leider noch keine Entziehungskur gefunden, die unser Verhältnis nicht belasten würde.

»Ja«, sage ich. »Karin ist tot.«

Ich sehe mich nach einem Platz um, auf dem keine Kleidungsstücke, keine halbleeren Plastikflaschen, keine ganz leeren Joghurtbecher, keine Bücher, Notenblätter oder Schulmappen liegen, und entscheide mich für die Bettkante.

»Mama will, dass ich auf der Beerdigung spiele.«

»Auf der Trauerfeier«, sage ich.

»In der Kapelle«, sagt Ben und erinnert mich mit seinem Blick daran, dass es zwischen einem Korinthenkacker wie mir und einem sarkastischen Besserwisser keine nennenswerten Unterschiede gibt.

»Gitarre?«, frage ich.

»Klavier.«

Sandras Vorschlag ist so verständlich, dass es schmerzt. Ben saß auf Karins Schoß, als er in ihrer Wohnung zum ersten Mal mit Klaviertasten in Berührung kam und nicht mehr aufhören wollte, mit ihnen zu spielen. Die ersten Unterrichtsstunden hat ihm Karin gegeben. Auch nachdem wir Ben ein Klavier und eine Lehrerin besorgt hatten, haben die beiden oft zusammen am Klavier gesessen, mal bei uns, mal unten, über Noten gebrütet, sich gegenseitig vorgespielt und verbessert. Vor drei Jahren ungefähr hat Ben die Gitarre entdeckt, schnell auch die E-Gitarre, und seither haben Karin und er nicht mehr zusammengespielt, soweit ich weiß. Aber aufgegeben hat Ben das Klavier nie. Während er sein Gitarrenspiel verbissen zu verbessern versucht, weil es zu hören sein soll, holt er sich aus dem Klavier etwas, was nur in ihm drinnen zum Klingen kommt. Es kommt vor, dass er tagelang nur das Notwendigste mit uns spricht, allenfalls mit Mina ein paar Worte mehr, aber stundenlang am Klavier sitzt und ununterbrochen, dennoch mit jedem Anfang anders, denselben Blues ins Universum schickt.

»Du findest Mamas Idee bescheuert«, sage ich.

»Und ob.«

»Wenn du nicht willst, musst du nicht.«

Ben nickt. Aber es sieht nicht aus, als sei meine Absolution ausreichend, um sie sich auch selbst zu geben. Er geht an sein blaues Schubladenelement, das er in der dritten Klasse bekommen hat, und zieht eine Schublade auf. Ein Überbleibsel aus der alten Zeit wie das FC-Poster, das nur noch aus Trägheit hängt und neben den sorgfältig gerahmten Schwarzweißdrucken von Keith Richards, Jimi Hendrix und Kurt Cobain an der anderen Wand wirkt wie Goofy auf dem Grünen Hügel in Bayreuth. Ben holt einen verschlossenen Briefumschlag aus der Schublade, reicht ihn mir.

»Von Karin. Hat sie mir am Dienstag gegeben, gerade als du weg warst. Ich soll dir den Brief geben, wenn du zurück bist, hat sie gesagt. Nur dir, nicht Mama.«

»Wahrscheinlich der Entwurf für die Eigentümerversammlung. Wegen der Kabelschächte. Karin und ich hatten das übernommen.«

Es ist die einzige Erklärung, die mir auf die Schnelle einfällt. Ich bin mir nicht sicher, ob sie ausreicht, um meine Angst zu überdecken.

»Sie schickt dir keine E-Mail?«

»Ich nehme an, ich soll gleich unterschreiben.«

»Und warum klebt sie den Umschlag zu?«

»Keine Ahnung, werde ich sehen«, sage ich, so unbekümmert ich kann, stehe auf und gehe zur Tür.

»Ich muss gleich wieder los. Ich check mal schnell meine Mails.«

Nicht einmal ein Nicken von Ben, nur dieser Blick. Er ahnt, wenigstens das, dass sein Vater lügt.

LIEBE SANDRA, LIEBER CAN,

mich juckt es in den Fingern. Könnte ich nicht schreiben, wenn Ihr das lest, bin ich nicht mehr da? Aber das wünscht man seinem ärgsten Feind nicht, dass er so etwas lesen muss, und Euch, Euch wünsche ich nur das Allerbeste. Zu gerne hätte ich aber Cans Grummeln gehört und die Bosheiten, die er über so ein Klischee abgeschossen hätte. Garantiert wären ihm ein paar hübsche eingefallen. Nur werde ich nichts hören. Also beginne ich anders:

Entschuldigt bitte, verzeiht mir. Es ging nicht anders.

Nein, noch kann ich das so nicht schreiben. Nie hätte ich gedacht, dass zu den Dingen, die man in so einer Situation bedenken muss, auch grammatische Fragen gehören, aber zum Glück sind die nicht so wichtig wie andere. Es wird nicht anders gehen, ist das besser? Oder: Es wird nicht anders gegangen sein? Ja, ich glaube, das ist es. Es wird nicht anders gegangen sein.

Das biologische Guthaben, das ich bei meiner Geburt bekam, habe ich ganz gut genutzt, denke ich. Ich habe lange von den Zinsen gelebt, und das nicht schlecht, eigentlich doch ganz vergnüglich die meiste Zeit. Aber irgendwann ist jedes Guthaben aufgebraucht, und mein eigenes war halt nicht so hoch wie das der meisten anderen. Jetzt ist es Zeit, das Konto aufzulösen, denn es wird keine Eingänge mehr geben. Ihr wisst, dass neue Operationen anstehen. Ihr habt in den letzten zehn Jahren mitbekommen, dass man nie weiß, wie man da beim nächsten Mal wieder rauskommt. Ich habe Euch oft genug damit gelangweilt, darüber zu schwatzen, dass alles, was ich mache, nur ein Aufschub ist, sogar das

Kuchenbacken, was seltsamerweise zu den Dingen gehört, die ich am meisten vermissen würde, wenn ich noch etwas vermissen könnte.

Ich will mir nicht dabei zusehen, dass ich allem nur noch zusehen kann.

Irgendwie werdet Ihr das verstehen, irgendwann. Ihr werdet eine Zeitlang sauer sein und mich eigensinnig nennen oder eine gottverdammte Egoistin. Ihr werdet über mich schimpfen, wenn die Kids nicht in der Nähe sind. Aber eigentlich – so gut kenne ich Euch doch, oder? – werdet Ihr mich verstehen. Ihr werdet mir nicht lange böse sein. Bitte: Seid mir nicht böse! Es könnte mir egal sein, ich weiß, aber was Ihr über mich denkt, ist mir nicht egal.

Ich weiß nicht, ob ich in meinem Leben mehr vermisst habe als andere. Am Ende gibt es da wahrscheinlich keine allzu großen Unterschiede. Jedenfalls: Wenn ich mich nach einem Mann gesehnt habe, einem Partner fürs Leben, nach eigenen Kindern, was vorkam, warum auch nicht, dann habe ich immer an das gedacht, was ich bei meiner Arbeit zu sehen bekam. Als Kinderärztin – schon in der Klinik, da besonders, später auch in der eigenen Praxis – habe ich genug Überweisungen zum Kindertherapeuten ausgestellt, genug Frauen getröstet, die im Sprechzimmer plötzlich zu weinen anfingen, obwohl ihre Kinder nicht ernstlich krank waren, und genug Strafanzeigen erstattet, um zu wissen, dass nicht nur das Glück ein Ausnahmefall ist. Schon das Funktionieren funktioniert bei den meisten nicht. Es war ein beschämender Trost für mich, er hielt nie lange an, weil Ihr mir das Leben schwergemacht habt.

Seit zehn Jahren zeigt Ihr mir, Ihr alle vier, was geht. Wie es sein könnte. Ich war immer gern bei Euch und hatte Euch alle gern bei mir. Mit Euch habe ich gut gegessen (und mit Can segensreich getrunken), wir haben laut gelacht, uns herzlich gestritten, gelangweilt habe ich mich nie. Aber beneidet habe ich Euch. Immer. Ihr wart mir die besten Freunde und Nachbarn, die man nur haben kann, aber oft wart Ihr mir auch eine echte Zumutung. Ihr seid der Beweis, dass man vermissen muss, was ich vermisst habe. Vielleicht habt Ihr das nie gemerkt, aber heute muss ich es Euch gestehen. Und ich will mich dafür entschuldigen. Vergebt mir diese Schwäche bitte.

Ich habe noch eine große Bitte, die organisatorische Dinge betrifft, genauer gesagt das Erbe. Ich hoffe, Ihr helft mir da. Da bekommt Ihr noch eine Nachricht, hier gehört das nicht rein.

Hier will ich nur noch danke sagen, danke und nochmals danke. Grüßt mir die Kinder. Was Ihr ihnen sagt über mein Ende, weiß ich nicht, da mische ich mich nicht ein. Aber drückt Mina bitte von mir, so fest Ihr könnt, und streicht Ben die Haare aus der Stirn. Wenn er Euch die Hand wegschlägt, sagt ihm, dass sein Schlag mir galt.

Macht's gut, okay? Hey, ich meine es ernst: Macht es gut, bitte!

Eure Karin

Ich falte den Brief wieder zusammen, stecke ihn in den Umschlag zurück und lege ihn auf meinen Schreibtisch. Darüber werde ich jetzt nicht nachdenken, nicht über ein einziges Wort, und schon gar nicht darüber, wie unerwartbar das Unerwartete ist. Aber irgendwann werde ich mich damit beschäftigen müssen, warum Karin diesen Giftbehälter, verschlossen oder nicht, ausgerechnet meinem fünfzehnjährigen Sohn in die Hand gedrückt hat. Der Anrufbeantworter des Telefons blinkt. Meine Büronummer. Ich habe keine Zeit mehr, schon gar nicht für geschäftliche Anrufe, doch meine Hand ist schneller als meine Entscheidungskraft. Die ersten drei Anrufe sind belanglos, mit dem vierten hätte ich rechnen können. Als ich die Stimme höre, weiß ich, dass ich damit gerechnet habe.

Sie ruft absichtlich nicht auf meinem Handy an, weil sie mir nur eine Nachricht hinterlassen, mir Zeit geben will. Das war für mich sicher alles sehr plötzlich heute, sehr viel, sehr viel auf einmal. Es tut ihr leid, vielleicht hat sie es falsch angestellt, mich falsch eingeschätzt. Sie hat gedacht, ich erkenne sofort, welche Chance sich mir bietet. Welche Chance ich für sie bedeute. Ich weiß mehr, da ist sie sich sicher, als ich sage, vielleicht, als ich selbst ahne. Ich werde ihr vertrauen müssen, und das werde ich bald tun. Alles wird sich ändern, ich werde sehen.

»Schlaf eine Nacht darüber«, sagt Ellen. »Du hörst von mir. Bis dann.«

Schneidende Selbstsicherheit, keine weiteren Nachrichten. Ich gehe aus meinem Arbeitszimmer und sehe kurz bei Ben hinein, um mich zu verabschieden, außer den leisen metallischen Geräuschen der Saiten ist nichts mehr zu hören. Ben hat seine Kopfhörer an den Verstärker angeschlossen, übt immer wieder eine einzelne Passage, wahrscheinlich aus dem Buckethead-Stück, und nickt mir abwesend zu. Dass er die Kopfhörer nicht abnimmt, um zwei letzte Worte mit mir zu wechseln, stört mich ausnahmsweise nicht. Was in Karins Brief steht, will ich ihm nicht zwischen Tür und Angel zur Gewissheit werden lassen.

Unten hilft Mina, inzwischen zu ungefähr gleichen Teilen mit Mehl, Zucker und Kokosraspeln bestäubt, Beatriz beim Nachtisch. Von Mina bekomme ich die Küsse, auf die ich aus bin, und von Beatriz das Versprechen, mir ein Stück ihres Sommerkuchens aufzubewahren. Von der Feijoada wird ohnehin genug übrig bleiben. Vor dem Spiegel im Flur entferne ich die Backzutaten, mit denen mich Mina bei unserer Umarmung kontaminiert hat, und bin schon fast an der Tür, als sie aufgeschlossen wird.

»Du bist noch hier?«, fragt Sandra. »Fängt die Lesung nicht gleich an?«

»Doch. Ich wollte nur kurz die Kinder sehen.«

Wir küssen uns, Sandra streicht mir über die Wange.

»Wie war's in Hamburg?«

»Karin hat sich umgebracht«, sage ich. »Ihr Abschiedsbrief liegt oben auf meinem Schreibtisch.«

Sandra fängt ihren Blick noch rechtzeitig ab: Hinter mir höre ich Minas Schritte und dann das laute, künstlich erzeugte Klicken ihrer Digitalkamera. Auch Mamas Heimkehr wird dokumentiert, bevor das erste Wort fällt.

»Soll ich bleiben?«, frage ich leise. »Ich muss da nicht hin.«

Sandra schüttelt den Kopf, lächelt Mina mit dem Lächeln an, das nur Mina bekommt, und gibt mir einen schnellen Abschiedskuss, auf den ich mich so konzentriere, als könnte ich irgendwann über seine Eigenschaften Auskunft geben müssen.

TRIPTYCHON **Die Internationale Raumstation wird explodieren,** wenn es dem deutschen Wissenschaftsastronauten nicht gelingt, den amerikanischen Verräter an Bord unschädlich zu machen, ohne dass Ground Control etwas merkt. Es würde zu lange dauern, den Leuten da unten glaubhaft zu machen, was er weiß, doch wenn er keinen Erfolg hat, ist auch auf der Erde die Hölle los. Die französische Astronautin, Kollegin und seit kurzem Geliebte des Deutschen, drückt in der Zwischenzeit Computertasten, um die Sauerstoffversorgung sicherzustellen, doch die endgültige Rettung kann nur vom Deutschen kommen, der in seiner Schul- und Studienzeit ein gefeierter Ringkämpfer war. Darauf wird er zurückgreifen müssen, wenn er sich gegen den Ami behaupten will, noch mehr jedoch auf seine Fähigkeiten als Wissenschaftler, mit denen er während des Endkampfes versucht, den Kollaps der Energieversorgung in ganz Europa zu verhindern.

Hier erfahren wir nicht, wie die Sache ausgeht. Der Autor, der an einem kleinen Tisch gelesen hat, der zwischen zwei lebensgroßen Pappaufstellern mit seinem eigenen Foto steht, will den Besuchern, die das Buch noch nicht kennen, die Spannung nicht rauben. Ich bin zu spät gekommen, doch die Zusammenhänge sind beeindruckend klar und werden zur Not zwischen zwei Kinnhaken wiederholt; auch zu Hause müsste niemand zurückblättern. Die Fragen des Publikums beantwortet der Autor, als hörte er sie zum ersten Mal. Wie ist er auf die Idee gekommen, wo hat er recherchiert, glaubt er, dass ein solcher Blackout, der uns vorübergehend in die Steinzeit jagen würde, wirklich möglich wäre? Und seine weiteren Pläne? Gibt es eine Fortsetzung, stehen wir womöglich am Beginn einer neuen Thrillerreihe wie der um den Anthropologen Plank, die der Autor im vorletzten Jahr abgeschlossen hat? Eine ausufernde Detailfrage bezieht sich auf ein früheres Buch des Autors, aber auch die beantwortet er nach einer kleinen humorvollen Rüge geduldig und erschöpfend. Als ich an der Reihe bin, sind noch drei, vier andere Hände oben.

»Ihr Frauenbild«, sage ich, »ist das nicht sehr bedenklich? Diese Französin, Emilie, sie muss doch genauso gut ausgebildet sein wie der Held, aber sie ist ausschließlich mit Assistenzdiensten beschäftigt. Während des Kampfs verkriecht sie sich sogar in irgendeinem Modul – nennt man das so? – und wendet ihre Augen ab, als ihr Freund zu verlieren droht.«

»Zunächst einmal gehört die Aufgabe, die Deckert zu bewältigen hat, nicht zu Emilies eigenem wissenschaftlichen Fachgebiet«, sagt der Autor ruhig. »Sie könnte sie gar nicht lösen, selbst wenn sie es wollte. Und dass sie sich mit einem Killer wie Hench nicht messen kann und will, das liegt, wie soll ich mich ausdrücken, tatsächlich in der Natur der Sache. Da mögen Sie recht haben.«

»Warum vertraut sie Deckert so schnell?«, lege ich nach. »Ebenso gut könnte er selbst die Raumstation sabotieren wollen. Und wenn wir schon dabei sind: Hat eine hochqualifizierte Astronautin, die sich jahrelang auf ihren Einsatz vorbereitet hat, nicht anderes im Sinn, als sich innerhalb der ersten vierundzwanzig Stunden auf Sex mit einem weitgehend Unbekannten einzulassen? Geht das überhaupt, in der Schwerelosigkeit?«

»Das geht sogar sehr gut, theoretisch gar kein Problem. Es gibt nur niemanden, der es bisher zugegeben hätte.«

Der Autor gönnt sich einen Blick ins Publikum, das sich über seinen letzten Satz vernehmlich amüsiert, wegen unseres Wortwechsels aber auch ein wenig irritiert wirkt. Dann fixiert er mich wie jemand, der einen vor die Kneipentür bitten will.

»Ihre erste Frage hat uns gezeigt, dass Sie kaum Erfahrungen mit dem Mut und der Entschlossenheit eines Mannes haben, der die Dinge angeht, wenn sie angegangen werden müssen. Die zweite lässt darauf schließen, dass Sie auch der Liebe noch nie begegnet sind, schon gar nicht einer ansatzweise leidenschaftlichen.«

Heutzutage raunt Publikum nur selten, aber vielen Gesichtern ist die wortlose Variante dieses Geräusches anzusehen. Ich lächle dem Autor zu, deute mit meinem Nicken an, dass ich mich geschlagen gebe, und freue mich, dass sich nun, nach langem Zögern, nur noch eine einzige Hand nach oben bewegt. Sicherheitshalber wird die letzte Frage mit einem wuchtigen Lob des Buches eingeleitet.

Bevor er zu signieren beginnt, steht der Autor auf und zieht alle Blicke auf sich, als er mit schnellen, entschlossenen Schritten auf mich zugeht. Er umarmt mich, sogar einen unnötig lauten Kuss auf die Stirn bekomme ich.

»Du Arschloch«, sagt Georg.

»Fragen wird man wohl dürfen«, sage ich.

»Ich beeile mich.«

»Lass dir Zeit.«

Während Georg signiert, gehen die Blicke der Wartenden weiter zwischen ihm und mir hin und her. Als ich es leid bin, jedem neugierigen Auge mit einem höflichen Lächeln zu begegnen, wende ich mich ab und blättere in Büchern, die in der Abteilung stehen, in die Georg eingeordnet wird. Meine Bücher, die Bücher, an denen ich beteiligt war, sind im oberen Stockwerk des Bücherkaufhauses, oder sie liegen auf Tischen in der Nähe des Eingangs. Hinweise auf mich selbst sind zum Glück nirgends zu finden. Als die Sitte aufkam, den Namen des Prominenten und den kleiner gedruckten Namen seiner Stimme durch ein seltsames »mit« zu verbinden, habe ich nicht lange überlegen müssen. Ich werde auch bezahlt, wenn ich die Freiheit der Namenlosigkeit behalte, die für Georg ein Gefängnis wäre.

»Wohin?«, frage ich Georg, als er fertig ist, obwohl ich die Antwort kenne.

Meine Arbeit führt mich regelmäßig nach Berlin, wo mir Georg jedes Mal eine neue Jahrmarktbude zeigt, die es bei meinem letzten Besuch nicht gab und bei meinem nächsten oft nicht mehr gibt. Aber wenn er bei mir ist, will er immer in dem Viertel bleiben, in dem ich wohne, ausschließlich sogar in dem engen Karree um unser Haus, in dem die vier Stationen, die wir meist durchlaufen, in Sichtweite zueinander liegen. Ich bin nie sicher, ob es ein Ausdruck seiner Abhängigkeit von Gewohnheiten ist oder der Ansicht, dass es in meiner Stadt ohnehin nichts gebe, was zu entdecken sich lohnen könnte.

Wie immer beginnen wir im türkischen Imbiss, wo Georg isst,

als hätte er eine wochenlange Diät hinter sich, was nicht unwahrscheinlich wäre. Zwischen den Happen erzählt er von einer Reise nach Los Angeles. Die Feijoada und den Sommerkuchen vor Augen, die noch auf mich warten, begnüge ich mich mit eingelegten Auberginen und ein bisschen Schafskäse und höre mir an, wofür Georg in Kalifornien Zeit fand, während die Erwachsenen, Anwälte und Agenten, erste Gespräche über die Filmrechte seiner Thrillerreihe führten. Irgendwann sage ich ihm, dass Karin, die er kaum kannte, gestorben ist, und bekomme zwei Nachfragen und einen angemessen nachdenklichen Blick.

In der Jazzkneipe, wie Georg sie wegen der meist guten Musik vom Notebook nennt, überwiegend allerdings kein Jazz, bestellt er sich zu seinem Bier einen Espresso und führt mir ein Kunststück vor. Er sei Linkshänder, sagt er der Schönen hinter dem Tresen und sieht sie so lange an, bis sie dem Rechtshänder wort-, aber keineswegs ausdruckslos den Henkel seiner Espressotasse auf die vermeintlich richtige Seite dreht. Dann fragt Georg, wie mir sein neues Buch gefällt.

»Keine Ahnung«, sage ich. »Seit wann lese ich deine Bücher?«

»Hatte ich vergessen«, sagt er und bemüht sich, sein Grinsen der Henkeldreherin zu widmen.

Georg kennt mich gut genug, um zu wissen, dass es eine Lüge ist, doch seit Jahren halte ich an ihr fest. Natürlich lese ich seine Bücher, oft lasse ich mir sogar vor dem Erscheinungstermin Leseexemplare besorgen. Seit wir uns auf einem Empfang kennengelernt haben, den eine längst vergessene Literaturzeitschrift für größtenteils ebenso vergessene Nachwuchsautoren gab, hat sich Georg einen durchgreifenden Stil zugelegt, der bei mir uneingeschränkt funktioniert. Was ein Page-Turner ist, habe ich durch seine Bücher gelernt, die ich vor dem Ende kaum aus der Hand legen kann, obwohl ich sie zu Hause nur heimlich lese, weil ich mich mit meiner Scheinheiligkeit nicht zu Sandras Gespött machen will.

»Dein Komponist war hervorragend«, sagt Georg. »Da gab es ein paar Stellen, da hatte ich Pipi in den Augen.«

»Was für ein Komponist?«

»Der Typ mit dem Knacki-Sohn. Großartiges Buch.«

»Keine Ahnung, was du meinst. Ist nicht von mir.«

»Hör auf. Deinen Stil würde ich sogar auf der Packungsbeilage eines Rheumamittels erkennen.«

»Wie machst du das eigentlich?«, frage ich. »Die Sache mit der Espressotasse.«

Georg schüttelt nur den Kopf und trinkt sein Bier aus.

Beim Boxenstopp im Irish Pub sucht uns Georg aus einer langen Liste einen Malt aus, als hätte er sich am Ende für das beste Spülmittel entscheiden müssen, und beginnt einen Streit über Paul Austers neuen Roman, auf den ich mich gerne einlasse. Danach wird es Zeit fürs *Fargo*, wo dem Ritual gemäß Abschluss, Höhepunkt und eigentlicher Beginn meiner Abende mit Georg stattfinden müssen.

Wir finden noch zwei Plätze am Tresen. Siggi beugt sich darüber, um mir den unvermeidlichen Hieb auf die Schulter zu geben, und fragt Georg, wie er es bloß in Berlin aushalte. Wie immer er es anstellen mag, Siggi erinnert sich an jeden meiner Begleiter und ihre Lebensumstände, so selten er viele von ihnen auch sieht. Während Siggi unsere Biere zapft, müssen wir über Karin sprechen, die ebenfalls Stammgast war und oft mit mir hier vor ihm saß. Als er uns die Gläser hinstellt, ist uns längst klar, dass es nicht viel zu sagen gibt, weil es kommt, wie es kommt, dass es aber nicht schaden kann, wenn er die Todesanzeige aufhängt und natürlich ein Foto von Karin, das ich ihm allerdings besorgen müsste. Selbstverständlich kommt Siggi zur Trauerfeier. Falls er hier wegkann. Die Tagesschichten haben leider weniger Personal.

Inzwischen habe ich genug getrunken. Ich stoße mit Georg an und beginne zu erzählen. Von Ellen und ihrem Großvater, der angeblich nicht ihr Großvater ist, vom polnischen Pfleger und den Toten von Saloniki, von Chajim und seinem Nachnamen, von der bizarren Nachricht auf meinem Anrufbeantworter: die ganze wirre Geschichte. Zweimal werde ich von Nachbarn aus dem Viertel unterbrochen, die mich begrüßen und auf Karin ansprechen, und einmal stellt Georg eine knappe Zwischenfrage, die bei ihm naheliegend ist

(»Warum hast du sie nicht flachgelegt?«). Als ich fertig bin, bestellt er sich noch ein Bier und sieht mich wortlos an. Sein Blick ist der eines Mannes, der sich gerade bewusstmacht, dass er wieder nicht bekommen hat, worauf er ein Anrecht hat.

»Wieso lässt du sie gehen?«, sagt er schließlich. »Du hättest sie ausquetschen müssen.«

»Ausquetschen?«

»Diese Frau weiß etwas über dich, was du nicht weißt. Sie hat eine Verbindung zu deiner Familie, vielleicht *ist* sie Familie. Und du kümmerst dich nicht darum?«

»Woher willst du wissen, dass das alles stimmt?«

»Woher willst du wissen, dass es nicht stimmt?«

»Ich erkenne eine Irre, wenn ich sie sehe.«

»Auch Irre können Fragen beantworten.«

»Wer stellt Fragen?«

Georg schweigt einen Moment, blickt weg, trinkt. Geduld gehört nicht zu seinen Stärken, so wenig wie Nachsicht mit Ignoranten. Ich war oft dabei, wenn er einen Uneinsichtigen mit dessen eigenen Worten an die Wand genagelt hat. Gelegentlich, für unsere Breitengrade ungewöhnlich oft, endete die Erörterung mit zerbrochenen Gläsern oder vorübergehenden Hautveränderungen.

»Ich habe mal in Bridgeport angerufen«, sagt Georg. »Vor ein paar Jahren. Bridgeport in Connecticut. Da gibt es eine Firma, die Speisekarten entwirft und herstellt. Eviman Enterprises. Eviman, ohne N in der Mitte. Habe ich gleich gemerkt, aber ich dachte, es könnte sich um irgendeinen Übertragungsfehler bei der Einwanderung handeln, wäre ja nicht der erste. So ähnlich war es auch. Allerdings war es ursprünglich ein ganz anderer Name, die Leute stammten aus Rumänien. Näher bin ich deinem Namen nie gekommen.«

»Du betreibst Familienforschung? Über meine Familie?«

»Welche Familie?«

»Warum hast du mir das nie erzählt?«

»Warum hast du deinen Kindern nie was erzählt. Könntest du?«

Über so etwas reden Georg und ich nicht. Wir kommen uns über

Bücher in die Haare, wir analysieren zusammen seine Frauengeschichten, wir machen uns über Bekannte lustig, wir erinnern uns an gemeinsame Reisen und sprechen gelegentlich über unangenehm nachtröpfelnden Urin, wir trinken und essen, aber wir mischen uns nicht ein. Ich sehe ihn an, ich warte. Deutlich zu riechen, dass er erst am Anfang ist.

»Was ist los mit dir, Can? Aus jedem belanglosen Lebenslauf machst du ein Schicksal, einen mitreißenden Lebensweg, und nie lässt mich ein Buch von dir kalt, obwohl ich die meisten dieser Leute vorher für Pappnasen halte und mir jedes Mal vornehme, nicht schon wieder auf dich hereinzufallen. Aber deine eigene Geschichte geht dir am Arsch vorbei? Du sprichst kein Türkisch mit deinen Kindern. Erzähl mir jetzt nicht, du kannst es nicht. Du fährst da nie hin. Du lebst, als würde die Welt erst existieren, seit du auf ihr aufgetaucht bist.«

»Und wenn?«, sage ich.

»Vielleicht bist du uns eine Geschichte schuldig.«

»Uns?«

»Wovor hast du solche Angst?«

Siggi merkt immer, wenn die Dinge ernster werden, und an seinem Tresen setzt *er* die Satzzeichen:

»Noch zwei Bier?«

Ich nicke, frage mich kurz, ob der Trick mit der Espressotasse auch bei Siggi funktionieren würde, und blicke mich um, weil das besser ist, als in Georgs unnachgiebige Augen zu sehen oder ihn zu fragen, wie glücklich es ihn macht, seine eigene Geschichte zu kennen, in der es von verschwundenen Vätern, depressiven Müttern und nutzlosen Großeltern wimmelt. Mit einem Weinglas in der Hand steht Anke, der der Schmuckladen um die Ecke gehört, alleine am Fenster. Ich winke ihr so vieldeutig zu, dass sie sofort herüberkommt, um den gutaussehenden Mann kennenzulernen, mit dem ich hier bin. Georg braucht noch einen Moment, um seinen Blick von mir zu lösen. Dann ist er ganz bei Anke. Ich entschuldige mich und gehe zum Rauchen hinaus.

Später zu Hause stelle ich als Erstes den Topf mit den Resten der

Feijoada auf den Herd, noch genug da, um auch den gierigen Hunger zu stillen, den Alkohol erzeugt. Georg entdeckt auf der Ablage den Teller mit dem kleinen Stück Sommerkuchen und vertreibt sich die Zeit bis zum Hauptgericht mit dem Dessert.

»Denkst du manchmal an New Orleans?«, fragt er, den letzten Bissen des Sommerkuchens noch im Mund, den allerletzten.

»An die Schießerei? Heute erst.«

»Die war in Atlanta. Ich meine den Anruf. Von Sandra.«

»Nein«, sage ich. »So gut wie nie.«

In der Nacht wache ich auf, wie immer, wenn ich zu viel getrunken habe. Viertel vor vier, und Sandra liegt nicht neben mir. Mina schreckt manchmal nachts auf und kommt zu uns, dann trägt sie einer von uns zurück in ihr Bett. Wenn Mina nicht sofort in den Schlaf zurückfindet, schläft Sandra gelegentlich neben ihr ein. Ich gehe auf die Toilette und sehe danach in Minas Zimmer, wo sie alleine in ihrem Bett liegt und ruhig schläft. Im Wohnbereich ist Sandra nicht und auch nicht in ihrem Arbeitszimmer. Vielleicht ist sie im Bad oben, weil sie irgendwas braucht, was sie dort liegen hat. Außer dem Gäste- und meinem eigenen Arbeitszimmer ist oben nur Bens Raum, und der will nachts schon lange keine Zuwendung mehr. Ich bin zu müde, um hochzugehen, warum auch, ich lege mich wieder ins Bett und schließe die Augen.

Als ich sie wieder öffne, weil der Wecker geklingelt hat, schlägt Sandra neben mir schon die Decke zur Seite und quält sich aus dem Bett.

»Guten Morgen«, sage ich und bekomme von Sandra das gewohnte morgendliche Grummeln.

»Konntest du nicht schlafen?«, frage ich.

»Wieso?«

»Ich bin irgendwann aufgewacht. Du warst nicht da.«

»Kann mich nicht erinnern«, sagt Sandra, während sie Wäsche aus dem Schrank holt. »Ich war nicht mal auf dem Klo, glaube ich.«

»Komisch.«

»Vielleicht hast du geträumt«, sagt Sandra.

»Vielleicht«, sage ich.

Vielleicht habe ich geträumt. Vielleicht war es eine somnambule Vorstufe meines Katers, der jeden meiner Schritte zur sportlichen Herausforderung macht. Dennoch geht alles militärisch geordnet und schnell vor sich wie jeden Morgen. Ich mache Kaffee, während Sandra in der Dusche ist. Ben schaufelt wortlos Cornflakes in sich hinein und liest dabei den Sportteil der Zeitung von gestern. Mina wird davon abgehalten, den Inhalt der Spülmaschine zu fotografieren, und in ihr Zimmer geschickt, damit sie sich endlich anzieht. Sandra bekommt heiße Tropfen auf die Finger, als sie sich ihren Bio-Chai in die Thermoskanne füllt. Als Erster verlässt Ben die Wohnung, bald darauf stehen Sandra und Mina an der Tür.

»Grüß Georg von mir«, sagt Sandra. »Wir haben uns ja gar nicht gesehen.«

»Mach ich«, sage ich, obwohl ich weiß, dass es nicht mehr als Höflichkeit ist. Sandra toleriert ihn, und Georg nimmt sie nur hin seit New Orleans.

Ich gebe Mina den ersten Kuss und ärgere sie wie jeden Morgen mit meinem »Pass auf dich auf«, Sandra bekommt den zweiten, dann schließe ich die Tür, setze mich hin und trinke dumpf Kaffee, bis zehn Minuten später Georg mit seinem kleinen Rollkoffer herunterkommt. Ohne Augenringe, ohne irgendeine erkennbare Folge des letzten Abends, in einem hellen Sommeranzug mit offenem Hemd und einem frischen Duft, der sogar in meinem Zustand eine gewisse Wirkung auf mich hat.

Für einen doppelten Espresso hat Georg Zeit, dann muss er zum Flughafen, weil er gegen Mittag ein Zeitungsinterview in Berlin hat. Während er seinen Espresso trinkt, fragt er mich, ob aus meiner Sicht irgendwelche gesellschaftlichen Gründe dagegensprechen, dass er bei seinem nächsten Besuch Anke klarmacht, dann bittet er mich, ein Taxi zu rufen. Ich habe das Telefon schon in der Hand, als ich Georg frage:

»Du rufst wegen mir in Connecticut an?«

Ob meine Frau die letzte Nacht bei ihm war, frage ich nicht.

POSTEINGANG **Die Selbstmörderin zuerst oder die Wahnsinnige?** Von beiden ist eine Mail da, der Rest der Post kann warten. Ich entscheide mich für Karin, die Nachricht, Pest oder Cholera, die weniger Irrsinn und Überraschung erwarten lässt.

Verglichen mit ihrem handschriftlichen Brief, ist Karins Mail nüchtern wie eine Wegbeschreibung. Ich erfahre, dass der Leser vor dem Supermarkt, den Karin offenbar gut kannte, Christoph Peters heißt. Abgesehen von zwei Geldbeträgen, die für Kinder beeindruckend hoch sind und die Karin bereits auf die Sparbücher von Ben und Mina überwiesen hat, erbt Christoph Peters alles, was sie zu vererben hat; ihre Schwester brauche nichts und werde garantiert nichts dagegen haben. Die Wohnung habe sie in den letzten Wochen nach und nach so gründlich von allen persönlichen Lasten befreit, schreibt Karin, dass nur noch ihre Leiche herausgeschafft werden müsse. Peters sei schon als neuer Besitzer im Grundbuch eingetragen, für alle ihre Konten und Anlagen besitze er eine Vollmacht, die nach ihrem Tod in Kraft trete. Christoph Peters sei ein großartiger Mensch, der eine Chance verdient habe, behauptet Karin. Und sie behauptet auch, Peters' Lebensgeschichte sei so faszinierend, dass ich früher oder später darüber schreiben würde. Karin bittet Sandra und mich (und nennt es dreist ihren letzten Wunsch), den Mann, der offenbar sechzig Jahre alt ist, bei seinem Neuanfang zu unterstützen. Darunter verabschiedet sie sich mit ihrem üblichen Kuss und Gruß.

Zwei Zigaretten später schaffe ich es, Ellen Reicherts Mail zu öffnen. Sie beginnt mit fünf Fotos, drei Schwarzweiß- und zwei Farbbildern, auf denen die abgebildeten Orte und Personen mit Hilfe eines Bildbearbeitungsprogramms benannt worden sind. Auf dem Weg zur Nachricht scrolle ich langsam hinunter, sehe mir jedes Bild genau an.

Das erste Foto ist von 1943 und zeigt drei Uniformierte vor einem Gebäude in Saloniki, das als »Yeni Cami/Neue Moschee« bezeichnet ist. Darunter steht: »Max Merten, Kriegsverwaltungsrat«, »Rudolf Eissler«, »Anton Mahler«.

Eissler? Der Nachname von Annas Mann, Martin Eissler. Wie sein Vater hieß, weiß ich nicht mehr, aber ich sehe sofort im Internet nach und finde den Vornamen. Rudolf.

In Saloniki wurde auch das zweite Foto aufgenommen, sagt die Bildunterschrift, irgendwo am Meer. »Anton Mahler und Chajim Evinman«. Sie sehen nicht in die Kamera, vielleicht wissen sie nicht, jedenfalls nicht beide, dass sie fotografiert werden.

Ich vergrößere das Foto, bis sich aus der Auflösung nichts mehr herausholen lässt, und betrachte Mahlers Lebensretter lange und genau genug, um sicher zu sein, dass er allenfalls eine Allerweltsähnlichkeit mit mir haben könnte.

Auf dem nächsten Foto bilden die Hamburger Landungsbrücken die Kulisse. Keine Jahreszahl hier, aber erkennbar frühes Nachkriegsdeutschland. Drei Menschen lächeln in die Kamera, als müssten sie die Freuden eines gemeinsamen Ausflugs belegen: Mahler, Chajim und in ihrer Mitte eine Frau, die auf dem Foto »Hilde, meine Großmutter« genannt wird.

Die Endsechziger auf dem vierten Foto, ein Empfang mit zahlreichen offiziell gekleideten Menschen, überwiegend Männern. Im Vordergrund: »Bernhard Roth, Anna Roths Vater«, »Rudolf Eissler« und »Martin Eissler«, der hier höchstens siebzehn oder achtzehn Jahre alt sein kann.

Auf dem letzten Foto sind außer dem Datum – »9. April 1977« – keine weiteren Angaben. Ich brauche sehr lange, bis ich verstehe, was ich sehe, obwohl das Datum, ein Karsamstag, wie ich weiß, meine Herzschlagfrequenz sofort verdoppelt. Ein Haus am Meer, ein Hotel, der Perspektive und Körnung nach aus größerer Entfernung aufgenommen, vermutlich mit einem Teleobjektiv, aber in den meisten Einzelheiten deutlich. Am Ende zu deutlich. Vor dem Eingang ein Mann und eine Frau in ihren Dreißigern. Und zwei Kinder, Jungen um die zehn. Andreas erkenne ich zuerst, der Kleine im Anorak neben ihm, das muss ich sein. Wir haben gefrühstückt und danach unsere Schwimmsachen gepackt, jetzt sind wir unterwegs zum Hallenbad. Auf dem Rückweg werden meine Eltern kurz in den kleinen Laden im Ort gehen, in dem es neben den Kostbarkeiten der Eistruhe auch alles andere gibt, was man für einen Urlaub an der See braucht. Sie brauchen Gummistiefel.

Der Morgen des Tages, der zum entsetzlichsten meines Lebens wurde: von außen betrachtet, aus zweihundert, dreihundert Metern Entfernung. Noch ist nichts geschehen, und vielleicht muss nichts geschehen. Ich starre auf das Bild, den eingefrorenen letzten Augenblick, in dem alles unberührt war, als wäre ich in einer Zeitblase gefangen, die mich ohne Übergang und Umweg von einem Hotel an der Nordseeküste durch fünfunddreißig Jahre hindurch an diesen Schreibtisch geschleudert hat. Ich will eine Erklärung, natürlich, aber jetzt denke ich nur eines: Ich will zurück. Unter dem letzten Foto beginnt Ellens Nachricht.

das alles hätte ich dir schon in hamburg zeigen können, aber ich wollte, dass du mahler vorher persönlich kennenlernst. ich wollte, dass du fragen stellst. ihm, mir, dir selbst. ich wollte dich vorsichtig heranführen. weil ich dich mag. weil ich es selbst kaum ertragen habe, als ich es herausfand.

anton mahler, der mann meiner großmutter, hat deinen großvater getötet: den mann, der auch mein leiblicher großvater war. mahlers eifersucht hat es ihm bestimmt leichtgemacht. aber das war nicht der grund für den mord: er hat im auftrag von rudolf eissler gehandelt.

schon im krieg war mahler rudolf eisslers lakai. später hat anton mahler für ihn deine eltern umgebracht. eisslers sohn martin, annas mann, wusste das.

elf jahre später war es martin eissler selbst, der mahler einen mordauftrag gab: auf seine anweisung hat mahler bernhard roth getötet, annas vater. da war mahler schon über siebzig, aber gelernt ist gelernt.

ich habe gemerkt, wie du mich gestern angesehen hast. ich weiß, dass du mich für verrückt hältst. ich weiß, dass es unglaublich klingt.

aber es ist die wahrheit. du wirst keine andere erklärung für diese fotos finden. für den tod deiner eltern, für den tod von annas vater.

wie immer geht es um geld, unfassbar viel geld. du hast einen anspruch darauf, und ich werde dir helfen, ihn durchzusetzen. ich bin unterwegs nach thessaloniki. komm nach, dann erkläre ich dir alles. warte auf meinen anruf.

ich kann dich nicht davon abhalten, aber besser, du sagst niemandem etwas, schon gar nicht anna. eissler wird noch früh genug erfahren, dass ich ihn durchschaut habe.

ellen

Ich will meine Tabletten nicht nehmen, ich gehe hinunter und entscheide mich für die kleine Flasche, die mir Georg irgendwann von einer Reise mitgebracht hat. Ein baschkirischer Wodka aus Ufa mit einem abgeschmackten Etikett, irgendeine Besonderheit, an der Honig beteiligt ist, ich erinnere mich nicht mehr. Auf dem Weg nach oben öffne ich die Flasche zum ersten Mal und nehme einen Schluck. Ich könnte Sandra anrufen, aber ich habe ihr noch nicht erzählt, was gestern in Hamburg passiert ist, wie soll sie irgendwas verstehen, am Telefon? Georg? Er kennt die Geschichte, und in seinen Büchern zerfetzen Attacken des Widersinns ständig die Wirklichkeit seiner Helden. Aber will ich mit seinen Augen sehen? Ich klicke auf den Weiterleiten-Button und trage Annas Maildresse in die Empfängerzeile ein, aber ich schicke die Mail nicht ab, ich rufe Ellens Mobilnummer an. Während es klingelt, trinke ich noch einen Schluck. Die Mailbox geht dran, notgedrungen lasse ich einen erheblichen Teil meines Hustenanfalls aufzeichnen und beende die Verbindung ohne weitere Nachricht, als es an der Tür klingelt.

Mit der Wodkaflasche in der Hand gehe ich hinunter, öffne die Tür und brauche eine Weile, bis ich Christoph Peters erkenne, der nicht den Trainingsanzug trägt, mit dem er sonst lesend vor dem Supermarkt steht, sondern eine helle Cordhose und einen dünnen schwarzen Rollkragenpullover.

»Guten Tag, mein Name ist Lars Fischer«, sagt der Mann im Anzug neben Peters. »Ich war der Anwalt von Karin Rehmke und vertrete auf ihren Wunsch auch die Interessen von Herrn Peters.«

Ich nicke. Schwachsinnig, wortlos. Ich bitte die beiden nicht herein, ich mache gar nichts. Den Anwalt sehe ich nur an, weil ich nicht weiß, wohin ich sonst sehen soll.

»Frau Rehmke hat mich gebeten, Ihnen Bescheid zu sagen, wenn Herr Peters einzieht. Sie sind doch Herr Evinman?«

Eine gute Frage. Wieder ein Nicken von mir, wieder kein Wort. Der Anwalt lächelt, blickt hinter mich, um mir unaufdringlich in Erinnerung zu rufen, dass wir auch drinnen weitersprechen könnten.

»Heute wär's so weit«, sagt er. »Ich habe Herrn Peters gerade die Schlüssel übergegeben.«

Plötzlich begreife ich.

»Die Wohnung wurde schon vor Karins Tod auf Sie übertragen«, sage ich zu Christoph Peters. »Sie mussten sicher auch irgendwas unterschreiben. Sie wussten, was Karin vorhatte.«

Peters schweigt.

»Ich wusste es auch«, sagt der Anwalt, bevor ich ihm mit der Wodkaflasche einen Schlag auf den Kopf gebe.

Die Flasche zerbricht nicht.

25. Juni

ENTSCHULDIGUNG **Alice Schwarzer rempelt mich an,** als sie aus der besten Metzgerei der Stadt kommt, Wild- und Geflügelspezialitäten seit 1904 und eine seither sorgsam unveränderte Ladeneinrichtung. Offenbar hat die einstige Oberin der deutschen Frauenbewegung keine Zeit, auf Passanten zu achten, die an dem Geschäft vorbeigehen, aber genug Ruhe, um nach der Kollision mit mir stehen zu bleiben und ihre Blicke sprechen zu lassen. Der erste geht auf den Boden, auf dem ihr Einkauf liegt, Schwarzfederhuhn aus der Bourgogne vielleicht oder Sauglamm von den Husumer Deichen, ihr zweiter Blick fixiert mich und könnte eine Aufforderung sein. Vielleicht sollte ich mich dafür entschuldigen, mich nicht schnell genug vorwärtsbewegt und ihr den Weg freigemacht zu haben, vielleicht wäre es auch gut, Zerknirschung zu zeigen und aufzuheben, was ihr aus der Hand gefallen ist. Ich bin nicht sicher, so wenig, wie ich weiß, ob die Frau, die vor mir steht, tatsächlich die ist, die ich von Fotos und aus dem Fernsehen kenne. Ich lächle ihr kurz zu, gehe weiter in Richtung Apostelkirche und höre hinter mir das Wort Arschloch, deutlich und beherzt artikuliert. Die Stimme passt, aber ich drehe mich nicht um, um mich zu vergewissern. Die Anekdote wird sich besser erzählen lassen, wenn ich meinen Zweifeln nicht nachgehe, immerhin hat mich meine liebste Zuhörerin schon oft entlarvt. Dass ich an meiner Glaubwürdigkeit nicht zu feilen brauche, fällt mir erst nach ein paar Schritten ein. Karins heiseres Lachen werde ich nicht entfachen können.

Ein paar Häuser weiter finde ich das diskrete Klingelschild, das Siggi mir angekündigt hat, klingele und werde sofort hereingelassen. Durch ein verwittertes Treppenhaus gehe ich ein Stockwerk hoch, wo mich ein Mann erwartet, der Jurij sein muss. Er gibt mir die

Hand und bittet mich in einen lichtgedämpften Altbauraum, dessen imponierende Größe sicher mehr als einer herausgerissenen Wand zu verdanken ist. Raumhohe Birkenstämme als Dekoration, Sessel und Sofas aus weißem Leder, schwere Kristallaschenbecher auf den Beistelltischen, glänzender Parkettboden. Privatklubatmosphäre. Jurij bietet mir einen Platz an, setzt sich mir gegenüber und fragt, was er für mich tun könne. Siggi, seit Jahren sein Kunde, habe ihm am Telefon etwas angedeutet, aber er will noch einmal von mir selbst hören, was ich brauche. Ich stolpere mich durch meine Geschichte, und Jurij bringt sie danach ungerührt auf den Punkt.

»Sie haben mit einer Wodkaflasche einen Anwalt niedergeschlagen und für zwei Tage ins Krankenhaus gebracht. Jetzt wollen Sie sich bei ihm dafür entschuldigen. Mit Wodka. Gutem Wodka, nehme ich an.«

»So ungefähr«, sage ich nur und bin sicher, ich muss nicht erwähnen, dass die Idee an Siggis Tresen entstanden ist.

Jurij nickt, steht auf und bittet mich, ihm zu folgen. Möglich, dass er täglich mit solchen Anliegen zu tun hat, wahrscheinlicher aber, dass er schon zu viel gesehen und gehört hat, um Idioten mehr als eine Frage zu stellen, wenn er mit ihnen sein Geld weniger aufwendig verdienen kann. Jurij stammt aus Weißrussland und ist irgendwann nach dem Zusammenbruch der Sowjetunion hier gelandet. Siggi will etwas von einer Geheimdienstvergangenheit wissen, von Auftragsmorden, die Jurij Ende der Neunziger bei einem Wodkagelage gestanden haben soll, aber angeblich spielt Siggi auch Doppelkopf mit dem ehemaligen Koksdealer von Christoph Daum und hat in seinen Zwanzigern als Regierungsfahrer in Bonn Dinge gesehen, über die er immer noch nicht sprechen dürfe, obwohl sie ihn heute noch zu einem reichen Mann machen würden. Sicher scheint mir, dass Jurij ein alternder, taktvoller Schwuler ist, der in dieser Stadt gut aufgehoben sein könnte, und zu den altmodischen Geschäftsleuten gehört, die sparsam mit der Zeit ihrer Kunden umgehen und Diskretion nicht für eine sporadische Notwendigkeit halten, sondern für einen Arbeitsstil. Aus seinem Degustationsraum, wie er ihn nennt, führt mich Jurij auf einen schmalen Flur und von dort in ein Lager, in dem unzählige Wodkaflaschen auf Regalen stehen. Dutzende verschiedener Sorten, wahrscheinlich um die hundert.

»Ich würde zu einem Mix raten«, sagt Jurij, »und in Ihrem Fall ein bisschen investieren. Sechs Flaschen? Sechs gute Flaschen?«

»Gern.«

»Es gibt allerdings keine Sorte, die bekannt dafür wäre, aufgebrachte Leute von Anzeigen abzuhalten.«

Ich lache, fühle mich unerwartet wohl wie seit Tagen nicht mehr und würde gern Stunden in diesem Lager bleiben, im Moment sogar den Rest meines Lebens. Gewissenhaft und zum Glück ohne jede Eile sucht Jurij eine Flasche nach der anderen aus, legt sie in einen Metallkorb und gibt mir Erläuterungen, die ich mir unmöglich alle merken kann, die mich aber in eine entspannte, angenehm gleichgültige Stimmung versetzen. Jurij belästigt mich nicht mit Fragen nach meinen Wünschen, er trifft die Entscheidungen selbst und erzählt mir im Plauderton, was es zu erzählen gibt. Rechtsanwalt Fischer wird sich über einen traditionellen Honigwodka aus Aserbaidschan freuen können und über einen weltweit fast ausverkauften Beluga Gold, bei dem die besondere Kombination aus Malzalkohol und sibirischem Quellwasser zur Premiumqualität führt. Danach wählt Jurij einen Wodka mit Zedernussaroma aus, eine weitere Sorte aus Samara, deren innovative Destillierungsweise an die Prinzipien der Weinherstellung angelehnt ist, eine Pinienkernvariante, bei der auch die Kristallflasche beachtenswert ist, die in einem berühmten französischen Glaswerk hergestellt wurde, und schließlich einen schwarzen Wodka aus Polen, obwohl der Jurij selbst nicht ganz überzeugt.

»Die Qualität ist nicht so überragend wie die der anderen«, sagt er, »aber ich habe die Erfahrung gemacht, dass die Deutschen sichtbare Effekte schätzen.«

Wir gehen wieder zurück in den Degustationsraum. Jurij sucht eine schlichte Geschenkkiste aus Holz aus, wieder ohne meine Zustimmung zu erfragen, und beginnt, die Flaschen hineinzulegen. Er ist fast fertig, als mein Handy klingelt und Ellens Nummer auf dem

Display anzeigt. Ihr zwanzigster, vielleicht schon dreißigster Anruf. Ich habe keinen von ihnen angenommen und jedes Mal aufgelegt, wenn sie es mit einer unterdrückten Nummer versucht hat. Ich habe alle ihre Nachrichten auf der Mailbox gelöscht, ohne sie anzuhören, jede Mail und jede SMS ignoriert und niemandem von ihr erzählt. Mehr kann ich nicht tun, aber es scheint nicht zu reichen. Ich drücke den Anruf weg. Obwohl Jurij die Kiste inzwischen fertig hat, lässt er mir Zeit. Auf sehr aufmerksame Weise beachtet er mich nicht, bis sich der Aufruhr gelegt hat, den ich zu verbergen versuche, und ich ihn wieder ansehen kann.

»480 Euro«, sagt er.

Ich zahle mit Karte, Jurij verabschiedet mich im dunklen Hausflur und wünscht mir viel Erfolg. Als er sagt, dass ich mich jederzeit wieder an ihn wenden könne, klingt es in meinen Ohren so tröstlich, als gehe sein Angebot über Wodka hinaus.

Die Kiste auf den Knien, sitze ich Minuten später in der 16 und höre der jungen Frau neben mir zu. In ihr Handy beklagt sie sich über ihren sorglosen Freund, der sich schon wieder mit seinem Chef angelegt habe. Anscheinend teilt sie seine Ansicht, dass sein Arbeitgeber ein Arschloch ist, andererseits hält sie es für vernünftig, mit der eigenen Meinung hauszuhalten, wenn es um einen gutbezahlten Job geht. Sie spricht Deutsch, fällt aber immer wieder ins Türkische, meist zwei, drei Wörter, selten mehrere Sätze lang. Die Wechsel folgen keiner Regel und haben keinen Grund, außer womöglich dem, dass sie nicht auf ihren Reichtum verzichten will. Aus zwei Sprachen gießt sie sich eine zusammen, die sie so bruchlos spricht, wie ich sie höre und verstehe, obwohl ich mir auch diesmal vorkomme wie einer, der sein Ohr an eine geschlossene Tür presst.

Am Ubierring steige ich aus und schleppe meine Kiste über die Straße zum Rheinauhafen, wo der neue urbane Standard des Arbeitens und Lebens am Fluss inzwischen auch von dieser Stadt erfüllt wird. Ben hat hier am Ufer das Radfahren gelernt. Als es noch keine preisgekrönten Kranhäuser mit Glasfassaden gab und die alten Hafengebäude verfielen, war ich oft mit ihm hier, weil ich wissen wollte, ob ich dieses Wasser zu meinem Wasser machen kann. Ich konnte es nie. Inmitten dieser geheimnislosen Instantarchitektur, mein Blick auf dem Wiesenbrachland gegenüber, das nur an Wochenenden beachtenswert besiedelt wird, erscheint die Aussicht darauf, mir diesen Fluss irgendwann zum Klingen zu bringen, entfernter denn je.

Die Kanzlei, in der Rechtsanwalt Fischer Partner ist, liegt im ehemaligen Hafenspeicher, in dem hundert Jahre nach seiner Errichtung kein Korn mehr verladen mehr muss, um Geld zu verdienen. Eine Assistentin bringt mich in einen kleinen Konferenzraum. Ich stelle meine Kiste auf den Tisch, lehne den angebotenen Kaffee ab und frage mich, ob Fischers Mitarbeiterin weiß, dass ich ihren Chef niedergeschlagen habe, und ob das für oder gegen mich spräche. Dass ihm etwas geschehen ist, was besser nicht geschehen wäre, sieht man Fischer an, als er hereinkommt. Die Stirn hat sich stellenweise ins Grünliche verfärbt, ein größeres Pflaster überdeckt die vernähte Platzwunde, die ich ihm zusammen mit einer Gehirnerschütterung zugefügt habe.

»Wie geht es Ihnen?«, sagt Fischer.

»Wie geht es *Ihnen?*«, frage ich und bekomme die Antwort, die ich verdiene.

Der Mann hat Kopfschmerzen, eigentlich ununterbrochen, zudem verwirrende Sehstörungen, die ihn immer wieder aus heiterem Himmel überfallen, und schlecht schläft er auch.

»Am schlimmsten sind die Gedächtnisausfälle«, sagt Fischer. »Vorhin bin ich nicht auf den Namen eines Klienten gekommen, der seit über zehn Jahren bei uns ist. Peinlich, sage ich Ihnen.«

Ich nicke beschämt, was soll ich sagen? Wie ich mich fühle, wird er in meinem Gesicht lesen können. Sein Gesicht allerdings bereitet mir Sorgen. Für das Lächeln, das sich darin ausbreitet, habe ich keine Erklärung, außer der vielleicht, er könne gerade dabei sein, sich den Gegenwert seiner Beschwerden in Schmerzensgeld und Schadenersatz umzurechnen.

»Die Kiste ist für mich? Sie wollen mich gnädig stimmen, um mich von einer Strafanzeige abzubringen?«

»Ich dachte vor allem an eine Entschuldigung. Sofern sich so etwas entschuldigen lässt.«

»Gute Frage«, sagt Fischer. »Mit der habe ich beruflich ständig zu tun, und bis heute habe ich keine richtige Antwort darauf.«

Er öffnet die Kiste, holt eine Flasche heraus, den Zedernusswodka, blickt verwundert darauf und braucht einen Moment, bis er versteht.

»Es war eine Wodkaflasche, mit der Sie mich ins Krankenhaus gebracht haben. Richtig.«

Ein erbarmungslos neutraler Ton, der einen Sachverhalt beschreibt und kein Lächeln mehr braucht. Ich nehme mir vor, nie mehr auf Siggi zu hören, entschuldige mich bei Fischer für das, was ich für Humor hielt, und versuche ihn einzufangen, indem ich ihm von Jurij erzähle, dabei seine Geheimdienstvergangenheit und die Auftragsmorde zu kuriosen, aber so gut wie sicheren Fakten erhebe und schließlich hervorkrame, was ich über die Wodkasorten in der Kiste noch weiß.

»Witzig«, sagt Fischer, »wirklich. Ich werde morgen beim Meeting davon erzählen. Die werden sich amüsieren.«

»Meeting?«, frage ich, weil Fischer die Frage von mir erwartet, ich glaube, die Antwort kenne ich.

»Ich bin bei den Anonymen Alkoholikern«, sagt er und genießt meinen Blick. »Seit neun Jahren inzwischen.«

Der klassische Griff daneben, ein unbekömmlicher Moment, für den mir die passenden Worte heute Nacht im Bett sicher noch einfallen werden.

»Ich habe keine Anzeige erstattet«, sagt Fischer. »Das hatte ich auch nie vor. An Ihrer Stelle hätte ich wahrscheinlich genauso gehandelt. Ich hätte nur keine Wodkaflasche zur Hand gehabt.«

Er nimmt mich von der Leine.

»Meine Kopfschmerzen, die Sehstörungen, die Schlafprobleme, alles Stresssymptome, wenn Sie meinen Arzt fragen. Die zwei Tage, die ich in der Klinik war und nicht arbeiten durfte, die waren da eher ein Segen. Und die Sache mit dem Gedächtnis ist leider auch nicht neu. Glauben Sie, das sind schon Alterserscheinungen? Haben Sie so was gelegentlich auch?«

»Nicht nur gelegentlich«, sage ich. »Meist bin ich schon dankbar, wenn ich die Namen meiner Kinder nicht durcheinanderbringe.«

Fischer hat mich zurück ins Wasser geworfen, ich habe keine Ahnung, warum. Ich schwimme umher, aber ich bleibe in der Nähe seines Bootes.

»Es tut mir wirklich leid«, sage ich. »So etwas habe ich noch nie gemacht. Ich weiß nicht, welche Sicherung da durchgeknallt ist.«

Fischer setzt sich zu mir. Einen Augenblick lang befürchte ich, er könne meine Hand nehmen und streicheln.

»Sie haben Karin sehr gemocht, das habe ich gespürt. Im wahrsten Sinne des Wortes«, sagt er und lacht ein Lachen, das er sich von irgendwo herbeiholt, um mir die letzten Reste von Befangenheit zu nehmen. »Und wie sehr Karin Sie und Ihre Familie mochte, das weiß ich auch. Sie hat oft über Sie gesprochen. Vor allem über Ihre Kinder.«

Karin, nicht Frau Rehmke. Ich schweige. Er erwartet Aufmerksamkeit, keinen Kommentar.

»Es war kein natürlicher Tod, den man nicht hätte verhindern können. Ich weiß. Und glauben Sie nicht, ich hätte es nicht versucht. Karin hat sich keine Entscheidung je leichtgemacht, aber wenn sie sich zu einer durchgerungen hatte, gab es keinen Verhandlungsspielraum.«

Kurz sieht er irgendeinen inneren Abgrund hinunter, bevor er sich einen Blick abquält, der mir versichern soll, dass er sich noch an mich erinnert.

»Karins Unerschütterlichkeit habe ich selbst zu spüren bekommen, erheblich schmerzhafter als Ihre Wodkaflasche.«

»Sie kannten Sie gut«, sage ich und versuche, mir allenfalls Verwunderung anhören zu lassen, nicht meinen Ärger.

»Karin und ich sind zusammen zur Schule gegangen, später haben wir zur selben Zeit in Freiburg studiert, und in Paris haben wir uns drei Monate lang eine Wohnung geteilt. Sie hat dort ein Praktikum im Amerikanischen Krankenhaus gemacht, und ich habe versucht herauszufinden, ob ich überleben könnte, ohne auf mein Jurastudium zurückzugreifen. Eigentlich haben wir uns nie aus den Augen verloren.«

»Karin hat nie von Ihnen gesprochen«, sage ich und kümmere mich nicht darum, dass ich ein Verhör beginne. »Ich habe Sie nie bei ihr gesehen. Auch auf keinem Foto, und es waren nicht wenige, die sie uns gezeigt hat.«

Fischers Schmunzeln gilt nicht mir, ich bin mir nicht einmal sicher, ob er mich noch sieht. Nachgetragene Bewunderung in seinen Augen, Vergnügen an Karins Chuzpe. Trauer.

»Dass Sie nie von mir gehört haben, mag daran liegen, dass ich verheiratet bin.«

Kein Segler mit Sektflasche, auch kein Gärtner, keines meiner Hirngespinste. Ein gutaussehender, erfolgreicher, ab irgendeinem Zeitpunkt verheirateter Rechtsanwalt, der vor zwanzig Jahren noch attraktiver gewesen sein dürfte als heute und plötzlich kein Wort mehr sagt. Fischer hält das Schweigen erstaunlich gut aus. Über Karin will ich nicht mehr sprechen, vermutlich bin ich nicht einmal wegen ihr hier. Falls ich selbst entschieden habe herzukommen.

»Was ist mit Christoph Peters?«, frage ich. »Warum hat Karin das gemacht?«

»Ich denke, es ist ein Geschenk.«

»Offensichtlich ist es das. Herr Peters spielt schon damit.«

»Ein Geschenk für Sie«, sagt Fischer.

Natürlich könnte ich jetzt beben und nachfragen, wahrscheinlich würde ich sogar irgendetwas erfahren, was ich mir nicht selbst zusammenrechnen kann. Aber wenigstens einen Augenblick lang will ich nicht so aussehen wie eine Schachfigur, die über das Spielfeld geschubst wird. Von einer Spielerin, die ihre Züge längst gemacht hat, alle im Voraus.

»Peters hat eine aufregende Lebensgeschichte? Sehr berührend, nehme ich an, unglaublich. So packend, dass Karin mich in ihrer allerletzten Nachricht darauf hingewiesen hat. Könnte mir nicht schaden, etwas zu schreiben, was wirklich bedeutend ist.«

»So hat sie es nicht ausgedrückt«, sagt Fischer, »aber ich denke, darauf läuft es hinaus. Natürlich wollte sie auch Herrn Peters helfen.«

Ich sage nichts mehr. Ich setze mich zurecht. Ich könnte jede Sekunde aufstehen und gehen.

»Herr Peters ist ein Kollege«, sagt Fischer. »Er war es. Staatsanwalt. Bis er ins Gefängnis kam und alles verlor, was er hatte. Danach ist er in Ihrer Straße aufgetaucht. Dort hat Karin ihn kennengelernt. Vor dem Supermarkt.«

Genug Köder. Doch ich schweige und sehe Fischer nicht einmal an. Das funktioniert offenbar auch bei Wirtschaftsanwälten, die Partnerkanzleien in Wien, Istanbul und Mailand haben, falls sein Schild am Eingang nicht nur Schmuck ist.

»Soll ich Ihnen davon erzählen?«, fragt Fischer, als gehe er mit dem Preis so weit runter, dass ich unmöglich ablehnen kann.

Fischer bekommt von mir keine Antwort, aber ich bekomme das Fragment einer Geschichte. Das Dürftige, von dem er selber weiß. Danach lässt er mir ein Taxi rufen, bringt mich vor die Tür und trägt die Wodkakiste für mich. Wir werden uns auf Karins Beerdigung wiedersehen.

Vor unserer Haustür steige ich mit meiner Kiste aus dem Taxi und sehe Ben, der gerade angekommen sein muss. Er steht an seinem Fahrrad, den Rucksack auf dem Rücken, das Fahrradschloss noch in der Hand. Fassungslos starrt er auf unseren Eingang. Christoph Peters ist an der offenen Haustür, vor der drei Männer Karins Stutzflügel in einen Lastwagen verladen.

»Komm«, sage ich zu Ben.

Er braucht eine Weile, bis er sich bewegen kann. Peters grüßt uns freundlich, als wir an ihm vorbei ins Haus gehen. Ich nicke ihm zu und hoffe, dass Ben es bei seinem gefährlichen Blick belässt.

Oben kommt Sandra sofort in die Diele, als sie uns hört.

»Wer ist Ellen Reichert?«, fragt sie mich.

WAHRHEIT »Ich habe mit ihr gevögelt?«

»Hast du?«

»Nein!«

»Klang, als hättest du sie abserviert.«

»Abserviert?«

»Abserviert.«

»...«

»War ihr unangenehm, mit mir zu reden. Sehr unangenehm.«

»Hat sie anscheinend nicht davon abgehalten, es zu tun.«

»Komisch, nicht? Sie ruft auf deiner Privatnummer an, aus Griechenland, und bittet deine Frau um Hilfe, weil sie dich nicht an die Strippe kriegt. Ich soll dafür sorgen, dass du zurückrufst.«

Ich lache. Ich finde, es gelingt mir nicht schlecht. Nebenan spielt Ben Klavier. Es hört sich an, als verprügele er jemanden.

»Dann hat sie dir sicher auch erklärt, warum.«

»Sie sagt, das tust du.«

»Da gibt's nichts zu erklären. Sie ist eine Mitarbeitern von Anna, Anna Roth.«

»Alles nur beruflich?«

»Was sonst?«

»Manche Ehefrauen würden sich vielleicht wundern, wenn eine fremde Frau verzweifelt bei ihnen anruft, weil der Ehemann seit einer Woche auf keinen Anruf, keine Mail und keine SMS reagiert.«

»Das hat sie gesagt?«

»Das hat sie gesagt. Augen im Kopf habe ich auch. Ständig drückst du Anrufe weg.«

»Also habe ich ein Verhältnis?«

»...«

»Komm schon, Sandra, du bist nicht eifersüchtig. Warst du nie.«

Vielleicht ist sie es auch jetzt nicht. Sandra wirkt neugierig, an der Grenze zur Verblüffung, allemal entschlossen zu erfahren, was ihr vorenthalten wird. Sie schweigt. Sie weiß, dass ich dann rede.

»Na schön«, sage ich. »Du hast recht: Ich hab was mit ihr.«

Ein Schrecken in ihren Augen wäre jetzt schön, doch erkennen kann ich nichts als Konzentration, eine Aufmerksamkeit, die Angriffslust und Spuren von nervöser Erheiterung unter Aufsicht hält.

»Dann mal los«, sagt sie.

»Das glaubst du doch nicht, oder? Da ist nichts. Die Frau ist verrückt, das ist alles.«

Kurz glimmt Erleichterung in Sandras Augen auf, echte Erleichterung, und mir fallen die vielen Gründe ein, die wir früher hatten, ganze Nachmittage im Schlafzimmer zu verbringen. Vielleicht sollte ich versuchen, Sandra daran zu erinnern.

»Can, wer ist diese Frau? Was will sie?«

Besorgt beinahe, zugewandt, ohne jeden Aufruhr, der Sandras Gedächtnis auffrischen und uns aus der Kleidung helfen könnte.

»Sie will mir eine Geschichte andrehen. Ihr Großvater, der Krieg. Unerhörte Ereignisse, bedeutende Erfahrungen. Du kennst diese Leute doch.«

Wir kennen solche Leute. Ab und zu melden sich Leser, die höflichsten unter ihnen nur per Mail, die irgendwie herausgefunden haben, wer die Autobiographie, die ihnen gefiel, wirklich geschrieben hat. Übersehene und Verhungernde, die ihre zwei Jahre in Thailand für ein interessantes Leben halten oder den Jugendknast und die anschließende Türsteherkarriere für Rock'n'Roll. Am schlimmsten sind die Enthüller, die flüsternd von ihren Konzernschreibtischen anrufen und mit meiner Hilfe der Welt endlich bekennen wollen, wie viele Gorillas sie täglich opfern müssen, um eine Tafel Schokolade zu produzieren. Ellen könnte eine von diesen Geltungssüchtigen sein, warum nicht?

»Deswegen? Sie will ein Buch von dir?«

»Von einem Kind hat sie nichts gesagt.«

Ein kurzes Schmunzeln von Sandra, die nett sein und dennoch zur Sache kommen will, dann erzähle ich. Die schräge Villa in Blankenese, der alte Nazi und sein seltsamer Pole, der Krieg in Saloniki und die Rettung des Ehepaars nach der Entführung, der Jude Chajim, der vielleicht kein richtiger Jude, aber der richtige Großvater ist, die Geschichte in groben Zügen und meine Empörung über Ellens Lüge, die mich meinen Termin mit Anna gekostet hat.

»Hast du mit Anna Roth darüber gesprochen?«

»Natürlich. Sie war baff über die Nummer, die ihre Mitarbeiterin da abgezogen hat, genauso wie ihr Mann. Ellen Reichert ist eigentlich seine Assistentin.«

»Haben sie sie zur Rede gestellt?«

»Wollten sie. Aber sie hat ihren Arbeitsplatz leergeräumt und ist abgehauen. Nach Thessaloniki. Jetzt will sie, dass ich nachkomme und recherchiere.«

Sandra entspannt sich. Ihr Kopfschütteln gilt einer armen Irren, die sich von einer fixen Idee in die Hitze des Balkans jagen lässt.

»Wow.«

»Ja, wow.«

»Warum hast du mir nichts gesagt?«

Gute Frage. Fast so gut wie die, warum in der hübschen Geschichte, die ich Sandra gerade erzählt habe, sogar Platz für die roten Clogs von Karol war, aber nicht für den Namen Evinman, für Mordvorwürfe oder die Fotos, die Ellen mir gemailt hat.

»Ich weiß nicht«, sage ich, und es ist wahrscheinlich eine ehrliche Antwort, wenn auch nicht auf Sandras Frage. »Schätze, ich hatte genug anderes im Kopf.«

»Karin«, sagt Sandra mit so viel Anteilname in der Stimme, dass ich mich frage, ob ich einen größeren Verlust erlitten habe als sie.

Ich nicke. Sandra scheint in meinem Gesicht ergründen zu wollen, was ich noch meinen könnte. Ins Schweigen, das plötzlich zwischen uns hängt, dringt Bens Spiel so schrill, als hätte schon zuvor nichts Platz haben können daneben. Ich sehe auf die Wand, hinter der Ben sitzt, Sandra folgt meinem Blick.

»Ben?«, sagt sie. »Machst du dir Sorgen?«

»Du nicht?«

»Der Brief?«

Ich sehe sie nur an, zu nicken brauche ich nicht.

»Keine Ahnung, was Karin geritten hat, ihn da mit reinzuziehen«, sagt Sandra, »aber Ben weiß, dass er nichts falsch gemacht hat.«

»Vielleicht. Wahrscheinlich. Ich weiß nicht, ob das reicht.«

Ich dramatisiere. Ich werde den Jungen noch dazu bringen, die Sache schwerer zu nehmen, als sie ist. Ich suche neue Probleme, wo schon genug andere sind. Sandra schweigt und sieht mich nur an, aber ungefähr darauf läuft es hinaus, nehme ich an. Ben gleitet auf der anderen Seite der Wand in ruhigeres Fahrwasser, verspottet meine Befürchtungen mit einer melodiebetonten, sanften Passage, die so gutmütig klingt, dass sie kaum noch zu hören ist.

»Er sollte auf der Trauerfeier spielen«, sagt Sandra. »Das würde ihm helfen. Uns allen.«

»Er will nicht.«

»Irgendwas, was sie zusammen geübt haben. Da gibt es doch eine Menge.«

»Satie?«, frage ich, und Sandra deutet meinen Ton richtig:

»Was wäre falsch daran?«

»Fahrstuhlmusik in der Friedhofskapelle?«

»Von mir aus kann er spielen, was er will.«

»Sehr großzügig, aber ich fürchte, er will gar nicht.«

Ich weiß nicht, warum ich so bissig bin, wen ich hier gegen wen verteidige. Ich weiß auch nicht, warum es Sandra bei einem nachsichtigen Nicken belässt.

»Ich gehe runter zu Ines. Wir trinken einen Kaffee und schauen mal in die Eigentümervereinbarung. Wenn wir sowieso nichts unternehmen können, müssen wir uns nachher auch nicht den Mund fusselig reden.«

»Wer will denn was unternehmen?«

»Alle? Ich habe jedenfalls nicht gehört, dass jemand bei Peters mit Brot und Salz vorbeigeschaut hätte.«

»Wir auch?«, frage ich. »Wollen wir auch was unternehmen?«

»Wir? Wir haben noch keine abschließende Meinung.«

Ein unverschämtes Lächeln in ihren Augen, uferlos. Wenn es

nicht vergeudet sein soll, müsste Ines ein wenig warten. Ich könnte Sandra an der Hand nehmen und aus der Küche führen.

»Bis später«, sage ich.

»Bis später«, sagt Sandra und geht.

Nebenan erheben sich wieder die Klangmonster. Rastlos füttert Ben sie.

SPÄTZUSTELLUNG/I

Flugzeugabstürze waren hilfreich früher. Nie waren wir uns so nah, fürchte ich oft, wie bei unseren Flugkatastrophen.

Wir saßen im Flieger nach Berlin, boarding completed, und waren schon angeschnallt, als der Pilot über Lautsprecher durchgab, dass ein technischer Defekt vorliege, der sich nicht kurzfristig beheben lasse. Wir mussten wieder aussteigen, bekamen ein Ersatzflugzeug und erreichten Berlin mit erstaunlich wenig Verspätung. Ich hatte Angst auf diesem Flug und konnte es kaum verbergen; Ben, acht, fast neun damals, wurde neugierig. Die Spreefahrt, mit der wir unser Männerwochenende begannen, gefiel ihm nicht annähernd so gut wie der Internetanschluss von Georg, bei dem wir wohnten. Schnell fand Ben die passenden Seiten, die uns die nächsten Jahre begleiten sollten, *1001crash.net* und *airsafe.com*, und begann, Wesen und Geschichte von Luftfahrtunglücken zu studieren. Dass ich meinen Sohn damit nicht alleine vor dem Bildschirm ließ, betrachtete Georg als einen weiteren unverständlichen, diesmal besonders abartigen Akt von Vaterschaft und hatte ein noch weniger schlechtes Gewissen, die Tage unseres Besuchs mit seinem damaligen Groupie zu verbringen, einer rothaarigen, außergewöhnlich langbeinigen Gerichtsvollzieherin, die immer noch schockiert von ihrem Glück schien, den Typ vom Schutzumschlag ihres signierten Bestsellers tatsächlich auf so eindringliche Weise zu kennen.

Natürlich nahmen Ben und ich an einer Führung im Reichstag

teil, aßen in der Nähe des Kottbusser Tors in dem Lokal, in dem angeblich der deutsche Döner erfunden wurde, sahen von der Gedenkstätte in der Bernauer Straße auf den ehemaligen Todesstreifen hinunter, gingen in tausend Hinterhöfe und ins Grips-Theater, und abends las ich Ben, der längst selbst zwei Bücher in der Woche verschlang, aus *Krokodil im Nacken* vor, um ihm wenigstens eine Ahnung davon zu geben, dass es einmal ein zweites Deutschland gab. In meiner Erinnerung kommt es mir aber vor, als hätten wir uns nur über Abstürze und ihre Ursachen unterhalten. In Berlin begannen wir ein Gespräch, das wir nach unserer Rückkehr fast vier Jahre lang fortführten. Wenn es schwierig wurde, wenn Ben in der Schule eine Glastür kaputtgemacht hatte und nicht wusste, ob er sich stellen sollte, wenn er zu lange und unverdient auf der Reservebank saß, wenn es tödlichen Streit mit seinem besten Freund Leo gab oder er Lampenfieber vor einem Klavierkonzert in der Musikschule hatte, dann widmeten wir uns einem aktuellen oder historischen Flugdesaster. Bis sie sich halbwegs daran gewöhnt hatte, machte Sandra mir jedes Mal Vorwürfe, die kaum weniger heftig ausgefallen wären, wenn ich ihrem Sohn Schnaps eingeschenkt hätte, um seine Sorgen zu betäuben.

Bei keiner der Katastrophen, die Ben und ich uns genauer ansahen, wäre es wahrscheinlich gewesen, dass wir selbst im Flugzeug hätten sitzen können, und jede einzelne hätte, wie wir immer feststellen konnten, vermieden werden können, weil sie sich auch bei technischen Ursachen auf Wartungsfehler und somit immer auf menschliches Versagen, auf Unachtsamkeit und Unfähigkeit zurückführen ließ. Von den Hunderten und Tausenden von Toten, denen wir im Laufe der Jahre begegneten und in deren letzte Momente im Leben wir uns vertieften, diese unabänderlichen Augenblicke vor dem Aufschlag, ging eine eigentümliche Beruhigung aus. Schlimme Dinge konnten passieren, weitaus schlimmere, als wir sie uns vorstellen konnten, aber sie geschahen nicht uns, und vor allem: Sie mussten nicht geschehen, wenn jeder tat, was er tun musste und tun können sollte.

Die perfekt gelungene Notlandung der US Airways 1549 auf dem

Hudson River wurde zum Höhepunkt unserer Leidenschaft, gleichzeitig markierte die Heldentat von Captain Chesley Sullenberger, der alle 155 Menschen an Bord retten konnte und bewies, dass man unbeirrt alles richtig machen konnte, das Ende unserer gemeinsamen Ausflüge an die Ränder der Existenz. Ab und zu wechselten wir noch ein paar fachmännische Sätze, wenn im Fernsehen oder in der Zeitung über einen Crash berichtet wurde, und Sandra verdrehte verlässlich die Augen, doch wichtiger waren jetzt Bens lange Haare, seine Gitarre und die Kraft seiner schlechten Laune. Ungefähr zur selben Zeit hörte er auch auf, zusammen mit Karin Klavier zu spielen, dafür entdeckte er den Blues und das Schweigen.

Ben spielt noch immer, wer weiß wie lange schon, dasselbe verdammte Stück. Er variiert, er improvisiert, er versucht zu verschwinden. Ich stehe im Wohnzimmer hinter ihm, sehe notgedrungen auf seinen Rücken und warte auf die Lücke, die sich natürlich nicht einstellt. So weggetreten kann er nicht sein, dass er mich nicht bemerkt hätte, doch das heißt nicht, dass meine Anwesenheit irgendwas verändern könnte. Dana Air, Flug 992, würde ich ihm jetzt gern zurufen. Lagos. 143 Opfer in der Maschine, mindestens zehn auf dem Boden, wieder einmal ein missglückter Landeanflug. Was hältst du davon?

»Peters hat Karins Flügel verschenkt«, sage ich. »An die Jazzhausschule. So was wie eine Spende.«

Dass ich rede, wird Ben gemerkt haben, was ich gesagt habe, hat er wahrscheinlich wirklich nicht hören können.

»Hörst du bitte mal einen Augenblick auf zu spielen?«

Genauso gut könnte ich einen Wasserfall bitten, kein Wasserfall mehr zu sein. Meine eigene Stimme würde ich dabei kaum schlechter hören.

»Mach mal Pause, ja?«

Laut. Laut genug, um zum offenen Kampf zu führen, wenn er mich weiter ignorieren würde. Ben hört auf zu spielen, sieht kurz zu mir, senkt seinen Blick dann sofort auf die Tasten, auf denen er seine Hände liegen lässt.

»Ich habe mit Peters gesprochen. Er selber spielt kein Klavier und hatte keine Ahnung, was er mit Karins Flügel anfangen soll. Er wusste nicht, dass du daran hängst. Er kann es wieder rückgängig machen, sagt er. Du kannst den Flügel haben, wenn du willst.«

Ohne mich anzusehen, schüttelt Ben den Kopf. Seine Finger bewegen sich, aber ihr Eigenleben kann ich ihm so wenig vorwerfen wie die drei oder vier kaum hörbaren, ineinander übergehenden Töne, die dem Klavier entfahren wie leises, urgründiges Zahnschmerzstöhnen.

»Du kannst nichts dafür, Ben, du hättest nichts tun können. Gar nichts. Du wusstest nicht, was in dem Brief steht. Karin hat gesagt, du sollst mir den Brief geben, und das hast du getan. Wir können alle keine Gedanken lesen.«

Ben schweigt. Wo auch immer er ist.

»Das war auch kein Hilferuf oder sonst ein Scheiß. Du hast den Brief doch jetzt gelesen. Sie wollte nicht gerettet werden.«

»Okay«, sagt Ben und bricht mir das Herz.

Bis vor zwei, drei Jahren wusste ich nicht, dass ein einziges Wort ausreichen könnte, um mich in Sekundenbruchteilen in Scherben zu schlagen und mir jede Hoffnung auf die Zukunft zu nehmen. Okay. Kein Trotz, keine demonstrative Gleichgültigkeit, kein taktischer Zug, der den anderen ausbremsen soll, um den eigenen Freiraum zu vergrößern. Nichts, was auf irgendwas bezogen wäre, nichts, was der Welt entstammt, in der ich lebe. Nur ein schwaches Leuchten, ein höfliches Signal aus einer weit entfernten Galaxie, von der niemand wissen kann, ob sie noch existiert, und die sich von keinem Teleskop der Welt je ausreichend scharf betrachten lassen wird.

»An deiner Stelle wäre ich wütend. Ich bin es. So sauer war ich nie auf Karin. Nicht, weil sie sich umgebracht hat. Das tut mir weh. Genauso wie dir. Das ist furchtbar. Aber sie hätte dir diesen Scheißbrief nie in die Hand drücken dürfen. Sie hätte wissen müssen, dass du dir Vorwürfe machen würdest.«

Regungslos liegen Bens Finger auf den Tasten. Keine Geräusche mehr, kein sichtbarer Beweis, dass es sich bei ihm nicht um eine fotorealistische Skulptur von Duane Hanson handelt, die wir uns nach einem Lottogewinn ans Klavier gesetzt haben könnten.

»Wenn Leute gestorben sind, bedeutet das nicht, dass man alles gut finden muss, was sie getan haben. Wenn du jemandem Vorwürfe machen willst, dann bestimmt nicht dir. Karin hat sich benommen wie der letzte Arsch.«

»Okay«, sagt Ben.

»Okay«, sage ich.

Ich habe nicht gezögert, ich habe nicht überlegt, vielleicht hatte ich gar nichts damit zu tun. Das Wort spricht sich selbst aus, es funktioniert. Ich drehe mich um und bin noch nicht an der Tür, als Ben wieder zu spielen beginnt.

BESTAND

Der Sessel, in dem ich sitze, ist mein Sessel, der Hocker, auf dem meine Füße liegen, mein Hocker. Beide Möbelstücke, weder zusammengehörend noch zueinanderpassend, habe ich auf einem Flohmarkt in Straßburg gekauft, aus einer Laune heraus, ohne zu wissen, wie ich sie nach Hause bringen soll. Wir hatten Spaß, als wir mit unserem dürftigen Französisch – kein Englisch, kein Deutsch, das war die Spielregel – zu erklären versuchten, dass wir einen Kleintransporter mieten wollen, den man in Deutschland abgeben kann. Später hat uns einer der Möbelverkäufer einen Birnenschnaps angeboten, mir seine Nummer gegeben und Sandra zum Abschied geküsst. Sie ist auf der Autobahn vor mir hergefahren, wir haben telefoniert, bis mein Akku leer war, und uns gegenseitig erzählt, als hätten wir uns monatelang nicht gesehen, was wir an diesem Wochenende gemeinsam erlebt hatten. Auch meine Stehlampe ist wichtig, sie steht neben meinem Sessel und gibt ein warmes Licht, punktgenau. Ich brauche sie, wenn ich lese. Ich lese viel, hier auf diesem Platz. Für das Sofa gegenüber habe ich nur selten

Verwendung. Manchmal lege ich mich für ein paar Minuten hin, selten, gelegentlich habe ich Besuch. Sandra sitzt ungern bei mir, weil mein Rauch sie stört, Mina schicke ich deswegen immer hinaus. Manchmal lässt sich Mina nicht vertreiben, setzt sich aufs Sofa und erzählt mir etwas, oder sie erzählt und hüpft dabei auf der federnden Sitzfläche herum. Die schwarze Maske auf meinem Fensterbrett hat mir Karin aus Guyana mitgebracht, der Alien daneben ist ein Geburtstagsgeschenk von Ben. Bestimmt eine Geschmacklosigkeit, beides nebeneinanderzustellen. Wenn ich auf den nächsten Satz oder ein Wort warten muss, stehe ich oft am Fenster und blicke hinunter, sehe den Lieferanten zu, die Siggi Bierfässer bringen oder dem Fahrradladen Bausätze in großen, flachen Pappkartons, winke einem Nachbarn zu, der zufällig hochsieht, oder blicke Unbekannten nach. Mein Schreibtisch ist so gut wie leer, meist liegen auch alle meine Stifte in meiner Schublade. Ich räume auf, wenn ich abends fertig bin. Es hilft, wenn ich mich wieder an die Arbeit setze. Die Wodkakiste, die auf meinem Schreibtisch steht, gehört jetzt mir. Ich weiß nicht, ob das so bleiben soll. In den Regalen stehen meine Bücher; im Wohnzimmer und in unseren beiden Fluren sind noch mehr. Der Tischkicker ist hier, weil hier Platz dafür ist. Manchmal fordert mich ein Gast zu einem Match auf, meist gewinne ich, und Ben spielt damit, wenn Mina ihn darum bittet. Das einzige Bild, das ich an der Wand habe, heißt »Phoenix«. Ich habe es gekauft, bevor Robert mit seiner Galerie nach Berlin zog. Da war der Künstler, ein erfolgsloser Hartnäckiger aus dem Hunsrück, schon zwei Jahre tot. Natürlich habe ich auch ein paar Fotos, die ich von meinem Schreibtisch aus sehen kann. Ben. Mina. Mina und Ben. Ben, Mina und Sandra. Sandra und ich in Dublin. Wie es mir geht, sollte ich am besten wissen. Ich weiß, dass ich aufstehen und gehen muss, wenn ich bleiben will.

SPÄTZUSTELLUNG/II **Jetzt bin ich unten.** Anderthalb Minuten hat das gedauert, höchstens zwei, und mehr als ein halbes Leben. Unser Kellerraum ist der größte, auch dafür hat Sandra gesorgt, immerhin bewohnen wir zwei Einheiten, das heißt aber nicht, dass wir Platz hätten. Ich bahne mir einen Weg durch Bens und Minas alte Fahr- und Laufräder, die weder verschenkt werden noch im Internet landen, weil sich Sandra mit ihrer Hilfe vermutlich noch im Altenheim daran erinnern will, wie Ben und Mina waren, als sie Lauf- und Kinderräder hatten, räume den geschenkten Teppich beiseite, der peinlich ist, aber nicht weggeworfen wird, weil er ein Andenken an die Hippiereise nach Afghanistan ist, die Sandras Eltern lange vor ihrer Geburt unternommen haben, ich stelle ein paar Umzugskisten um, in denen Geschirr ist, das wir nicht benutzen, Kleidung, die niemand mehr trägt, Bücher, die Sandras Großeltern und Urgroßeltern vielleicht nie gelesen haben, und Campingutensilien, die wir nur einmal gebraucht haben, weil Ben einem Zelt ohne Minibar und Bad nichts abgewinnen konnte. Schließlich gelange ich an die beiden Kisten, die meine eigene Aussteuer waren. In der unteren ist ein Schuhkarton mit den einzigen Reliquien, die ich besitze. Seit über zwanzig Jahren hatte ich sie nicht mehr in der Hand.

Zurück im Hausflur, treffe ich auf Beatriz und Mina, die vom Hort kommen. Von Mina ergattere ich den Kuss, den ich mit dem Zeigefinger auf meiner rechten Wange anfordere, von Beatriz einen besorgten Blick. Bens wüster Kriegszug auf dem Klavier ist durch die geschlossene Wohnungstür gut zu hören.

»Schon wieder?«, fragt Beatriz.

»Immer noch«, sage ich.

»Mach ich ihm was zu essen«, sagt sie. »Hört er auf zu spielen.«

»Gefällt dir's nicht? Wenn du ihm einen Drink schickst, spielt er vielleicht deinen Lieblingssong.«

Beatriz verzichtet auf den Blick, mit dem ich gerechnet habe, und schließt die Wohnungstür auf.

»Lassen wir ihn in Ruhe«, sage ich, »irgendwann schwimmt er zurück an Land.«

»Schwimmt zurück? Kann man auch ertrinken ohne ... Wie sagt man?«

»Rettungsring?«, schlage ich vor.

»Schwimmlehrer«, sagt Beatriz.

Mina lässt ihren Ranzen auf den Boden fallen, schiebt ihn mit dem Fuß unter die Garderobe und will wissen, was in dem Schuhkarton ist, den ich in der Hand halte.

»Zeige ich dir gleich«, sage ich, weil ich glaube, es sagen zu müssen, vielleicht auch weil ich nicht allein damit sein will, gehe mit den beiden in die Küche und lege den Karton auf den Tisch.

Während Beatriz den Einkauf auspackt, den sie unterwegs fürs Abendessen besorgt hat, und Mina ihre Digitalkamera holt, die sie nicht in die Schule mitnehmen darf, sich damit zu mir an den Tisch setzt und den Schuhkarton hin und her schiebt, um ihn aus verschiedenen Blickwinkeln zu fotografieren, warte ich darauf, dass mein Herzschlag sich beruhigt. Ich würde gern einen Schluck trinken. Die Angst vor Beatriz hält mich mehr davon ab als die Rücksicht auf Mina. Was auf dem Tisch steht, ist eine Zeitkapsel mit den wenigen Dingen, die ich nach dem Abitur nicht weggeworfen habe. Ich habe sie in den Schuhkarton gepackt, den ich mit meinen Büchern, Klamotten und den Papieren, die ich besaß, zum Studium nach Frankfurt mitnahm, alles in allem drei Bananenkisten, ein Koffer und ein Rucksack, und ihn nie wieder geöffnet. Ich weiß, was auf jeden Fall in diesem Karton liegt, deswegen habe ich ihn geholt. Ich weiß nicht, ob ich mich auch an alles andere erinnere.

»Mach doch mal auf«, sagt Mina.

Ich ziehe die Klebestreifen ab, die nach all den Jahren ihre Funktionstüchtigkeit eingebüßt haben, öffne den Deckel und hole die beiden Schlüssel heraus, die zuoberst liegen und an einem breiten roten Band befestigt sind, das sich heute vermutlich kein Kind mehr um den Hals hängen lassen würde.

»Meine Wohnungsschlüssel. Ich war ein Schlüsselkind.«

»Schlüsselkind?«, fragt Mina, die den Ausdruck nicht braucht und so wenig kennt wie Beatriz, der sie mit der Frage zuvorkommt.

»Meine Eltern haben gearbeitet. Es war niemand da, wenn ich von der Schule nach Hause kam. Ich musste mir selbst aufmachen.«

»Als deine Eltern gestorben sind, da warst du doch so alt wie ich.«

Derselbe Blick wie immer, es ist nicht das erste Mal, dass Mina das sagt und mich dabei so gründlich beäugt, als könnte mein Gesicht Auskunft darüber geben, ob Schicksale erblich sind.

»Ich war acht, ja, fast neun. Es war ein Unfall, das weißt du noch, oder? Ein ganz dummer Unfall. Normalerweise kann so was gar nicht passieren.«

Ein Reflex, ich kann nichts dagegen tun. Wenn ich bei Mina Angst wittere, versuche ich, sie zu verscheuchen, selbst wenn ich nichts anderes zur Hand habe als beschämend nutzlose Phrasen. So ließe sich niemand beruhigen, erst recht kein Kind mit so offenen Augen, zum Glück scheint Mina keine Beruhigung zu brauchen.

»Als deine Eltern tot waren, hast du nicht mehr in der Wohnung gewohnt«, sagt sie heiter. »Du hast die Schlüssel doch nicht mehr gebraucht.«

»Nein, ich habe sie nur als Andenken aufbewahrt.«

Ich erzähle Mina nicht, dass ich unsere Wohnung zum letzten Mal an dem Morgen sah, an dem wir mit Andreas, dem Sohn meiner Lehrerin, in den Urlaub fuhren, in dem meine Eltern verschwanden. Elisabeth, wie ich meine Lehrerin danach nennen durfte, nahm mich von der Nordsee gleich mit zu sich nach Hause und kümmerte sich um alles. Um mir einen Zusammenbruch zu ersparen oder meinen Zusammenbruch ihr, ließ sie mich bei Andreas, als sie mit ihrem Mann aus der Wohnung meine Kleidung, meine Schulsachen, ein paar Bücher und Spielzeuge und die wenigen Papiere holte, die sie finden konnte. Dass unsere Wohnung danach aufgelöst und alles eingelagert wurde, erfuhr ich erst später. Als ich alt und wach genug war, um mich selbst darum kümmern zu wollen, war bereits alles weggegeben oder vernichtet worden, was meine Eltern besaßen, sogar die Klarinette meines Vaters. Das Geld auf ihrem Konto, von dem auch die Lagerkosten bestritten wurden, war längst aufgebraucht. Aus meinem Leben vor dem Tod meiner Eltern blieb mir nur übrig, was Elisabeth für mich aus der Wohnung geholt hatte, und das wenige, das meine Eltern im Urlaub dabeihatten. Behalten habe ich davon so gut wie nichts.

»Alles da drinnen ist von damals? Als du so alt warst wie ich?«

Jetzt beginne ich Minas Grinsen zu verstehen. Sie ist auf eine Art Hologramm ihres Vaters aus, aus der Zeit, in der er in ihrem Alter war, auf der Suche nach wertvollen Artefakten, die eindeutig belegen, dass er wirklich einmal als Kind über den Planeten lief.

»Ich habe den Karton gepackt, als ich mit der Schule fertig war, da war ich neunzehn. Da ist alles Mögliche drin, nicht nur aus der Grundschulzeit.«

»Super«, sagt Mina etwas weniger vergnügt, anscheinend ist das aber besser als gar nichts.

Beatriz widmet sich einer Packung Wildreis, um ihr neugieriges Lächeln zu verbergen, Mina blickt mich ungeduldig an, und ich greife zögernd in den Karton, während ich mich bange frage, untermalt von Bens überreiztem Soundtrack aus dem Wohnzimmer, welche Flaschenpost uns gleich angespült wird. Ich weiß nicht, ob ich mich mehr vor dem Teenager fürchte, der versucht hat, seine Gegenwart für eine Zukunft wie diese zu retten, oder vor der Reaktion des Mannes, der ein Päckchen öffnet, obwohl er fast sicher ist, dass es ursprünglich für jemand anderen bestimmt gewesen sein muss. Neugierig betrachtet Mina, was ich finde, hört aufmerksam zu und fotografiert:

Das zusammengefaltete Poster, das sich nach dem Aufklappen als Supermans Festung der Einsamkeit entpuppt und mich damals zehn Sammelcoupons und die Freundschaft eines Mitschülers gekostet hat, von dem ich mir zwei Hefte geliehen hatte, ohne ihm zu sagen, dass ich vorhatte, auch seine wertvollen Coupons auszuschneiden. Meinen ersten Impfpass, den ich später lange gesucht habe und nie hier vermutet hätte. Die Schwimmabzeichen, die nie an meiner Badehose befestigt waren, weil ich es alleine nicht geschafft habe, sie anzunähen, die mir aber so viel Mühe bereitet haben müssen, dass ich es auch Jahre danach nicht über mich gebracht habe, sie wegzuwerfen. Die beiden Karten für das U2-Konzert, die mich viele stumpfsinnige Arbeitsstunden in einem Supermarktlager kosteten, mir aber auch einen unerwartet direkten Weg unter Sonjas Pullover ebneten, eine kleine, altmodische Musikkassette, auf der in der Handschrift meines Vater die Namen Tony Coe und Dave Holland stehen, Ausgaben der Schülerzeitung, in denen ich Artikel veröffentlicht habe, und ein kleines Fotoalbum mit durchsichtigen Einsteckfächern für zehn, zwölf Fotos, das auf mich eine ähnliche Wirkung hat wie ein Tritt in die Nieren.

»Wer sind die denn?«, fragt Mina.

Da hat sie mir schon das Album aus der Hand genommen und blättert darin. Warum sollte sie sich zurückhalten, für Fotos ist sie zuständig bei uns. Ich bin auf den meisten zu sehen, mal mit einem, oft mit zwei anderen, nur auf einem mit allen dreien.

»Das bist du, oder? Und die anderen? Wer sind die?«

»Gerd und Christiane. Und Laura, ihre Tochter. Meine Pflegefamilie.«

»Pflegefamilie?«, fragt Beatriz, die ihr gutes Deutsch auch ihrem Mut verdankt, zur Not am Nebentisch nach einem Wort zu fragen, das sie bei einem belauschten Gespräch nicht verstanden hat.

»Eine Familie, die ein Kind aufnimmt«, erkläre ich, »weil es keine Eltern mehr hat oder die Eltern sich nicht kümmern können.«

»Adoption?«

»Nicht so eng, nicht endgültig. Nur vorübergehend.«

Auch eine zutreffende Definition kann eine Lüge sein, Laura hätte mir ohne Zögern dafür eine gescheuert. Sie hat mir das Album zum Abschied geschenkt, und ich habe ein-, zweimal darin geblättert, bevor ich es weggepackt habe.

»Ich hatte mehrere Pflegefamilien, die hier war meine letzte«, sage ich wahrheitsgemäß und mache die Lüge noch größer.

Ich habe mit Beatriz nie darüber gesprochen. Das Mitgefühl in ihren Augen erinnert mich an meine Gründe.

»Sind die auch tot?«, fragt Mina, Analogieschlüsse sind schließlich nicht verboten.

»Ach was, denen geht's gut.«

Ich greife schnell in den Karton und finde zum Glück etwas, das mir jetzt helfen könnte: eine kleine Papiertüte, die aussieht wie eine von denen, in denen Blumensamen verkauft werden. Eine Beilage des Comics, den ich damals regelmäßig las. Die Gimmicks waren der wichtigste Grund, sich jede Woche auf die Hefte zu freuen.

»Urzeitkrebse. Nein, Urzeitkrebseier. Weißt du, was das ist?«

Mina schüttelt den Kopf, kommt neugierig näher.

»Die Eier sind irgendwie getrocknet, fast versteinert, glaube ich, aber wenn man sie ins Wasser legt, schlüpfen daraus sogar nach Jahren klitzekleine Krebse.«

»Können wir das machen?«, fragt Mina entzückt, und ich schäme mich dafür, wie gut meine Rechnung aufgeht.

»Ich weiß nicht. Ein paar Jahre überleben die sicher. Aber die liegen hier seit über dreißig Jahren drin.«

Auch das war ein Abschiedsgeschenk, das erste. Von Andreas, dem Sohn meiner Lehrerin, den ich für einen Bruder hielt. Meine eigenen Krebse waren schon nach ein paar Tagen eingegangen, wer weiß, was ich falsch gemacht hatte, aber Andreas fand einen Jungen in der Nachbarschaft, der mit seinen Krebseiern nichts anzufangen wusste, und besorgte mir das ungeöffnete Tütchen. Vielleicht war es nur Zufall, dass mir seine Mutter am Tag zuvor gesagt hatte, dass ich nicht länger bei ihnen bleiben könne. Ich nehme an, Elisabeth hat meine Schreie in der Nacht nicht mehr ertragen, vermutlich wollte sie auch nicht mehr jeden Morgen mein Bett neu beziehen. Das habe ich schon damals verstanden, warum ich aber auch die Klasse wechseln musste, warum ich mich kaum noch mit Andreas treffen durfte, bis wir uns irgendwann gar nicht mehr sahen, das hat mir nie jemand erklärt.

»Probieren wir's?«, sagt Mina. »Bitte!«

»Warum nicht«, sage ich und lese ihr die Anleitung auf der Rückseite der Packung vor.

Wir holen die durchsichtige, bauchige Vase, die wir so gut wie nie benutzen, waschen sie mit heißem Wasser gründlich aus und füllen einen Liter Wasser hinein. Mina ist enttäuscht, dass sie einen Tag warten muss, bevor die Eier ins Wasser dürfen, aber sofort findet sie etwas zu tun. Sie räumt die oberste Ablage des giftgrünen Teewagens leer, der vom Flohmarkt stammt und in der Küche steht, weil Sandra DDR-Design rührend findet, stellt die Vase darauf und hat den perfekten Sichtplatz für ihre Größe gefunden. Als Mina zu fotografieren beginnt, räume ich alles wieder in den Schuhkarton und gehe los.

»Ich muss noch ein bisschen arbeiten«, sage ich und vermeide es, Beatriz anzusehen; ob sie mich durchschaut hat, will ich nicht wissen.

Ich stelle den Schuhkarton neben die Wodkakiste auf meinen Schreibtisch, hebe den Deckel ab, hole die Musikkassette heraus, die Mina zum Glück nicht interessiert hat, und drehe sie in meinen Händen hin und her, während ich darüber nachdenke, ob wir irgendwo noch einen Kassettenrekorder haben. Mein Vater hat nur Jazz gehört, im Auto notgedrungen von Kassette, zu Hause auf seiner Stereoanlage, die mir damals neben seiner Klarinette und seiner Plattensammlung sein wertvollster Besitz zu sein schien. Elisabeths Mann fuhr das Auto meiner Eltern, als es nach ihrem Verschwinden von der Nordsee zurückgebracht werden musste. Ich bestand darauf, mit ihm zu fahren, während Elisabeth und Andreas ihr eigenes Auto nahmen, und saß zum ersten Mal in meinem Leben auf dem Beifahrersitz. Wir hörten nur eine Seite der Kassette und auch davon nur die Hälfte, irgendwann stellte Elisabeths Mann das Radio an, weil ihm die Musik meines Vaters zu anstrengend wurde. Als wir ankamen, nahm ich die Kassette heraus, steckte sie ein und habe sie seither nie wieder gehört.

Ich werfe die Kassette in den Schuhkarton, lasse den Moment vergehen, den ich brauche, dann wühle ich den großen Umschlag heraus, der zuunterst eingeklemmt liegt, wie ich mich erinnern kann. Eine Weile lasse ich ihn auf dem Tisch liegen, weil ich nicht weiß, für welchen Wodka ich mich entscheiden soll. Schließlich öffne ich den schwarzen aus Polen – was soll ausgerechnet ich gegen sichtbare Effekte haben? – und nehme einen großen Schluck. Viel Erfahrung mit Schnaps habe ich nicht, ab und zu ein Whisky mit Georg, und eine Trinkerkarriere habe ich auch nicht im Sinn, gegen diese Hustenanfälle muss ich dennoch etwas unternehmen. Vielleicht hilft Übung. Die nächsten Schlucke behalte ich eine Weile im Mund, bevor ich sie in kleineren Portionen den Rachen hinuntergleiten lasse, und tatsächlich stellt sich irgendwann so etwas wie Normalität ein. Eine Zigarette und noch eine und der nötige Blick auf die Uhr, dann muss ich das Foto und die drei losen Blätter aus dem Umschlag holen.

Das Foto ist das einzige, das ich von meinen Eltern habe. Es lag in der Brieftasche meiner Mutter, die sie nicht mitnahm auf ihre Wattwanderung. Vielleicht bin ich drei Jahre alt, vielleicht vier. Meine Eltern an den Händen, stehe ich vor einem seltsamen Gebäude, über dem Eingang zwei Wörter in fremden Majuskeln: ›ΑΡΧΑΙΟΛΟΓΙΚΟΝ ΜΟΥΣΕΙΟΝ‹.

Ich hatte nie eine Erinnerung an den Moment, in dem das Foto aufgenommen wurde, vielleicht von einem freundlichen Passanten, fand aber schnell heraus, dass es griechische Wörter waren, die archäologisches Museum bedeuteten, und rechnete mir zusammen, dass wir einen Urlaub in Griechenland verbracht haben mussten. In welcher Stadt das Museum war, vor dem wir fotografiert wurden, habe ich nie erfahren. Es gab damals kein Internet, die Bildbände in der Stadtbücherei halfen mir nicht weiter, gefragt habe ich nie jemanden.

Ellens erste Mail habe ich nicht gelöscht. Ich klicke sie an und vergrößere eines der Fotos, die sie geschickt hat, wie in den letzten Tagen weiter darauf hoffend, dass ich mich irre.

Der uniformierte Anton Mahler mit Chajim Evinman vor einem Haus, das Ellen in der Bildlegende »Yeni Cami/Neue Moschee« nennt, obwohl die beiden griechischen Wörter über dem Eingang das Gebäude als archäologisches Museum ausweisen. Mahler, der angebliche Mörder, und der Mann, der denselben Nachnamen hatte wie ich, wurden an derselben Stelle aufgenommen, an der meine Eltern und ich auf unserem Foto stehen. Etwa dreißig Jahre liegen dazwischen.

Wir waren damals also in Saloniki, das weiß ich jetzt, dort, wo Ellen Reichert heute auf mich wartet.

Als der Teil, der in mir vorläufig intakt bleiben musste, zu verstehen begann, dass meine Eltern nicht wiederkommen würden, durchsuchte ich ihre Taschen, fand das Foto und steckte auch das Blatt Papier ein, das in ihrem Hotelzimmer auf dem Tisch lag. Es war von meiner Mutter auf Türkisch beidseitig beschrieben, ihr Stift lag noch darauf. Ein Abschiedsbrief war es nicht, zum Glück, aber doch etwas, das an mich gerichtet war, vielleicht ein Anfang.

Meine Eltern blieben verschwunden, bald wollte ich, dass auch ihre Sprache aus mir verschwindet. Dennoch glaubte ich, die letzten Worte meiner Mutter in mein nächstes Leben retten zu müssen. Unbeholfen begann ich als Neun- oder Zehnjähriger, ihre Zeilen zu übersetzen, holte den handgeschriebenen Text über die Jahre immer wieder hervor und versuchte, ihn unschädlich zu machen, indem ich die Wörter in die Belanglosigkeit einer Sprache führte, die mich auf jeder Milchpackung, beim Zahnarzt und auf dem Bolzplatz geheimnislos umgab. Gegen Ende der Schulzeit hielt ich meine Übersetzung für abgeschlossen, rückblickend erschien mir die Arbeit daran damals sogar wie ein beschämender Tick. Als ich von Gerd und Christiane wegzog und von Laura, packte ich die letzte Fassung weg, zusammen mit dem Original, dem Foto und der Jazz-Kassette meines Vaters. Welche Verwendung sollte ich in meinem übernächsten, dem richtigen Leben dafür haben? Seither habe ich die beiden Seiten, getippt auf Gerds tragbarer elektrischer Schreibmaschine, nicht mehr vor Augen gehabt.

Schritte vor der Tür. Schnell stelle ich die Wodkakiste auf die Blätter und das Foto, als müsste ich einen Porno verstecken. Irgendwie ist das auch so, ich denke aber nicht daran, dass auch eine offene Wodkaflasche, die am Nachmittag auf meinem Schreibtisch steht, Fragen aufwirft, die ich nicht beantworten will. Sandra macht es mir schwerer als nötig. Aufreibend lange blickt sie auf den schwarzen Schnaps aus Polen, als sie im Zimmer ist, dann sagt sie:

»Ines und ich gehen jetzt rüber.«

»Ich komme gleich nach.«

Sandra zögert. Was werde ich sagen? Was mache ich hier?

»Bis gleich«, sagt Sandra und geht.

Ich stelle die Kiste beiseite, schiebe die Blätter auseinander und beginne, meine Übersetzung zu lesen.

Dass ich mich an jedes einzelne Wort erinnere, dass ich kein einziges zu lesen bräuchte, verwundert mich, wie die ordnungsgemäß vorhergesagte Katrina New Orleans verwundert haben muss.

UNGEFÄHR

Nur Monate alt war das neue Jahrzehnt, unentschieden noch, so zukunftsvoll und bange wie wir. Ein Tag im November. Am Morgen noch redete ich mir zu, nichts unterscheide ihn von allen anderen davor.

Novembertag, heute schreibe ich es leicht dahin, doch was für ein Tag, welches Willkommen. Niemals zuvor, der Schlag soll mich treffen, wenn ich lüge, nie sah ich so dichten Nebel, hatte ich jemals solche Angst. Dein Vater und ich, wir sind nicht eingefallen in den Applaus unserer Landsleute, aus denen die Erleichterung laut hervorbrach nach der glücklichen Landung, natürlich nicht. Doch wäre ich allein gewesen, wer weiß, ob ich nicht gesungen hätte.

Als wir aus dem Flugzeug stiegen, konnten wir kaum etwas sehen von diesem Land, das ich gern von oben betrachtet hätte, bevor ich es betrat. Es hielt sich vor uns verborgen im Grau der Nebelschwaden und in der wachsenden Dunkelheit der Dämmerung. Der Erste, der mit uns sprach, war ein Polizist. Uniformierte sind immer die Ersten, denen du begegnest. Keine Worte der Begrüßung, aber Wörter, ein Glück, die ich verstand. Der Mann redete mit uns in der Sprache, die ich gelernt hatte, sie wurde gesprochen in diesem Land. Auf dem Weg war meine größte Sorge, dass ich die falschen Wörter mitgebracht haben könnte. Solche, die nur in Büchern überleben. Wie willst du vorher wissen, was dir später fehlen wird?

Wenn die Blicke des Grenzers eine Bedeutung hatten, verstand ich sie nicht, ich sah nur, dass er gründlich war. Wir hatten das nicht anders erwartet in diesem Land. Jede einzelne Seite unserer Pässe schlug er auf, las die Eintragungen, als gäben sie all unsere Geheimnisse preis, vor jedem Umblättern ein Blick zu uns. Wir lächelten uns über die Zeit, an der kein Mangel zu sein schien an diesem Ort. Du schliefst auf dem Arm deines Vaters, den Kopf auf seiner Schulter.

Als der Beamte meinen Pass wieder aufschlug, noch einmal zu blättern begann von vorn, wuchs in mir neue Furcht, nicht weniger quälend als die kaum überstandene in der Luft. Während ich in seinem Gesicht zu lesen versuchte, als hinge unser Glück vom Zittern seiner Wimpern ab, ging ich in Gedanken jeden der Gänge durch, die wir in den letzten Monaten zu gehen hatten. Getrieben, als müsste ich vor ihm am Ziel sein, klaubte ich meine Erinnerungen zusammen, an jedes Formular, das wir ausgefüllt hatten, an jeden Stempel, der in unsere Papiere gedrückt worden war. Wenn das, was der Grenzer in den Händen hielt, nicht reichte, um uns durch das Tor zu lassen, das wir hinter ihm sehen konnten, dann war es jetzt zu spät. Dann würden wir bald wieder in der Luft sein, zurück über meinem Meer, dem letzten Widerschein, den dein Vater und ich mitnahmen von unserem Land, bevor wir in die Wolken gerissen wurden.

Die Furcht, alle Anstrengung könne vergebens gewesen sein, verscheuchte plötzlich meine Angst. Dieser Tag war vielleicht nur eine kurze Unterbrechung, eine Generalprobe, die uns geschenkt wurde. Wir durften noch einmal überdenken, ob wir ins Scheinwerferlicht treten wollten. Ich spürte eine bebende, sinnlose Hoffnung in mir. Wenn wir Glück hatten, konnten wir den Faden weiterknüpfen, bevor er riss.

Als mir der Grenzer, lächelnd mit einem Mal, die Pässe zurückgab, zerfloss jedes Gefühl, konnte ich das Meer nicht mehr sehen. Jetzt war auch ich über den Wolken. Dort, wo es keine Geräusche gibt.

Willkommen, sagte der Beamte, und ich sah, dass sein Lächeln dir galt.

Du schliefst noch immer, dir konnte nichts geschehen auf dem Arm deines Vaters. Hätte ich dich wecken sollen, dir zeigen, wohin wir dich führten?

Decken Sie ihn lieber zu, sagte der Grenzer, bevor er die nächsten Pässe an sich nahm, hier ist es kälter als bei Ihnen. Ich weiß nicht mehr, ob ich mich bei ihm bedankte. Ich musste vorgehen, um das Tor zu öffnen. Ich hielt es euch auf.

VERSTÄNDIGUNG

Ein Mörder ist unter uns, im Erdgeschoss, und wie meist führt Steffen Manzeschke das große Wort. Steffen arbeitet als Redakteur einer Ratgebersendung beim Fernsehen, doch bevor er der Liebe wegen für ein paar Jahre nach Italien zog, hatte er seine große Zeit bei einem ungleich bekannteren politischen Magazin. Als er zurückkam, mit Liliana und ihren beiden heute halbwüchsigen Söhnen, mit denen er seit fast zehn Jahren bei uns im dritten Stock wohnt, gab es für ihn nur noch Platz im Verbraucher- und Serviceressort, was dem Sendegebiet eingebrockt hat, dass er seine Wunde bis heute pflastert. Die Beiträge, die ich von ihm gesehen habe, zugegeben nicht viele, durchwehte selbst dann der Wind des schonungslos aufgedeckten Skandals, wenn es um Fertiggerichte oder Autoleasing ging, doch auch wir sind regelmäßige Nutznießer seiner investigativen Reflexe.

»Bis vor etwa zwanzig Jahren war Christoph Peters Staatsanwalt in Hamburg«, sagt Steffen und blickt auf den Tablet-Computer vor ihm, der ihn mit Autorität versorgt. »Dann ist er durchgedreht, weil ein Angeklagter, den er unbedingt hinter Gitter bringen wollte, freigesprochen wurde. Peters hat ihn ermordet.«

Die Pause ist verständlich an dieser Stelle, nur die Stärksten unter uns würden einer solchen Chance widerstehen, obwohl sich Steffen vielleicht nicht ganz so gierig in der Runde umsehen sollte. Liliana blickt den Mann, für den sie Rom verließ, so ausgenüchtert an wie immer, anderen tropft der gewünschte Radau schon aus den Augen. Die Eigentümerversammlung, die wir lieber Hausgemeinschaftstreffen nennen, findet im hinteren Teil des *Fargo* statt, wo uns Siggi wie immer ein paar Tische zusammengeschoben hat. Heute sind wir so vollzählig, wie wir nur sein können, immerhin ist es eine Krisensitzung.

»Selbstjustiz?«, sagt Richard, unser schwuler Galvanikexperte aus dem ersten Stock. »Er hat den Typ hingerichtet, weil ihm das Urteil nicht gepasst hat?«

»Sieht so aus. Das Gericht hat jedenfalls keine mildernden Umstände gelten lassen. Peters hat lebenslänglich bekommen und fünfzehn Jahre abgesessen.«

»Das kann Karin nicht gewusst haben«, sagt Jens. »Hat Karin das gewusst? Wir haben hier Kinder im Haus.«

Die alle nicht seine sind. Ines, seine Frau, hat ihren Beruf der Mutterschaft vorgezogen, obwohl Jens beteuert hat, so lange wie nötig als Hausmann und Vater zu Hause bleiben zu wollen. Als Lehrer mit Beamtenstatus, Konrektor sogar, wäre ihm das sicher ohne große Hindernisse möglich gewesen, doch Ines blieb stur und hätte nur eingewilligt, wenn Jens das Kind selbst ausgetragen, geboren und gestillt hätte. Eine Weile hat Sandra um die Ehe ihrer Freundin gefürchtet, obwohl wir an Jens nie etwas Kohlhaasartiges beobachten konnten, bald aber war sein Kreuzzug zu Ende. Seither flicht er das Wort Kinder beiläufig, wie er glaubt, in jedes Gespräch ein, selbst wenn es um Kabelschächte oder die Weinauswahl für unsere Hausfeste geht: für Ines vermutlich ein geringerer Preis des Waffenstillstands als für uns.

»Karin wusste es«, sage ich, obwohl alle Augen auf Steffen gerichtet sind. Das Vibrieren meines Handys in der Hosentasche ignoriere ich, ich kann mir denken, wer es ist.

»Und – du wusstest es auch?«

Steffens Entsetzen ist kein Entsetzen über Karins oder mein vermeintliches Schweigen, es ist das Entsetzen über den Informationsvorsprung eines beliebigen anderen.

»Fischer hat es mir gesagt, Karins Anwalt. Nach ihrem Tod.«

»Wann genau? Bevor oder nachdem du ihm eins über die Rübe gezogen hast«, fragt Micha und genießt das Gelächter, das über mich hinwegfegt.

Micha, dem der beliebteste und teuerste Friseurladen des Viertels, vielleicht der ganzen Stadt gehört, bewohnt den vierten Stock alleine, wenn man davon absieht, dass sein erwachsener Sohn, ein reizbarer und, wie wir glauben, drogensüchtiger Webdesigner, sich manchmal monatelang bei ihm einnistet, weil er wieder einen Job und sein WG-Zimmer verloren hat. Ob die Besuche von Michas beiden neunjährigen Töchtern, die er aus zwei weiteren Beziehungen hat, irgendeiner Regel folgen, habe ich nie verstanden, sicher ist nur, dass man jedes Mal eine andere Schönheit unter dreißig antrifft, wenn man bei ihm klingelt.

»Er kann hier nicht bleiben«, sagt Richard, der außer Liliana der Einzige war, der nicht gelacht hat, und nun einen Ton anschlägt, der augenblicklich alle Heiterkeitsreste vertreibt. »Er muss ausziehen.«

Bei Jens und Steffen sichtbare Zustimmung und von Micha ein aus Unschlüssigkeit, Trägheit und Ungeduld geborenes Nicken. Liliana, in deren Heimat Verbrecher auch in Parlamenten und Regierungen nicht ungewöhnlich sind, greift nach ihrem Kaffee, um über die Freunde ihres Mannes und ihn selbst nicht die Augen verdrehen zu müssen. Sandra und Ines sehen abwartend zu mir. Ich schweige, halte meinen Blick flach und frage mich, woher die heftige Ablehnung kommt, die der sonst feinfühlige Richard so scharf hinausschleudern zu müssen glaubt.

»Ich habe in unsere Papiere gesehen«, sagt Ines schließlich. Sie ist Justiziarin einer Privatbank und kümmert sich widerwillig, aber unentgeltlich um unsere Rechtsangelegenheiten. »Karin hat ihm die Wohnung ordnungsgemäß vererbt. Solange er seine Beiträge zahlt, nicht fortdauernd gegen die Hausordnung verstößt oder irgendeine Gefahr von ihm ausgeht, können wir nichts machen.«

»Man kann immer was machen«, sagt Jens, und niemand kann sicher sein, am wenigsten Ines, dass er nur über Peters spricht.

»Wir wissen noch gar nicht, ob wir nicht doch was finden, was wir verwenden können«, sagt Steffen, kommt aber nicht mehr dazu, seinen Sachverstand einzubringen, weil Micha allmählich genug zu haben scheint:

»Wenn Ines sagt, wir können nichts unternehmen, dann können wir nichts unternehmen. Warten wir's doch einfach ab, vielleicht macht der Kerl überhaupt keinen Ärger.«

Wankelmütig ist Micha ohnehin, aber faul ist er auch, die meisten unserer Treffen schwänzt er.

»Wir warten nicht ab«, sagt Richard, »wir sorgen dafür, dass er verschwindet. Da fällt uns schon was ein.«

Natürlich könnten es nur geschmackliche Gründe sein, die für Richard dagegensprächen, mit jemandem unter einem Dach zu wohnen, dem er jahrelang Münzen in den Pappbecher geworfen hat. Aber er klingt bedroht.

»Peters ist so Mitte fünfzig, oder? Ungefähr so alt wie du«, sagt Sandra. »Ich finde, er sieht ziemlich gut aus in seinen neuen Klamotten und mit seiner neuen Frisur. Ist die von dir, Micha?«

Jeder weiß sofort, worauf sie hinauswill, aber an dieser Stelle sind Lachen und Heiterkeit noch erlaubt. Meine Blicke halten Sandra nicht davon ab, den Schlag auszuführen, zu dem sie ausholt.

»Gefällt er Tom? Willst du die Bürgerwehr deswegen gründen?«

Liliana lacht laut auf und lässt zum ersten Mal eindeutig erkennen, dass sie zuhört, die anderen widerstehen allen verantwortungslosen Impulsen und versuchen vermutlich, an ihre Alterssicherung oder verstorbene Haustiere zu denken. Sandra kann Richard nicht ausstehen, weil sie seine bis in die Socken kultivierte Erscheinung für eine Show hält, die von einem besonders rücksichtslosen männlichen Egoismus ablenken soll, doch so gehässig ist sie selten.

»So sieht du das, Schatz?«, sagt Richard. »Unsereins denkt nur mit seinem Schwanz?«

»An den Aufenthaltsort von Toms Schwanz denkst du jedenfalls öfter.«

Richard lebt mit dem sechsundzwanzigjährigen Lichttechniker Tom zusammen, der auf Silver Daddys wie ihn steht und sich von ihm gerne Chihuahua nennen lässt. Als Außendienstmitarbeiter einer Firma, die ein wichtiges Patent auf ein Galvanisierungsverfahren hält, ist Richard allerdings oft und lange in der ganzen Welt unterwegs, was bei seiner Rückkehr regelmäßig zu Eifersuchtsszenen führt, bei denen wir oft im Publikum sitzen und die nicht immer begründet scheinen. Richards Argwohn richtet sich gelegentlich auch gegen Heteros, die Toms Vorlieben entgegenkommen, und falls Richard die kleinmütige Habsucht besitzt, die Sandra ihm zutraut, könnte ihn Christoph Peters durchaus stören. Wie Micha hat er das richtige Alter für Tom, ohne schon überzeugend unter Beweis gestellt zu haben, dass er sich für junge Menschen nur interessiert, wenn sie Schamlippen besitzen.

»Ich mache mir Sorgen um unser Haus, wie die meisten anderen hier auch«, sagt Richard. »Aber wenn du willst, können wir gern über Schwänze reden. Ich hoffe für Can, du interessierst dich für das Thema bei ihm genauso wie bei Tom und mir.«

Lächelnd blickt Sandra mich an, als wollte sie beim nun nötigen Gegenstoß großzügig mir den Vortritt lassen, aber Siggi sorgt mit der neuen Runde, überwiegend noch Kaffeevarianten und Rhabarberschorlen, für eine Feuerpause.

»Wie war's bei Jurij?«, fragt er mich. »Konnte er dir helfen?«

»Ich habe sechs Flaschen Wodka, die mehr gekostet haben als ein Wochenende in Paris, und Fischer ist trockener Alkoholiker.«

»Nicht selten bei Anwälten«, sagt Siggi, der bei diesem Thema wahrscheinlich über eine größere Datenmenge verfügt als jede einschlägige wissenschaftliche Untersuchung. »Wenn du mit dem Wodka nichts anfangen kannst, nehme ich ihn dir gerne ab.«

»Vierhundertachtzig Euro«, sage ich.

»Zweihundert«, sagt er.

»Ich habe Ärger, und du willst ein Geschäft daraus machen?«

»Mache ich das nicht seit Jahren so?«

Siggi geht wieder hinter seinen Tresen, ich trinke einen Schluck frischen Weißwein und wehre mich gegen Sandras ungeduldigen Blick mit einem zärtlichen Lächeln.

»Über Karin haben wir noch gar nicht gesprochen«, sage ich. »Es war ihre Wohnung, es ist ihre Entscheidung. Wir hätten auch die Möglichkeit, das zu respektieren.«

Nicht die Bemerkung, die Sandra sich gewünscht haben dürfte, Richard geht straffrei aus, aber auch nichts, was Jens gefällt:

»Hat Karin uns respektiert? Hat sie mit uns vorher gesprochen? Nicht mal mit dir anscheinend, oder?«

Karins Beerdigung ist erst übermorgen, aber hier sind nur noch ihr Foto und die Traueranzeige, die Siggi an die Säule neben dem Tresen gehängt hat.

»Das ist kein Gag von Karin, es ist ihr Testament«, sage ich. »Sie hatte ihre Gründe, und sie kannte sicher auch Peters Gründe.«

»Für den Mord meinst du?« Steffen bringt sich wieder ins Spiel, er hat lange genug gewartet. »Es war keine Notwehr, es war auch kein Totschlag. Er ist wegen Mordes verurteilt worden.«

Er lauert kurz. Offensichtlich habe ich aber nichts zu entgegnen.

»Nachdem der Mann freigesprochen wurde, hat ihn Peters zum Kaffee eingeladen und ihn eiskalt vergiftet. Interessieren dich da noch die Motive?«

»Und dann?«, frage ich.

»Was dann?«

»Was hat Peters dann gemacht? Ist er abgehauen? Hat er versucht, die Tat zu vertuschen?«

Beschwingt lächelt mich der Enthüllungsjournalist außer Dienst an, kommt langsam auf Betriebstemperatur.

»Nein, hat er nicht. Er hat die Polizei verständigt und an Ort und Stelle auf sie gewartet. Glaubst du, das macht die Sache besser?«

Niemand erwartet eine Antwort von mir, alle, sogar Sandra, sehen zu ihm.

»Das macht es nur schlimmer. Peters hat sich im Recht gefühlt, ganz und gar im Recht. Was machen wir, wenn ihm irgendwas bei uns nicht passt? Wenn er die Richter-und-Henker-Nummer auch hier abzieht?«

»Was ist eigentlich mit dir?«, fragt Richard, als mein Handy wieder zu vibrieren beginnt.

Diesmal blicke ich kurz aufs Display, drücke Ellen Reichert weg und sehe wieder artig zu Richard, der noch nicht fertig ist.

»Willst du Peters wirklich im Haus haben, oder zündest du hier nur Kerzen für Karin an?«

»Ich würde gerne verstehen, warum Karin das gemacht hat. Dafür reicht es vermutlich nicht, nur über Peters zu sprechen.«

»Stimmt ja«, sagt Steffen. »Damit verdienst du dein Geld. Du sorgst dafür, dass sich jeder verstanden fühlt.«

»Bist du dafür, dass er bleibt?«, fragt Micha. »Du würdest nichts unternehmen?«

Eine echte Frage, kein Zweifel. Es wäre nicht das erste Mal, dass Micha seine Meinung von meiner abhängig macht. Ich hole mein Handy aus der Tasche, stehe auf und entschuldige mich.

»Ich glaube, ich muss zurückrufen. Könnte wichtig sein.«

Damit hat keiner gerechnet, am wenigsten wahrscheinlich ich. Ich gehe nach vorne, halte Abstand zum Tresen, ignoriere das neue Gebot, das Siggi mir zuraunt (»240 Euro«), und wähle Ellens Nummer. Sie nimmt den Anruf sofort entgegen und hält sich weder mit einer Begrüßung noch mit Vorwürfen auf, die nach ihren vielen von mir zurückgewiesenen Kontaktversuchen verständlich wären.

»Ich kann dir jetzt genau sagen, warum deine Eltern ermordet wurden«, sagt sie. »Du musst herkommen, dir bleibt gar nichts anderes übrig. Du musst dich und deine Familie schützen.«

Ich habe noch kein Wort gesagt, ich sage immer noch nichts.

»Nimm den nächsten Flieger, und schick mir eine Nachricht, wann du landest. Ich hole dich vom Flughafen ab.«

Ellen hat keinen Zweifel. Ich werde kommen.

»Bis dann«, sagt sie und beendet das Gespräch.

Ich brauche noch einen Moment, den ich auch dafür nutzen

muss, Siggis besorgtem Blick ein gelassenes Kopfschütteln zu entgegnen, dann gehe ich zurück an unseren Tisch und halte die Blicke aus, die mich für meine Unhöflichkeit zu strafen versuchen.

»Tut mir leid, war wirklich dringend«, sage ich. »Ich muss leider noch mal hoch.«

Irgendjemand sagt irgendwas, als ich mich umgedreht habe und fast schon am Ausgang bin, glücklicherweise nicht Sandra. Auch sie wird mich angesehen haben, aber irgendwie habe ich es geschafft, meinen Blick von ihr fernzuhalten.

Oben packe ich für ein, zwei Tage, hole aus dem Arbeitszimmer mein Notebook, meine Tabletten und das Foto, auf dem ich mit meinen Eltern vor diesem Museum stehe, trinke bei der Gelegenheit noch einen Schluck von dem schwarzen Zeug und gehe in die Küche, um mich von den Kindern zu verabschieden, die mit Beatriz schon beim Abendessen sitzen.

»Morgen kannst du die Krebseier ins Wasser legen«, sage ich zu Mina. »Steht alles genau auf der Packung. Ben hilft dir bestimmt.«

»Ich brauche keine Hilfe«, sagt Mina.

»Brauchst du auch nicht«, sagt Ben. »Aber zeigst du mir die Krebse? Weiß gar nicht, warum Papa sie dir schenkt und nicht mir.«

Ben klingt ausreichend beleidigt, und schon grinst Mina. Nicht zum ersten Mal staune ich, dass mein Sohn, in welchem Sternensystem er sich auch aufhält, nie die Umlaufbahn seiner Schwester verlässt. Mina bekommt von mir mehr Küsse als nötig, Ben zwinge ich einen auf, der auf seinem Kopf landet, Beatriz muss sich mit einer erhobenen Hand und einem *»fica bem«* begnügen.

»Ich werde spielen«, sagt Ben, als ich schon fast draußen bin. »Für Karin, auf der Trauerfeier.«

»Bist du sicher?«, frage ich.

»Ja«, sagt Ben und isst weiter.

Minuten später bitte ich Siggi im Vorbeigehen, mir ein Taxi zu rufen, und ziehe meinen kleinen Rollkoffer zu unserem Tisch. Um irgendwelche Blicke muss ich mir diesmal keine Sorgen machen; sie bleiben alle an dem Mann hängen, den ich mitgebracht habe.

»Wir hatten ganz vergessen, Herrn Peters Bescheid zu sagen«, sage ich und wende mich danach an Peters selbst: »Karin kannte natürlich unsere Versammlungstermine, aber auf die neue Situation haben wir uns noch nicht eingestellt. Entschuldigen Sie bitte.«

»Kein Problem«, sagt Peters und blickt freundlich in die Runde, angemessen scheu.

Ob er das Standgerichtsurteil bemerkt, das Richard, Steffen und Jens wortlos über mich fällen, weiß ich nicht, Lilianas so offenen wie neugierigen Blick jedenfalls scheint er wahrzunehmen. Michas beeindrucktes Lächeln gilt vermutlich meiner Unverfrorenheit.

»Ich muss los«, sage ich, biete Peters den Platz an, den ich nicht mehr brauche, und verabschiede mich, während Sandra aufsteht und nach vorne geht, um dort aufgewühlt auf mich zu warten.

»Was hast du vor?«

Ein Taxifahrer kommt herein, der Stand ist keine Minute entfernt, und fragt Siggi nach seinem Fahrgast.

»Hier«, sage ich, bevor Siggi antworten kann, und mache dem Fahrer die Freude, gleich zu erwähnen, dass ich zum Flughafen will.

»Wer war das vorhin am Telefon?«, fragt Sandra. »Ellen Reichert?«

»Ja«, sage ich und gebe ihr einen Kuss, den sie wehrlos über sich ergehen lassen muss.

25.–27. Juni

NÄGEL MIT KÖPFEN **Sonntags wäre er lieber Schwede,** sagt der Mittfünfziger, an dem ich mich vorbeidrängen muss, zu einer hübschen Brillenträgerin, während er sie gnadenlos weiter einkesselt. Mit ihm habe ich hier nicht gerechnet, zum Glück nimmt er mich nicht wahr. Wir haben uns nur einmal gesehen, als ich vor ein, zwei Jahren angefragt wurde, und im Moment ist er damit beschäftigt, der jungen Frau, deren Augen das Weite suchen, die Welt zu erklären. Wenn ich mich richtig erinnere, wollte der Schauspieler, der sonntagabends eine Kommissarsstelle an der Küste innehat, eine kluge Mischung aus Anekdoten und Ansichten von mir: seinen eigenen Blick auf die deutsche Film- und Fernsehlandschaft, wie sie nicht ist, aber unbedingt sein sollte. In den anderthalb Stunden, in denen wir damals mit seinem Agenten und der Lektorin zusammensaßen, fiel kein Satz, den ich nicht schon einmal gelungener gelesen oder gehört hätte, und es gab keine Lücke, die auf Verstörendes hoffen ließ. Ich habe abgesagt, aus zeitlichen Gründen wie immer, und hatte bis heute keinen Anlass, je wieder an ihn und seine Erweckungspredigt zu denken.

Ich sehe noch mehr Bekannte und Betrunkene auf diesem Bergfest, das wahrscheinlich mutwillig in einem Restaurant stattfindet, das nicht groß genug für alle Gäste ist, aber sie sehe ich nicht und zwänge mich notgedrungen weiter durch. Lieber hätte ich mich mit ihr woanders getroffen, doch wenn es dringend sei, hat sie am Telefon gesagt, jede Menge Vorsicht, aber auch ein wenig Neugier in der Stimme, könne sie es nur hier einrichten. Anscheinend hat sie eine kleine Gastrolle mit zwei Drehtagen, ein Geschenk an den Produzenten, der mit ihr sein Projekt aufwerten kann, und muss sich auf der Halbzeitfeier der Filmproduktion blicken lassen, um das allzeit umherschwebende Geraune, sie gehe eher einer Liebhaberei nach als einem Beruf, in Grenzen zu halten.

»Wie geht's deinem Sohn?«, frage ich, als ich sie schließlich vor ihr stehe. »Was war das noch? Eine Grünbergfraktur?«

»Grünholz«, sagt Anna, »eine Grünholzfraktur. Danke, fast schon verheilt. Guten Abend, Can.«

»Guten Abend, Anna.«

Ich habe mir Zeit gelassen, nachdem ich sie sah, ich wollte sie beobachten. Konzentriert und ohne ein eigenes Wort hat sie einem jungen Mann zugehört, der einen bizarren Schal trägt, sich vermutlich noch nicht jeden Tag rasieren muss und hoffentlich weder der Regisseur noch der Produzent des Films ist. Mehr als ein halbes Dutzend weiterer Gäste hat Anna aus nächster Nähe beim Zuhören zugesehen und blickt nun in Formation zu mir.

»Can Evinman«, stellt Anna mich dem jungen Mann vor und dezent, aber sorgfältig artikuliert auch ihrem hochaufmerksamen restlichen Publikum. »Und das ist Lars … –«

»Schröder«, sagt der junge Mann. »Lars Schröder.«

Wir geben uns die Hand, und Anna erklärt mir, dass Lars als Produktionsfahrer aushilft, an einer Werbefachhochschule studiert, am Ende aber zum Film will. Offenbar bringt er genug Mut oder Unbedarftheit mit, um sie von seiner Sprosse aus anzusprechen, da wird ihm der Rest als Kinderspiel erscheinen.

»Lars hat eine außergewöhnliche Idee für eine Serie«, sagt Anna. »Ich hoffe, er schreibt sie bald auf und schickt sie mir.«

So etwas könnte gönnerhaft klingen, verlogen, im besten Fall höflich, wenn da nicht Annas Blick wäre, der Lars jeden Zweifel nimmt und ihn demnächst vielleicht zum ersten Mal in seinem Leben dazu bringt, ausreichend lange an einem Schreibtisch durchzuhalten. Anna macht den jungen Mann glücklich und löst ihn im selben Augenblick in Luft auf.

»Du willst dich sicher irgendwo in Ruhe unterhalten«, sagt sie zu mir und blickt sich um, ohne meine Antwort abzuwarten.

Was es heißen kann, Wünsche von den Augen abgelesen zu bekommen, erlebe ich, als eine Frau herbeigeeilt kommt, noch bevor Anna ihre Augen wieder im Lot hat. Ich halte sie für eine Servicekraft, aber Anna stellt sie mir beiläufig als Producerin des Films vor, was offenbar keinen großen Unterschied macht, setzt sie in Bewegung, und nur ein paar Wimpernschläge später sind wir alleine in einem Büroraum und haben Getränke in der Hand.

»Danke«, sagt Anna. »Du hast mich gerettet.«

»Da kann man sich nie sicher sein.«

Eine Floskel also von ihr, eine von mir und dann, weil ich meinen Anfang nicht finde, mattes Schweigen. Nichts, was Anna aus der Ruhe bringt.

»Was gibt's denn? Probleme mit dem Buch?«

»Ellen Reichert«, sage ich.

»Du hast von ihr gehört?«

»Mehr als das.«

Anna setzt sich, nippt an ihrem Weißwein und sieht mich neugierig an. Mehr Hilfe bekomme ich nicht. Als wir nach unserem von Ellen sabotierten Termin in der letzten Woche telefonierten, hatte ich ihr von meinem Besuch bei einem hundertjährigen Greis erzählt, der bei der SS war und mit seiner Enkeltochter die Obsession teilt, seine widerliche Lebensgeschichte zu Papier bringen zu wollen. Dass in dieser Story auch ein Mann eine Rolle spielt, der denselben Nachnamen trug wie ich, einen einmaligen Namen, habe ich bisher verschwiegen. Amüsiert lächelt mich Anna an, als ich mit Ellens Schwank in Mahlers Villa durch bin, einigermaßen vollständig diesmal.

»Es ging um dich? Sie hat keinen Ghostwriter für ihren Opa gesucht, sondern den Familienangehörigen eines Zeitzeugen oder so was?« Anna lacht, beinahe übermütig, legt aber genug Mitgefühl in ihre Augen, um eine Kränkung auszuschließen. »Nein, einen eigenen Verwandten, richtig?«

Ich nicke nur. Noch sind wir beim angenehmen Teil.

»Aber ja«, sagt Anna. »Das passt.«

»Was?«

»Die Autobiographie war Ellens Idee. Sie hat sie Martin in den Kopf gesetzt, und er hat gleich einen Verlag suchen lassen.«

»Die sind nicht auf dich zugekommen? Das Projekt ging von dir aus?«

»Nicht von mir, von Martin. Wenn er sich einmal für etwas begeistert hat, dann muss er sofort Nägel mit Köpfen machen.«

»Du wolltest nicht?«

«Eigentlich nicht. Es gab schon vorher Verlage, die mich angesprochen hatten, aber ich hatte immer abgelehnt. Ich bin nicht mal vierzig, Schauspielerin, was habe ich da zu erzählen? Hast du inzwischen auch gemerkt, nehme ich an.«

Ein simpler Befund, auf schmeichelnde Widerworte scheint Anna nicht aus zu sein. Ohne die Wirkung ihres Satzes abzutasten, spricht sie weiter.

»Martin hat nicht lockergelassen, und meine Agentin fand die Idee auch gut.«

Sie weiß, wie sich das anhören könnte, aber ich glaube nicht, dass sie sich Sorgen darüber macht. Nichts in ihrer Stimme und in ihren Augen lässt daran zweifeln, dass sie ihre eigenen Entscheidungen auch dann trifft, wenn sie anderen einen Gefallen damit erweist.

»Dann habe ich ein paar deiner Bücher gelesen und konnte mir so etwas zum ersten Mal auch für mich vorstellen. Ich mochte nicht alle, die da mit deinen Worten ihre Geschichten erzählen. Aber ich habe jeden von ihnen verstanden. Manche besser, als ich wollte.«

Jetzt wüsste Anna doch gern, was sie bei mir auslöst. Sie legt eine Pause ein und schenkt mir den Blick, den vorhin auch der Junge mit dem seltsamen Schal bekam. Vermutlich sehe ich nicht so glücklich aus, wie Anna mich gern hätte, sie legt nach.

»Das heißt, sie sind verstanden worden. Von dir. Ich dachte, bei dir ist man in guten Händen.«

Ich sollte mich für das Kompliment bedanken, wir sollten über Bücher sprechen. Über ihr Buch, unser Projekt. Wir könnten ein bisschen weiterarbeiten, jetzt gleich, warum nicht? Ich könnte mich darüber freuen, dass ihre bisherige Zurückhaltung nur an einem vagen Gefühl von Unbedeutendheit lag, an gesunden Selbstzweifeln, einer angenehmen Bescheidenheit. Wir könnten das zu unserer Arbeitsgrundlage machen. Wir würden Ellen einfach in Saloniki lassen, und ich würde Anna ab jetzt die richtigen Fragen stellen, sachte, sie verstehen.

»Eine Vorschlagsliste gab es nicht?«, frage ich.

»Vorschlagsliste?«

»Mit Autorennamen, vom Verlag. Ellen hat gesagt, sie hat dir eine vorgelegt.«

»Nein, du warst der Einzige, der mir je genannt wurde.« Ihr Lächeln beginnt Anna anzustrengen. »Sie hat das von Anfang an geplant, nicht? Sie wollte in Kontakt mit dir kommen.«

»Und mich vorher in aller Ruhe beobachten.«

»Das ist doch verrückt. Warum hat sie dich nicht einfach angesprochen? Warum macht sie ein Spiel daraus und lässt sogar ihren Job sausen?«

»Ich glaube, du solltest dir etwas ansehen«, sage ich und hole mein Notebook aus der Tasche.

»Was?«

»Schau lieber selbst.«

Es dauert eine Weile, bis der Computer hochgefahren ist und ich aufrufen kann, was ich Anna zeigen will. Ich hätte genug Zeit, um sie vorzuwarnen, aber wie? Sieht aus, als hätte dein Mann deinen Vater umbringen lassen, nachdem er vorher daran beteiligt war, meine Eltern zu ermorden? Mach dir aber bitte keine Sorgen, vorläufig ist es nur eine Einzelmeinung? Ich zünde mir eine Zigarette an und lasse unser Schweigen schweben. Ich will ihre Augen sehen.

»Hier«, sage ich, als das Notebook so weit ist, drehe es zu ihr und stelle mich so hin, dass ich Annas Profil sehen und den Monitor dabei einigermaßen im Blick behalten kann.

Sie hat die gleichen Voraussetzungen wie ich, davon abgesehen, dass ich bei der Aufführung von Mahler, Ellen und Karol persönlich dabei war, bevor ich Post bekam. Sehr genau betrachtet Anna die

Fotos, mit denen Ellens Mail beginnt, liest die Bildunterschriften, in denen die Namen ihres Schwiegervaters und ihres Mannes stehen, zeigt nicht die geringste Reaktion. Beim letzten Foto verweilt sie etwas länger, mehr als ein Datum gibt die Legende schließlich nicht her, scheint aber jedes Wort und jede Frage vermeiden zu wollen. Schließlich dreht sie sich doch zu mir um.

»›9. April 77‹? Was bedeutet das? Wer ist das auf dem Foto?«

»Das bin ich. Mit meinen Eltern und meinem Freund Andreas. Wir waren im Urlaub.«

»Wer hat das Foto gemacht?«, fragt Anna, merkt aber sofort selbst, wie überflüssig ihre Frage angesichts der Bildperspektive ist.

»Karsamstag«, sage ich. »Vor fünfunddreißig Jahren. Meine Eltern sind an diesem Tag bei einer Wattwanderung ums Leben gekommen. Die Flut muss sie überrascht haben, ihre Leichen wurden nie gefunden.«

Es muss Anna Kraft kosten, so ausdruckslos zu nicken und wieder auf den Monitor zu blicken, allein mit dem, was sie nun fürchtet. Sie liest Ellens Nachricht unter den Fotos, manche Passagen mehrfach, glaube ich, scrollt wieder hoch, betrachtet die Fotos erneut, liest die Nachricht noch einmal, dann dreht sie ihre Uhr einmal ums Handgelenk, fährt sich mit einem Finger gründlich über die Lippen, als müsste sie Speisereste entfernen, blickt mich endlich an und lächelt. Gefasst, gefangen. Stupid fröhlich.

»Da glaubt man, man kennt den eigenen Mann, und lernt doch jeden Tag neue Seiten an ihm kennen.«

»Fabelhaft. Hält eine Beziehung frisch.«

»Fabelhaft«, sagt Anna und knipst ihr Lächeln aus. »Glaubst du das alles?«

»Woran ist dein Vater gestorben?«

»Du glaubst es.«

»Ein Unfall?«

Anna zögert. Antworten oder mir ins Gesicht spucken?

»Ein Herzinfarkt. Sein zweiter. Sie konnten ihn retten, haben ihm drei neue Bypässe gelegt. Es sah aus, als würde er sich erholen. In der

Nacht, bevor er aus der Klinik entlassen werden sollte, hatte er einen Herzstillstand.«

Das wäre die Stelle, an der die Leute in Krimis, nicht nur schwedischen, danach fragen, ob es eine Autopsie gab.

»Die Nachteile eines Privatpatienten? Ein eigenes Zimmer, und er war hilflos allein, als es passiert ist?«

Sie nickt.

»Er lag auf der Normalstation, das Monitoring war längst eingestellt. Es ging ihm ja wieder gut.«

Eine instabile Konstruktion, ein mühsam überbrückter Abgrund. Schon damals werden die Minuten heruntergerechnet worden sein, die man gerade zu spät kam. Die den Vater von ihr wegrissen. Anna scheint ihn geliebt zu haben.

»Tut mir leid«, sage ich.

»Die Mail ist von letzter Woche. Warum kommst du erst jetzt damit?«

Ich sehe sie nur an.

»Bist du zur Polizei gegangen?«

»Nein.«

»Mit wem hast du darüber gesprochen?«

»Mit niemandem.«

»Auch nicht mit deiner Frau, irgendwelchen Freunden?«

»Du bist die Erste.«

»Seit einer Woche?«

So fassungslos habe ich Anna noch nie erlebt. Mein Verhalten scheint aufregender zu sein, anstößiger gar als das, was Ellen uns zu sagen hat.

»Da kommt plötzlich jemand und behauptet, deine Eltern sind ermordet worden – nach wie viel Jahren, hast du gesagt, dreißig, fünfunddreißig? Sie sagt dir, wer es gewesen sein soll, und du hältst einfach den Mund?«

»Willst du nicht deinen Mann anrufen?«, frage ich.

Das Lächeln, das Annas Augen plötzlich betäubt, ist Erste Hilfe, die sie sich selbst verabreichen kann, ein erprobtes, vorübergehend wirksames Gegengift. Sie nickt, als hätte meine Frage ihre eigene abschließend beantwortet, wendet sich ab, trinkt ihren Wein aus, entfernt sich ein paar Schritte von mir und spricht zu einer Magnetwand, an der Rechnungen und Steuertermine hängen.

»Was sollten deine Eltern mit Martin zu tun haben? Oder mit seinem Vater. Was bedeutet das alles?«

»Das weiß ich nicht.«

Ich gehe zum Notebook, schiebe das zweite Foto aus Ellens Mail in die Bildschirmmitte: Mahler und Evinman während des Kriegs vor dem Gebäude, das ein archäologisches Museum ist oder eine Moschee. Dann hole ich aus meiner Sakkotasche das Foto, das im Schuhkarton lag, meine Eltern und ich am selben Ort, und lege es auf die Tastatur.

»Siehst du dir das mal an?«

Zögernd dreht sich Anna um, blickt mich an, als müsste sie sich erst vergewissern, dass ich keine Waffe in der Hand halte, und kommt näher. Ich zeige auf den Monitor.

»Evinman, wer auch immer das ist, und Anton Mahler.« Ich nehme das Foto hoch, das Anna in dem Licht wahrscheinlich nicht gut sehen könnte, wenn sie es sich denn ansehen würde, und gebe es ihr. »Und das bin ich, mit meinem Eltern. Das einzige Foto, das ich von ihnen besitze. Ich habe es erst heute wiedergefunden.«

Anna sieht sich das Foto an, ungern, vergleicht es mit dem Bild auf den Monitor.

»Dasselbe Haus.«

»Ja. Irgendwo in Thessaloniki. Weiß ich auch erst seit heute.«

Ich scrolle hoch zu dem ersten Foto der Mail.

»Mahler, in Thessaloniki, und ein Wehrmachtsoffizier, Max Merten. Neben den beiden, das ist der Vater deines Mannes. Mahler kannte ihn. Und meine Eltern hatten auch offenbar eine Verbindung zu dieser Stadt.«

Anna schweigt, legt behutsam das Foto zurück auf die Tastatur. Ich bin froh, dass sie sich danach nicht die Hand abwischt.

»Kennst du Mahler?«, frage ich. »Hast du den Namen je gehört?«

»Nein, nie«, sagt Anna. »Aber du warst bei ihm. Du weißt, wo er wohnt.«

Ich wüsste gern, wo die Bestürzung hin ist, die ihr eben noch die Worte genommen und sie hinter ihren Augen eingesperrt hat.

»Ja«, sage ich.

»Gehen wir«, sagt Anna.

Bevor ich den Rechner wieder eingepackt habe, ist Anna schon durch die Tür. Die Notebooktasche über der Schulter und hinter mir den Rollkoffer, der ständig gegen irgendwelche Beine stößt, folge ich Anna durch das Restaurant. Es würde sich lohnen, sich mit den Blicken zu beschäftigen, die uns eskortieren, aber ich habe keine Zeit. Ich muss eine Frau einholen, die berühmteste und reichste im Raum, die allem Anschein nach vor mir flieht, so schnell sie kann. Auf einmal steht der Mann vor mir, der manchmal lieber ein Schwede wäre, und versperrt mir schwankend den Weg.

»Evinman? Wir kennen uns doch. Sind Sie nicht Evinman?«

»Bin ich«, sage ich. »Ich bin Evinman.«

LUFT

Zwei Beerdigungen in so kurzer Zeit wären zu viel. Für alle, nicht nur für Mina. Wir sind hundertzwanzig gefahren, wo siebzig erlaubt war, jetzt fahren wir mit achtzig in Blankenese ein. Anna ist wütend, unleugbar, wir schweigen. Letzte Woche hätte ich eine gute Flasche Wein aufgemacht.

»Links«, sage ich, aber schon sind wir vorbei.

Anna bremst und wendet, ohne den einen Vorgang vom anderen zu trennen. Der Fahrer des Autos, das uns gerade noch entgegenkam, hupt hinter uns und blendet seine Scheinwerfer auf, kann seinem Ärger aber nur kurz Ausdruck geben, weil wir sofort abbiegen, ohne dass ich ein Blinken bemerkt hätte. Ich werde auf dem Beifahrersitz hin und her gerüttelt und habe nichts dagegen.

»Dachtest du an eine Selbsthilfegruppe oder so was? Du hast deine

Eltern verloren, ich meinen Vater. Wir sehen uns tief in die Augen und reden darüber, weil auf einmal jemand behauptet, es war dieselbe Todesursache?«

»Rechts«, sage ich, »da vorne. Glaube ich.«

Anna biegt ab, vermindert das Tempo dafür nur vorübergehend.

»Oder ist es für das Buch? ›Dunkle Familiengeheimnisse: Dem Verbrechen auf der Spur?‹ Öde Kindheits- und Fernsehsoße, und dann das Knallerkapitel, mit dem niemand gerechnet hat?«

»Es ist dein Buch.«

»Wirklich? Und es ist immer noch meine Geschichte? Klang gut, was du gesagt hast. Beruhigend.«

»Ist es meine Geschichte?«, frage ich. »Wieder rechts, die zweite, wir sind gleich da. Vielleicht solltest du langsamer fahren.«

Sie biegt ab, sie fährt langsamer, sie sagt nichts mehr.

»Ich kannte Ellen vorher nicht, ich habe diese Mail nicht geschrieben. Ich wollte nur, dass du es weißt, bevor irgendjemand davon erfährt.«

»Dafür brauchst du eine Woche?«

»Nein, du hast recht. Die habe ich dafür gebraucht, um mit Ellen auszubrüten, wie wir dich hereinlegen könnten.«

»Kaum«, sagt Anna. »Dann wären deine Augen anders.«

Meine Augen. Keine Vermutung, Annas Ton lässt keinen Zweifel, eine fachgerechte Diagnose.

»Hier«, sage ich. »Halt irgendwo an.«

Anna hält sofort, in zweiter Reihe, stellt den Motor aus, blickt zu mir. Ich lasse mein Gesicht abgewendet, sehe aus dem Seitenfenster auf Mahlers Haus. Licht im Erdgeschoss und im ersten Stock. Nachts wirkt der Wintergarten noch grotesker.

»Du hast Angst«, sagt Anna. »Du bist hier, weil du nicht allein damit sein willst.«

»Das siehst du in meinen Augen? Was weißt du erst, wenn du in meiner Hand gelesen hast?«

»Martin ist kein Mörder«, sagt Anna und steigt aus.

Sie wartet vor dem Auto, sieht durch die Windschutzscheibe zu mir. Ich glaube nicht, dass Angst das richtige Wort ist, immer noch nicht, aber ich steige aus, deute auf Mahlers Haus.

»Das da«, sage ich und gehe los, irgendwann werde ich Anna wieder ansehen müssen.

Ein Airedaleterrier hat die Schnauze zwischen den Stäben des gusseisernen Zauns und schnüffelt in Mahlers Vorgarten. Am anderen Ende der Leine hängt ein Mann von Anfang sechzig in der passenden Burberryjacke und starrt Anna an. Ich kann mir nicht vorstellen, dass solche Blicke an einem Ort wie diesem als angemessen gelten. Vermutlich rührt seine Unhöflichkeit zu gleichen Teilen aus seiner Unsicherheit, ob er tatsächlich die sieht, die er zu sehen glaubt, und der Frage, was sie, falls sie es ist, ausgerechnet in diesem Haus zu suchen hat. Anna verscheucht den Einheimischen mit einem wilden Lächeln, der Hund lässt sich wegzerren, wir klingeln. An der Sprechanlage rührt sich nichts. Das Tor ist nicht abgeschlossen, stellt Anna fest, wir gehen zur Haustür durch, weiter schweigend, klingeln dort noch einmal, und ich bereite mich langsam auf Karol vor. Schwer zu sagen, ob der Überraschungseffekt den Heimvorteil überwiegen wird.

»Muss doch jemand da sein, da ist Licht.«

Ich begnüge mich mit einem zustimmenden Nicken und klingele, damit auch ich einmal geklingelt habe.

»Er sitzt im Rollstuhl, hast du gesagt? Und wenn er allein ist und nicht an die Tür kann?«

»Sah nicht so aus, als würde er allein gelassen«, sage ich und spreche schon in Annas Rücken.

Sie geht um das Haus herum, ich folge ihr in den Garten. Licht von den Laternen der Straße dahinter. Ein gepflegter Rasen, ein Zierteich, ein Gartenhaus, ein Kirschbaum mit gewaltigem Stamm und ballonartiger Krone, zwanzig Meter hoch, vielleicht höher, zu alt vermutlich, um mehr als die wenigen Früchte zu tragen, die an ihm hängen. Ob Kirschbäume so alt werden, dass Mahler als Kind auf diesen geklettert sein könnte, weiß ich nicht; ich weiß auch nicht, ob die hohe Hecke, die den Garten umgibt, noch dieselbe ist, die Gärtner Kurt vor über neunzig Jahren mit Hilfe des kleinen Anton gestutzt hat. Über die Lebenserwartung von Bäumen und Büschen habe ich mir noch nie Gedanken gemacht. Sandra wüsste es, sie weiß alles über Pflanzen.

»Hier hat Mahler den ersten Schrei seiner Frau gehört«, sage ich und freue mich über Annas verwirrten Blick.

»Seiner Frau hat er auch was angetan?«

»Nein«, sage ich und belasse es dabei. Manche Sätze verlieren ihre Schönheit, wenn man ihnen auf den Grund geht.

Anna hält sich nicht lange damit auf. »Das Gartentor ist offen. Siehst du das da?«

Sie zeigt mir Reifenspuren, die sich bei diesen Lichtverhältnissen kaum erkennen lassen. Sie führen vom hinteren Garteneingang bis zur Terrasse.

»Ich glaube, die Terrassentür ist angelehnt«, sagt Anna und geht los.

»Du willst da doch nicht rein?«

»Sind wir nicht deswegen hier?«

Anna geht die Stufen zur Terrasse hoch und drückt die Glastür auf, dreht sich zu mir um und wartet, mit einem Blick, der mir keine Wahl lässt. Ich gehe zu ihr und trete vor ihr ins Wohnzimmer, weil ich nicht hinter ihr hergehen will. Mahlers Londoner Zeit scheint geschmackliche Spuren hinterlassen zu haben. Holzvertäfelungen an der Decke, ein geknöpftes dunkles Ledersofa, zwei Clubsessel davor und einer vor dem Kamin, ein schwerer Orientteppich auf massivem Schiffsparkett, lederfurnierte Couch- und Beistelltische aus Mahagoni, schwere Kristallaschenbecher und chinesische Vasen auf einem Sideboard, das sich perfekt einfügt in diese Demoversion britischer Lebensart. Dass dieser Raum tatsächlich bewohnt wird, ist nur schwer vorstellbar, wenn man davon absieht, dass die Türen und Schubladen des Sideboards offen stehen.

»Hallo«, rufe ich.

»Hallo«, ruft Anna, lauter als ich. »Jemand zu Hause?«

»Jemand zu Hause?« Ich lache. »Ist das dein Ernst?«

Ich bekomme keine Antwort, Anna ruft noch einmal, diesmal

nicht mehr als »Hallo«, wir gehen durchs Esszimmer in die Diele und von dort in den nächsten Raum.

Dass Mahler sein Arbeits- und Bibliothekszimmer ebenfalls eingerichtet hat wie das Büro von Bonds altem Chef und nicht einmal auf die passende Bücherleiter verzichten wollte, überrascht Anna so wenig wie mich, nehme ich an, aber beide achten wir mehr auf die herausgerissenen Schubladen, die auf dem Boden liegen, die offenen Schranktüren, das umgestürzte Bücherregal, die Unterlagen, Fotos und Bücher, die überall verstreut sind. Ein Einbruch, eine Durchsuchung, vielleicht ein Wutanfall.

»Scheiße«, sagt Anna.

»Wir müssen die Polizei rufen«, sage ich.

»Und was steht dann morgen in der Zeitung? Anna Roth bei Einbruch ertappt?«

»›Verwickelt‹ wäre das richtige Wort. In Einbruch verwickelt.«

»Ja? Möchte ich auch nicht«, sagt Anna und geht aus dem Raum.

»Wo willst du hin? Der Einbrecher könnte noch hier sein.«

Kein überzeugendes Argument für Anna, nicht einmal ein Grund zum Antworten. Wir sehen in die Küche und die anderen Räume im Erdgeschoss, auch in einen, der ein Lagerraum des Deutschen Museums sein könnte, voll mit Apparaten, Kabeln und Schaltern. Das einzige Gerät, das ich aus dem Physikunterricht kenne, ist das Oszilloskop auf dem langen Labortisch, bei ein paar anderen würde ich auf Funkgeräte und demontierte alte Autotelefone tippen, in einer Quizshow aber auf keinen Fall Geld riskieren, wenn ich noch einen Joker hätte. Dem Gewirr nach könnte dieser Raum ebenfalls durchsucht worden sein, möglich aber auch, dass ein Technikfreak nach seinem letzten Hobbyabend, der Jahrzehnte her sein könnte, versäumt hat aufzuräumen.

»Mahler war Ingenieur für Nachrichtentechnik«, sage ich und muss Anna schon wieder hinterhergehen, auf Erläuterungen scheint sie keinen Wert zu legen.

»Was machen wir eigentlich, wenn wir eine Leiche finden? Vergraben wir sie im Garten, damit die Presse nichts erfährt?«

»Das entscheiden wir dann« sagt Anna und deutet zum Aufgang. »Was ist da oben?«

»Dieser merkwürdige Wintergarten. Und ein paar andere Räume, in denen ich nicht war.«

Ich folge Anna die Stufen hoch und sehe mir dabei noch einmal den imposanten Treppenlift an, mit dem man Überseecontainer verfrachten könnte. Von oben kommt uns ein schwacher, äußerst unangenehmer Geruch entgegen, ganz sicher nicht Vanille diesmal, weder in der Basisnote noch im Gesamtbukett. Aus dem Wintergarten, in den wir zuerst gehen, dringt der Gestank nicht, dennoch ist dort irgendetwas anders als beim letzten Mal. Erdrückend viel Grün, tropische Grünpflanzen, Palmen, kaum Farbtupfer.

»Die Orchideen sind weg.«

»Orchideen?«

»Hier waren lauter Orchideen. Mahlers Pfleger kannte sich damit aus. Hat sich angehört wie ein schwuler Florist.«

»Bricht jemand ein, um Orchideen zu stehlen?«

Ich zucke mit den Schultern und gehe wieder hinaus, allmählich führt die Lust an der Übertretung meine Angst an der Leine. Ich kann mich an nichts erinnern, was sich so wenig falsch angefühlt hätte in letzter Zeit.

Der nächste Raum sieht so aus, wie Jugendzimmer aussahen, als Mondlandungen und vorehelicher Sex aufregende Themen waren. Ein ausfahrbares Bett mit eingebauten Regalen an Wandseite und Kopfende, orange Vorhänge mit schwarzen Rauten darauf, eine Schirmlampe mit buntem Karomuster, ein Fernseher im Holzgehäuse, der unvermeidliche Kofferplattenspieler, auf der Fensterbank die Mainzelmännchen und an den Wänden die Beatles, Cliff Richard und seltsamerweise Dietmar Schönherr in Raumfahreruniform. Keine Bücher, keine Platten, keine Fotos. Die stehengelassene Hülle eines Lebens, die vor über vierzig Jahren überstürzt geleert worden ist und unberührt blieb, bis auch hier jemand alle Schubladen und Schranktüren öffnete und auf den grünen Teppichboden warf, was er nicht brauchen konnte.

»Wahrscheinlich das Zimmer von Mahlers Tochter. Sie ist mit achtzehn abgehauen, Ende der Sechziger.«

Anna wirkt berührt, braucht einen Moment länger als ich, um zurück auf den Flur zu kommen, auf dem der Geruch immer abscheulicher wird. Wir blicken in ein behindertengerecht umgebautes Badezimmer, dann in einen Garderobenraum, in dem Kleidungsstücke aus dem durchwühlten Einbauschrank auf dem Boden liegen, schließlich in Mahlers Schlafzimmer. Schon vor der Türschwelle wird der Gestank unerträglich, drinnen hat er die zersetzende Wucht einer Explosion.

Auf den ersten Blick sehe ich nur das leere Pflegebett, dessen Seitenteile heruntergeklappt sind, und ein umgefallenes Metallregal auf der rechten Seite, ringsherum Medikamente und Pflegeutensilien, die übliche Verwüstung, an die ich mich schon gewöhnt habe in diesem Haus. Erst dann nehme ich Mahler wahr. Regungslos liegt er auf der anderen Seite des Bettes auf dem Boden. Da ist Anna schon bei ihm und kniet in der Lache, in der Mahler ausgestreckt ist, eine Mischung aus angetrocknetem Urin, Erbrochenem, Kot, der durch seine Pyjamahose gequollen ist, und Blut, das vermutlich von der Platzwunde an seiner Stirn stammt. Anna fühlt seinen Puls, reißt ihm das Hemd auf, drückt ihm das Ohr an die Brust.

»Ruf Hilfe. Sie sollen einen Notarztwagen schicken. Akute Lebensgefahr. Sag ihnen das.«

Während Anna an Mahlers Kopf fummelt, in seinen Mund greift, ihn zur Seite dreht, wähle ich den Notruf und sage, was ich sagen soll. Mahlers Hausnummer weiß ich nicht, verspreche auf nachdrückliche Aufforderung aber, dass ich vor der Haustür warten werde.

»Hast du ein Taschenmesser?«, fragt Anna, als ich das Handy wieder einstecke.

»Was? Nein.«

»Geh in die Küche, hol ein scharfes Messer, so scharf wie möglich. Kein großes, ein Kneipchen oder so was.«

Ich laufe hinunter, finde in einer Schublade Messer, prüfe ein paar, bis mir das, das meinen linken Daumen zum Bluten bringt, scharf genug scheint, spüle es mit warmem Wasser ab, renne die Treppen wieder hoch, so schnell ich kann, und habe erstaunlich viel Ruhe und Zeit, um darüber nachzudenken, wann ich das Wort Kneipchen das letzte Mal gehört habe, und um mich zu fragen, ob Anna wirklich Männer kennt, die Taschenmesser bei sich tragen.

Anna reißt mir das Messer aus der Hand, dreht sich sofort wieder zu Mahler um, fixiert seinen Kopf mit der linken Hand und führt das Messer in ihrer Rechten an seinen Hals.

»Was hast du vor?«, frage ich.

»Geh runter, warte auf sie. Sag ihnen, dass wir ein Punktionsset brauchen. Ein Quicktrach, kannst du dir das merken? Quicktrach! Haben sie auf jeden Fall im Wagen. Sie müssen es mitbringen.«

Ich nicke und sehe noch die Linie aus Blut, die Anna mit dem Messer an Mahlers Hals in Höhe des Kehlkopfs anbringt, als zeichne sie mit Bleistift einen dünnen Strich vor, der in der endgültigen Ausführung nicht misslingen darf, dann gehe ich hinaus.

Auf der Straße kommt der Mann mit dem großen Terrier aus der Richtung zurück, in die ihn Annas angriffslustige Freundlichkeit vertrieben hatte. Anscheinend hat er doch ein ganz persönliches Problem mit seinem Blickmanagement, aber lange muss ich nicht zurückstarren: Der Notarztwagen trifft ein, ich winke ihn herbei und sage einem der drei Einsatzkräfte, die mit großen roten Rucksäcken und einem Metallkoffer herausspringen, was mir Anna aufgetragen hat. Der Mann, den ich für den Arzt halte, nickt irritiert, weil ich offenbar eine Selbstverständlichkeit ausgesprochen habe, und lässt sich mit seinen Kollegen von mir hochführen. In Mahlers Zimmer ein kurzes Zögern, immerhin ist es Anna Roth – sie ist es doch? –, die bei bestialischem Gestank in einem enganliegenden Seidenkleid, das nicht nur mit Blut beschmiert ist, neben einem alten Mann kniet und die Hände an seinem Hals hat. Dann sind plötzlich alle in Bewegung, sagt Anna ihrem Kollegen, was es zu sagen gibt, werden Geräte und Infusionen herausgeholt und Anweisungen erteilt, hat Mahler acht Hände an seinem Körper, und ich verlasse den Raum.

Ich setze mich auf die Stufen vor der Haustür und warte. Der Mann mit dem Hund ist immer noch da. Mit einem Handy in der Hand sieht er durch das offene Tor zu mir, als nehme er seine Grundrechte wahr. Minuten oder Stunden später kommt Anna aus dem Haus, geht die Stufen an mir vorbei hinunter, entfernt sich ein paar Schritte und atmet hörbar durch. Als sie sich zu mir umdreht, stehe ich auf und gehe auf sie zu.

Die absurden Flecken auf dem Beige ihres Kleides, ihre verschmutzten nackten Beine, das Blut an Händen und Gesicht, ihr nahezu unmerkliches Zittern. Ihr Blick, in dem diese unheimliche Kraft liegt, die im Alltag wahrscheinlich für simple Zuversicht vergeudet wird, die Schönheit ihrer Erschöpfung. Ich kenne nicht alle Filme von Anna, aber ich kann mir nicht vorstellen, dass es einem ihrer Regisseure je gelungen sein könnte, zu sehen, was ich sehen darf.

»War das ein Luftröhrenschnitt?«

»Eine Koniotomie. Wird häufig verwechselt.«

Sie spricht, als säßen wir bei einem Kaffee zusammen, als hinge nur von der Unbekümmertheit ihres Tonfalls ab, das alles schadlos zu überstehen. Nicht loszulachen gelingt mir, gegen die Rührung, die mich durchströmt, komme ich nicht an.

»Du hast ihm das Leben gerettet.«

»Ich weiß nicht«, sagt Anna und kommt näher.

Ein Schritt noch von mir, dann habe ich Anna in den Armen und fühle ihr Weinen. Ich halte sie fest und lasse erst los, als ein neues Blaulicht vor dem Haus erscheint.

Polizisten steigen aus dem Streifenwagen. Sie setzen ihre Mützen auf, bevor sie auf uns zugehen.

ANTWORTEN

Sie glaubt nichts, fürchte ich. Deswegen klingt alles, was ich sage, wie eine Ausflucht, bestenfalls, deswegen gefriert mir jeder Satz zur Lüge. Geschichten nimmt sie in

Kauf wie Symptome, die helfen, eine Krankheit zu erkennen. In ihrer Welt existieren die Dinge unabhängig von denen, denen sie geschehen. Sobald die Grenze überschritten ist, hinter der ihre Arbeit beginnt, gehören sie allen.

Ich kannte Anton Mahler kaum, habe ich ihr gesagt, eigentlich gar nicht. Wir haben uns nur einmal gesehen, vor einer Woche etwa. Da war ich mit seiner Enkeltochter bei ihm, weil er seine Erinnerungen festhalten wollte. Rein privat, kein Buchprojekt. Solche Anfragen kommen vor, normalerweise lehne ich sie ab, aber hier habe ich eine Ausnahme gemacht. Ich hatte Mahlers Enkelin, Ellen Reichert, während der Arbeit an Frau Roths Buch kennengelernt. Es war ein Gefallen.

»Für wen? Frau Reichert oder Frau Roth?«

Sie ertappt ansehen? Ein dezidiert genierter Seitenblick zu Anna? Ich entscheide mich für eine reifere Variante.

»Wäre das wichtig?«

»Nein«, sagt Sybille Mägert.

Ich weiß nicht, zu welcher Abteilung sie gehört, Raub, Gewaltverbrechen? Ich glaube nicht, dass sie es erwähnt hat. Ihre uniformierten Kollegen haben sie sofort hinzugezogen, nachdem sie in Mahlers Haus waren. Sie hat uns schon dort ein paar Fragen gestellt und uns dann hergebeten. Seit wir auf dem Präsidium sind, ist von ihrem Kripokollegen, der Anna unterwegs behandelt hat, als sei er nur zu ihrem persönlichen Schutz abgestellt, nichts mehr zu sehen. Vermutlich hätten wir es mit ihm einfacher.

»Ehrlich gesagt, ich war neugierig. Herr Mahler ist hundert Jahre alt. Als er in die Schule kam, gab es noch einen Kaiser. Ich war gespannt, was er zu erzählen hatte.«

»Hat es sich gelohnt?«

»Eher nicht. Klang alles ziemlich wirr. Seine Kindheit hier in Hamburg, die Studienzeit in London, Kriegserlebnisse, seine berufliche Tätigkeit in den Fünfzigern. Ich weiß nicht, worauf er hinauswollte. Jedenfalls schien mir nichts davon so originell, dass es mich wirklich interessiert hätte.«

Ich halte mich an die Verabredung, die wir getroffen haben, flüsternd und schnell. Wir brauchen Zeit, hat Anna gesagt, sie hat nicht gesagt, wofür. Ich kann mir ausrechnen, dass sie ihren Mann schützen will. Ich weiß nicht, ob sie glaubt, dass er geschützt werden muss.

»Abgesagt haben Sie Herrn Mahler aber nicht. Sonst wären Sie heute Abend nicht dort gewesen.«

Sybille Mägert ist Ende dreißig, höflich, schwanger und unübersehbar müde. Ihre Gründlichkeit beeinträchtigt nichts davon.

»Ich sagte, dass ich mich noch einmal melden würde, wenn ich wieder in Hamburg bin, um an Frau Roths Buch weiterzuarbeiten. Das habe ich heute getan. Ich fand es ungewöhnlich, dass niemand ans Telefon ging, weil ich bei meinem Besuch den Eindruck hatte, Herr Mahler werde rund um die Uhr betreut. Ellen Reichert habe ich auch nicht erreicht. Sorgen gemacht habe ich mir aber erst, als mir Frau Roth heute Abend erzählt hat, sie sei verschwunden.«

»Verschwunden«, sagt Sybille Mägert und sieht Anna an.

»Frau Reichert ist eine Mitarbeiterin meines Mannes. Letzte Woche ist sie nicht zur Arbeit erschienen und war seither nicht mehr zu erreichen.«

Anna hat sich Gesicht und Hände gewaschen, aber sie hatte keine Gelegenheit, sich umzuziehen Die Flecken heben sich von ihrem Kleid so dramatisch ab wie der kleine verkrustete Blutklumpen von ihrem blonden Haar.

»Wie haben Sie davon erfahren? Ihr Mann hat sicher viele Mitarbeiter.«

»Frau Reichert hat mich in organisatorischen Fragen gelegentlich unterstützt. Letzte Woche hätte das eigentlich auch so sein sollen.«

Sybille Mägert reicht die Antwort, sie blickt wieder zu mir.

»Sie konnten Herrn Mahler nicht erreichen, und von Frau Roth haben Sie erfahren, dass die Verwandte, die sich um ihn kümmert, nicht auffindbar ist. Da haben Sie sich Sorgen gemacht.«

»Ja.«

»Das war auf der Feier, von der sie kamen.«

Wir nicken beide.

»Warum erst da?«

Ich sehe sie fragend an, aber Mägert wiederholt ihre Frage nicht, das überlässt sie mir.

»›Warum erst da?‹«

»Hatten Sie vorher keine Gelegenheit, Frau Roth auf Herrn Mahler oder Frau Reichert anzusprechen? Während Ihrer Arbeit?

»Wir haben uns erst heute Abend getroffen. Unser Arbeitstermin ist morgen.«

»Dann haben Sie auch mit diesem Film zu tun?«

»Ich hatte Herrn Evinman eingeladen«, sagt Anna schnell. »Im Buch wird es vor allem um meine Arbeit gehen, und zu der gehören auch solche Partys. Ich dachte, es wäre gut, wenn er sich selbst ein Bild machen kann.«

Sybille Mägert nickt und sieht Anna so reumütig an, als müsse sie sich für die Flachheit ihrer Frage entschuldigen.

»Herr Evinman hat sich Sorgen gemacht, und Sie waren so freundlich, ihn zu Herrn Mahler zu fahren.«

»Ja«, sagt Anna, und ich nicke dazu.

Überstürzt verlässt Anna Roth eine Filmparty, deren Attraktion sie ist, und fährt einen Ghostwriter, ihren Auftragnehmer, zehn, fünfzehn Kilometer durch die Gegend, weil der sich Sorgen um einen alten Mann macht, den er selbst nur einmal kurz gesehen hat. Zwei gutherzige, verantwortungsvolle Menschen. Wie oft kommt so etwas schon vor, erst recht bei solchen Leuten, wann hat man das letzte Mal davon gehört?

»Sie haben sich nicht davon abschrecken lassen, dass niemand geöffnet hat, Gott sei Dank«, sagt Mägert, und ich frage mich, ob das kleine unauffällige Silberkreuz an ihrem Hals nur Schmuck ist. »Sie haben Herrn Mahler gerettet. Der Notarzt hat mir gesagt, er hätte jeden Moment ersticken können.«

»Wissen Sie, wie es ihm jetzt geht?«, fragt Anna.

»Nein«, sagt Sybille Mägert.«

»Haben Sie schon irgendeine Vermutung, was da passiert ist?«, frage ich.

»Nein«, sagt Sybille Mägert.

Dann schweigt sie, und wir halten ihre sanften Blicke aus, bis sie aufsteht und hinter ihrem Schreibtisch hervorkommt. Die Beine unter ihrem Rock sind stark geschwollen. Dass wir am Sommeranfang stehen, ist sicher keine uneingeschränkt gute Nachricht für sie.

»Vielen Dank. Weiter muss ich Sie im Moment nicht behelligen. Falls ich noch eine Frage habe, darf ich Sie hoffentlich noch einmal stören.«

Sybille Mägert arbeitet sich zur Tür, als sei sie auf den letzten Höhenmetern einer Gipfelbesteigung. Die Klinke schon in der Hand, dreht sie sich noch einmal um und blickt zu Anna.

»Gab es eigentlich eine Vermisstenanzeige? Wegen Frau Reichert. Wissen Sie das?«

»Leider nicht«, sagt Anna. »Seit ein paar Tagen habe ich aber nichts mehr gehört. Vielleicht ist sie wieder aufgetaucht.«

»Finde ich heraus«, sagt Sybille Mägert, lächelt abschließend und öffnet die Tür.

Anna zögert.

»Falls Sie eine Pressemeldung herausgeben, wäre es schön, wenn mein Name nicht erwähnt werden müsste.«

Sybille Mägert sieht Anna verwirrt an.

»Sie haben einem hilflosen Menschen das Leben gerettet.«

»Das ist nicht unbedingt die Aufmerksamkeit, die ich suche.«

Anna sieht die Schwangere mit einem Blick an, der ihren Kollegen dazu gebracht hätte, jeden Amtsmissbrauch zu begehen, den sie wünscht. Offenbar hat er auch Wirkung auf Mägert.

»Ich muss den Bericht auf unserem Server ablegen, und leider gibt es immer ein paar Kollegen, die mehr Kinder haben, als sie sich leisten können. Aber ich werde darauf achten. Versprochen.«

»Danke«, sagt Anna.

Wir verabschieden uns und gehen schweigend den Flur hinunter, bis wir vor dem Aufzug stehen. Ich drücke den Knopf, Anna sieht mich beschämt an.

»Danke«, sagt sie.

FARBEN **Ich bin in einem Coffee Table Book gelandet,** in einem dieser großformatigen, autoreifenschweren Bildbände, die mein Orthopäde im Wartezimmer für Privatpatienten liegen hat. *Contemporary Interiors of the Rich* könnte das hier heißen, warum nicht, oder *Living Wealthy Around the World.* Anna wohnt mit ihrer Familie in einem von außen halbwegs unauffälligen Haus, das vier Stockwerke und einen Lift hat. Mit ihm sind wir direkt in einem Wohnzimmer gelandet, das etwa achtzig, neunzig Quadratmeter von schätzungsweise fünf-, sechshundert beansprucht und so karg eingerichtet ist, dass noch ausreichend Platz für einen Informationsschalter und eine Espressobar wäre. Die kaum abgestuften, dezenten Beige- und Weißtöne der Einrichtung wurden sicher gewählt, um die Bilder an den Wänden zur Geltung zu bringen: Hockney und Kitaj, aber auch Weischer und Rauch. Falls Martin Eissler sich selbst darum kümmert, sammelt er so planvoll wie auf unmittelbare Wirkung bedacht.

Während unserer Arbeit an ihrem Buch wollte Anna mich hier nie haben. Eine Vorsichtsmaßnahme vielleicht, um meinen Blick nicht auf das Gesamttableau zu lenken, in dem ihre eigenen Leistungen unkenntlich werden könnten, oder der legitime Versuch, das Missverständnis zu vermeiden, irgendein Teil von ihr selbst werde auch ausgedrückt durch das, was hier zu sehen ist. Mit einem Wodka in der Hand, um den ich gebeten habe und der mir von einer jungen Frau gebracht wurde, die Meike heißt und keine geregelten Arbeitszeiten zu kennen scheint, stehe ich vor einer Waldlandschaft, warte auf Anna und betrachte das Violett des Bodens, das Blau der Bäume und das leuchtende Orange aufgestapelter Holzstämme.

»Gefällt's dir?«, fragt Anna.

Ich drehe mich um. In Jeans und T-Shirt steht sie vor mir, barfuß, das Haar nach dem Duschen noch feucht, in der Hand eine Flasche Bier, aus der sie einen durstigen Schluck nimmt, ohne ihr entspanntes Lächeln zu unterbrechen. Nichts erinnert an die Ärztin, die vor ein paar Stunden ohne jedes Zögern einem Mann den Hals aufgeschnitten hat, noch weniger an die verhätschelte Schauspielerin auf der Party, die keinen Gesichtsmuskel bewegen konnte, ohne sich der Folgen bewusst sein zu müssen.

»Die nackten Männer im Pool haben mir besser gefallen. Sagt hoffentlich mehr über meinen Kunstgeschmack aus als über meine erotischen Vorlieben.«

»Du interessierst dich für Kunst?«

»Ein bisschen.«

»Nur für zeitgenössische?«

»Nicht unbedingt.«

Ich kann mir nicht vorstellen, dass Anna mich auch gleich nach meinen Lieblingsfilmen und Urlaubsplänen fragt, aber ausgeschlossen wäre das bei diesem Auftritt und Tonfall nicht.

»Dann komm mit«, sagt sie und führt mich in die Bibliothek.

Dieselbe Zurückhaltung bei den Grundfarben des Raumes, dasselbe Spiel mit Kontrasten. Deckenhohe Bücherregale, eine Sitzecke, die wahrscheinlich weniger der Bequemlichkeit des Lesens als vertraulichen Gesprächen dient, ein offener Kamin und ein riesiger Teppich, auf dem man geht wie auf frischem Schnee, alles in Wüstenfarben, aber auch ein leuchtend roter Kunststoffschreibtisch, den ich, ich bin fast sicher, vor ein paar Jahren als Studie im Londoner Design-Museum gesehen habe. Ein Cembalo in bleichem Grün, wahrscheinlich der über die Jahrhunderte verwitterten Originalfarbe, rundet das Ensemble ab.

»Eine ausgefallene Wertanlage, oder spielt wirklich jemand darauf?«, frage ich und bereue im selben Moment meinen hochmütigen Ton, der meinen Neid nicht einmal notdürftig kaschiert.

»Martin. Wenn er Zeit hat.«

»Wo ist er überhaupt?«

»In Moskau. Er kommt übermorgen zurück.«

Und dann sehe ich Annas Mann, dutzendfach, auf Fotos in kleinen Stehrahmen, die betont taktvoll, aber wirksam in den Regalen zwischen den Büchern aufgestellt sind. Martin Eissler mit Steve Jobs und Eissler mit Ackermann. Mit Lagerfeld, Barenboim und Putin, mit Merkel und Fischer, mit Havel und Habermas. Eissler mit Clinton und Eissler mit Warren Buffet. Mit Burda, Kohl, Sarkozy und Prinz Charles, mit der späten Elisabeth Taylor bei einer Aidsgala und dem frühen Gates in einem schmucklosen Büro, mit Murdoch und Schröder und anderen, die ich nicht kenne, darunter auch ein Asiate.

»Und der Papst?«, frage ich, weil ich meine Philisterinstinkte nicht in den Griff bekomme.

»Er kennt Ratzinger. Ich weiß nicht, warum da kein Foto ist«, antwortet Anna wieder flink und höflich, als hätte ich tatsächlich eine Frage gestellt, aber dann hat sie genug:

»Willst du Martin fragen, ob er Interesse an einer Autobiographie hat? Ich hätte seine Handynummer.«

»Gern«, sage ich. »Sensationelles Material. Wenn auch nur ein Wort von dem stimmt, was Ellen behauptet, kann die Auflage nicht hoch genug sein.«

Anna lacht nicht. Sie tritt unter den einzigen Wandschmuck, der im Raum hängt, und stolpert in einen trüben Blick.

»Hat Martin von seinem Vater zu seinem einundzwanzigsten Geburtstag bekommen«, sagt sie. »Eine byzantinische Ikone aus dem 13. Jahrhundert.«

Golden. Maria mit Kind. Auch Pop-Art, irgendwie.

»Sie bedeutet Martin sehr viel.«

Annas seltsamer Ton lässt fürchten, dass es alte Rituale gibt, die von jedem befolgt werden müssen, der sich hierher verirrt hat. Vielleicht gehen wir gleich zusammen vor dem Heiligenbild in die Knie und beten. Für den Glanz des Hauses. Oder für die Beständigkeit der Hornhaut auf unseren Seelen.

»Martins Vater hat das Scheißding aus dem Krieg mitgebracht. Angeblich gekauft. In Saloniki.«

Angst in ihren Augen, vielleicht Wut, wahrscheinlich beides.

»Du hast gleich daran gedacht, als du Ellens Mail gelesen hast?«

Anna nickt, geht zum Kamin und stellt ihr Bier ab.

»Hast du eine Zigarette für mich?«

»Darf man hier rauchen?«

»Meinst du, wir sollten meinen Mann anrufen und ihn um Erlaubnis bitten?«

Ich gebe ihr eine Zigarette und Feuer, zünde mir selbst auch eine an und hoffe, dass ich eine Weile nichts Törichtes mehr sage.

»Vielleicht solltest du ihn langsam wirklich anrufen, meinst du nicht?«

»Sollte ich«, sagt Anna.

Sie raucht, sie nippt an ihrem Bier, sie schnippt Asche in den Kamin, sie setzt sich auf den Kaminrand, sie raucht. Ich warte.

»Mein Vater hat mich vor ihm gewarnt.«

»Vor wem?«

»Martin.«

Mein Glas ist leer. Ich kann jetzt schlecht um ein neues bitten.

»Er sagte, ich soll so höflich zu Martin sein wie zu jedem anderen, mich aber nicht auf längere Gespräche einlassen.«

»Ich dachte, du hast ihn auf diesem Empfang kennengelernt, erst nach dem Tod deines Vaters.«

»Stimmt auch. Ich hatte Martin lange nicht mehr gesehen, fünfzehn, sechzehn Jahre, und zuerst konnte ich mich gar nicht an ihn erinnern. Martin hatte meinen Vater früher ein paarmal bei uns zu Hause besucht, und wenn er mich sah, sprach er mich jedes Mal an. Er schien diese Serie, in der ich damals gespielt habe, tatsächlich zu kennen und stellte mir Fragen wie ein Fan, machte Komplimente. Er wollte wissen, was ich nach der Schule vorhabe, und bot mir seine Unterstützung an.«

Anna bemerkt meinen Blick.

»So ähnlich hat mein Vater mich damals auch angesehen, aber so war das nicht. Martin hat einfach respektvoll und interessiert mit mir gesprochen, wie man mit Jugendlichen spricht, denen man versichern will, dass sie auf Augenhöhe sind.«

»Du erinnerst dich doch ziemlich gut.«

»Ich sagte, ich habe ihn nicht gleich wiedererkannt. Irgendwann fällt einem so was nach und nach ein. Kennst du das nicht?«

Ein wachsamer Blick von Anna, an der Grenze zum Unmut. Ich sollte vorsichtiger sein, Anna ihren eigenen Rhythmus lassen, sie nicht mit Fragen bedrängen. Abwarten. Ich weiß doch, wie das geht.

»Wovor hat dein Vater dich gewarnt?«

»Schätze, er hätte mich damals vor jedem Mann gewarnt.«

»Hat er?«

Anna zögert einen Moment, bevor sie meine Frage umgeht.

»Selbst wenn Martin irgendwelche Absichten gehabt hätte, und so war das nicht: Ich war vierzehn, fünfzehn. In meinen Augen war er ein langweiliger Geschäftsfreund meines Vaters. Uralt. Ich habe mich nicht darum gerissen, in seiner Nähe zu sein.«

»Und als du ihm wiederbegegnet bist?«

»Habe ich einen gutaussehenden, charmanten Mann kennengelernt, für den ich mich am Anfang eindeutig mehr interessiert habe als umgekehrt. Den Rest kennst du. Ich nehme an, du hast es schon aufgeschrieben.«

Anna lächelt, steht auf, drückt ihre Zigarette aus und wirft sie in den Kamin.

»Wir sollten jetzt anrufen.«

»Deinen Mann?«

Sie schüttelt den Kopf.

»Das hat keinen Sinn«, sage ich. »Am Telefon wird mir Ellen nichts sagen. Sie will, dass ich zu ihr komme.«

»Versuchen wir es. Mich erwähnst du besser nicht.«

»Es ist fast zwei Uhr.«

»Dort sogar drei Uhr, oder? Gibt es da keine Zeitverschiebung?«

Eleganter lässt sich kaum ausdrücken, dass Einwände nicht gelten gelassen werden. Ich gebe es auf, nach neuen zu suchen, aber ich rühre keinen Finger.

»Mahler wäre heute beinahe gestorben, ihr Großvater, so was Ähnliches jedenfalls. Meinst du nicht, sie sollte das wissen?«

»Wir rufen aus Verantwortungsgefühl an?«

Anna sieht mich an wie ein Kind, das man leider nicht zwingen darf und mit altersgerechten Argumenten zur Einsicht bringen muss.

»Ich habe auch Angst, Can, unglaubliche Angst. Aber ich kann hier nicht sitzen und mich die ganze Zeit fragen, ob ich noch Boden unter den Füßen habe.«

Ich wüsste gern, ob Meike schon schläft oder es in diesem Haus tatsächlich so etwas wie Nacht- oder Bereitschaftsdienst gibt. Es müsste kein Wodka sein, ich würde auch ein Bier nehmen.

»Dir geht es genauso«, sagt Anna. »Sonst wärst du nicht zu mir gekommen. Du hast eine Ewigkeit gebraucht, aber jetzt bist du hier.«

Anna hat nichts mehr zu sagen. Sie sieht mich so lange an, bis ich mein Handy aus der Tasche hole und Ellens Nummer wähle. Die Mailbox geht dran. Ich bitte dringend um Rückruf, egal, um welche Uhrzeit, und stecke das Handy wieder weg.

»Und jetzt?«

»Bist du müde?«

»Nein«, sage ich.

»Gut«, sagt Anna.

UNSICHTBAR

Über mir spielen die Wolken Fangen, vor mir hat sich Anna auf einer Chaiselongue ausgestreckt, ein Notebook auf dem Schoß wie ich, im Gegensatz zu mir jedoch konzentriert am Lesen. Ich kann meinen Blick nicht auf dem Bildschirm halten, muss immer wieder durch die Glaskuppel in den nächtlichen Himmel sehen, um keine der Lücken zu verpassen, die zwischen den vorbeijagenden Wolken regelmäßig aufbrechen. Ohne die Glaskuppeln im Dachgeschoss wäre sie nicht in dieses Haus gezogen, hat mir Anna erzählt, als wir vor ein paar Minuten in ihr Arbeitszimmer kamen, doch seit wir hier sitzen, hat sie nicht ein einziges Mal hochgeblickt. Dabei strahlt die Mondsichel über uns aufregend, wenn ihr die Wolken eine Chance dafür geben. Ich kann nicht aufhören hinzusehen, und ich kann die verdammten Worte nicht abstellen, die pausenlos und immer lauter in meinem Kopf kreiseln.

Ayi gördüm Allah
Amentu billah
Aylar mübarek olur
Inschallah.

Ich weiß nicht, woher das alles plötzlich kommt, warum ich auswendig kann, was ich nie auswendig gelernt habe.

Ayi gördüm Allah
Amentu billah
Aylar mübarek olur
Inschallah.

Was ist das überhaupt? Ein Gedicht, ein Lied?

Ayi gördüm Allah
Amentu billah
Aylar mübarek olur
Inschallah.

Der endlose Singsang macht mich wahnsinnig. Ich habe Angst, dass er für immer in mir dröhnen wird, mich weiter folternd wie ein Glockenklöppel, der unablässig von innen an meine Schädelknochen hämmert. Wenn ich den Eiter nicht aus der Wunde lasse, bin ich mir plötzlich sicher, werde ich mich daran vergiften.

»Ayi gördüm Allah, Amentu billah, aylar mübarek olur Inschallah.«

Ich reiße Anna aus ihrer Versenkung. Sie blickt von ihrem Notebook hoch, lächelt mich verwirrt an.

»Was?«

»Ayi gördüm Allah, Amentu billah, aylar mübarek olur Inschallah«, deklamiere ich noch einmal in dem Rhythmus, den ich höre.

»Was bedeutet das? Ist das Türkisch?«

»Es geht um den Mond. Es reimt sich.«

Hirnloser lässt es sich nicht ausdrücken und nicht genauer. Anna blickt nach oben, wo gerade wieder die Wolken am Zug sind.

»Ein Kinderreim?«

»Weiß ich nicht. Nein. Ich weiß nicht. Vielleicht. Nein.«

Meine Panik ist sicher deutlich zu spüren, in meiner Stimme höre ich sie selbst. Anna lässt sich nichts anmerken.

»Und woher kennst du das?«

»Ich höre es zum ersten Mal.«

Anna tut mir leid, jedenfalls dem Augenzeugen in mir, der gerade nicht damit beschäftigt ist, den Verstand zu verlieren. Der einzige Verbündete, den sie hat, um den Wahnsinn in Schach zu halten, der seit ein paar Stunden über sie hereinbricht, entpuppt sich selbst als Irrer.

»Wie meinst du das? Du *hörst* es zum ersten Mal?«

Ganz ruhig, ohne jede Aufregung. Kein Zittern in ihrer Stimme, keine Besorgnis in den Augen, kein Entsetzen, das sie nicht im Griff hätte. Nur Aufmerksamkeit und Anteilnahme. Sie ist stärker, als ich dachte.

»Was ich da gesagt habe, ich höre es zum ersten Mal. Plötzlich war es in meinem Kopf, und es hört nicht mehr auf.«

Sie ist Ärztin, eine gute Ärztin. Sie hat gerade einem Menschen das Leben gerettet, das hier wird ein Klacks für sie sein. Anna wird wissen, wie sie mich zurück ans Ufer zieht.

»Was bedeutet es? Kannst du es übersetzen?«

Anna stellt das Notebook beiseite, nimmt die Füße von der Chaiselongue, setzt sich aufrecht, beugt sich nach vorne und sieht mich interessiert an, als sei sie dankbar für das unerwartete Bildungsprogramm, das sich ihr plötzlich bietet.

»›Ich sehe den Mond, mein Gott.‹ So fängt es an. Dann kommt etwas, was ich nicht verstehe. ›Amentu Billah.‹ Das muss Arabisch sein.«

»Klingt wie ›Bismillah rahmani rahim‹, kennst du das?«, sagt Anna und fühlt mit ihren Augen meinen Puls. »Enden die Koransuren nicht so? Eine Gebetsformel oder so etwas?«

»So was, ja. Ich weiß nicht genau.«

»Und dein Reim, wie geht der weiter?«

»›Aylar mübarek olur Inschallah.‹ Das bedeutet so viel wie: ›Mögen die Monde gesegnet sein‹. Oder die Monate. Mond und Monat, das ist im Türkischen dasselbe Wort.«

»Glaubst du, es ist ein Gebet?«

»Keine Ahnung. Ist mir ehrlich gesagt auch scheißegal. Wäre nur gut, wenn es aufhört, bevor ich einen Psychiater brauche.«

Anna grinst, sie amüsiert sich. So schlimm kann das alles nicht sein. Oder es ist schlimmer, als sie mich wissen lassen darf.

»Wäre nicht schlecht. Ich würde ungern noch mal vor die Tür.«

Anna blickt wieder zur Glaskuppel hoch. Verständlich, dass sie zögert wie ein Vermittler auf einer Nahostkonferenz, der seine Worte unters Mikroskop legt, weil jedes das falsche sein könnte, zu ernst, zu nebensächlich, zu direkt, zu kraftlos.

»Du hast dich da hingesetzt und hochgesehen«, sagt sie schließlich. »Das hat dich an irgendwas erinnert.«

»Woran denn? Nein. Das ist keine Erinnerung, es ist eine Flutwelle. Ich werde verrückt, das ist alles.«

Ich höre, was ich da sage. Ich merke, dass ich mehr als eine Schippe drauflege, etwas in Szene setze, von dem ich mir nicht einmal die Hälfte selbst abnehme. Ich schäme mich. Aber die Scham ist das kleinere Übel. Irgendwo ist da ein größeres, gegen das ich mit meinem Gejammer anzutaumeln versuche.

»›Ich habe den Mond gesehen, mein Gott‹, so fängt es an, sagst du? Du *hast* den Mond gesehen.«

»Den sehe ich andauernd.«

»Aber da ist nicht jedes Mal jemand, der behauptet, deine Eltern seien ermordet worden. Da brichst du nicht jedes Mal in ein Haus ein, in dem ein halbtoter Mann liegt, der deine Eltern umgebracht haben soll. Und du sitzt nicht jedes Mal mit mir zusammen hier und versuchst, Dinge zu verstehen, die unfassbar sind.«

Sie will mit dem Augenzeugen in mir sprechen. Er soll aufhören, nur zuzuschauen, und ihr endlich helfen. Aber ich habe den Kerl in meiner Gewalt, ich halte ihm den Mund zu.

»Du bist müde, du hast was getrunken, du stehst unter Druck. Da lässt die Kontrolle manchmal nach. Da kann was hochschwappen, was eigentlich aus dem Verkehr gezogen war.«

Zweikanalton, aber ich muss nicht hin- und herschalten. Ich höre das bis zum Anschlag aufgedrehte Radio in meinem Kopf, und ich höre gleichzeitig jedes einzelne Wort von Anna. Wäre da nicht diese Panik, ich würde meine neue Superkraft genießen. Ich sollte mich daran erinnern, wenn es vorbei ist, falls es jemals vorbeigeht, aber erinnert man sich an so etwas? Erinnert man sich an Durst?

»Könntest du das von deinen Eltern haben? Hat das einer von ihnen gesagt?«

Langsam kriecht Sorge in Annas Stimme. Sie will mich abkühlen, sie tastet sich vor, probiert aus. Warum nicht Hitchcock, warum nicht die altmodische Kur aus *Ich kämpfe um dich*? Ingrid Bergmann muss Gregory Peck nur dazu bringen, sich daran zu erinnern, dass er kein Mörder ist, dann ist er auch kein Mörder mehr. Aber ich erinnere mich nicht. An gar nichts. Ayi gördüm Allah, Amentu billah. Es gibt keine Erinnerungen, es gibt nur dieses Getöse, das immer lauter wird hinter meinen Augen.

»Vielleicht ist es wirklich ein Gebet. Waren deine Eltern gläubig, weißt du das noch? Haben sie mit dir zusammen gebetet?«

Ich schüttele den Kopf. Sie werden nichts mehr sagen, gar nichts, weder der Geistesgestörte noch sein Beobachter. Da ist auch nichts zu sagen. Bei uns zu Hause gab es keine Gebete. Ich kann mich an Gott nicht erinnern.

»Wir waren immer draußen«, sage ich plötzlich.

Ich kann immer noch nichts sehen, aber jetzt höre ich sie. Ayi gördüm Allah, Amentu billah, aylar mübarek olur Inschallah.

»Man ging dafür hinaus. Ich glaube nicht, dass ich es jemals in der Wohnung gehört hätte oder irgendwo drinnen. Wir gingen hinaus, und dann sagten sie das auf. Und ich auch. Eigentlich haben wir es gesungen, eine Art Sprechgesang. Ich hatte keine Angst obwohl es dunkel war, stockfinster manchmal. Ich habe mich immer gefreut, nachts draußen zu sein, an der Hand meiner Eltern.«

Ich will sie sehen, aber ich kann es nicht. Es ist zu dunkel. Ich kann sie nur hören, ich höre uns, kein Getöse mehr, keinen Lärm, es sind Stimmen, die sich unterscheiden lassen. Einmal höre ich es noch, dann wird es still. Der Psychopath verzieht sich in die Nacht, der Augenzeuge bleibt hier, atmet durch und wartet so angespannt ab wie Anna.

»Stockfinster?«, sagt sie nach einer Weile und lächelt mich so erfreut und argwöhnisch an wie einen aus den Augen verlorenen Freund, den man nach Jahren auf einem Bahnsteig wiedertrifft. »Und der Mondschein? Ein bisschen Licht wird es doch gegeben haben.«

»Ich weiß nicht mehr. Keine Ahnung, wirklich.«

Anna nickt, sie hat keine Antwort gesucht, nur einen weichen Übergang. Sie schenkt mir noch ein letztes, scheinbar zweckloses Lächeln, macht es sich wieder auf der Chaiselongue bequem und nimmt das Notebook auf den Schoß.

»Dir geht es besser?«

»Ja.«

»Okay.«

Anna ist diskret und klug genug ist, um mich für eine Weile mir selbst zu überlassen. Sie hält den Blick auf ihrem Monitor und klickt sich durch irgendwas durch, als wäre nichts vorgefallen, über das ein Wort verloren werden müsste. Ich würde es nicht anders machen.

Nach oben blicke ich vorsichtshalber nicht mehr, obwohl ich nicht glaube, dass noch etwas nachkommt. Auf die Internetseite auf meinem eigenen Bildschirm kann ich mich aber auch nicht konzentrieren und sehe mir von meinem Platz aus lieber das Skelett mit der Baseballkappe an, das neben Annas Schreibtisch steht und sicher ein sentimentales Relikt aus ihrer Studienzeit ist, wahrscheinlich ein Geschenk übereifriger Verwandter oder einfallsloser Freunde. Aktueller sind sicher die Drehbücher, die sich auf ihrem Schreibtisch stapeln, die vielen DVDs auf der Ablage neben dem kleinen Fernseher und die zahllosen Bücher, die in ein viel zu kleines Regal gestopft sind. Hier sucht sich Anna ihre Rollen aus und bereitet sich auf sie vor, sieht sich die Ergebnisse ihrer Arbeit oder frühere Filme künftiger Regisseure an, und hier entspannt sie sich beim Lesen, sicher auf der Chaiselongue, mit gelegentlichen Blicken in ihren Himmel. Hier wirkt sie auf mich nicht wie die Museumsführerin, als die sie mir unten erschien. Aber auch hier ist wenig, abgesehen von dem tristen Gerippe, was einen Einblick in Annas Vorlieben oder ihre Lebensgeschichte erlaubt. Sogar die Unordnung ihres Schreibtisches wirkt seltsam sachlich.

»Hast du was gefunden?«, frage ich.

»Der Typ auf dem Foto mit Martins Vater und Mahler, über den gibt es einiges.«

»Mertens?«

»Merten, Max Merten.«

»Und?«

»Merten war während der Besatzung sogenannter Militärverwaltungsrat in Thessaloniki, zuständig für die Versorgung der Truppen und der Zivilbevölkerung, aber auch für die Beschlagnahmung des jüdischen Vermögens, unter anderem von Unmengen von Gold. Er hat die Plünderung von jüdischen Wohnungen und Geschäften angeordnet und die Übergabe jüdischer Firmen an Nichtjuden organisiert. Anscheinend war der Mann so mächtig und selbstherrlich, dass er ›König von Saloniki‹ genannt wurde.«

»Dein Schwiegervater kannte ihn. Und Mahler auch.«

»Den König kannten wahrscheinlich alle.«

»Was ist aus Merten geworden?«

»Ein halbes Jahr vor dem Abzug der Deutschen aus Saloniki ist er nach Montenegro strafversetzt worden. Wegen Korruption.«

»Korruption? Klingt süß unter Massenmördern. Hat sich Merten in die eigene Tasche geschaufelt, was er den Juden geraubt hat?«

»Da habe ich nichts Genaues gefunden«, sagt Anna und klickt sich auf ihrem Notebook zurecht. »Kurz vor seiner Versetzung soll auf Mertens Veranlassung ein Schiff den Hafen von Saloniki verlassen haben, an Bord Gold im heutigen Wert von über zwei Milliarden Euro. Schreibt der *Spiegel*.«

»So was steht im *Spiegel*? Wann?«

»Vor zwölf Jahren. Da hat der ...« Anna muss es ablesen, »... Zentrale Israelitische Rat von Griechenland von einem australischen Juden den Hinweis bekommen, dass an der Küste des Peloponnes ein Wrack liegt, bei dem es sich um Mertens Schiff handeln soll. Im Golf von Messinien, nicht weit von Kalamata.«

»Das Oliven-Kalamata?«, frage ich sinnlos, als gäbe es auch ein Rosenholz- und ein Erdöl-Kalamata oder als wäre die Frage überhaupt von irgendeinem Belang.

Vorsichtshalber lächelt mich Anna an, wer weiß, ob ich noch bei Laune gehalten werden muss, aber sie lässt sich weder zu einer Antwort verleiten noch verwirren.

»Der Zentralrat hat sich von der griechischen Regierung die Genehmigung zur Bergung eingeholt und mit ihr die Aufteilung des Fundes ausgehandelt: die Hälfte für den griechischen Staat, ein Viertel für das Bergungsteam und das letzte Viertel für den jüdischen Gemeindeverband, der in erster Linie an den sakralen Gegenständen interessiert war, die auch bei dem geraubten Gold vermutet wurden.«

Sieht aus, als schlenderten wir inzwischen durch eines von Georgs Büchern. Ein Nazi-Despot, ein Goldschatz, ein Schiffswrack, eine Expedition, eine Schauspielerin, berühmt und blendend schön, und ein ahnungsloser Tropf mit Trauma, der in eine Geschichte stolpert, der er nicht gewachsen sein kann. Dafür würde Georgs Verlag locker eine Startauflage von zwei-, dreihunderthunderttausend spendieren, und ich wüsste nicht, dass Georg bei solchem Material je versagt hätte.

»Und? Haben sie was gefunden?«

»Die Suche fand in der Ägäis in militärischem Sperrgebiet statt und musste abgebrochen werden, als die Genehmigung auslief.« Ein weiterer Klick, und Anna liest vor: »›Natürlich bin ich enttäuscht, aber wir geben die Hoffnung nicht auf‹, sagt Moses Constantini, der Vorsitzende des Israelitischen Zentralrates von Griechenland.« *Tagesspiegel*, 16. August 2000.

»Die glauben wirklich an den Schatz?«

Mehr als eine vage Geste bekomme ich nicht. Anna beschäftigt sich erst seit einer Viertelstunde damit, was habe ich erwartet?

»1957 ist Merten angeblich aus privaten Gründen nach Griechenland zurückgekehrt. Um das Gold zu holen, stand auf einer Webseite, aber im Internet steht auch, wo sich die Außerirdischen verstecken. Merten wurde gleich bei der Einreise verhaftet und wegen seiner Verbrechen während des Kriegs in Athen vor Gericht gestellt. Er bekam fünfundzwanzig Jahre Haft, wurde aber von der deutschen Regierung freigekauft.«

»Die deutsche Regierung kauft einen Kriegsverbrecher frei?«

»Offiziell war es eine Entschädigungszahlung für die Opfer der deutschen Gewaltherrschaft in Griechenland. Hundertfünfzehn Millionen Mark, eine Menge Geld damals. Die DDR hatte Griechenland ebenfalls eine Entschädigung angeboten und wollte dafür staatliche Anerkennung und diplomatische Beziehungen. Das musste die Bundesregierung verhindern. Außerdem wusste Merten möglicherweise unschöne Dinge über die Nazi-Vergangenheit von Hans Globke, dem damaligen Staatssekretär im Bundeskanzleramt, Adenauers rechter Hand.«

»Was Adenauer selbst geschadet hätte?«

»Vielleicht. Merten ist jedenfalls nach insgesamt zweieinhalb Jahren in griechischer Haft nach Deutschland abgeschoben worden. Hier wurde er zwar auch festgenommen, ist aber gleich wieder freigekommen. Das Ermittlungsverfahren gegen ihn ist nach und nach versandet. 1971 ist er als freier Mann gestorben.«

Ein Happy End. Wie bei Mahler. Wenn man vom Epilog heute absieht.

»Wie hast du das alles so schnell herausbekommen?«

»Da gibt's eine ganz neue Technik«, sagt Anna grinsend. »Man gibt einen Namen ein und schaut, was es darüber zu lesen gibt.«

»Sollte ich auch ausprobieren. Ich habe nichts gefunden.«

»Es gibt nichts über dieses archäologische Museum, vor dem Mahler mit dem anderen Evinman steht?«

»Nicht viel. Das Gebäude ist heute eine Ausstellungshalle und wurde früher als archäologisches Museum genutzt. 1902 ist es als Moschee errichtet worden von einem italienischen Architekten namens Poselli, der anscheinend eine ganze Menge in Saloniki gebaut hat, Bankhäuser, Kirchen, Villen. Es war die Moschee einer islamischen Gemeinde, deren Mitglieder Nachfahren von Juden waren, die im siebzehnten Jahrhundert zum Islam konvertierten.«

Sofort wirken Annas Augen wacher.

»Dein Namensvetter: Sein Vorname war Chajim, richtig?«

»Das heißt nicht, dass er irgendwas mit der Moschee zu tun gehabt haben muss. Saloniki war voller Juden. Bis die Deutschen kamen, nannte man die Stadt das Jerusalem des Balkans.«

Sicherheitshalber überfliege ich noch einmal den englischen Reiseführer, den ich im Internet gefunden habe, und stelle fest, dass ich mich irren könnte. Ich lese Anna vor:

»›Neither Muslims nor Jews, but rather a bit of both: Thessaloniki's Dönme were the most influential group in the city over a period of almost 300 years.‹«

»Dönme?«

Ich nicke und versuche, den Text vor mir zusammenzufassen.

»Das türkische Wort für Konvertiten. Saloniki gehörte früher zum Osmanischen Reich. Irgendwie hatten diese Leute doch mit dem Judentum zu tun: Nach außen haben sie anscheinend als Moslems gelebt, sind aber im Geheimen den Geboten eines Sabbatai Zwi gefolgt. Mitte des siebzehnten Jahrhunderts trat der Typ als Messias auf und ist später zum Islam übergetreten. Viele Anhänger sind ihm gefolgt.«

»Und ausgerechnet vor ihrer Moschee lassen sich deine Eltern mit dir fotografieren?«

»Du meinst, weil ich Stimmen höre und den Mond anheule, könnte ich ein verkappter Jude sein?«

Ein zaghaftes Lächeln von Anna und sicherheitshalber ein heiteres Kopfschütteln. Wer weiß, wie vorsichtig man mit mir sein muss, damit ich nicht wieder einen Anfall bekomme und diesmal zu tanzen beginne. Andererseits würde sie liebend gern nach der Leckerei schnappen, die sie in meiner Hand sieht. Nach den ganzen Überraschungen, die über uns hereingebrochen sind, hat sie wahrscheinlich auch eine Sehnsucht nach der nächsten, noch unglaublicheren Wendung, damit die Farce, in der wir uns verlaufen haben, am Ende so überdreht ist, dass nichts wahr sein kann.

»Warst du schon mal in Thessaloniki?«, frage ich.

»Nein.«

»Ich auch nicht, jedenfalls kann ich mich nicht daran erinnern. Ich schätze, es wimmelt dort von byzantinischen und osmanischen Bauwerken. Vermutlich ist das Ding nur eine Touristenattraktion, vor der sich jeder fotografieren lässt, ob er als Urlauber da ist oder als Massenmörder.«

Anna lässt es dabei bewenden, obwohl ich ihr ansehen kann, dass ihr eine alte Moschee und ein mit einem blauen Auge davongekommener Kriegsverbrecher nicht reichen werden, um diesen Tag als gelungen zu bezeichnen. Ich stehe auf und gehe zu ihrem Knochenmann, um ihn mir genauer anzusehen.

»Ist der Name deines Schwiegervaters irgendwo aufgetaucht?«, frage ich.

»Wo sollte er denn auftauchen?«

»Im Zusammenhang mit Merten.«

»Nein«, sagt Anna und könnte alles sein, erleichtert, erstaunt, enttäuscht.

»Ich habe ein bisschen über die Familie deines Mannes recherchiert, als ich mich auf dein Buch vorbereitet habe. Dein Schwiegervater hat seinen Versandhandel gleich nach dem Krieg gegründet und schnell viel Geld gemacht. Die Grundlage des heutigen Konzerns.«

»Und?«

»Dein Schwiegervater war in Saloniki, und er kannte Merten, der sogar zu korrupt für die Nazis war. Vielleicht hat er nicht nur eine goldene Ikone aus Saloniki mitgebracht.«

»Der Mann hatte genug Geld«, sagt Anna. »Martins Großvater

war ein wohlhabender Zigarettenfabrikant, der kurz vor Ende des Kriegs gestorben ist. Er hat seinem ältesten Sohn ordentlich was vererbt.«

Auch gut, warum nicht? Mir gehen die Fragen aus, weil ich mir keine Antworten vorstellen kann, die in dieser Nacht besser sein könnten als beliebige andere. Ich rüttle vorsichtig an Annas Skelett, gebe ihm die Hand und hebe die Baseballkappe vom Totenkopf.

»Falls du dir von dem irgendeine Auskunft versprichst, das ist nicht mein Schwiegervater«, sagt Anna.

»Nein? Wer dann?«

»Ein anonymer Spender, nehme ich an.«

»Das Ding ist echt?«, frage ich und setze dem Gerippe sofort wieder die Kappe auf den Schädel. »Wo hast du es her?«

»Geklaut«, sagt Anna. »Während des Studiums.«

»Du hast es mitgehen lassen?«

»Nicht ich, Alain. Eines Nachts hatte er es dabei, als er aus dem Krankenhaus nach Hause kam. Angeblich damit ich mich besser auf die Prüfungen vorbereiten konnte, aber eigentlich war es nur seine Art, mir Blumen mitzubringen.«

»Alain?«

»Alain Janvier. Du hast mich letzte Woche nach ihm gefragt. Der Arzt, mit dem ich in Uganda ins Bett gegangen bin. Gleich in der ersten Nacht übrigens, falls es dich noch interessiert.«

»Du kanntest ihn schon vor dem Hilfseinsatz?«

»Alain hat einen Teil seiner Facharztausbildung in München absolviert, kurz vor Ende meines Studiums. Wir haben uns verliebt und waren ein halbes Jahr zusammen. Dann ist er zurück nach Marseille, um seine Verlobte zu heiraten und die Praxis seines Vaters zu übernehmen. Ich wusste das von Anfang an.«

»Das war's dann mit euch?«

Ich weiß nicht, warum ich frage, noch weniger, warum sie mir das alles erzählt. Wir arbeiten nicht.

»Jedenfalls für eine ganze Weile. Dann hat er mich aus heiterem Himmel angerufen und gefragt, ob ich seine Hilfsorganisation bei diesem Projekt in Uganda unterstützen will. Ich habe sofort zugesagt. Und ich habe auch sofort gewusst, worauf es hinauslief.«

»Warum erzählst du mir das?«, frage ich.

»Warum nicht? Bist du nicht mein Biograph?«

»Ich bin dein Wörterbuch.«

Anna lächelt, und jetzt hätte ich doch eine Menge Fragen. Mit einem Lächeln, das ich für diskret halte, gebe ich vor, genug gehört zu haben, wende mich von ihr ab und sehe mir die Bücher in ihrem Regal an. Viele alte Taschenbücher, die man am Anfang eines Leserlebens liest, als würden sie zum ersten Mal gelesen, und bis in die aktuelle Saison hinein kreuz und quer alles, überwiegend in gebundenen Ausgaben, was jemand hat, der mit Büchern lebt, wie andere Leute Kaffee trinken, einkaufen oder sich verlieben. Nichts wirklich Abseitiges oder Besonderes, kaum Sachbücher, nur wenige Krimis, keine Reisebücher, keine Ratgeber, kaum Biographien, sonst beinahe die ganze Welt. Als ich zwei meiner eigenen Bücher entdecke, die auf den eingereihten liegen, bin ich nicht überrascht, dennoch fühlt es sich an, als gehe man im Jogginganzug ins Theater. Ich vergewissere ich mich noch einmal, dass kein Buch von Georg hier steht, dann ziehe ich ein Buch heraus, einen Roman von dem Mann aus Brooklyn, der mich schaudern ließ, als ich ihn las.

»Hat dir das Buch gefallen?«, frage ich, während ich mich umdrehe, aber ich bekomme keine Antwort.

Anna ist auf der Chaiselongue eingeschlafen. Mit dem Buch in der Hand gehe ich zu ihr. Ich sehe nirgendwo eine Decke, und es ist warm genug, aber zudecken würde ich sie gerne. Da ich es nicht kann, schalte ich die Stehlampe am Kopfende der Chaiselongue aus und bleibe dort noch einen Moment unschlüssig stehen, bevor ich mich wieder auf meinen Sessel setze und zur Glaskuppel hochblicke, über der sich die Wolken inzwischen ganz verzogen haben. An Durst kann man sich offenbar wirklich nicht erinnern.

Ich schlage das Buch auf und beginne zu lesen, auf der Suche nach fremder Angst, die meine eigene übertönt.

WIEDERSEHEN **»Du musst lachen, Can, du musst mich anlächeln.«**

Sie spricht Deutsch mit mir, das tut sie eigentlich nie, jetzt nicht mehr. Sie will nicht, dass ich unsere Sprache verlerne. Ihr Kopf ist nach hinten gebeugt, als blicke sie in den Himmel, aber sie hat die Augen geschlossen. Sie wird die Klarinette sicher auch hören, das leise Jazz-Solo. Ich blicke mich um, aber ich kann den Musiker nicht sehen, ich sehe nur sie. Sie hält ihre Augen geschlossen.

»Lachst du? Kann ich die Augen öffnen? Ich habe den Mond gesehen, Can, du musst mich anlächeln. Can, hörst du?«

Sie senkt ihren Kopf, wendet sich mir zu, lässt ihre Augen geschlossen. Ich bin glücklich, sie zu sehen, so glücklich wie nie. Sie hat sich nicht verändert, kein bisschen, sie müsste doch älter geworden sein, eine alte Frau. Aber sie ist jung. Ich möchte zu ihr laufen und meine Arme um ihre Beine schlingen, aber mir fällt ein, dass ich größer bin als sie. Ich könnte sie umwerfen, sie zum Verschwinden bringen. Ich bleibe stehen, ich kann mich nicht bewegen, ich kann sie nur ansehen.

»Can? Can.«

Wo seid ihr gewesen, will ich fragen, geht es euch gut? Ich will ihr alles erzählen, aber weiß sie nicht schon alles? Kennt sie Ben und Mina, ich kann mich nicht erinnern. Ich will sie rufen, Mina und Ben müssen herkommen, sie müssen sie sehen, sie anblicken, sie müssen auch lächeln, wenn sie ihre Augen öffnet. So macht man das, es bringt Glück und Segen. Es kommt kein Wort aus mir heraus, ich bin glücklich, aber ich kann mich nicht rühren.

»Can. Can!«

Ich öffne die Augen und weiß sofort, wo ich bin, nicht nur, weil mir Nacken und Rücken schmerzen.

»Wir müssen runter«, sagt Anna. »Lena war gerade hier. Sybille Mägert wartet unten. Die Polizistin.«

»Wie spät ist es?«

»Zwanzig nach sieben.«

Um mir zu helfen oder mich zur Eile anzutreiben, nimmt Anna das Buch, das noch auf meinen Beinen liegt, und achtet gründlich darauf, mich dabei nicht zu berühren. Aufgeschlagen legt sie es weg, als sei verabredet, dass wir, nachdem wir erledigt haben, was zu erledigen ist, gleich wieder hochkommen, um unsere Freizeit und unser Leben zu genießen. Ich stehe vom Sessel auf, unterdrücke den Reflex, mein Hemd ordentlich in die Hose zu stecken, halte meinen Mund geschlossen und in ausreichender Entfernung von Anna und gehe noch vor ihr aus dem Raum. Lena wird die Meike des Morgens sein, nehme ich an. Ich hoffe, sie hat Kaffee gemacht.

Als wir ins Wohnzimmer kommen, wird mir bewusst, dass Annas Sohn, wie heißt er nur, ungefähr so alt ist wie Mina. Eine blaue Kunststoffschiene am rechten Arm und in der linken Hand ein Marmeladebrot, nicht risikolos in dieser hellen Umgebung, steht er neben einer jungen Frau, die nicht Meike ist, und gafft Sybille Mägert an. Wortlos stiert die schwangere Polizistin zurück, als male sie sich aus, was ihr selbst in etwa acht Jahren bevorstehen könnte. Sie sitzt auf dem hufeisenförmigen Sofamonstrum und hat ihre Beine, die an nichts weniger erinnern als an Beine, auf den niedrigen Tisch vor ihr gelegt, eine Zeitschrift zwischen ihren Schuhen und der Glasplatte.

»Guten Morgen«, sagt Anna.

»Guten Morgen.«

Sybille Mägert versucht, gleichzeitig aufzustehen und die Füße vom Tisch zu nehmen, was dazu führt, dass sie auf dem Sofa seitlich wegkullert. Annas Sohn lacht, bis er den Blick seiner Mutter sieht, der zum Glück auch eine disziplinierende Wirkung auf mich hat.

»Bleiben Sie doch bitte sitzen«, sagt Anna.

»Danke«, sagt Mägert ohne jede Scham und legt die Füße wieder hoch. »Die bringen mich noch um.«

»Schon morgens so schlimm?«, sagt Anna. »Ungewöhnlich.«

»Ich war die ganze Nacht auf den Beinen.«

Was nichts Gutes bedeuten kann. Ich bin nicht sicher, ob ich Mägerts Erzählungen aus der Nacht ohne Kaffee gewachsen bin.

»Sollten Sie nicht zu Hause bleiben? Eine Krankschreibung wäre sicher kein Problem«, sagt Anna so ernst, dass ich mich nicht wundern würde, wenn sie einen Rezeptblock holen ginge.

Entspannt verschränkt Mägert die Hände über ihrem Bauch und schüttelt den Kopf.

»Ich habe schon drei von denen zu Hause. Meinen Mann mitgerechnet vier. Ich bin froh über jeden Tag, den ich arbeiten kann, bevor ich wieder eingekerkert werde.«

Anna nickt kühl, wie es Ärzte tun, die keine Zeit für uneinsichtige Patienten haben, und wendet sich an ihren Sohn.

»Max, machst du dich fertig? Ich fahre dich gleich in die Schule.«

Max, richtig. Der Junge zögert, er wird mitbekommen haben, dass die seltsame Frau von der Polizei ist. An seiner Stelle würde ich mir auch nichts entgehen lassen.

»Max«, sagt Anna noch einmal, und ihr Sohn schlurft unter wortlosem Protest los, folgt der jungen Frau hinaus.

Anna und ich bleiben schweigend stehen, blicken von oben auf Mägert herab, was sie weder zu stören scheint noch zu einem Anfang bewegt. Vermutlich ist ihre krosse Schönheit einer gelungenen Mischung aus Sommersprossen, Selbstsicherheit und geregeltem Schweigen zu verdanken. Aber wer weiß, vielleicht spricht sie längst mit uns. Sie wird uns gefragt haben, warum der Ghostwriter im Haus seiner Auftraggeberin übernachtet, und irgendwas antworten wir wahrscheinlich schon, ohne es zu merken.

»Gibt es etwas Neues?«, frage ich.

»Von Herrn Mahler leider nicht, ich habe gerade noch einmal mit dem Krankenhaus telefoniert. Er liegt im Koma. Dass er durchkommt, ist eher unwahrscheinlich. Anscheinend war er tagelang sich selbst überlassen. Ohne Medikamente, ohne Essen und Trinken.«

»Und der Pfleger?«, frage ich.

»Karol Pajak?«

»Karol, ja. Den Nachnamen kenne ich nicht.«

»Er hat alle Pflegehelfer letzte Woche ausbezahlt und fristlos entlassen. An dem Tag, an dem Frau Reichert verschwand. Es gibt keine

Adresse, die letzten drei Jahre hat er bei Herrn Mahler im Haus gewohnt. Wir suchen nach ihm.«

»Hat er etwas gestohlen?«, fragt Anna.

»Das weiß ich noch nicht«, sagt Mägert, »aber Sie haben gesehen, in welchem Zustand das Haus war. Irgendjemand hat irgendwas gesucht. Leider habe ich Frau Reichert nicht erreichen können, und ohne die Hilfe Ihres Mannes hätte ich gar keinen Anhaltspunkt gehabt.«

Säure schießt in meinen Mund, ich bin froh, dass ich noch keinen Kaffee hatte. Anna lässt keine Unterbrechung aufkommen, die zu einer belastenden Ungewissheit werden könnte.

»Sie haben mit meinem Mann gesprochen?«

»Er hat mich freundlicherweise angerufen, aus Moskau sogar, wenn ich es richtig verstanden habe. Ich nehme an, Sie haben ihm erzählt, was vorgefallen ist.«

»Ja«, sagt Anna wieder ohne jedes Zögern. »Wir haben gestern Abend telefoniert.«

Natürlich wechseln Anna und ich keine Blicke, natürlich hat Anna ihre Augen im Griff, ihr ganzes Gesicht, jede Bewegung. Natürlich hat sie das alles bis zur Perfektion gelernt und geübt. Aber es ist nicht Anna, die von Mägerts Lächeln durchleuchtet wird, sondern der Amateur neben ihr, Annas offene Flanke.

»Ich war überrascht, dass der verstorbene Vater Ihres Mannes mit Herrn Mahler befreundet war«, sagt Mägert, lässt mich aber nicht aus den Augen. »Sie hatten es gestern Abend nicht erwähnt, glaube ich.«

»Ich wusste es auch nicht«, sagt Anna.

Sie lässt offen, wann sie es erfuhr. In einer Welt, in der wir einander nur das naheliegende Gute unterstellen, wäre es gestern bei Annas angeblichem Telefonat mit ihrem Mann gewesen. Mägert fragt nicht nach, und Anna lässt sich keine Erleichterung anmerken.

»Herr Eissler konnte mir sagen, wo ich Mahlers Tochter finde. Almut Reis. Sie wohnt mit ihrem Mann in Göttingen und hat seit vielen Jahren keinen Kontakt mehr zu ihrem Vater.«

»Seit dreiundvierzig Jahren, um genau zu sein.« Ich muss sprechen, so hemdsärmelig wie möglich, meine Befangenheit abschütteln. »Mahler hat seine Tochter seit 1968 nicht mehr gesehen.«

»So genau bin ich nicht informiert. Woher wissen Sie das?«

»Von der Enkeltochter, Ellen Reichert. Sie hat es mir letzte Woche nach dem Besuch bei Mahler erzählt.«

Mägert nickt. Ihr Zögern ist lang genug, um mir Gedanken über die unterschiedlichen Nachnamen von Mutter und Tochter zu machen. Dass Ellen verheiratet ist oder war, kann ich mir nicht vorstellen. Wahrscheinlich ist ihre Mutter eine zweite Ehe eingegangen und hat den Namen des neuen Mannes angenommen.

»Frau Reis hat tatsächlich keinen Kontakt zu ihrem Vater«, sagt Mägert. »Immer noch nicht. Als ich mit ihr telefoniert habe, schien sie mir nicht daran interessiert, etwas über ihn zu erfahren. Nach meinem Eindruck war sie auch keineswegs beunruhigt, dass Herr Mahler in Lebensgefahr schwebt. Wissen Sie, was zwischen den beiden vorgefallen ist?«

»Nein.«

»Jedenfalls hat Frau Reis ihrer Tochter jahrelang verschwiegen, dass ihr Großvater noch lebt. Die erfuhr als Erwachsene zufällig davon, und darüber kam es anscheinend zu einem Zerwürfnis zwischen Mutter und Tochter.«

»Das hat mir Ellen Reichert erzählt. Sie hat Mahler aus dem Pflegeheim geholt und ihn zurück in sein Haus gebracht.«

»Richtig«, sagt Mägert. »Dort hat sie sich dann gegen den Willen ihrer Mutter um ihn gekümmert. Bis vor drei Jahren.«

»Bis vor drei Jahren?«, fragt Anna.

»Vor drei Jahren ist Almut Reis' einzige Tochter während eines Urlaubs auf Gomera gestorben. An den Folgen einer schweren Lebensmittelvergiftung.«

Wir starren uns an, Anna und ich, nach einer solchen Nachricht sollte das unverdächtig sein. Ich wüsste auch nicht, wie es sich vermeiden ließe.

»Sie ist nicht tot«, sage ich. »Ich habe letzte Woche mit ihr gesprochen. Das wissen Sie doch.«

»Sie haben mit Ellen Reichert gesprochen. Die Tochter von Almut Reis hieß Barbara. Barbara Reis.«

»Und wer ist Ellen Reichert?«, fragt Anna.

»Sie war die Lebensgefährtin von Barbara Reis, es bestand eine eingetragene Partnerschaft. Frau Reis hat Ellen Reichert zuletzt auf der Beerdigung ihrer Tochter getroffen und danach nie wieder von ihr gehört. Sehr groß dürfte ihr Wunsch danach allerdings nicht gewesen sein, war mein Eindruck.«

Mägert nimmt die Füße vom Tisch, versucht aufzustehen. Anna hat die Chuzpe, ihr wortlos die Hand hinzuhalten und auf die Beine zu helfen.

Beiläufig, Annas trockener Hilfe angemessen, bedankt sich Mägert und beginnt, sich in Richtung Aufzug zu quälen.

»Ich könnte nicht behaupten, ich verstünde schon irgendwas«, sagt sie. »Vor über vierzig Jahren verlässt eine junge Frau ihren Vater, der sie alleine großgezogen hat, spricht nie wieder mit ihm und scheint ihn bis heute grenzenlos zu hassen. Den Grund kennen wir nicht, aber ein Hinweis könnten die Schmalfilme sein, die wir in Mahlers Haus gefunden haben.«

»Was für Filme?«

»Amateurmaterial. Doppelachtfilme aus den Dreißigern, habe ich mir sagen lassen, und Normal- und Superachtfilme aus den Jahrzehnten danach«, sagt Mägert, als wüsste sie nicht, dass ich nicht nach technischen Details gefragt habe.

»Was ist auf ihnen zu sehen?«

»Schwulenpornos. So würden wir das wahrscheinlich heute nennen. Bisher konnten wir nur wenig sichten, aber es könnte sein, dass auf einigen die Grenze zur Pädophilie überschritten wird.«

Anna sieht zu mir, als hätte ich ihr bisher etwas vorenthalten, scheint die Überraschung in meinem Gesicht aber zu erkennen und gibt sich zufrieden.

»Interessanterweise waren die Filmrollen weder versteckt noch irgendwo verstaut. Sie lagen gestapelt im Keller, als sollte niemand große Mühe haben, sie zu finden.«

Neben dem Aufzug bleibt Sybille Mägert stehen, lehnt sich an die Wand und verschnauft hemmungsloser, als sie es ohne unsere Anwesenheit tun würde. Natürlich sind wir noch nicht fertig.

»Warum auch immer Almut Reis mit ihrem Vater gebrochen hat: Für sie war er tot. Und das sollte er auch für ihre Tochter sein. Die stellt aber irgendwann fest, dass sie ihr Leben lang angelogen worden ist. Ihr Großvater lebt. Barbara Reis holt den alten Mann aus dem Heim, bringt ihn zurück in sein Haus und kümmert sich um ihn. Nach dem Tod von Barbara Reis versorgt ihre Lebensgefährtin Ellen Reichert Herrn Mahler weiter und nimmt plötzlich eine Stelle in der Firma von Frau Roths Mann an. Dessen verstorbener Vater war mit Anton Mahler befreundet. Knapp drei Jahre später bittet Frau Reichert Herrn Evinman, sich Anton Mahlers Lebensgeschichte aus der professionellen Sicht eines Ghostwriters anzuhören. Aber der alte Mann erzählt nur wirres, belangloses Zeug. Am Tag darauf verschwindet Frau Reichert. Am nächsten Tag, spätestens, verlässt auch der Pfleger Karol Pajak Herrn Mahler und überlässt ihn seinem Schicksal. Von alledem wissen Sie beide nichts, aber zum Glück macht sich Herr Evinman Sorgen um den alten Herrn. Sie fahren gemeinsam hin und retten ihm das Leben.«

»Und jetzt fehlt uns die Pointe«, sage ich, weil Schweigen uns nicht hilft, keinem von uns.

»Die Pointe ist das, was am Schluss kommt?«, fragt Mägert.

»Ja.«

»Dann ist es nicht die Pointe, die mir fehlt.«

Anna ist höflich, sie ist die Gastgeberin und nimmt sich die Zeit, die ihre Gäste brauchen, aber sie bringt wortlos zum Ausdruck, dass es nicht mehr als Geduld ist, was sie für deren Gespräch aufbringen kann. Mägert lässt sich nicht davon hetzen.

»Es war wirklich alles belanglos, was Ihnen Herr Mahler letzte Woche erzählt hat? Oder Frau Reichert? Auch im Nachhinein gibt es nichts, was Ihnen heute auffällig erscheinen würde?«

Das ist meine Chance. Die Beichte, nach der ich mich sehne. Sybille Mägert würde sie eine Aussage nennen, aber für mich liefe es auf das Gleiche hinaus: Endlich würden sich die Erwachsenen um alles kümmern.

»Eine ganz gewöhnliche deutsche Lebensgeschichte«, sage ich und merke, dass ich unbeabsichtigt einen halbwegs wahren Satz ausspreche. »Mahler hat erlebt, was viele Männer seiner Generation erlebt haben, er ist nur älter geworden als die meisten anderen.«

Die Bitte in Annas Augen habe ich natürlich gesehen, ein Flehen beinahe. An meiner Erlösung aber hindern mich nur das Vertrauen und die Verheißung, die auch in ihnen leuchten.

»Sie werden es beurteilen können«, sagt Mägert.

»Aufgefallen ist mir jedenfalls nichts. Andererseits schreibe ich keine Krimis.«

»Wer braucht die auch«, sagt Mägert und verabschiedet sich.

»Legen Sie sich ein bisschen hin«, sagt Anna streng, bevor die Lifttür zugeht und Sybille Mägerts Lächeln dahinter einschließt.

Einen kurzen Moment warte ich noch ab, dann frage ich:

»Hast du gestern mit deinem Mann telefoniert?«

Anna schüttelt den Kopf. Sie zittert. Die Vorstellung ist vorbei.

»Ruf an«, sagt sie. »Wir müssen endlich wissen, was hier los ist.«

Ein vielversprechendes Klingeln, dann geht wieder Ellen Reicherts Mailbox dran.

Anna dreht sich um, geht los.

»Lena«, ruft sie. »Lena, Max geht heute nicht in die Schule.«

HÜTER DES HIMMELS

Er muss den Weltenbaum zum Blühen bringen, um ins höhere Königreich einziehen zu können. Dafür braucht er blaue Kristalle, die er sucht und sammelt, während er selbstlos Bedürftigen hilft und mit Monstern kämpft, die er eines nach dem anderen besiegt. Dennoch lässt mich der Himmlische nicht länger als nötig aus den Augen. Mit einer tragbaren Spielkonsole in den Händen sitzt Max auf der Rückbank hinter seiner Mutter, ist schon seit über zweihundert Kilometern wagemutig im Land der Sterblichen unterwegs und dürfte hin und wieder auch dann nach vorne zu dem Mann auf dem Beifahrersitz blicken, wenn er ihm keine Fragen stellt.

»Komme ich auch in dem Buch von Mama vor?«

»Natürlich.«

»Aber du kennst mich doch gar nicht.«

»Jetzt lerne ich dich doch kennen.«

Das versucht Max auch, mich kennenzulernen, vor allem aber zu verstehen, was hier läuft, ohne sich eine Blöße zu geben oder seine einsilbige Mutter weiter zu behelligen. Anna hat mich ihm vorgestellt. Ich helfe ihr bei ihrem Buch, und dafür müssen wir jemanden in Göttingen besuchen. Max begleitet uns, wir machen einen Ausflug, und wer weiß, vielleicht fahren die beiden nachher sogar zu Oma. Die wird sich freuen. Warum Max mitten in der Woche die Schule schwänzen soll, warum der Mann, der Mama bei ihrem Buch hilft, bei ihr auch übernachtet, warum frühmorgens die Polizei bei ihnen auftaucht, das erfährt der Junge nicht, aber er hält sich zurück. Mina würde mich in die Mangel nehmen, wenn ich ihr so käme, und Max wirkt auf den ersten Blick reifer und selbstbewusster als sie. Doch er ist nicht allein mit seiner Mutter und die nicht allein mit mir. Wer soll da reden?

Nach der Union hat auch die SPD-Fraktion im Bundestag dem Kompromisspaket zum Fiskalpakt zugestimmt. Vor dem EU-Gipfel am Donnerstag fordert der Präsident des Europäischen Rates eine Bankenunion mit zentraler Aufsicht. Bei einer von der Türkei beantragten Sondersitzung des Nato-Rates verurteilt das Bündnis in Brüssel den Abschuss eines türkischen Kampfflugzeuges durch Syrien. In Abwesenheit der inhaftierten Julia Timoschenko hat ein Gericht in Kiew heute mit der Prüfung des Urteils gegen die Oppositionsführerin begonnen. Im Prozess um den Mord an Generalbundesanwalt Siegfried Buback hat die Bundesanwaltschaft für die neunundfünfzigjährige Angeklagte Verena Becker viereinhalb Jahre Haft beantragt. Beschneidungen aus religiösen Gründen sind in Deutschland künftig verboten.

»In seinem Urteil sprach das Kölner Landgericht den Arzt, der einen vier Jahre alten Jungen auf Wunsch seiner muslimischen Eltern beschnitten hatte, zwar frei – jedoch nur, weil der Arzt von der Strafbarkeit nichts gewusst habe. Beschneidungen müssten als rechtswidrige Körperverletzung betrachtet werden.«

»Wie, der Junge ist beschnitten worden?«, fragt Max beunruhigt. »Was ist Beschneidung?«

»Am Pimmel, da wird etwas abgeschnitten«, sagt Anna und sollte sich eigentlich den Schrecken ausrechnen können, den ihre unvollständige Auskunft verursacht.

»Am Pimmel?«

»Nur die Vorhaut. Du weißt doch, das kleine Stückchen Haut, das man hin- und herschieben kann. Das wird entfernt.«

So kurz wie möglich blicke ich über meine Schulter nach hinten: Natürlich sieht der Junge scheu zu mir, zaudernd, geneigt, zu schweigen ab jetzt. Seine Neugier siegt.

»Warum machen die so was?«

»Das ist bei Juden und Moslems so. Das hat mit ihrer Religion zu tun«, sagt Anna.

»Das tut doch weh.«

»Eigentlich nicht, wenn man es mit Betäubung macht, richtig beim Arzt. Vielleicht hinterher ein bisschen. Was meinst du, Can?«

»Fragst du mich als Juden oder als Moslem?«

Das erste echte Lächeln in Annas Gesicht, seit Sybille Mägert ging.

»Such's dir aus.«

»Ich bin nicht beschnitten.«

»Machst du lauter?«, sagt Max.

Fußball. Der Ausblick auf das Spiel übermorgen. Für jeden Achtjährigen der Welt attraktiver als Informationen über den Schwanz eines fremden Mannes.

»Bei der Fußballeuropameisterschaft könnte die deutsche Mannschaft gegen Italien mit einer anderen Start-Elf auflaufen als gegen Griechenland. Es sei durchaus denkbar, dass es die eine oder andere Veränderung geben werde, sagte Bundestrainer Joachim Löw zwei Tage vor dem Halbfinal-Spiel gegen Italien auf der heutigen Pressekonferenz des DFB. Bevor Deutschland und Italien am Donnerstag aufeinandertreffen, spielen morgen Portugal und Spanien um den Einzug ins EM-Finale.«

»Darf ich mir das Spiel wieder ansehen?«, fragt Max.

»Natürlich. Wir sehen es uns zusammen an.«

»Ist Papa dann auch wieder da?«

»Ich weiß nicht«, sagt Anna und dreht die Lautstärke des Radios auf, als hänge von den Details des Wetterberichts eine Zukunft ab. Aufziehender Regen aus Westen, der sich ostwärts über die Mitte Deutschlands ausbreitet. Örtlich Gewitter.

Anna hat ihren Mann erreicht, bevor wir losgefahren sind. Eissler behauptet, es sei Sybille Mägert gewesen, die ihn ausfindig gemacht und überraschend angerufen habe, nicht umgekehrt. Woher hätte er wissen können, was Mahler geschehen sei? Eine gute Frage. Ebenso gut wie die, warum die Polizistin uns angelogen haben sollte. Ich weiß nicht, ob Anna sie gestellt hat, ich war bei dem Telefonat nicht dabei. Sie hat ihm auch den Rest erzählt, den ganzen Rest, sagt sie, und Eissler habe gelacht und gelacht. Kein Entsetzen, kein Schock, nur Heiterkeit und Martins ewige Sorglosigkeit. Das Einzige, was ihn beschäftigt habe, sei Ellen Reicherts Unauffälligkeit in der Firma gewesen. Beinahe habe er gekränkt darüber geklungen, dass Ellen ihm das Vergnügen an ihrer Räuberpistole nicht persönlich gegönnt hat. Dass Ellen Reichert mit Anton Mahler zu tun hatte, habe Eissler erst erfahren, als er von der Polizistin darauf angesprochen worden sei. Er habe nicht einmal gewusst, dass der alte Mann, ein Bekannter seines Vaters, noch lebe.

Anna hat ihren Mann nicht gefragt, warum er sich nach Mägerts Anruf in Moskau nicht bei ihr gemeldet hat, aber Eissler wollte von ihr wissen, wie es sein kann, dass Anna eine so haarsträubende Geschichte hört und ein solches Bravourstück vollbringt, als sie

Mahlers Leben rettet, ihn aber nicht sofort anruft. Zum Glück habe er nur wenig Zeit gehabt, sagt Anna. Schröder habe aus dem Hintergrund zur Eile gemahnt, ein Termin mit Nowak, dem Energieminister. Unter Lachen habe ihr Mann aufgelegt. Anna ist sich sicher, dass Eissler die brandneuen Anekdoten gleich weitererzählt hat.

»Glaubst du ihm?«, habe ich gefragt.

»Wir müssen los«, hat sie gesagt.

Die schlechten Wetteraussichten machen der Frau im Radio Sorgen, morgen ist Siebenschläfertag. Von einem Experten des Deutschen Wetterdienstes will sie wissen, ob an der Bauernregel etwas dran ist, und informiert uns anschließend darüber, dass Kinder ab heute ein eigenes Reisedokument brauchen und nicht mehr im Pass der Eltern eingetragen sein dürfen. Die Abfahrt erreichen wir während eines Beitrags über den zunehmenden Missbrauch von Antidepressiva bei Frauen über vierzig.

Sicherheitshalber überprüfe ich mit meinem Smartphone die Adresse, die ich ins Navigationsgerät eingegeben habe, und sehe mir noch einmal die wenigen Spuren an, die von Mahlers Tochter im Internet zu finden sind. Beim Lou-Andreas-Salomé-Institut für Psychoanalyse und Psychotherapie arbeitet Almut Reis als Sekretärin, als einzige offenbar. Wir werden sie dort gleich antreffen, falls die Geschäftszeiten, die auf der Webseite des Instituts angegeben sind, noch gültig sind. Der Mann, mit dem sich Almut Reis einen Telefonbucheintrag und das Leben teilt, heißt Helmut Reis und war bis zu seiner Pensionierung im letzten Jahr Lehrer für Mathematik und Sport am Felix-Klein-Gymnasium. Eine Handballjugendmannschaft des ASC Göttingen trainiert er immer noch. Auf einem Foto, das das *Göttinger Tageblatt* auf einer Jubiläumsveranstaltung des Vereins gemacht hat, ist er zusammen mit seiner Frau zu sehen. Eine eigene Webpräsenz oder Accounts in sozialen Netzwerken haben beide nicht, was normal ist bei Leuten ihres Alters mit alltagsgrauen Berufen. Ich vergrößere das Foto aus der Lokalzeitung, bis Almut Reis' Gesicht den ganzen Bildschirm einnimmt. Falls Ellens Geschichte stimmt, wäre die zweiundsechzigjährige Frau die Halbschwester meines Vaters. Meine Tante.

Anna findet einen Parkplatz vor dem Institut und bittet Max, im Auto auf uns zu warten. Sie gibt ihm ihr Handy und zeigt ihm die Kurzwahl, mit der er im Notfall meine Mobilnummer erreicht, ich atme durch, und drinnen starrt Almut Reis Anna sofort an.

»Guten Tag«, sage ich, dann brauche ich einen Moment, weil ich versuche, das Gesicht meines Vaters wachzurufen und über das Gesicht der Frau zu legen, die hinter dem Schreibtisch sitzt. »Mein Name ist Evinman. Und das ist ... –«

»Ich weiß, wer sie ist«, sagt Almut Reis schroff, lässt aber ungesagt, ob sie die Schauspielerin meint oder die Schwiegertochter des Mannes, der ihrem Vater Mordaufträge gab. »Sagten Sie Evinman?«

Viele fragen nach, wenn sie meinen Namen zum ersten Mal hören, es muss nichts widerhallen bei ihr.

»Ja. Can Evinman. Hätten Sie ein paar Minuten Zeit für uns? Es mag seltsam klingen, aber wir würden uns gern mit Ihnen über Ihren Vater unterhalten. Und über Ellen Reichert.«

Seltsam oder nicht, jedenfalls nicht überraschend genug für sie, um ihren Gesichtsausdruck zu verändern oder nachzufragen.

»Sie sind nicht von der Polizei«, sagt Almut Reis. »Mit der musste ich sprechen.«

»Frau Reis, sind die Einladungen für nächsten Monat schon raus? Da müsste noch etwas geändert werden«, ruft ein Mann vom Flur her.

Den Blick auf das Blatt in seiner Hand gerichtet, kommt er einen Atemzug später herein und sieht Almut Reis betreten an, als er uns bemerkt hat.

»Entschuldigen Sie, ich wusste nicht, dass Sie beschäftigt sind.«

Mit einem jungenhaften Lächeln, das er sich mit Sicherheit bei einer Frau antrainiert hat, wendet er sich im Hinausgehen an uns.

»Das mache ich immer. Muss ich mir schleunigst abgewöhnen.«

»Dr. Greb, bleiben Sie«, sagt Almut Reis. »Wir sind fertig.«

»Sind wir nicht.«

Widerstand in Annas Augen, elementarer Trotz.

»Doch, sind wir«, sagt Almut Reis ausgesprochen ruhig, für Ihren Chef alarmierend genug:

»Kann *ich* Ihnen weiterhelfen?«

»Danke, wir wollten wirklich gerade gehen«, sage ich, fasse an Annas Unterarm und lasse meine Hand dort, bis sie wortlos aufgibt.

Als wir an der Tür sind, drehe ich mich zu Dr. Greb um.

»Wir waren auf der Suche nach einer Paarbehandlung. Ich bin sicher, wir haben uns schon in einem früheren Leben gehasst. Aber Reinklarnationstherapien bieten Sie offensichtlich nicht an.«

Niemand lacht. Auch Tante Almut nicht.

»Sieht sie mir ähnlich?«, frage ich Anna, als wir wieder auf der Straße sind.

»Wir warten hier einfach«, erwidert sie. »Irgendwann muss sie herauskommen und mit uns sprechen.«

»Das hat keinen Sinn. Nicht hier.«

Max telefoniert. Ich mache Anna darauf aufmerksam, doch bevor sie am Auto ist, hat der Junge das Gespräch beendet und lässt das Handy sinken.

»Wer war das?«, fragt Anna.

»Papa. Er hat angerufen, da warst du gerade weg. Er hat die ganze Zeit mit mir gesprochen, damit mir nicht so langweilig ist.«

Anna sieht zu mir. Ich gebe ihr mit einem angedeuteten Nicken zu verstehen, dass ich ihre Paranoia billige.

»Und jetzt hat er aufgelegt?«

Der Junge nickt, versteht die Frage nicht.

»Hast du uns nicht rauskommen sehen?«

»Klar. Habe ich Papa gesagt, aber er hatte keine Zeit mehr.«

Der Gesichtsausdruck seiner Mutter macht Max zu schaffen.

»Das war nicht extra. Bestimmt ruft er gleich noch mal an.«

Ich hole mein eigenes Handy heraus und wähle Ellens Nummer. Diesmal geht sofort jemand dran. Ein Mann.

»Ellen Reichert's cell phone. This is Giorgios Xenos speaking.«

Sie wird sich jemanden angelacht haben, warum auch nicht? Sie ist am Mittelmeer, es ist Sommer. Vermutlich steht sie gerade unter der Dusche.

»May I please speak to Mrs. Reichert«, sage ich.

»Could I ask who is calling, please?«

Sein Ton gefällt mir nicht. Irgendeiner Eingebung folgend behaupte ich, ich sei Ellens Bruder. Zögernd beginnt der Mann zu sprechen. Als der Polizist fertig ist, drücke ich das Gespräch ohne ein weiteres Wort weg.

»Ellen ist tot. Sie wurde gestern Nacht überfahren.«

Ich hätte an den Jungen denken müssen. Durch die offene Autotür hat er jedes Wort gehört und blickt mich ebenso bestürzt an wie seine Mutter. Bevor Anna zur Sprache zurückfindet, klingelt mein Handy. Ich hatte die Rufnummerunterdrückung nicht an, natürlich ruft er zurück.

Ich nehme das Gespräch an und sage Giorgios Xenos, der diesmal Deutsch mit mir spricht, dass ich ihn angelogen habe. Alles Weitere sollten wir morgen Abend persönlich besprechen. Wenn ich in Saloniki bin.

Xenos ist einverstanden, was bleibt ihm übrig.

Anna hört zu, sie nickt.

URZEITKREBS

Arbeitest du jetzt beim Geheimdienst, oder was? Die ganze Zeit ging es um dich, und du sagst kein Wort? Worauf hast du gewartet? Dass die Frau stirbt und der Alte ins Koma fällt? Sag mir jetzt nicht, du wolltest mir keine Angst machen. Damit hat es nichts zu tun, stimmt's? Ist einfach dein Bier, geht mich nichts an, ich bin nur deine Frau. Du suchst dir aus, wem du dein Herz ausschüttest. Anna Roth zum Beispiel, Karin ist ja nicht mehr da. Und Georg? Wusste Georg auch Bescheid? Wann hast du eigentlich aufgehört, mit mir zu reden, Can? Hast du je mit mir gesprochen? Was machen wir eigentlich, wir beide? Wer bist du?

Das hat Sandra nicht gesagt, nichts davon. Ich habe es nur gehört. Vorher. Jeder ihrer Blicke hat mich bedauert, als ich ihr nach meiner Rückkehr alles erzählt habe, manche haben mich in den Arm genommen und gestreichelt. Sandra hat mir geduldig zugehört und Fragen nur gestellt, wenn ich mich verheddert habe, ihre Überraschung und ihren Schrecken verbergend, so gut es ging. Ich war in ihren Augen gestraft genug, nehme ich an. Wären wir alleine, würde es nicht ganz so glimpflich ablaufen, den einen oder anderen Rüffel, den sie Georg nicht gönnen will, bekäme ich. Ihr behütender Blick aber wäre derselbe. Da bin ich sicher.

Georg war schon da, als ich nach Hause kam. Er ist hier morgen Studiogast in irgendeiner Radiosendung und darf zwischen den Musikhäppchen, die er selbst aussucht, eine Stunde lang über sein Weltraumbuch mit diesem Wissenschaftler sprechen. Irgendein banaler Name, Decker? Emilie hieß jedenfalls die Französin, daran erinnere ich mich, eindeutig der spannendere Charakter, auch wenn Georg selbst es nicht bemerkt haben dürfte. Wenn er hier zu tun hat, kündigt er sich oft nur kurzfristig an und hält das für komisch. »Ich stehe vor deiner Tür, wo bist du?« stand in der SMS, die ich vor ein paar Stunden im Zug bekam. Anna hatte mich kurz zuvor am Göttinger Bahnhof abgesetzt und war mit Max weiter nach München gefahren.

»Sie bringt ihren Sohn zu ihrer Mutter?«, sagt Sandra. »Warum?«

Wir sitzen in meinem Arbeitszimmer, heute muss ich rauchen, und haben alle drei einen Wodka in der Hand, den uns Georg aus der Kiste, die noch auf meinem Schreibtisch steht, ausgesucht hat.

»Sie bringt ihn in Sicherheit«, sagt Georg. »Vor ihrem Mann. Ich würde aber nicht darauf wetten, dass er dort in Sicherheit ist.«

Keine Frage, Georg ist froh, im richtigen Moment hier zu sein, genießt jedes verstörende Detail. Dass er Sandras Befürchtungen anheizen will, ist nicht zu überhören. Sie zeigt keine, nicht vor ihm, dennoch bin ich sicher, auch sie hat Angst.

»Morgen kommt Anna her«, sage ich, »nach Karins Beerdigung.«

»Warum?«, fragt Sandra.

Mich beruhigt, dass Georg bei uns ist. Sandra wird sich jetzt keine

Blöße geben, mir weder etwas auszureden versuchen noch Fragen stellen, die mich in die Enge treiben.

»Wir fliegen zusammen nach Thessaloniki.«

»Wurde auch Zeit«, sagt Georg.

Er ist berechenbar, neugierig sieht er zu Sandra, die nicht einmal einen abfälligen Blick für ihn hat.

»Und was habt ihr dort vor?«, fragt sie mich.

Ihr. Unaufgeregt. Als erkundige sie sich nach Ausflugsplänen, die ich mit meiner Reisebegleitung längst geschmiedet haben müsste.

»Wir gehen der Sache nach. Wir versuchen es jedenfalls.«

»Ohne Polizei?«

»Der griechische Polizist, der an Ellens Handy war, dieser Xenos, wir treffen ihn dort.«

»Und die Polizistin in Hamburg? Weiß die schon, dass Ellen Reichert tot ist?«

Ich zögere, weil ich auf Sandras nächste, noch unausgesprochene Frage keine Antwort habe, die mich selbst überzeugen würde. Georg stößt in die Lücke:

»Der schwangere Workaholic erfährt es doch früh genug, im Zweifelsfall von ihrem griechischen Kollegen. Jetzt braucht die Roth erst mal Zeit.«

»Wofür?«, fragt Sandra.

»Um herauszufinden, wie tief ihr Mann verstrickt ist. Und Martin Eissler ist verstrickt, da wette ich drauf. Das glaubt die Roth mit Sicherheit auch, aber sie will herausfinden, ob er sich einigermaßen schadlos herauslavieren könnte. Falls nicht, muss sie ihren Agenten bitten, eine Pressemitteilung über die Trennung herauszugeben, ihren Scheidungsanwalt anrufen und mit Eissler sprechen. In dieser Reihenfolge, schätze ich.«

»So einfach ist das nicht«, sage ich.

Zumal es nicht erklärt, warum ich mich selbst auf den Weg machen will. Warum auch ich darauf verzichte, Sybille Mägerts professionelle Hilfe in Anspruch zu nehmen.

»Für dich ist nie was einfach. Aber vielleicht ändert sich das ja gerade«, sagt Georg, steht auf und geht zu meinem Schreibtisch. »Außerdem habe ich doch gar nichts gegen sie gesagt, im Gegenteil. Mir gefällt deine Anna.«

Der notorische Blick zu Sandra, die Georg diesmal mit einem gelassenen Lächeln auflaufen lässt. Er bringt die Wodkakiste zu uns herüber, stellt sie auf den Couchtisch und holt einen neuen Wodka heraus, ausgerechnet den in der Kristallflasche, der sich als Geschenk besonders gut eignen würde. Für Geiz ist es der falsche Tag. Wie ich Georg kenne, werden am Ende ohnehin alle Flaschen offen sein. Er schenkt uns ein, allen dreien, obwohl Sandra sich ziert, dann beginnt er mit den Splittern zu spielen, die ich mitgebracht habe. Jeden einzelnen bringt Georg zum Funkeln.

Das Jerusalem des Balkans und die Moschee für ehemalige Juden. Der König von Saloniki und das geraubte Gold. Globke und Adenauer, Mahler und seine schweinischen Filme. Ellen und der Tod ihrer Frau auf Gomera. Die letzten Minuten von Annas Vater im Krankenhaus. Das türkische Waisenkind und seine Eltern, die einen Gegner unterschätzen. Der Mann mit dem gleichen Namen im Widerstand gegen die Nazis. Annas Schwiegervater und die goldene Ikone. Sein Sohn und ein Erbe, das aus Leichen ragt.

Georg hat Blut geleckt, er setzt die Steinchen immer wieder um, und in jedem neuen Mosaik wechseln sie ihre Farbe. Er erzählt eine Geschichte und dann eine andere, die der ersten widerspricht, geht zwischendurch immer wieder an meinem Schreibtisch, um etwas im Internet nachzuschlagen, über Martin Eisslers Vater, Saloniki, Nazi-Gold, wer weiß was noch, kommt uns dann mit der nächsten Version, spielt uns vor, was er in seinem Kopf hört und sieht, lacht sich selber aus und treibt uns an. Unterhält uns verschwenderisch. Sogar Sandra fabuliert, trinkt und lacht mit, ein wenig jedenfalls, und schnell sind wir alle betrunken. Ellen und den alten Mann, der auf einer Hamburger Intensivstation um sein Leben kämpft, gibt es nicht mehr. Sie sind nur noch Geschöpfe, die unzählige verschiedene Leben und Beweggründe haben. So dankbar, glaube ich, war ich Georg noch nie.

Irgendwann muss Sandra ins Bett. Von mir verabschiedet sie sich mit einem Kuss und von Georg mit einem ungewöhnlich freundlichen Blick, den er mit zwei Fingern an der Stirn quittiert. Sandra trinkt selten so viel, schon gar keinen Schnaps, aber sie sieht nicht aus, als hätte sie sich aus Höflichkeit oder Zuneigung überwunden. Sie dürfte noch nicht im Schlafzimmer angekommen sein, da sagt Georg:

»Hättest du alles früher haben können.«

»Was?«

»Das alles. Dein Leben.«

»Das ist mein Leben?«

»Sieht so aus, oder? Aber du hast aufgehört, danach zu suchen. Du hast es aufgegeben, als du aus New Orleans abgehauen bist.«

Georg wird es mir nie verzeihen, er schmollt noch immer. Ich hoffe, er schmollt.

»Ich bin nicht abgehauen.«

»Nicht freiwillig, stimmt. Sie hat dich zurückbeordert.«

»Sandra war schwanger.«

»Und wo ist das Kind?«

»Du Arschloch«, sage ich und greife nach dem Beluga Gold, der mir von den sechs Sorten am besten geschmeckt hat, als ich es noch unterscheiden konnte.

Ich erhielt Sandras Nachricht, als ich in der Nacht ins Hotel zurückkam, damals hatten wir noch keine Handys. Nach dem Essen und ein paar ersten Bieren in einer kleinen Kneipe am Fluss waren Georg und ich in einer Pianobar in der Bourbon Street gelandet, wo ein Berserker am Klavier den ganzen Abend Billy Joel gab, für meine durch den Alkohol gemäßigten Ansprüche ziemlich perfekt. Georg hatte sich so gut amüsiert wie ich, ein bisschen besser sogar: Im Laufe der Stunden ließ sich die Studentin aus Milwaukee, die er an der Theke in ein Gespräch verwickelt hatte, immer bereitwilliger von ihm aus dem Wasser ziehen und nahm ihn schließlich mit.

Ohne mir den Zeitunterschied auszurechnen, rief ich Sandra sofort an, als ich im Hotel ihre Nachricht sah. Sieben Uhr morgens in

Deutschland, aber sie klang nicht so, als hätte sie auch nur eine Minute geschlafen. Irgendwann in der Nacht musste sie sich überwunden haben, mich anzurufen. Sandra weinte nicht – nicht mehr, dachte ich –, sie sagte nur: Ich weiß nicht, was ich tun soll.

»Bist du immer noch eingeschnappt? Nach achtzehn Jahren?«, sage ich zu Georg. »Was hätte ich machen sollen? Drei Wochen weiter mit dir durch die Staaten gondeln und Sandra allein mit der Entscheidung lassen?«

Sandra und ich machten es uns nicht leicht damals. Es war ein Unfall, es war Irrsinn, wir hatten das Studium gerade hinter uns und besaßen nichts außer unserer Angst. Aber wir wollten das Kind, wir wollten es beide.

»Glaubst du wirklich, es geht um mich?«, fragt Georg.

»Um was sonst?«

»Es gab kein Kind, aber du bist freiwillig im Käfig geblieben, als er wieder offen stand.«

Es gab kein Kind. Als Sandra mich nachts weckte und ich das Blut auf dem Bettlaken sah, verstand ich sofort. Wie man versteht, dass der Weltraum unendlich ist und ein Atom ein Atom. Sandra begann schon loszulassen, als sie nach der Ausschabung aus der Klinik kam, aber am Tag des errechneten Geburtstermins versuchte ich, glücklich zu sein. Drei Jahre später, da war Ben gerade geboren, machte ich mir Spaziergänge zur Gewohnheit, die am Kindergarten in unserer Nachbarschaft vorbeiführten, und weitere drei Jahre danach begann ich, mir die Schulen in der Umgebung genauer anzusehen. Sandra lachte mich aus, Ben hatte doch noch Jahre Zeit. Wenn ich mir heute Sorgen um das Abitur mache, glaubt sie, dass ich Ben unnötig früh verrückt mache, aber bei ihr ist es doch schon so weit. Ich war sicher, es wäre ein Mädchen geworden, und gab ihm einen Namen, von dem ich wusste, dass auch Sandra ihn mag. Später, als Sandra mit Mina schwanger war, gehörte der Name zu denen, die ich ihr ausreden musste. Meine Tochter, die es nicht gab, hat meine Aufmerksamkeit und Liebe für Ben und Mina nie gemindert, und nie habe ich mich gefragt, warum ich sie habe. Warum hat man einen Talisman?

»Deine persönliche Stunde null«, sagt Georg. »Du hast dir dein eigenes Disneyland gebaut und dir selbst den Eintritt verboten. Schon mal darüber nachgedacht, warum du im Leben der anderen wühlst wie ein Trüffelschwein auf Speed?«

»Was redest du für einen Scheiß? Ich habe mir selbst den Eintritt verboten?«

»Deiner Vergangenheit. Der hast du den Eintritt verboten.«

»Bist du fertig?«

»Vielleicht tue ich ihr ja unrecht, vielleicht war Sandra ja wirklich schwanger«, sagt Georg. »Vielleicht war es gar nicht ihre Idee, dein Gefängniswärter zu werden. Du hast sie jedenfalls dazu gemacht.«

Ich will aufstehen und ihn schlagen. Ich stehe auf und sage:

»Steh auf.«

Georg bleibt sitzen, grinst mich an.

»Was hast du vor? Willst du dich prügeln?«

»Steh auf.«

»Nimm eine Wodkaflasche und zieh sie mir über den Schädel, da hast du doch jetzt Übung.«

Solange Georg sitzen bleibt, während ich über ihm stehe, wäre das tatsächlich die einzige einigermaßen würdevolle Art, ihm eine zu verpassen. Ich wende mich ab und gehe zum Fenster. Kaum noch jemand auf der Straße, eine wolkenlose, mondklare Nacht.

Ayi gördüm Allah, Amentu billah.

Ich erinnere mich an die Gespenster der gestrigen Nacht, an Annas Kaltblütigkeit, sehe uns beide unter dem Dach aus Glas, sehe die ganze absurde Szene.

»Worüber lachst du?«, fragt Georg.

»Über den Mond«, sage ich.

Georg wartet, bis mein Lachen verebbt.

»Tut mir leid.«

»Was?«, frage ich, ohne mich umzudrehen.

»Alles. Was ich gesagt habe. Der ganze Schlamassel, in dem du steckst. Deine kleine Nachbarin.«

»Meine Freundin.«

»Deine Freundin.«

»Okay«, sage ich.

»Du versteht kein Wort, oder?«, fragt Georg und sieht aus, als würde er mir die Filmrechte an seinen Bestsellern abtreten, wenn es anders wäre.

»Ich muss ins Bett«, sage ich.

»Okay«, sagt Georg.

Ich putze die vollen zwei Minuten, die meine elektrische Zahnbürste bis zum Schlusssignal vorschreibt, gehe ins Schlafzimmer, wo Sandra schläft und schnarcht, ziehe mich aus, lege mich zu ihr ins Bett und tue etwas, was ich nicht mehr getan habe, seit Ben auf der Welt ist, vielleicht noch nie: Ich störe Sandras Schlaf, weil ich mit ihr schlafen will. Ich drehe sie zu mir, küsse sie, während ich ihr Schlafshirt hochschiebe, beginne an ihrem Slip zu nesteln, und sofort ist sie beängstigend wach.

»Hallo«, sagt sie nur, und wir ziehen es durch, bis Sandra auf meiner Brust einschläft und wieder leise zu schnarchen beginnt.

Wir sind hier, keiner stirbt.

Am nächsten Morgen sehe ich meine Tochter zum ersten Mal im Leben ganz in Schwarz. Sandra hatte mir schon erzählt, dass Mina darauf besteht. In einem schwarzen T-Shirt, schwarzen Jeans, schwarzen Lackschuhen und schwarzen Socken steht sie in der Küche neben Georg vor der Vase mit den Eiern der Urzeitkrebse. Etwa zur Hälfte haben sie sich auf dem Boden abgelagert, zur anderen Hälfte treiben sie auf der Oberfläche.

»Guten Morgen«, sage ich.

Mina wirbelt zu mir herum. Aufgebracht kommt sie auf mich zu.

»Papa, die sind nicht geschlüpft, kein Einziger!«

»Tut mir leid, Süße. Aber sie waren wirklich sehr alt. Dreißig, vierunddreißig Jahre sind einfach zu lang.«

»Dreißig Jahre sind gar nichts«, sagt Georg. »Da kommt noch was, Mina, keine Sorge. Du musst nur ein bisschen Geduld haben.«

So überzeugend, dass auf der Stelle Hoffnung in Minas Gesicht zieht und ich es beinahe auch glaube.

»Was machst du hier noch?«, frage ich Georg. »Hast du nicht einen Termin?«

»Habe ich abgesagt.«

»Warum?«

»Glaube nicht, dass man dich allein lassen kann. So morsch, wie du bist.«

Fürsorglich ist Georg selten, aber es kommt vor, dass er lohnende Begegnungen auf keinen Fall verpassen will. Nachher ist Anna Roth in der Stadt.

»Ist ja sonst keiner da, der auf mich aufpassen könnte«, sage ich.

»Keiner, der dich im Griff hat«, sagt Georg.

Ben kommt herein, in der rechten Hand seinen tragbaren Verstärker, in der linken einen Mikrophonständer. Auch mein Sohn trägt Schwarz: eine dunkle Jeans und das Rugby-Shirt, das ihm Karin aus Kanada mitgebracht hat.

»Ist noch genug Zeit? Kann ich was essen?«, fragt er.

»Ja«, sage ich und frage mich, ob ich eine solche Frage je wieder selbst stellen werde.

DISPO

Anna ist eine Heldin, sagt die Titelseite im Zeitungskasten vor unserer Haustür und rühmt, wie sie einem hilflosen Hundertjährigen das Leben gerettet hat. Offenbar hat Sybille Mägert ihren Laden nicht unter Kontrolle, oder es ist ein Gruß aus der Ferne von ihr selbst. Die Zeitung stellt auch eine Frage. *»Wer ist dieser Mann?«* steht über dem Foto, das Anna vor Mahlers Hauseingang in den Armen eines Mannes zeigt, dessen Gesicht abgewendet ist. Annas Gesicht hingegen, das auf seiner Schulter liegt, ist eindeutig zu erkennen. Sogar bei eingeschränkten Lichtverhältnissen sind die neuen Handykameras beeindruckend gut, und wenn einer so geistesgegenwärtig ist, wie es der Burberryjacken-Mann vor Mahlers Haus offensichtlich war, lassen sich hübsche Ergebnisse erzielen.

Sandra und Georg stehen neben mir und blicken in den Zeitungskasten. Ohne ein Wort steigt Sandra mit Ben und Mina ins Auto. Georg zögert. Ich würde mich nicht wundern, wenn er eine Zeitung kauft und uns auf der Fahrt daraus vorliest, aber er begnügt sich mit einem Grinsen und verzichtet sogar auf einen Spruch, der normalerweise unausweichlich ist. Vielleicht habe ich Trauerschutz.

Als ich in die Straße einbiege, in der der Haupteingang des Friedhofs liegt, kann ich den Fuchs, der sich durch die Metallstäbe des Zauns aufs Friedhofsgelände zwängt, gerade noch sehen.

»Da vorne«, sage ich, »ein Fuchs.«

Kein leuchtend rotes Fell, ein dreckiges, dunkles Braun.

»Wo?«, fragt Mina und zückt schon ihre Kamera, aber nicht einmal sie blickt schnell genug hin.

»Mitten in der Stadt?«, sagt Ben misstrauisch und bekommt von Georg umgehend erklärt, dass zeitgenössische Füchse und Tote sich seit langem die Friedhöfe der Großstädte teilen: genug Futter in Reichweite, Mäuse, Kaninchen, Ratten und Kerzenwachs, das sie lieben und aus den roten Plastikgrablichtern schaben, im Winter angenehmere Witterungsverhältnisse als im Wald und keiner, der sie groß stört, schon gar keine Jäger.

»Aha«, sagt Ben.

Karin war beliebt, in der Trauerhalle des Friedhofs vermisse ich niemanden. Ines und Jens sind da, Steffen und Liliana mit ihren beiden Söhnen, die sogar Krawatten tragen, Micha, unser Friseur, Richard und sein Freund Tom, Beatriz und ihr Ludger, unser Haus ist vollzählig. Ich sehe Dirk und Anette, die beiden Ärzte aus Karins Praxisgemeinschaft, und ihre Arzthelferinnen, Anwalt Fischer und seine Frau, die sicher nicht nur wegen der Trauerstimmung das Gesicht verzogen hat, Anke aus dem Schmuckladen und viele andere Nachbarn aus unserem Viertel, natürlich auch Christoph Peters. Karins ehemalige Kollegen aus der Kinderklinik sind da, Frauen und Männer mit Kindern, vermutlich Patienten und Patienteneltern, und etliche andere, die ich nicht kenne. Ich nicke und grüße in alle Richtungen, und immer wieder fällt mein Blick auf den geschlossenen Sarg, der zwischen den Sitzreihen und der niedrigen kleinen Bühne mit dem Klavier steht und von Mina sofort fotografiert wird. Sandra verbietet es ihr, merkt aber nicht, dass Mina nur das Klacken ausstellt und aus der Hüfte weiterknipst.

Ines stellt Sandra und mir Karins Schwester vor, wegen der die Beerdigung erst heute stattfindet. Anja Callahan, die ich nur von Fotos und kurzen Homevideos kenne, lebt in Vancouver, wo sie vor über zwanzig Jahren nach einem Au-Pair-Jahr hängenblieb. Sie ist mit einem vermögenden Bauunternehmer verheiratet, weshalb sie gut auf Karins Erbe verzichten kann, und hat einen dreizehnjährigen Sohn, der an derselben Erbkrankheit leidet wie Karin. Er war in der Klinik, als seine Tante starb, und Anja wollte bis zu seiner Entlassung bei ihm bleiben. Wir geben uns die Hand, versichern uns, dass wir schon viel voneinander gehört haben und nachher noch Gelegenheit haben werden, miteinander zu sprechen, dann setzen wir uns neben sie in die erste Reihe, Sandra, die Kinder und ich. Georg habe ich aus den Augen verloren, aber ich drehe mich nicht um, ich sehe stur nach vorne zum Sarg. So eine Verschwendung, denke ich, ein Kindersarg hätte gereicht, und Karin selbst hätte sich eine Bonbonfarbe ausgesucht.

Liliana geht mit ihrer Querflöte und zwei ihrer Violinschülerinnen auf die Bühne. Die Trauerfeier beginnt mit dem Schlusssatz aus Bachs *Suite Nr. 2 in h-Moll*, lese ich auf dem kleinen Programmzettel, für den Ines und Liliana gesorgt haben. Heitere Musik, beinahe könnte man tanzen dazu, so passend für Karin wie die anschließende Rede von Anja, die mit einem leichten Anflug von Akzent den Grundakkord ihrer Dankbarkeit, Karins Schwester gewesen zu sein, glaubwürdig und fröhlich durch jeden ihrer Sätze schwingen lässt. Dass man sich anstecken konnte an Karins so kraftvoller wie beglückender Realitätsverleugnung, kann ich bestätigen, ich weiß aber nicht, ob ich mich selbst davon ermutigt gefühlt hätte, ein Kind zu bekommen, bei dem das gleiche Risiko bestand. Zuversichtspegel können sehr unterschiedlich sein, da würde ich gern auch Anjas Sohn dazu hören.

Nach Anjas Rede betritt wieder Liliana die Bühne, setzt sich ans Klavier, um die ältere ihrer Schülerinnen bei einem Satz aus Max Bruchs *Violinkonzert Nr. 1* zu begleiten. Gemeinsam schlagen mir die beiden das Herz entzwei, ausgerechnet bevor ich selber sprechen soll. Ich gehe nach vorne, lasse meinen Spickzettel in der Hosentasche und schaffe es erst zu reden, als es mir gelingt, den Sarg aus meinem Sichtfeld zu drücken. Ich versuche, meinen Blick auf Christoph Peters zu halten. Von seinem Gesicht geht die geringste Gefahr aus, mich auseinanderzubrechen.

»Karin war eine Besserwisserin«, sage ich. »Eine der übelsten Sorte. Einmal standen wir zusammen auf der ersten Plattform des Eiffelturms, Karin, meine Frau, unsere Kinder und ich, und sahen uns die Panoramafotos an, die an den Geländern befestigt sind, um den Besuchern die Aussicht zu erklären. Karin ließ nicht ein einziges gelten. Sie seien alle fehlerhaft aufgehängt, sagte sie, die Angaben darauf seien irreführend oder vollkommen falsch, ein Werk von Stümpern. Sie wusste es besser als die Pariser selbst. Und sie war klüger als jede Navigationshilfe. Autofahrten mit ihr wurden jedes Mal zur Qual, weil sie ausnahmslos immer einen kürzeren, schnelleren oder staufreieren Weg kannte als das Gerät, das ich in den letzten Jahren lieber gar nicht erst anstellte, wenn ich mit ihr im Auto saß. Jede Meinungsverschiedenheit mit ihr, ob es um Politik, Filme oder Käse ging, war ähnlich harmlos wie ein Nachtspaziergang durch ein Minenfeld. Wenn Karin sich einmal zu einer Ansicht entschlossen hatte, sagte mir jemand, der sie gut kannte, dann gab es keinen Verhandlungsspielraum mehr. Der Mann hatte recht: Karin war eine echte Nervensäge.«

Ich höre Lachen, spüre Heiterkeit im Raum, lasse meinen Blick aber auf dem unbewegten Gesicht von Peters, um mich nicht treiben zu lassen.

»Ihr biologisches Guthaben sei bei ihrer Geburt nicht allzu hoch gewesen, hat Karin es auf ihre lakonische Art selbst ausgedrückt. Aber bis es aufgebraucht gewesen sei, habe sie vergnüglich davon gelebt, sogar von Zins und Zinseszins. Das stimmt, von keinem kann man das wohl so zutreffend sagen wie von Karin. Ob man irgendwann in den Dispo gehen will, bleibt jedem selbst überlassen. Karin gehörte zu den seltenen Menschen, die sich nie damit abfinden, ein Produkt ihrer Wirklichkeit zu sein, sondern hartnäckig darauf bestehen, die Wirklichkeit zu einem Produkt ihrer selbst zu machen. Das war bis zum Schluss so, erst recht zum Schluss. Ich bin sicher, ich bin nicht der Einzige, der sie dafür geliebt hat.«

Mein Blick fällt auf Georg, und ich sehe, er hört mich lügen. Plötzlich habe ich keinen Spielraum mehr, keine Wahl, ich glaube, ich dröhne, als ich weiterspreche.

»Das hätte Karin nicht machen dürfen«, sage ich. »Dazu hatte sie kein Recht. Sie war nicht alleine auf der Welt. Solche Entscheidungen trifft man nur, wenn man zu feige ist, sich anzuhören, was andere zu sagen haben. Karin hat kein Guthaben und keinen Kredit gebraucht, sie hätte nur genug Mut haben müssen, sich ein bisschen von dem zurückzuholen, was sie selbst tausendfach verschenkt hat. Aber den hatte sie nicht.«

Mehr sage ich nicht, ich bin schon über jede zumutbare Grenze hinaus, zornig wie noch nie im Leben. Ich desertiere vom Pult und sehe, wie Ben sofort von Sandra losgeschickt wird. An mir vorbei, einen besorgten Blick in den Augen, geht er auf die Bühne. Auch nachdem ich mich wieder gesetzt habe, sind in der ganzen Halle nur die Geräusche zu hören, die Ben macht, als er seinen Verstärker an eine Steckdose schließt, das Mikrophonkabel einstöpselt und Ständer und Arm des Mikrophons so einstellt, dass er es während des Spielens benutzen kann. Eine Premiere, am Klavier hat Ben noch nie gesungen.

Ich brauche eine Weile, bis ich das Stück erkenne, obwohl es mir von den ersten Takten an bekannt vorkommt. Ich habe es noch nie als Klavierstück gehört, nicht einmal mit einem Keyboard im Hintergrund. Ben spielt Neil Youngs *My My, Hey Hey* und macht eine lyrische Ballade daraus, die nur Taube kaltlassen könnte. Den größten Teil des Textes lässt er aus, singt nur zwei Zeilen aus der ersten Strophe und wiederholt sie an den passenden Stellen.

»It's better to burn out«, singt mein Sohn. »It's better to burn out than to fade away.«

Irgendwann nimmt Sandra meine Hand. Erst da merke ich, dass ich weine.

Der Friedhofswagen fährt den Sarg bis auf die Anhöhe, von der der schmale Weg zu Karins ausgehobenem Grab abzweigt. Ab hier werden wir den Sarg tragen. Anwalt Fischer und ich gehen an die Trageringe vorne, Karins Kollege Dirk und Micha übernehmen die mittleren, hinten sind Richards Freund Tom und Christoph Peters, der darauf bestanden hat, diese Ehre haben zu dürfen.

Schon nach wenigen Schritten sehe ich ihn. Auf der rechten Seite lugt der Fuchs in zehn, fünfzehn Metern Entfernung hinter einem Grabstein hervor und blickt mich vorwurfsvoll an. Mir gleitet der Tragering aus der Hand. Nach einem Schreckmoment gelingt es den anderen, den Sarg wieder in die Waagerechte zu bringen. Sofort ist Georg bei mir. Sanft zieht er mich vom Sarg weg und greift den Ring. Ich bleibe kurz stehen, bis Sandra sich bei mir einhakt. Mit den anderen gehen wir hinter dem Sarg her. Neben uns, Hand in Hand, Ben und Mina, die ausnahmsweise nicht fotografiert.

Der Fuchs steht immer noch da, als ich im Gehen über die Schulter sehe. Ich bin der Einzige, der nach hinten blickt.

ELEMENTE

Karins letzte Party ist ein Erfolg, ihre Gäste fühlen sich wohl und genießen die kleine Auszeit mitten in der Arbeitswoche. Die gedämpfte Hintergrundmusik, von Siggi sorgfältig ausgewählt, trägt zur entspannten Stimmung bei, und über den Höhepunkt des Leichenschmauses, Weißwürste mit Brezn, Karins und Minas Leibgericht, das sonst nie auf die handgeschriebene Speisekarte des *Fargo* käme, meckern heute nicht einmal die Vegetarier. Georg sitzt bei der schönen Anke und wühlt da weiter, wo er bei seinem letzten Besuch aufgehört hat, Tom unterhält sich mit Christoph

Peters und wird dabei von Richard engmaschig überwacht, fast alle, die ich höre, sprechen über Karin. Bis jemand kommt und der Gastgeberin die Show stiehlt.

Wir haben jede Menge Comedians hier und ein paar polierte Gesichter aus Vorabendserien, hin und wieder lehnt am Tresen auch der Mann, der in seiner Fernsehtalkshow sitzende Politiker im Stehen befragt wie ein Lehrer seine Schüler, aber Funkenmariechen von diesem Kaliber sehen wir selten. Niemand starrt oder blickt länger hin als nötig, niemand verstummt, wir leben nicht auf dem Dorf, aber wohin die Aufmerksamkeit fließt, ist deutlich zu spüren. Ich schicke Karin eine Entschuldigung ins Universum, begrüße Anna und achte darauf, mich nicht umarmen zu lassen, dann stelle ich sie Sandra vor. Bevor ich einschätzen kann, welche chemischen Prozesse Anna bei Sandra auslöst, hat Georg Anke schon sitzengelassen und steht neben uns.

»Georg Lisinski«, stelle ich vor. »Anna Roth.«

Georg gibt Anna die Hand und wendet sein heimtückisches Lächeln an.

»Georg Lisinski?«, fragt Anna. »*Der* Georg Lisinski?«

»Kommt drauf an, welchen Sie meinen«, sagt Georg, und seine Augen sagen: Heimspiel.

»Der Autor? ›Entscheidung im All‹, ist das von Ihnen?«

»Sie haben es schon gelesen?«

Georg hat seine Gier nicht im Griff. Ich glaube, ich kenne Anna gut genug, um zu wissen, dass sie anders reagieren wird als die durchschnittliche Gerichtsvollzieherin unter Georgs Lesern.

»Nein«, sagt sie. »Ich habe leider nur wenig Zeit und muss genau auswählen, was ich lese. Über die grellen Plakate und die meterhohen Bücherstapel kann man allerdings kaum hinwegsehen.«

Ein lächelndes, wortloses Nicken von Georg, der nicht Georg wäre, wenn er sich davon drosseln lassen würde. Er bleibt, als Sandra sich entschuldigt und uns verlässt, weil am Ausgang Nachbarn stehen, die sich verabschieden wollen. So höflich wie unmissverständlich sieht Anna Georg an, als sie zu mir sagt:

»Ich würde gern mit dir reden, ich glaube, ich habe etwas gefunden.«

Georg rührt sich nicht. Ich bin Anna eine Erklärung schuldig.

»Georg ist ein guter Freund. Wenn wir noch im Kindergarten wären, mein Old Shatterhand oder so was.«

»Winnetou«, sagt Georg. »Darauf müsste ich bestehen.«

»Georg weiß Bescheid«, sage ich.

Diesen Blick von Anna kenne ich noch nicht, ich spüre ihn bis in die Lungenzellen, die die Sauerstoffversorgung zurückzufahren beginnen.

»Was hast du gefunden?«, frage ich, als könnte ich nicht bis drei zählen.

Anna wirkt wie erstarrt. Schweigt. In den nächsten Sekunden wäre alles möglich, und nichts davon erscheint mir verlockend.

»Ich will die Karl-May-Nummer nicht überziehen«, sagt Georg, »aber Can weiß, dass ich mich lieber martern lassen würde, als ihm zu schaden. Und wenn es ihm schadet, Ihnen zu schaden, dann gilt das auch für Sie.«

Pathetisch, trivial, so unbestreitbar wie Verdauungsvorgänge oder ein Sonnenaufgang. Anna zögert. Das Lächeln, das ihr aus den Augenwinkeln zu rieseln beginnt, unterdrückt sie, aber sie stellt ihre Tasche auf den Tresen und holt einen Umschlag heraus.

»Als ich Max zu meiner Mutter gebracht habe, bin ich auch in den Keller gegangen, wo noch viele Archivkisten von meinem Vater stehen. Meine Mutter hat es nie über sich gebracht, sie wegzuwerfen oder auch nur durchzusehen. Da war auch einiges, was Martins Vater und die Firma betrifft.«

»Annas Vater hat bei der Hausbank der Familie Eissler gearbeitet«, erkläre ich Georg, der nur kurz nickt und seinen konzentrierten Blick weiter auf Anna ruhen lässt.

»Soweit ich es erkennen konnte, war das meiste uninteressanter Zahlenkram.«

»Zahlen sind nie uninteressant«, sagt Georg.

»Vielleicht auf den zweiten Blick«, sagt Anna. »Das hier war schon auf den ersten bemerkenswert.«

Sie holt ein paar Blätter aus dem Umschlag, gibt mir zwei davon.

»Solltest du lesen«, sagt Anna.

Ich lege die Blätter auf den Tresen, Georg lehnt sich auch daran und schiebt mich mit Schultern und Hüfte zur Seite, damit er mitlesen kann.

Deutsche Botschaft

Ankara, den 10. Februar 1942

A 815/42

Auf den Schrifterlass vom 31. 1. 1942

– zu P 21450 –

Inhalt: D ö n m e s, – 1 Anlage, 3 Doppel –

Zur Frage der Herkunft der Dönmes darf ich zunächst auf die beiliegende, von sachkundiger Seite verfasste A u f z e i c h n u n g verweisen.
Die Zahl der im Laufe der Jahrhunderte zustande gekommenen Mischehen dürfte größer sein, als aus dieser Aufzeichnung geschlossen werden könnte, sodass auch der Grad jüdischen Blutes bei den einzelnen Dönmes verschieden sein mag. In den meisten Fällen, die heute aus irgendeinem Grund akut werden, wird es sich aber um Personen handeln, die juristisch gesehen seit 300 Jahren den mohammedanischen Glauben angenommen haben, in türkischen Kreisen aber trotzdem als »jüdisch« betrachtet werden.
Aus politischen und wirtschaftlichen Gründen würde ich es auch nicht für richtig halten, grundsätzlich alle Beziehungen zu solchen Personen zu verbieten oder gar durch Rundschreiben obige Auffassung allgemein bekanntzugeben. Es müsste vielmehr jeder Fall einzeln geprüft und hiernach das weitere Verhalten festgelegt werden. Dies würde übrigens auch der recht geschickten Taktik der Türken entsprechen, die die Dönmes als Türken anerkennen und sich nur dann gegen diese Elemente wenden, wenn dadurch rein türkische Belange einen Schaden erleiden.
Im allgemeinen wird sich die Ausschaltung von Dönmes, die z. Zt. noch Ver-

tretungen deutscher Firmen innehaben, reibungslos durchführen lassen, wenn hierbei die mit ihnen vereinbarten Kündigungsfristen eingehalten werden, sodass Schadensersatzansprüche nicht gestellt werden können.
Schwieriger wird die Frage der Belieferung bezw. Nichtbelieferung von Dönmes mit deutschen Waren zu lösen sein, weil nicht immer ohne weiteres zu übersehen ist, ob aus dieser Ablehnung eine Schädigung deutscher Ausfuhrinteressen erwächst.
Da jedoch die Anzahl der in Betracht kommenden Firmen nicht übermässig gross ist, wird auch diese Frage nach Prüfung jedes eintretenden Einzelfalles ihre Lösung finden.
Ich darf deshalb empfehlen, der Botschaft bezw. den Konsulaten vorkommende Fälle zwecks Stellungnahme bekanntzugeben.
Das gleiche Verfahren empfiehlt sich, wenn es sich um Dönmes handelt, bei denen andere als wirtschaftliche Belange in Frage kommen.
Wie heikel dieses Thema für die Türken ist, ging deutlich aus den letzten Wirtschaftsverhandlungen im Herbst v. J. hervor, als schliesslich aufgegeben werden musste, für die die zur Diskussion stehenden Probleme eine der türkischen Staatsverfassung entsprechende Lösung zu finden.

Franz von Papen
Botschafter

Georg pfeift durch die Zähne und hebt das Blatt an, um sich die Unterschrift genauer anzusehen.

»Von Papen. Einer der beiden letzten Reichskanzler vor Hitler. Ich wusste nicht, dass er später Botschafter in der Türkei war.«

Ich auch nicht, aber es ist nicht das, was mich beschäftigt.

»Doch keine Touristenattraktion«, sage ich zu Anna. »Es geht wirklich um diese Dönme.«

»Du meinst die Moschee, vor der sich alle fotografieren ließen?«, sagt Georg, der sich merken kann, was man ihm erzählt. »Und wie kommt da euer Evinman ins Spiel? Der aus dem Krieg.«

»So«, sagt Anna und legt ein weiteres Blatt auf den Tresen, diesmal gleich zwischen Georg und mich.

Reichswirtschaftsminister Berlin W 8, den 24. Mai 1942

III WOS 5/12928/42

Behrenstraße 43
Fernsprecher:
Sammel-Nr. 16 43 51
Ferndienst 16 41 21

An das
Auswärtige Amt
Berlin W 8

Auf das Schreiben vom 23. April 1942/– D III 2607 –

Betrifft: Eintragung der Firma Evinman Tabakimport-Handelsgesellschaft. Berlin W 15, Kurfürstendamm 198, in das Verzeichnis der jüdischen Gewerbebetriebe.

Der Stadtpräsident der Reichshauptstadt Berlin hatte zunächst von der Eintragung der Firma Evinman in das Verzeichnis der jüdischen Gewerbebetriebe abgesehen, weil nicht nachzuweisen war, dass der alleinige Inhaber, der türkische Staatsangehörige Evinman, Jude ist. Inzwischen hat die Reichsstelle für den Außenhandel mitgeteilt, dass der Kaufmann Galip Can Evinman ein Dönme, also Jude, ist. Ich habe mich daraufhin mit Erlass vom 16. März 1942 gemäß § 7, Abs. 2 der Dritten Verordnung zum Reichsbürgergesetz vom 14. Juni 1938 – RGBl. I S. 627 – dem Stadtpräsidenten gegenüber einverstanden erklärt, dass die Firma Evinman nunmehr in das Verzeichnis der jüdischen Gewerbebetriebe eingetragen wird. Der zuständige Bezirksbürgermeister hat die Eintragung inzwischen vollzogen. Die Firma Evinman hat gegen die Eintragung Einspruch erhoben. Da, was auch die Deutsche Botschaft in Ankara bestätigt hat, Galip Can Evinman der Rasse nach Jude ist, sind die zur Ausschaltung der Juden aus dem deutschen Wirtschaftsleben erlassenen Vorschriften auch gegenüber Galip Can Evinman anzuwenden.

Im Auftrag
gez. Dr. von Coelln

Galip. Can. Evinman. Er hat einen Vornamen, sogar zwei. Ich kann nicht den Kopf heben, mich nicht vom Tresen lösen. Ich will nicht der Erste sein, der spricht.

»In Berlin habe ich nach Evinman natürlich nicht gesucht«, sagt Georg verärgert. »Woher sollte ich wissen, dass es schon damals Spuren in Deutschland gab.«

»Sie haben nach Evinman gesucht?«, fragt Anna und sieht Georg und mich verblüfft an.

»Nach mir hat er gesucht«, sage ich munter und bewege mich wieder, atmen kann ich noch immer nicht. »Familienforschung, sein Hobby. Mit seiner eigenen war er schon durch.«

Plötzlich steht Mina neben uns, mit ihrer Kamera in der Hand, mit der sie der Reihe nach Porträts von allen Gästen aufnimmt. Ich stelle Mina und Anna einander vor und muss mich dann hinunterbeugen, um mich flüsternd fragen zu lassen, ob Mina von Anna, die etwas Besonderes zu sein scheint, auch ein Foto machen darf. Anna hat nichts dagegen und posiert so anstandslos und gefällig, dass für Mina gleich mehrere Aufnahmen herausspringen.

»Was hast du noch in dem Umschlag?«, frage ich Anna, als Mina weitergezogen ist.

»Nur noch die Anlage, die in dem Schreiben des Botschafters erwähnt wird, diese Aufzeichnung. Eine Art Gutachten über die Dönme-Sekte.«

»Wie kommt Ihr Vater an die Unterlagen, wissen Sie das?«, fragt Georg.

Anna schüttelt den Kopf, noch immer nicht davon überzeugt, dass sie auch mit Georg reden muss.

»Hast du mit deiner Mutter darüber gesprochen?«, frage ich.

Zögern, Blicke. Eine vorläufige Entscheidung:

»Ja.«

»Und?«

»Nicht viel. Eigentlich gar nichts.«

Solange Georg dabei ist, werde ich nicht mehr erfahren. Ich bin mir nicht sicher, ob das anders sein wird, wenn wir allein sind. Den

Unterton, den Anna mit aller Kraft wegzusieben versucht, kenne ich noch nicht.

»Ich könnte in Berlin für euch weitersuchen«, sagt Georg. »Im Landesarchiv. Könnte noch mehr geben über diesen Evinman und seine Firma.«

»Gern«, sagt Anna, plötzlich so freundlich, als hätte ihr langjähriger Schwarm sie endlich angerufen und zum Abendessen eingeladen. »Aber falls irgendwas davon an die Öffentlichkeit gerät, werden Sie eine ganze Weile niemanden mehr auf Abenteuer ins All oder sonst wohin schicken. Dann sind Sie vollauf mit meinen Anwälten und ihren Klagen beschäftigt und sicher auch mit einem Haufen Dreck, der plötzlich über Sie selbst in die Medien gerät.«

Glänzende Augen, bei beiden. Anna beherrscht die Kunst der effektiven Abweichung von Ton und Aussage, und Georg scheint sich endlich auf Augenhöhe wahrgenommen zu fühlen.

»Copy that«, sagt er und strahlt sie an.

Anna dimmt ihr Lächeln herunter und wendet sich ab, um Mina beim Fotografieren von Christoph Peters zuzusehen. Immer wieder lacht Mina auf. Ich wüsste gern, was Peters, der den Anweisungen der Fotografin mit ernstem Gesichtsausdruck folgt, Mina wohl sagt.

»Sehr süß, deine Tochter«, sagt Anna.

»Was hast du Max erzählt?«, frage ich. »Hat er eine Ahnung, warum du ihn zu deiner Mutter gebracht hast?«,.

Anna hat mich gehört. Sie blickt auf die Wanduhr neben der Garderobe.

»Müssen wir nicht bald zum Flughafen?«, fragt sie.

Ich nicke und sehe mich nach Sandra um. Allein lehnt sie an der Fensterbank und blickt zu uns, wer weiß, wie lange schon.

Vielleicht haben Sandra und ich gleich noch ein paar Minuten, vielleicht nicht.

ANLAGE

Aufzeichnung

Betrifft: Dönmes.

Der Gründer der religiösen Sekte der Dönmes ist der im Jahre 1626 in Izmir geborene spanolische Jude Sabbetai Sevi. Schon als junger Mann trat er als Prediger auf und beanspruchte für sich, gestützt auf allerlei Prophezeiungen der Kabalja, den Namen des Messias. Er fand in wachsendem Maße Anhang unter seinen Glaubensgenossen zunächst in Izmir, später auch in anderen von spanolischen Juden bewohnten Gegenden des damaligen Osmanischen Reiches, vor allen Dingen in Saloniki.

So gross wurde die Bewegung, dass schliesslich auch die Hohe Pforte nicht umhin konnte, zu ihr Stellung zu nehmen. Führten doch die Auseinandersetzungen zwischen Sabbetai Sevi und seinen Anhängern auf der einen Seite und der orthodoxen sefardischen Judenschaft auf der anderen Seite zu einer politischen Unrast, die der Hohen Pforte unerträglich schien. Sie liess Sabbetai Sevi und einige wenige seiner Anhänger nach Edirne kommen und verlangte von ihm entweder Beweise für seine Wundertätigkeit, und zwar die Erfüllung von Forderungen, die ihm seine türkischen Richter stellten, oder aber völlige Unterwerfung, widrigenfalls ihm wegen Verbreitung umstürzlerischer Ideen mit dem Tode gedroht wurde.

In dieser Zwangslage – im Jahre 1666 – zog Sabbetai Sevi es vor, sich zu unterwerfen und den Islam anzunehmen. So gross war sein Einfluss auf seine Anhängerschaft, dass sie – im ganzen weit über 100 Familien – sich seinem Übertritt zum Islam anschloss. Sabbetai Sevi lebte dann noch 5 Jahre in Istanbul, wo er weiter als Prophet wirkte und Anhänger warb. Seine Tätigkeit wurde der Hohen Pforte erneut unbequem, sodass sie ihn im Jahre 1670 nach Berat verbannte, wo er 1675 starb.

Bald nach seinem Tode kam es unter Anhängern zu Spaltungen, und man unterschied im 18. Jahrhundert drei Gruppen, die sogenannte »Jakobitische Gruppe«, die Gruppe »Karakasch« und die Gruppe »Kapandschi«. Die an letzter Stelle genannten Gruppen sind heute ohne Bedeutung.

Der Übertritt Sabbetai Sevis und seiner Anhänger zum Islam war genau wie

bei den in Spanien zum Christentum übergetretenen Marranen ein mehr äusserlicher. Das Glaubensbekenntnis dieser Dönmes, d.h. »Bekehrten« genannten jüdischen Bewegung enthielt und enthält heute noch eine Reihe rein jüdischer Bestandteile. Das Gleiche gilt von Sitten und Gebräuchen. Immer haben die Dönmes ihre eigenen Moscheen gehabt sowie ihre eigenen Friedhöfe. Solche gab es besonders in Istanbul und Saloniki.
Vor allem haben sie auch immer nur unter sich geheiratet. Mischehen zwischen Dönmes und Mohammedanern sind sehr selten vorgekommen und bildeten einen gesellschaftlichen Skandal ersten Ranges. Eine solche Ehe ist die des derzeitigen Hauptschriftleiters der »TAN« Mehmet Zekaria Sertel und seiner Frau Sabiha. Sie war nur möglich, weil unter dem jungtürkischen Regime das Saloniker Freimaurertum Trumpf war, dem die Führer der jungtürkischen Bewegung in gleicher Weise wie weite Teile der Judenschaft, die Dönmes einbegriffen, angehörten. – Eine zweite Eheschliessung ereignete sich im Viertel Ayapasa im Jahre 1927. Sie hatte die Verurteilung des schuldigen »Imam« zur Folge.
Im ganzen wird man nicht fehl gehen, wenn man heute feststellt, dass trotz der verflossenen 250 Jahre die heutigen Dönmes genauso Juden sind wie ihre spanolischen Glaubensgenossen. Das empfindet insbesondere der Türke, und zwar in wachsendem Maße, je mehr sich die judenfeindliche Einstellung der türkischen Öffentlichkeit nach aussen kundgibt. Um sie zu beweisen, genügt ein Blick in eines der türkischen Witzblätter vor 10 Jahren und heute.
Für die deutsche Stellungnahme in dieser Angelegenheit wird man kaum die Bestimmungen der Nürnberger Gesetzgebung heranziehen können, sondern sich von der Einstellung leiten lassen müssen, die die öffentliche türkische Meinung in Politik und Wirtschaft beseelt. Man wird die Einstellung der Türken nicht anders charakterisieren können, als etwa die eines arischen Deutschen gegenüber Mitgliedern der Familien Mendelssohn oder Oppenheim, die auch in der dritten Generation, obwohl horizontal getauft, dennoch in der deutschen öffentlichen Meinung als Juden gelten.

Ein handschriftlicher Vermerk am rechten unteren Rand der ersten Seite: »P 7318«. Keine Verfasserangabe. Kein Datum.

KREUZWEG **Ich bin mit Ben jahrelang zu den Heimspielen des FC gegangen.** Bis er genug vom Fußball hatte, war ich auch bei jedem seiner eigenen Spiele dabei, von der F- bis zur D-Jugend. Mit den Büchern, die ich ihm vorgelesen habe, hätten wir eine eigene Kinderbuchhandlung betreiben können, mit den Kuchen, die wir zusammen gebacken haben, eine Bäckerei, vermutlich gibt es auch kein Krankenhaus, in dem jemals so viele Operationen angefallen sind, wie wir sie mit seinem Arztkoffer aneinander durchgeführt haben. Als ich mit Ben zum ersten Mal alleine verreist bin, war er fünf. Da waren wir auf Juist, weil Ben wissen wollte, wie es auf einer Insel ist. Beim nächsten Mal sind wir nach München gefahren, wo er leider noch zu jung für das Deutsche Museum war, aber gerade im richtigen Alter für den Ammersee und unseren Ausflug in die Berge. Später waren wir zusammen in Paris, Berlin und Rom, an der belgischen Küste und im Sauerland. Wir haben uns zusammen mit seinem Chemiekasten gelangweilt, Drachen gebaut, die nie lange geflogen sind, und einmal haben wir versucht, im Stadtwald wild zu zelten, bis uns erst ein Hund aufgescheucht und schließlich eine dicke Frau vom Ordnungsamt vertrieben hat, obwohl sie nicht im Dienst war. Wir haben Radtouren gemacht, sind in Booten gefahren, haben auf dem Nürburgring Oldtimern bei ihren überraschend schnellen Runden zugesehen und das Zaubern gelernt. Heute gehen wir ab und zu ins Kino, wenn ich einen Film finde, zu dem Ben nicht nein sagen kann, und neulich waren wir zusammen bei B. B. King, aber alles in allem ist diese Ära nur noch archäologischer Forschung zugänglich und ihre Sprache ausgestorben. Die neue beherrsche ich nur gebrochen.

»Das war unglaublich«, sage ich zu Ben, »vorhin in der Kapelle. Du hast uns alle aufgeschlitzt.«

»Ich kann nicht singen«, behauptet Ben.

Den Rücken an der Wand, die Beine lang ausgestreckt, sitzt er auf seinem Bett und zupft leise auf seiner Westerngitarre. Ins *Fargo* war er nach der Beerdigung nicht mitgegangen.

»Quatsch«, sage ich. »Du kannst singen. Falls es überhaupt wichtig wäre.«

»Klar ist das wichtig.«

»Wahrscheinlich, du hast recht. Aber du warst super. Die haben alle gesagt, wie gut du warst.«

Ben nickt nur und zupft wortlos weiter, eine Jazz-Phrase, die ich irgendwoher kenne, aber nicht zuordnen kann.

»Ich muss gleich zum Flughafen«, sage ich. »Ich bin eine Weile weg.«

»Okay.«

»Vielleicht eine ganze Weile.«

Ben unterbricht sein Spiel, sieht mich verwirrt an, ein schwaches Sorgenflackern in den Augen. Mein Tonfall hätte auch einen hauptamtlichen Yogi aufgestört.

»Hast du Stress mit Mama?«

»Überhaupt nicht. Ich habe nur eine Menge zu tun, ich weiß nicht, wie lange das dauert.«

Ben nickt und spielt weiter, ohne seinen Insektenforscherblick von mir zu nehmen.

»Wenn ich weg bin, siehst du hier ein bisschen nach dem Rechten, oder?«

Auf Bens Stirn beginnen sich seine Spottkringel auszubilden. Ich nehme an, von offenem Lachen trennt uns nicht mehr viel.

»Machen wir das nicht immer alle?«, sagt er.

»Doch. Natürlich.«

Ich würde gern hinübergehen und ihn umarmen, aber dafür müsste ich eine Slapsticknummer hinlegen, mich über das Bett und seine Beine beugen, ihm die Gitarre aus den Händen nehmen oder sie mir in den Bauch drücken lassen. Auf Kooperation kann ich nicht hoffen.

»Falls was ist, ich checke immer die Mails«, sage ich und merke, dass ich wieder im Altertum gelandet bin. »Facebook natürlich auch.«

»Okay. Mach's gut.«

»Mach's gut«, sag ich. »Pass auf dich auf.«

Ich gehe hinaus, schließe die Tür und bleibe noch einen Moment davor stehen, weil Ben wieder lauter spielt und ich das Stück unbedingt erkennen will. Nichts scheint mir wichtiger im Moment, als diese letzte Chance zu nutzen, aber es gelingt nicht.

»Wann kommst du wieder?«, fragt Mina kurz darauf in der Küche, als ich sie aus dem Schraubstock meiner Umarmung erlöse.

»Ich weiß noch nicht genau. Bald, sehr bald«, sage ich. »Aber wir können jeden Abend telefonieren. Machen wir das?«

»Na klar«, sagt Mina und sieht erst zu Sandra, die an der Tür steht, und dann zu Beatriz, weil vielleicht eine der beiden eine Idee hat, warum ihr Papa nach etwas fragt, was selbstverständlich ist, wenn er sich auf Reisen befindet. Ich muss aufpassen, ich darf ihr keine Angst machen.

»Wenn ich zurück bin und die Krebse sind immer noch nicht geschlüpft, dann lassen wir uns was einfallen, okay?«

Enttäuscht blickt Mina kurz zur Vase, in der sich immer noch nichts bewegt, aber mich will sie nicht enttäuschen.

»Super«, sagt sie.

Ich verabschiede mich von Beatriz und nehme ihr das Versprechen ab, ihren Sommerkuchen für mich zu backen, wenn ich wieder da bin, hebe Mina noch einmal hoch, um sie lückenlos abzuküssen, setze sie ab und gehe zu Sandra an die Tür.

»Papa.«

Ich drehe mich um, natürlich werde ich fotografiert.

»Pass auf dich auf«, sagt Mina.

Bis zum Wohnzimmer, wo Anna und Georg auf uns warten, haben Sandra und ich ein paar Schritte Zeit.

»Ist das eine gute Idee?«, fragt Sandra.

»Was?«

»Was du vorhast. Ihr beide.«

»Es ist eine Scheißidee«, sage ich.

»Warum machst du es dann?«

Weil Anna es will? Weil Georg davon begeistert ist? Weil mich

Ellen Reichert gerufen hat, als sie noch lebte? Weil ich mich langweile? Weil ich ein Geheimnis aufdecken will? Weil ich meine Angst nicht anders vertreiben kann?

»Weil ich zurückkommen will«, sage ich.

»Wäre gut«, sagt Sandra. »Du warst seit Jahren nicht mehr hier.«

Die Frage, die ich nicht stelle, beantwortet Sandra mit einer Umarmung und einem Kuss, den mir kein Schlaganfall der Welt aus dem Gedächtnis löschen könnte. Dann fährt sie uns alle zum Flughafen, Georgs Flug geht etwas später als Annas und meiner.

Als wir am Zeitungsständer der Flughafenbuchhandlung vorbeigehen, bleibt Sandra stehen und sieht sich noch einmal das Foto an, auf dem ihr Mann die Frau umarmt, mit der er gleich wegfliegen wird. Anna scheint etwas sagen zu wollen.

»Haben Sie schon mit Ihren Anwälten darüber gesprochen?«, fragt Georg.

»Ja«, sagt Anna und geht rasch weiter.

Vor der Sicherheitsschranke verabschieden wir uns. Von Sandra bekomme ich eine letzte Umarmung und von Georg ein herausgegrinstes »Schalom alechem«, dann gehen Anna und ich so zügig durch, wie die Sicherheitsleute es erlauben.

Nach der Kontrolle drehe ich mich noch einmal um.

Sandra und Georg stehen noch da, ins Gespräch vertieft. Sie sehen weder mich noch die junge Frau hinter ihnen, die sich hinter die Check-in-Automaten postiert hat und sie fotografiert.

ZWEI

ODYSSEUS

Wir waren Giorgios Xenos schon lästig, bevor er uns traf. Mürrisch stand der Polizeileutnant aus Thessaloniki in der Ankunftshalle des Makedonia International Airport und rechnete sich seine schwindenden Chancen aus, rechtzeitig zum Anstoß des Halbfinalspiels Spanien – Portugal in der Papazoli am Imbiss seines Schwagers zu sein. Alexandros hatte den Fernseher wahrscheinlich schon auf die Durchreiche zur Straße gestellt und seine paar wackligen Holzstühle aus dem kleinen Innenraum zu den Kunststofftischen und -stühlen auf den Bürgersteig gebracht. Die fehlenden Sitzgelegenheiten würden die Nachbarn aus ihren Wohnungen mitbringen, und schon ein, zwei Stunden vor Matchbeginn wären es, wie beinahe jeden Abend seit Beginn der Europameisterschaft, wieder um die zwanzig, dreißig Leute, die bei Bier und Eiskaffee laut durcheinanderschwatzend vor Alexandros' Imbiss sitzen würden, ohne auf die Vorberichterstattung oder auf ihre Kinder zu achten, die ihre Bälle vorzugsweise über die Straße kicken, Autos und Motorroller zum Abbremsen und Ausweichen bringen und jedes Hupen feiern würden wie einen Sieg.

Xenos' Frau Elena und seine Söhne Filippos und Iannis, fünfzehn und zwölf Jahre alt, waren sicher schon dort, aber er selbst, der bisher kein Spiel verpasst hatte, stand hier, wartete missmutig auf uns und beobachtete die Fluggäste aus Istanbul, Sankt Petersburg und Köln, deren Maschinen zuletzt gelandet waren und die nun in Amüsierlaune, mit sichtbarer Reisemüdigkeit oder einer explosiven Mischung aus beidem durch die Schleuse kamen. Die meisten von ihnen wurden in Busse weiterverfrachtet oder nahmen sich einen Mietwagen, um an die Strände von Chalkidiki zu gelangen. In der Stadt selbst blieb kaum einer, nicht länger als ein, zwei Tage jedenfalls, meist auf der Durchreise oder während eines organisierten Ausflugs vom Urlaubsort. Thessaloniki war alt, so alt, dass die Stadt schon in der Bibel erwähnt wurde, in den berühmten Briefen an die Thessalonicher, in denen Paulus denen, die nicht arbeiten wollen, das Recht zu essen abspricht, erstaunlich modern in den Zeiten der unaufhörlichen Krise, aber seit den Großbränden des 19. Jahrhunderts und dem besonders verheerenden von 1917 musste man die Spuren der Geschichte im Stadtbild suchen. Doch es war nicht der Verlust von Gebäuden und ganzen Stadtteilen, die Thessaloniki diese seltsame Leere und seinen Bewohnern ihre manchmal unerträgliche Lebenssucht gab, die Kehrseite ihres verborgenen, tiefsitzenden Fatalismus, es war der Verlust von Erinnerungen.

Niemand, der nicht von hier kam, liebte diese Stadt, und kaum einer stammte wirklich aus ihr.

Giorgios Xenos' eigene Urgroßeltern waren 1923 im Zuge des griechisch-türkischen Bevölkerungsaustausches aus einem Dorf im Umland von Izmir nach Thessaloniki zwangsumgesiedelt worden, aber schon seine Großeltern hatten es hier nicht mehr ausgehalten und die Exilgeschichte der Familie fortgeschrieben, als sie in den sechziger Jahren nach Deutschland gingen und in Frankfurt am Main ein griechisches Restaurant eröffneten. Sie nannten es *Odysseus*, ohne sich der darin liegenden Ironie bewusst zu sein, und schon vor dem ersten ausgeschenkten Ouzo war entschieden, dass Kostas, Giorgios Xenos' Vater, die Taverne in Frankfurt-Bornheim eines Tages übernehmen sollte. Kostas jedoch war ein überragender und dickköpfig fleißiger Schüler, sein Einser-Abitur wäre verschwendet gewesen, wenn er sich für die Gastronomie entschieden hätte, wie schließlich sogar sein Vater, Giorgios' Großvater, einsehen musste. Also durfte Kostas Medizin studieren, war dabei ebenso erfolgreich wie als Schüler, verliebte sich in eine deutsche Kommilitonin, verlobte sich mit ihr und ging einige Monate vor der geplanten Hochzeit (die noch vor dem Examen stattfinden sollte, damit das Brautpaar endlich zusammenziehen konnte) mit ein paar Freunden in eine Diskothek. Dort lernte Kostas die zwanzigjährige griechische

Verkäuferin Dimitra kennen, tanzte, trank und schlief mit ihr und ignorierte die Nacht danach ohne Gewissenbisse als biographischen Ausrutscher.

Als der biographische Ausrutscher in Dimitras Körper zu wachsen begann, begab sie sich auf die Suche nach dem jungen Mann, von dem sie nicht mehr als den Vornamen kannte und nur wusste, dass er der Vater ihres Kindes war. Im Gastarbeiter-Frankfurt der siebziger Jahre, in dem jeder Dritte aussah wie ein Olivenbauer und jeder Vierte von ihnen Kostas hieß, irrte Dimitra wochenlang unter Griechen umher, stand nach vielversprechenden Hinweisen immer wieder vor einem falschen Kostas, bis sie schließlich in der Berger Straße landete und ihr Glück im *Odysseus* versuchte. Der Legende nach saß Kostas dort mit seiner Verlobten, seinen zukünftigen Schwiegereltern und den eigenen Eltern beim Abendessen, als Dimitra an ihren Tisch kam, sich über den Bauch strich und Kostas unmissverständlich anlächelte. Dann fiel jemand in Ohnmacht, die einen behaupten, es war Dimitra, die nach der anstrengenden, endlich erfolgreichen Suche ihrer Erschöpfung nachgab, andere sagen, es war die Verlobte. Sicher scheint zu sein, dass es weder Kostas' Mutter noch die der Verlobten war.

Die Verlobung wurde aufgelöst, der Vater zwang Kostas, eine Frage der Ehre, Dimitra zu heiraten, und Kostas, der nun aus dem Stand heraus eine Familie zu ernähren hatte, hielt es für unabwendbar, sein Medizinstudium abzubrechen und in den Familienbetrieb einzusteigen. Wie hätte er auch seiner Exverlobten und den gemeinsamen Studienfreunden unter die Augen treten sollen? Nach dem frühen Herztod seines Vaters übernahm er die Taverne und führt sie noch heute. Kostas' und Dimitras Verbindung, die etwa zu gleichen Teilen von den Fistelstimmen der Bee Gees, Henninger Exportbier und Dimitras schweren Brüsten gestiftet wurde, erwies sich nicht nur als erstaunlich stabil, sondern machte beide über die Jahre auch irreversibel glücklich.

Schon vor dem ersten Atemzug des biographischen Ausrutschers war allerdings entschieden, dass das Kind, gebe Gott, es wird ein

Sohn, eines Tages Medizin studieren musste. Nun war Giorgios ein talentierter Fußballer, den einer seiner Jugendtrainer schon als zukünftigen Profi sah, er war ein loyaler, trinkfreudiger Kumpel, und seinen Erfolg bei den Mädchen neideten ihm alle, aber er war weiß Gott kein guter Schüler. Auf dem Weg zum Abitur wurden unzählige Nachhilfelehrer verschlissen, mit dem Notendurchschnitt, der dabei am Ende herauskam, hätte er in Deutschland aber Jahre warten müssen, um Medizin studieren zu können. Kostas zweigte vom Ersparten die Summe ab, die nötig war, um auf schöpferische Weise an der Universität von Thessaloniki in einen Studienplatz für Medizin zu investieren, brachte Giorgios, der in der Geburtsstadt seines Vaters nicht mehr als zwei, drei Dutzend Urlaubswochen verbracht hatte, bei einem Freund der Familie unter und rechnete sich aus, in fünf oder sechs Jahren Doktorvater zu sein.

Mit Griechischkenntnissen, die nur wenig mehr als ausreichend waren, nahm Giorgios Xenos in Thessaloniki das Studium auf, das ihm vorbestimmt war, gewöhnte sich nie an die Krankenhaus- und Leichengerüche, die ihn bald täglich umgaben, und starrte in jeder freien Minute so lange aufs öde Meer, bis Poseidon ein Einsehen hatte und der Familienfluch endlich wirkte: Elena, mit der er schon seit fast einem Jahr ausging und die er immer noch mochte, wurde schwanger und wunderte sich sehr, bei Giorgios kein Entsetzen darüber auszulösen, sondern ein erleichtertes, ja zuversichtliches Lächeln. Sofort rief Giorgios seinen Vater an, um ihm mit bedrückter Stimme das Malheur zu beichten und zu versichern, eine Frage der Ehre, dass er die Verantwortung übernehmen und Elena heiraten wolle. Minutenlang schwieg Kostas und atmete schwer, während Giorgios sich in Erinnerung zu rufen versuchte, was er über Infarktsymptome gelernt hatte, dann gratulierte er seinem Sohn und kündigte an, als spreche er über eine unvorhergesehene Fahrt zum Großmarkt, sobald wie möglich mit Giorgios' Mutter nach Thessaloniki zu kommen, um die glückliche Braut und ihre Eltern kennenzulernen.

Die Gratis-Rückfahrkarte in die Stadt, deren Skyline in Giorgios tiefere Empfindungen wachrief, als es Thessalonikis trostloses Meer jemals tun würde, verweigerte der Vater seinem Sohn aber schon bei diesem ersten Gespräch über die neue Zukunft: Kostas hatte das Restaurant Giorgios' jüngerer Schwester und ihrem Verlobten versprochen – »Ja, sie ist verlobt, mein Sohn, so gut wie verlobt« –, immerhin hatte Giorgios ja bisher andere, weit bedeutendere Pläne. Wenn Giorgios nun sein Studium abbrechen wollte, um seiner Verantwortung gerecht zu werden, würde er sich eine eigene Version der Zukunft einfallen lassen müssen. Kostas hatte einen Traum verloren, warum sollte er für den, der ihm diesen Traum genommen hatte, den Notausgang entriegeln? Die schwangere Elena wollte ohnehin nicht weg aus Thessaloniki. Sie sprach kein Deutsch, sie stand kurz davor, Grundschullehrerin zu werden, und sie lebte in einem europäischen Land, das eine Mitgliedschaft besaß, mit der es ihm jeden Tag besserging, und sie sah nicht ein, in ein anderes europäisches Land zu ziehen, nur um schlechteres Wetter und grimmigere Nachbarn zu haben. Sie hatte einen Onkel bei der Polizei, der genug Einfluss hatte, um etwas für Elenas Mann zu tun, und er tat etwas für Elenas Mann. So kam es, dass in der Familie Xenos niemand Mediziner wurde, seit fast hundert Jahren niemand dort lebte, wo er geboren wurde, und niemand von der Sprache umgeben blieb, die seine eigene war.

Das war der Mann, der am Flughafen auf uns wartete, aber das erfuhr ich erst später, als ich alleine in Thessaloniki war, an dem Abend, an dem mir sein Schwager Alexandros die braunen Saloniki-Eier anbot und Giorgios und ich uns betranken. Nicht alles hat er so erzählt, manches musste ich mir zusammensetzen, aber alles ist wahr. Wahr ist auch, Giorgios hat es gesagt, dass das Erfreulichste, das er mit uns verband, die Aussicht war, wieder ein bisschen Deutsch sprechen zu können, ohne eine Wegbeschreibung abgeben oder für einen Kollegen die Frage nach dem Inhalt einer gestohlenen Damenhandtasche übersetzen zu müssen.

Vorgestern Abend sah es noch so aus, als habe eine deutsche Touristin nach dem Essen im Ladádika-Viertel einen Abendspaziergang auf der Uferpromenade gemacht, sich danach in einem Café auf dem Pier ein Glas Weißwein gegönnt, um danach gegen dreiundzwanzig Uhr auf dem Weg zum Hotel unvorsichtig über die Leoforos Nikis zu gehen, dabei von einem Auto erfasst zu werden und noch am Unfallort zu sterben.

Selbstverständlich wird auch auf dieser Straße, die bis zum Weißen Turm direkt am Meer verläuft, nachts gerast, weil die Verkehrsverhältnisse es dann zulassen, selbstverständlich blicken sich viele nach eventuellen Zeugen um und fahren weiter, wenn sie sich eine Chance ausrechnen, und selbstverständlich untersucht auch die Polizei von Thessaloniki Vorfälle dieser Art und nimmt jemanden fest, falls sie an ein Kennzeichen kommt. Giorgios Xenos hatte es bisher aber noch nicht erlebt, dass jemand auf dem Handy eines Unfallopfers anrief und sich als Bruder der Verstorbenen ausgab, um zwei Minuten später die Lüge zu gestehen und für den nächsten Tag die eigene Anreise und Erklärungen anzukündigen, und was Xenos inzwischen von der deutschen Polizei gehört hatte, war auch neu für ihn. Er würde diesen Fall nicht in der üblichen Zeit abschließen oder weitergeben können. Er würde Ärger und Arbeit haben und auf jeden Fall das erste Halbfinale verpassen und, falls es so weiterging, auch das zweite. Vielleicht würde er sich weniger langweilen als sonst. Er war nicht sicher, ob das eine ausreichende Kompensation sein konnte.

Giorgios Xenos erkannte Anna sofort, als wir herauskamen. Ich hatte ihm am Telefon nicht gesagt, dass sie mich begleiten würde, aber er hatte ihren Namen und den ihres Mannes in Ellens Handy gefunden. Und sich gewundert. Sein Satellitenfernsehen besaß Giorgios Xenos vor allem, um deutsche Programme zu empfangen, und natürlich kannte er Anna, weil er zum Kummer seiner Frau und seiner Kinder, die seine Sprache nicht verstanden, nicht nur samstags die Bundesliga sah und in der Woche die Champions League mit deutschem Kommentar, sondern ständig bei diesen eigenartigen Fernsehfilmen hängenblieb, die in Elenas Augen sogar für deutsche Zuschauer eine Tortur sein mussten, weil die Menschen in ihnen grundsätzlich mehr sprachen als taten und auf langwierige Erklärungen nicht einmal verzichten konnten, bevor sie jemanden vögelten oder erschossen. Drei Fernseher in einer Vierzimmerwohnung waren ungewöhnlich, aber ein Mann mit dieser abartigen Neigung und zwei pubertierende Söhne ließen keine geringere Zahl zu.

Plötzlich stand er vor uns:

»Herr Evinman? Giorgios Xenos. Wir haben telefoniert.«

Ich glaube nicht, dass im Internet ein Foto von mir zu finden ist, aber ich war der Mann neben Anna Roth, also musste ich auch der sein, der ihn angelogen hatte.

»Frau Roth? Willkommen in Thessaloniki.«

Wir gaben Giorgios Xenos die Hand und ließen uns hinausführen, während er sich nach dem Wetter in Deutschland erkundigte, das sicher angenehmer sei als das, was uns hier erwarte, drückende, unerträgliche Hitze nämlich schon im Juni, im Prinzip der lähmende Dauerzustand von April bis Oktober, der tagsüber alles zum Erliegen bringe, einschließlich aller schlüssigen Denkvorgänge und jedes Antriebs, der darüber hinausgehe, sich an jeder Ecke einen neuen Café frappé zu besorgen, um mit dem Plastikbecher in der Hand weiterzuwanken wie ein Kleinkind mit seiner Nuckelflasche und sich zu fragen, was man alles tun könnte, wenn man schon groß wäre. Die Hälfte aller Verbrechen in Thessaloniki gehe im Moment auf die unheilvolle Kombination von Koffeinmissbrauch und Hitze zurück, sagte Xenos, die andere Hälfte auf die fixe Idee, sich zurückholen zu müssen, was einem seit der Krise genommen wurde, ohne je darüber nachzudenken, ob man wirklich verdient hatte, was man vorher besaß.

Ich hatte das Gefühl, ich müsste dem Polizisten von frostigen Temperaturen und einem Hagelsturm in Deutschland erzählen, vielleicht auch von einem gelungenen Großprojekt, aber da waren wir auch schon an seinem Auto, das mit seinem Polizeiausweis hinter der Scheibe in einer Feuerwehreinfahrt stand. Xenos legte unsere Trolleys in den Kofferraum und hielt uns die Türen auf, die hintere für Anna, die Beifahrertür für mich.

»Ich habe mit einer Kollegin aus Hamburg telefoniert«, sagte Xenos, als er sich zu uns ins Auto gesetzt hatte. »Sybille Mägert. Ich soll Sie von ihr grüßen.«

Anna saß leider hinter mir, ich hätte gern ihren Blick gesehen. Giorgios Xenos startete den Motor und fuhr los.

»Wenn ich Frau Mägert richtig verstanden habe, scheint die ganze Sache wesentlich komplizierter zu sein, als ich dachte.«

Die Türen verriegelten sich nach ein paar Metern. Sicher automatisch. Das Bedauern in Giorgios Xenos' Stimme schwoll an:

»Ich fürchte, ich muss Sie festnehmen«, sagte er.

SALONICA EGGS

»Try one«, sagte Alexandros zwei Tage später, als ich mir die rotbraunen Eier in der Glasschale auf seinem Tresen ansah.

Der Imbiss von Giorgios' Schwager war klein, nur ein schmaler Gang zwischen dem Tresen und den zwei Tischen an der gegenüberliegenden Wand, roch bei weitem besser, als er aussah, und war Athletic Bilbao gewidmet. Beinahe flächendeckend hingen an den Wänden Zeitungsartikel, Mannschaftsfotos und Spielerporträts aus mehreren Jahrzehnten, eingerahmt und überwiegend schwarzweiß, und auf dem Leuchtschild draußen über dem Eingang stand kein Name, sondern nur das rot-weiße Wappen des Vereins. Was es mit Alexandros' leidenschaftlicher Liebe zu dem baskischen Fußballclub auf sich hatte, erfuhr ich nie wirklich, obwohl ich mehrere Versionen zu hören bekam. Inzwischen bin ich mir fast sicher, dass Alexandros nie aus Thessaloniki herausgekommen ist.

»Salonica Eggs«, sagte Alexandros. »Really delicious.«

Ich war höflich, nahm mir ein Ei und begann es zu schälen, während mir Alexandros erzählte, was es über die Eier zu wissen gab, die seine Mutter, Giorgios' Schwiegermutter, je nach Absatz alle zwei bis drei Tage für ihn zubereitete. Wenn ich mich richtig erinnere, nimmt man die Schalen von mindestens fünf braunen, besser roten Zwiebeln, mehrere Teelöffel Mokkasatz, ein paar Esslöffel gebrauchter Teeblätter, ein bisschen Olivenöl, zwei, drei Spritzer Essig, gibt alles in einen tiefen Topf, der Platz für die fünfzehn Eier hat, die man auf die Mischung legt, fügt so viel Wasser hinzu, dass die Eier gerade bedeckt sind, kocht sie in diesem Sud bei niedriger Flamme mindestens vier Stunden lang und achtet darauf, dass die Eier stets in genug Flüssigkeit liegen. Wenn nötig, gießt man Wasser nach. Schließlich nimmt man die Eier vom Herd, lässt sie abkühlen und reibt sie mit Olivenöl ein, um ihnen ihren Glanz zu geben.

»I love them«, sagte Alexandros, »an excellent snack.«

»Judeneier.« Giorgios kam mit zwei Flaschen Estrella Damm vom Kühlschrank zurück an den Tresen. »Meine Schwiegermutter sagt, früher hießen sie so. Keiner weiß, warum.«

»Ist das nicht naheliegend?«, fragte ich. »Dein Schwager nennt sie ›Salonica Eggs‹, anscheinend ein traditionelles Rezept aus eurer Stadt. Bis die Deutschen kamen, gab es hier über fünfzigtausend Juden, während der osmanischen Zeit weitaus mehr.«

Ich hatte was gelernt in den letzten Tagen, und inzwischen war ich seltsam empfindlich, was auch an meinem Gefängnisaufenthalt liegen mochte. Giorgios zuckte mit den Achseln.

»Kann sein«, sagte er nur und ging mit unseren Bieren schon hinaus. Ich nahm den ersten Bissen vom Ei, versicherte Alexandros kauend, wie köstlich es sei, obwohl ich dem intensiven Kaffeearoma – die restlichen Zutaten konnte ich nicht schmecken – nichts abgewinnen konnte, stopfte mir schnell den Rest in den Mund und aß brav auf, bevor ich mich noch einmal bedankte, hinausging und mich zu Giorgios setzte. Wir stießen an und nahmen den ersten Schluck.

»Als ich euch am Flughafen das erste Mal sah, da habe ich mich gefragt, ob ihr ein Paar seid«, sagte Giorgios.

»Ich bin verheiratet. Genauso wie Anna.«

»Weiß ich. Bei ihr weiß ich auch, mit wem. War das meine Frage?«

Ich nahm noch einen Schluck und nickte dem älteren Paar zu, das sich an den Tisch neben uns setzte. Sofort kam Alexandros heraus und begann, mit ihnen zu plaudern. Sollte irgendwann eine Bestellung aufgegeben worden sein, hatte sie offensichtlich Zeit. Am dritten Tisch saßen zwei junge Frauen, beide jeweils mit einer Hand an ihrem Café frappé und mit der anderen an den Griffen ihrer Kinderwagen, die sie unablässig schaukelten, während sie miteinander schwatzten.

»Und?«, fragte Giorgios.

»Nichts und«, sagte ich.

»Noch nicht?«

Über so etwas wollte ich nicht mit ihm sprechen, selbst wenn es nichts zu sprechen gab. Er war klebrig, und ich hatte gesehen, wie gefährlich er sein konnte. Ich hätte nicht mit ihm trinken dürfen. Als meine Antwort ausblieb, lachte Giorgios laut auf und machte einen seiner Gedankenspagate.

»Weißt du eigentlich, was mein Nachname bedeutet?«

»Nein.«

»Xenos heißt ›der Fremde‹. Hat sich das nicht jemand fein ausgedacht? Passt doch, oder? Passt einfach.«

Er klang weinerlich. Ich dachte an die Judeneier und sagte:

»Immerhin weißt du, was dein Name bedeutet.«

LÄUSE UND FLÖHE

Xenos ließ sich Zeit, als er uns vom Flughafen zu seiner Polizeistation fuhr. Obwohl ich zum ersten Mal in der Stadt war, abgesehen von der Reise mit meinen Eltern, an die ich mich nicht erinnern konnte, war leicht zu merken, dass wir nicht den direkten Weg nahmen. Wir bekamen eine Stadtrundfahrt ohne Erklärungen, nur an der Stelle, an der Ellen überfahren worden war, auf der Uferstraße in Höhe des Hafens, ließ Xenos eine trockene Bemerkung fallen. In der Abendsonne sahen wir das Meer, das mir seltsam leer und unverbunden mit der Stadt schien. Zwei alte Ausflugsboote aus Holz lagen am Weißen Turm, ansonsten gab es keine Anleger und auf dem Wasser keine Bewegung. Nur in großer Ferne war im Dunst ein Frachtschiff zu erahnen.

Wir bogen zweimal ab, entfernten uns vom Ufer und fuhren in die Richtung zurück, aus der wir gekommen waren. Der Boulevard, den Xenos nahm, war der innerstädtische Abschnitt der Via Egnatia, die einst Rom und Konstantinopel verbunden hatte, aber das wusste ich damals nicht, und die historischen Monumente, die rechts und links der Hauptstraße vereinzelt zwischen einfallslosen Neubauten standen, waren für mich namenlos, also nahm ich sie kaum wahr. Ich hätte den Triumphbogen des römischen Kaisers Galerius sehen können und dahinter seine Rotunda, byzantinische Kirchen wie die Agia Sofia und die Agios Athanasios, ein osmanisches Bad und die eingerüstete Hamdi-Bey-Moschee, aber Giorgios Xenos' Gleichgültigkeit, die im Widerspruch zu dem Umweg stand, den er für uns fuhr, übertrug sich auf mich. Ich sah meist nach vorne und dachte nicht einmal darüber nach, was das Wort Festnahme bedeuten mochte.

Irgendwann bog Xenos wieder nach links ab, zurück in die Richtung, in der das Meer liegen musste, und wir landeten in einem verwirrenden Geflecht enger Straßen, die dicht und teilweise so hoch bebaut waren, alte Lagerhallen mit bröckelnden Fassaden neben ungepflegten Zweckbauten aus den sechziger und siebziger Jahren, dass um diese Tageszeit kaum noch Licht einfiel. Überall kleine Läden, kaum breiter als ihr Eingang, alle mit nur einem einzigen Angebot, Bodenfliesen, Vogelkäfige oder gebrauchte Klimaanlagenmotoren, Wollbettdecken, Bilderrahmen. Daneben unzählige Bars mit Tischen davor. Sie waren noch geschlossen, aber die Bedienungen rüsteten sich schon für den Abend, das erste Halbfinale und die sicher angenehm milde Nacht. Vor einem vier- oder fünfstöckigen Gebäude, dessen blauer Putz in großen Teilen schon abgebröckelt war und das ich im Vorbeigehen für verlassen gehalten hätte, parkte Xenos. Es war sein Arbeitsplatz.

In seinem Büro stellte Giorgios Xenos sofort das Radio an und drehte die Lautstärke herunter, dann bat er uns, Platz zu nehmen, und ging hinaus, um Getränke zu holen. Anna und ich schwiegen, während er draußen war, obwohl es doch etwas zu sagen und zu fürchten gab. Auf dem Flug hatten wir nicht viel gesprochen. Ich war nicht mehr ihr Ghostwriter, sie nicht mehr Teil eines Projekts, aber was waren wir sonst, was die Nähe, in die wir uns mit dieser Reise geworfen hatten, erklären und entschärfen konnte?

Ich konzentrierte mich auf das Radio, und aus den Stromschnellen griechischer Wörter ragten nach einer Weile Namen heraus wie mitgerissenes Treibgut: Ronaldo und Alves, del Bosque, Xavi und David Silva. Wer nicht einmal auf die Vorberichte verzichten will, wird das Spiel auf keinen Fall verpassen wollen, dachte ich und sah auf meine Uhr. In einer guten Stunde würden wir Giorgios Xenos hinter uns haben und nach einem Hotel suchen, oder wir würden hinter abgeschlossenen Türen sitzen, vermutlich ohne das Glück, das Mahler und seine Frau vor siebzig Jahren hatten, als sie irgendwo in der Nähe von Thessaloniki die Nacht ihrer größten Angst in derselben Zelle verbringen durften.

Mit einem großen Tablett, auf dem genügend kleine Wasser- und Softdrinkflaschen standen, um eine ganze Vorstandssitzung zu verpflegen, kam Giorgios Xenos wieder zurück. Wir bedankten uns und nahmen jeder ein Wasser. Während ich noch Kondenswasser von der Flasche strich, wusste Anna schon, was zu sagen war.

»Könnten Sie uns bitte erklären, aus welchem Grund wir festgenommen wurden?«

Xenos sah sie verwirrt an, erschrocken sogar.

»Habe ich das gesagt? Festgenommen?«, fragte er.

Wir mussten nicht antworten, Xenos' Reue wuchs von alleine.

»Es geht nur um ein paar Fragen«, sagte er. »Da muss ich mich falsch ausgedrückt haben. Ich wollte sagen, dass ich Sie leider aufhalten muss. Mein Deutsch rostet langsam ein.«

»Ihr Deutsch ist perfekt«, sagte ich. »Wo haben Sie es gelernt?«

»Ich bin in Frankfurt geboren. Frankfurt am Main, muss man ja heute hinzufügen.«

Die letzten zwei Jahrzehnte, das war nicht zu überhören, schienen Xenos nicht zu überzeugen.

»Ich habe in Frankfurt studiert«, sagte ich und begann, Xenos glücklich zu machen.

»Ist das nicht eine schöne Stadt?«, sagte er, plötzlich mit einem Anflug südhessischer Färbung im Ton, der durchtränkt war von gepflegter Melancholie. »Ich bin dort aufgewachsen. Meine Eltern hatten ein Restaurant. Sie führen es immer noch, zusammen mit meiner Schwester und ihrem Mann.«

»Wo?«

»In Bornheim, Berger Straße. *Odysseus*. Kennen Sie es zufällig?«

Ich sah erst zu Anna, die sich amüsiert zurücklehnte, neugierig nun auf den weiteren Verlauf der Unterhaltung, dann wandte ich mich lächelnd an Xenos.

»Ich habe um die Ecke gewohnt, im Sandweg, in einer ziemlich schrägen Wohngemeinschaft. Wir waren regelmäßig im *Odysseus*.«

»Wann war das?«

»März 90 bin ich dort eingezogen, Anfang 93 war ich mit dem Studium fertig und bin ziemlich bald weg.«

Xenos' Augen leuchteten, und ich wusste, wie ich ihm noch einen Gefallen tun konnte.

»Ab und zu habe ich mir im *Odysseus* ein Gyros zum Mitnehmen geholt. Da hat mich oft ein junger Mann bedient, vielleicht fünfzehn, sechzehn Jahre alt. Sah nicht aus, als hätte er großen Spaß daran, seine freie Zeit mit Pitas und Pommes zu verbringen, aber er war immer sehr freundlich. Waren Sie das?«

Xenos nickte wort-, vielleicht sprachlos. Ich hatte etwas berührt.

»Es hat mir immer Spaß gemacht«, sagte er, düster jetzt, »großen sogar. Schade, wenn es anders ausgesehen hat.«

Dann schwieg er und sah mich an, als prüfe er meine Redlichkeit. Ich wusste nicht, womit ich ihm zu nahegetreten war, aber aus irgendeinem Grund wollte ich ihn unbedingt im Gespräch halten. Vage Angst muss er schon damals in mir ausgelöst haben.

»Und was hat Sie aus Frankfurt hierher verschlagen?«, fragte ich.

»Eine lange Geschichte«, sagte Xenos und lächelte wieder. Er drehte das Radio etwas lauter, hörte kurz zu und stellte es dann aus.

»Ich glaube, im Moment ist die Frage wichtiger, was Sie hierher verschlägt.«

Mir gefielen Xenos' Stimmungswechsel nicht, ich überließ Anna das Reden.

»Wir würden gerne wissen, was Ellen Reichert geschehen ist.«

»Sie hatte einen Unfall. Die Verletzungen, die sie sich dabei zugezogen hat, waren leider tödlich.«

»Ein Unfall?«

»Ja.«

Anna sah ihn forschend an.

»Standen Sie Frau Reichert nahe?«, fragte Xenos.

»Sie haben doch mit Frau Mägert telefoniert«, sagte ich. »Darüber haben Sie nicht gesprochen?«

Er nickte, zog eine Schublade auf und holte eine Mappe heraus. Offenbar hielt sich seine Lust auf Vorspiel auch in Grenzen.

»Die Kollegin hat mir freundlicherweise einen vorläufigen Bericht gemailt. Demnach, Frau Roth, hat Frau Reichert für Ihren Mann gearbeitet, Herrn Eissler. Und Sie, Herr Evinman, haben Frau Reichert vor etwa zehn Tagen kennengelernt und sie insgesamt zweimal gesehen. Das haben Sie jedenfalls Frau Mägert gesagt. Dennoch fliegen Sie beide her, um sich nach den Umständen ihres Todes zu erkundigen. Deswegen sind Sie doch hier, oder?«

»Ist denn etwas ungewöhnlich an den Umständen ihres Todes?«, fragte ich und brachte Giorgios Xenos zum Lachen.

»Die Griechen fahren wie die Henker. Sie halten Verkehrsregeln nur für eine weitere Demütigung der Europäischen Union. Und wenn sie sich irgendwo aus der Verantwortung stehlen können, sind sie schneller weg, als Sie blinzeln können. Nein, nichts ist ungewöhnlich an Frau Reicherts Tod. Leider.«

»Und Frau Mägert sieht das genauso?«, fragte Anna.

Keine Zweifel, wir waren eine willkommene Abwechslung für Giorgios Xenos, ein erstklassiges Unterhaltungsprogramm. Seine Erheiterung sollten wir auf keinen Fall übersehen.

»Sagen wir so, die Kollegin hat sich gewundert. Frau Reichert hatte sich anscheinend als Enkelin eines alten Mannes ausgegeben, der nicht ihr Großvater war, den sie aber dennoch jahrelang gepflegt hat. Sie hat dafür gesorgt, dass er Ihnen, einem professionellen Ghostwriter, seine Lebensgeschichte erzählt, womit er Sie aber wohl gelangweilt hat, und am Tag darauf ist sie plötzlich verschwunden. Ein paar Tage später wird der alte Mann in lebensgefährlichem Zustand aufgefunden. Ganz zufällig und ganz zufällig von Ihnen beiden. Sein Haus ist durchsucht worden. Sie haben beide keine Erklärung für all das, und Sie wissen beide auch nicht, wo Frau Reichert sein könnte, sagen Sie meiner Hamburger Kollegin, die kurz darauf auf dem in solchen Fällen üblichen Wege die Nachricht erhält, dass die Bundesbürgerin Ellen Reichert, amtlich gemeldet in Hamburg, bei einem Verkehrsunfall in Thessaloniki ums Leben gekommen ist.«

Er schlug die dünne Mappe auf und warf einen Blick auf die beiden oberen Seiten, als wollte er sich vergewissern, dass er nichts vergessen hatte. Die Gelegenheit, die er uns für eine Reaktion gab, ließen wir verstreichen.

»Verständlich, dass sich die Kollegin wundert«, sagte Xenos. »Verständlich auch, dass sie mich gebeten hat, Ihnen ein paar Fragen zu stellen. Zum Beispiel wüsste Frau Mägert gern, warum Sie gelogen haben, als Sie ihr sagten, Sie wüssten nicht, wo Ellen Reichert ist.«

»Ich habe es gestern von Ihnen erfahren« sagte ich. »Als ich Frau Reichert unter ihrer Mobilnummer anrief. Ich wusste nicht, wo sie war.«

Xenos sah mich bedauernd an.

»Glauben Sie nicht, ich bin beleidigt. Aber ich finde, wir sollten uns mit so etwas nicht aufhalten. Sie haben mich angelogen, als Sie mir am Telefon sagten, Sie seien Frau Reicherts Bruder, und jetzt lügen Sie mich wieder an. Ich bin ungern so unhöflich, Sie darauf aufmerksam zu machen, und sicher haben Sie Ihre Gründe. Aber es kostet uns Zeit. Und im Moment bin ich ein bisschen in Eile.«

Ich konnte ein Schamlachen nicht unterdrücken.

»Logisch«, sagte ich. »Sie hatten ihr Handy, Sie haben auch die Anrufliste.«

Xenos nickte und schien die Sache augenblicklich zu vergessen: »Für mich stellt sich jetzt die Frage, was ich für Sie tun kann.«

Es gab nicht den geringsten Grund, die Frage ernst zu nehmen, aber für jemanden, der Hilfsbereitschaft und Dienstfertigkeit in nahezu jeder Lage gewohnt war, konnte das womöglich anders sein: »Ich wüsste zum Beispiel gern, ob Sie tatsächlich glauben, dass es ein Unfall war«, sagte Anna.

»Ich glaube, man kann gleichzeitig Läuse *und* Flöhe haben«, antwortete Xenos. »Es gab ein paar Zeugen in dieser Nacht. Leider hat niemand das Kennzeichen notiert, aber es sah für keinen von ihnen nach etwas anderem als einem Unfall aus.«

»Läuse und Flöhe?«

Anna hatte Xenos vermutlich genauso gut verstanden wie ich, aber sie gab ihm eine Chance, ihre Intelligenz zu respektieren.

»Die Geschichte ist tatsächlich etwas ungewöhnlich«, sagte Xenos. »Frau Mägerts Bericht, Ihre überstürzte Reise hierher. Ungewöhnlich ist sicher auch, dass ich außer Kleidungsstücken nichts Persönliches in Frau Reicherts Hotelzimmer gefunden habe. Außerdem ist ihr Notebook, das sie an der Rezeption zur Verwahrung abgeben hatte, am Abend ihres Todes gestohlen worden, übrigens wie eine ganze Reihe weiterer Gegenstände von anderen Gästen. Die Hotelleitung hat sofort Anzeige erstattet.«

Anna sah kurz zu mir, als nehme sie Anlauf, dann wählte sie für Xenos einen Blick, der mir bisher zum Glück ebenso erspart geblieben war wie ihr schneidender Ton.

»Das wären die Läuse? Und der Unfall, das sind die Flöhe? Sie sehen da überhaupt keine Verbindung?«

»Ich suche keine Verbindung, Frau Roth, ich untersuche einen Unfall mit Todesfolge und fahnde nach einem flüchtigen Fahrer.«

Er klang freundlich, wie jemand, der einem einen großen Gefallen erweist und das für selbstverständlich hält.

»Ein Unfall erwischt uns immer mitten im Leben, und jeder hat eine Geschichte. Wir sind untreu und lieben Erdbeeren, wir gehen in die Kirche und sind vergesslich, wir verbringen jede freie Minute im

Garten, wir trinken zu viel, wir sammeln Bonuspunkte, und dann sind blendende Autoscheinwerfer plötzlich das Letzte, was wir sehen. Die Polizei hätte viel zu tun, wenn sie die Lebensumstände jedes Unfallopfers überprüfen würde.«

Fassungslos starrte Anna ihn an, ich versuchte mich als Streber.

»Wenn ich mich richtig erinnere, hatte Ellen Reichert ein Smartphone. Damit hat man in der Regel Zugang zu einer Cloud, einem virtuellen Speicher. Einen Versuch wäre es vielleicht wert.«

»Daran habe ich natürlich gedacht«, sagte Xenos. »Und Frau Reichert hatte tatsächlich eine Cloud, aber sie war leer. Unser IT-Fritze nimmt den Mund manchmal sehr voll, weil er glaubt, ihn versteht sowieso niemand, aber ich glaube, diesmal kann man ihm vertrauen. Er sagt, sämtliche Daten sind in der Nacht des Unfalls gelöscht worden.«

»Ich nehme an, das gehört auch zu den sonstigen Lebensumständen des Unfallopfers«, sagte Anna und zerschnitt Xenos mit ihren Augen in Scheiben.

Xenos lächelte sie nachsichtig an. Ihre Verachtung konnte er nicht überhört haben, er war aber einer von denen, die warten können.

»Frau Reicherts Smartphone war dennoch nützlich«, sagte er. »Offenbar hatte sie die Angewohnheit, Kopien von E-Mails darauf zu sichern. Um sie schneller zur Hand zu haben, nehme ich an.«

Xenos verschwendete einen Moment seiner knappen Zeit damit, mich wortlos anzusehen. Er bereitete mich vor.

»Am 16. Juni hat Ihnen Frau Reichert eine E-Mail geschickt. Mit fünf Fotos, von denen zwei während des Zweiten Weltkriegs hier in Thessaloniki aufgenommen wurden. Und mit einer verwirrenden Nachricht, die Sie schockiert haben muss.«

Um genau zu sein, hatte sie mich dazu gebracht, einen fremden Mann niederzuschlagen und mir selbst eine Vollnarkose zu verpassen, die über eine Woche anhielt, das war aber nichts, was Giorgios Xenos etwas anging.

»Ich nehme an, Sie haben Frau Roth gleich über die Mail informiert. Die Behauptungen von Ellen Reichert, wenn ich das mal so sagen darf, betrafen schließlich auch sie. Sie haben beide darauf verzichtet, die Polizei einzuschalten, aber aus irgendeinem Grund hat es auch eine ganze Weile gedauert, bis Sie anfingen, der Sache selbst nachzugehen. Sie waren erst vorgestern Abend bei Herrn Mahler, und mit Frau Reichert hatten Sie vor dem Unfall allem Anschein nach keinen näheren Kontakt.«

Xenos wartete auf eine Erklärung, aber er bekam nur eine Frage.

»Haben Sie mit Frau Mägert über die Mail gesprochen?«

Er schüttelte den Kopf und sah nach einem unbedachten Blick zum Radio auf seine Uhr.

»Nein. Wie gesagt, ich ermittle in einem Fall von Fahrerflucht. Dinge, die dreißig oder siebzig Jahre her sind, interessieren mich dabei ebenso wenig wie das Privatleben des Opfers. Bei Ihnen beiden sieht das natürlich anders aus. Ich kann verstehen, dass Sie Frau Reicherts Behauptungen nachgehen müssen und dabei kein Aufsehen erregen wollen. Herrn Evinmans Familiengeschichte müsste umgeschrieben werden, wenn ich das mal salopp ausdrücken darf. Vor allem steht das Ansehen von Frau Roths Mann auf dem Spiel. Kann man sich gar nicht vorstellen, was das für Folgen hätte.«

Anna und ich sahen uns an, waren aber noch nicht so weit, dass uns Blicke genügt hätten, um uns zu verständigen. Um über Erpressungsversuche zu reden, hätte ich allerdings auf Anhieb auch keine Worte gehabt.

»Sie werden wissen wollen, was Ellen Reichert herausgefunden hat. Ob es da überhaupt etwas gibt, was herausgefunden werden könnte«, sagte Xenos. »Deswegen sind Sie hier. Sie müssen erfahren, was Frau Reichert in Thessaloniki gemacht hat, mit den Leuten sprechen, mit denen sie sprach. Sie brauchen jemanden, der Sie zu ihnen führt. Jemand, der sich gut in der Stadt auskennt und diskret ist. Eine Art Fremdenführer.«

»Können Sie uns jemanden empfehlen?«, fragte ich.

SPRINGENDE FISCHE

Wir nahmen die Taschentücher nicht, die uns ein zwölf- oder dreizehnjähriger Junge für einen Euro die Packung anbot, und blieben auch hart, als er erst auf fünfzig, schließlich auf zwanzig Cent herunterging, bevor er sich abwendete und den Schleim aus seiner Nase an seinem Ärmel abwischte. Wir kauften keines der Plastikfeuerzeuge, die eine junge Frau in Minirock und T-Shirt flink an uns vorbeitrug, als glaube sie ohnehin nicht mehr an ihr Glück. Wir enttäuschten auch den Losverkäufer, dessen Bauch unter dem Hemd hervorquoll und über unseren Tellern hing, obwohl er uns in gutem Englisch erklärte, dass die Ziehung schon morgen sei und die Chancen größer als in jeder anderen Lotterie Europas. Die Kleine jedoch, nicht viel älter als Mina, die auf einem Akkordeon, hinter dem sie kaum zu sehen war, *Tears in Heaven* spielte, bekam mein Kleingeld und mein ganzes aufgespartes Mitgefühl. Die Preise auf der Speisekarte waren nicht niedriger als in meiner Stadt, die Tische waren alle besetzt, nicht nur die unseres Restaurants, die Menschen an ihnen auf den ersten Blick gut aufgelegt, gut gekleidet und gut genährt, das Kopfsteinpflaster war neu, die Lagerhallen und Geschäftshäuser um uns herum sahen aufwendig restauriert aus und glänzten mit farbigem, hellem Putz. Da brauchte auch das Betteln den Dekor von angebotenen Waren und Dienstleistungen.

Im Ladádika-Viertel in der Nähe des Hafens hatten wir abseits des Straßenverkehrs einen kleinen Platz mit Restaurants und Bars gefunden, auf dem die Gastronomen keine tischtennisplattengroßen Fernseher aufgestellt hatten, und waren inzwischen beim Dessert. Anna hatte für uns mehr als ein halbes Dutzend Mezedes bestellt, eingelegte Babycalamares, gebratene Zucchini, Auberginensalat, Taramas, frittierte Sardellen, gegrillten Schafskäse und Dolmadakia, das meiste davon selbst gegessen, danach ihre geschmorte Lammhaxe auf weißen Bohnen mit unübersehbarem Genuss zügig hinter sich gebracht, während mir meine gegrillten Rotbarben und Rosmarinkartoffeln schon zu schaffen machten, und schließlich hatte sie vorgeschlagen, wenigstens vier Nachspeisen zu bestellen, um etwas zum Probieren zu haben. Ich hatte sie auf drei herunterhandeln können, Galaktoboureko, Loukoumades und Kadaifi, nun pflückten wir beide himmelschreiend süße Stücke von den Tellern zwischen uns, und unsere Löffel und Gabeln gerieten immer wieder aneinander. Frauen, die so öffentlich leben und aussehen mussten wie Anna, hatten normalerweise andere Tischmanieren. Sie tranken Wein nicht wie Wasser, sie verschmierten sich nicht den Mund, sie leckten sich nicht die Finger, stellten ihren Appetit nicht aus, als schwenkten sie eine Fahne über dem Kopf. Anna hatte keine Angst, ihre Lust am Essen zu zeigen, keinerlei Scham, die Grenzen zur Gier zu streifen. Ich fragte mich, ob ich ihr bei der Arbeit an ihrem Buch – Jahre schien mir das inzwischen her zu sein, nicht Wochen – unrecht getan hatte, als ich sie für verstockt und unnahbar hielt. Hatte ich sie nicht sehen können, oder hatte sie mir damals noch nicht vertraut? Vielleicht gehörte sie aber auch zu denen, die ihre Kaltblütigkeit nur durch sporadische Exzesse aufrechterhalten können.

»Den Appetit hat dir Xenos nicht verdorben«, sagte ich.

»Dir?«, fragte sie.

»Ich habe ihm keinen Scheck ausgestellt. Wie hoch war er?«

»Warum? Willst du dich beteiligen?«

»Sollte ich nicht?«

»Ist dein Bild morgen in der Zeitung, wenn er seinen Mund nicht hält? Behauptet jemand, deine Frau sei eine Serienmörderin?«

»Da ist was dran«, sagte ich. »Aber einen persönlichen Fremdenführer habe ich doch jetzt auch.«

»Wer weiß, ob er was taugt«, sagte Anna lachend und kratzte die letzten Reste der Loukoumades vom Teller. »Gibt es davon nicht eine türkische Variante? Und von den ganzen Vorspeisen und Hauptgerichten auch?«

»Ich glaube schon«, sagte ich.

»Du glaubst? Was hat denn deine Mutter für euch gekocht?«

»Frag mich, wie sie aussah.«

»Tut mir leid«, sagte sie und sah mich so schonend an, dass ich mich in Sicherheit bringen musste.

»Warum dir?«, sagte ich. »Ein paar Blumen und ein Verzeih-mir-Kärtchen von deinem Mann wären wahrscheinlich angebrachter.«

Anna legte ihren Löffel auf einen Teller, lehnte sich zurück und sah mich mit einem Blick an, dessen Wirkung irgendwo zwischen dem der kalten Blicke lag, die Georg im *Fargo* von ihr bekommen hatte, und der Sprengkraft derer, die Xenos erdulden musste.

»Du kennst die Fakten schon?«, sagte sie. »Wie schön. Erzähl.«

Ich lächelte sie an, aber ich widerstand dem Impuls, mich zu entschuldigen.

»Gehört das Mitraten bei diesen Geschichten nicht dazu? Ständig überlegt man, was am plausibelsten wäre. Ständig hat man eine neue Theorie, wer der Mörder sein könnte.«

»Und wenn es keinen Mörder gibt? Weil es keinen Mord gab?«

»Wäre am besten«, sagte ich und meinte es so. Ich holte mein Handy heraus und stand auf. »Ich habe ganz vergessen, zu Hause anzurufen. Gib mir eine Sekunde.«

Anna nickte und steckte ihren Unmut weg wie Kleingeld. Ich entfernte mich ein paar Schritte und wählte unsere Festnetznummer, während sich Anna eine Zigarette aus meiner Packung auf dem Tisch nahm und sie anzündete. Am anderen Ende des Platzes sah ich unsere kleine Akkordeonspielerin. Sie hatte das Instrument über der Schulter hängen, was ihr einen grotesk schiefen Stand gab, und zählte ihr Geld.

Sandra hob erst ab, als der Anrufbeantworter schon dran war. Sie klang, als hätte sie schon geschlafen, versuchte aber, sich nichts anmerken zu lassen. Während der Arbeitswoche hielt sie nie lange durch. Im Gegensatz zu Ben, dessen Gitarre ich leise im Hintergrund hörte, schlief Mina natürlich längst. Ich bat Sandra, die Kinder von mir zu grüßen, berichtete kurz und durch meine Auslassungen nicht annähernd wahr, der Polizist habe sich als entgegenkommend erwiesen und werde uns helfen. Bald begann ich, mich zu verabschieden.

»Grüß Anna«, sagte Sandra, war aber noch nicht fertig, ein Seufzer war fällig: »Ich vermisse dich.«

»Jetzt schon?«, scherzte ich, obwohl ich etwas anderes hätte sagen müssen, wenn auch ich mir nichts anmerken lassen wollte. Ich drückte einen Kuss aufs Telefon, trennte schnell die Verbindung, und ging zurück zu unserem Tisch.

»Schönen Gruß von Sandra«, sagte ich.

Anna bedankte sich und rauchte schweigend die Zigarette zu Ende, während ich darüber nachdachte, wie ich fragen könne, was ich fragen wollte, fürs Erste aufgab und den Kellner rief, um zu zahlen. Wenn ich mich schon bei der Beamtenbestechung aushalten ließ, wollte ich wenigstens das Essen übernehmen. Wir verließen den Platz in Richtung Meer und sahen in einer schmalen Gasse die junge Frau im Minirock, die uns Feuerzeuge angeboten hatte. Sie stritt mit einem Mann in ihrem Alter. Beide gestikulierten heftig, waren laut und sichtbar unnachgiebig, aber schon Wimpernschläge später, wir gingen gerade an ihnen vorbei, küssten und befingerten sie sich. Es sah nicht wie eine Versöhnung aus, eher wie eine schlüssige Fortsetzung.

»Weiß dein Mann, wo du bist?«, fragte ich Anna endlich, als wir auf die Uferstraße kamen und nach links in Richtung Pier gingen.

»Ja. Er weiß auch, warum ich hier bin. Ich habe ihm gesagt, ich will mich davon überzeugen, dass Ellen Reichert gelogen hat.«

»Und? Hat er wieder gelacht?«

»Nein.«

Anna war wieder Anna. Kein Wort zu viel, kein Gefühl, das nicht unter Glas war.

»Er hat es dir nicht auszureden versucht?«

»Versucht er nie. Er zeigt mir sein Befremden.«

Ein paar Schritte lang schwiegen wir, aber die Zeit reichte Anna nicht aus, um die Sorge aus ihrer Stimme zu entfernen. Vielleicht versuchte sie das auch gar nicht, vielleicht tat ich ihr immer noch unrecht, weil ich ihr unterstellte, was ich selbst getan hätte.

»Er war wegen Max wütend«, sagte sie. »So zornig habe ich ihn noch nie erlebt. Martin will, dass Max zurück nach Hause kommt. Ich hätte kein Recht dazu, hat er gesagt, er sei auch sein Sohn.«

Scheidungsjargon. Ich hätte viel dafür gegeben, wenn es nur um eine hässliche Trennungsgeschichte gegangen wäre.

»Du bist hier«, sagte ich. »Du kannst nicht verhindern, dass er zu deiner Mutter fährt und ihn holt.«

»Meine Mutter ist mit Max zu einer Freundin nach Rom geflogen. Martin kennt die Frau nicht.«

Das Gift, das uns Ellen eingeträufelt hatte, wirkte bei mir ausgezeichnet. Ich war mir sicher, dass Eissler nicht nur den Namen der römischen Freundin kannte, sondern auch ihren Kontostand und ihre aktuellen Blutwerte, doch das sagte ich nicht. Ich sagte gar nichts mehr, bis wir an eine Bronzeskulptur kamen, die am südlichen Ende eines Parkplatzes stand, der mir in dieser exponierten Lage mitten in der Stadt, direkt an der Uferstraße, erstaunlich deplatziert und zu groß erschien. In den Ästen eines Baumes, die wie Flammen aussahen, hingen stilisierte menschliche Figuren, die im Feuer verbrannten. Unter dem griechischen Text der Gedenktafel stand auch ein englischer:

DEDICATED BY THE GREEK PEOPLE TO THE MEMORY OF
THE 50 000 JEWISH GREEKS OF THESSALONIKI
DEPORTED FROM THEIR MOTHER CITY
BY THE NAZI OCCUPATION FORCES
IN THE SPRING OF 1943 AND
EXTERMINATED IN THE GAS CHAMBERS OF
THE AUSCHWITZ-BIRKENAU DEATH CAMPS
NOVEMBER 1997

»Was soll das darstellen, einen brennenden Baum?«, fragte ich.

»Ich glaube, es ist eine Menora«, sagte Anna und zeigte mir das, was sie für den Fuß des Leuchters und für die sieben Arme hielt. »Eine Menora, die in Flammen steht und die Menschen verschlingt, die sich an ihr festzuhalten zu versuchen.«

»Ein Holocaust-Mahnmal auf einem Parkplatz?«, sagte ich und begann, mich nach dem Namen des Platzes umzusehen.

Ich fand kein Schild, rief die Karten-App meines Smartphones auf und las verblüfft den Namen neben dem Standortsymbol auf dem Bildschirm.

»Die Platia Eleftherias«, sagte ich, »der Platz der Freiheit.«

Es war der Platz, auf dem Mahler und seine Mordgesellen alle arbeitsfähigen jüdischen Männer in der Hitze zusammengetrieben, gedemütigt und misshandelt hatten, manche bis in den Tod. Ich hatte Mahlers Worte noch im Ohr, den Tonfall, den sich andere für harmlose Anekdoten aufheben. Aber konnte das alles auf einem Parkplatz geschehen sein? Hätten die Nazis dafür nicht den Mittelpunkt der Stadt gewählt? Heute jedenfalls schien das repräsentative Zentrum der Aristoteles-Platz zu sein, auf dem auch unser Hotel stand. Wenige hundert Meter weiter lag er an derselben Uferstraße, öffnete sich zum Thermaischen Golf und prunkte mit neoklassizistischen Fassaden und Arkadengängen, mit viel Marmor, einer Statue des Philosophen und der Idee einer zeitlosen, ewigen Vergangenheit. Schweigend sahen wir noch einen Moment auf die Flammen aus Bronze, dann gingen wir zum Pier hinüber, der auf der anderen Straßenseite lag. Anna achtete sorgfältig auf den Verkehr, sie wollte das Schicksal nicht herausfordern. Es war die Stelle, ungefähr, die uns Xenos vor ein paar Stunden im Vorbeifahren gezeigt hatte, Ellen Reicherts Endstation.

Im schmerzfrei restaurierten Lagerhaus auf der rechten Seite des Piers waren ein Film- und ein Fotomuseum untergebracht, in den Lagerhallen gegenüber ein Museum für zeitgenössische Kunst. Dazwischen lagen zahlreiche Quader aus Stein, auf denen Paare saßen, die sich in den Armen hielten und küssten, niemand älter als zwanzig. Wortlos schlenderten wir zum Ende des Piers, wo ein alter Lastkran stand, längst nur noch Schmuck, sahen nach rechts zum Fährhafen hinüber, der kaum erleuchtet war, und gingen auf der anderen Seite des Kunstmuseums wieder zurück. Sein Café war um diese Uhrzeit noch geöffnet, aber wir hätten uns vermutlich auch dann nicht gesetzt, wenn draußen noch ein Tisch frei gewesen wäre. Von Xenos wussten wir, dass Ellen ihr letztes Glas Wein hier getrunken hatte.

Wir gingen ein paar Schritte weiter, lehnten uns aufs Geländer und sahen zum Weißen Turm, der vom romantisierenden Licht der Strahler hervorgehoben wurde und dennoch verloren wirkte. Anna machte mich auf die Fische aufmerksam, die unter uns unermüdlich aus dem Wasser sprangen, als müssten sie nach Luft schnappen, ich zeigte ihr das kleine Mädchen, keine fünf Jahre alt, das ohne Helm auf dem Sozius eines Motorrads saß und sich an ihren Vater klammerte, der seine schwere Maschine am Pier vorbei stolz über die Uferstraße gleiten ließ. Ich trug ein kurzärmeliges Hemd unter dem Leinensakko, ich roch das Meer, und ich roch Anna. Ich hätte gern vergessen, warum ich hier war, aber ich sagte:

»Xenos hat sich nicht gemeldet. Soll ich ihn anrufen?«

Anna nickte, ich rief an. Als ich schon auflegen wollte, weil auch die Mailbox nicht dranging, nahm er das Gespräch an.

»Gedankenübertragung«, sagte er. »Ich wollte eben anrufen, ich hatte das Handy schon in der Hand.«

Sein »ich« war ein »isch«, und er wollte mich »ebbe anrufe«, im Hintergrund Stimmengewirr. Xenos war abgefüllt. Schwer zu sagen, ob der Alkohol seine Sehnsucht nach Frankfurt an die Oberfläche spülte oder nur die Zunge schwerer machte.

»Haben Sie jemanden erreicht?«, fragte ich.

»Ich habe mit Binah Veissi telefoniert. Wir treffen sie um halb neun. Bevor es zu heiß wird.«

»Binah Veissi?«

»Ellen Reichert hat mit ihr gesprochen. Wir reden morgen darüber. Ich komme gegen halb acht ins Hotel. Wir können zusammen frühstücken, das Buffet im Elektra ist hervorragend.«

Über seine Spesen hatten wir nicht gesprochen, wer weiß, was noch auf uns zukam.

»Wer hat eigentlich gewonnen?«, fragte ich ihn.

»Spanien.«

»Sie klingen enttäuscht.«

»Ich bin Spanien-Fan. Eindeutig die bessere Mannschaft, die beste überhaupt. Aber ich hatte auf Portugal gesetzt.«

»Warum?«

»Die Wettquote war besser«, sagte er, schrie jemandem auf Griechisch etwas zu und verabschiedete sich hektisch von mir.

Ich steckte das Handy ein und sagte Anna, dass Xenos ein Spieler sei. Sie zuckte mit den Achseln, keine Überraschung offenbar, und wies mit einer Kopfbewegung auf den frei werdenden Steinquader hinter uns. Hand in Hand ging das junge Paar weg, wir setzten uns und sahen eine Weile schweigend aufs Meer. Irgendwann sagte Anna:

»Mein Vater war Jude. Aber das habe ich erst erfahren, als er tot war.«

Ich schwieg. Mir fiel keine Frage ein, die nicht banal gewesen wäre, und ich wollte nicht riskieren, Annas Schulter zu verlieren, die ich an meiner spürte.

FEUER

Sie starb vor unseren Augen, einen anderen Ausgang konnte ihr Hustenanfall nicht haben, und gewährte mir und allen anderen Unbelehrbaren einen Blick in die eigene Zukunft. Dann zog sie noch einmal an ihrer Zigarette, legte sie in den Aschenbecher und begrüßte uns. An der Ecke Agiou Mina und Ionos Dragoumi, nur wenige Meter vom Jüdischen Museum entfernt, saß Binah Veissi in einem sackartigen, ärmellosen weißen Sommerkleid unter der Markise eines Cafés und hatte flammend rote Haare. Hinter den verspiegelten Gläsern ihrer riesigen goldfarbenen Sonnenbrille war ihr Alter nicht zu schätzen, zwischen fünfzig und fünfundsiebzig war alles drin.

Giorgios Xenos war eine Stunde vorher ins Hotel gekommen und hatte uns beim Frühstück Gesellschaft geleistet, sein Atem eine Mischung aus Pfefferminzdrops und Restalkohol, sein Gesicht ein zerpflügter Acker. Den Hunger schien sein Zustand nicht zu dämpfen, gegen ihn war die Anna des Abendessens ein Amateur. Unterbrochen von Kautätigkeiten und Gängen zum Buffet hatte er uns berichtet, was er bisher über Ellen Reicherts Aufenthalt in Thessaloniki erfahren hatte. Mit zwei Personen hatte sie nachweislich Kontakt gehabt: mit Binah Veissi, einer Historikerin, die man in der Stadt, wie Xenos gehört hatte, als »pain in the ass« betrachte, und mit Filippos Ninis, einem dreiundachtzigjährigen ehemaligen Elektrotechniker, der erst morgen gestört werden durfte, weil er heute seinen Dialysetag hatte. Außerdem hatte sich Ellen im Mazedonischen Staatsarchiv um eine Rechercheerlaubnis bemüht, aber Xenos wusste noch nicht, wonach sie dort gesucht hatte. Die wenigen Informationen hätte er uns locker auf dem fünfminütigen Fußweg zwischen dem Aristoteles-Platz und unserem Treffpunkt mit Binah Veissi geben können, und es wäre immer noch genug Zeit gewesen, um sich über die zu erwartende Hitze zu beschweren, doch dann wäre er nicht in den Genuss eines erstklassigen Frühstücks ohne seine Familie gekommen und wir nicht in den seiner Ansichten über die unverzeihlichen Fehler der Europäischen Union. Xenos war der Ansicht, man müsse Griechenland nicht nur aus der Eurozone entfernen, »sofort«, sondern ganz aus der EU. Davon versprach er sich eine Art Kernschmelze, deren heilsame Zerstörungskraft die Leute endlich aus dem Paradies ihrer belohnten Trägheit vertreiben würde. Während Xenos' Augen um Zustimmung und Gunst bettelten, hatte ihn Anna angestarrt wie einen Verkehrsunfall, und ich hatte durch das Fenster aufs leere Meer geblickt und den Schmerz zu identifizieren versucht, der hinter seinen Worten liegen musste.

Vor dem Café stellte uns Xenos Binah Veissi auf Englisch vor und wechselte anschließend ein paar griechische Worte mit ihr. Sie klangen herb und waren es offensichtlich auch.

»Die Dame will nur mit Ihnen allein sprechen«, sagte Xenos verärgert und blickte zu Binah Veissi, die wieder behaglich an ihrem Tee nippte, als wäre sie alleine. »Passt mir ganz gut, ich habe noch eine Menge zu tun. Rufen Sie mich an, wenn Sie mich brauchen.«

»Danke«, sagte ich und hoffte, dass Xenos zu aufgebracht über Binah Veissi war, um Annas Grinsen zu bemerken.

Als Xenos weg war, setzten wir uns, ohne einen Platz angeboten bekommen zu haben. Ich bedankte mich bei Binah Veissi für die Zeit, die sie sich für uns nahm, und sie schwieg einen Moment, den sie vermutlich dafür nutzte, um uns hinter ihrer Sonnenbrille zu mustern. Dann drückte sie förmlich ihr Beileid über Ellens Tod aus, die sicher eine Verwandte oder gute Freundin von uns gewesen sei. Ich ließ mir von Anna mit einem Nicken ihr Einverständnis geben, bevor ich Binah Veissi erklärte, so gut und vage ich auf Englisch konnte, dass wir Ellen Reichert kaum gekannt hätten, sie uns aber besorgniserregende Andeutungen über unsere Familien gemacht habe, die in Verbindung mit Thessaloniki ständen. Unsere Bekannte sei gestorben, bevor wir Einzelheiten erfahren hätten.

»Ich bin Privathistorikerin, das stimmt«, sagte Binah Veissi, »aber kein Privatdetektiv.«

»Worüber hat Ellen Reichert mit Ihnen gesprochen?«, fragte Anna.

»Sie hat sich für Geschichte interessiert.«

»Und für welchen Teil der Geschichte genau? Das könnte sehr hilfreich für uns sein.«

Annas Englisch war gut genug, um ihre Ungeduld höflich zu verpacken, ohne einen Zweifel an ihr zu lassen. Binah Veissi schien nachzudenken, bevor sie ein paar Münzen auf den Tisch legte.

»Gehen wir rüber«, sagte sie.

»Wohin?«, fragte ich.

»Ins Museum.«

»Wir haben nur wenig Zeit«, sagte Anna nachdrücklich, und ich hatte für einen Moment Sorge, sie könnte wieder mit einem Scheck wedeln. Bei Binah Veissi hätte das vermutlich nur ein Lachen ausgelöst, andererseits hätte ich aus dieser rauen Kehle gerne das passende Lachen gehört.

»Mag sein«, erwiderte Binah Veissi, »aber Sie fragen mich. Und ich kenne keine Abkürzungen.«

Ohne ein weiteres Wort stand sie auf, ging in einem Tempo über die Straße, über das ich mich auch bei einem dreißig Jahre jüngeren und erheblich leichteren Menschen gewundert hätte, und betrat das Museum. In der Eingangshalle wartete sie auf uns. Grabsteine mit hebräischer Schrift waren dort ausgestellt, an den Wänden hingen vergrößerte Faksimiles von Schwarzweißfotografien, die vermutlich aus dem im 19. Jahrhundert stammten.

»Hier beginne ich immer«, sagte Binah Veissi, nahm ihre Sonnenbrille ab, und wir blickten in die feurigsten Augen, die ich je gesehen hatte. »Das sind Überbleibsel des alten jüdischen Friedhofs. Seit der Gründung von Thessaloniki lebten Juden in dieser Stadt, seit über zweitausend Jahren. Der Friedhof, von dem diese Steine stammen, wurde Ende des 15. Jahrhunderts angelegt, kurz nach der Ankunft der Juden, die aus Spanien vertrieben wurden und sich in großer Zahl in Saloniki niederließen.«

Sie ging zu einem Grabstein und übersetzte uns die Inschrift:

»›Dieser kostbare Stein ist des ehrenwerten Estruk würdig. Er verließ diese Welt im Monat Tammus des Jahres 5294.‹ Nach christlicher Zeitrechnung also das Jahr 1534. Ich glaube, es ist der älteste Stein, den wir hier haben. Über vierhundertfünfzig Jahre lang ist der Friedhof gewachsen. Am Ende umfasste er ein Areal von dreihundertvierundzwanzigtausend Quadratmetern, auf denen mehr als dreihunderttausend Gräber lagen.«

»Es gibt ihn nicht mehr?«, fragte ich.

»Das war leicht, nicht? Ich muss sagen, ich mache das wirklich gut«, sagte Binah Veissi.

Sie lachte endlich das Lachen, das ich hören wollte, und mein Herz trommelte einen kurzen Offbeat, als ich sah, dass Binah Veissis Beben auch Anna lächeln ließ.

»Nein, es gibt den Friedhof nicht mehr«, fuhr Binah Veissi fort. »Während der fünfhundertjährigen osmanischen Herrschaft in Saloniki bildeten die Juden die Mehrheit der Stadt. Sie nannten ihre Stadt ›Madre de Israel‹, die Mutter Israels, und die Nichtjuden sprachen vom ›Jerusalem des Balkans‹. Kein Wunder also, dass die osmanischen Stadtplaner im 19. Jahrhundert nicht mehr als ein kleines

Eckchen verlangten und bekamen, um eine Straße und eine Militärschule bauen zu können, obwohl der jüdische Friedhof die Ausweitung der Stadt nach Südosten behinderte. 1912 übernahmen die Griechen die Macht, kampflos übrigens, und begannen von einer Erneuerung zu träumen, die den Glanz der Antike für immer zurückbringen sollte. Fünf Jahre mussten sie sich gedulden, dann kam ihnen ein Feuer zu Hilfe, das furchtbarste, das Saloniki je erlebt hatte. Es zerstörte ein Drittel der Stadt, das gesamte südliche Zentrum, in dem alle wichtigen Handels- und Geschäftshäuser lagen. Fast zehntausend Häuser brannten nieder, siebzig Prozent der Arbeitsplätze gingen verloren, und über siebzigtausend Menschen wurden obdachlos, unter ihnen zweiundfünfzigtausend Juden. Ihnen hatten die meisten der niedergebrannten Häuser und Geschäfte gehört. Für die einen war es die größte Katastrophe, die Thessaloniki je heimgesucht hatte, für die anderen ein himmlischer Segen: Endlich konnte die Stadt neu erfunden werden.«

Ein Mann um die fünfzig kam aus einem Büroraum im hinteren Teil der Eingangshalle und blickte sich nach den Gewitterwolken um, die den Donner hervorriefen. Als er Binah Veissi sah, grüßte er vorsichtig und begann sofort, sich zurückzuziehen. Augenscheinlich genoss sie hier eine gewisse Freiheit, die des Respekts vermutlich ebenso wie die der Unberechenbarkeit. Sie winkte dem Mann fröhlich zu wie einem guten Bekannten, von dem man durch eine verkehrsreiche Straße getrennt ist, und sprach munter weiter.

»Der französische Architekt und Archäologe Ernest Hébrard wurde von der griechischen Regierung beauftragt, die neue Stadt zu planen. Auf dem Aristoteles-Platz, der auf seine Entwürfe zurückgeht, waren Sie sicher schon. So ungefähr sollte der Wiederaufbau überall aussehen, etwa so, wie sich Walt Disney Hellas vorgestellt hätte. Auf dem Gelände des jüdischen Friedhofs wollte Hébrard den Campus der neuen Universität errichten, für den er einen beispiellos großen Park vorgesehen hatte. Viele Juden waren da schon aus der Stadtmitte vertrieben worden, besaßen so gut wie nichts mehr, und in einem der für sie neueingerichteten äußeren Quartiere, dem

Campbell-Viertel, kam es sogar zu einem Pogrom, zum ersten Mal in der gesamten Geschichte der Stadt. Dennoch gab nur die Hälfte von ihnen auf und emigrierte. Über fünfzigtausend Juden aber blieben und dachten nicht daran, obwohl sie inzwischen in der Minderheit waren, ihre Geschichte zu verscherbeln. Jahrzehntelang wurde über den Friedhof verhandelt, eine Vereinbarung folgte der anderen, aber der Friedhof blieb. Bis die Deutschen kamen.«

Sie sah mich an, nur mich: einer dieser Momente, in denen ich gerne ausgesprochen hätte, dass ich alles verdienen mag, aber nicht diesen Blick. Auch Anna sah zu mir, gelenkt durch Veissis Augen. Ich hatte Angst, sie könne in meinem Gesicht die Scham erkennen, die der haben muss, der nicht weiß, ob er sich wegsetzen darf.

»Man könnte meinen, die Deutschen hätten mitten im Krieg Besseres zu tun gehabt, als sich um Stadtplanung zu kümmern, aber sie hatten einen cleveren Verwaltungsoffizier, der eine glänzende Idee hatte, wie er seinen neuen griechischen Freunden einen Gefallen tun und dabei ein bisschen Profit herausschlagen konnte.«

»Max Merten«, sagte Anna schnell, um dazwischenzukommen, und bekam das beißende Lob, das jede vielsprechende, aber übereifrige Schülerin verdient.

»Sehr gut, hervorragend. Sie haben schon von Merten gehört. Tatsächlich ein Name, den man hier in Thessaloniki kennen muss.«

Anna wich Binah Veissis Blick aus und sah plötzlich so konzentriert auf einen der ausgestellten Grabsteine, als wollte sie die Inschrift selbst entziffern. Anscheinend war auch ein Fernsehstar mit Millionenvermögen einem Elementarereignis wie dieser Frau nicht ausreichend gewachsen.

»Im Juli 42 waren bei einer vergnüglichen Sportveranstaltung auf dem Platz der Freiheit dreitausend Juden im Alter von achtzehn bis fünfundvierzig Jahren ausgewählt worden, um als Zwangsarbeiter im Straßenbau und in Bergwerken eingesetzt zu werden. Auf dieses einzigartige Event, das ausgerechnet an einem Sabbat stattfand, komme ich nachher noch zurück, wichtig ist an dieser Stelle, dass viele der jüdischen Wettbewerbssieger Akademiker und Kaufleute waren, die kaum Erfahrung mit körperlicher Arbeit hatten und völlig ungeeignet für die Aufgabe waren.«

Der Tag, an dem auch Mahler auf jenem Platz war, auf dem heute Autos stehen. Offenbar ein Fixpunkt in der Geschichte der Stadt, ein schwarzes Loch, um das vieles kreiste.

»Die Auserwählten waren ungeeignet, die Arbeit war hart, die Verpflegung ein Witz und die Behandlung durch die Aufseher nicht annähernd so gut wie die ihrer Schäferhunde. Sie starben bei der Arbeit, was sollten sie auch sonst tun? Sie starben wie die Fliegen. Den Juden gefiel das nicht besonders, das können wir uns vorstellen, aber auch die Deutschen hatten ein Problem: Die ganze Sache war schrecklich ineffizient, auf diese Weise ließ sich einfach nicht genug herausholen. Also begann Merten, der Chef der Militärverwaltung, mit der jüdischen Gemeinde zu verhandeln. Er stellte sich als heimlichen Freund der Juden vor und bot an, alle zur Zwangsarbeit eingezogenen Juden gegen eine gewisse Summe freizustellen. Natürlich überstiegen die von ihm geforderten dreieinhalb Milliarden Drachmen die Möglichkeiten der Gemeinde, aber auch dafür hatte der freundliche Dr. Merten eine faire Lösung. Die fehlende Milliarde, die die Gemeinde nicht aufbringen konnte, durfte verrechnet werden: Die jüdische Gemeinde sollte der Stadt endlich ihr Friedhofsareal übergeben und dafür eine virtuelle Milliarde Drachmen als Entschädigung bekommen, womit ihr aktueller finanzieller Engpass sofort behoben werden konnte. Sie kennen das, es war eines dieser berühmten Angebote, die man nicht abschlagen kann. Am 6. Dezember 1942 kamen mehrere hundert Arbeiter auf den Friedhof, Griechen allesamt, und begannen, ihn einzuebnen. Die Grabsteine wurden überall in der Stadt als Baumaterial benutzt, und auf dem Gelände selbst entstand der Campus der Universität, den sich Monsieur Hébrard, der das Happy End leider nicht mehr miterleben konnte, schon immer so vorgestellt hatte. Falls es Sie irgendwann auf unseren Campus verschlägt, suchen Sie nicht nach irgendeinem Hinweis darauf, was auf dem Gelände früher war und warum es nicht mehr dort ist. Es wäre reine Zeitverschwendung.«

»Ich wette, an Ihnen liegt das nicht«, sagte ich, weil ich genug davon hatte, ausgetestet zu werden. »Was macht man eigentlich als Historikerin? Arbeitet man nicht an so einer Universität?«

»Eine Weile, ja. Bis man sich entscheiden muss, ob man eine fragwürdige Fremdsprache lernen will, um sprechen zu dürfen.«

»Ihr Englisch ist nicht schlecht«, sagte Anna trocken. »Ich würde glauben, ich verstehe jedes Wort.«

Die Verunsicherung, die ich auf ihrem Gesicht nie erwartet hätte, wischte Binah Veissi rasch mit einem Grinsen fort.

»Mertens Lösung war nicht originell, aber sie war einfach und wirksam: Man macht sich Freunde, wenn man ihnen gibt, was sie wollen, erst recht, wenn man es vorher anderen weggenommen hat. Dieses Prinzip, das beim Friedhof erfolgreich war, wendete unser heimlicher Freund der Juden auch an, als er die jüdischen Unternehmen und Geschäftsvermögen an nichtjüdische griechische Bürger übertrug. In der Stadt gibt es heute noch eine Menge Erben, die ihn in ihr Nachtgebet einschließen. Nachdem der Friedhof verschwunden war, gab es mit einem Schlag keine Anhaltspunkte mehr, dass Saloniki jahrhundertelang die Mutter Israels war, das Zentrum der sephardischen Welt. Auch dabei hielten sich Merten und seine Freunde an eine banale Lebensregel: Wenn du Leuten ihre Zukunft nehmen willst, nimm ihnen erst ihre Vergangenheit.«

Was hätten wir sagen sollen? Natürlich schwiegen wir. Binah Veissi ging zu einem der Fotos an der Wand, auf dem drei Frauen in orientalischen Trachten an einem Grab zu sehen waren. Neben ihnen ein alter Mann mit hoher Schädelkappe, der eine Art Kaftan trug. Binah Veissi deutete auf ihn.

»Das ist ein ›*Honaci*‹«, sagte sie, »ein Mitglied der unteren rabbinischen Hierarchie, ein Friedhofsführer. Die fortdauernde Gemeinschaft der Lebenden und Toten war ein wichtiger Teil des Glaubens. An Feiertagen ging man auf den Friedhof, um die Gräber von Vorfahren oder großen Rabbinern wie Samuel Gion oder Levi Gattenio zu besuchen, die als heilige Männer galten. Bei dreihunderttausend Gräbern war es nicht leicht, das richtige zu finden. Man brauchte die

Honaci, die einen für kleines Geld zu den Gräbern führten und an ihnen die Gebete sprachen, die gesprochen werden mussten. Die Bezeichnung Honaci leitet sich vom osmanischen Wort ›hon‹ ab, es bedeutet so viel wie ›aussprechen‹ oder ›ausrufen‹. Die Honaci riefen die Namen der Toten aus und beteten für sie.«

Binah Veissi zog ihre Sonnenbrille wieder auf, aber wir waren noch nicht am Ende.

»Natürlich bin ich Historikerin, und mit dem Beten habe ich es nicht so. Aber im Grunde bin ich auch ein Honaci. Ich glaube an die Gemeinschaft der Lebenden und Toten, und ich führe die Leute für mein Leben gern an Gräber.«

Abrupt ging sie los.

»Kommen Sie, ich zeige Ihnen ein paar Geister.«

Anna und ich sahen uns kurz an und folgten ihr dann. Am Ausgang blieb Binah Veissi stehen, drehte sich um, nahm ihre Sonnenbrille wieder ab und streckte uns die Hand entgegen.

»Fangen wir noch einmal an«, sagte sie. »Ich bin Binah. Am Anfang bin ich immer borstig. Manchmal legt sich das.«

»Can«, sagte ich und gab ihr die Hand. »Hätten wir eigentlich noch einen Moment?«

KOFFER

»Steht ein Jude mit einem Koffer in einem Bahnhof. Irgendwo, sagen wir, ein deutscher Bahnhof, irgendwann. Spielt keine Rolle. Jedenfalls steht der Jude in der Bahnhofshalle, hat einen sperrigen Koffer bei sich und spricht die Vorbeigehenden an, einen nach dem anderen:

›Entschuldigen Sie, was halten Sie eigentlich von Juden?‹

Keiner hat etwas gegen Juden, alle schätzen sie, manche lieben sie sogar. Ein großartiges Kulturvolk, eine Bereicherung für jedes Land. Die Juden stehen an der Quelle unserer jüdisch-christlichen Geschichte, haben bedeutende Persönlichkeiten hervorgebracht, Denker, Künstler, Wissenschaftler: Spinoza und Mendelssohn-Bartholdy, Einstein und Freud, man kann sie gar nicht alle aufzählen. Ein Segen für die Menschheit, sie alle. Eine Schande, was ihnen angetan wurde.

Der Jude mit dem Koffer bedankt sich bei den Passanten und lässt sie weitergehen, anfangs noch höflich, schließlich immer einsilbiger und mürrischer. Er droht die Geduld zu verlieren, bis er schließlich auf einen Mann trifft, der flüsternd sagt:

›Man darf es ja heutzutage nicht mehr aussprechen, aber wenn ich ehrlich sein soll, ich kann Juden nicht ausstehen. Je weniger es von ihnen gibt, desto besser für uns.‹

Da zieht ein Leuchten über das Gesicht des Juden.

›Verzeihen Sie‹, sagt er zu dem Mann, ›dürfte ich Sie bitten, einen Moment auf meinen Koffer aufzupassen? Ich muss dringend auf die Toilette, und Sie sind der erste ehrliche Mensch, dem ich hier begegne.‹«

Anna zögerte, bevor sie ihrem Lachen nachgab. Binah nickte nur und setzte mit einem höflichen Schmunzeln ihre Sonnenbrille auf. Hätte ich mir denken können, dass sie den schon kannte.

AUSTAUSCH

Die Freimaurer, Joghurt und Sarkozy trennten nur wenige Schritte und Sätze voneinander. Binah war eine Zeitmaschine, als Entertainerin so brillant wie als Ausdauersportlerin. Sie führte uns durch ihre Stadt und die Jahrhunderte, wurde nicht müder dabei und schien sogar die Hitze, die Anna und mich im Laufe des Vormittags zu alten Menschen machte, als Energiequelle nutzen zu können. Mit Binahs Tempo konnten wir so wenig Schritt halten wie mit ihren Geschichten. Was nicht hieß, dass wir uns nicht amüsierten. Am Anfang jedenfalls.

Nicht weit vom Jüdischen Museum begannen wir in der *Cité Saul*, 1881 eine der ersten Marktpassagen im Osmanischen Reich, wie wir von Binah erfuhren: der Handelspalast von Saul Modiano. Von diesem Saul Modiano erzählte Binah die glorreiche Aufstiegsgeschichte eines jüdischen Waisenjungen, der durch sein geschäftliches Talent zu einem der reichsten Männer des Osmanischen Reiches wurde. Gemeinsam mit anderen jüdischen Kaufmannsfamilien wie den Allatinis hatte Modiano Saloniki in der Gründerzeit des 19. Jahrhunderts zur wirtschaftlichen Blüte gebracht und zur modernsten Stadt der Osmanen gemacht. Mit Binahs Ankündigung, bald mehr von den Modianos zu hören, verließen wir die Passage, um ein paar Straßen weiter die nächste zu betreten: Bahnen um Bahnen von Stoff, Millionen von Knöpfen, Garnrollen, Bändern und Nähmaschinen, unzählige Geschäfte und Stände, die nichts anderes anboten als Nähbedarf.

»Meine Mutter hat mich jahrelang hierhergeschleppt, bis sie endlich einsehen musste, dass ich zwei linke Hände habe«, sagte Binah. »Heute nennt man das hier Makridis-Passage, aber es gibt noch viele, die vom Carasso-Markt sprechen, weil er ursprünglich im Besitz der Familie Carasso war.«

Auch diese alte sephardische Familie hatte es offensichtlich in sich. Der bekannteste Carasso war Emmanuel: Rechtsanwalt, Politiker und Freimaurer wie viele andere Mitglieder der jungtürkischen Bewegung, die ihr Zentrum in Saloniki hatte und für eine Modernisierung des Osmanischen Reichs kämpfte. Emmanuel Carasso gehörte zur Delegation, die 1909 Sultan Abdülhamid II. zur Abdankung zwang. Das beständigere Lebenswerk allerdings hinterließ nach Binahs Ansicht Emmanuels Cousin Isaak Carasso. Isaak, der Arzt, war davon überzeugt, mit Hilfe von Joghurt jede erdenkliche Magen-Darm-Erkrankung kurieren zu können, und hielt deswegen das berühmte Pasteur-Institut auf Trab, das ständig neue Bakterienkulturen für ihn anlegen musste. Als die Osmanen 1912 Saloniki aufgaben, emigrierte Isaak nach Barcelona und gründete dort ein kleines Unternehmen, dessen Joghurterzeugnisse er anfangs nur als Medizinprodukte verstanden wissen wollte.

»Er nannte seine Firma nach dem katalanischen Kosenamen seines Sohnes Daniel. Na, kommen Sie darauf, wie sie hieß?«

Anna und ich schüttelten brav die Köpfe.

»Danone!«, sagte sie. »Das wussten Sie nicht, stimmt's? Sein Sohn Daniel übernahm später die Firma, verlegte ihren Sitz nach Paris, von wo er 1941 vor den Nazis samt seiner Firma in die USA floh. Was daraus geworden ist, wissen Sie: Danone steht mit über zweiundzwanzig Milliarden Dollar auf Platz vierzehn der umsatzstärksten Konzerne der Welt.«

Unnützes Wissen. Großer, rührender Stolz. Anna und ich lächelten uns an, als Binah wegsah.

»Nach dem Krieg ist Daniel nach Paris zurückgekehrt, und ich hatte noch die Freude, ihn kennenlernen zu dürfen. Er ist erst vor drei Jahren gestorben, im Alter von hundertdrei Jahren.«

Binah blieb stehen und sah uns an wie unartige Kinder.

»Ich habe Sie lächeln sehen. Die schrullige alte Jüdin, nicht? Aber das macht nichts. Ich weiß, dass Sie jetzt jedes Mal, wenn Sie sich einen Joghurt aus dem Kühlschrank holen, an Thessaloniki und seine Juden denken werden.«

Wahrscheinlich waren es Paris und der Gedanke an die Emigration von Juden aus Saloniki, die die nächste Verbindung zwischen Binahs Synapsen schufen, und auch ihre Überraschung mit dem ehemaligen französischen Staatspräsidenten, der im letzten Monat abgewählt worden war, hätte gelingen können. Aber Anna kannte dessen Frau, die schöne Sängerin aus Italien, und hatte mit ihr anscheinend auch einmal über die Familiengeschichte ihres Mannes geplaudert. Im Gegensatz zu mir wusste sie, dass Sarkozy jüdische Vorfahren aus Thessaloniki hatte. Die Einzelheiten erklärte uns Binah dennoch.

»Sein Urgroßvater mütterlicherseits war Mordechai Mallah, ein angesehener Juwelier aus Saloniki. Mit seiner Frau Rena hatte er sieben Kinder. Aaron Beniko, Sarkozys späterer Großvater, war das jüngste. Juwelier Mordechai starb Anfang 1913, kurz nach der Machtübernahme der Griechen, und Rena siedelte danach mit ihren sieben Kindern nach Frankreich um. Dort lernte Aaron Beniko die Krankenschwester Adèle kennen. Um sie heiraten zu können, konvertierte er zum Katholizismus und änderte seinen Vornamen in Bénédict. Ist das zu fassen? Bénédict.«

Französischer und verächtlicher konnte man einen Namen nicht aussprechen.

»Und was *daraus* geworden ist, sehen Sie wohl auch.«

»Wie meinen Sie das?«, fragte Anna.

»Seine Politik, besonders sein unanständiger Umgang mit Flüchtlingen. Der Typ schämt sich immer noch.«

»Weil sein Großvater Jude war?«, fragte ich.

»Weil sein Großvater konvertiert ist«, sagte Binah.

Die paradoxe Antwort hätte ich gerne erklärt bekommen, aber um nachzufragen, war ich zu beschäftigt mit den Eindrücken des Vláli-Marktes, über den wir inzwischen gingen, wie Binah nebenbei erwähnte, ohne ihr Tempo zu drosseln.

Lamm- und Rinderhälften gab es da, Schweineköpfe und aufgetürmte Hammelhoden, Fisch und Meeresfrüchte, Berge von Pistazien und Nüssen, von Obst und Gemüse. Es gab Kleidung und Haushaltswaren, Parfüms und Seifen, schlafende Hunde und auffällig viele kleine Witwen in schwarzer Tracht, die sich abmühten, Zigaretten ohne Zollmarken, selbstgemachte Süßspeisen und Kanarienvögel zu verkaufen. Ich wäre gerne noch ein bisschen geblieben und hätte das eine oder andere gekostet, aber Binah trieb uns weiter in die angrenzende Markthalle.

»Die Modiano-Markthalle«, sagte Binah. »Erbaut 1922 von Eli Modiano, dem Architekten: Enkel des großen Saul Modiano, Sohn von Yako, dem Bankier. Vor allem in der Zeit zwischen den Kriegen hat Eli als Vertreter der neuen Generation überall in der Stadt seine Spuren hinterlassen, zum Beispiel als Architekt des Zollgebäudes, das heute als Fährterminal genutzt wird. Das erste Gebäude der Stadt übrigens, das vollständig aus Stahlbeton erbaut wurde, Elis Firma besaß damals das Patent darauf. Vielleicht haben Sie auf dem Hafenpier auch schon die Lagerhäuser gesehenen, in denen heute Museen sind, Touristen zieht es ja dorthin. Sie stammen ebenfalls von Eli, der ein Freund meines Großvaters war.«

Wir waren also »Touristen«, und die Markthalle war auch ein Projekt der Modiano-Familie, wieder ein jüdischer Ort. Aber offenbar waren wir nicht nur deswegen hier. Auch hier gab es Fisch und Käse jeder denkbaren Sorte, Fleisch, Obst und Backwaren, vor allem aber gab es Ouzerien und Tavernen, in denen sich vor noch gar nicht langer Zeit die Intellektuellen der Stadt trafen, wie Binah erzählte. In eine von ihnen führte sie uns. Wir durften uns setzen und kurz mit einem kalten Getränk erfrischen, doch als sie uns für ausgeruht genug hielt, nach drei oder vier Minuten, beschloss sie, dass es Zeit war, auszutrinken und aufzustehen. Binah führte uns vor eine Wand der Taverne, an der Dutzende von Fotos hingen. Alle hatten eine Bildunterschrift, alle stammten aus dem Izmir der zehner und zwanziger Jahre des letzten Jahrhunderts. Familienfotos, Stadtansichten, Schnappschüsse von Festen.

»Ich wollte, dass Sie sich das ansehen«, sagte Binah. »Die Familie Meksis, der die Taverne gehört, stammt aus Smyrna, wie die Griechen das türkische Izmir nennen. Und wie über eine Million anderer Griechischstämmiger mussten die Meksis 1923 bei dem Bevölkerungsaustausch zwischen der Türkei und Griechenland, der nach dem Krieg im Vertrag von Lausanne festgelegt worden war, ihre Heimat verlassen. In der Gegenrichtung waren eine halbe Million Türken islamischen Glaubens unterwegs. Die meisten der vertriebenen Türken stammten aus Saloniki, wo im Gegenzug viele der Griechen aus der Türkei angesiedelt wurden. Ein humanitäres Desaster ohne Beispiel, die kleinasiatische Katastrophe: Hunderttausende Flüchtlinge strömten in eine Stadt, die das Feuer von 1917 im Grunde komplett zerstört hatte. Sie brauchten Unterkunft und Nahrung, sie brauchten Arbeit. Und sie waren Griechen, sie waren Christen, keine osmanischen Juden, die im Gegensatz zu den Moslems nicht als Türken galten und in Thessaloniki bleiben durften. Die zuziehenden griechischen Flüchtlinge waren das Hemd, das den Griechen näher war als die Hose. Sie konnten nichts dafür, aber die Flüchtlinge trugen dazu bei, die Juden zu verdrängen, von ihren Geschäften und Arbeitsplätzen, aus ihren Vierteln und schließlich in großer Zahl auch aus der Stadt. Natürlich brauchten und fanden die vertriebenen Griechen aus der Türkei eine neue Zukunft, aber wie Sie hier sehen, hängen einige von ihnen fast hundert Jahre später immer noch an der Vergangenheit. Genauso übrigens wie viele Türken, deren Familien aus Saloniki stammen. Wenn Sie darauf achten, werden sie in der Stadt immer wieder auf türkische Reisegruppen stoßen, die auf Pilgerreise sind.«

Ein Mann in meinem Alter kam zu uns und begrüßte Binah herzlich. Binah stellte uns Konstantinos Meksis, den Juniorchef, vor und unterhielt sich kurz mit ihm auf Griechisch. Mit einem erfreuten Lächeln wandte sich Konstantinos mir zu.

»Hoşgeldiniz«, sagte er. »Nasılsınız?«

»Hoşbulduk«, sagte ich. »Teşekkürler, siz nasılsınız?«

»Selânik'i beğendiniz mi?«

»Çok beğendinik, harika bir şehir.«

Er hieß mich willkommen und erkundigte sich höflich, wie es uns ging und ob uns die Stadt gefiel. Er hatte sicher nie in der Türkei gelebt, ebensowenig wie sein Vater oder seine Mutter, und seine Großeltern konnten höchstens kleine Kinder gewesen sein, als sie nach Thessaloniki kamen. Aber er sprach Türkisch mit mir. Noch erstaunlicher war allerdings, dass ich ihm ohne Zögern in dieser Sprache antwortete. Anna sah mich an, als habe sie mein kleines Mirakel bemerkt.

»Was hatten Sie ihm gesagt?«, fragte ich Binah.

»Dass Sie beide aus Deutschland sind, es sich bei Ihnen aber um einen Türken handelt, dessen Familie aus Thessaloniki stammt.«

»Woher wollen Sie das wissen?«, fragte ich und spürte eine Zornwelle hochschwappen.

»Sind Sie nicht hier und hängen an meinen Lippen?«

Sie verabschiedete sich von Konstantinos und ging los, unvermittelt wie immer.

»Çok memnun oldum, iyi günler«, sagte ich schnell zu Konstantinos und folgte Binah. Anna nickte ihm höflich zu und schloss zu mir auf.

»Das dauert alles viel zu lange«, sagte Anna. »Wir müssen endlich zur Sache kommen.«

»Und wie willst du sie dazu bringen? Sollen wir sie auf den Platz der Freiheit stellen und gymnastische Übungen machen lassen?«

»Ist das witzig?«, sagte Anna und sah mich mit dem Blick an, der ihren Sohn zur Räson gebracht hatte, als er über Sybille Mägerts Missgeschick auf dem Sofa zu lachen begann.

An mir gab es anscheinend neue Seiten zu entdecken, doch im Moment war es wichtiger, Binah wiederzufinden. Als wir aus der Markthalle kamen, blickte ich mich nach ihr um und sah an der Kreuzung gegenüber die junge Frau, die vor unserem Abflug am Flughafen gestanden und Sandra und Georg fotografiert hatte. Als sie meinen Blick bemerkte, sah sie auf einen Zettel, der an der Ampel hing, und riss ein Eckchen davon ab. Keine zwei Sekunden später hielt ein kleiner weißer Renault neben ihr. Sie stieg ein, sofort fuhr das Auto weiter.

»Wo starrst du hin? Was ist los?«, fragte Anna.

»Nichts«, sagte ich, weil ich hoffte, ich hätte mich getäuscht, und weil wir Binah finden mussten. Anna sah sie. Von einem etwa sechzehnjährigen Jungen, der mit seinem Handwagen ein paar Meter rechts vom Eingang der Markthalle stand, kaufte sie einen Sesamring. Sie brach zwei Stücke ab, steckte sich den kleineren in den Mund und hielt uns den anderen hin, als wir zu ihr kamen.

»Koulouri. So nennen wir das. Bei den Türken heißen sie Simit, Sie kennen sie sicher. Wie bei allen anderen Speisen, wäre es auch bei dieser müßig, darüber zu streiten, ob sie eine griechische oder türkische Erfindung ist. Definitiv ist es eine osmanische, und wer will die Dinge nach fünfhundert gemeinsamen Jahren noch auseinanderhalten?«

Höflich nahm Anna das Stück, das Binah uns hinhielt, und probierte. Ich lehnte das nächste ab.

»Ich hatte davon gehört«, sagte ich, »aber ich hätte nicht gedacht, dass das Klischee stimmt. Warum beantworten Juden Fragen eigentlich immer mit Gegenfragen?«

»Warum nicht?«, sagte Binah.

Sie aß selbst das Simitstück, das für mich gedacht war, wickelte kauend den Rest ihres Teigkringels in ein Taschentuch, steckte ihn ihre Handtasche und ging wortlos weiter. Warum nicht, dachte ich, nachdem wir Binah eine Weile gefolgt waren, bat sie zu warten, und erzählte Anna, was ich gerade gesehen hatte.

»Die Frau war schon auf dem Flughafen in Deutschland?«, fragte Anna. »Du hast kein Wort gesagt.«

»Eine Touristin steht in einer Abflughalle und fotografiert. Hätte ich ein Sondereinsatzkommando rufen sollen?«

Sie sah mich ernst an. Ernst, besorgt, streng. Enttäuscht.

»Du musst damit aufhören, Can.«

Ich dachte an Sandra und fragte mich, warum ich diesen Satz noch nie von ihr gehört hatte. Noch gestern wäre ich meiner Frau dankbar dafür gewesen. Binah zündete sich eine Zigarette an, offensichtlich musste man sich auf eine Pause einstellen.

»Bist du dir sicher?«, fragte Anna. »Es war dieselbe Frau?«

»Nein«, sagte ich, »ich bin mir nicht sicher.«

Ich sagte nicht, dass ich mir niemals sicher bin, das wusste sie wohl schon. Wie jeder, der sich ein bisschen Zeit nahm. In den verspiegelten Gläsern von Binahs Sonnenbrille sah ich es selbst.

SACKGASSEN

Das Gezwitscher war monströs, ich konnte Georgs Mailboxansage kaum hören. Wir waren am »Yahudi Hamam«, das ein türkisches Bad war, aber Judenbad hieß, da es im ehemaligen jüdischen Teil der Stadt stand, wie uns Binah im Vorbeigehen erklärt hatte, bevor ich stehen blieb und mein Handy hervorholte, weil ich etwas tun musste. In den Blumenläden, die das osmanische Bauwerk umgaben und beinahe unsichtbar machten, und in den Fenstern der umliegenden Häuser saßen zahllose Kanarienvögel auf den Stangen ihrer Käfige und brüllten sich über viele Meter hinweg an. Kanarienvögel gab es in Thessaloniki überall, sie wurden auf der Straße verkauft, waren Teil von Schaufensterdekorationen, hatten eigene Tische in Straßencafés.

»Ruf mich an, wenn du das abhörst«, sprach ich Georg auf die Mailbox und beschloss, die Karten gleich auf den Tisch zu legen, sollte er lieber lachen, wenn ich ihn nicht hören konnte. »Du musst dir ein paar Tage freinehmen und zu Sandra und den Kindern fahren. Bleib in ihrer Nähe, bis ich zurück bin. Wahrscheinlich habe ich nur Paranoia, aber es würde mich beruhigen.«

Ich bereute meine Worte schon, bevor ich das Handy wieder in der Tasche hatte, und schloss mit dem souveränsten Lächeln, das ich aufbringen konnte, wieder zu Anna und Binah auf. Binah ging sofort los.

»Wen hast du angerufen?«, fragte mich Anna, während wir versuchten, mit Binah Schritt zu halten.

»Ich habe einen Bodyguard angeheuert«, sagte ich.

Sie blieb kurz stehen, um mich verblüfft anzusehen.

»Georg. Ich dachte, vielleicht passt er ein bisschen auf meine Leute auf.«

»Du hast Angst.«

»Du nicht?«

Anna sah mich an, als hörte sie das Wort zum ersten Mal.

»Wie ist das Wetter in Rom?«, fragte ich. »Hast du was gehört?«

»Gut«, sagte sie. »Etwas kühler als hier, angenehm.«

Anna war mir nicht unähnlich, wenn sie die Anna war, die ich bei der Arbeit an ihrem Buch kennengelernt hatte. Ich war ein wenig überrascht über den Gedanken, aber er half nicht weiter. Auch ein Nachteil, den man erkennt, bleibt ein Nachteil.

Binah führte uns in das Viertel mit den vielen kleinen Läden und Bars, in dem auch Xenos' Polizeistation lag. Vor einem stattlichen Gebäude, das ich gestern Abend nicht bemerkt hatte, weil es von allen Seiten umbaut war und im Erdgeschoss Läden hatte, die sich von den anderen nicht unterschieden, blieben wir stehen. Ein einst sicher sehr eindrucksvolles, heute verwittertes Geschäftshaus aus dem 19. Jahrhundert, die Uhr an der Fassade war irgendwann um fünf nach elf stehengeblieben.

»Die ehemalige Banque de Salonique«, sagte Binah, »gegründet von der Familie Allatini. Die Einheimischen nannten sie nur Allatini-Bank. Erbaut 1888 von dem italienischen Architekten Vitaliano Poselli, eines der wenigen Häuser in diesem Viertel, die das Feuer von 1917 nahezu unversehrt überstanden. Die Uhr, auf die Sie starren, ist erst bei dem großen Erdbeben 1978 stehengeblieben. Da gehörte das Haus den Allatinis längst nicht mehr.«

Auch die Geschichte der Allatini-Familie bekamen wir zu hören, obwohl Anna alles tat, handfest über die Grenze zur Unhöflichkeit hinaus, was man wortlos tun kann, um Ungeduld zu zeigen.

Auf der Flucht vor den wirtschaftlichen Folgen der napoleonischen Kriege waren die Allatinis Ende des 18. Jahrhunderts aus dem toskanischen Livorno nach Saloniki gekommen, stiegen in den nächsten hundert Jahren zur reichsten Familie der Stadt auf und schrieben zusammen mit anderen jüdischen Kaufmannsfamilien, vor allem den italienischstämmigen wie den Modianos, den Fernandez-Diaz' und den Morpurgos – in Saloniki *Francos* genannt –, eine einzigartige Erfolgsgeschichte, die sie in die Lage versetzte, beachtliche Wohltaten für die Allgemeinheit zu vollbringen. Ohne sie und die anderen Francos ging in der Stadt nichts. Bis die neuen griechischen Machthaber kamen, die weder Juden noch Italiener brauchten, und sie aus der Stadt vertrieben.

»Wir werden noch von den Allatinis hören«, sagte Binah und überraschte uns damit, dass sie plötzlich einen uralten Citroën DS aufschloss, der vor der Bank parkte.

»Mein Mann liebt das Auto mehr als mich. Ich muss ihm die Schlüssel jedes Mal stehlen, wenn ich damit fahren will.«

Das hatte offensichtlich seinen Grund. Ohne jedes Anzeichen von Reue, möglicherweise ohne es überhaupt zu merken, stieß Binah vorne und hinten an, als sie den Wagen ausparkte. Auch für das Getriebe des außerordentlich gepflegten Oldtimers konnte ich nur hoffen, dass Binahs Mann beim nächsten Mal ein besseres Versteck für die Schlüssel fand. Binah fuhr quälend lange im ersten Gang, aber gleich nachdem ihr eingefallen war, dass das Auto über weitere verfügte, hielt sie schon wieder. Vor einer Klinik.

»Das ehemalige jüdische Hirsch-Hospital. Es wurde der jüdischen Gemeinde von Baronesse de Hirsch gestiftet, der Witwe von Maurice de Hirsch.«

»Ein jüdischer Unternehmer aus München«, sagte ich.

Ich hatte etwas über den Baron gelesen und wollte mir die Gelegenheit nicht entgehen lassen, Binah kurz vom Pult zu stoßen. Anna verdrehte die Augen. »Hat er nicht die erste Eisenbahnverbindung von Europa nach Istanbul gebaut, den Vorläufer des Orientexpress?«

»Richtig. Er war ein äußerst erfolgreicher Geschäftsmann, vor allem aber ein großer Philanthrop, der Juden auf der ganzen Welt half. Für jüdische Flüchtlinge aus Russland und für Juden aus Saloniki, die bei einem Brand Ende des 19. Jahrhunderts ihr Obdach verloren hatten, baute er in der Nähe des Güterbahnhofs einen ganz neuen Stadtteil mit über hundertsiebzig Häusern: das Baron-Hirsch-Viertel. Davon werden Sie auch schon gehört haben. Am Ende der Geschichte spielt dieses Viertel eine tragische Rolle.«

Binah sagte *»at the end of the story«*, aber es klang, als hätte sie vom Ende aller Geschichten gesprochen. Sie fuhr wieder los und benutzte nun auch den zweiten und dritten Gang, gelegentlich sogar den vierten. Dennoch nahm sie sich alle Zeit der Welt, um uns durch eine Stadt zu fahren, die bei aller Geschäftigkeit mit jedem ihrer Sätze immer mehr zu einer Geisterstadt wurde.

Binah brachte uns an die Orte, an denen Juden gelebt, gearbeitet, gelernt, ihren Gott gefeiert und ihrer Vorfahren gedacht hatten, zeigte uns den Uni-Campus, wo einst der große jüdische Friedhof lag, von dem sie uns im Museum erzählt hatte, sie fuhr uns zu Häusern, in denen früher jüdische Waisenhäuser, Schulen, Synagogen, Zeitungen und Wohnungen untergebracht waren. In östlicher Richtung verließen wir das Stadtzentrum, um in das ehemalige Villenviertel zu fahren, das Ende des 19. Jahrhunderts nach dem Abriss der Stadtmauer am Weißen Turm erschlossen worden war, damit sich das wachsende und gedeihende Saloniki ausbreiten konnte. Zwischen Häuserreihen konnte ich hin und wieder einen Flecken des toten Meers sehen.

»Die Reichen der Stadt, Juden wie Christen und Moslems, bauten sich hier ihre Landhäuser«, erklärte Binah, »große, luxuriöse Villen, auf die man auch in London, Paris oder Berlin neidisch sein konnte. Die räumliche Trennung der Glaubensgemeinschaften, die es in den anderen Teilen der Stadt gab, war hier aufgehoben. Hier war man vereint in Erfolg und Reichtum, in der Eleganz der Lebensumstände. In diesem Viertel war das Weltbürgertum Salonikis auf seiner höchsten Entwicklungsstufe.«

Über hundert Villen hatten hier einst gestanden, die meisten damals noch mit unverstelltem Meerblick. Nur etwas mehr als ein Dutzend hatte die Zeiten überdauert, eingezwängt zwischen unansehnlichen, mehrstöckigen Neubauten, zwischen denen wir oft erst erkennen konnten, was zu sehen war, wenn uns Binah darauf hinwies. Eine Villa Mordoch gab es hier, eine Villa Morpurgo und natürlich eine Villa Modiano, die Eli, der Architekt in der Familie, selbst entworfen hatte. Die Villa Allatini, auch gebaut von Architekt Poselli, war die eindrucksvollste von allen. In ihr hatte der osmanische Sultan mit seinem ganzen Harem drei Jahre im Exil gelebt, nachdem ihn Emmanuel Carasso und seine Leute zum Abdanken gezwungen und aus Istanbul hierhergebracht hatten.

»Carasso, Sie erinnern sich, der Onkel von Danone«, sagte Binah und ließ wieder ihr Höllenlachen los.

Binah bog ab und fuhr auf die Uferstraße, an einem verfallenen Fabrikgebäude vorbei, das die einst hochmoderne Getreidemühle der Allatinis gewesen war. Am Meer entlang, das auf mich genauso unbehaust wirkte wie gestern, ging es zurück in Richtung Stadtmitte. Binah begann, ihre Geschichten zusammenzugießen.

Von Anfang an gab es Juden in Thessaloniki. Ohne sie, behauptete Binah, würde es die Paulus-Briefe an die Thessalonicher in der Bibel nicht gegeben: Die Juden vertrieben den christlichen Eiferer aus der Stadt und ließen Paulus keine andere Möglichkeit des Kontakts zu seiner jungen Gemeinde, als ihr zu schreiben. Die Christen blieben und wurden immer mehr, die Juden auch. Man gewöhnte sich aneinander, und zusammen gewöhnte man sich an die Moslems, die nach der osmanischen Eroberung 1430 in die Stadt kamen. Die eigentliche Geschichte des jüdischen Saloniki, der Mutter Israels, die zur Erfolgsstory der Stadt wurde, begann aber erst 1492 – das Jahr, in dem Isabella von Kastilien und Ferdinand von Aragon Kolumbus auf große Fahrt sandten, um einen Seeweg nach Ostasien zu suchen, und das Jahr, in dem sie das Alhambra-Edikt erließen, das alle spanischen Juden, die sich nicht taufen lassen wollten, ebenfalls zwang, auf große Reise zu gehen.

Klugerweise nahm der osmanische Sultan Beyazid II. die sephardischen Juden, die Isabella und Ferdinand aus ihrem Königreich vertrieben – hochqualifizierte Ärzte, Gelehrte, Textil- und Waffenspezialisten, Kaufleute mit besten Handelsbeziehungen in alle Welt –, mit offenen Armen auf, und zwanzigtausend von ihnen ließen sich schon in der ersten Welle in Saloniki nieder. Im Laufe der Jahre kamen immer mehr in die Stadt, in der wie im gesamten Osmanischen Reich Religions-, Sprach- und Berufsfreiheit auch für Juden herrschte. Über vier Jahrhunderte lang bildeten die Juden die Bevölkerungsmehrheit in Saloniki, und bald wurde die Stadt zu einem Zentrum des rabbinischen Judentums.

Aus aller Welt kamen Anfragen zu religiösen und rechtlichen Fragen an die Rabbiner von Saloniki, und ihre Antworten, »Responsas« genannt, wurden zu einer wichtigen Instanz in der gesamten jüdischen Welt. Die erste Druckerpresse des Osmanischen Reiches stand in Saloniki und wurde von Juden betrieben, die Stadt entwickelte sich zu einem bedeutenden kulturellen und wirtschaftlichen Zentrum des Mittelmeerraums. Der Einfluss der jüdischen Kaufleute, die die Wirtschaft kontrollierten, war so groß, dass Ladino, das Judeo-Spanisch der Sepharden, die Verkehrssprache der Stadt war, die auch von Moslems und Christen benutzt wurde. Am Sabbat blieben auch nichtjüdische Geschäfte geschlossen. Saloniki war das Paradies der jüdischen Diaspora.

Mitte des 17. Jahrhunderts aber zogen Wolken über dem Paradies auf. Das Osmanische Reich geriet in militärische und politische Turbulenzen, die auch Auswirkungen auf Salonikis Kaufleute und die bis dahin erfolgreichen Textilmanufakturen der Stadt hatten. Die ökonomische Krise führte nicht nur zu wirtschaftlicher Armut, sondern auch zu kultureller und geistiger Depression, eine Lage, in der das Auftauchen eines Messias, eines »falschen Messias«, wie Binah betonte, als hätte es auch ein echter sein können, verheerende Auswirkungen hatte.

Sabbatai Zwi, der selbsternannte Messias aus Izmir, versprach die Erlösung im Hier und Jetzt, nichts weniger als die sofortige Wiedererrichtung von Eretz Israel. Als er unter dem Druck der osmanischen Regierung, die den sozialen Frieden in ihrem Reich gefährdet sah, zum Islam konvertierte, folgten viele seiner Anhänger seinem Beispiel und gründeten eine Sekte, deren Mitglieder äußerlich wie Moslems lebten, nach innen aber weiter Sabbatais Geboten folgten. Die meisten dieser *»Dönme«*, wie sie von den Türken genannt wurden, ließen sich in Saloniki nieder und wuchsen über die Jahrhunderte zu einer beträchtlichen Zahl an.

»Über diese Leute würde ich gern mehr erfahren«, sagte ich.

»Das weiß ich«, sagte Binah, aber mehr sagte sie nicht. Ein paar hundert Meter lang fuhren wir schweigend weiter.

»Wäre das nicht der richtige Moment dafür?«, fragte Anna in einem zuckersüßen Ton, der ihre wiederaufflammende Ungeduld auf keinen Fall verbergen sollte.

»Die Dönme sind eine Abzweigung des Judentums«, sagte Binah, »für viele ein Irrweg, an den sich keiner gern erinnert, eine Sackgasse. Wir kommen zurück und fahren hinein, wenn wir am Ende der Hauptstraße gewesen sind.«

»Hat sich Ellen Reichert auch so viel Zeit für Sie genommen?«, fragte Anna.

Binah sah von der Seite zu ihr. Ihr Lächeln war nicht weniger unnachgiebig als Annas.

»Sabbatai Zwi trieb einen Keil ins Judentum« sagte sie. »Familien brachen auseinander, ganze Gemeinden. Andernorts versuchte man, ihn schnell zu vergessen, und kehrte allmählich zum Alltag zurück. In Saloniki, wo die Juden Sabbatais Anhänger noch jahrhundertelang vor Augen hatten, konnte man das nicht. Es dauerte fast hundertfünfzig Jahre, bis die Krise endgültig überwunden war.«

Dazu trugen, wie Binah ausführlich erzählte, ohne sich im Geringsten um Annas Verärgerung zu kümmern, Reformen im Osmanischen Reich und vor allem »Francos« wie die Allatinis bei, die neuen, wirtschaftlich hochaktiven jüdischen Einwanderer aus Italien. Sie trieben die Industrialisierung voran, gründeten Fabriken und Dienstleistungsunternehmen, bauten erfolgreich internationale Handelsbeziehungen auf, verbanden Saloniki verkehrstechnisch mit Europa und verwandelten es in eine moderne, wohlhabende Stadt, in der die jüdische Bevölkerungsmehrheit wieder die führende Rolle einnahm.

Jüdische Schulen wurden gegründet und jüdische Wohlfahrtseinrichtungen, Theater, Zeitungen. Fünfzig verschiedene jüdische Publikationen gab es, dreiundvierzig davon erschienen auf Ladino. Es gab jüdische Ärzte, Anwälte und Architekten, aber auch jüdische Angestellte, Handwerker und Arbeiter, märchenhaft reiche jüdische Kaufleute und kleine jüdische Ladenbesitzer. Es gab sogar jüdische Fischer und Hafenarbeiter, wie sonst nirgendwo auf der Welt, einige von ihnen waren später maßgeblich daran beteiligt, in Palästina die Häfen von Haifa und Jaffa zu bauen. Ende des 19. und Anfang des 20. Jahrhunderts war es nirgendwo anders auf der Welt normaler, Jude zu sein, als in Saloniki.

»Es hätte ewig so weitergehen können«, sagte Binah.

»Aber es ging nicht weiter«, sagte ich, auch weil ich Annas eisiges Schweigen ausgleichen wollte. »Die Griechen kamen, das große Feuer fegte über die Stadt, und die Deutschen erledigten schließlich den Rest.«

Auf der rechten Seite war gegenüber dem Hafen der Platz der Freiheit schon zu sehen. Wir fuhren schweigend daran vorbei. Binah zeigte uns im Vorbeifahren ein paar Meter weiter auf der linken Seite das Fährterminal, das von Eli Modiano als Zollgebäude erbaut worden war. Sie hatte uns in der Markthalle davon erzählt.

»Ich will Sie nicht langweilen, das meiste haben Sie jetzt gehört. Wir sind im letzten Kapitel, es dauert nicht mehr lange«, sagte Binah und tätschelte Annas Knie, als müsse sie ein Kind beruhigen.

Anna ließ es nicht nur geschehen.

»I'm not bored«, sagte sie, »I'm scared.«

Falls Binah so verblüfft und berührt war wie ich, ließ sie es sich nicht anmerken. Sie fragte nicht nach, wartete kaum ab, bevor sie ihre Geschichte weitererzählte.

»Am 9. April 1941 marschierte die Wehrmacht in Thessaloniki ein. Das erste Jahr verlief für deutsche Verhältnisse sanft. Jüdische Vereine, Schulen und Organisationen wurden geschlossen, das Kommando Rosenberg beschlagnahmte Archive, Bibliotheken und Kunstgegenstände, jüdische Zeitungen wurden verboten, die Mitglieder des jüdischen Gemeinderats vorübergehend verhaftet. Aber größere Gefahren waren am Anfang nicht zu erkennen. In Saloniki schien nur eine neue Normalität einzuziehen, an die Juden woanders schon immer gewohnt waren.«

Binah folgte der Hauptstraße nach links. Wir fuhren an Gleisen entlang.

»Nach einem Jahr relativer Ruhe, einer Ruhe vor dem Sturm, wie sich herausstellte, gab der 11. Juli 1942, der Schwarze Sabbat auf dem Platz der Freiheit, eine echte Vorahnung auf das, was noch folgen sollte. Juden wurden als Zwangsarbeiter eingezogen, ihre Vermögen taxiert, der jüdische Friedhof zerstört. Max Merten – Sie erinnern sich, der Kriegsverwaltungsrat der Deutschen – agierte in dieser Zeit äußerst geschickt: Er hielt bei den Juden das Gefühl aufrecht, dass man ihre Probleme mit Geld und gutem Willen lösen und jederzeit mit ihm verhandeln könnte. Diese Strategie der letzten Hoffnung funktionierte besonders gut, nachdem im Februar 1943 das SS-Sonderkommando von Eichmanns Sicherheitsdienst in Thessaloniki eingetroffen war. Im Gegensatz zu Merten redeten die Kommandoleiter Dieter Wisliceny und Alois Brunner nicht, sie handelten. Sofort. Der Judenstern wurde eingeführt, jüdische Firmen wurden an Nichtjuden übertragen, das gesamte jüdische Vermögen eingezogen: Lagerbestände, Bargeld, Schmuck. Und Gold, tonnenweise Gold.«

Binah bog nach rechts ab. Wir fuhren an einem großen verglasten Bürokomplex vorbei, das in einer verwahrlosten Nachbarschaft kleiner alter Häuschen stand.

»Wisliceny und Brunner, der übrigens nie gefasst wurde und noch bis vor etwa zwanzig Jahren unbehelligt in Syrien gelebt hat, richten gleich nach ihrer Ankunft Ghettos ein. Das größte lag praktischerweise hier in der Nähe des Bahnhofs, im Baron-Hirsch-Viertel. Was der Baron errichtet hatte, um verfolgten und obdachlosen Juden eine neue Zukunft zu geben, wurde zur letzten Station vor der Hölle.«

Binah fuhr wieder aus dem Viertel hinaus, überquerte die vierspurige Hauptstraße und parkte vor einem länglichen ockergelben Gebäude, das vor den Gleisen lag. Wir stiegen aus.

»Das alte Bahnhofsgebäude wurde von den Bomben der Alliierten zerstört, der neue Güterbahnhof hier steht an der gleichen Stelle. Die Ghettobewohner mussten nur über die Straße, um in die Viehwaggons zu steigen, in denen sie ihre Reise antraten, ohne zu ahnen, dass es die letzte ihres Lebens werden würde. Die meisten glaubten den Deutschen noch immer.«

Um das kleine Bahnhofsgebäude herum führte uns Binah nach hinten zu den Gleisen. Auf dem hinteren der beiden Gleise stand ein langer Güterzug. An einem der Bäume, die aus dem Bahnsteig wuchsen, hing ein Käfig mit einem Kanarienvogel.

»Am 14. März rief Oberrabbiner Koretz die Bewohner des Baron-Hirsch-Ghettos in der Synagoge zusammen und teilte ihnen auf Anweisung der Deutschen mit, dass am nächsten Tag die Deportationen beginnen sollten. Ob Rabbi Koretz es selbst besser wusste, darüber streiten wir bis heute, jedenfalls beruhigte er seine Gemeindemitglieder mit der offiziellen Bekanntmachung, dass sie in Polen ein neues, sicheres Leben erwarte, mit Arbeitsplätzen, Wohnungen und jüdischen Gemeindeeinrichtungen. Zum Beleg wurden gefälschte polnische Geldscheine verteilt, eine großzügige Starthilfe der Deutschen für die erste Zeit. Wer weiß, wie viele zweifelten, jedenfalls widersetzte sich so gut wie niemand. Am 15. März 1943 verließ der erste Transport nach Auschwitz die Stadt, am 18. August der neunzehnte und letzte. Die Geschichte der Juden in Saloniki war damit zu Ende, im Grunde auch die des gelebten sephardischen Judentums.«

Anna und ich schwiegen, wir sahen auf die Gleise. Das leise Zirpen des Kanarienvogels hörten die beiden anderen sicher auch.

»Wenn Sie mögen, können wir jetzt über die Dönme sprechen«, sagte Binah. »Es ist der perfekte Ort, um damit anzufangen.«

Ein Mann um die sechzig fuhr auf einem Motorroller auf den Bahnsteig, hielt vor dem Baum mit dem Käfig und stieg ab. Argwöhnisch sah er zu uns, bevor er ins Gebäude ging.

»Sie wissen, die Dönme waren ursprünglich Juden. Sie folgten nicht mehr der Halacha, den Gesetzen des Judentums, aber jahrhundertelang heirateten sie ausschließlich untereinander, und so blieb die Blutlinie zu ihren jüdischen Vorfahren bruchlos erhalten. Als sie 1923 erfuhren, dass sie im Zuge des griechisch-türkischen Bevölkerungsaustausches die Stadt verlassen mussten, wandten sich einige von ihnen an die jüdischen Autoritäten der Stadt und baten um ihre Anerkennung als Juden, damit sie als Nichtmoslems in Saloniki bleiben konnten. Die Juden, deren Vorfahren vom abtrünnigen Sabbatai Zwi und dessen Anhängern in größte Nöte gestürzt worden waren, verweigerten ihnen die Rückkehr in ihre Gemeinschaft. Also mussten alle Dönme Saloniki verlassen. Sie verloren die einzige Heimat, die sie je hatten.«

Binah sah mich durchdringend an, und diesmal galt ihr Blick vermutlich dem Richtigen.

»Erkennen Sie die Ironie? Hätten sie bleiben dürfen, als bekennende Juden oder auch nur als Juden durch Blut, sie hätten zwanzig Jahre später nicht nur ihre Heimat verloren. Sabbatai Zwi, ihr Erlöser, hat tatsächlich ihr Leben gerettet.«

Ich lächelte Binah an. Plötzlich verstand ich sie, verstand ich den ganzen langen Weg, den sie uns mitgezogen hatte. Sie musste uns die zeigen, die verschwunden waren, bevor sie über die sprechen wollte, die dem Grauen entkommen konnten, weil schon ihre Vorfahren geleugnet hatten, wer sie waren.

Ihre Leute waren ermordet worden. Die, die überlebt hatten, hielt sie für meine. Auf diesem Bahnsteig damals hätte ich es noch nicht in Worte fassen können, aber ich hätte Binah gerne gesagt, was ich schon gewusst haben musste, bevor meine Eltern verschwanden. Auch der, der überlebt, kann verlorengehen.

UNGLAUBLICHER SCHEISS

Als Georg anrief, saßen wir gerade wieder im Auto. Ich entschuldigte mich und stieg aus, um den Anruf draußen entgegenzunehmen.

»Can? Alles gut bei euch? Oder fliegen dir gerade die Kugeln um die Ohren?«

Natürlich lachte er, aber auf seine verquere Art meinte er die Frage beängstigend ernst.

»Ich schneide mir gerade eine aus dem Arm«, sagte ich. »Muss man die Wunde dann auch mit Feuer desinfizieren, oder macht man das nur bei Schlangenbissen?«

»Was ist los?«

Ich entfernte mich etwas vom Auto, bevor ich antwortete.

»Nichts. Ich weiß nicht. Bestimmt nur Paranoia. Ich habe das Gefühl, wir werden beobachtet. Ich habe hier eine Frau gesehen, die bei unserem Abflug am Flughafen war. Sie hat Sandra und dich fotografiert, glaube ich.«

Georg schwieg. Dass er gleich zu lachen begann, war ebenso wahrscheinlich wie ein ausgefeilter Vortrag über die professionellste Art, Verfolger abzuschütteln.

»Touristen fotografieren«, sagte er schließlich. »Vielleicht hat sie einen Schnappschuss von ihrem Liebelein gemacht, und wir standen im Weg. Dann ist sie zufällig in denselben Flieger gestiegen wie ihr und macht da entspannt Urlaub, wo ihr auf Schnitzeljagd seid.«

Georg hatte mich noch nie zu beruhigen versucht. Vielleicht wäre ich gerührt gewesen, wenn mich sein durchsichtiger Versuch nicht noch mehr beunruhigt hätte.

»Möglich«, sagte ich. »Martin Eissler weiß jedenfalls Bescheid, Anna hat ihm gesagt, wo wir sind und was wir hier machen.«

Wieder ein Stocken am Berliner Ende der Leitung.

»Ich bin gerade im Landesarchiv und kann von hier aus online in weitere Archive sehen«, sagte er. »Die sind alle sehr hilfsbereit.«

»Hast du was gefunden?«

»Unglaublichen Scheiß.«

»Und was?«

»Erinnerst du dich an die Unterlagen, die die Roth mitgebracht hat? Die Schreiben aus dem Reichswirtschaftsministerium und die Botschaft über Evinmans Geschäft und die Frage, was Dönme sind.«

»Natürlich.«

»Dieser Evinman, dein Großvater oder was auch immer, er war in den zwanziger und dreißiger Jahren ein ziemlich erfolgreicher Geschäftsmann in Berlin. Ein Tabakimporteur, damit konnte man viel Geld machen damals. Von den Nazis hatte er nichts zu befürchten. Er war Türke, und auf dem Papier war er Moslem. Eigentlich konnte ihm überhaupt nichts geschehen.«

»Eigentlich?«

»Evinman ist plötzlich denunziert worden, 1941. Als Dönme, was nichts anderes hieß, als dass er ein getarnter Jude war. Er hat alles verloren, was er besaß, und konnte sich gerade noch aus dem Staub machen, bevor es ihm selbst ans Leder ging.«

»Wer hat ihn denunziert?«

»Super Frage, genau da wird's interessant. Es war Eissler. Rudolf Eissler, der Vater von Anna Roths Mann. Er hat an das Reichswirtschaftsministerium von Thessaloniki aus geschrieben.«

Da war er endlich, der Name. Merkwürdig, worüber ich mich freuen konnte.

»Die beiden kannten sich? Und woher?«

»Das weiß ich noch nicht. Aber sie müssen sich gekannt haben.

Ich bleib dran, okay? Das ist noch jede Menge anderes unfassbares Zeug. Ich sortiere das und schick dir nachher eine Mail, wahrscheinlich von deinem eigenen Schreibtisch aus. Ich buche gleich einen Flug. Wenn ich deine Nachricht richtig verstehe, soll ich mich bei dir einnisten und so tun, als wäre ich du.«

»Nein. Du sollst die Augen aufhalten und dabei niemandem auf die Nerven gehen.«

»Meine ganz große Stärke«, sagte Georg lachend. »Weiß Sandra Bescheid? Wenn sie mich ohne Vorwarnung vor der Haustür sieht, stellt sie die Klingel aus.«

Das wäre die harmlosere Variante, dachte ich. In Frage kämen auch Flüssigkeiten, die sie ihm von oben auf den Kopf gießt. Eiswasser, siedendes Öl.

»Ich rufe Sandra gleich an. Aber ich weiß noch nicht, was ich sagen soll, ohne sie in Panik zu versetzen.«

»Wie wär's mit der Deckert-Fortsetzung, an der ich sitze? Sag ihr, ich muss am Deutschen Luft- und Raumfahrtzentrum recherchieren und bin zu geizig, um ein Hotelzimmer zu nehmen.«

»Definitiv plausibel«, sagte ich. »Mit der Wahrheit kommt man immer am weitesten.«

»Wie läuft es bei euch? Habt ihr was gefunden?«

»Nicht viel bisher. Wir haben einen Polizisten angemietet, und im Moment kriegen wir eine historische Stadtrundfahrt oder so was Ähnliches.«

»Du bist nicht im Urlaub, denk daran.«

»Hättest du mir vorher sagen müssen«, sagte ich und behauptete, ich müsse Schluss machen, weil Anna auf mich warte.

»Kann ich mir vorstellen«, sagte Georg, und ich sah sein Grinsen vor mir. »Habt ihr eigentlich zwei Hotelzimmer oder eins?«

»Wir schlafen am Strand«, sagte ich und legte auf.

Da sah ich erst die Gedenkplatte, die an der Vorderfront des Güterbahnhofs angebracht war. Binah hatte sie uns nicht gezeigt.

DEDICATED TO THE SACRED MEMORY OF THE
50 000 GREEK JEWS OF THESSALONIKI WHO,
FROM MARCH UNTIL AUGUST 1943, WERE TAKEN
BY THE NAZI CONQUERORS TO THE OLD
RAILWAY STATION, PILED UP INTO CLOSED
LIVESTOCK WAGONS AND WERE DEPORTED TO
THE CAMPS OF AUSCHWITZ-BIRKENAU WHERE
THEY MET A MARTYR'S DEATH

Ich stieg wieder in Binahs Auto.

»Wir können«, sagte ich.

»Was Wichtiges?«, fragte Anna.

»Nein«, sagte ich.

Wir hatten nachher noch genug Zeit, um darüber zu sprechen, ohne Binah.

»Sie haben uns die Gedenktafel vorhin gar nicht gezeigt«, sagte ich zu ihr.

»Es ist eine Gedenktafel«, sagte Binah und fuhr los. »An Gedenktafeln herrscht nirgends Mangel.«

DREI PUNKTE

Binah fuhr uns den gleichen Weg zurück, ins ehemalige Villenviertel, das sie uns schon gezeigt hatte, erzählte uns die gleiche Geschichte noch einmal. Eine andere Geschichte.

»Ich gebe zu, ich habe ein bisschen geschwindelt«, sagte Binah, »vielleicht sogar mehr als ein bisschen. Aber ich bin Jüdin.«

»Sie schwindeln, weil Sie Jüdin sind?«, sagte Anna, und ich war froh, dass sie zu lächeln versuchte.

»Auch Juden, die mit Gott und den Geboten des Judentums nur wenig anfangen können, haben Probleme mit Juden, die keine Juden mehr sein wollen«, antwortete Binah.

Nur ein paar hundert Meter vom Güterbahnhof entfernt, von dem wir losgefahren waren, hielt sie rechts am Fährterminal.

»Ich habe Ihnen erzählt, dass der Jude Eli Modiano für den Bau des damaligen Zollgebäudes verantwortlich war, stolz berichtet, dass seine Firma das Patent auf diese hochmoderne Stahlbetontechnik hatte. Ist alles richtig. Richtig ist aber auch, dass der Bau vom osmanischen Finanzminister Mehmet Cavid Bey in Auftrag gegeben wurde. Und der war ein *Dönme*, ein Anhänger Sabbatais. Er hat den Grundstein gelegt, konnte bei der feierlichen Eröffnung aber nicht mehr anwesend sein, weil zu diesem Zeitpunkt schon die Griechen an der Macht waren. Dafür war Osman Said dabei, Salonikis Bürgermeister, ebenfalls ein Dönme. Er war der letzte Bürgermeister unter den Osmanen und der erste Bürgermeister der Stadt unter griechischer Herrschaft. Es gibt ein hübsches Foto, auf dem Osman Bey dem griechischen König Konstantin die Hand schüttelt und ihm die Stadt übergibt. *Seine* Stadt. Schon Osmans Vater Hamdi Bey war zehn Jahre lang Bürgermeister von Saloniki. Hamdi Bey und sein Sohn haben die urbane Entwicklung Salonikis entscheidend geprägt. Sie haben Krankenhäuser gebaut und die Feuerwehr gegründet, den Ausbau der Stadt vorangetrieben und dabei auch an öffentliche Toiletten gedacht, sie haben ein Straßenbahnnetz aufgebaut und Gas und Wasser in die Häuser gebracht. Mit einem Satz: Sie haben Saloniki in die Moderne geführt.«

Ein titanisches Hupen rettete uns vor der Kollision, als Binah abrupt losfuhr und dabei zu Anna sah, statt links auf die Straße zu achten, auf die sie sich einfädeln wollte. Die obszöne Geste des Fahrers im anderen Auto beantwortete Binah unaufgeregt und ganz nebenbei mit einer nicht minder obszönen Handbewegung, ließ den Wagen passieren und fuhr gelassen hinter ihm auf die Straße.

»Vielleicht werden Sie denken, die Alte hat uns vorhin den Nerv geraubt mit ihren ganzen Juden und deren Erfolgen, aber von einem jüdischen Minister oder Bürgermeister hat sie uns nichts erzählt. Da hätten Sie gut aufgepasst. Trotz der Freiheit, die alle Religionsgemeinschaften genossen, wäre sogar bei den Osmanen ein Jude oder

Christ in einem öffentlichen Amt undenkbar gewesen. Dafür musste man Moslem sein, und das waren die Dönme. Offiziell jedenfalls. Jeder wusste, dass es nur eine Fassade war. Dass diese Leute, obwohl sie sich öffentlich streng an islamische Riten hielten, einem verborgenen Glauben anhingen. Aber im Osmanischen Reich gab es im Gegensatz zu christlichen Ländern keine Form der Inquisition, der Glaube war reine Privatsache. In gewisser Weise ein sehr moderner Gedanke. Das öffentliche Bekenntnis zum Islam genügte, zumal die Konversion damals der Normalfall war, im Grunde so etwas wie das Fundament des Staates. Es gab nicht einen einzigen Sultan, der nicht fremdes Blut in sich trug, und etliche Großwesire waren in eine andere Religion hineingeboren worden, bevor sie den Islam annahmen. Ein besseres Umfeld hätte es für die Jünger Sabbatais nicht geben können. Ihre Geheimnisse wurden toleriert, obwohl jeder wusste, dass sie welche hatten. Die Griechen nannten sie deswegen ›*Sazanikos*‹, wie die kleinen Karpfen, die im Wasser ihre Farbe zu wechseln scheinen. Die Türken bezeichneten sie als ›*Dönme*‹, als Übergetretene, was ihre Besonderheit zum Ausdruck brachte, da die Konversion bei anderen nicht für weiter beachtenswert gehalten wurde. Sie selbst nannten sich ›*Ma'aminim*‹, was das hebräische Wort für Gläubige ist. Ihnen war der Messias schon erschienen, sie sahen sich im Besitz des wahren Glaubens. Und dieser Glaube führte sie weit.«

Wir fuhren wieder am Weißen Turm vorbei. Zwei Ausflugsschiffe lagen am Anleger, eines legte gerade ab. Davon abgesehen wieder nichts: eine verstörende Leere auf dem Wasser, die mich langsam wütend machte.

»Zweihundert Jahre nachdem sich in Saloniki die erste Dönme-Gemeinde gebildet hatte, am Anfang unter der Führung von Sabbatais Schwager Jakob Querido, waren sie an der Spitze der Gesellschaft angelangt. Die goldenen Jahre Salonikis Ende des neunzehnten, Anfang des zwanzigsten Jahrhunderts habe ich Ihnen als die der Juden beschrieben, aber es waren ebenso die Jahre der Dönme, deren Glanz vielleicht sogar größer war. Auch die Dönme waren erfolgreiche, äußerst wohlhabende Kaufleute, besaßen Banken und Fabriken, Hotels und Cafés, und der Tabakhandel, der wichtigste Wirtschaftszweig der Stadt, lag praktisch ganz in ihrer Hand. Sie hatten enge wirtschaftliche Verbindungen nach ganz Europa, besonders nach Belgien und Deutschland, gründeten Firmen in Brüssel, Berlin und München und holten in dieser ersten Phase der Globalisierung vor dem Ersten Weltkrieg produktives ausländisches Kapital nach Saloniki. Wie Carasso und andere Juden waren auch viele Dönme Freimaurer und politische Aktivisten, die einen modernen, säkularen Staat wollten, und sie gelangten in höchste Ämter. Im Jüdischen Museum von Thessaloniki wird stolz auf eine Bankstatistik von 1906 hingewiesen, nach der vierzig der fünfzig reichsten Bürger der Stadt Juden waren. Was glauben Sie, um wen es sich bei den restlichen zehn handelte, die die Kollegen vom Museum da unterschlagen?«

Ich hatte Binahs Lachen schon vermisst.

»In absoluten Zahlen gab es natürlich mehr reiche Juden. Aber ihrem Anteil in der Bevölkerung nach – immerhin gab es siebenmal mehr Juden als Dönme – hatten Sabbatais Freunde die Nase vorn.«

In der Vassílis Olgas, der Hauptstraße des ehemaligen Villenviertels, zeigte uns Binah zwei Herrenhäuser, die sie uns bei der ersten Durchfahrt vorenthalten hatte, eindrucksvolle Villen, die reichen Dönme gehört hatten und sich von den jüdischen nicht in ihrer Pracht unterschieden, wohl aber im Baustil, wie sogar ich erkannte, ohne Sandra, meine persönliche Architektin, an der Seite zu haben.

»Keine Frage, es sind Jugendstilvillen«, sagte Binah, »aber Sie sehen auch die maurischen Bögen, die bunten spanischen Ziegel, die Einflüsse osmanischer Architektur. Die Dönme vereinten größte Gegensätze, betrachteten ihren Glauben und ihre Kultur als Symbiose von Tradition und Moderne, von Abend- und Morgenland. Das wollten sie auch an ihren Häusern sichtbar machen und ganz besonders an ihrer Moschee.«

Mir schlug das Herz bis zum Hals, als wir kurz danach vor dem eingezäunten Gebäude hielten, das auch in der Realität keine Ähnlichkeit mit der Art von Gotteshaus hatte, die Orient und Islam dem Westeuropäer eigentlich schuldig sind. Ich erkannte den Bau sofort und wurde jäh von der heftigen Angst überschwemmt, ich könnte mich an mehr erinnern als an Fotos, die ich davon gesehen hatte. Wir stiegen aus, gingen durch das Tor aufs Gelände, und ich sah den Eingang, vor dem ich vor fast vierzig Jahren mit meinen Eltern fotografiert worden war. Bevor die beiden Frauen das Zittern meiner Hände bemerken konnten, steckte ich sie in die Hosentaschen.

»Was glauben Sie, wer das entworfen hat?«, fragte Binah. »Ich finde, nach meiner erstklassigen Führung könnten Sie es mal ohne Joker riskieren.«

»Poselli?«, sagte Anna und machte aus Binahs herausforderndem Grinsen ein zufriedenes Lächeln. Schon in der Nacht, in der mich unter ihrer Dachkuppel meine Mondgespenster heimgesucht hatten, hatten wir den Namen gelesen, aber das behielt Anna für sich.

»Richtig«, sagte Binah, »Poselli, der auch die Banque de Salonique und die Villa Allatini gebaut hat, die Sie schon gesehen haben. Sein Eklektizismus, der verschiedenste architektonische Formen und Epochen zusammenführte, hat das Stadtbild von Saloniki damals geprägt, aber hier bei der *›Yeni Cami‹*, der Neuen Moschee der Dönme, fand dieser Stil 1902 seinen Höhepunkt und seine eigentliche Berechtigung: Anklänge an spätosmanischen Moscheenbau, die dem Islam die nötige Ehre erweisen, korinthische Säulen, die die griechisch-byzantinische Geschichte Salonikis aufgreifen, maurische Bögen und Verzierungen im Alhambra-Stil, die an die Herkunft des sephardischen Judentums erinnern, neoklassizistische Elemente und Jugendstilornamente auf der Höhe der damaligen Zeit: ein verwegener, imposanter Mix, der für die ungreifbare, oszillierende Identität dieser Menschen ein angemessenes Abbild fand.«

Sie soll aufhören mit dem Geschwätz, dachte ich, die Klappe halten. Verschwinden. Vorsichtig nahm ich die Hände aus den Hosentaschen und rieb sie ab, bevor ich meine Brieftasche hervorholte, in der das Foto war, das ich vor unserer Abreise eingesteckt hatte. Ich vermied es, zu Anna zu sehen. Um einen mitfühlenden Blick zu ertragen, fehlten mir die Ressourcen, lieber war mir die Neugier Binahs, die kurz an ihre Sonnenbrille griff, als überlegte sie, sie abzusetzen, um besser erkennen zu können, was wohl auf dem Foto zu sehen war, auf das ich so starren musste. Sie ließen mich in Ruhe, beide, gaben mir den Moment, den meine rasende Lähmung brauchte.

Hier war ein Foto mit einem Kind und zwei Erwachsenen, die vermutlich seine Eltern waren. Dort stand ein seltsamer Sakralbau aus dem letzten Jahrhundert. Irgendwo war ich. Drei Punkte, die an keiner Stelle eine Verbindung zueinander hatten. Nichts fügte sich zusammen, nichts zerstob in Scherben, ich blieb, wo ich war. Meine Atmung hatte sich fast wieder beruhigt, als ich das Foto wegsteckte und mir die Moschee genauer ansah, von beiden Frauen dabei beobachtet wie ein Elefantenkalb bei seinem ersten Ausflug.

»Alles in Ordnung?«, fragte Anna.

Ich ignorierte sie.

»Die Sterne sind sicher kein Zufall«, sagte ich zu Binah, und zeigte hoch zu den Umrandungen der beiden Dachebenen, die unzählige Auslassungen in Form sechszackiger Sterne hatten.

»Natürlich nicht«, sagte Binah, »drinnen werden Sie noch mehr davon sehen.«

Sie ging auf den Eingang zu, aber ich war nicht so weit. Ich brauchte noch Zeit.

»Deswegen auch kein Minarett?«, fragte ich, und brachte Binah vor dem Eingang dazu, sich zu mir umzudrehen. »Soll heißen, eine Moschee und doch keine Moschee?«

»Es gab ein Minarett«, sagte Binah, »und wie in den Gärten der meisten Moscheen gab es auch einen Springbrunnen. Die Griechen haben beides abgebaut, als sie aus dem Gebäude 1925 ein archäologisches Museum gemacht haben. Der Steinhaufen ist aus dieser Zeit übriggeblieben.«

Sie meinte die antiken Säulen, Tafeln und Skulpturen, die im Garten der Moschee herumlagen, als hätte man vergessen, sie wegzuräumen.

»Vor etwa zwanzig Jahren ist das Museum umgezogen, heute dient das Gebäude als Veranstaltungs- und Ausstellungsraum«, sagte Binah und drehte sich wieder zum Eingang um.

Jetzt blieb mir offenbar nichts anderes mehr übrig, als hineinzugehen. So glimpflich wie hier draußen lief es drinnen vielleicht nicht ab.

»Guten Tag«, rief eine Stimme auf Deutsch. »Geht's gut?«

Giorgios Xenos stand am Gartentor und gewährte mir einen Aufschub.

ABSICHT

»Sie sind die Hexe noch nicht losgeworden?«, sagte Xenos.

»Nein«, sagte ich. »Aber ich bin nicht sicher, ob das das richtige Wort ist.«

Anna und ich waren zu ihm ans Tor gegangen. Aus irgendeinem Grund betrat Xenos den Garten der Moschee nicht, vermutlich um genug Distanz zu Binah zu wahren. Rauchend stand sie vor dem Eingang, ungeschützt in der prallen Sonne. Wohin ihr Blick ging, war hinter ihrer Sonnenbrille nicht zu erkennen, aber der Ausdruck um ihre Mundwinkel schien mir spöttisch.

»Welches Wort bevorzugen Sie, Schreckschraube?«, sagte Xenos und sprach schon weiter, als ich noch nach der passenden Antwort suchte. »Hat die Dame Ihnen denn wenigstens was genützt?«

»Noch nicht.«

»Sie müssen Ihre Zeit nicht verschwenden. Wenn sie nichts weiß, sich aber gerne reden hört, soll sie sich andere dafür suchen.«

Anna sah das wahrscheinlich ähnlich, aber einer am Stammtisch ausgesprochenen Ansicht konnte sie unmöglich zustimmen.

»Woher wussten Sie, wo wir sind?«, fragte sie Xenos in einem Ton, der vielleicht eine Spur zu schroff war.

Er grinste sie breit an.

»Sie hätten einen schlechten Deal gemacht, wenn ich es nicht wüsste. Immerhin ist das meine Stadt.«

»Und wollten Sie sich nur nach unserem Befinden erkundigen, oder hat Ihr Auftritt einen Grund?«, fragte ich.

Nach ein paar Atemzügen entschied sich Xenos, meine Bemerkung hinunterzuschlucken. Auf seine Abschlussrechnung wurde ich immer neugieriger.

»Es gibt ein paar Neuigkeiten. Wir können Filippos Ninis heute doch noch sehen. Der alte Mann, mit dem Frau Reichert gesprochen hat. Wir treffen ihn im Goethe-Institut.«

»Im Goethe-Institut?«

»Er will sich dort das zweite Halbfinale anschauen. Deutschland – Italien. Sein Enkel ist da Hausmeister. Und im Staatsarchiv habe ich auch jemanden erreicht. Der Mitarbeiter hat mir versprochen, die Unterlagen herauszusuchen, die sich Frau Reichert angesehen hat.«

»Gut«, sagte ich. »Danke.«

»Da wäre noch was, vielleicht der Jackpot.«

Er raschelte mit der imaginären Wundertüte in seiner Hand, natürlich hätten wir nachfragen müssen. Wir schwiegen beide.

»Heute Morgen hat sich ein Zeuge gemeldet, den anscheinend das Gewissen plagt. Er saß mit seiner Geliebten draußen in einem Café auf der Leoforos Nikis und hat den Unfall von Frau Reichert beobachtet. Er dachte, er wartet erst mal ab, ob die Polizei ohne ihn zurechtkommt. Ich sagte ja schon, so sind die Leute hier.«

Wir schwiegen weiter.

»Der Zeuge sagt, er hat sich einen Teil des Kennzeichens gemerkt.«

Xenos hatte sich seine Belohnung verdient, eine Nachfrage, wenigstens einen Laut des Erstaunens. Er bekam nichts. Dass Anna ihn auflaufen ließ, wunderte mich nicht; Xenos war für sie nur ein Auftragnehmer, der ihr nicht besonders sympathisch war. Mein eigenes Motiv war weniger edel. Ich war feige, ich versuchte, jede Gewissheit zu verzögern.

»Es kamen einige Fahrzeuge in Frage. Aber ich habe das klären können«, sagte Xenos und erklärte stolz, wie es ihm gelungen war.

Der Zeuge, der sich gerührt hatte, nachdem sein Gewissen und seine Freundin ausreichend Druck auf ihn ausgeübt hatten, konnte sich an alle drei Buchstaben des Kennzeichens erinnern und an die ersten zwei Zahlen der vierstelligen Ziffernkombination, er war sich auch sicher, dass es ein alter grüner Kleinwagen gewesen war. Nun gab es zahlreiche Autos, deren Kennzeichen die fünf bekannten Teile hatten, darunter waren viele Kleinwagen und auch viele grüne Fahrzeuge. Es gab aber nur zwei Autos, die die gesuchte Buchstaben- und Zahlenkombination aufwiesen, ein Kleinwagen waren und grün. Eines dieser beiden Autos stand nachweislich seit Wochen fahruntüchtig in einer Garage. Es blieb nur ein Auto übrig. Xenos strahlte uns an, als habe er einen Code geknackt, an dem sich die Kryptologen der Welt seit Jahren die Zähne ausbissen.

»Ich habe den Namen und die Adresse und bin gerade unterwegs zu ihm. Kommen Sie mit?«

Anna sah mich an, als sei sie versucht, ja zu sagen. Ich selbst war es auf alle Fälle, ich hätte einen Grund gehabt, um nicht in diese verdammte Moschee gehen zu müssen.

»Nein«, sagte ich. »Wir sind hier noch nicht fertig.«

»Wie Sie wollen. Ich halte Sie auf dem Laufenden«, sagte Xenos und ging auf sein Auto zu.

»Danke«, sagte ich.

»Kein Thema, Sie bezahlen mich. Das heißt, Sie nicht, oder? Sie tragen die Koffer.«

»Er zieht sie«, sagte Anna kühl. »Wir haben Trolleys.«

»Hey, war nur Spaß. Sie wissen doch, ich mag Sie. Beide.«

Er öffnete die Autotür und grinste uns über das Dach an.

»Der Zeuge sagt übrigens, der Wagen habe eine ganze Weile am Straßenrand gestanden und sei dann abrupt losgefahren. In genau dem Moment, in dem Frau Reichert auf die Straße trat. Für ihn sah das schwer nach Absicht aus. Verrückt, was?«

Er stieg ein und fuhr sofort los. Wir sahen ihm kurz nach.

»Absicht?«, sagte Anna.

»Was hast du erwartet?«, fragte ich und drehte mich zur Moschee um, um es hinter mich zu bringen.

MEINE LEUTE **Binah grüßte den älteren Herrn,** der in der Moschee neben dem Eingang hinter einem niedrigen Empfangstisch saß, so beiläufig, als sehe sie ihn jeden Tag, und führte uns dann in den Hauptraum, in dem eine junge Frau und ein junger Mann dabei waren, weiße Klappstühle aus Kunststoff aufzustellen, um eine Veranstaltung vorzubereiten. Mit einen freundlichen Nicken begrüßten sie uns, ohne ihre Arbeit zu unterbrechen. Vor einer Wand, in der über einer Nische eine schwarze Steinplatte mit goldener arabischer Schrift eingelassen war, stand eine aufgezogene Leinwand. Binah blieb in der Mitte des Raums stehen, gab uns Gelegenheit, uns umzusehen. Wie die Brüstungen draußen, hatten auch die der Empore zahlreiche Auslassungen in Form sechszackiger Sterne. Die flache Kuppel war mit einem goldfarbenen Ornament verziert.

Ich blickte hoch, ich erinnerte mich.

Ich erinnerte mich an die Spiegel, die in Supermärkten früher oft über Gemüse- und Obstregalen hingen und mir Angst machten. An der Seite meiner Mutter, meist an ihrer Hand, manchmal von ihr fortgezogen, sah ich aus meiner Kinderperspektive bange hoch und fragte mich jedes Mal, ob da oben hinter den Spiegeln Gott wohne. Nein, ich war mir sicher, er war dort, gefragt habe ich meine Mutter dennoch irgendwann. Ihr Lachen erschien mir wie das Eingeständnis des Unaussprechlichen. Ich erinnerte mich. Ich erinnerte mich an Gott, den es nie gab in meinem Leben.

Ich setzte mich auf einen der Klappstühle, weil mir das sicherer schien, als zu stehen, und sah zu Binah, die nach einem höflich fragenden Blick zu den jungen Leuten die aufgestellte Leinwand verschob, um einen vollständigen Blick auf die Nische freizulegen.

»Das ist der Mihrab, die Nische, die die Qibla anzeigt, die Gebetsrichtung nach Mekka. Die goldene arabische Schrift darüber bedeutet übersetzt: ›Wendet euer Gesicht in Richtung des erhabenen Heiligtums.‹ So oder so ähnlich sieht es in den meisten Moscheen aus, rein äußerlich lassen sich kaum Unterschiede zu anderen Moscheen ausmachen. Und wer hätte für eine reine Fassade, die andere nur blenden soll, das Vermögen aufgebracht, das nötig war, um so einen glanzvollen Bau zu errichten?«

»Also waren sie am Ende doch gläubige Moslems?«, fragte Anna, während ich überlegte, wen ich um ein Glas Wasser bitten konnte. »Die Moschee ist erst spät gebaut worden, wenn ich Sie richtig verstanden habe, Anfang des zwanzigsten Jahrhunderts.«

Binah lächelte zufrieden, zufrieden über Annas Frage, zufrieden über das Interesse, das inzwischen auch die junge Frau und der junge Mann an ihrem Vortrag zu zeigen begannen. Während sie die letzten Stühle aufstellten, blickten sie aufmerksam zu ihr.

»Die Dönme hielten die islamischen Gebote ein, und Sie können nicht ein Leben lang in Richtung Mekka beten, vielleicht sogar hinpilgern – es gab einige Dönme, von denen wir das wissen –, Sie können nicht fasten, das Zucker- und das Opferfest feiern, in Sufi-Orden eintreten, aber in Ihrer Seele komplett unberührt bleiben. Sie waren echte Moslems, jedenfalls die Art von Moslems, die den Osmanen ausreichte. Aber sie waren noch mehr.«

»Die Sterne?«, schlug ich vor. »Sie haben nach der Synthese von Judentum und Islam gesucht?«

»Juden waren sie nicht, das am wenigsten. Oder sie waren es, sagen wir, in dem Sinne, in dem auch Christen Juden sind. Auch die Dönme hatten ihren Messias erlebt und warteten auf seine Wiederkehr. Nur dass ihrer nicht Jesus hieß, sondern Sabbatai.«

Die Stühle waren nun alle aufgestellt, Binahs beide andere Zuhörer setzten sich. Der junge Mann steckte sich eine Zigarette in den Mund, holte ein Feuerzeug aus der Tasche und wurde von Binah, der Kettenraucherin, auf Griechisch scharf angefahren. Sofort steckte er die Zigarette wieder weg, seine Begleiterin lächelte verlegen. Nach einem weiteren Satz zu den beiden, der sanft klang und mit einem milden Lächeln ausgesprochen wurde, wandte sich Binah wieder uns zu.

»Die Dönme hielten die islamischen Regeln ein, aber sie achteten auf kleine, klare Abweichungen, die ihnen selbst ihren Abstand bewusst halten sollten. Zum Beispiel fasteten sie im Ramadan, brachen ihr Fasten aber, wenn sie unter sich waren, stets fünf Minuten vor der offiziellen Zeit. Wir wissen es nicht genau, aber wir können davon ausgehen, dass sie auch andere islamische Rituale modifizierten und damit ihrem Glauben einverleibten. Auf dem Kontinent des Islams hatten sie sozusagen ihre eigene Zeitzone. Aber in der konnten sie nicht öffentlich leben, genauer gesagt: sie *wollten* es nicht. Das Geheimnis an sich, der Widerspruch von Innen und Außen, war unabhängig von den Glaubensinhalten ein wichtiger Teil ihrer Identität. Ihr wahrer Glaube durfte nur in der eigenen Gemeinschaft sichtbar werden. Deswegen hatten auch ihre Schulen, die Schülern aller Glaubensrichtungen offenstanden, keine angeschlossenen Moscheen oder Beträume. Zu groß wäre das Risiko gewesen, dass ihre Abweichungen von Schülern, die nicht der Gemeinschaft angehörten, bemerkt worden wären. Die moderne Trennung von Religion und Bildung war für sie nicht zuletzt deswegen eine frühe Selbstverständlichkeit.«

»Die Sazanikos hatten eigene Schulen?«, fragte der junge Mann erstaunt.

Binah nickte großmütig. Aus dem Beinahe-Flegel hatte sie einen wissbegierigen Schüler gemacht.

»Ihre Schulen wurden sogar vor den jüdischen Schulen in Saloniki gegründet«, sagte sie. »Moderne Bildungseinrichtungen, in denen nach westlichem Vorbild Fremdsprachen, Sport, Staatskunde und Literatur unterrichtet wurden, Lernstätten mit einer hochentwickelten Debattenkultur. Ein Vorläufer der beiden großen Dönme-Lyzeen war eine Schule, die von Şemsi Efendi gegründet wurde, dem bedeutendsten Pädagogen der Dönme, der bezeichnenderweise auch unter dem Namen Simon Zwi bekannt ist. Mustafa Kemal Atatürk, der spätere Begründer der türkischen Republik, ist in Saloniki geboren und aufgewachsen. Er hat die Schule von Şemsi Efendi besucht und wurde von ihm unterrichtet. Viele halten Atatürk deswegen für einen Dönme, obwohl sich das nicht belegen lässt. Sicher ist, dass er unter dem Einfluss ihrer Werte und Ideale erzogen worden ist.«

»Und woran haben diese Leute nun geglaubt?«, fragte ich und merkte erst, als ich den Satz aussprach, wie unwirsch mein Ton war. Ich wollte endlich hinter den Spiegel sehen. Ich ahnte noch nicht, dass es nur möglich war, in ihn zu blicken. Ins Ornament.

»Woran sie geglaubt haben? An Sabbatai Zwi, ihren Messias, der ihnen erschienen war, um sie zu retten und sie heimzuführen. Den Messias, der wiederkommen würde, um seine Mission zu vollenden. Neben dem offiziellen muslimischen Kalender hatten sie einen eigenen geheimen Festtagskalender, auf dessen Grundlage sie die bedeutenden Lebensereignisse des Messias feierten, seine Empfängnis, Geburt und Beschneidung, seine Berufung zum Messias, die ersten Offenbarungen, seine Krönung zum König der Juden und paradoxerweise auch seinen Abfall vom Judentum als den Höhepunkt seines Erscheinens. Im Grunde war alles so wie beim anderen jüdischen Messias, der am Ende den größeren Erfolg hatte: Weihnachten, Karfreitag, Ostern, Himmelfahrt. Sie kennen das alles besser als ich.«

Binah hatte geantwortet, aber zum ersten Mal hatte ich das Gefühl, etwas sei ihr unangenehm. Sie wich aus. Heimtückisch meldete sich plötzlich mein Ohrwurm, der mich seit der Nacht bei Anna in Ruhe gelassen hatte, hämmerte wieder von innen gegen meine Schädeldecke.

Ayi gördüm Allah, Amentu billah, aylar mübarek olur Inschallah.

Irgendetwas wollte mich wegzerren. Ich musste in die Gegenrichtung ziehen, dafür sorgen, dass ich lauter war als das, was ich hörte.

»Man glaubt nicht an Feiertage«, sagte ich und stand in Krawalllaune auf. »Man glaubt an etwas, worauf man hofft. Was einem versprochen wird. Warum sind ihm die Leute gefolgt, sogar nach seinem Übertritt zum Islam?«

Binah sah in die gespannten Gesichter von Anna und der beiden jungen Leute. Auch der Mann, der bei unserer Ankunft am Eingang gesessen hatte und inzwischen an einer der beiden Säulen lehnte, sah aus, als würde er sich die Antwort auf keinen Fall entgehen lassen wollen. Eigentlich hätte ich darauf gewettet, dass er kein Englisch sprach.

»Ich fürchte, es ist ziemlich komplex und verwirrend«, sagte Binah. »Ich weiß nicht, ob wir genug Zeit dafür haben.«

Enttäuschte Gesichter bei den jungen Leuten, Erleichterung, allemal Entschlossenheit bei Anna, die Morgenluft witterte.

»Dann wären wir mit der Führung durch?«, sagte sie. »Könnten wir jetzt über Ellen Reichert sprechen?«

»Wir hatten genug Zeit für Joghurt und Stahlbeton«, sagte ich zu Binah und überging Anna brüsk, »da werden wir auch ein paar Minuten für ein bisschen Theologie übrig haben.«

Ein Telefon klingelte, der Hausmeister ging zurück zum Eingang. Die junge Frau und der junge Mann sahen sich verunsichert an und suchten sicher schon nach einem höflichen Weg, sich aus der Beklemmung, in die sie unversehens geraten waren, schnell und unauffällig zu verabschieden. Binah rückte die Leinwand, die sie verschoben hatte, wieder zurück vor die Wandnische und blieb davor mit dem Rücken zu uns stehen. Sie begann zu sprechen, bevor sie sich umdrehte.

»Sabbatai Zwi war psychisch krank«, sagte sie, »ein manisch-depressiver Mann. Und wenn Sie glauben, ich will ihn damit denunzieren, dann irren Sie sich. Ich verneige mich vor dieser Gabe. Er hat sie effektiv genutzt, sie war die Grundlage seines Erfolgs. Mit dieser Krankheit war Sabbatai prädestiniert für die Lehren der Kabbala, der mystischen Strömung des Judentums, die damals die vorherrschende war, vor allem bei sephardischen Juden. Ich erspare Ihnen die ganzen kabbalistischen Begrifflichkeiten, das meiste davon verstehe ich selbst nicht. Wichtig ist vor allem, dass nach den Vorstellungen der sogenannten Lurianischen Kabbala zwei Welten existieren. Da ist zum einen die offenbarte, die reale Welt der Schöpfung, in der es Gut und Böse gibt und in der es daher auch Gesetze geben muss. Diese Welt wird vom Baum der Erkenntnis repräsentiert: dem Aspekt der Thora, der *›tora de-beri'a‹* genannt wird. In dieser Welt gibt es den Tod, die Sünde und das Exil der Juden. Hier herrscht das jüdische Gesetz der Halacha. Und in dieser unvollkommenen Welt gibt es auch das Leid, von dem der Mensch erlöst werden will. Daneben existiert aber nach den Vorstellungen der Kabbalisten eine spirituelle, mystische Welt: die Welt der Emanation, in die Gott sich nach der Schöpfung zurückgezogen hat. Diese Welt wird repräsentiert vom Baum des Lebens und der sogenannten ›*tora de-'aziluth*‹. In dieser Sphäre, die dem Menschen nur im Stand der Erlösung erfahrbar wird, gibt es den Gegensatz von Gut und Böse nicht und deswegen auch keine Sünde. Hier braucht es keine Gesetze. In dieser Welt ist das Exil der Juden aufgehoben, hier herrscht die absolute Freiheit: die Leidensfreiheit ebenso wie die Handlungsfreiheit des Menschen, die keine Beschränkungen kennt. Und der Clou der ganzen Geschichte: Das alles geschieht im Diesseits. Das Ende des Exils und die Wiedererrichtung des Jerusalemer Tempels, das Ende jeglichen Leids, die Bedeutungslosigkeit der Sünde, die Aufhebung aller bisherigen Widersprüche und aller Gesetze. Mit einem Wort: das Leben in vollkommener Einheit mit allem. Sie brauchen dafür nur die Erlösung und einen Erlöser, der sie Ihnen bringt, einen Messias, der immer eine konstante Erwartung im Judentum war, nicht nur bei den Kabbalisten.«

Binah setzte sich. Es war kein angespanntes Schweigen mehr, das die Moschee erfüllte, sondern ein erwartungsvolles, neugieriges. Unsere unübersehbare Ungeduld hatte aber nicht die übliche beflügelnde Wirkung auf Binah, sie wirkte erschöpft. Als sie in ihre Handtasche griff, dachte ich, jetzt werde sie auch ihre Zigaretten herausholen, aber es waren nur die Reste des Sesamkringels, den sie in der Stadt gekauft hatte. Sie biss ein Stück ab und kaute angestrengt. Auf einmal sah sie aus, als hätte sie uns vergessen.

»Binah?«, sagte Anna.

Anna klang bereit. Ihr gefiel nicht, was sie sah. Binah blickte Anna an, als müsse sie sich erst an sie erinnern, dann nickte sie und schluckte hinunter, was sie noch im Mund hatte.

»Geht gleich vorbei. Manchmal vergesse ich zu essen.«.

Ich sah Anna an, dass sie gerne ein paar der Fragen stellen würde, die Ärzte stellen, aber sie hielt sich zurück. Langsam schien sich Binah zu erholen, bekam wieder Farbe ins Gesicht. Schweigend aß sie auf und sagte zu dem jungen Mann etwas auf Griechisch. Sofort sprang er auf, ging in den Vorraum und kam schnell mit einer kleinen Flasche Wasser zurück, gefolgt vom Hausmeister, der Binah besorgt ansah und auf Griechisch auf sie einsprach. Sie schüttelte den Kopf, lächelte tapfer und antwortete in einem beruhigenden Ton. Dann trank sie ein paar Schlucke, stellte die Flasche weg und versuchte erfolglos aufzustehen. Wir sahen zu, als verfolgten wir ein kompliziertes Andockmanöver im Weltraum.

»Das reicht jetzt«, sagte Binah, »die Vorstellung ist zu Ende. Habt ihr noch nie eine alte Frau gesehen?«

Binah stand auf, diesmal ohne Komplikationen, und bald war kein auffälliger Unterschied mehr zu der Binah zu erkennen, die wir vor der kleinen Erschütterung erlebt hatten. Anna ließ sie trotzdem nicht aus den Augen. Sie hatte den fürsorglichen und hellwachen, hochprofesssionellen Blick, der mich in der Nacht, in der mich meine Gespenster heimgesucht hatten, über Wasser gehalten hatte. Warum begnügte sie sich damit, eine zweifellos erfolgreiche, aber durch und durch mittelmäßige Schauspielerin zu sein, fragte ich mich, warum nutzte sie nicht diese unvergleichlich größere Kraft, die sie in sich hatte? Ich hörte Binah zu, aber ich ließ meinen Blick auf Anna.

»In seinen Phasen schwerer Depression wurde Sabbatai tief hinabgezogen in die offenbarte Welt der *›tora de-beri'a‹*, in die Welt des menschlichen Leids und des Todes«, sagte Binah. »In seinem eigenen Leiden sah er auf den dunkelsten Grund der unerlösten Existenz. In seinen manischen Phasen hingegen schien es ihm, als könne er einen Blick in die Welt der Emanation werfen, in die Sphäre der Erlösung und der uneingeschränkten Freiheit in der Einheit mit Gott.«

Binahs Stimme hatte wieder ihren alten Schwung, Annas unglaubliche Augen blieben sicher nicht nur aus medizinischen Gründen auf ihr.

»Wahrscheinlich war es nur eine Frage der Zeit, bis Sabbatai während einer manischen Phase die Stimme hören musste, die ihn zum

Messias bestimmte. Das war 1648, das Jahr, für das der Zohar, das Hauptwerk der Kabbala, die Erlösung prophezeit hatte, aber auch das Jahr, in dem während der Chmielnicki-Massaker in der Ukraine, bei dem über hunderttausend Juden getötet wurden, jüdisches Blut vergossen wurde wie Wasser. Unzählige jüdische Flüchtlinge kamen auch in Sabbatais Heimatstadt Smyrna und erzählten von diesem unermesslichen Leid, das die Juden in dieser unerlösten Welt wieder erdulden mussten.«

Binah stellte sich zwischen Anna und mich, weil sie anscheinend um meine Aufmerksamkeit fürchtete. Annas Lächeln machte mir peinlich bewusst, dass sie meine Blicke bemerkt haben musste.

»Sabbatai muss hin- und hergerissen gewesen sein zwischen seinen extremen Stimmungen der Ekstase und der Bedrückung, zwischen den fürchterlichen Nachrichten, die aus Osteuropa kamen, und den messianischen Erwartungen, die nicht nur in der jüdischen Welt mehr denn je zu spüren waren, sondern von dieser obskuren inneren Stimme auch an ihn selbst gerichtet wurden. Sabbatai sollte die Lösung bringen, sagte diese Stimme, er hatte jetzt eine Mission, also musste er sie verkünden. Und Sabbatai verkündete sie. Auf eine Weise, die ebenso zu seiner Psyche passte wie zur Logik der Kabbala, allerdings in einem wahnwitzigen Umkehrschluss: Wenn in der Welt der Emanation und in der Zeit der Erlösung alle bisherigen Gesetze aufgehoben waren, wenn die Sünde dann nicht mehr existierte, dann musste doch ein radikaler Antinomismus, also das bewusste Übertreten der überlieferten Gebote, ein Zeichen dafür sein, dass die Zeit der Erlösung endlich gekommen war. Der junge Rabbi begann, sich seltsam zu benehmen. Er kleidete einen Fisch als Säugling, legte ihn in eine Wiege und präsentierte ihn in der Synagoge als Symbol für das eingetretene messianische Zeitalter im Sternzeichen der Fische. Er sprach den im Judentum unaussprechlichen Namen Gottes aus. Er verschob den Sabbat von Samstag auf Montag, er strich jüdische Feiertage und führte neue ein, hob nach Belieben Verbote der Halacha auf und benahm sich wie ein Irrer oder, je nach Blickwinkel, wie ein gefährlicher Aufrührer. Natürlich wurde er von den konservativen Rabbinern bestraft und vertrieben, aus Smyrna, aus Konstantinopel, aus Saloniki, am Ende aus jeder Stadt, in die er auf einer langen Wanderschaft kam, und irgendwann, nach vielen Jahren, muss ihm das alles selbst zu viel geworden sein. Vielleicht befand er sich in einer Depression, vielleicht empfand er etwas, was wir heute Krankheitseinsicht nennen. 1665 hörte Sabbatai jedenfalls in Ägypten von einem jungen Gelehrten aus Palästina, einem Eingeweihten der Kabbala, der bis zur Wurzel der Seele schauen und jedem, der es benötige, einen ›*Tiqqun*‹ geben könne, eine erlösende Unterweisung, die inneren Frieden zu verschaffen vermöge. Sabbatai fuhr zu diesem jungen Gelehrten, der Nathan von Gaza genannt wurde, und bat ihn darum, ihn von seinen Zwangsvorstellungen zu befreien. Ihm endlich Ruhe für seine getriebene Seele zu geben. Und dann geschah etwas, was in dieser verrückten Geschichte vielleicht das Verrückteste ist. Nathan dachte nach, tagelang, dann teilte er Sabbatai mit, dass er ihm nicht helfen könne, jedenfalls nicht auf die Weise, die sich der Mann aus Smyrna von ihm wünschte. Nathan konnte ihm keinen Tiqqun geben, er konnte ihn nicht befreien von der Idee, der Messias zu sein. Weil Sabbatai der Messias *war.*«

Binah hielt inne, aber ich glaube nicht, dass einer von uns noch Sorge hatte, der Schwächefanfall von vorhin könne zurückgekehrt sein. Die kurze Rast gönnte Binah uns. Sie wollte sichergehen, dass wir ausgeruht genug blieben, um ihr folgen zu können.

»Nathan wurde zum Propheten des Messias, zu seinem Ghostwriter, seinem Theologen. Er gab der Mission, die Sabbatai aus seinen inneren Zwängen heraus siebzehn Jahre lang nur intuitiv und weitgehend erfolglos betrieben hatte, ein gedankliches Fundament und fand die richtigen Worte für Sabbatais Lehre, die er ›Erlösung durch Sünde‹ nannte: Der Gegensatz zwischen dem Baum des Lebens und dem Baum der Erkenntnis musste überwunden werden, sagte er. Und das ging nur, wenn das abgetrennte Böse, das Verbotene, zum Guten hinaufgezogen wurde, um sich mit ihm zu vereinen. Das Böse und Verbotene musste zugelassen und ins Leben integriert werden. Ein Gebet, das von Nathan selbst stammen soll, drückt diesen Gedanken am besten aus: ›Gepriesen seiest du, Gott, der das Verbotene erlaubt.‹«

Binah sah aus, als gruselte es sie. Unverkennbar war sie selbst fasziniert von dem, was sie uns erzählte, und sie hatte die Leidenschaft und den Ehrgeiz der Lehrerin, die ihre Zuhörer mitreißen will. Doch irgendwas schien ihr an der eigenen Begeisterung so anrüchig zu sein, dass sie die Distanz, die sie unbedingt aufbringen wollte, unübersehbar ausdrücken musste.

»Sabbatai und Nathan lösten die größte Massenbewegung aus, die das Judentum in seiner Geschichte je erlebt hatte, seine bis auf den heutigen Tag stärkste innere Erschütterung. Die Nachricht vom Erscheinen des Messias und dem unmittelbar bevorstehenden Ende des Exils verbreitete sich von Palästina aus plötzlich wie ein Lauffeuer in der ganzen jüdischen Welt. Nach Damaskus, Kairo und Konstantinopel. Nach Rom, Amsterdam, Hamburg und London. Nach Krakau und in die entlegensten polnischen und russischen Dörfer. Überall wo es jüdische Gemeinden gab, an jedem einzelnen Ort, an dem Juden lebten, gab es Anhänger Sabbatais. Nicht nur einfache Gemeindemitglieder bekannten sich zu ihm, auch zahllose Rabbiner und jüdische Autoritäten folgten dem Messias. Dagegen war die Resonanz, die Jesus und die ersten Christen am Anfang unter den Juden hatten, verzeihen Sie, nicht mehr als Mäusekot. Natürlich hatten Sabbatai und Nathan weiterhin Gegner, die den angeblichen Messias für einen Scharlatan hielten, vor allem Angehörige der rabbinischen Hierarchie, die ihre Felle wegschwimmen sahen. Doch sicher war es mehr als die Hälfte aller Juden, die an ihn glaubte, unbedingt an ihn glauben wollte, wahrscheinlich weit mehr als die Hälfte. Sie hielten sich an seine Lehre, was zur Folge hatte, dass sie massenhaft jüdische Gesetze zu brechen begannen. Und zwar im Bewusstsein, eine heilige Handlung zu begehen. Vielen von ihnen wurden Sabbatais Versprechen zur fraglosen Gewissheit. Sie verkauften all ihr Hab und Gut, reiche Kaufleute wie arme Schlucker, und packten für die Reise nach Israel. Es konnte sich nur noch um Tage oder Wochen handeln, bis sie sich mit dem König der Juden auf den Weg machen würden, um den Tempel von Jerusalem wiederzuerrichten. Sabbatai musste nur noch dem Sultan die Krone vom Kopf reißen und sie rufen, um sich mit ihnen in Israel zu versammeln.«

Der Hausmeister war bei uns geblieben. Obwohl ich mir inzwischen wieder sicher war, dass er kein Wort von dem verstand, was Binah uns auf Englisch erzählte, sah er sie hingerissen an, erfreut darüber, dass es ihr besserging, vielleicht auch gespannt darauf, in welcher finalen Stimmung ihr furioser Auftritt wohl enden würde. Ich war selbst aufgeregt, spürte die Atemlosigkeit, die eine gut erzählte Geschichte auch dann erzeugt, wenn ihr Ende bekannt ist, diese irre Hoffnung, es könne sich doch noch alles wenden, obwohl es längst geschehen war. Ich hätte Sabbatai, Nathan und den Juden ihr Happy End gegönnt, und in diesem Moment schien mir alles möglich, was auch ihnen damals möglich schien.

»Obwohl sich die osmanische Regierung traditionell aus den inneren Angelegenheiten der Juden und Christen heraushielt, griff sie irgendwann doch ein. Wahrscheinlich hatten konservative Rabbiner, denen Sabbatai die Machtgrundlage entzog, um Hilfe gebeten. Denn unübersehbar zogen Chaos und Anarchie in die jüdischen Gemeinden. So lächerlich die Hoffnung der Juden war, ihr Messias könne dem Sultan die Macht entreißen, sowenig sich die osmanische Führung vor einem jüdischen Messias fürchten musste: Der soziale Frieden war tatsächlich in Gefahr. Die Juden verbreiteten Unruhe, sie vernachlässigten ihre Arbeit oder gaben sie ganz auf, sie störten die öffentliche Ordnung. Zuerst wurde Sabbatai in Gallipoli unter Hausarrest gestellt. Doch dort residierte er wie ein König, empfing Anhänger aus der ganzen Welt, verbreitete seine Lehren unerschrocken weiter. Der Hohen Pforte, der osmanischen Regierung, blieb nichts anderes übrig, als den Aufrührer verhaften zu lassen. In Anwesenheit des Sultans wurde Sabbatai im September 1666 vor den Regierungsrat geführt. Das war der Augenblick, auf den Sabbatais Anhänger in fiebriger Erregung gewartet hatten. Wenn sie sich gegenüberstanden, würde der Sultan den Messias erkennen und sich ihm unterwerfen, der Weg nach Israel wäre endlich frei. Aber es lief ein bisschen anders. Vor die Wahl gestellt, zu sterben oder zum Islam zu konvertieren, wählte Sabbatai das Leben und wurde dafür vom Sultan mit dem Ehrentitel des ›Kapıcı Başı‹ belohnt, des Hüters der Pforte, und bekam fortan hundertfünfzig Piaster Sold am Tag. Der größte Hoffnungsträger, den die Juden im Exil je gehabt hatten, gab auf. Schlimmer noch: Er ließ sich kaufen, er beging Verrat.«

Binah kostete den Moment aus. Sie schwieg, sah uns der Reihe nach an. Der Hausmeister, den unsere Betroffenheit zu amüsieren schien, bekam ein Lächeln.

»Und dann?«, fragte Anna. »Nach der kollektiven Manie kam die kollektive Depression?«

»O ja«, sagte Binah, »und was für eine. Die Leute litten nicht einfach unter dem Kater der Ernüchterung, sie verbrannten in der Hölle ihrer Scham. Sie wagten nicht, einander anzublicken, sie wagten nicht, in den Spiegel zu sehen. Nichts wurde wichtiger, als den rasenden Wahnsinn zu vergessen, den die Hoffnung geboren hatte. Ganz sicher wurde in der gesamten jüdischen Geschichte nichts so gründlich verdrängt wie die Jahre 1665/66 und der Name dieses Mannes. Aber nicht bei allen war das so. Noch jahrzehnte- und jahrhundertelang gab es unter jüdischen Rabbis und Gelehrten auch solche, die im Geheimen weiter an Sabbatai und seine Lehren glaubten. Und es gab jene, über die wir hier sprechen. Die, die Sabbatais Beispiel offen folgten und auch zum Islam übertraten: die Dönme. Dass sich nach seinem Übertritt nicht alle von Sabbatai heillos enttäuscht abwandten, war wieder Nathan von Gaza zu verdanken, dem ein intellektuelles Bravourstück gelang. Er band Sabbatais Abfall vom Judentum in seine kabbalistische Heilslehre ein, stellte den Übertritt zum Islam als bedeutenden Teil des noch andauernden Erlösungsprozesses dar. Als den logischen und unentbehrlichen letzten Schritt vor der endgültigen Erlösung. Das Böse hatte Nathan schon davor als die unheilvolle Trennung der verschiedenen Aspekte des Lebendigen definiert. Böse blieb das Böse demnach nur, wenn es isoliert blieb. Wenn es sich nicht mit dem Guten vereinte. Um diese Vereinigung zu vollbringen, hatte Sabbatai bisher das Böse und Dunkle zu sich heraufgezogen, in seine Sphäre des Heiligen. Nun musste er am Ende seiner Mission selbst in die Sphäre des gefangenen Bösen hinabsteigen, um die dort abgetrennten Teile des Heiligen zu befreien und die Schalen des Bösen von innen zum Platzen zu bringen.«

»Aber die Schalen sind nicht geplatzt«, warf ich ein, »die Erlösung ist nicht gekommen.«

»Nein, ist sie nicht«, sagte Binah. »Für die Dönme, die nach Sabbatais Tod auf seine Wiederkehr warteten, war das aber nur eine Frage der Zeit. Allerdings hat die unvollendete Erlösung in den darauffolgenden Jahrhunderten eine Art Zwischenreich geschaffen, in der Sabbatais Anhänger ausharren mussten. Beide Sphären des Lebens existierten für sie gleichzeitig und gleichberechtigt nebeneinander: die Welt der Erlösung, in der Grenzen und Regeln aufgehoben sind und anarchische Freiheit herrscht, *und* die unheile, reale Welt der bestehenden Trennungen und Begrenzungen. Für die reale Welt musste es Regeln geben. Sabbatai hinterließ einen kleinen Katalog von achtzehn Geboten, die die sechshundertdreizehn Gebote des Judentums ersetzten. In dieser Sphäre galten auch die Vorschriften des Islams und die Regeln des bürgerlichen Lebens. Die Existenz der anderen Sphäre, in der das kommende göttliche Zeitalter der Freiheit partiell schon Wirklichkeit geworden war, wurde durch entgrenzende Rituale bewiesen. Diese Rituale waren streng gehütete Geheimnisse, und die meisten von ihnen kennen wir bis heute nicht. Aber ein besonders spektakuläres ist durch einen abtrünnigen Dönme irgendwann doch bekanntgeworden: das Frühlingsfest. Nur verheiratete Paare durften an dieser Zeremonie teilnehmen, die um Mitternacht in der Nacht des 21. auf den 22. des jüdischen Monats Adar begann. Man aß gemeinsam das erste Lamm des Jahres, dann wurden alle Lichter gelöscht und die Partner getauscht. Kinder, die aus einer Begegnung während dieses Festes hervorgingen, galten als besonders gesegnet.«

Es dauerte einen Moment, bis Binahs Worte bei der jungen Frau eingesickert waren.

»Die haben Orgien gefeiert?«, sagte sie nach einem langen Zögern. Sie war verdutzt und belustigt, vor Binah, der Lehrerin, bei diesem Thema aber auch befangen. »Swinger im 17. Jahrhundert?«

»Im 17., im 18., im 19. und im 20. Jahrhundert«, antwortete Binah trocken.

»Und andere Rituale, welche gibt es da noch?«, fragte Anna, die Gruppensexstorys anscheinend nicht viel abgewinnen konnte. »Ist auch irgendwas bekannt, wo der Mond eine Rolle spielt?«

Überraschung und Anerkennung bei Binah, sofern ich ihren Blick richtig deutete, schmerzhafte, dankbare Rührung bei mir. Anna dachte an meine Folter unter der Glaskuppel, sie suchte nach einem Sinn. Für mich. Oder nach der Gewissheit, der ich immer noch aus dem Weg zu gehen versuchte. Erst jetzt fiel mir auf, dass mich mein quälender Soundtrack seit seiner kurzen Drohgebärde vorhin nicht mehr belästigt hatte.

»Ja, da gibt es etwas«, sagte Binah. »Die Vereinigung von Mond und Sonne ist ein Motiv der Kabbala, das auch im Zohar erwähnt wird. Der Neumond, der Moment in dem sich Sonne und Mond alle achtundzwanzig Tage erneut von Angesicht zu Angesicht gegenüberstehen, gilt als Symbol für die Einheit des Lebens, als Ankündigung des Heils. Sabbatai erwähnt es sogar in einem seiner achtzehn Gebote: Die Gläubigen sollen jeden Monat die Geburt des Neumonds feiern und in seinem erwachenden Licht ein Gebet sprechen.«

Meine Leute.

So fraglos nun, dass Anna nicht einmal einen Blick für mich hatte. Irgendeine Heiterkeit durchströmte mich, eine warme Gleichgültigkeit, in der sich Neugier und Resignation die Waage hielten. Ich blickte zur Kuppel hoch und fand die verwirrenden Verästelungen des Ornaments so komisch, dass ich gern gelacht hätte, wenn ich es hätte erklären können.

»Wie geht dieses Gebet?«, fragte Anna.

»Das weiß ich nicht«, sagte Binah. »Wer weiß, ob es außer den Dönme überhaupt jemand kannte. Ich kenne mich ein wenig mit jüdischer Geschichte aus. Und wenn man sich mit der beschäftigt, muss man sich auch mit Sabbatai Zwi beschäftigen. Aber ich bin kein Experte für seine Anhänger.«

»Und Sie mögen sie auch nicht«, sagte ich.

Es war keine Frage. Binah sah mich perplex an. Ertappt, dachte ich, verwirrt. Sie schwieg.

»Sie haben lange gezögert, bevor Sie uns etwas über den Glauben der Dönme erzählt haben«, sagte ich. »Als wären Sie nach einem nahen Verwandten gefragt worden, der im Gefängnis sitzt, weil er Drogen an Grundschüler verkauft hat.«

Binah lachte.

»Da ist was dran, wahrscheinlich empfinde ich das wirklich so. Ich könnte Ihnen jetzt mit der Frage kommen, was aus dem ganzen Judentum geworden wäre, wenn Sabbatai, Nathan und ihre Anhänger Erfolg gehabt hätten. Aber das wäre albern, und das ist auch gar nicht der Punkt.«

»Und was ist der Punkt?«

»Ich persönlich weiß immer gerne, wen ich vor mir habe, ich denke, *das* ist der Punkt. Die hin- und herschwingenden Identitäten, die Integration von verbotenen, dunklen Anteilen des Menschen, die Ausweitung von Grenzen, das Geheimnis, in dem Freiheit und Selbstverwirklichung keimen sollen, sexuelle Tabubrüche. Das alles ist wahnsinnig modern und wahrscheinlich wahnsinnig jüdisch. Klingt ein bisschen wie Psychoanalyse, nicht? Kein Wunder, dass es ein Jude war, der sie in die Welt gesetzt hat.«

Wieder lachte Binah auf, laut und schräg wie immer, doch ihr Lachen klang diesmal gezwungen, beinahe entschuldigend. Es sollte niemand verletzt werden, schien es zu sagen, doch irgendwie war das anscheinend unausweichlich.

»Ich sehe, wie fasziniert ihr alle davon seid«, sagte Binah und brachte die jungen Leuten mit ihren Blicken in Verlegenheit. »Verständlich. Aber die Sache hat einen Haken.«

Jetzt blieben ihre Augen auf mir, als erwarte sie eine Frage, irgendeine Reaktion. Ich glaube, ich verstand sofort, was sie meinte, diesmal brauchte ich keinen Georg, der es mir erklärte. Ich wusste, wie sehr man sich vor der Freiheit fürchten musste. Ich schwieg.

»Diese Ideologie, diese ganze Theologie der Befreiung«, sagte Binah. »›Erlösung durch Sünde‹, ›Gepriesen seist du, Gott, der das Verbotene erlaubt‹. Klingt cool, ungeheuer progressiv, ich weiß. Sicher ist es das auch. Ich weiß aber, wohin es führen kann, wenn auf der Suche nach dem endgültigen Heil alle Regeln außer Kraft gesetzt werden. Ehrlich gesagt, ich glaube nicht an das Heil. Und Geheimnisse kann ich nicht ausstehen.«

Sie setzte sich, lächelte den Hausmeister kurz an und ließ ihren Blick auf die schwarz-weißen Bodenfliesen sinken. Vielleicht waren wir am Ende angelangt, vielleicht bereitete Binah das nächste Kapitel vor, jedenfalls hatte sie uns für Erste verlassen. Bis der Hausmeister die beiden jungen Leute rief, zur Arbeit, nahm ich an, fiel kein Wort mehr. Anna sah ihnen kurz nach, dann holte sie Binah von der Insel zurück, auf die sie sich verzogen hatte.

»Das haben Sie alles auch Ellen Reichert erzählt?«

Anna hatte keine Angst vor Wiederholungen und offensichtlich noch genug Kraft für die nächste Runde. Ich selbst hätte gerne eine Zigarette dazwischengeschoben, ein kaltes Getränk in einem klimatisierten Raum, ein paar belanglose Worte, meinetwegen über Danone oder Stahlbeton, aber leider tat Binah mir nicht den Gefallen, zu schweigen oder wenigstens ins Vage zu sprechen.

»Nein«, sagte sie. »Frau Reichert hatte ganz andere Fragen. So viel Mühe hätte ich mir bei ihr auch nicht gemacht. Sie war nicht wie Sie. Sie war weder die Tochter eines Juden noch der Sohn von Dönme, die ihn ahnungslos zurückließen, als sie verschwanden.«

Ich hatte keine Zeit für den Marder, der sich augenblicklich durch meine eigenen Eingeweide zu fressen begann, ich musste auf Anna achten. Sie sah aus, als wäre sie ohne Fallschirm aus einem Flugzeug gestoßen worden. Ich muss sie auffangen, dachte ich.

Einen anderen Wunsch hatte ich nicht.

VÄTER **»Irgendwann in den Achtzigern«**, sagte Binah, »87 oder 88, vor etwa fünfundzwanzig Jahren.«

Im Schatten der Neuen Moschee saß sie auf einem der antiken Fundstücke, die das Archäologische Museum zurückgelassen hatte, dem Fragment einer Verdachung vermutlich, und zog rabiat an ihrer Zigarette. Ich rauchte ebenfalls und hatte vergeblich versucht, auch Anna eine Zigarette aufzudrängen. Wenn es ihr geholfen hätte, ein Gedicht vorzutragen, ich hätte es getan.

»Mein Vater hat Ihnen gesagt, dass er Jude ist?«, fragte sie.

Binah sah Anna mitfühlend an. Sie ließ sich Zeit. Oder uns.

»Ja. Er erwähnte auch, dass niemand davon weiß.«

Ich wartete ab, aber Anna schwieg fassungslos.

»Wie kam er auf Sie?«, fragte ich.

»Herr Roth hatte von mir gehört. An der Uni war ich damals eine der wenigen, die sich mit Thessalonikis jüdischer Geschichte und der Shoah beschäftigten. Eigentlich war er auf der Suche nach jemandem.«

»Nach wem?«

Binahs Blick nach zu urteilen, konnte es sich nicht um einen Handwerker oder Hals-Nasen-Ohren-Arzt gehandelt haben. Sie warf ihre Zigarette auf den Boden, ohne sie aufgeraucht zu haben, drückte sie mit dem Fuß aus und zündete sich sofort eine neue an. Mehr Zeit konnte sie sich nicht verschaffen.

»Herr Roth war aus Istanbul hergeflogen. Er hatte dort einen Mann gesucht. Sein Name war Davut Evinman.«

»*Davut* Evinman? Ein anderer Evinman?«, sagte Anna und sah verwirrt zu mir.

Ich dachte an die Unannehmlichkeiten, die uns die Bauarbeiten wegen der Kabelschächte nächsten Monat ins Haus bringen würden.

»Der Evinman, der in den Unterlagen meines Vaters auftaucht, hieß der nicht anders? Wer ist denn der jetzt?«

Da ich nichts sagte, blickte Anna zu Binah, aber die schwieg auch, überließ die Antwort hartnäckig mir. Und irgendwann gab ich auf. Hätte es was genutzt, hätte ich weiter an Kabelschächte gedacht, vielleicht auch an die Fahrtkostenaufstellung, die mein Steuerberater noch von mir brauchte, ich hätte mich weiter an dem nutzlosen Lachen festgehalten, das Annas Frage bei mir ausgelöst hatte. Aber ich sah keine Chance, damit durchzukommen.

»Das war der Name meines Vaters«, sagte ich. »Er hieß Davut. Davut Evinman.«

»Dein Vater? Und was ... *Mein* Vater hat *deinen* Vater gesucht?«

Von mir war keine Erklärung zu erwarten, Anna blickte zu Binah, die sich nur schweigend ansah, was sie angerichtet hatte.

»Ausgeschlossen«, sagte ich, als ich endlich das richtige Wort, irgendein Wort, gefunden hatte. »Damals war mein Vater schon zehn Jahre tot. Unmöglich.«

»Ich könnte mich irren, es ist lange her«, sagte Binah und blickte zu Anna. »Aber Frau Reichert wusste von der Reise Ihres Vaters. Sie hat mich erst vor ein paar Tagen darauf angesprochen. Als ich heute Ihre Namen hörte, war mir sofort klar, wen ich vor mir habe.«

»Warum hat er ausgerechnet hier nach meinem Vater gesucht?«, fragte ich, weil alles seine eigene Logik haben konnte. Schließlich musste man auch wissen, warum Kryptonit Superman die Kräfte raubt und welche Mittel gegen Vampire helfen.

»Herr Roth konnte Ihren Vater in Istanbul nicht finden«, sagte Binah, und ich dachte: Kunststück. »Aber er ist dort auf eine Spur gestoßen, die ihn hierhergeführt hat. Anscheinend hatte Davut Evinman eine Adresse in Thessaloniki hinterlassen, an die seine Post nachgeschickt werden sollte.«

»Das könnte vor seinem Tod gewesen sein«, sagte ich und ahnte wieder Grund unter meinen Füßen, konnte meinen Kopf aber noch nicht über Wasser halten.

»Möglich«, sagte Binah.

»Wessen Adresse war das?«, fragte Anna.

»Ein Plattenhändler, oben in der Kassandrou. Abraam Karakatsanis. Ihr Vater hatte mit ihm gesprochen, und ich war auf seine Bitte noch einmal mit ihm dort. Für den Fall, dass es irgendwelche Missverständnisse gab, die sich auf Griechisch besser klären ließen als auf Englisch. Aber es hat nicht viel genützt.«

»Der Plattenhändler wusste nichts über Cans Vater?«

»Er erinnerte sich an den Namen. Er sagte, Davut Evinman sei ein Kunde gewesen, der von ihm gelegentlich seltene Jazz-Platten bezogen habe. Evinman habe seinen Laden zufällig entdeckt, als er mit seiner Frau und seinem Sohn in Thessaloniki im Urlaub war. Sie seien sofort ins Fachsimpeln gekommen.«

Ich begann, mich zu entspannen.

»Mein Vater war ein großer Jazz-Fan«, sagte ich.

»Karakatsanis hat ihm hin und wieder Platten nach Deutschland geschickt, manchmal war es wohl auch umgekehrt. Als ich mit Herrn Roth bei ihm war, hatte er aber lange nichts mehr von Ihrem Vater gehört. Viele, viele Jahre, sagte er.«

»Natürlich nicht«, sagte ich, »da war er ja auch schon ›viele, viele Jahre‹ tot.«

Wir kamen also ohne Knoblauch aus und ohne die rote Sonne von Supermans Heimatplaneten. Die Schwerkraft hielt uns am Boden, die Flüsse flossen wieder stromabwärts.

»Verstehe ich trotzdem nicht«, sagte Anna. »Warum sollte Cans Vater irgendjemandem die Adresse eines Plattenhändlers gegeben haben? In Istanbul.«

»Karakatsanis nahm an, dass irgendwas durcheinandergeraten war. Sie hatten auch Jazzplatten getauscht. Vielleicht sollte ihm etwas zugeschickt werden, und die Adressen wurden verwechselt.«

»Hat er denn je etwas zugeschickt bekommen, was für Cans Vater bestimmt war?«

Binah lächelte Anna freundlich an, vielleicht sogar etwas gerührt.

»Das hat Ihr Vater damals auch gefragt. Karakatsanis konnte sich an nichts erinnern. Falls ich mich noch richtig erinnere.«,

»Lebt dieser Karakatsanis noch?«, fragte ich.

Der Mann hatte meinen Vater gekannt, seine Leidenschaft geteilt, wahrscheinlich hatte er auch mich gesehen als Kind. Ich wollte mit ihm sprechen. Vielleicht wollte ich das.

»Ich habe ihn seitdem nicht mehr gesehen«, sagte Binah. »Er war etwas älter als ich. Den Laden in der Kassandrou gibt es jedenfalls noch, ich komme gelegentlich daran vorbei.«

»Hat Ellen Reichert mit ihm gesprochen?«, fragte ich. »Oder ihn erwähnt? Sie sagten, sie wusste, dass Annas Vater hier war, um nach meinem Vater zu suchen.«

Binah schüttelte den Kopf, sofort, ohne zu zögern.

»Ich habe ihn auch nicht erwähnt«, sagte sie. »Dazu gab es keinen Anlass.«

Wir sollten den Abstand hören, den sie zu Ellen Reichert gehalten hatte. Nicht zum ersten Mal.

»Was wollte mein Vater eigentlich von Ihnen?«, fragte Anna.

»Er hat sich für die Besatzungszeit interessiert, für die Beschlagnahmung des jüdischen Vermögens und vor allem für die enteigneten jüdischen Firmen und ihre Übergabe an Nichtjuden. Ich habe damals darüber geforscht, für meine Habilitation, und mir lagen die meisten Unterlagen der YDIP vor: der Dienststelle zur Verwaltung des jüdischen Vermögens. Formal war das eine rein griechische Behörde, aber die Deutschen hatten ihre Gründung veranlasst und kontrollierten sie natürlich. In den Achtzigern waren die meisten Unterlagen weder ausgewertet noch öffentlich zugänglich.«

»Gab es Namen, für die sich mein Vater besonders interessiert hat?«

»Sie meinen von beraubten Juden?«

Anna nickte.

»Ich glaube nicht.«

Auch das kam schnell, dann zögerte sie.

»Aber es gab Namen, nach denen er mich fragte. Max Merten hat Ihren Vater besonders interessiert, der Militärverwaltungsrat. Und die vergleichsweise kleine Abteilung des SS, die es in Thessaloniki schon gab, bevor Wisliceny und Brunner eintrafen, um die Deportationen durchzuführen. Ihr Vater fragte mich, was ich über Rudolf Eissler weiß.«

Binah wartete die Wirkung ihrer Worte ab, aber nur ich half mit einer Reaktion: Elektrisiert sah ich zu Anna, die ihren Blick regungslos auf Binah gerichtet hielt und auf die Fortsetzung wartete.

»Ich wusste damals nicht, dass Ihr Vater mit Rudolf Eissler verwandt war. Das habe ich erst von Ellen Reichert erfahren.«

»Mein Vater war nie mit Rudolf Eissler verwandt«, sagte Anna kühl. »Als mein Mann und ich geheiratet haben, waren beide schon tot.«

Binah ließ es unerwidert stehen. Keine Frage, keine Anmerkung, keine weiteren Erläuterungen.

»Hat Herr Roth auch einen Mann namens Mahler erwähnt?«, fragte ich. »Anton Mahler?«

»Ich glaube nicht. Aber ich kenne den Namen. Mahler war auch Angehöriger der SS, ein Untergebener von Rudolf Eissler.«

»Was wissen Sie über ihn?«

»So viel oder so wenig wie über Eissler. Es ist dokumentiert, dass die beiden mit vier anderen SS-Leuten bis zum Abzug der deutschen Truppen in Thessaloniki waren. An irgendwelche Besonderheiten im Zusammenhang mit ihren Namen kann ich mich nicht erinnern.«

»Mahler hat einen Mann totgetreten«, sagte ich, »auf dem Platz der Freiheit.«

Binah nahm es nur mit einem Nicken zur Kenntnis. Vielleicht war es eine Neuigkeit, offenbar keine Nachricht.

»Hat mein Vater Ihnen gesagt, warum er das alles wissen wollte?«

»Nein.«

»Nein?« Anna sah Binah misstrauisch an. »Und Sie haben ihm trotzdem bereitwillig Auskunft gegeben?«

»Warum nicht? Es waren historische Fakten, über die wir sprachen, keine Geheimnisse. Ich dachte, er wird seine Gründe haben.«

Anna schwieg, aber ihre Augen gaben Binah keine Ruhe.

»Ich war froh, dass sich jemand für meine Arbeit interessierte«, sagte Binah. »Und in dieser Generation hatten viele Juden Gewichte auf den Schultern. Die meisten haben nicht viele Worte gemacht. Das war normal.«

»Sie hatten nicht einmal eine Vermutung?«

Ein langes Zögern von Binah, dann ein Stimmungswechsel, ein entschlossener, messerscharfer Ton. Eine Art Notwehr, eine kontrollierte Offensive.

»Ich hatte den Eindruck, Ihr Vater hätte etwas gutzumachen. Es gab auch jüdische Familien, die mit den Mördern paktiert hatten. Ich wollte nicht nachfragen.«

Das genügte, um Anna verstummen zu lassen. Schockiert sah sie Binah an und schluckte die grimmige Erwiderung hinunter, die sie auf der Zunge haben musste. Ich verstand ihre Blicke als Bitte, sie aus der Schusslinie zu nehmen.

»Und Ellen Reichert? War sie Ihnen gegenüber auch so schweigsam wie Annas Vater?«, fragte ich.

»Ihr ging es um Geld und Gold«, sagte Binah. »Und sie war nicht die Erste.«

»Sie war nicht die Erste?«

»Seit Jahrzehnten gibt es Gerüchte, Max Merten habe von dem beschlagnahmten Gold der Juden einen Teil unterschlagen und aus der Stadt geschafft. Seither kommen immer wieder Abenteurer in die Stadt und rücken mir auf die Pelle, weil sie denken, wer wissenschaftliche Arbeiten über die Todesbürokratie der Deutschen veröffentlicht, weiß auch alles über geraubte jüdische Schätze.«

Verächtlich blies sie ihren Rauch aus.

»Sogar der jüdische Gemeindeverband von Griechenland hat mich nach Mertens angeblichem Schatz gefragt. Vor zehn oder elf Jahren haben diese Irren tatsächlich eine Schatzsuche im Meer finanziert.«

»Sie dachten, Ellen Reichert sucht nach Mertens Gold?«, fragte ich erstaunt.

»Das war nicht *Mertens* Gold«, sagte Binah scharf und richtig, wurde aber sofort milder. »Und es ist auch nicht mehr als eine Legende. Ja, ich dachte, die Frau gehört auch zu diesen Spinnern.«

»Aber sie hat Ihnen von Annas Vater erzählt.«

»Von Herrn Roth. Von einem Dönme-Paar, das ermordet wurde und ein Kind zurückließ, das nichts über seine Herkunft weiß. Von einem deutschen Unternehmer, an dessen Milliarden Blut klebt. Richtig, hat sie alles erzählt.«

Binah sah mich an, als sei nichts Ungewöhnliches daran, als müssten damit alle meine Fragen beantwortet sein.

»Solche Geschichten erzählen alle. Von Adenauer, der mit Merten unter einer Decke gesteckt haben soll. Vom Mossad, der genau weiß, wo das Gold ist, aber nichts sagt, weil sonst ungeheure jüdische Geheimnisse ans Licht kommen. Es war nur eine Geschichte, und dass ich mich an Herrn Roth erinnern konnte, als mich Ellen Reichert auf ihn ansprach, machte sie nicht glaubwürdiger für mich. Sie hatte das alles vielleicht irgendwo aufgeschnappt, sich irgendwas zusammengereimt. Ich habe der Frau kaum zugehört, unser Gespräch dauerte nicht länger als eine Viertelstunde. Ich habe sie ans Staatsarchiv verwiesen, wo heute alle Unterlagen liegen, die es über die Enteignungen gibt.«

»Eine Viertelstunde?«, sagte ich und sah kurz zu Anna. Sie wirkte stabiler, wieder neugierig, spornte mich mit ihren Augen an. »Dann haben wir ja ein Riesenglück. Für uns nehmen Sie sich richtig viel Zeit.«

Ich wollte Binah nicht kränken, doch ich klang spöttischer, als ich wollte. Sie schwieg einen Moment, vermutlich um meinen Ton zu neutralisieren, bevor sie geduldig antwortete.

»Ich habe erst gestern Abend erfahren, dass Ellen Reichert gestorben ist. Von diesem Polizisten, der mir auch gleich sagte, es seien Leute aus Deutschland hier, die Fragen zu ihrem Besuch in Thessaloniki hätten. Ehrlich gesagt, erst war ich neugierig, und dann habe ich heute Ihre Namen gehört: Die Tochter von Herrn Roth stand vor mir, fünfundzwanzig Jahre nach seinem Besuch. Vermutlich in Begleitung eines Mannes, dessen Vorfahren aus Saloniki stammen und dessen Eltern angeblich ermordet wurden. Ich hatte den Eindruck, Sie hätten keine Ahnung.«

»Wovon?«

»Von der Geschichte, in die Sie da hineingeschlittert sind. Ich habe auch nicht die geringste Ahnung, und es geht mich auch nichts an. Ich wäre froh, wenn das so bleibt. Aber ich hatte dennoch das Gefühl, ich muss Ihnen sagen, was ich weiß. Wenigstens sollten Sie wissen, wo Sie hier sind.«

Binah stand auf, schnippte ihre Zigarette weg, die dritte, seit wir aus der Moschee gekommen waren. Offenbar hatte sie uns jetzt alles gesagt, was zu sagen war.

»Mein Mann wartet auf mich. Ich fahre Sie schnell zurück.«

»Warum glauben Sie, hat mein Vater Ihnen gesagt, dass er Jude ist? Soweit ich weiß, hat er es nie jemandem verraten.«

Die Frage, die Anna noch stellen konnte und stellen musste, bevor Binah weg war. Sicher nicht die, die sie eigentlich stellen wollte.

»Vielleicht dachte er, wir kommen so besser ins Gespräch, von Jude zu Jude. Vielleicht konnte er es nicht verschweigen in dieser Stadt, in der sie an jeder Ecke auf ein jüdisches Gespenst treffen.«

Binah sah Anna sanft an, zögerte, dann beantwortete sie die Frage, die ich auch gehört hatte, obwohl sie nicht ausgesprochen worden war.

»Ich weiß nicht, warum Ihr Vater seine Herkunft verschwiegen hat, sogar seiner eigenen Familie. Aber ich bin mir sicher, er hatte irgendwann sehr gute Gründe dafür. Wenn Sie einmal angefangen haben zu lügen, ist es nicht leicht, damit aufzuhören.«

Anna ging los, in Richtung Auto, wir sollten ihr Gesicht nicht sehen. Binah und ich folgten ihr.

»Und was ist aus Ihrer Habilitation geworden?«, fragte ich.

»Abgelehnt. Sie hat den akademischen Ansprüchen der Universität nicht genügt. Man hielt meine Quellen nicht für ausreichend, um eine griechische Beteiligung an der Shoah nachzuweisen.«

Ein Wimpernschlag, vielleicht zwei, dann brach Binahs Lachvulkan aus.

SPIEGEL **Schwarzes Poloshirt, sandfarbene Chinohose,** braune Wildledersneaker, warum nicht? Mein Haar nass, der Blick fad, im Kopf Zwiespalt und Styropor. Eine halbe Stunde, hatten wir gesagt, zwanzig Minuten. Wer zuerst fertig ist, klopft.

Binah hatte uns am Aristoteles-Platz abgesetzt und uns verabschiedet, seltsamerweise wie man Leute verabschiedet, denen man unweigerlich wieder über den Weg laufen wird, auf dem Markt, im Theater, auf der nächsten Beerdigung. Auf der Fahrt kaum ein Wort und keine Fragen, nicht von uns, nicht von ihr. Aber ich hatte jetzt Binahs Visitenkarte, sie meine. Schweigend waren Anna und ich danach in der Mittagshitze über den Platz zum Hotel gegangen, und schweigend waren wir mit dem Aufzug hochgefahren. Als wir uns vor ihrer Zimmertür verabredet hatten, hatte sie mich nicht angesehen.

Wie üblich in Hotels, war die Klimaanlage zu niedrig eingestellt. Bei 35 Grad Außentemperatur fror ich in meinem Zimmer wie im Moskauer Februar und fand es richtig. Ich blieb vor dem Spiegel stehen, als ich mein Handy einschaltete, das ich auf dem Weg zur Neuen Moschee ausgestellt hatte, und hörte die Mailbox ab. Drei Nachrichten. Marc, der nicht wissen konnte, wo ich war, wollte mit mir am Abend in einen spanischen Kinofilm über einen bolivianischen Rosenverkäufer und seine überarbeitete Frau; einen Vorteil hatte mein Aufenthalt in dieser Geisterbahn also doch. Sandra fragte mich in ihrer Mittagspause, wie es lief, und wünschte mir alles Gute. Margit, die Lektorin, wollte weder drängen noch stören, aber wissen, wie die Arbeit an Annas Buch vorankam. Ich überließ mich kurz der Phantasie, ihr die neuen Fakten aus Annas Leben zu mailen, um einen neuen Vorschuss auszuhandeln, dann rief ich Georg an. Seine Mailbox ging sofort dran. Ich hinterließ keine Nachricht, ich blickte in den Spiegel.

Und sah nur mich.

Ben hatte meine Augen und meinen Mund, Mina sah aus wie ihre

Mutter, aber angeblich lachte und ging sie wie ich. Doch es gab niemanden, der mir selbst einen Blick in die Zukunft erlaubt hätte. Ich war immer frei gewesen, ich konnte mir meine Bilder selbst malen bis zum Rand. Ich hätte mich selbst beneidet, wenn ich so eingerahmt gewesen wäre wie andere.

Doch ich hatte bisher nie an die Zeit gedacht, in der es immer weniger neue Bilder zu malen gab.

Im Bad nahm ich zwei Tabletten, trank Wasser aus der Leitung und steckte danach alles ein, was ich brauchte, die Brieftasche, das Handy, die Schlüsselkarte, und ging hinaus. Zwei Zimmer weiter klopfte ich an eine Tür, die Anna sofort öffnete. Sie trug dasselbe Kleid wie vorhin. Ihr Haar war trocken, ihre Augen nicht.

»Bist du so weit?«, fragte ich und merkte, dass mein Lächeln scheiterte.

Anna nickte.

»Und du?«, sagte sie. »Bist du jetzt auch so weit?«

Es war keine Frage. Es war ein Vorwurf.

SIEGEL

Der Taxifahrer nahm einen weiteren Fahrgast mit, eine junge Frau, die sich mit zwei schweren Einkaufstaschen den Hang hochquälte. Durch das offene Fenster auf der Beifahrerseite verständigte er sich auf Griechisch mit ihr, und sie stieg ein, nachdem sie geklärt hatten, nahm ich an, dass die Richtung stimmte. Wir saßen auf der Rückbank und wurden weder gefragt noch beachtet. Als die Frau ausstieg, zahlte sie nicht, das würden wir schließlich tun, sie sah uns nicht einmal an. Anna gefiel die Unverfrorenheit der beiden. Sie lächelte erheitert, vermied aber, zu mir zu blicken. Ich hatte ihr nichts getan, aber ich fühlte mich, als hätte ich ihr Bücherregal in Brand gesteckt.

Der Taxifahrer ließ uns am Anfang der Odos Kassandrou hinaus, an der Kreuzung, die ich ihm auf dem Plan von der Hotelrezeption gezeigt hatte. Binah hatte uns die genaue Adresse von Karakatsanis' Plattenladen nicht nennen können, wir mussten durch die ganze Straße gehen und die Augen offen halten. Wie in dem Viertel, in dem Xenos' Polizeistation lag, war auch hier ein winziger Laden neben dem anderen, spezialisiert jeweils auf ein einzelnes Angebot. Wenn die Geschäfte geöffnet gewesen wären, hätten wir Herrenhemden kaufen können, Besen, Aquarien, Haarpflegebedarf (Lockenwickler, Bürsten, Färbemittel), blaue, augenförmige Amulette in jeder Größe, Spielzeugautos und vieles andere mehr. Es war kurz vor zwei, die Mittagspause ging noch mindestens eine Stunde, wahrscheinlich war auch Karakatsanis' Laden geschlossen. Bevor wir uns von Giorgios Xenos durch die Stadt schleppen ließen, wollten wir unserer eigenen Spur nachgehen, den Mann suchen, der unsere Väter beide gekannt hatte. Vielleicht wohnte er in der Nähe seines Ladens, und wir fanden jemanden, der uns zu ihm führen konnte. Im unergiebigsten Fall sah ich den Laden, der meinen Vater begeistert hatte, und wir ließen einen Zettel mit unseren Nummern da.

In beinahe jedem Hauseingang lag ein schlafender, herrenloser Hund. Manchmal lagen sie auch an schattigen, kühlen Plätzen mitten auf dem Bürgersteig, dann stiegen wir über sie hinweg oder gingen um sie herum. Außer uns und den Hunden war kaum jemand so töricht, sich um diese Uhrzeit auf der Straße aufzuhalten. Immerhin hatten wir uns zwei kleine Flaschen Wasser besorgt und tranken immer wieder, hatten aber seit dem Frühstück nichts mehr gegessen. Anna hatte keinen Hunger, als ich vorgeschlagen hatte, essen zu gehen, und es hatte geklungen, als sei ihre Antwort auch für die nächsten Tage gültig.

»Mein Großvater war Wasserkraftingenieur«, sagte sie plötzlich und beendete ihr bebendes Schweigen, dem ich nichts entgegengesetzt hatte. »1934 ging er mit meiner Großmutter nach Mexiko, um an einem Stauseeprojekt zu arbeiten. Nicht ungewöhnlich, deutsche Ingenieure waren immer gefragt. 1935 wurde mein Vater dort geboren und kam erst 1949 nach München. Seine Eltern wollten, dass er in Deutschland Abitur macht und studiert, und zogen mit ihm zurück, obwohl mein Großvater in Mexiko eine gute Stelle hatte. Sie waren Katholiken. Meine Mutter hatte vor der Heirat die Geburtsurkunde und den Taufschein meines Vaters gesehen, und meine Eltern sind mit mir später regelmäßig in die Kirche gegangen. Nicht jeden Sonntag, aber an Weihnachten, Ostern und so was. Dann hat mein Vater immer mitgesungen, so inbrünstig wie schief. Das ist die Geschichte, mit der ich aufgewachsen bin, und die, die meine Mutter kannte. Nach dem Tod meines Vaters haben wir in einem seiner Schließfächer Papiere gefunden. Papiere seiner Eltern. Sie waren Juden, die nach Hitlers Machtergreifung die erste Gelegenheit genutzt hatten, um das Land zu verlassen. In Mexiko sind sie schon in den ersten Monaten zum Katholizismus übergetreten. Insofern ist mein Vater tatsächlich als Kind von Christen geboren worden, aber was seine Eltern waren, woher er kam, das wusste er. Er hatte die Papiere.«

»Vielleicht hat er es selbst erst später erfahren.«

»Nach ihrem Tod muss er es gewusst haben, spätestens. Mein Großvater ist 1969 gestorben, ich habe ihn nie kennengelernt, und als meine Großmutter starb, war ich zwei. Mein Vater hatte genug Zeit, uns davon zu erzählen. Er hat es nie getan.«

»Hat er sich geschämt?«

»Weil seine Eltern Juden waren?«

»Weil sie konvertiert sind«, sagte ich und merkte, dass ich den Satz, den Binah heute Morgen über Sarkozy gesagt hatte, plötzlich verstand.

»Es geht nicht darum, ob seine Eltern Juden waren oder nicht. Mein Vater hat etwas Wichtiges verschwiegen. Etwas, das für ihn von großer Bedeutung gewesen sein muss. Dann war er tot, ich konnte ihn nichts mehr fragen. Auf einmal war er mir fremd.«

Sie sagte nicht die ganze Wahrheit. Sie sprach nicht aus, was sie wirklich beschämte. Was sie beschädigt hatte. Ich hatte es die ganze Zeit gespürt, aber erst jetzt verstand ich es.

»Vor allem hattest du Angst, du könntest *ihm* fremd geblieben sein«, sagte ich. »Davor hast du immer noch Angst. Bei jedem.«

Anna blieb kurz stehen, um einen Schluck zu trinken, schraubte die Flasche mit der Bedachtsamkeit zu, mit der in Filmen Bomben entschärft werden, und ging schweigend weiter, ohne zur Seite zu sehen. Schon wieder hatte ich es vergeigt, wie damals bei meiner Frage nach ihrer Affäre mit dem französischen Arzt. Es war der falsche Ort, der falsche Moment, es war zu früh. Zu direkt. Ich hatte es vor mir liegen sehen und zugreifen müssen. Ein Reflex. Aus solchen Sätzen entstanden die Bücher, die ich schrieb. Irgendwann tauchte ein solcher Satz auf, lagerte unzählige andere an und war am Ende, wenn es gutging, unauffindbar versteckt. Hier ging es aber nicht um ein Buch, meine alten Rechte waren verfallen, ich war nicht mehr Annas Stimme. Aber ich hatte immer noch keine Ahnung, was ich sonst für sie war.

»Ich dachte, das interessiert dich alles gar nicht«, sagte Anna.

»Was interessiert mich nicht?«

»Als ich angefangen habe, dir von meinem Vater zu erzählen, gestern Abend am Hafen, da hast du nicht nachgefragt.«

»Ich dachte, du erzählst weiter, wenn du willst.«

Jetzt sah sie mich an, mit dem gefährlichsten Lächeln, das ich je in ihrem Gesicht gesehen hatte.

»Ja, so machst du das«, sagte sie. »Du wartest ab.«

Es klang, als liege das knapp unter dem Tatbestand der Geiselnahme. Diesmal war es nicht nur eine ärztliche Diagnose, es war *mein* Satz. Die Inschrift auf meinem Grabstein. In Annas Augen konnte ich sehen, dass sie es schon lange wusste. Ich hätte etwas darauf erwidern müssen, um meine Dankbarkeit zu zeigen oder ihre Zuständigkeit in Zweifel zu ziehen. Ich sagte:

»Da ist es.«

Anna drehte sich um. Wir standen vor einem Plattenladen, der wirklich ein Plattenladen war: Durch die Scheibe sahen wir in einen kleinen Raum voller Holzkisten mit Schallplatten. Soweit ich es überblicken konnte, gab es nur ein einziges Regal mit CDs. Es war niemand drin, die Tür war verschlossen. Ein kleiner länglicher Zettel, hellblau, war über dem Schloss auf Türrahmen und Tür geklebt.

Die griechische Aufschrift konnten wir beide nicht lesen, dennoch hätte ich die Passantin, die ich ansprach, gar nicht erst fragen müssen. Die Frau von Mitte fünfzig sprach kein Englisch, aber sie hatte siebzehn Jahre in Leverkusen gelebt, wie sie uns sagte, bevor sie den Zettel übersetzte.

»Polizei. Niemand darf rein ohne Genehmigung. Wenn Sie Musik brauchen, ich kann Ihnen eine andere Adresse geben.«

Mit der Auskunft bekamen wir von Opala Antoniou auch eine Einladung zum Kaffee. Das Friseurgeschäft ihrer Tochter, in dem sie gelegentlich aushalf, lag nur ein paar Meter weiter, und auch die würde sich freuen, sehr sogar. Patricia, auch schon über dreißig, war in Leverkusen geboren und liebte Besuch aus Deutschland.

Ich überließ es Anna, freundlich abzulehnen, hatte aber noch eine Frage, bevor wir uns verabschiedeten.

»Kennen Sie den Mann, dem der Plattenladen gehört?«

Opala Antoniou sah mich an, als hätte ich mich nach dem Längen- und Breitengrad von Alburquerque erkundigt.

»Wir kennen uns, natürlich«, sagte sie. »Abraam grüßt sehr freundlich. Immer. Aber wirklich spricht er nur mit Charis.«

DU **Heute sprach Charis mit Giorgios Xenos,** aber der Polizist kam sofort aus dem Verhörraum, als wir ihm von seiner uniformierten jungen Kollegin gemeldet wurden. Aufgekratzt begrüßte er mich mit einem festen Händedruck. Anna, die seinen Wangenkussversuch mit einem Lächeln abwehrte, das einer Ohrfeige gleichkam, durfte sich am Ende mit einem leutseligen Nicken begnügen. Xenos war stolz. Er wusste nicht nur, wer Ellen Reichert überfahren hatte, er war sich auch sicher, dass es nicht mehr lange dauern würde, bis er diesen Mann gefasst hatte.

»Das Auto gehört einem CD-Händler«, sagt er. »Abraam Karakatsanis, neunundsechzig Jahre alt, geboren in Athen, seit 1979 gemeldet in Thessaloniki. Interessanterweise ist er gerade verreist, mit unbekanntem Ziel. Ein Handy hat er natürlich, aber er geht nicht dran. Das Beste kommt aber noch: Sein Name war in Ellen Reicherts Smartphone gespeichert.«

Was Xenos' Augen forderten, war Applaus, vielleicht wäre er auch mit einer Umarmung zufrieden gewesen oder einem fasziniert herausgehauchten Dankeschön. Anna und ich schwiegen, wir sahen uns nicht an. Ich glaube, sie bebte auch. Dennoch entschieden wir gemeinsam, spätestens jetzt, Giorgios Xenos nur zu sagen, was er unbedingt wissen musste, um uns helfen zu können.

»Ellen Reichert kannte Karakatsanis«, sagte Xenos zu Anna, aber sein Blick vagabundierte zwischen uns beiden hin und her. »Offenbar hatten Sie recht: Wir müssen nicht nach Läusen *und* Flöhen suchen.«

Anna tat ihm den Gefallen und stellte die passende Frage.

»Worin bestand ihre Verbindung?«

»Das weiß ich noch nicht, dafür müsste ich ihn erst finden. Aber ich arbeite daran. Karakatsanis hat einen Mitarbeiter. Wenn man das überhaupt so nennen kann. Ein fünfundzwanzigjähriger Typ namens Charis Mavros, der im Laden einspringt, wenn der Chef nicht kann. Vorbestraft wegen Drogenbesitzes, im Grunde obdachlos. Wohnt mal da, mal dort und verdient sich bei Karakatsanis ein paar Mäuse. Ich vernehme ihn gerade. Vielleicht weiß er mehr über seinen Chef, als er bisher sagt.«

Charis Mavros. Der Charis, mit dem Abraam wirklich spricht.

»Wollen Sie dabei sein?«, fragte Xenos. »Ich hätte nichts dagegen.«

Wir wollten und gingen mit Xenos in den Verhörraum, in dem ein junger Mann saß, der anders aussah, als ich ihn mir vorgestellt hatte. Charis Mavros war klein und korpulent und trug einen hellen Leinenanzug, mit dem es ihm trotz seines hellblauen Led-Zeppelin-Shirts ernst zu sein schien. Seine langen, krausen Haare, die zu einem Pferdeschwanz zusammengebunden waren, waren kein besonderes Merkmal. Auffällig viele griechische Männer trugen ihr Haar so, auch jenseits der vierzig, bei Gelegenheit musste ich jemanden danach fragen. Es waren genügend Stühle da, nach einer auffordernden Geste von Xenos setzten wir uns an den Tisch.

»Sprichst du Deutsch?«, fragte ihn Xenos.

Charis Mavros sah ihn nur unsicher an, verstand offenbar nicht.

»Do you speak English?«

Vorsichtig nickte Mavros, Xenos sprach auf Englisch weiter.

»Das sind Gäste aus Deutschland, die sich über unsere Arbeit informieren«, sagte er freundlich. »Sie werden uns nicht stören.«

Er sprach mit Mavros, und doch war es eine dezente Mahnung an uns.

»Charis, du weißt, dein Chef hat einen Unfall verursacht.«

»Sagen Sie. Ich weiß nichts davon.«

Xenos lächelte mild, er würde die Geduld aufbringen, die nötig war.

»Aber du weißt, dass dein Chef einen grünen 99er Ford Fiesta fährt.«

»Nein.«

Xenos Lächeln fror ein, blieb aber in seinem Gesicht wie eine Narbe.

»Nein?«

»Er fährt einen Ford. Woher soll ich das Baujahr kennen?«

Wir bekamen von Xenos den Blick, den andere Eltern bekommen, wenn man sich für das eigene Kind schämen muss.

»Okay, Charis, *ich* weiß, dass dein Chef einen 99er-Ford hat. Und ich weiß auch, dass dieses Auto an einem tödlichen Unfall beteiligt war. Der Fahrer hat Unfallflucht begangen. Wer saß da am Steuer? Du, Charis? Leihst du dir das Auto manchmal aus? Ist dein Boss so nett?«

Charis Mavros sah ihn erschrocken an.

»Ich habe keinen Führerschein.«

»Als hätte so was einen wie dich je gestört.«

Nicht subtil, aber auch nicht unwirksam. Xenos kochte den jungen Mann vor, bevor er ihn in den Backofen schieben wollte. Zwischen meiner und Xenos' Arbeit gab es Gemeinsamkeiten, dachte ich, aber er hatte einen guten Grund, den Leuten unter die Haut zu gehen. Er suchte einen Täter.

»Nein, Charis, du warst es nicht. Glaube ich jedenfalls.« Xenos ließ die Leine locker. »Es war Karakatsanis. Und danach ist er abgehauen.«

»Er ist nicht abgehauen, er ist unterwegs. Ich schätze, er kauft Platten. Das macht er regelmäßig.«

»Wo kauft er Platten?«

»Athen, Sofia, Istanbul. Amsterdam, Brüssel. Er war auch schon in London und Barcelona. Überall, wo es eine Sammlerszene gibt. Er hat mir nicht gesagt, wohin er fährt.«

»Macht man das heutzutage nicht per Internet?«

Ein Lächeln zog über Charis' Gesicht, er amüsierte sich über den Ahnungslosen.

»Internet, die Typen? Einige von denen haben schon gesammelt, da gab es noch kein elektrisches Licht.«

Xenos lachte mit.

»Verstehe. Wo ist dein Chef diesmal?«

»Keine Ahnung. Habe ich doch gesagt. Er hat mich am Montagabend angerufen und gesagt, ich soll die nächsten Tage in den Laden kommen. Machen wir immer, wenn er weg ist oder etwas anderes zu tun hat.«

»Du hast einen Schlüssel?«

»Ja.«

»Auch zu seiner Wohnung über dem Laden?«

Verdattert sah Mavros den Polizisten an, bevor er uns zum ersten Mal genauer betrachtete. Wenn Xenos nicht an Alzheimer litt, zog er die Show für uns ab.

»Ich habe Ihnen den Schlüssel doch selbst gegeben.«

»Ja, richtig. Wenn dein Chef weg ist, wohnst du dann bei ihm?«

Ein langes Zögern, bevor Mavros nickte.

»Manchmal. Wenn ich gerade nichts anderes habe. Abraam weiß Bescheid.«

»Da bin ich sicher. Diesmal auch?«

Wieder ein Zögern, wieder ein Nicken.

»Ist dir irgendwas aufgefallen?«

Mavros schüttelte den Kopf, Xenos wandte sich an uns.

»Ein kleines Schlafzimmer, ein kleines Wohnzimmer. Eine Million Platten, mehr als im Laden unten, eine Stereoanlage und Boxen, die zusammen größer sind als meine Küche. Ein paar Bücher, ein Fernseher. Aber keine Fotos und außer irgendwelchen Strom- und Telefonrechnungen keinerlei Papiere. Kein Computer. Obwohl er einen Internetanschluss hat.«

Er drehte sich wieder zu Mavros um.

»Für mich sieht das so aus, als hätte jemand alles mitgenommen, was man auf die Schnelle mitnehmen kann, wenn man flieht.«

Mavros sah ihn unglücklich an.

»Abraam lebt so. Er hat seine Musik und sonst nichts. Ich habe nie Fotos oder so was bei ihm gesehen. Ich habe nie gestöbert, aber was soll er denn für Papiere haben? Was meinen Sie?«

»Du hattest den Eindruck, bei ihm ist alles wie immer?«

Von Mavros ein schnelles Nicken, die Hoffnung in den Augen, seinem Freund helfen zu können. Doch dann stutzte er.

»Er hat seine Klarinette mitgenommen. Hat aber nichts zu bedeuten. Macht er immer, wenn er ein bisschen länger fort ist. Mehr als ein, zwei Tage hält er nicht aus ohne sie.«

Ich hätte den Marder erwartet, der vermutlich noch in meinen Eingeweiden schlief, aber es war der Fuchs von Karins Beerdigung. Er stand zwischen Grabsteinen und sah mich düster an.

»Karakatsanis spielt Klarinette?«, fragte ich.

Mavros entspannte sich. Was er jetzt zu erzählen hatte, konnte offensichtlich niemandem schaden. Er hatte die Art Lächeln, das einnehmend wirkt, weil es von etwas Bezauberndem ausgelöst worden ist.

»Ja, er spielt Klarinette. Er betet mit ihr.«

»Er betet?«

»Er hat einmal gesagt, die Musik ist wie ein Gebet für ihn. Oft geht er ans Ufer und spielt dort stundenlang. Und am Ende sagt er immer denselben Spruch. Ein Art Mantra, so was wie ein Amen.«

Mavros lachte, das Bild befreite ihn. Er war nicht mehr hier, er war mit Karakatsanis irgendwo am Meer. Hörte ihm zu.

»Was ist das für ein Spruch?«, fragte ich, obwohl ich sah, dass Xenos sehr unzufrieden mit dem Nebengleis war, auf das wir geraten waren.

»Er sagt am Ende immer ›Asperamos a ti‹. Das ist Ladino, hat Abraam gesagt. Bedeutet so was wie ›Warten wir's ab‹.«

»Ladino? Karakatsanis ist Jude?«

Jetzt war ich es, der Mavros zum Lachen brachte.

»Abraam ist kein Jude, jedenfalls weiß ich nichts davon. Er ist Musiker. Und manchmal ein echter Komiker. Das ist nur ein Spruch, eine Marotte.«

»Also gut«, sagte Xenos und schickte mich mit einem strengen Blick vom Feld. »Du weißt nicht, wo dein Chef ist, aber du glaubst, er ist bald zurück?«

Mavros war sofort wieder auf der Hut, das Lächeln wich aus seinem Gesicht.

»Ja.«

»Hast du den Namen Ellen Reichert schon mal gehört?«

»Nein. Wer soll das sein?«

Xenos holte Ellen Reicherts Personalausweis aus der Gesäßtasche seiner Jeans, legte ihn auf den Tisch und deutete mit dem Finger auf das Foto.

»Diese Frau. Hast du sie schon mal gesehen?«

»Nein.«

»Sie war nie im Laden?«

»Da sind selten Frauen, schon gar nicht solche. Aber ich weiß nicht. Ich bin nur da, wenn Abraam nicht kann.«

»Okay«, sagte Xenos und stand auf. »Okay, okay, okay.«

Es sah aus, als wären wir durch. Argwöhnisch blickte Mavros zu Xenos, aber es gab keinen Grund mehr, in der Rüstung zu bleiben.

»Danke«, sagte Xenos.

Er ging um den Tisch herum, blieb hinter Mavros stehen.

»Wo ist Karakatsanis?«, fragte er.

Mavros hatte keine Chance mehr, sich zu ihm umzudrehen. Xenos packte seinen Kopf und schlug ihn mit großer Wucht auf die Tischplatte.

»Wo ist er?«

Xenos zog Mavros an seinem Zopf wieder hoch. Sein Gesicht war blutverschmiert und schwoll sofort an. In seinen Augen sah ich kein Entsetzen, nur Überraschung. Er konnte nicht glauben, dass er es war, dem das geschah. Er schrie nicht auf, das tat ich. Anna stand sofort auf und kümmerte sich um Mavros, hatte wieder keine Bedenken, sich mit Blut zu beschmieren.

»Seine Nase ist gebrochen. Und eine Gehirnerschütterung würde ich auch nicht ausschließen. Er muss behandelt werden.«

Xenos lächelte sie entgegenkommend an.

»Natürlich«, sagte er sehr freundlich. »Sofort. Wir sind fertig. Wenn er etwas wüsste, hätte er es jetzt gesagt.«

Er öffnete die Tür und rief etwas in den Flur. Die junge Polizistin kam herein, sah Mavros ausdruckslos an und ließ sich von Xenos Instruktionen geben. Sie brachte Mavros aus dem Raum und achtete darauf, die Tür sorgfältig und leise zu schließen. Ich fragte mich, ob sie irgendwann zurückkommen würde, um das Blut von Tischplatte und Boden zu wischen.

»Schade«, sagte Xenos, »aber wir werden Karakatsanis finden.«

Anna und ich schwiegen. Schüchtern blickte Xenos uns an.

»Ich glaube, ich bin der Jüngste von uns«, sagte er. Normalerweise muss es ein Älterer vorschlagen, aber ich glaube, langsam sollten wir uns mal duzen. Was meint ihr?«

Anna schwieg. Sie beobachtete ihn, als säße er hinter einem Einwegspiegel und hätte eine Walnuss und einen Hammer vor sich. Ich lächelte Xenos an, ging munter auf ihn zu und gab ihm die Hand.

»Gute Idee, Giorgios«, sagte ich. »Ich bin Can.«

Er freute sich, wandte sich erwartungsvoll Anna zu, die mich anstarrte. Ich hatte nichts dagegen.

»Gibst du mir mal Ellen Reicherts Handy?«, sagte ich zu Xenos.

Er löste seinen Blick von Anna, sah mich erschrocken an.

»Warum?«

»Karakatsanis Nummer stand drin. Vielleicht finden wir noch mehr, was Anna oder mir irgendwas sagt. Hilft dir sicher weiter.«

Mit welcher Begründung hätte er ablehnen sollen? Er nickte und achtete darauf, nicht zu zögern.

Mir gefiel der überraschte Blick, mit dem Anna mich jetzt ansah. Ich war feige, falsch und gewissenlos. Aber ich hatte nicht abgewartet.

KONTAKTE

Xenos drängte zum Aufbruch, das Staatsarchiv hatte nur bis fünf geöffnet, und der Mitarbeiter wartete auf uns, aber ich war noch nicht fertig. In seinem Büro sah Xenos mir dabei zu, wie ich Ellen Reicherts Smartphone durchforstete. Die beiden mobilen Bordkarten hatte ich mir schon genauer angesehen, schweigend, die dazugehörigen Mails las ich jetzt.

»Sie war in Istanbul, am Tag ihres Todes«, sagte ich. »Morgens um sieben Uhr zehn hin, um siebzehn Uhr vierzig wieder zurück. Anscheinend ist es nur eine gute Stunde Flugzeit.«

So überrascht und locker ich konnte, sah ich Xenos an:

»Du hast es nicht erwähnt, glaube ich?«

Er hatte genug Zeit gehabt, um sich eine Geschichte zurechtzulegen, doch Anna war schneller.

»Wahrscheinlich wollte Herr Xenos uns Unannehmlichkeiten ersparen«, sagte sie. »In Istanbul kann er nichts für uns tun, da hätten wir vielleicht jemand anderen engagieren müssen.«

So wie Anna über Xenos sprach, hätte er auch in Alaska sein können. Ihr Ton wäre nicht verächtlicher gewesen.

»Ich hatte noch nicht gecheckt, was sie dort gemacht hat«, sagte Xenos teilnahmslos. »Ich wäre noch darauf zurückgekommen.«

Xenos sprach, weil etwas gesagt werden musste. Er rechnete nicht damit, dass irgendjemand Wert auf seine Worte legte.

»Sie hat sich in Istanbul mit einem Simon Jacob getroffen«, sagte ich. »Sie haben sich per Mail verabredet. Der Mailadresse nach arbeitet er bei der Niederlassung der Crédit Suisse in Istanbul.«

»Was wollte sie von ihm?«, fragte Anna.

»In den Mails hier geht es nur um organisatorische Dinge. Sie schreibt ihm, wann sie ankommt. Er nennt ihr ein Café, in dem sie sich treffen können.«

»Ist da eine Nummer?«

Ich nickte.

»Rufen wir an«, sagte Anna.

»Wir müssen los«, sagte Xenos. »Dr. Miniatis wartet.«

Ich lächelte ihn so zutraulich an, dass er nur irritiert oder beleidigt sein konnte.

»Du hast recht, wir rufen ihn später an«, sagte ich, blieb aber sitzen und konzentrierte mich wieder auf das Display des Smartphones, scrollte mich weiter durch die Kontaktliste.

Dann sah ich den Eintrag. Eine Mobilnummer. Eine Berliner Festnetznummer. Die vollständige Adresse. Georg Lisinski hatte es in Ellen Reicherts Adressverzeichnis geschafft.

TO DO

Georg anrufen.

TABAK

Dr. Miniatis war erkennbar neugierig, doch er stellte selbst keine Fragen, beantwortete nur hilfsbereit unsere, erklärte und übersetzte. Vielleicht wäre er forscher gewesen, wenn wir keinen Polizisten dabeigehabt hätten. Mehr als Verwunderung darüber, dass sich innerhalb weniger Tage gleich mehrere Besucher aus Deutschland für die YDIP interessierten, äußerte er nicht. Akten der griechischen Dienststelle für die Verwaltung des israelitischen Vermögens, die auf Veranlassung der Nazis gegründet worden war, wurden gewöhnlich nur von jungen Historikern auf der Suche nach Dissertationsthemen genutzt.

Ellen Reichert hatte sich alle Dokumente heraussuchen lassen, die die Firma Samuel Counio & Söhne betrafen. Anfang der vierziger Jahre waren die Counios die größten Tabakhändler der Stadt. Sie exportierten in großer Menge Rohtabak aus den umliegenden Anbaugebieten nach England, Frankreich, Belgien und vor allem Deutschland und produzierten in ihrer eigenen Fabrik Zigaretten für den heimischen Markt. Miniatis empfahl uns, das ehemalige Fabrikgebäude zu besichtigen, falls wir uns dafür interessierten. Heute wurde es als Hotel genutzt und lag zufällig drei-, vierhundert Meter hinter dem Staatsarchiv ebenfalls in der Agiou Dimitriou.

»Ellen Reichert hat sich dort einquartiert«, sagte Giorgios Xenos, wir sagten nichts.

Die Firma Counio war von der griechischen Behörde wie alle jüdischen Unternehmen Anfang 1943 in das Verzeichnis des jüdischen Vermögens aufgenommen und formal der Treuhandverwaltung der YDIP überstellt worden. Der Betrieb sollte von der Familie Counio so lange weitergeführt werden, bis die Behörde eine neue Geschäftsleitung bestimmen würde.

Im März 1943 erschien Max Merten in den Räumen der YDIP, was von den Mitarbeitern der Behörde gewissenhaft protokolliert worden war. Merten kam in Begleitung von Obersturmführer Rudolf Eissler, dem Leiter der SS-Dienststelle von Saloniki, und gab an, autorisiert zu sein »als Vertreter des Militärbefehlshabers Mazedonien und Ägäis, der seinerseits den griechischen Fiskus vertritt«. In dieser Funktion ordnete der Chef der deutschen Militärverwaltung an, die Firma Counio aus dem YDIP-Verzeichnis zu streichen und aus der Treuhandverwaltung des jüdischen Vermögens zu entlassen. Obwohl der Vorgang im Rahmen der geltenden Nazi-Gesetze rechtswidrig war und auch nach damaligen Maßstäben ein Willkürakt, kam die Behörde Mertens Anordnung sofort nach.

»Das Verhalten war nicht ungewöhnlich bei Merten«, sagte Miniatis. »Später wurde es zur Regel. Formal war die YDIP als griechische Behörde unabhängig, aber Merten griff regelmäßig ein, wenn es um die Übergabe der beschlagnahmten jüdischen Firmen an Nichtjuden ging. Immer wieder nannte er der YDIP Namen von Griechen, denen bestimmte Unternehmen übereignet werden mussten. Leute, denen er eine Gefälligkeit schuldig war oder die er aus anderen Gründen protegierte.«

»Er war korrupt«, sagte Anna.

»Zweifellos«, sagte Miniatis und sah Anna bitter an, »im Gesamtzusammenhang vermutlich eine eher lässliche Sünde.«

»Aber in diesem Fall war es doch anders«, sagte ich. »Merten hat dafür gesorgt, dass das Unternehmen der Familie Counio aus der staatlichen Verwaltung herausgenommen wurde. Die jüdischen Eigentümer behielten ihre Firma.«

Miniatis nickte.

»Aber nicht lange.«

Er machte uns auf ein weiteres Dokument aufmerksam und übersetzte es für uns. Um sich abzusichern, hatte der Leiter der YDIP neun Tage nach Mertens Intervention im Fall Counio einen Aktenvermerk angelegt. Es war bekanntgeworden, dass die Familie Counio ihre Firma an den Tavernenbesitzer Iannis Poulos verkauft hatte, am Tag nach Mertens und Eisslers Erscheinen in den Diensträumen der Behörde. Wie auch immer der griechische Behördenleiter es damals angestellt hatte, an die Unterlagen zu kommen, dem Aktenvermerk lag eine Kopie des notariellen Kaufvertrags bei. Das gesamte Tabakunternehmen einschließlich sämtlicher Immobilien, Maschinen, Lagerbestände und Einlagen bei der Agrarbank von Thessaloniki wurde von Iannis Poulos »en bloc« für die offenbar lächerliche Summe von drei Millionen Drachmen gekauft. Dem damaligen amtlichen Wechselkurs nach entsprach das fünfzigtausend Reichsmark, rechnete uns Miniatis vor. Die Firma, der größte Tabakhandel der Stadt, sei sicher ein Vielfaches wert gewesen.

»Da dürfte Bakschisch geflossen sein«, sagte Xenos, der auch etwas sagen wollte.

»Fragt sich nur, in welche Richtung«, sagte Anna. »Selbst wenn es viel zu wenig für das Unternehmen war, woher hat ein Tavernenbesitzer so viel Geld?«

Dr. Miniatis zuckte höflich mit den Achseln.

»Was ist aus den Counios geworden?«, fragte ich.

»Das weiß ich nicht«, sagte Miniatis und ging an den Computer. »Danach hat Frau Reichert nicht gefragt.«

Ich hätte gerne gewusst, wonach sie gefragt hat, aber schon hatte Miniatis die Liste der Deportierten aufgerufen, die als Datei vorlag.

»Der Name Counio ist nicht darunter«, sagte er, »aber das muss nichts bedeuten. So akribisch die Deutschen und ihre Handlanger vorgegangen sind, um bloß niemanden zu übersehen, die Liste ist nicht vollständig. Es gibt heute noch Nachträge.«

Miniatis rief eine andere Datei auf.

»Knapp zweitausend Juden, die dem Holocaust auf irgendeine Weise entgehen konnten, sind zurückgekehrt und wurden größtenteils registriert, weil sie Anspruch auf Unterkunft hatten«, sagte er und sah die Liste durch. »Hier. Alberto Counio mit Frau und Sohn Daniel. Sie sind nach Thessaloniki zurückgekehrt.«

»Woher?«, fragte ich.

»Darüber liegt nichts vor.«

»Lebt die Familie noch hier?«

»Kann ich nachsehen.«

Er rief eine Internetseite auf und gab griechische Buchstaben in eine Suchmaske ein.

»Einen Telefonbucheintrag unter dem Namen gibt es nicht.«

»Was ist mit dem SS-Mann, der mit Merten auf die Behörde kam?«, fragte Anna.

»Rudolf Eissler?«

Ich nickte.

»Was hatte er mit der Sache zu tun?«

»Darüber liegt nichts vor«, sagte Miniatis.

Miniatis war mir sympathisch. Falls die Augenfarbe seiner Frau nicht ausreichend dokumentiert war, würde er sich auch darüber nicht äußern. Er war nicht engherzig, er war genau, und er war taktvoll. Wie ein guter Historiker sein sollte, nahm ich an.

»Was weiß man über Eissler sonst?«, bohrte Anna nach.

»Rudolf Eissler war der Chef der SS-Dienststelle in Thessaloniki, einer recht kleinen Einheit. Er war an den Ereignissen am Schwarzen Sabbat beteiligt. Sagt Ihnen das etwas?«

Anna und ich nickten.

»Nach dem Eintreffen des SD-Sonderkommandos, das die Deportationen durchführen sollte, hat er mit seinen Männern den Kommandoleitern Wisliceny und Brunner zugearbeitet und blieb danach bis zum Abzug der deutschen Truppen in der Stadt. Sollte es mehr über ihn geben, müsste ich erst nachsehen.«

»Wonach hat Frau Reichert gesucht?«, fragte ich.

»Frau Reichert hat sich für die YDIP-Akte interessiert, die ich Ihnen gezeigt habe. Und Sie wollte auch alles andere sehen, was sich über die Firma Samuel Counio & Söhne finden lässt.«

Miniatis zeigte uns die Unterlagen, die er für Ellen herausgesucht und nun auch für uns bereitgelegt hatte, eine Mischung aus alten Dokumenten und Ausdrucken von heute. Xenos stand hinter uns und warf einen Blick darauf, bevor er sich setzte und begann, gelangweilt in sein Handy zu tippen.

»Iannis Poulos, der Käufer der Firma, hatte im Gegensatz zu den früheren Eigentümern kein Glück im Tabakgeschäft«, sagte Miniatis. »Dass er seine Produkte während des Kriegs schlecht absetzen konnte, mag den Umständen geschuldet sein, aber auch nach dem Krieg, als Tabak und Zigaretten fast zu einer Art Währung wurden, kam das Geschäft nicht in Gang. 1950 ging die Firma pleite.«

Er zeigte uns ein Zeitungsfaksimile aus der damaligen Zeit.

»April 1950. Die Pleite der einst größten Tabakfirma der Stadt wird gemeldet. Der Autor schreibt, das Unternehmen habe zu lange von der Substanz gelebt, um noch gerettet werden zu können. Iannis Poulos habe angekündigt, mit seiner Familie in die USA auszuwandern.«

»Sie sagten, einer der ursprünglichen Besitzer war 1945 zurückkehrt. Alberto Counio?«

»Ja.«

»Hat er sich nicht mehr um die Firma bemüht?«

Miniatis schüttelte den Kopf und setzte zur Antwort an.

»Darüber liegt nichts vor«, sagte ich.

Er lächelte. Es sah aus, als entschuldigte er sich.

»Warum ausgerechnet diese Firma?«, fragte Anna.

»Vielleicht weil sie die größte der Branche war«, sagte Miniatis und erzählte, was er nach Ellens Anfrage über die Vorgeschichte der Firma Samuel Counio & Söhne herausgefunden hatte.

Die Familie Counio war seit Generationen im Tabakgeschäft, in der Konkurrenz gegen die muslimischen Familien, die den Markt dominierten, lange Zeit aber eher zweit- oder drittrangig. Anfang der zwanziger Jahre allerdings änderte sich das. 1923 kaufte Isaak Counio, Alberto Counios Vater, eine der größten Tabakfirmen der Stadt auf. Ihr Besitzer, ein Muslim, musste Thessaloniki im Zuge des griechisch-türkischen Bevölkerungsaustausches verlassen und hatte deshalb keine Verwendung mehr für seinen Betrieb. Durch den Zusammenschluss beider Firmen entstand unter dem alten Namen Samuel Counio & Söhne ein ganz neues Unternehmen, das zum größten der Tabakbranche wurde.

»Wie hieß der Besitzer der anderen Firma?«, fragte Anna, aber sie hätte sich die Frage sparen können. Dr. Miniatis konnte den Namen gerne noch aussprechen, ich kannte ihn schon.

»Galip Evinman«, las Miniatis ab.

»Fuck«, sagte Anna.

Xenos blickte von seinem Handy hoch und lächelte mich an, als hätte er mir eine langersehnte Bestellung bis in mein Schlafzimmer geliefert.

HUNGER **Wasser und Popcorn bekamen wir schon hingestellt,** bevor wir nach unseren Wünschen gefragt wurden. Ich nahm ein Bier, Anna tatsächlich einen Whiskey Sour. Schräg gegenüber dem Gebäude mit der stehengebliebenen Uhr, der alten Allatini-Bank, saßen wir vor einem Eckcafé, das bald zur Bar werden würde, und sorgten uns nicht um Xenos. Er wäre gern mit uns essen gegangen. Bis zum Deutschlandspiel, bei dem wir Filippos Ninis im Garten des Goethe-Instituts treffen würden, war noch genug Zeit, doch wir waren müde, wollten uns frisch machen, es tat uns leid. Vor seiner Polizeistation verabschiedeten wir uns von dem Mann, der uns zuliebe einem Unschuldigen die Nase gebrochen hatte, und setzten uns nur eine Querstraße weiter an der Ecke Syggrou und Ermou an den nächstbesten Außentisch. Wir brauchten Abstand von Xenos. Es entstand kein Schaden, wenn er das sah.

Anna nahm sich eine Handvoll Popcorn und sprach mit vollem Mund.

»Dein Großvater muss Saloniki verlassen und verkauft deswegen sein Geschäft an die Familie Counio …«

»Wir wissen nicht, ob er mein Großvater war«, unterbrach ich.

Anna rollte mit den Augen.

»Also gut, Herr Evinman, vielleicht dein Großvater, wahrscheinlich ein Dönme, ist ein erfolgreicher und vermutlich wohlhabender Tabakhändler aus Saloniki. Er verkauft seine Firma an die jüdische Familie Counio. Zwanzig Jahre später werden die Counios während der deutschen Besatzung enteignet. Aber ein Nazi, ausgerechnet Max Merten, sorgt dafür, dass sie ihr Eigentum zurückbekommen. Nur einen Tag später verscherbeln sie ihre Firma allerdings weit unter Wert an irgendeinen Tavernenbesitzer, der vom Tabakhandel so viel versteht wie ich von Wasserballett. Ein paar Jahre darauf geht das Unternehmen pleite.«

»Und irgendwie hängt dein Schwiegervater da mit drin.«

»Er war nie mein Schwiegervater«, sagte Anna.

Wir grinsten uns wortlos an und hörten erst damit auf, als die Bedienung mit den Getränken kam.

»Hast du Hunger?«, fragte ich. »Ich bestelle uns schnell was.«

»Nein«, sagte Anna und griff wieder in die Popcornschale. Noch ein Griff, und sie würde leer sein. »Evinman verkauft seine Firma 1923, verlässt Saloniki, und Anfang der vierziger Jahre ist er in Berlin und arbeitet dort als Tabakimporteur. Bis er als Jude identifiziert wird und sein Geschäft schließen muss. Das geht aus den Unterlagen hervor, die mein Vater hatte.«

»Er ist nicht ›identifiziert‹ worden«, sagte ich, »er wurde denunziert.«

»Woher weißt du das?«

»Von Georg. Hat er in Berlin im Landesarchiv herausgefunden.«

Ich zögerte die eigentliche Nachricht hinaus. Ich wollte gefragt werden, dann wäre ich vielleicht nicht alleine verantwortlich für die Botschaft.

»Und wer hat ihn denunziert?«

»Rudolf Eissler.«

Schockiert sah mich Anne an.

»Martins Vater? Er kannte Evinman?«

»Anscheinend. Aber Georg hat nicht herausgefunden, woher. Jedenfalls haben die Nazis Evinman alles abgenommen, was er besaß. Er konnte gerade noch aus Berlin fliehen.«

Anna schwieg eine Weile. Bis sie die Nachricht verdaut hatte oder einsah, dass es im Moment nicht mehr zu verstehen gab. Ruhig sprach sie weiter.

»Gut. Kurz darauf taucht Evinman wieder hier auf, in Thessaloniki. Bei einer Widerstandsgruppe, die Mahler und seine Frau als Geiseln genommen hat. Evinman rettet Mahler und seiner Frau das Leben, und nach dem Krieg hat er mit den beiden weiter Kontakt. Wir haben das Foto aus Hamburg, das Ellen Reichert geschickt hat. Angeblich hat Evinman sogar eine Affäre mit Mahlers Frau.«

»Was will er in Saloniki? Und was will er von Mahler?«

»Mahler war bei der SS. Ein Mitarbeiter von Rudolf Eissler.«

»Und?«, sagte sie.

»Irgendwie muss es um die Firma Counio gehen. Binah hat gesagt, dein Vater hat sich für die enteigneten jüdischen Firmen interessiert. Für welche denn sonst als diese?«

»Du hast ihre Visitenkarte«, sagte Anna.

Ich holte Binahs Karte heraus, wählte ihre Mobilnummer und hörte erst Küchengeklapper, bevor sie sich meldete. Sie war am Kochen oder leistete jemandem dabei Gesellschaft. Ich sagte Binah, dass wir im Staatsarchiv gewesen waren, und fragte, ob ihr der Name Counio etwas sage.

»Sicher«, sagte Binah, »Counio, die Tabakfabrik. Wichtige Tabakhändler, Francos wie die Allatinis. Richtig erfolgreich wurden sie aber erst nach der osmanischen Zeit. Vermutlich waren sie beim Machtwechsel noch zu unbedeutend, um von den Griechen vertrieben zu werden.«

»Sie wurden in der Nazizeit enteignet.«

»Natürlich wurden sie das«, sagte Binah. »Alle Juden wurden beraubt, bevor sie ermordet wurden.«

»Max Merten hat sich in die Sache eingemischt.«

Ein verächtliches Schnauben am anderen Ende der Leitung.

»Erzählen Sie mir etwas Neues.«

»Ich meine, er hat die Enteignung rückgängig gemacht. Offenbar jedoch nur, damit die Counios ihre Firma verkaufen konnten. Für einen lächerlichen Betrag.«

Atmen am anderen Ende der Leitung, Zögern. Dann:

»Passt zu ihm. Merten hat manipuliert. Ständig.«

»Wissen Sie, was aus der Familie Counio geworden ist?«

Einen Moment lang nur noch Küchengeräusche.

»Nein«, sagte Binah schließlich.

»Als Bernhard Roth damals hier war, Annas Vater, hat er sich da für die Unterlagen dieser Firma interessiert?«

Irgendwas musste dringend und laut umgerührt werden. Lange.

»Ich weiß nicht«, sagte Binah. »Wie ich schon sagte, daran erinnere ich mich nicht.«

Ich hätte sie gerne noch nach Simon Jacob gefragt, dem Mann, den Ellen Reichert in Istanbul getroffen hatte, aber die Nebengeräusche in der Küche und Binahs Ungeduld nahmen überhand.

»Danke«, sagte ich und wurde von Binah sofort verabschiedet.

»Ausgerechnet daran erinnert sie sich nicht?«, fragte Anna, nachdem ich ihr das Gespräch zusammengefasst hatte.

Ich trank mein Bier aus und überlegte, ob wir nicht doch etwas essen sollten. Binahs Geräusche hatten meinen Widerstand gegen den Hunger geschwächt, die Popcornschale war leer.

»Wann ist dein Vater gestorben?«, fragte ich.

»1988. Im November.«

»Kurz nachdem er hier war.«

»Er ist an einem *Herzinfarkt* gestorben.«

»Ja. Und meine Eltern hatten einen Unfall.«

Kein Grinsen diesmal, bei uns beiden nicht, wir schwiegen.

»Was war das vorhin mit der Klarinette?«, fragte Anna, nachdem sie sich eine Zigarette aus meiner Packung geholt und angezündet hatte. »Du hast so nachgefragt bei Mavros.«

»Mein Vater hat auch Klarinette gespielt.«

Anna nickte nur und zeigte der jungen Bedienung ihr leeres Glas, um einen neuen Whiskey Sour zu bestellen.

»Wir sollten etwas essen«, sagte ich.

»Später«, sagte sie. »Vielleicht hat sich dein Vater deswegen gut mit Karakatsanis verstanden?«

»Vielleicht.«

»Was hat dein Vater so gespielt?«

»Jazz, nehme ich an.«

Und für mich *Peter und der Wolf*, den *Türkischen Marsch*, *Karneval der Tiere*, die *Nussknackersuite*, Vivaldis *Tanz der Feen und der Hirten*. Jeden Abend, nachdem ich mich schon umgezogen hatte, ein kurzes Stück zur Einstimmung in die Nacht. Meine Mutter las mir vor, wenn sie mich ins Bett brachte, mein Vater spielte für mich, auch noch als ich längst in die Schule ging.

»Hat er dir nie etwas vorgespielt?«

Nein, wollte ich sagen.

»Doch«, sagte ich, »ab und zu.«

Ich bestellte mir noch ein Bier und holte Ellens Smartphone aus der Tasche. Ich hatte es behalten, ohne auf allzu großen Protest bei Xenos zu stoßen.

»Kümmern wir uns um diesen Kerl in Istanbul.«

Ich sah sicherheitshalber noch einmal nach, wie Simon Jacob geschrieben wurde, und gab dann seinen Namen und den seines Arbeitgebers in die Suchmaschine meines eigenen Smartphones ein. Der Mann war zweiundvierzig Jahre alt, las ich in seiner Vita auf der Webseite der Bank, geboren in Chicago, zur Schule gegangen und akademisch ausgebildet in Chicago, Istanbul, Harvard und London. Beruflich war Jacob zuständig für Finanzierungen von multinationalen Projekten in Nahost, privat betrieb er eine Internetseite unter dem Titel *»Sabbateans«*:

Zweihundertzweiundsiebzig alphabetisch geordnete Porträts von Dönmes und ihren Nachkommen fanden sich dort, Fotos aus den letzten hundertdreißig Jahren mit kurzen biographischen Angaben: Unternehmer, Journalisten, Künstler, Wissenschaftler, Politiker, Offiziere. Außerdem Fotos und Illustrationen aus dem osmanischen Saloniki, eine Serie mit alten Postkarten des Olympos-Palace-Hotels in Saloniki, das einem Dönme gehört hatte, Fotos von Dönme-Artefakten wie Amuletten und Zeichnungen und faksimilierte alte Anzeigen für Produkte, die Dönme-Unternehmen hergestellt hatten, vor allem von Zigarren und Zigaretten. Es gab auch ein paar Texte auf der Seite, Sabbatais und Nathans Biographien, die Hintergründe der messianischen Bewegung, ein Abriss der Dönme-Geschichte in Saloniki, Literaturlisten und Originaltexte der Gemeinschaft wie Hymnen und Gebete. Simon Jacob war ein Hobbyhistoriker, eine Art Ahnenforscher, und er war nicht allein.

Die Kommentarfunktion der Einträge wurde von zahlreichen Dönme-Nachfahren, die verstreut in aller Welt lebten, so eifrig genutzt wie das Gästebuch. Sie wussten Bescheid, sie kannten Namen, Ereignisse, Riten. Aber sie alle waren nur Nachgeborene, das alles war Folklore, eine späte Selbstvergewisserung, Lamento und Nostalgie, um Brücken zu bauen über eine klaffende Lücke, die unter dem bunten, aber fadenscheinigen Teppich der Webseite zu ahnen war. Falls ich der war, der ich jetzt zu sein schien, war auch ich nicht allein. Aber daran dachte ich nicht, ich war mit Anna beschäftigt.

Sie war zu mir gerückt, gemeinsam stöberten wir uns durch Simon Jacobs Webseite, ihre Schulter wieder an meiner. Wir hätten gut ein Touristenpaar sein können, das sich von den Anstrengungen des Sightseeings erholte, sich noch einmal genauer darüber informierte, was es gesehen hatte, oder Nachrichten aus der Heimat abrief. Irgendwann musste es enden, streiften Annas Finger, die den Touchscreen weiterbewegt und Fotos angeklickt hatten, meine nicht mehr. Wir konnten den Namen Evinman nicht finden.

»Ich rufe ihn an«, sagte Anna und griff sich Ellens Handy, in dem Simon Jacobs Nummer war. Und Georgs.

Ich hatte Anna noch nichts gesagt, mir selbst noch keine Geschichte erzählt. Wenn mir eine einfiel, die passte, musste ich nichts in meinen Karton packen, ich konnte den Eintrag in Ellen Reicherts Telefon einfach löschen oder das Handy ins Meer werfen. Ich dachte, ich könnte es.

Anna erreichte Jacob auf seiner Mobilnummer und verabredete uns mit ihm für morgen. In Istanbul. Während sie noch sprach, begann ich, online Flüge für uns zu buchen, zum exotischsten Reiseziel, das ich jemals hatte.

»Dieser Jacob klingt nett«, sagte Anna, nachdem sie das Gespräch beendet hatte. »Du bist in Istanbul geboren, oder?«

»Ja.«

»Eine herrliche Stadt.«

»Wahrscheinlich«, sagte ich.

CREDO *»Ich glaube in vollkommenem Glauben an den Glauben des Gottes der Wahrheit, des Gottes Israels, der in der Pracht Israels wohnt, an die drei Knoten des Glaubens, welche eines sind.*

Ich glaube in vollkommenem Glauben, dass Sabbatai Zwi der wahre König ist.

Ich glaube in vollkommenem Glauben, dass die Thora, die durch unseren Lehrer Moses gegeben worden ist, die Thora der Wahrheit ist, wie es in der Schrift steht: Und dies ist die Thora, die Moses Israel vorgelegt hat, auf Geheiß Gottes durch Moses. Ein Baum des Lebens ist sie denen, die an ihr festhalten, und die, die sich auf sie stützen, werden selig.

Ich glaube in vollkommenem Glauben, dass diese Thora nicht ausgetauscht werden kann und keine andere Thora sein wird, nur die Gebote sind aufgehoben. Die Thora aber ist gültig für alle Ewigkeit.

Ich glaube in vollkommenem Glauben, dass Sabbatai Zwi, seine Majestät werde erhoben, der wahre Messias ist und die Verstreuten Israels aus den vier Ecken der Erde einsammeln wird.

Ich glaube in vollkommenem Glauben an die Auferstehung der Toten, dass die Toten leben und aus dem Staub der Erde auferstehen werden.

Ich glaube in vollkommenem Glauben, dass der Gott der Wahrheit, der Gott Israels, uns das Heiligtum erbaut und von oben herab nach unten auf die Erde schicken wird, wie es heißt: Wenn Gott das Haus nicht baut, bemühen sich seine Bauleute vergebens darum. Mögen unsere Augen sehen und unser Herz sich freuen und unsere Seelen jubeln. Bald in unseren Tagen. Amen.

Ich glaube in vollkommenem Glauben, dass der Gott der Wahrheit, der Gott Israels, sich in dieser irdischen Welt offenbaren wird, wie es heißt: Denn Auge in Auge werden sie sehen, dass Gott nach Zion zurückkehrt, und es heißt: Und die Herrlichkeit Gottes wird sich offenbaren, und alles Fleisch wird es sehen, denn Gottes Mund hat es verheißen.

Ich glaube in vollkommenem Glauben, dass der Tag nahe ist, an dem jeder Ungläubige den wahren Glauben erkennen wird.

Möge es Dir wohlgefällig sein, Gott der Wahrheit, Gott Israels, der in der Pracht Israels wohnt, in den drei Knoten des Glaubens, die eines sind, uns den gerechten Messias, unseren Erlöser Sabbatai Zwi zu schicken. Bald und in unseren Tagen. Amen.«

http://www.sabbateans.net/documents/sabatteancredo.html

GLAUBEN **»Du kanntest Ellen Reichert«**, sagte ich.

Anna starrte mich überrascht an. Das Taxi hatte uns vor dem Goethe-Institut abgesetzt, ich hatte noch Zeit für einen Anruf und fand, ich konnte es auf diese Weise erledigen.

»Woher?«, sagte Georg. »Was meinst du?«

»Deine Nummern waren in ihrem Handy.«

Annas Überraschung glitt in Bestürzung über, wahrscheinlich in Abscheu.

»Wie soll das gehen?«, sagte Georg. »Ich kannte sie nicht.«

»Deine Adresse hatte sie auch.«

»Und das heißt?«

Ich schwieg, sah zu Anna, deren Zorn sich auf mich richten musste, nicht auf Georg. Ich hatte ihm erzählt, was ich versprochen hatte niemandem zu erzählen, hatte für ihn gebürgt und nun wieder stundenlang geschwiegen, nachdem ich seine Nummer in Ellens Handy gefunden hatte.

»Reden wir von einer Verschwörung?«, fragte Georg. »Ellen Reichert, ich … Und wer noch? Martin Eissler?«

»Keine Ahnung. Sag du's mir.«

»Kann ich nicht, tut mir leid. *Die* Geschichte musst du uns erzählen. Am besten eine, die wir beide glaubwürdig finden.«

Nicht mehr viel, was Georg von offenem Lachen trennte, sicher nicht Rücksicht.

»Hör auf mit den Spielchen. Wie kommst du in Ellen Reicherts Adressbuch?«

»Der Dialog überzeugt nicht, Can. Einerseits zu abgedroschen, andererseits zu schräg für die beiden Leute, die da sprechen. Sind es nicht Freunde? Du fängst an, deine Figuren zu beschädigen.«

»Ich schreibe keinen Roman, Georg. Ich hoffe, du auch nicht.«

Georg lachte los.

»Daher weht der Wind? Ich suche eine Story und habe einen Riesenlaborversuch gestartet? Gleich steht Ellen Reichert hinter dir und tippt dir auf die Schulter, und Mahler und ich stoßen darauf an und lachen uns tot?«

Wie der letzte Idiot drehte ich mich unwillkürlich um und sah Giorgios Xenos, der auf der anderen Straßenseite aus seinem Auto stieg. Er bemerkte, dass ich beschäftigt war, und versuchte, sich an Anna zu halten, hatte aber keine Chance gegen ihr Lächeln, das waffenscheinpflichtig sein müsste. Er ging vor, alleine. Anna wollte kein Wort verpassen. Die kurze Pause hatte Georg abgekühlt.

»Can, ich habe keine Ahnung, wie ich in Ellen Reicherts Handy komme«, sagte er mild. »Sie hat dich schon eine Weile beobachtet und wahrscheinlich auch dein Umfeld unter die Lupe genommen.«

Ich schwieg.

»Nicht zu verstehen macht mich auch wahnsinnig. Aber ich kann dir das nicht erklären. Ich weiß nur, dass ich nichts damit zu tun habe. Was hätte ich davon?«

»Okay«, sagte ich.

»Welches Okay? Das ›Ich-hab-dich-gehört-Okay‹? Oder das andere, das ›Ich-glaube-dir-Okay‹?«

»Warum sollte ich dir nicht glauben?«

Anna spendierte mir ein mitleidiges Lächeln und fischte sich Zigarettenpackung und Feuerzeug aus meiner Brusttasche.

»Soll ich dir Mina geben?«, fragte Georg. »Sie steht neben mir.«

»Du bist schon da?«

An die Möglichkeit hatte ich nicht mehr gedacht. Ich wusste nicht, ob es etwas änderte.

»Ja. Ich kann wieder gehen.«

»Nein, bleib da. Bitte.«

»Ich gebe dir Mina.«

»Okay. Bis dann.«

»Mina, dein Papa«, sagte Georg und reichte sein Handy weiter.

»Papa!«

»Süße, wie geht es dir?«

»Georg hat Krebsfutter mitgebracht. Er sagt, wenn es im Wasser ist, riechen es die Krebse und schlüpfen aus den Eiern.«

Mina war zu schlau dafür, aber ihr gefiel die Geschichte von den versteinerten Krebsen, die nach Ewigkeiten zum Leben erwachen.

»Da bin ich mal gespannt«, sagte ich. »Musst du nicht ins Bett?«

»Heute doch nicht. Wir schauen uns das Spiel an. Mit Georg.«

»Ben auch?«

»Der guckt bei seiner Freundin.«

»Bei seiner Freundin?«

»Sarah.«

Minas Ton nach musste ich den Namen kennen.

»Schön«, sagte ich, weil mir nichts anderes einfiel.

»Ich bringe dich Mama«, sagte Mina. Ich hörte sie die Treppe hochgehen. »Sie gießt die Blumen. Auf der Dachterrasse.«

»Jetzt nicht, Schatz. Jetzt habe ich keine Zeit. Gib ihr einen Kuss von mir und sag, ich rufe sie später an.

»Mach ich.«

»Gute Nacht, Süße.«

»Ich gehe noch nicht schlafen, wir gucken doch das Spiel!«

Mina hatte viele Eigenschaften, ohne die ich nicht mehr auskam. Ihre Empörungsfähigkeit stand ganz oben auf der Liste.

»Aber nach dem Spiel sprechen wir uns nicht mehr. Da sage ich dir doch lieber schon mal gute Nacht, oder?«

»Gute Nacht, Papa«, sagte Mina lachend. »Pass auf dich auf.«

»Gute Nacht, Süße.«

Ich drückte noch einen Kuss aufs Handy und war dann wieder alleine mit Anna.

»Georg weiß nichts davon«, sagte ich. »Ich glaube ihm.«

»Dann bleibt mir ja nichts anderes übrig«, sagte Anna. »Dann muss ich Winnetou auch vertrauen.«

Sie steckte mir die Zigaretten und das Feuerzeug zurück in die Brusttasche, nahm noch einen letzten Zug und schnippte die Zigarette weg. Ich glaube nicht, dass sie wütend war, es sah eher aus wie Neid. Da war irgendeine Sehnsucht in ihren Augen, ich bin fast sicher.

36. MINUTE

Im Urwald hatte Kapitän Paulsen eine Panne. Während die Passagiere viele Kilometer entfernt schon an Bord gingen, bemühte sich Paulsens schwarzer Fahrer, den Geländewagen zu reparieren. Doch es sah nicht gut aus. Um den Zeitplan einzuhalten, musste die MS Deutschland vielleicht ohne ihren Kapitän ablegen. Von Anfang an lag eine vibrierende Spannung über den Dingen, die sich gut aushalten ließ. Keine Viertelstunde mehr bis zum Anpfiff des Halbfinales, und auf der Leinwand im Garten des Goethe-Instituts lief *Das Traumschiff.* Die Griechen, die an den Plastiktischen in der Mehrheit waren, störten sich nicht daran und vertrieben sich die Zeit mit Bier, Bratwurst und lärmenden Gesprächen, die Gruppe von Deutschen jedoch, die neben uns saß, wurde langsam nervös.

An zwei zusammengeschobenen Tischen langweilten sich vier Kinder, unter ihnen ein neun- oder zehnjähriger Junge in einem T-Shirt mit dem Aufdruck *Deutsche Schule Tripolis 2011*, und sieben Erwachsene suchten fieberhaft nach einer Lösung. Beckmann und Scholl waren nicht Delling und Netzer, aber bei solchen ganz besonderen Ereignissen, da waren sich alle einig, gehörte die Vorberichterstattung dazu. Ein Unterhändler wurde zum Hausmeister geschickt, der an der Hauswand lehnte und rauchte. Er hieß Silas, war Anfang dreißig und trug sein langes Haar zum Pferdeschwanz gebunden. Giorgios Xenos hatte vorhin kurz mit ihm gesprochen, um sich zu erkundigen, wann Silas' Großvater Filippos Ninis, mit dem wir hier verabredet waren, eintreffen würde. Freundlich erklärte Silas dem aufgeregten Deutschen, der ihn bat, auf das richtige Programm umzuschalten, dass das Spiel auf diesem Sender übertragen werde und auf keinem anderen, aber erst nach dem Ende des Spielfilms beginne. Es war zu sehen, dass es der Deutsche qualvoll besser wusste, aber er sagte nur:

»Sind Sie sicher?«

»Ja.«

Der Deutsche ging zurück an seinen Tisch, um sich mit seinen Leuten zu beraten. Xenos lachte los.

»Silas verarscht ihn. Und der Typ weiß, dass er verarscht wird, aber er lässt es sich gefallen. Scheinbar. So läuft's immer.«

Noch war ein wenig Zeit, aber nicht viel, es musste dringend etwas unternommen werden, wenn man das Spiel nicht verpassen wollte. Das war Konsens am Nebentisch, soweit ich die hektischer werdende Diskussion verfolgen konnte. Der Leiter des Goethe-Instituts war heute Abend nicht da, er hatte andere Verpflichtungen, aber zwei aus der Runde hatten seine Mobilnummer. Man konnte ihn von dem Vorfall unterrichten, und der Institutsleiter würde dann den Hausmeister auf dem Handy anrufen und ihn anweisen umzuschalten.

Als der alte Mann den Institutsgarten betrat, war noch nicht klar, wer die Entscheidung am Nebentisch umsetzen würde. Ich erkannte Filippos Ninis sofort. An der linken Hand fehlten ihm der kleine und der Mittelfinger. Anton Mahler hatte sie ihm vor neunundsechzig Jahren abgeschnitten, um zu erfahren, wo seine Frau festgehalten wurde. Erfreut ging Silas auf seinen Großvater zu, begrüßte ihn mit Wangenküssen und führte ihn an unseren Tisch. Bevor er Ninis ein kühles Bier brachte, ging Silas noch schnell an den Beamer und schaltete auf den Sender um, der das Halbfinale übertrug, damit Opa nichts verpassen musste. Erleichterung am Nebentisch. Und nachgetragene Empörung. Schnell erinnerte man sich aber daran, warum man hier war, und ermunterte die Kinder, die mitgebrachten Deutschlandfähnchen, die in einem Fahrradkorb lagen, zu holen und mit dem Jubeln zu beginnen.

Filippos Ninis' Deutsch war perfekt, der griechische Akzent wahrscheinlich wohlgepflegt während seiner vierzig Münchner Jahre, in denen er bis zu seiner Verrentung als Elektrotechniker bei Siemens gearbeitet hatte, wie er uns erzählte. Ellen Reicherts plötzlicher Unfalltod, von dem ihm Xenos schon am Telefon berichtet hatte, ging ihm nahe. Schönheit und Klugheit der jungen Frau hatten ihn beeindruckt, aber das Leben war nun einmal ungerecht. Manche, wie die arme junge Frau, traf es viel zu früh, andere, er selbst, bekamen Jahre und Jahrzehnte geschenkt, obwohl sie seit schon fast siebzig Jahren tot sein mussten. Als die Mannschaften einliefen, entschuldigte sich Ninis, der unsere Fragen nach dem Spiel gerne beantworten wollte, drehte sich zur Leinwand um und sprach mit Xenos auf Griechisch weiter. Anna stand auf, um sich ihre dritte Bratwurst zu holen, und ich sah mich um, bis mein Blick an dem Tripolis-2011-T-Shirt des Jungen vom Nebentisch hängenblieb. Während des Aufstands gegen Gaddafi musste er dort gewesen sein. Ich fragte mich, wen seine Eltern in Tripolis angerufen hatten, als die Dinge aus dem Ruder liefen.

Ich versuchte, mich aufs Match zu konzentrieren, doch sogar zu Bens Fußballzeiten hatte ich mir jegliches Interesse an dem Spiel mühsam herstellen müssen. Sarah, dachte ich, weil ich an Ben dachte, mein Sohn hatte eine Freundin, von der ich nichts wusste. Ich wusste auch nicht, was jetzt meine Aufgaben waren. Was ich schon versäumt hatte. Ich war nicht darauf vorbereitet, schlimmer noch, ich hatte Ben nie darauf vorbereitet, obwohl ich am eigenen Leib gefühlt hatte und bis heute spürte, was es hieß, unentwegt unvorbereitet zu sein. Ich holte mein Handy heraus und schrieb Ben eine SMS: »Ich wette, sie ist hübsch.« Dann überlegte ich es mir anders, löschte die Nachricht und suchte mir beiläufige, unaufgeregte Worte zusammen, mit denen ich meinen Sohn morgen am Telefon auf seine Freundin ansprechen konnte. Welche Worte ich mir auch zurechtlegte, ich hatte keine Ahnung, welche brauchbar waren. Welche hätte ich selbst gebraucht, um mir meine Tage mit Jutta oder Birgit nicht zu verseuchen? Welche hätten Laura vor mir gerettet?

Ein schwarzer Italiener holte mich zurück in die Gegenwart. In der zwanzigsten Minute, ich sah es an der Einblendung, brachte Mario Balotelli seine Mannschaft mit einem Kopfball in Führung. Die Entsetzenslaute bei den Deutschen, nicht nur denen am Nebentisch, fielen dürr aus, und die Griechen wahrten, hier auf deutschem Terrain, höfliche Neutralität. Die Übertragung eines Springreitturniers hätte kaum weniger Emotionen ausgelöst. In den nächsten Minuten verfolgte ich das Spiel wieder genauer, der Rückstand schien den Bemühungen der Deutschen einen lesbaren Sinn zu geben, aber es hielt nicht lange an. Bald schweiften meine Blicke und Gedanken wieder umher. Ich sah zu Filippos Ninis und versuchte, mir den Jungen vorzustellen, der jünger als Ben gewesen war, als er sein Leben riskierte, weil er sich auf eine Seite geschlagen hatte. Anna saß neben mir, zu nah, um sie diskret beobachten zu können. Ihr schien das Spiel etwas zu sagen, ihr Körper geriet immer wieder in Bewegung. Dachte sie hin und wieder an ihren Sohn, der das Spiel gerne mit seiner Mutter und seinem Vater gesehen hätte, wie er auf dem Weg nach Göttingen gesagt hatte? Es gab Momente, in denen ich vergaß, dass Anna ein Kind und einen Mann hatte, obwohl mir Eissler nicht eine Sekunde aus dem Kopf ging. Ich fragte mich, ob es an mir lag oder daran, dass Anna selbst Mühe hatte, sich daran zu erinnern.

Irgendwann sah ich sie, sie musste später gekommen sein, erst nach Einbruch der Dunkelheit. An einem der hinteren Tische saß sie mit einem etwa gleichaltrigen Mann in der Nähe des Ausgangs. Auf dem Tisch ein Bier, eine Cola und der Fotoapparat.

»Da ist die Frau wieder«, sagte ich zu Anna und fasste ihren Arm.

»Welche Frau?«, fragte Xenos.

Ich erklärte ihm, wer die Frau war. Dass sie uns verfolgte, war jetzt eine Gewissheit, keine Möglichkeit, schon gar keine Frage. Xenos stand auf.

»Ich kümmere mich darum.«

Er ging an den Tisch der Frau und sprach mit den beiden. Am Anfang konnten wir nichts hören, aber dann wurde der Begleiter der Frau laut, verwahrte sich gegen die Störung, die Schikane. Da wandten sich die Ersten nach hinten um. Als Xenos den Mann aus dem

Stuhl hob, ihm den Arm auf den Rücken drehte und seinen Oberkörper auf den Tisch drückte, sahen alle hin. In diesem Moment fiel das zweite Tor. Außer der Frau, ihrem Begleiter und mir blickten alle sofort wieder auf die Leinwand, auch Xenos, der den Mann im Griff hielt, während er sich vermutlich die Wiederholung der Torszene ansah. Wieder Balotelli, hörte ich und wandte meinen Blick nun doch der Leinwand zu. Balotelli zog sein Trikot aus. Erst fingen die Kameras seinen Rücken ein, drei blaue Tapes darauf, dann zeigten sie ihn in einer archaisch-brachialen Pose von vorn. Anna sah sich den schwarzen Mann an, sie lächelte, worüber auch immer. Noch war genug Zeit, das Spiel zu drehen.

BOHNEN

Sie kamen aus Troisdorf, eine städtische Angestellte und ein Optiker, und hatten am Samstag ihren ersten Hochzeitstag. Deswegen hatten sie beide eine halbe Woche Urlaub genommen, das Angebot mit dem besten Preis-Leistungs-Verhältnis gewählt und waren für weniger als zweihundertfünfzig Euro pro Person, drei Nächte im Vier-Sterne-Hotel inklusive Flug, nach Thessaloniki gereist. Im Speicher des Fotoapparats fand Giorgios Xenos Schnappschüsse vom Kölner Flughafen, auf einem Foto Sandra und Georg am äußersten Rand, und Bilder aus dem Flugzeug, von den Sehenswürdigkeiten Thessalonikis, von einer Fahrt auf einem der altertümlichen Ausflugsboote aus Holz und schließlich Aufnahmen aus einem Hotelzimmer, auf denen die Frau nackt war und der fotografierende Mann im Spiegel ein erigiertes Glied hatte.

»Ein bedauerliches Versehen«, sagte Xenos und gab der Frau die Kamera grinsend zurück.

»Das hat ein Nachspiel«, sagte der Mann.

»Beschwerden gleich an die deutsche Regierung«, sagte Xenos, »die setzt es auf die Liste.«

Gekränkt und gedemütigt, die Blicke so böse und stolz wie möglich, verließ das junge Ehepaar den Unterrichtsraum, den uns Silas zur Verfügung gestellt hatte. Als Anna, Xenos und ich zurück in den Garten kamen, war von den Troisdorfern nichts mehr zu sehen. Anna und ich ignorierten die Blicke, die uns auf dem Weg zu Filippos Ninis begleiteten, während Xenos sie großzügig erwiderte, als bedanke er sich für eine Huldigung. Wir setzten uns, es war Halbzeitpause.

»Was war das?«, fragte Filippos Ninis.

»Nichts«, sagte Xenos auf Deutsch, sprach auf Griechisch weiter und brachte den alten Mann zum Lachen.

Die Erleichterung über den Fehlalarm überwog meine Beschämung, die zweite Halbzeit verging erträglich schnell. In der Nachspielzeit noch ein deutsches Elfmetertor durch einen ehemaligen Türken, dann waren die letzten Hoffnungen verspielt, stellte Silas zügig den Beamer aus, und Filippos Ninis drehte sich lachend zu uns um.

»Mit Beckenbauer und Müller wäre es anders ausgegangen, mit Grabowski, Netzer, Vogts. So schön wie die Jungen heute haben sie vielleicht nicht gespielt, aber sie waren dickköpfig und stark. Ich war damals im Stadion, in München beim Finale. 7. Juli 1974. Ich habe mit den Deutschen mitgejubelt.«

»Woher hattest du die Karte?«, fragte Xenos, den wie immer die materiellen Aspekte des Lebens interessierten. »War es damals einfach dranzukommen?«

»Nein«, sagte Ninis. »Ich habe sie von Herrn Mahler bekommen, dem Mann, über den die Herrschaften vermutlich sprechen wollen?«

Ich nickte.

»Herr Mahler hatte die Karten von Siemens. Er hat schon damals nicht mehr für Siemens gearbeitet, aber er war ein wichtiger Geschäftspartner. Mit Fußball konnte er nichts anfangen.«

Ninis lachte ein anzügliches Lachen, über dessen Gründe er uns anscheinend für informiert hielt. Dann sah er uns freundlich an.

»Warum interessieren Sie sich eigentlich alle für diese alten Geschichten? Fast siebzig Jahre habe ich so gut wie nicht mehr daran gedacht, und dann kommt plötzlich diese junge Frau und stellt mir diese ganzen Fragen.«

»Worüber genau?«, fragte Anna.

»Ich bräuchte noch ein Bier«, sagte Ninis.

»Ich auch«, sagte Xenos.

Ich stand auf, holte noch vier Becher Bier, und während sich der Garten des Goethe-Instituts langsam leerte, begann Filippos Ninis zu erzählen. Silas setzte sich zu uns und hörte seinem Großvater so gebannt zu, als höre er die Geschichte zum ersten Mal. Silas sprach sehr gut Deutsch, ein Elternteil, Ninis' Sohn oder Tochter, musste in München aufgewachsen sein, wahrscheinlich auch Silas selbst.

»Ein Sack Bohnen hat meinem Vater das Leben gekostet«, sagte Filippos Ninis. »Er war bei seinen Eltern gewesen, in seinem Heimatdorf, keine fünfzehn Kilometer von hier. Er hatte Lebensmittel für uns besorgt und kam zu spät zurück, nach Beginn der nächtlichen Ausgangssperre. Eine deutsche Patrouille hielt ihn auf, zwei junge Soldaten. Sie kontrollierten seine Papiere und sahen in den Sack, sie schubsten ihn herum und brüllten ihn an. Die Leute standen hinter ihren Fenstern, sie sahen zu. Hörten alles. Später haben sie meinem Onkel erzählt, was geschah. Mein Vater wurde von den Soldaten beschuldigt, Schwarzmarkthändler zu sein. Abgeführt zu werden hätte ihm vielleicht nichts ausgemacht, aber den Sack wollte er nicht aus der Hand geben. Meine Schwestern und ich brauchten etwas zu essen. Vielleicht hat er sich gar nicht gewehrt, vielleicht hat er den Soldaten nur angefasst, um ihn anzuflehen. Der Soldat stieß ihn von sich, der andere schoss. Mein Vater lag blutend auf dem Boden und hat sich noch eine ganze Weile bewegt, sagten die Leute. Die Soldaten waren schon weg, aber niemand wagte sich hinaus. Am nächsten Morgen haben ihn mein Onkel und ich mit ein paar Nachbarn geholt. Wir haben ihn noch am selben Tag beerdigt.«

Ninis nahm einen großen Schluck. Mir fiel ein, dass Giorgios Xenos heute Morgen von einer Dialyse gesprochen hatte. Ich hatte keine Ahnung, ob Nierenkranke Alkohol trinken durften.

»1942 war ich erst dreizehn, aber ich wollte diese Schweine umbringen. Die Deutschen, alle Deutschen. Ich bekam heraus, dass ein Cousin, er war schon über zwanzig, bei den Partisanen war, und da wollte ich auch hin. Sie ließen mich nicht, mein Onkel und mein Cousin gaben mir sogar eine Tracht Prügel, nacheinander versteht sich, damit ich auch wirklich etwas davon hatte.«

Silas lachte, sah seinen Großvater liebevoll an.

»Aber du hast nicht lockergelassen«, sagte er.

»Natürlich nicht, und irgendwann nahmen sie mich schließlich. Ich war der Kleine, der die Deutschen für sie unauffällig beobachten konnte, den sie auf Botengänge schickten. So kam ich auch zu Anton Mahler, dessen Frau wir entführt hatten. Das war Chajims Idee.«

»Chajim Evinman?«, fragte ich.

»Das weiß ich nicht. Danach hat mich die junge Frau auch gefragt, aber ich kannte ihn nur unter dem Namen ›Chajim, der Jude‹, obwohl er gar kein richtiger Jude war. Er stammte aus Thessaloniki und war einer von den Sazanikos, die 1923 die Stadt verlassen mussten. Hatte mir jedenfalls mein Cousin gesagt. Chajim tauchte 1943 bei uns auf und brachte eine Menge mit, was wir brauchen konnten. Waffen, Funkgeräte, sogar Konservendosen. Ich glaube, er kam aus Istanbul.«

»Er wollte die Partisanen unterstützen?«

»Ja. Aber er hatte auch eigene Pläne. Er brachte meine Leute dazu, Mahlers Frau zu entführen, angeblich um gefangene Kameraden freizubekommen. Wir wussten alle, dass das unmöglich war.«

»Und was wollte Chajim von Mahler?«, fragte Anna.

»Er wollte, dass Mahler in seiner Schuld steht. Um Mahler selbst ging es Chajim nicht. Über ihn wollte er an dessen Vorgesetzten herankommen, den SS-Chef von Thessaloniki.«

»Rudolf Eissler«, sagte ich.

»Vermutlich. Den Namen hat die junge Frau vor ein paar Tagen auch genannt, aber ich kann mich nicht mehr erinnern. Ich weiß nur noch, dass es um Mahlers Vorgesetzten ging. Chajim wollte Mahler und seiner Frau vorspielen, dass er sie vor uns gerettet hat. Ein eingeübtes Theaterstück, ein Komödie, aber sie wurde unerwartet ernst. Als mein Cousin sah, dass mir Mahler die Finger abgeschnitten hat, ist er verrückt geworden. Er bestand darauf, Mahler und seine Frau sofort zu töten, aber Chajim setzte sich durch. Wir konnten den Türken und seine Lieferungen gut gebrauchen, es war klüger, auf ihn zu hören.«

»Chajim hat Mahler und seine Frau befreit«, sagte ich. »Jedenfalls hat er so getan.«

»Ja.«

»Und dann?«

»Dann haben wir ihn nie wiedergesehen.«

»Er hat die Partisanen im Stich gelassen?«, fragte Anna empört.

»Nein, nein. Bis die Deutschen im Jahr darauf abgezogen sind, kamen immer wieder Lieferungen von ihm, aber er selbst war nie mehr hier.«

»Und Mahler?«

»Der blieb in der Stadt, bis die Deutschen verschwanden. Ich habe ihn öfter gesehen. Wenn er mich bemerkte, hat er weggesehen. Dann habe ich sechs, sieben Jahre nichts mehr von ihm gehört. Plötzlich kam ein Brief. 1950, im Oktober. Mahler hatte den Jungen, dem er die Finger abgeschnitten hatte, ausfindig machen lassen und lud mich nach München ein. Er war bei Siemens angestellt. Er bot mir dort Arbeit an, eine Lehrstelle sogar.«

»Als Wiedergutmachung?«, fragte ich.

Ninis lachte auf.

»Ja. Ja, ich glaube schon. Seltsam, nicht? Aber als ich dann in München war, war er bald auch anders an mir interessiert.«

Er sah zu seinem Enkel und schien sich nicht sicher zu sein, ob er es aussprechen sollte.

»Wie soll ich sagen? Herr Mahler war verwitwet und sicher sehr einsam. Er hat nicht nur Trost bei Frauen gesucht.«

Silas lachte. »Er hat dich angemacht?«

Mit einem verschämten Grinsen nickte Ninis.

»Das kannst du dir vielleicht nicht vorstellen, aber ich war ein wirklich gutaussehender junger Mann.«

»Und was hast du gemacht?«, fragte Silas.

»Ich habe Mahler gesagt, dass mir acht Finger genügen, um ihm den Hals umzudrehen, wenn er es noch einmal versucht. Das hat er verstanden, und er nahm es mir nicht übel. Wir blieben in Kontakt, als er nach Hamburg ging, um seine eigene Firma zu gründen. Irgendwann Mitte oder Ende der siebziger Jahre habe ich ihn aber aus den Augen verloren.«

»Sie klingen, als würden Sie das bedauern«, sagte ich.

»Ein bisschen. Ich habe ihm viel zu verdanken.«

»Einem SS-Verbrecher, der Ihnen Finger abgeschnitten hat?«

»Ich hatte ein sehr gutes Leben in Deutschland. Ein sicheres Einkommen, ein eigenes Haus, gute Schulen für meine Kinder. Freiheit. Später konnte ich mir auch in Thessaloniki ein großes Haus bauen, direkt am Meer, groß genug für meine Frau und mich, für unsere Kinder und Enkel. Da sind zwei Finger kein allzu hoher Preis, würde ich sagen.«

Silas schwieg, er blickte weg. Er liebte seinen Großvater, wollte ihm die Scham ersparen, die seine Augen nicht verbergen konnten.

»Sie wissen nicht, was dieser Chajim von Anton Mahlers Chef wollte?«, fragte Anna.

»Ich glaube, es ging um sein Eigentum. Ich war zu jung, um mitzusprechen, aber das eine oder andere schnappte ich auf. Wenn ich es richtig verstanden habe, hatte Chajim etwas zurückgelassen, als er zwanzig Jahre davor die Stadt verlassen musste. Er glaubte, dass es ihm der SS-Mann gestohlen hatte. Mahlers Chef.«

»Was?«

»Das weiß ich leider nicht.«

»Ging es um die Firma Counio?«, fragte Anna.

»Ich glaube, der Name fiel damals«, sagte Ninis, »und ich kannte die Familie natürlich. Sie hatten die große Tabakfabrik. Aber ich weiß nicht, was Chajim oder Anton Mahlers Chef mit ihnen zu tun hatten.«

Ninis wirkte erschöpft. Silas machte mich mit einem Blick höflich, aber nachdrücklich darauf aufmerksam.

»Danke, Herr Ninis«, sagte ich, »Sie haben uns sehr geholfen.«

Ninis nickte, irgendwas hatte er noch auf dem Herzen.

»Wissen Sie, wie es Herrn Mahler später erging?«, fragte er. »Die junge Frau wusste nur, dass er tot ist.«

Anna und ich sahen uns an.

»Er ist nicht tot«, sagte ich, obwohl es eine gewagte Behauptung über einen Hundertjährigen war, der noch vor zwei Tagen auf einer Intensivstation lag.

»Er lebt? Er muss uralt sein.«

»Ja. Sehr alt.«

»Und Sie kennen ihn? Sie werden ihn sehen?«

Seine Augen leuchteten.

»Vielleicht.«

»Grüßen Sie ihn bitte von mir, ja? Grüßen Sie ihn von Filippos.«

»Sicher«, sagte ich. »Das machen wir.«

Ich musste ein Lächeln unterdrücken. Keiner von uns hätte jetzt noch darauf gewettet, nicht einmal Xenos, dass Mahlers Avancen immer erfolglos geblieben waren.

»Auf wen hast du eigentlich gesetzt?«, fragte ich Xenos. »Deutschland?«

»Italien«, antwortete er. »Deutschland war der Favorit.«

HAMMER I & II

Es war vollkommen egal, ob Anna vor ihrer Zimmertür gezögert hatte oder nicht, das wusste ich. Während ich in meinem Hotelzimmer auf den Notebookbildschirm starrte und darauf wartete, dass die E-Mails heruntergeladen wurden, versuchte ich, mich an ihren Gesichtsausdruck und ihren Tonfall zu erinnern. Es gelang mir nicht. Wir hatten uns erst vor drei, vier Minuten verabschiedet, genauso gut hätte es letzte Woche oder letztes Jahr gewesen sein können. Durch Anna kehrte eine Einsamkeit in mein Leben zurück, an die ich mich wieder erinnerte.

Neunzehn E-Mails. Ich öffnete nur die von Georg.

Can, Du alter Masochist!

Wie kannst Du bloß arbeiten an Deinem Schreibtisch, angestarrt von diesem, diesem … was eigentlich, wie nennt man so etwas? – von diesem Wesen an der Wand? Wie heißt der Albtraum noch mal? Phoenix? Ich hoffe, Du hast das Ding geschenkt bekommen. Sag mir nicht, Du hast Geld dafür bezahlt. Warte –

Okay. Besser. Ich habe das Teil abgehängt und hinter Dein Bücherregal geschoben. Vielleicht entsorge ich es morgen und besorge Dir was Neues. Ich habe neulich ein paar Bilder einer jungen Koreanerin gesehen, ein echter Geheimtipp, total im Kommen. Sind sich alle einig. Die würden hervorragend hier reinpassen. Südkorea, versteht sich. Obwohl man inzwischen wirklich mal nach nordkoreanischen Künstlern schauen sollte, fällt mir gerade ein. Was meinst Du, was da für ein Wertzuwachs drin wäre? Irgendwann poppt das da drüben doch alles auf, und dann hätte man schon die Dinger, die die anderen erst suchen müssten.

Egal. Wir haben was anderes zu tun, stimmt's? Ich weiß gar nicht, wo ich anfangen soll. Es ist der Hammer. Ehrlich, der Hammer!

Dein Großvater, Dein Namensvetter, was weiß ich, dieser Evinman, Galip Can Evinman, er taucht 1927 in Berlin auf und gründet eine Firma für Tabakimport. Als Zwischenhändler. In Deutschland gibt es damals eine florierende Tabakindustrie, vor allem in Berlin, und Evinman beliefert alle, Constantin, Adler, Mahala-Problem, Batschari, Jasmatzi, Yenidze, vor allem Reemtsma, den Marktführer, aber auch Koch & Eissler. Ja, *»& Eissler«*. Sagt Dir der Name was? Richtig! Ich komme gleich darauf zurück.

Also: Evinman importiert Rohtabak aus der Türkei und aus Griechenland – vor allem aus der Region Kavala-Saloniki (!) – und verkauft ihn zur Weiterverarbeitung an deutsche Zigaretten- und Zigarrenhersteller. Er ist ein angesehener Geschäftsmann, wird in Berlin 1928 Gründungs- und Vorstandsmitglied der Türkischen Handelskammer für Deutschland, in der auch die großen deutschen und türkischen Banken sitzen, und er hat das, was man ein reges gesellschaftliches Leben nennt. In den Archiven habe ich Evinman auf allen möglichen Einladungslisten gefunden, Empfänge, Bälle, Vorträge, meist in seiner Funktion als Vorstandsmitglied dieser Türkischen Handelskammer. 15 Jahre lang, von 1927 bis 1942, scheint es dem Mann sehr gutzugehen in Berlin, und irgendwann in den dreißiger Jahren lernt er Rudolf Eissler kennen, den Vater von Anna Roths Mann Martin. *Sehr wahrscheinlich* lernt er Eissler kennen. Dafür habe ich zwar keine Belege gefunden, aber es kann nicht anders gewesen sein. Sie waren zur gleichen Zeit in der Stadt, Rudolf Eissler war in der Tabakindustrie, seine Firma wurde von Evinman beliefert – und vor allem: Das Ende der Geschichte macht sonst keinen Sinn.

Aber erst mal zu den Eisslers: 1912 gründet Rudolf Eisslers Vater Wilhelm Eissler in Hamburg mit seinem Kompagnon Heinrich Koch die *Koch & Eissler Cigarettenproduktion*. Wenn ich das richtig sehe, springen Eissler und sein Kompagnon relativ spät auf einen fahrenden Zug auf. Seinen Höhepunkt hat der Zigarettenmarkt in Deutschland zwar noch nicht erreicht, das kommt erst während der Weimarer Republik, die Marktanteile sind aber schon heiß umkämpft, und Reemtsma, der Hamburger Platzhirsch, beginnt schon, sich zum Giganten zu entwickeln, führt die Maschinenproduktion ein, haut seine Marken in ungeheurer Stückzahl auf den Markt und betreibt eine aggressive Expansionspolitik: Ein Konkurrent nach dem anderen wird geschluckt, und natürlich bekommen auch die kleinen lokalen Rivalen Koch & Eissler regelmäßig Übernahmeangebote, die sie tapfer ablehnen. Mit ihren Marken *Samarkand* und *Sultan* können sie sich aber kaum auf dem Markt behaupten. Der Umsatz deckt gerade die Kosten, viel mehr ist nicht drin. Den ersten Fehler begeht Wilhelm Eissler, als er nach dem Tod seines Kompagnons der Witwe ihre ererbten Anteile abkauft, statt den Laden bei der Gelegenheit zu schließen. Dafür geht wahrscheinlich sein ganzes eigenes Kapital drauf. Und für seinen zweiten, den am Ende tödlichen Fehler muss er sich von den Banken Geld borgen: Wilhelm Eissler eröffnet 1932 eine zweite Fabrik in Berlin – Hauptstadt auch der Tabakindustrie – und will mit einer neuen Edelmarke (*Shangri-La*) endlich den Umschwung schaffen. Wilhelm Eissler selbst bleibt in Hamburg. Er schickt seinen erst 23-jährigen Sohn Rudolf nach Berlin, um die neue Niederlassung zu leiten.

In Berlin scheint sich Rudolf Eissler aber mehr für Politik zu interessieren als für die Fabrik. Noch vor der Machtergreifung wird er NSDAP-Mitglied, tritt später der SS bei und ist ein aktiver Anhänger der Bewegung. Vielleicht macht er das alles aus geschäftlichen Gründen, wer weiß, vielleicht hofft er, dass die Nähe zur Macht ihm Vorteile auf dem Tabakmarkt schafft, auf dem es von jüdischen Firmen wimmelt. Aber es gibt genug andere nichtjüdische Unternehmen, die den Nazis auch nahestehen oder sich, wie Reemtsma, nach anfänglichem Ärger frühzeitig mit ihnen arrangieren. Am Ende zählt wie immer nur der Erfolg. Und der bleibt dauerhaft aus. Bei Rudolf Eissler in Berlin genauso wie bei seinem Vater in Hamburg. Spätestens als Eissler 1939 an die Front geht, verwahrlost die Berliner Niederlassung, weil es dem alten, kranken Vater nicht gelingt, sie von Hamburg aus zu leiten. Als der alte Eissler 1941 stirbt, hinterlässt er ein Alpenmassiv aus Schulden.

Galip Evinman genießt da sein Leben noch. Ein geschäftlich immens erfolgreicher Türke, auf dem Papier ein Moslem und deswegen selbstverständlich nicht betroffen von der Arisierung, die bis 1937 sämtliche jüdische Firmen erfasst. Niemand weiß, dass er Dönme ist. Noch besser: Niemand weiß, *was* ein Dönme ist.

Ende 1941 wird Evinman aber plötzlich beim Stadtpräsidenten der Reichshauptstadt und beim Reichwirtschaftsministerium als Jude denunziert: als geheimer Jude, eine Art Marrane, als *Dönme*. Ich habe die Kopien der Schreiben hier, Du wirst sie sehen, wenn Du zurück bist. Ich habe Dir ja schon gesagt, wer Evinman denunziert hat. Rudolf Eissler. Keine Ahnung, warum er das getan hat. Sein Vater ist gerade gestorben, er ist pleite, und er dient in Thessaloniki als SS-Obermacker. Und dort nimmt er sich die Zeit und schreibt diese Denunziationsbriefe? Vielleicht kannst Du Dir einen Reim darauf machen. Irgendeinen Vorteil wird der Mistkerl daraus gezogen haben.

Jedenfalls kommt der Apparat nach Eisslers Denunziation in Bewegung. Evinman ist ein wichtiger Mann in seiner Branche, er ist Türke, da muss man sich genau informieren, bevor man reagiert. Was ist ein Dönme, wie steht die türkische Regierung dazu, wie konsequent soll und darf man sein? Die deutsche Botschaft in Ankara wird eingeschaltet, und das Reichswirtschaftministerium überprüft den Vorgang: Diese Schreiben aus Ankara und Berlin hatte Deine Anna aus dem Archiv ihres Vaters mitgebracht, Du erinnerst Dich. Jedenfalls wird Evinmans Firma am Ende dichtgemacht, er verliert sein Vermögen. Und von heute auf morgen muss er aus Deutschland fliehen. Wie ich von Euch weiß, taucht er danach in Thessaloniki auf. Da musst Du dann weitermachen. Vielleicht hast Du ja schon etwas herausgefunden.

Beim eigentlichen Wahnsinn bin ich noch gar nicht, aber ich muss jetzt eine Pause machen. Ich habe Mina und Sandra versprochen, mit ihnen das Spiel zu gucken. Dein lieber Sohn schaut woanders, den hat gerade seine Freundin abgeholt. Mein lieber Schwan, was für ein Prachtexemplar! Sieht definitiv aus, als würde Ben nichts anbrennen lassen. Zum Glück kommt er nicht nach Dir :-)

… Was für Weicheier! Hast Du das Spiel sehen können bei Euch? Was für Versager, was für Feiglinge. Pech kann man haben, logisch, aber man lässt sich doch nicht so einschüchtern. Sind 0:2 im Rückstand und spielen, als wär's ein Freundschaftsspiel gegen die Betriebself von VW. Sei's drum, ein Finale Spanien gegen Italien ist auch okay, vielleicht sogar besser. Mina hat übrigens nicht durchgehalten. Sie wollte unbedingt bis zum Schluss wach bleiben, kurz nach Beginn der zweiten Halbzeit ist sie aber eingeschlafen. Ich habe sie nach dem Spiel ins Bett getragen. Sie ist so ungeheuer süß, so zerbrechlich. Wie hältst Du es bloß aus, Kinder zu haben in dieser beschissenen Welt? Da wären wir ja gleich wieder beim Thema, oder? Beim Horror.

Warum ist Galip Evinman sofort aus Berlin geflüchtet, habe ich mich gefragt. Musste er um sein Leben fürchten? Die Nazis hatten sein Geschäft geschlossen, nachdem er als »Jude« enttarnt worden war, aber ihm selbst konnten sie doch nicht wirklich was anhaben. Dachte ich. Er war türkischer Staatsbürger, ein Moslem mit einer vagen jüdischen Herkunft, aber ein Türke. Die Türken hätten ihre Staatsbürger doch geschützt, und zu den Juden hatten sie immer ein besonders gutes Verhältnis, sogar als eine Art Schutzmacht: Sie haben sie aufgenommen, als sie vor 500 Jahren aus Spanien vertrieben wurden, und im Dritten Reich war die Türkei für viele Flüchtlinge aus Nazi-Deutschland ein sicheres Exil. So weiß man das, und dafür lassen sich die Türken gerne feiern. Aber man muss nur ein bisschen in den Archiven graben und im Internet stöbern, bis man in eine neue Hölle blickt, von der wahrscheinlich die wenigsten wissen.

Zwischen den Kriegen gab es knapp 2000 türkische Staatsbürger in Deutschland, gut die Hälfte von ihnen, vielleicht sogar etwas mehr, waren Juden. Die meisten von ihnen lebten in Berlin, und fast alle waren ungelernte Arbeiter, die sich vor allem in der Teppich- und Zigarettenindustrie verdingten: jüdische Proletarier, die überwiegend bei jüdischen Unternehmern arbeiteten. Wenn Du so willst, waren diese damaligen Immigranten die ersten türkischen Gastarbeiter in Deutschland, lange bevor es das Wort gab. Natürlich müssen sie sofort bemerkt haben, dass es nach der Machtergreifung der Nazis in Deutschland gefährlich für Juden wurde. Aber sie waren Türken, und sie fühlten sich durch ihre Staatsangehörigkeit geschützt. Genauso wie die schätzungsweise 25 000 bis 30 000 türkischen Juden in den anderen europäischen Ländern, die später von den Deutschen besetzt wurden.

Und der Witz ist, obwohl man bei einer solchen Tragödie nicht von einem Witz sprechen darf: Sie wären als türkische Staatsbürger auch tatsächlich geschützt gewesen! Als die grausamen Maßnahmen gegen die Juden begannen, sogar als der Holocaust sich schon abzeichnete, waren die Deutschen bereit, die jüdischen Staatsbürger neutraler oder verbündeter Länder (wie eben der Türkei) zu verschonen – unter der Voraussetzung, dass diese Juden in ihre Heimatländer zurückkehrten. Im Oktober 1942 stellten die Deutschen ein letztes Ultimatum an diese Länder, ihre eigenen Juden so schnell wie möglich zurückzuholen.

Die türkische Regierung ließ dieses Ultimatum nicht nur verstreichen, sie reagierte damit, Tausenden weiteren türkischen Juden, die in den von den Nazis besetzten Gebieten lebten, die türkische Staatsbürgerschaft zu entziehen. Damit hatte sie schon Mitte/Ende der dreißiger Jahre systematisch begonnen. Insgesamt über neunzig Prozent der im Ausland lebenden türkischen Juden wurden durch diese Ausbürgerungen staaten- und damit vollkommen schutzlos. Nein, man muss es beim Namen nennen: Sie wurden in die Hände ihrer Mörder getrieben. Ohne Not, ohne irgendeinen Zwang, aus freien Stücken.

Vor Ort gab es einzelne türkische Diplomaten, die Juden zu retten versuchten, zum Beispiel den Generalkonsul von Rhodos, der durch die Ausstellung von türkischen Pässen 50 Juden das Leben rettete und dafür mit dem Leben seiner Frau bezahlen musste. Später wurde er von Israel als »Gerechter unter den Völkern« in Yad Vashem geehrt. Es gab auch andere türkische Diplomaten, vor allem in Frankreich, die Ausweispapiere ausstellten und sogar Deportationszüge anhielten, um aus ihnen in letzter Sekunde Juden herauszuholen. Mit ihrem Einsatz konnten diese anständigen Leute Abertausenden von Juden das Leben retten.

Aber diese einzelnen mutigen Diplomaten handelten alle gegen die offizielle Politik ihrer Regierung, die ihre Juden loswerden wollte, sich zum Handlanger der Nazis machte und Beihilfe zum Mord leistete. Die diese Morde durch den Akt der Ausbürgerung im Grunde selbst beging. Auf den Deportationslisten finden sich die Namen von etwa 4000 Juden türkischer Abstammung, die in den Konzentrationslagern ermordet wurden. Sicher waren es noch mehr.

Und ganz sicher wäre auch Galip Evinman unter ihnen gewesen, wenn er nicht schnell genug aus Berlin geflohen wäre. Dieser Evinman, der vielleicht Dein Großvater war.

Was für ein Wahnsinn, oder? Kannst Du das alles glauben, geschweige denn verstehen? Warum hat die türkische Regierung ihre eigenen Landsleute ans Messer geliefert? Wie erging es den Juden wohl in der Türkei selbst und wie Deinen Dönme? Was für eine unglaubliche Geschichte, was für ein wahnsinniger Stoff. Am liebsten würde ich die Deckert-Fortsetzung in die Tonne werfen und sofort *damit* loslegen. Ich kann mir nicht vorstellen, dass diese Geschichte schon erzählt worden ist, die Geschichte der ersten türkischen Gastarbeiter in Deutschland, von denen niemand mehr weiß. Die Geschichte der Verbrechen, die an ihnen gleich von zwei Seiten begangen wurden. Ihre unglaubliche Tragödie.

Ich höre Dein Lachen sogar aus zweitausend Kilometern Entfernung. Lisinski und so ein Stoff? Auf seine alten Tage will der Kerl noch ein ernsthafter Autor werden? Ich weiß schon. Und wenn mein Lektor davon erfährt, holt er sofort Knoblauch und Kruzifix heraus. Aber warum eigentlich nicht? Könnte sogar ein unglaublich spannender Thriller werden. Verbunden mit Deiner Geschichte? Ich bin sehr gespannt, was Du in Thessaloniki herausbekommen hast.

Ich hatte mich schon auf eine Mail von Dir gefreut, aber wahrscheinlich hast Du zu viel um die Ohren. Wollen wir morgen früh telefonieren? Ruf an, wenn Du ein paar Minuten Ruhe hast.

Ciao, Alter, bis dann

G.

PS: Irre, dass die Reichert meine Nummer hatte. Ich wüsste zu gern, was sie mit mir vorhatte. Wahrscheinlich werden wir es nie erfahren.

Sofort drückte ich auf den Antwortbutton und schrieb:

Der pure Wahnsinn, Georg, Du hast recht. Unglaublich, das alles! Wie hast Du das nur so schnell herausbekommen?

Dann löschte ich es und schrieb:

Häng mein Bild wieder an die Wand, Georg, sofort. Ich mag es. Rühr meine Tochter nicht an. Nimm Deine Augen von der Freundin meines Sohnes. Lass meine Geschichte in Ruhe. Such dir eine eigene.

Ich hätte es nie weggeschickt, natürlich nicht, aber ich wollte es lesen. Vielleicht hätte ich weitergeschrieben und das Ganze schließlich in den Entwürfe-Ordner gepackt, um die Mail dort Wochen später zu finden und dann beschämt zu löschen, aber ein Anruf katapultierte mich weg vom Notebook.

Eine Handynummer aus Deutschland, die in meinem Gerät nicht gespeichert war. Vielleicht Georg, der ständig neue Geheimnummern hatte, damit seine Fans ihn nicht belästigen konnten, vielleicht jemand anderer. Um diese Uhrzeit musste es wichtig sein. Ich ging sofort dran.

»Can Evinman.«

»Guten Abend, Herr Evinman. Entschuldigen Sie bitte die späte Störung. Hier spricht Eissler. Martin Eissler.«

»...«

»Es ist wirklich nicht meine Art, mitten in der Nacht fremde Menschen anzurufen und zu stören, aber leider kann ich meine Frau nicht erreichen. Es ist sehr wichtig. Ist sie zufällig bei Ihnen?«

»Nein.«

»Bedauerlich. Ist sie vielleicht irgendwo in der Nähe, und Sie könnten mich vielleicht mit ihr verbinden?«

»Nein.«

»Nein?«

Gelassen, erstaunt, ein wenig amüsiert.

»Ich denke, sie schläft.«

»Verstehe. Aber Sie könnten ihr sicher etwas ausrichten? Ich nehme an, Sie sehen Anna morgen.«

»Ja.«

»Ich würde mich über einen Rückruf freuen. Am besten, sobald sie die Nachricht erhält.«

»Richte ich aus.«

»Danke.«

Er legte nicht auf. Niemand hielt mich davon ab, es selbst zu tun. Wir schwiegen.

»Hatten Sie einen interessanten Tag, Herr Evinman? Wie geht es Ihnen?«

»Danke, sehr gut.« Und dann ritt mich der Teufel. »Wie geht es Ihnen?«

»Ich kann nicht klagen«, sagte Eissler, »aber ehrlich gesagt, ich vermisse meinen Sohn. Ich nehme an, Sie verstehen das. Sie haben auch zwei Kinder.«

Das steht in meiner Vita, beruhigte ich mich, er hat sich den Typ angesehen, der der Ghostwriter seiner Frau werden sollte. Er kocht mit Wasser.

»Ihre Tochter ist etwa so alt wie Max, nicht?«

Stand das auch in meiner Vita?

»Sie ist reizend«, sagte Eissler. »Beeindruckend, wie ernst sie es mit der Fotografie nimmt. In ihrem Alter. Sehr ungewöhnlich.«

Mein Herz setzte aus, um einen Wimpernschlag später schneller zu schlagen als jemals zuvor.

»Und wenn Max sich jemals so in eine Sache vertiefen würde wie Ihr Sohn in seine Musik, ich wäre wirklich glücklich. Es war sehr bewegend, wie er auf der Trauerfeier Ihrer Freundin gespielt hat, finden Sie nicht?«

Ich schwieg, ich ließ ihn weit auf mein Grundstück.

»Haben Sie eigentlich Ihre Tabletten eingepackt?«, fragte Eissler gutmütig. »Im Moment brauchen Sie sie vermutlich besonders.«

»Schnauze«, sagte ich.

»Bitte?«

»Sie haben mich verstanden.«

»Ich fürchte, nein.«

Ich war ganz ruhig. Ich hätte ihm gelassen und in aller Ausführlichkeit erklären können, was die umgangssprachliche Wendung, die ich benutzt hatte, bedeutet und in welchen Kontexten sie zur Anwendung kommt. Aber das hätte zu lange gedauert.

»Wir sehen uns«, sagte ich und drückte Eissler weg.

Dann steckte ich das Handy in die Hosentasche, in aller Ruhe, verließ mein Zimmer und hämmerte gegen Annas Tür.

GESCHLÜPFT

Ich stand auf dem Balkon und rief Georg an, während Anna drinnen mit Rom telefonierte. Georg ging sofort dran, ich glaube nicht, dass er schon geschlafen hatte. Irgendwas war im Hintergrund zu hören. Möglich, dass er etwas weglegte, ein Buch, ein Glas. Sicher war er allein.

»Can, hey!«

»Eissler hat mich gerade angerufen.«

»Was wollte er?«

»Mir drohen.«

»Er hat dir gedroht?«

»Er hat Ben und Mina erwähnt. Ganz beiläufig, aber unmissverständlich.«

»Scheißkerl.«

»Hör zu, Georg, du nimmst Sandra und die Kinder und fährst mit ihnen morgen früh weg. Egal wohin. Hauptsache, du sagst keinem was. Auch mir nicht.«

»Das macht Sandra nie.«

»Machst du es?«

»Natürlich. Aber Sandra ...«

»Gib sie mir.«

»Sie schläft bestimmt schon.«

»Weck sie.«

Er zögerte kurz, dann stand er auf und ging los. Ich hörte es.

»Warte«, sagte er.

Georg öffnete die Tür, schloss sie wieder und ging weiter. Er musste die Wendeltreppe hinunter, aber das konnte ich nicht hören. Bald klopfte er gegen eine Tür, unsere Schlafzimmertür, und öffnete sie.

»Sandra? Sandra, entschuldige. Es ist Can.«

»Was?«

Sie klang nicht verschlafen.

»Can ist am Telefon.«

Georg reichte sein Handy weiter.

»Can? Was ist denn los? Ist irgendwas passiert?«

»Nein. Wirklich nicht. Mach dir keine Sorgen. Ich habe nur ein bisschen Angst, dass es nicht so bleibt.«

Vermutlich gab es kaum effektivere Arten, die eigene Frau in Panik zu versetzen.

»Was? Was meinst du damit?«

»Martin Eissler hat mich gerade angerufen. Er hat über euch gesprochen. Über die Kinder. Ehrlich gesagt, es hat sich nicht gut angehört.«

Sandra schwieg. Ich war mir nicht sicher, ob sie noch atmete. Wahrscheinlich sah sie entsetzt zu Georg.

»Ich glaube, es ist am besten, wenn du morgen mit den Kindern wegfährst. Zusammen mit Georg.«

»Spinnst du? Das hier ist doch kein beknackter Film. Du musst die Polizei anrufen.«

»Wir arbeiten mit der Polizei zusammen, Sandra.«

»Die deutsche Polizei. Die Frau in Hamburg.«

»Werde ich tun, versprochen. Sobald ich aufgelegt habe. Ist mir trotzdem lieber, wenn ihr für ein paar Tage weg seid.«

»Ich muss arbeiten.«

»Du nimmst dir Urlaub.«

»Wir haben morgen ein wichtiges Meeting im Bauamt. Wegen der Lampenfabrik.«

»Die steht schon seit neunzig Jahren da und kommt noch ein paar Tage ohne dich aus.«

»Die Kinder müssen in die Schule.«

»Dann sind sie eben krank. Sind eh nur noch ein paar Tage bis zu den Ferien.«

»Scheiße, Can. Scheiße, scheiße, scheiße. Ist Georg deswegen hier?«

Ich zögerte.

»Hat er dir doch sicher alles gesagt.«

Ich wusste nicht, warum ich das sagte. Eine grobe, in unserer Lage, in jeder Lage völlig unnötige Kinderei. Jetzt war es Sandra, die zögerte.

»Ich dachte, Georg muss irgendwas recherchieren. Hat er jedenfalls gesagt. Er hat auch gesagt, du rufst mich noch an.«

»Georg sollte ein bisschen achtgeben, das stimmt. Ich habe mir schon vorher Sorgen gemacht.«

»Das ist doch alles Wahnsinn, Can, totaler Wahnsinn.«

Ich sah, dass Anna ihr Gespräch beendet hatte.

»Ich muss jetzt Schluss machen, Sandra. Ihr müsst wegfahren, gleich morgen früh. Tust du das? Bitte.«

Sandra schwieg. Ich sah sie vor mir. Sicher blickte sie grübelnd zu Georg und strich sich mit der rechten Hand unaufhörlich über die linke Augenbraue. Wie immer, wenn sie mir einen Gefallen tun wollte, den sie für Schwachsinn hielt.

»Gut«, sagte sie. »Okay. Aber nur, wenn du gleich mit der Polizei sprichst. Und nur ein paar Tage.«

»Danke«, sagte ich und dachte an meine Erleichterung, als sich die Zyste in Sandras Brust als gutartig erwies. »Ich liebe dich.«

»Wann kommst du wieder?«

»In ein, zwei Tagen, ich weiß noch nicht. Wir fliegen morgen nach Istanbul.«

»Istanbul? Was macht ihr in Istanbul?«

»Lange Geschichte. Ich ruf dich morgen früh an, okay?«

Sandra schwieg.

»Ich liebe dich«, sagte ich.

»Scheiße«, sagte Sandra.

»Es tut mir leid.«

»Pass bloß auf dich auf.«

»Mach ich, versprochen. Wir reden morgen, ja?«

»Ja«, sagte Sandra.

Bevor wir auflegten, entfuhr ihr noch ein Laut, den nur ich zu verantworten hatte und für den ich irgendwann bezahlen musste. Ich steckte das Handy weg und ging hinein.

»Und?«, fragte ich Anna.

»Alles in Ordnung. Sie sind nie allein, die Freundin meiner Mutter hat jede Menge Personal. Die wissen, dass sie aufpassen müssen.«

Anna lächelte plötzlich. Ich konnte mir keinen Grund für ihr Lächeln denken, der mich nicht verärgern würde.

»Max durfte sich das Spiel beim Public Viewing ansehen«, sagte sie. »Auf dem Campo de' Fiori. Mit meiner Mutter, ihrer 82-jährigen Freundin, dem Chauffeur und dem Hauswart.«

Jetzt lachte Anna sogar. Vielleicht war es ein nervöses Lachen, wahrscheinlich sogar, vielleicht hätte ich nachsichtig sein müssen.

»Schön«, sagte ich. »Ich bin sicher, dein Sohn hat Spaß gehabt.«

Anna sah meinen Blick, sie hörte meinen Ton. Ihr Gesichtsausdruck änderte sich sofort. Vorsichtig sah sie mich an.

»Hast du jetzt eigentlich noch irgendwelche Zweifel, dass dein Mann ein Schwein ist?«, fragte ich.

Kann sein, dass ich schrie.

Anna blickte weg. Sie setzte sich aufs Bett, sie schwieg. Ich wartete einen Augenblick ab, dann setzte ich mich neben sie.

»Tut mir leid«, sagte ich. »Ich habe Angst. Ich habe Angst um meine Kinder.«

»Ich habe dich angelogen«, sagte Anna.

»Wann? Was meinst du?«

»Als ich Martin damals kennenlernte, mit vierzehn, fünfzehn, da fand ich ihn nicht so langweilig, wie ich dir erzählt habe. Ich habe mit ihm geschlafen. Ein einziges Mal.«

Das war nicht so unschön wie mehrfacher Mord, weckte aber in mir den Wunsch, Eissler schon dafür umzubringen. Wäre ich ruhiger gewesen, hätte ich vielleicht etwas weniger Albernes gesagt.

»Dein Vater hatte dich vor ihm gewarnt.«

»Genau«, sagte Anna bitter. »Das hat die Sache nicht weniger interessant gemacht. Martin hat mir nicht einmal eingeschärft, niemandem davon zu erzählen. Ich hatte das Gefühl, er legt es sogar darauf an, dass mein Vater davon erfährt.«

»Hat er?«

»Nein. Ich habe nie jemandem davon erzählt und er auch nicht.«

»Und dann?«

»Wir haben uns lange nicht gesehen, fünfzehn Jahre lang nicht. Aber er hat an jedem Geburtstag angerufen, er hat Geschenke geschickt, wahnsinnige Geschenke, und er hat sich zwischendurch erkundigt, wie es mir geht, was mein Studium macht. Wenn ich irgendwelche Problemchen hatte, hat er mir hin und wieder einen Rat gegeben und meist den richtigen. Irgendwann hat er sich von seiner damaligen Frau scheiden lassen, und ich habe ihn kurz darauf auf der Feier meiner Mutter wiedergesehen.«

»Hat er gebaggert, oder war es wirklich so, wie du mir gesagt hast? Du hast dich für ihn mehr interessiert als er sich für dich?«

»Kam mir jedenfalls so vor damals. Ich musste ihn richtig erobern. Und nichts wollte ich mehr.«

Ich lachte höhnisch.

»Der Typ hat dich manipuliert. Er hat dich gepflanzt, geduldig reifen lassen und dann gepflückt.«

Anna sah mich verletzt an. Ich wusste nicht, warum ich mich fühlte wie ein gehörnter Ehemann, aber wenn ich Anna schon gekränkt hatte, konnte ich genauso gut damit weitermachen.

»Warum hast du das gemacht? War es sein Geld?«

»Er war großartig«, sagte Anna, »einfühlsam, klug, zärtlich. Und verdammt attraktiv. Er war der interessanteste Mann, dem ich je in meinem Leben begegnet war. Das Geld hat es nur schwieriger gemacht, aber das war mir egal. Ich habe ihn geliebt.«

Ich schwieg, fühlte mich schuldig und genoss die Vergangenheitsform, die Anna gewählt hatte.

»Hast du nie etwas gemacht, ohne es erklären zu können?«, fragte sie.

»Doch«, sagte ich, »ständig. Ich weiß nie, was ich mache. Ich denke lieber darüber nach, warum andere etwas machen.«

Anna fing an zu weinen. Ich brauchte einen Moment, bis ich es wagte, aber dann nahm ich sie in die Arme und wachte am nächsten Morgen auf ihrem Bett auf.

Anna lag hinter mir und hatte einen Arm um mich gelegt. Wir waren beide angezogen, mussten irgendwann einfach eingeschlafen sein. Vorsichtig nahm ich Annas Arm und legte ihn zur Seite, stand auf und verließ leise das Zimmer.

In meinem eigenen Zimmer schrieb ich eine Mail an Sybille Mägert und schilderte ihr alles, was ich bisher wusste, so knapp und vollständig es mir gelang. Was Anna mir in der Nacht erzählt hatte, ließ ich aus. Es war noch früh, dennoch rief ich zu Hause an, nachdem ich die Mail abgeschickt hatte. Mina ging ans Telefon.

»Papa, sie sind geschlüpft«, sagte sie aufgekratzt. »Die Krebse sind geschlüpft. Das Futter von Georg hat geholfen. Sie leben!«

»Wow«, sagte ich. »Super.«

DANACH **Anna gefällt Istanbul.**

Jedes Mal. Istanbul ist wunderschön.

Ich bin dort geboren. Ich war noch nie dort.

KOMISCH **Als wir aus den Wolken herabsanken,** sah ich das Marmarameer zum ersten Mal. Den letzten Widerschein ihres Landes hatte es meine Mutter auf dem handgeschriebenen Papier genannt, der nach ihrem Verschwinden in ihrem Hotelzimmer lag, so hatte ich es jedenfalls irgendwann übersetzt. Ich sah die Prinzeninsel vor der Küste, den Bosporus mit seinen zwei Brücken, und weil wir das Glück hatten, eine Schleife zu fliegen, sah ich sogar das Goldene Horn. Ich sah das alles, aber was ich sah, hörte ich von Anna, die schon mehrmals hier gewesen war.

Auf dem Flug hatten wir kaum gesprochen. Ich hatte Anna von Georgs Mail erzählt, von Evinmans Firma und der Zigarettenfabrik der Eisslers, von Rudolf Eisslers Denunziation, Evinmans Flucht und vom Schicksal der türkischen Juden, und sie hatte mir zugehört und ein paar Fragen gestellt, vor allem über den zeitlichen Ablauf. Als ich ihr meine Mail an Sybille Mägert gestand, hatte sie nur genickt. Anna hatte eine Grenze überschritten, sie war jenseits von Angst und Zorn. Sie war ruhig. Sie machte mir Angst.

Wir verließen das Flugzeug durch einen Gang und reihten uns in die Schlange vor dem Einreiseschalter ein, erstaunlicherweise wurde jeder Pass und jeder Ausweis kontrolliert. Vielleicht waren das die Regeln hier, oder Reisende aus Griechenland bekamen immer noch besondere Aufmerksamkeit. Auch Annas Personalausweis wurde gescannt und von dem bärtigen Uniformierten mit einem freundlichen Lächeln zurückgegeben. Mein deutscher Pass blieb länger im Gerät, und schon der Blick, den der Bärtige auf seinen

Monitor warf, verwirrte mich. Ich kann mich nicht erinnern, dass er einen Knopf gedrückt oder ein Zeichen gegeben hätte, doch plötzlich standen zwei uniformierte Polizisten neben mir. Einer fasste sofort meinen Arm.

»Folgen Sie uns«, sagte der andere auf Türkisch.

»Was ist hier los?«, fragte ich auf Deutsch.

»Machen Sie keinen Ärger, kommen Sie einfach mit.« Türkisch.

»Was wollen Sie von mir?« Deutsch.

Keine Antwort. Ich riss meinen Arm los und konzentrierte mich danach auf Annas entsetzten Blick. Ich wurde zu Boden gedrückt, die Polizisten legten meine Hände hinter dem Rücken in Handschellen.

»Ruf einen Anwalt an«, schrie ich Anna zu, während mich die Polizisten wieder auf die Beine zogen. »Aber keinen von dir oder von Eissler!«

Offenbar denkt man effektiver in solchen Situationen als in belanglosen. Mir fiel das Kanzleischild von Karins Freund ein, das ich gesehen hatte, als ich ihm den Wodka bringen wollte. Fischer hatte eine Partnerkanzlei in Istanbul.

»Ruf Lars Fischer an. In Köln. Lars Fischer. Hast du gehört?«

Anna nickte, ich wurde weggezerrt. Ich sah die Blicke der Leute in der Schlange, ich hörte die Stimme des Bärtigen hinter dem Schalter.

»Next, please.«

Der Nächste in der Schlange zögerte so lange, dass ich zu lachen begann. Ich konnte auch nicht damit aufhören, als ich auf Türkisch dazu aufgefordert wurde und mit irgendeinem Ellbogen einen Stoß in die Rippen bekam.

WEISS

Meine Hose, mein Hemd, meine Socken und meine Unterwäsche hatten sie mir gelassen, alles andere hatten sie mir abgenommen: meine Schuhe, mein Sakko und meinen Gürtel, meine Uhr, meine Tasche, in der mein Notebook und meine Tabletten waren, und beide Handys, mein eigenes und das von Ellen Reichert. Ich hatte das Zeitgefühl verloren. Als die Tür aufgeschlossen wurde, war ich vermutlich schon zwei, drei Stunden in der kleinen modernen Zelle, die in der Grenzpolizeistation lag und mehr einem Krankenzimmer glich als einem Haftraum. Ein Mann in Zivil, Ende zwanzig wahrscheinlich, kam mit einer Akte in der Hand herein. Ich kannte ihn nicht.

»Kommen Sie bitte mit«, sagte er auf Türkisch.

Ich blieb auf dem bequemen Bett liegen und sah ihn nur an.

»Stehen Sie bitte auf. Wir gehen in einen anderen Raum.«

»Ich spreche kein Türkisch.«

Er schwieg.

»I don't speak Turkish.«

Er sah mich gelangweilt an und nickte.

»Follow me, please.«

Ohne auf mich zu warten, ging er wieder hinaus und ließ die Tür offen. Ich folgte ihm und musste mich beeilen, um ihn einzuholen. Er führte mich in einen winzigen Besprechungsraum. Weiße Wände, weißer Tisch, zwei weiße Kunststoffstühle, gleißendes Licht.

»Sit down, please.«

Ich setzte mich, er schloss die Tür. Ich sah, dass sie keine Klinke und keinen Knauf hatte und sich ohne Schlüssel nur von außen öffnen ließ. Der Mann setzte sich mir gegenüber und schlug die Akte auf.

»Sie sind Can Evinman, geboren am 2. März 1969 in Istanbul, Sohn des Davut Evinman und der Lale Evinman, geborene Işık. Ist das richtig?«

»Ich spreche kein Türkisch« sagte ich auf Deutsch. »Das habe ich Ihnen und Ihren Freunden bereits gesagt. Ich habe meinen Namen verstanden und den meiner Eltern. Aber sonst kein Wort.«

Ich bekam nichts, nicht einmal einen Blick. Den ließ er auf seiner Akte. Auf Englisch wiederholte ich, was ich gesagt hatte. Langsam hob er den Blick und sah mich verächtlich an.

»Du verstehst mich gut«, sagte er auf Türkisch. »Sogar sehr gut. Wäre aber egal, wenn es anders wäre.«

Er blickte wieder in die Akte und sprach weiter, als wäre auch meine Anwesenheit ohne jeden Belang.

»Sie haben gegen die Gesetze zur allgemeinen Militärdienstpflicht der Türkischen Republik verstoßen und sich ohne Angabe von Gründen dauerhaft Ihren militärischen Melde- und Dienstpflichten entzogen. Das stellt eine schwerwiegende Straftat dar, die mit einer mehrjährigen Haftstrafe geahndet werden kann.«

Ich war noch keine zwei, als ich mit meinen Eltern nach Deutschland kam. Ich hatte keine Erinnerung an das Land, gegen dessen Gesetze ich verstoßen haben sollte. Die deutsche Staatsangehörigkeit hatte ich schon als Kind bekommen, dafür hatte Gerd damals gesorgt. Mit achtzehn Jahren war ich in Deutschland gemustert und für untauglich befunden worden. Von Pflichten, die ich in einem Land hätte, in dem ich vor zweiundvierzig Jahren zum letzten Mal war, hatte ich nie gehört. Ich hatte die Worte verstanden, die der Kerl gesagt hatte, aber sie ergaben keinen Sinn. Ich weiß nicht, ob es gut gewesen wäre nachzufragen, aber diese Tür war zu. Ich sprach kein Türkisch.

»Wegen der Straftaten, die Ihnen vorgeworfen werden, wurden Sie heute von uns bei Ihrem Einreiseversuch festgenommen. Im Laufe des Tages werden Sie den zuständigen Militärbehörden überstellt. Dort werden Sie in Gewahrsam genommen und über das weitere Vorgehen hinsichtlich der Anklageerhebung informiert.«

Ich stand auf, schleuderte den Tisch zur Seite und ging auf ihn los. Er war jünger und größer als ich, ein Polizist, aber der Mann hatte nicht die geringste Chance gegen mich. Er saß noch, war vollkommen überrascht und nicht zornig genug. Ich packte seinen Kopf und rammte ihm mein rechtes Knie ins Gesicht. Der Polizist fiel zu Boden, krümmte sich. Ich sah die Waffe, die er im Holster trug, aber er dachte anscheinend nicht einmal darüber nach. Er hatte genug mit Atmen zu tun.

Die Tür wurde aufgeschlossen. Ein Uniformierter kam herein, gefolgt von einem Mann in einem hellen Sommeranzug. Der Uniformierte sah, was vor sich ging, zog sofort seine Pistole und richtete sie auf mich, der Mann im Anzug begann zu schreien.

»Stecken Sie das Ding weg. Sofort! Hören Sie auf, meinen Mandanten zu bedrohen.«

Seine Lautstärke war ein eingeübtes Instrument. Der Mann im Anzug, mein Anwalt offenbar, wirkte vollkommen gelassen, vielleicht sogar ein wenig amüsiert.

»Der Hund hat meinen Kollegen geschlagen«, sagte der Uniformierte und ließ die Waffe auf mich gerichtet. Zitternd.

Ich hatte keine Angst. Das Adrenalin, das vermutlich literweise durch meinen Körper pumpte, schloss sie irgendwo ein.

»Wirklich?«, sagte der Anwalt zu dem Bewaffneten. »Für mich sah das eher nach Notwehr gegen einen Polizeiübergriff aus. Wie üblich so etwas bei uns ist, wissen wir alle. Zum Glück könnte ich das in diesem Fall vor Gericht persönlich bezeugen.«

Der Uniformierte zögerte, sein Kollege auf dem Boden versuchte aufzustehen, sackte aber weg.

»Stecken Sie die Pistole weg und kümmern Sie sich endlich um Ihren Kollegen.«

Der Uniformierte steckte die Pistole weg und kümmerte sich um seinen Kollegen. Ich sah die Augen des verletzten Beamten, die Angst und die Verheerung, die mein Werk waren.

Es ging mir gut.

HEIMAT **Rıfat Akbulut war in Kiel aufgewachsen,** hatte in München, Istanbul und Paris studiert und besaß eine Anwaltszulassung in Deutschland und in der Türkei. Im Moment fand er es fachlich attraktiver, auch lukrativer, in Istanbul zu arbeiten, konnte sich aber gut vorstellen, in ein paar Jahren woanders zu sein, in Fernost zum Beispiel. Normalerweise war er mit Wirtschaftssachen beschäftigt. Ich war eine Ausnahme, die er genoss.

»So gewalttätig sehen Sie gar nicht aus«, sagte er, »eher wie der intellektuelle Typ. Würde auch mehr zu Ihrem Beruf passen.«

»Ich mache so etwas nicht jeden Tag.«

»Aber immer öfter, oder?«, sagte Akbulut und unterdrückte ein Lachen. »Neulich habe ich was gehört, da haben wir uns alle sehr amüsiert.«

Natürlich wusste ich, was er meinte, aber ich schwieg. Vor seiner nächsten Bemerkung rettete mich das nicht.

»Sie haben Lars mit einer Whiskyflasche niedergeschlagen, Rechtsanwalt Fischer.«

»Wodka. Es war eine Wodkaflasche.«

Akbulut gab seinem Lachdrang nach.

»Hat der Alkohol Lars doch noch eingeholt.«

»Was läuft hier eigentlich?«, fragte ich. »Was wollen die von mir?«

Akbulut bemühte sich um mehr Ernst, aber unübersehbar erheiterte ihn auch dieses Thema.

»Sie haben eines der größten Verbrechen begangen, die man in der Türkei begehen kann: Sie sind fahnenflüchtig. Affektmorde, Vergewaltigungen und kleinere Pogrome sind nichts dagegen.«

»Als Deutscher bin ich in der Türkei fahnenflüchtig? Was ist das für ein Unsinn?«

»Sind Sie Deutscher?«

»Meine Eltern stammten aus der Türkei. Aber ich habe immer in Deutschland gelebt, ich bin deutscher Staatsbürger.«

»Und aus der türkischen Staatsbürgerschaft sind Sie entlassen worden?«

»Ja«, sagte ich, war mir aber augenblicklich nicht mehr sicher. »Bestimmt. Ich war noch ein Kind. Mein Pflegevater hat das alles für mich erledigt. Wenn es nötig war, wird er es gemacht haben.«

Akbulut sah mich skeptisch an.

»Haben Sie eine Entlassungsurkunde der türkischen Behörden in Ihren Unterlagen?«

Ich dachte einen Moment nach, dann musste ich den Kopf schütteln.

»Dann sind Sie vermutlich noch türkischer Staatsbürger. Und ein türkischer Mann ist militärpflichtig, bis er seinen Dienst hinter sich gebracht hat.«

Langsam wurde ich wütend, Akbulut wollte mich offenbar nicht verstehen.

»Ich war seit über vierzig Jahren nicht mehr in der Türkei. Seit ich hier weg bin. Als Kleinkind. Ich bin Deutscher. Ich bin von der deutschen Bundeswehr erfasst und ausgemustert worden. Was habe ich mit dem türkischen Militär zu tun?«

»Sie könnten auch einen neuseeländischen, schweizerischen oder chinesischen Pass haben oder alle gleichzeitig: Solange Sie auch die türkische Staatsbürgerschaft besitzen, sind Sie in der Türkei militärdienstpflichtig. Wenn Sie Ihrer Pflicht nicht nachgekommen sind, bleiben Sie das auch über das normale Wehralter hinaus.«

Kafka hatte ich im Studium gelesen. Ich fand ihn zu abstrakt, um Angst zu bekommen.

»Und jetzt?«, fragte ich.

»Der normale Ablauf sieht so aus: Sie kommen umgehend in Untersuchungshaft, werden irgendwann vor Gericht gestellt und wegen Fahnenflucht zu zwei bis drei Jahren Gefängnis verurteilt. Sie bringen Ihre Strafe hinter sich, vollständig, und leisten im direkten Anschluss irgendwo in Anatolien Ihren zweijährigen Militärdienst ab. Auf der Jagd nach Terroristen kommen Sie dort ein bisschen herum, lernen Sitten und Gebräuche in den irakischen und syrischen Grenzregionen kennen, und wenn Sie Glück haben, erschießen Sie einen unbelehrbaren kurdischen Separatisten. Dann werden Sie wahrscheinlich belobigt und in einen angenehmeren Teil unseres schönen Landes versetzt. Insgesamt sollten Sie vier bis fünf Jahre Ihrer Lebensplanung neu überdenken.«

»Ich glaube, ich habe Ihnen aufmerksam zugehört«, sagte ich, »aber die Pointe erschließt sich mir nicht.«

»Die hatte ich auch noch nicht erwähnt«, sagte Akbulut, holte eine Packung Zigaretten aus der Jackentasche und bot mir eine an.

Ich zögerte. Wir saßen in dem Vernehmungsraum, in dem ich den

Mann niedergeschlagen hatte. Auf dem hellgrauen Linoleumboden war noch sein geronnenes Blut.

»Rauchverbot, natürlich«, sagte Akbulut. »Vielleicht geht die Sprinkleranlage an. Angesichts Ihrer restlichen Probleme würde ich mir nicht allzu viele Sorgen darüber machen.«

Ich lächelte. Mein Anwalt hatte eine beruhigende Wirkung auf mich. Das war auch nötig, die Wirkung des Adrenalins ließ nach. Langsam begriff ich, was ich getan hatte. Ich nahm eine Zigarette, Akbulut gab mir Feuer und zündete sich auch selbst eine an.

»Ich habe mir erlaubt, mit unseren Freunden von der Grenzpolizei zu verhandeln«, sagte er. »Grundsätzlich gibt es heutzutage für alle im Ausland lebenden Türken die offizielle Option, sich mit zehntausend Euro vom Militärdienst freizukaufen. Mit ein wenig bürokratischem Aufwand und einer relativ geringen Geldstrafe gilt diese Option auch für die, die sich zuvor ihrer Meldepflicht entzogen haben. Allerdings nicht, wenn sie schon gefasst und festgenommen wurden.«

»Dumm gelaufen«, sagte ich.

Sein Tonfall entspannte mich. Ich war mir fast sicher, dass er schon eine Lösung gefunden hatte.

»Im Moment befinden Sie sich im Transitbereich des Flughafens, im Grunde sind Sie offiziell noch gar nicht eingereist. Der Leiter der Grenzpolizei hat nichts dagegen, wenn wir es dabei belassen und Sie den nächsten Flug zurück nach Saloniki nehmen.«

Ich zog an meiner Zigarette.

»Er hat ein paar Bedingungen genannt: Sie zahlen sofort die zehntausend Euro für die Befreiung vom Militärdienst in die Staatskasse ein und bekommen die Summe umgehend quittiert. Darüber hinaus werden weitere Beträge fällig. Fünftausend Euro Schmerzensgeld für den Beamten, dessen Nase Sie gebrochen haben, und zweitausendfünfhundert Euro für die Aufwendungen des Polizeichefs. Diese beiden Beträge werden nicht quittiert. Dazu kommen später die Geldstrafe für Ihren Verstoß gegen die militärische Meldepflicht und mein Honorar. Ich schätze mit zwanzig- bis fünfundzwanzigtausend

Euro können Sie die Angelegenheit in ein paar Wochen komplett vergessen und nächstes Jahr über einen Urlaub an der Ägäisküste nachdenken.«

»Nehmen die auch Kreditkarten?«, fragte ich und brachte meinen Anwalt zum Lächeln.

Ich hatte keine Ahnung, wie ich Sandra diese Ausgaben erklären sollte, aber um aus dieser Falle herauszukommen, hätte ich eine Niere hergegeben, im Zweifelsfall hätte ich auch eine fremde besorgt.

»Das erledige ich für Sie«, sagte Akbulut. »Irgendwann schicke ich meine Kostennote an den Kollegen Fischer, der Ihnen dann die Gesamtsumme, gegebenenfalls mit einem Aufschlag für seine Bemühungen, mit eigenem Briefkopf in Rechnung stellen wird. Ich könnte mir vorstellen, es wird ihm ein Vergnügen sein.«

»Wie haben die mich überhaupt identifiziert?«, fragte ich. »Ich habe am Einreiseschalter einen deutschen Pass vorgelegt. Ich war anderthalb Jahre alt, als ich die Türkei für immer verließ. Damals gab es keine Datenbanken. Wie kommen die auf meinen Namen?«

»Gute Frage«, sagte Akbulut. »Die habe ich dem Chef der Grenzpolizei auch gestellt. Mein Eindruck war, dass es einen gezielten Hinweis gab, aber darüber wollte er nicht sprechen.«

Eissler, wer sonst? Aber darüber konnte ich jetzt nicht nachdenken, ich musste hier raus.

»Wann geht der nächste Flug nach Thessaloniki?«

Akbulut sah auf seine Uhr.

»In einer knappen Stunde. Aber wir sind noch nicht durch.«

»Was denn noch?«

»Sie bekommen Ihre persönlichen Gegenstände zurück, mit drei Ausnahmen. Ihre beiden Smartphones und Ihr Notebook werden einbehalten. Das war nicht verhandlungsfähig. Warum auch immer. An Ihrer Stelle würde ich nicht lange darüber nachdenken.«

»Warum wollen sie das?«

»Sind es besonders neue oder teure Geräte.«

»Nein, eher nicht.«

»Dann habe ich keine Ahnung.«

Aber ich hatte eine Ahnung, mehr als eine Ahnung, und ich bekam panische Angst. Um Sandra und die Kinder. Um Anna. Aber mehr als dämlich nicken konnte ich im Moment nicht.

»Okay«, sagte ich. »Wo ist Frau Roth, wissen Sie das?«

»Sie wartet hier im Flughafen, außerhalb des Transitbereichs.«

»Haben Sie Ihre Mobilnummer?«

»Ja.«

»Schreiben Sie sie mir bitte auf.«

Akbulut holte ein Blatt aus seiner Aktentasche, schrieb die Nummer von seinem Handydisplay ab, faltete das Papier sorgfältig und gab es mir.

»Danke«, sagte ich. »Richten Sie Anna bitte aus, dass ich sie aus Thessaloniki anrufen werde. Sie soll einfach mit dem weitermachen, weswegen wir hier sind.«

»Besser, ich frage nicht, um was es sich handelt?«, sagte Akbulut.

»Besser, ich wüsste selbst nichts davon«, sagte ich.

WEHEN

Erst am Flughafen von Thessaloniki fühlte ich mich wieder sicher. Am meisten vor mir selbst. Ich hatte einen Mann zusammengeschlagen, weil ich meine Sprache verloren hatte. Die neue, die aus mir herausbrach, war mir so beängstigend wie beruhigend vertraut. Es schien mir, als hätte ich Jahre darauf gewartet, sie benutzen zu können. An einem Geldautomaten hob ich Geld ab, versuchte dabei den Gedanken zu verdrängen, dass ich Sandra irgendwann ein Minus von über zwanzigtausend Euro zu erklären hatte, nahm ein Taxi und ließ mich zu Xenos fahren.

Xenos freute sich sehr, mich zu sehen, viel zu sehr. Wie ein Kind, das nicht mehr damit gerechnet hatte, dass seine Eltern ihn vom Kindergarten abholen werden, und ihnen in der Zwischenzeit den Tod gewünscht hatte.

»Wo ist Anna?«, fragte er.

»In Istanbul.«

»Allein?«

Nach einem kurzen Zögern erzählte ich ihm alles, was änderte das schon, und ließ nicht einmal meinen Zusammenstoß mit dem Polizisten aus, kochte alles aber herunter, so gut ich konnte. Xenos sah mich ungläubig an, ich rechnete damit, ihn lachen zu sehen.

»Muss ich mich jetzt vor dir fürchten?«, fragte er.

»Ich muss Anna anrufen«, sagte ich. »Kann ich dein Telefon benutzen?«

Er nickte und ließ mich allein. Anna hatte Simon Jacob natürlich verpasst, ihn aber inzwischen erreichen können. Sie waren zum Abendessen verabredet. Annas Fragen wich ich aus, offenbar hatte Rechtsanwalt Akbulut ihr nur das Nötigste gesagt. Es hatte keinen Sinn, ihr jetzt Angst zu machen, aber ich schärfte ihr ein, vorsichtig zu sein. Nach ihrem Gespräch mit Jacob würden wir telefonieren, dann würde Anna auch wissen, ob sie heute noch zurückfliegen konnte.

Ich brauchte ein Handy und ein Notebook. Xenos brachte mich zu einem kleinen Elektronikladen, dessen etwa gleichaltrigen Besitzer er so gut zu kennen schien, dass er ihn zwischendurch anschreien und zu mehr Mühe und Entgegenkommen antreiben konnte. Am Ende hatte ich zu fragwürdig günstigen Preisen eine neue SIM-Karte, ein neues Smartphone und ein neues Notebook.

In Xenos' Büro, das er mir großzügig überließ, richtete ich das neue Handy ein und rief sofort Sandra an, um ihr meine neue Nummer zu geben. Sie waren schon dort angekommen, wo Georg sie für sicher hielt. Ich sagte Sandra nur, dass ich schon wieder zurück aus Istanbul sei und nicht mehr lange brauchen würde, ersparte ihr und mir aber alle Details. Als Sandra zu viele Andeutungen über ihren Aufenthaltsort zu machen begann, weil sie es gewohnt war, mit mir zu sprechen, würgte ich sie ab. Es klang sehr nach Stockholm, wo Georg eine schöne Wohnung hat, aber ich wollte es auf gar keinen Fall wissen. Ich bat Sandra, die Kinder für mich zu küssen, und erfuhr noch, dass Mina großen Spaß hatte und alles fotografierte und

Ben seit der Abfahrt mit keinem mehr sprach. Selbst wenn Georg sie nach Rio oder Los Angeles gebracht hätte, an Bens Stelle wäre ich auch lieber bei meiner Freundin geblieben. Ich hoffte, er hatte seine Gitarre mitgenommen.

Nach dem Gespräch mit Sandra spielte ich das Mailprogramm auf das neue Notebook, gab meine Zugangsdaten ein und rief meine Mails ab. Öffnenswert war nur eine. Sybille Mägert hatte geantwortet.

Hallo Herr Evinman,

das sind ja Nachrichten, die Sie da für mich haben. Irgendwie kann ich nicht sagen, dass ich wirklich überrascht wäre. Natürlich habe ich von dieser komplizierten Geschichte nicht das Geringste geahnt, aber in eine ähnlich haarsträubende Richtung hatte ich seltsamerweise schon gedacht.

Im Moment muss ich mich leider kurz fassen. Vor einer Stunde haben die Wehen eingesetzt, vier Wochen zu früh, ich sitze auf dem Beifahrersitz neben meinem kopflosen Mann und hoffe, dass wir es heil ins Krankenhaus schaffen. Alles, was dann kommt, kann nicht halb so riskant und aufregend sein.

Sobald ich es schaffe, melde ich mich bei Ihnen, aber zwei Dinge sollte ich Ihnen schon jetzt mitteilen:

Wir haben Karol Pajak, den Pfleger von Herrn Mahler, in Krakau ausfindig machen können. Als die polnischen Kollegen Herrn Pajak auf meine Bitte aufgesucht haben, um ihn zu vernehmen, haben sie ihn tot aufgefunden. Im Bericht wird als Todesursache Suizid genannt, begangen mit einer Überdosis Barbiturate.

Almut Reis, die Tochter von Herrn Mahler, und ihr Mann sind gestern Nacht tödlich verunglückt. Nach einem Restaurantbesuch mit einem befreundeten Paar hat Herr Reis auf dem Heimweg die Kontrolle über das Auto verloren und ist gegen einen Brückenpfeiler gefahren. Die genaue Unglücksursache ist noch nicht geklärt, schreiben die Kollegen.

Niemand weiß besser als ich, dass der Zufall die Hauptrolle im Leben spielt. Aber ein bisschen Vorsicht kann sicher nicht schaden.

Halten Sie mich bitte auf dem Laufenden. Ich melde mich, sobald ich kann.

Beste Grüße

S. Mägert

– Mobil gesendet –

Ich klappte das Notebook nicht nur zu, weil ich die Tür hörte, es ersparte mir, die Augen schließen zu müssen. Xenos kam herein.

»Wollen wir was trinken gehen?«, fragte er.

»Ja, gehen wir was trinken«, sagte ich.

FORTSETZUNG **Xenos brachte mich zum Imbiss seines Schwagers** und stellte ihn mir vor. Wichtiger schien ihm allerdings, Alexandros den Freund aus Deutschland vorzustellen. Ich aß das Saloniki-Ei, das Alexandros mir anbot, trank mit Xenos und hörte mir seine Lebensgeschichte an. Was hatte ich anderes zu tun? Für ein paar Stunden half es, mich zu fühlen wie der, der ich einmal war.

Irgendwann begann ich, mir im Kopf Notizen zu machen, vielleicht wirkte der Alkohol, vielleicht rührten sich meine alten Reflexe. Dass sich ein Publikum für Giorgios Xenos' Biographie finden ließe, war fraglich, aber sein Leben hatte einen Hinterhof von beinahe einem ganzen Jahrhundert. Bodenlosigkeiten und Brüche vererbten sich offenbar. In Giorgios' Augen sah ich die Fassungslosigkeit und Ohnmacht seiner Urgroßeltern, die vor neunzig Jahren in eine Fremde geschleudert worden waren, die auf einmal ihre Heimat genannt wurde. Noch hatte ich den Satz nicht gehört, den ich brauchte.

»Ich will zurück nach Frankfurt«, sagte Giorgios Xenos.

»Verstehe ich«, sagte ich.

»Ich brauche Geld. Ich muss Elena und den Jungs was bieten.«

»Du willst sie mitnehmen?«, fragte ich.

Giorgios gehörte zu denen, da war ich sicher, bei denen Provokationen Türen öffnen konnten.

»So oder so, ich brauche Geld.«

Er rang mit sich, und ich gierte auf seine nächsten Worte. Natürlich hatte ich nicht vergessen, wo ich hier saß und warum ich in dieser Stadt gelandet war, aber nichts war mir gerade wichtiger, als mir einen Reim auf Giorgios zu machen. Es beruhigte mich.

»Ich dachte, ihr kommt nicht mehr zurück«, sagte er.

»Wer? Was meinst du?«

»Du und Anna. Sonst hätte ich doch nie angerufen.«

»Wen hast du angerufen?«

Giorgios verschwand, seine Familie, sein Leben. Ich war sofort zurück in meinem eigenen, in dem dunklen Abgrund, in den es längst geglitten war.

»Giorgios, wen hast du angerufen?«

Er schwieg, sah mich nicht mehr an, trank hastig. Durch die Durchreiche blickte Alexandros von drinnen neugierig zu ihm.

»Eissler? Hast du Eissler angerufen?«

»Ich habe ihn nicht erreicht. Nur irgendeine Tussi. Aber die hat genau verstanden, was ich wollte«, sagte er und bedachte offenbar nicht, dass es der falsche Moment war, um stolz darauf zu sein.

»Du bist wahnsinnig«, sagte ich, »vollkommen irre.«

»Ich dachte, ihr kommt nicht zurück. Es tut mir leid. Tut mir wirklich leid. Ich habe nicht nachgedacht.«

Ich stand auf. Ich hatte Angst, die Kontrolle zu verlieren, zum zweiten Mal an diesem Tag. Ich ging.

»Can, warte. Can!«

Er folgte mir und holte mich ein. Ich blieb nicht stehen, ich sah ihn nicht an.

»Ich bringe das wieder in Ordnung, kein Problem. Ich rufe da wieder an. Ich erledige das.«

Ich sah den weißen Renault, der sehr langsam neben uns auf der Straße fuhr, und ich glaube, ich erinnerte mich sofort an ihn. Aber ich war zu betrunken und zu zornig, um zwei und zwei zusammenzuzählen. Der Renault überholte, fuhr plötzlich nach rechts auf den Bürgersteig und schnitt uns den Weg ab. Ein guter Moment, die passende Stelle. Es dämmerte schon. Außer Xenos und mir war in dieser schmalen Seitenstraße niemand.

Die Beifahrertür ging auf, und die städtische Angestellte aus Troisdorf stieg aus. Was sie in der Hand hielt, war diesmal kein Fotoapparat. Sie richtete die Pistole auf Xenos und schoss sofort. Ich weiß immer noch nicht, wie ich es beschreiben könnte. Natürlich läuft so etwas nicht in Zeitlupe ab, aber irgendwie beschleunigt sich die Wahrnehmung, und die Dinge erscheinen einem langsamer und klarer. Ich sah genau, wie die Kugel Xenos ins Gesicht traf und sein rechtes Auge und einen Teil der Stirn wegsprengte, bevor er nach hinten geschleudert wurde und zu Boden ging. Die Frau ließ sich Zeit. Es war nicht zu erkennen, was sie als Nächstes tun wollte. Vielleicht hätte sie auch dann nicht auf mich geschossen, wenn der verbeulte Ford Fiesta nicht plötzlich aufgetaucht wäre. Das kleine grüne Auto fuhr mit hoher Geschwindigkeit auf sie zu und quetschte sie zwischen sich und dem Renault ein. Sie sackte nach vorne auf die Motorhaube des Ford. Unmöglich, dass sie das überlebt hatte.

»Steig ein!«, schrie der Mann am Steuer des Ford durch das offene Beifahrerfenster. Auf Deutsch.

Der Fahrer des Renault stieg aus, der Optiker. Seine Stirn blutete, er war unbewaffnet. Er sah zu der Frau, deren Oberkörper auf der Motorhaube des grünen Ford lag. Er wirkte verblüfft, Angst und Schrecken waren noch nicht zu ihm durchgedrungen.

»Steig ein«, rief der Mann im Ford noch einmal.

Ich stieg ein, sofort setzte der Mann am Steuer zurück. Die Frau, die zwischen den Autos eingequetscht gewesen war, fiel wie ein Sack zu Boden. Im Scheinwerferlicht sah ich kurz ihre aufgerissenen leblosen Augen.

»Wo sind deine Sachen?«, fragte mein Fahrer und gab Gas.

Er hatte eine silberne Lockenmähne, und ein grauer Vollbart bedeckte sein ganzes Gesicht. Er sah aus wie Georges Moustaki. Wie Moustaki heute wahrscheinlich aussah, falls er noch lebte.

»Wer sind Sie?«, fragte ich.

»Wo sind deine Sachen?«, fragte er.

Er hatte einen starken Akzent. Keinen griechischen, einen anderen, der mir nicht fremd war.

»Wo sind deine Sachen?«

»Bei der Polizei. In seinem Büro.«

Ich dachte, ich müsse nicht erklären, in wessen Büro.

»Du holst sie. Ich fahre dich zum Flughafen. Du musst weg.«

»Sind Sie Karakatsanis? Abraam Karakatsanis?«

»Ja.«

Er sah zu mir, stutzte kurz, drosselte aber nicht das Tempo.

»Du gehst zu deiner Familie. Du kümmerst dich um deine Familie. Du vergisst alles. Du vergisst, und du sagst allen, du hast vergessen. Du vergisst diese Frau, sie ist nicht wichtig. Nur die Familie ist wichtig. Du vergisst. Du musst.«

Ich schwieg.

»Hast du verstanden? Du musst vergessen. Du fliegst weg, du vergisst.«

»Haben Sie Ellen Reichert getötet?«

»Ja.«

»Okay«, sagte ich, »okay.«

Ich war traurig darüber, dass Giorgios Xenos die Skyline von Frankfurt nie mehr sehen würde. Noch mehr machte es mir aber aus, dass mich der Mann am Steuer verlassen wollte, nachdem er mich am Flughafen abgesetzt hatte.

Ich fühlte mich sicher bei ihm.

DREI

FEGEFEUER

Giorgios Xenos sang. Den außer Dienst gestellten Lastkran malerisch im Hintergrund, stand er auf dem Hafenpier von Thessaloniki zwischen Eli Modianos restaurierten Lagerhallen und begleitete sich selbst auf einer umgehängten Gitarre zu jenem Chanson, das den griechischen Juden aus Frankreich weltberühmt gemacht hatte. Durch ein Spalier von zahllosen jungen Paaren, die sich an den Händen hielten, kam Xenos langsam auf mich zu.

»Avec ma gueule de métèque,
De Juif errant, de pâtre grec
Et mes cheveux aux quatre vents
Avec mes yeux tout délavés
Qui me donnent l'air de rêver,
Moi qui ne rêve plus souvent,
Avec mes mains de maraudeur,
De musicien et de rôdeur
Qui ont pillé tant de jardins,
Avec ma bouche qui a bu,
Qui a embrassé et mordu
Sans jamais assouvir sa faim«

Ich fragte mich, warum ich das Lied noch immer auswendig konnte. Mir war anscheinend klar, dass ich das Musical in diesem Augenblick selbst inszenierte, aber dem Zuschauer in mir, der selbst mitten in der Szene stand, gefiel meine Arbeit nicht: Giorgios' gehässiges Grinsen ergab absolut keinen Sinn, während er dieses Lied sang, es sei denn, er wollte sein Publikum verhöhnen. Der Mann war eine absolute Fehlbesetzung. Ich blickte mich nach Abraam Karakatsanis um und sah ihn hinter mir vom Pier gehen, den rechten Arm um Bens Schulter gelegt. Sie schienen meine Blicke im Rücken zu spüren, drehten sich zu mir um und winkten mir melancholisch zu, bevor sie sich wieder abwandten, um über die Straße zu gehen, an der Stelle, an der Ellen Reichert überfahren worden war. Als sie in der Mitte der Straße waren, schoss von links ein weißer Renault auf sie zu. Hinter dem Steuer saß Anna, ich konnte sie genau erkennen. Ben und Karakatsanis hatten keine Chance, dem Aufprall zu entkommen, ich hätte nicht einmal genug Zeit gehabt zu schreien. Vielleicht war es der Wunsch, die Katastrophe aufzuhalten, der mich weckte, vielleicht die Lautsprecherdurchsage. Tische sollten hochgeklappt werden, hörte ich, Sitze senkrecht gestellt. Wir waren im Landeanflug. Ich sah aus dem Fenster, die Maschine flog noch über den Wolken. Als ich die Augen geschlossen hatte, lag unter uns das Meer, endlos und tot.

Karakatsanis hatte mich in Thessaloniki am Flughafen abgesetzt und war sofort weggefahren. Auf der Fahrt hatte er keine Frage beantwortet, mich nicht mehr angesehen. Unablässig hatte er nur wiederholt, ich solle vergessen. Ich wusste nicht, wie Karakatsanis in die Sache verwickelt war, ich wusste nicht, warum er Ellen Reichert getötet hatte, ich wusste nicht, woher er mich kannte und was ihm an mir lag. Ich wusste nur, er hatte mir das Leben gerettet. Nicht zu verstehen war ein geringer Preis dafür.

Es hatte Wichtigeres gegeben, als zu verstehen.

Ich musste die Nacht auf dem Flughafen überstehen, alleine, ohne Schlaf und ohne meine Medikamente, die mir in Istanbul zusammen mit den Handys und meinem Notebook abgenommen worden waren. Ich musste Anna anrufen und ihr sagen, was geschehen war, und ich rief sie sofort an, als Karakatsanis weg war. Annas entsetztes Schweigen saß in meiner eigenen Brust. Ich hatte sie nicht trösten können, ich brauchte sie nicht zu warnen. Wir verabredeten uns. Wenn wir Glück hatten, würden wir uns wiedersehen.

Solange das Flughafenrestaurant geöffnet war, saß ich dort und trank Kaffee, lief danach durch die Abflughalle, als hätte ich eine Chance, mich fortzubewegen, und kam dabei immer wieder an der Alexander-Büste vorbei, die dort stand. Dutzende Male las ich den »Eid«, den der Große angeblich nach dem Ende der Kriege geschworen hatte, 324 vor unserer Zeitrechnung. Alexander wolle nicht mehr zwischen Griechen und Barbaren unterscheiden, hieß es auf der Tafel, die neben der Skulptur hing, jeder tugendhafte Bürger sei ihm ein Grieche, ungeachtet seiner Herkunft und Rasse, und jeder schlechte Grieche ein Barbar. Irgendwann blieb ich davor stehen und versuchte, mich an alles zu erinnern, was ich über Alexander wusste, setzte mich schließlich auf den Boden und lehnte mich an die Wand, um mich mit meinem neuen Smartphone bis zum Morgengrauen durch Wikipedia und die Antike zu klicken. Mit Alexander und den Diadochen, dem Hellenismus, Plutarch und zahllosen anderen Artikeln verhärtete ich mich, so gut ich konnte, und ich konnte es so gut, auch in dieser Nacht, dass ich mich dafür verachtete.

Ohne meine Begabung, aus mir und der Zeit zu treten, um die Zumutungen des Augenblicks zu eliminieren, wäre ich wohl kaum dort gelandet, wo ich war, andererseits wusste ich nicht, wie ich ohne diese Fähigkeit den Morgen erreichen, wie ich mich gegen Giorgios' zerschossenes Gesicht und die toten Augen seiner Mörderin zur Wehr setzen sollte. Ohnehin rechnete ich jeden Augenblick damit, von der Polizei gefunden zu werden. Die uniformierte junge Polizistin, die von Giorgios herumkommandiert worden war, hatte mich mit ihm weggehen sehen. An ihrer Stelle hätte ich nach mir gesucht, und ganz sicher hätte ich auf dem Flughafen gesucht. Aber nichts war geschehen. Als wäre nichts geschehen. Unbehelligt war ich schließlich ins Flugzeug gestiegen und bald nach dem Start eingeschlafen.

Das Flugzeug tauchte in den Nebel, kurz wurden wir durchgerüttelt. Als wir aus der Wolkendecke sanken, lag links unter uns die Havel. Nach der Landung nahm ich mir ein Taxi, ließ mich in die Adalbertstraße fahren und verschaffte mir bei *Hasır* mit einem

Ayran und einem frühen Iskender Kebab, über den sich hier niemand wunderte, ein wenig Zeit. Als ich vor sechs, sieben Jahren während unseres Berlin-Wochenendes mit Ben am selben Tisch saß, sagte ich ihm, wir seien hergekommen, weil der Gründer des Lokals den Döner erfunden habe, aber wir waren da, weil ich wissen wollte, ob ich den Mut haben würde, nach dem Essen mit meinem Sohn um die Ecke zu gehen, um ihn zwei-, dreihundert Meter weiter jemandem vorzustellen. Doch das hatte ich nicht. Ich führte Ben nach links. In die andere Richtung. Am Kottbusser Tor stiegen wir in die U-Bahn und verbrachten den Rest des Nachmittags im Naturkundemuseum.

Heute ging ich nach rechts, als ich das Lokal verließ, und bog in die Oranienstraße ein. Ich blieb auf dieser Seite, weil ich die Buchhandlung erst aus der Entfernung einer Straßenbreite betrachten wollte, bevor ich sie betrat. Es gab sie noch, und immer noch hieß sie *Purgatorio.*

Er hatte an die Menschen geglaubt. Er hielt sie für fehlbar und unvollkommen, für eigensüchtig, unmoralisch und uneinsichtig, für mörderisch sogar, vor allem jedoch hielt er sie für dumm, aber belehrbar. Bei ihm hatte die Menschheit Bewährung. Sie war im Fegefeuer, auf den verschlungenen Wegen der Besserung. Mochte es auch fünfhundert Jahre oder mehr dauern wie bei Dante, den er liebte wie die gesamte italienische Literatur, über kurz oder lang würden die Menschen endgültig zur Vernunft kommen. Dazu trug er unermüdlich bei, mit den Büchern, die er nicht einfach verkaufte, sondern wie Nahrung bereitstellte und anpries, und mit allem anderen, was er tat. In seiner Buchhandlung fanden nach Ladenschluss Lesungen statt, und dort trafen sich abends auch die, die die Dinge nicht mehr hinnehmen wollten. Friedens- und Umweltaktivisten, Theater- und Schülerräte, Flüchtlingsinitiativen und Frauengruppen, Bürgervereine, Handwerkergenossenschaften, Gefangenenhilfen und Gründer alternativer Parteien, mehr oder weniger alle, die in der Nachbarschaft an der Zukunft zu basteln versuchten. In einigen Gruppen saß er selbst, aber auch für alle anderen war seine Buchhandlung Postanschrift und telefonisch erreichbares Sekretariat. Er tat, was er konnte, er mischte sich ein. Ein bedrohter Kinderspielplatz bekam von ihm die gleiche Aufmerksamkeit wie ein überzogener Polizeieinsatz oder ein politisch motiviertes Gerichtsurteil. Den tödlichen Schlaganfall, las ich vor etwa fünf Jahren im Internet, erlitt er auf einer Leiter, als er in einem ehemaligen Supermarkt, der zu einem Café und Arbeitsplatz für ehemalige Obdachlose werden sollte, eine Wand strich.

Ich ging über die Straße und sah mir das Schaufenster an, mit dem er unmöglich einverstanden gewesen wäre. Sachbücher über die Globalisierung und den Kampf dagegen, über fairen Welthandel und die wahren Ursachen der Krise, Ratgeber für Frauen, die Existenzgründerinnen werden wollten, und für Familien, die der Schulmedizin nicht mehr trauten, Biographien alternativer Vorbilder aus der südlichen Hemisphäre, doch abgesehen von einem Roman von Chimamanda Adichie keine Prosa. Dabei war der Gründer der Buchhandlung immer davon überzeugt gewesen, dass der Weg in die Hirne der Menschen über ihre Herzen ging. Dass man ihnen auch etwas erzählen musste, wenn man ihnen etwas erklären wollte.

Ich ging hinein und war froh, dass die Kundin vor dem Kassentisch der Frau dahinter die Sicht auf mich vorläufig verdeckte, wandte mich schnell ab und sah mich um. Auf einem Auslagentisch zum Thema Palästina fand ich auch ein Buch von mir und nahm es hoch. *Die Bienenkönigin* hatte auf diesem Tisch eigentlich nichts verloren. Die Geschichte von Evelyn Brinkmann, die ihren Beruf als Verwaltungschefin einer großen Klinik aufgegeben hatte, um Bienen zu züchten, erst in Berlin, dann im palästinensischen Teil des Westjordanlands, war nur so politisch wie eine gelungene Herztransplantation. Ich hatte sie als Geschichte einer persönlichen Befreiung gesehen und geschrieben, nicht als weltanschauliches Statement, aber vielleicht irrte ich mich. Es wäre nicht das erste Mal gewesen, dass Leser klüger waren als ich.

Ich hörte die Ladentür, unmittelbar darauf fragte eine Stimme hinter mir: »Kann ich helfen?«

Mit dem Buch in der Hand drehte ich mich um. Laura trug ihr Haar noch lang, und die wenigen grauen Strähnchen, die sich inzwischen eingeschlichen hatten, konnten nichts daran ändern, dass sie immer noch so schön war wie damals. Vollkommen überrascht sah sie mich an. Schockiert.

»Verfluchte Scheiße. Can.«

»Ja«, sagte ich, »verfluchte Scheiße.«

Wir standen nur da und sahen uns an. Wir konnten uns nicht die Hand geben, nicht wir beide, wir konnten uns nicht umarmen. Es war seit vierundzwanzig Jahren das erste Mal, dass wir im selben Raum standen.

»Was machst du hier, willst du ein Buch kaufen?«, sagte Laura, als sie wieder sprechen konnte, und deutete auf das Buch in meiner Hand. »Kann ich empfehlen. Irre Geschichte. Vor allem unglaublich gut geschrieben.«

Ich hätte die Schnauze halten sollen, doch auf ihr Lob konnte ich nicht verzichten.

»Danke«, sagte ich. »Ich habe ein bisschen dabei geholfen.«

Laura grinste, und ich verstand, dass ich den ersten Test hinter mir hatte. Ich war durchgefallen, zweifelsfrei erkannte sie mich wieder. An meiner Eitelkeit, die ich schon immer so gut versteckt hatte, dass sie nicht zu übersehen war.

»Ich weiß«, sagte sie. »Evelyn Brinkmann hat bei uns gelesen. Hinterher sind wir ein Bier trinken gegangen, und sie hat von ihrem Ghostwriter geschwärmt. Wie einfühlsam er gewesen sei, wie ungeheuer seine Auffassungsgabe, wie passend und präzise in der Sprache, die er für sie fand. Manchmal dachte sie sogar, er könne Gedanken lesen.«

Ich schwieg, legte das Buch zurück auf den Tisch.

»Natürlich habe ich sie nach dem Namen des Genies gefragt, und schon gab's einen neuen Eintrag in unserer beliebten Rubrik ›So klein ist die Welt‹. Ich habe dann gedacht, du hast bestimmt auch andere Bücher geschrieben, und nachgesehen. Aber ich konnte nichts finden.«

»Ich halte mich lieber im Hintergrund.«

»Haben wir gemerkt«, sagte Laura und lachte los.

Ich konnte nicht in ihr Lachen einstimmen, dieses Ventil war für mich zu. Abrupt hörte Laura auf zu lachen und sah mich bitter an.

»Was machst du hier, Can? Wenn du zu Gerd willst, dann kommst du zu spät.«

Sie hatte mir längst angesehen, dass ich es wusste. Aber sie wollte es aussprechen.

»Tut mir leid«, sagte ich, »es tut mir wahnsinnig leid.«

»Nicht, dass es noch irgendwie wichtig wäre. Aber ich wüsste es immer noch gern. Was zum Teufel haben wir dir getan?«

MAUERFALL

Sie waren rücksichtslos zu mir, alle drei, die ganzen Jahre, beharrlich und beständig normal, vollkommen gelassen. Wenn der erste Teil des Wortes Pflegefamilie jemals buchstäblich zutraf, dann bei Christiane, Gerd und Laura.

Ich war beschädigte Ware damals. Nachdem mich Elisabeth, meine Lehrerin, aus ihrem Haushalt entfernt hatte, hatte ich in nicht ganz zwei Jahren vier weitere Pflegefamilien verschlissen und war wieder einmal im Heim gelandet. Eines Tages tauchte Gerd dort auf. Niemand hatte ihn mir angekündigt.

»Pack deine Sachen«, sagte er, »wir müssen uns beeilen. Es gibt selbstgemachte Pizza, aber ich glaube nicht, dass die warten.«

»Die«, das waren seine Frau Christiane, die das Pizzabacken in Siena gelernt habe, und seine Tochter Laura, die ein Jahr jünger sei als ich und skrupellos. Jedenfalls, was die Pizza ihrer Mama angehe.

»Beeilen wir uns«, sagte Gerd, »sonst ist nichts mehr da.«

Sprüche erkannte ich schon damals als Sprüche, und ich wusste, dass es sich nicht lohnen würde, zum Schrank zu gehen und meine paar Sachen einzupacken, weil ich ohnehin bald wieder zurück sein würde. Aber ich hatte keine Wahl. Ich tat immer, was man mir sagte, und nebenbei, vor allem nachts, tat ich, was ich offenbar tun musste. Ich nässte und kotete ein, ich schrie stundenlang, ich zerriss Laken, manchmal schlug ich einen Mitschüler oder warf in einer Küche mit Kirschsaft gefüllte Gläser an die Wand. Das würde mit diesem Mann und seinen Leuten nicht anders sein, das wusste ich. Fairerweise hatte man ihm sicher gesagt, dass ich schwierig war, aber bisher hatten noch alle dieses Wort unter- und sich selbst überschätzt. Ich packte und ging mit und sagte kein einziges Wort.

Gerd hatte nicht gelogen. Als wir bei ihm ankamen, in einer großen Altbauwohnung mit rissigen Decken, war nur noch ein kleines Stück Pizza übrig, und das schnappte sich Laura, als sie mich mit Gerd in die Küche kommen sah, um es vor meinen Augen triumphierend hinunterzuschlingen. Zurückhaltung und Vorsicht gab es in dieser Familie nicht, nicht einmal am ersten Tag. Das war meine Rettung. Während ich auf dem Käsebrot herumkaute, das mir Christiane als Ersatz für die verpasste Pizza gemacht hatte, fragte mich Laura aus. Sie wollte wissen, ob man in einem Heim geschlagen wurde, wie irre genau ich war, dass niemand mich haben wollte, wie viel Türkisch ich noch konnte und ob ich nach zwei Jahren wohl noch immer damit rechnete – jemand musste ihr die Geschichte erzählt haben –, dass die Leichen meiner Eltern irgendwann gefunden würden, und in welchem Zustand sie dann wohl seien. Ihre Eltern ließen sie gewähren und ergänzten ihre unverschämten Fragen hin und wieder sogar. Dass man im Haus des Gehängten nicht vom Strick spricht, galt hier nicht. Laura war eine nervtötende Kröte, und ihre Eltern waren irgendwie keine richtigen Eltern, was ich nicht nur an den seltsamen Schals merken konnte, die beide auch zu Hause trugen. Als ich an diesem Abend in meinem neuen Bett lag, ging es mir gut wie seit langem nicht mehr.

Natürlich änderte sich nichts von heute auf morgen. Ich machte mein Bett immer noch nass, ich wachte nachts schreiend auf, und bald zertrümmerte ich den Spiegel in Lauras Zimmer, weil mir kein besseres Argument einfiel. Doch nichts davon regte jemanden anhaltend auf. Christiane brachte mir bei, wie ich die Waschmaschine benutzen und meine Bettwäsche selber waschen konnte, und wenn ich nachts panisch und schreiend aufwachte, weckte Gerd manchmal auch Laura, dann feierten wir in meinem Zimmer mit Cola und Chips bis zum Morgengrauen eine kleine Party. Immer wenn es sein musste, scheuerte mir Laura eine oder sprach tagelang nicht mit mir, damit ich verstand, dass ich keinen Freifahrtschein hatte. Irgendwann vergaß ich meine Angst, wie manche Leute einfach das Rauchen vergessen und eines Tages merken, dass sie Nichtraucher sind.

Christiane, selber Lehrerin, legte sich mit jedem meiner Lehrer an, der es sich zu einfach mit mir machen wollte, hielt mich in allen schulischen Belangen aber selbst an der kurzen Leine. Irgendwann merkte ich überrascht, dass ich nicht mal mehr ein Halsband trug. Gerd nahm mich regelmäßig in die Buchhandlung mit, oft zusammen mit Laura, drückte mir Bücher in die Hand und überließ uns manchmal die Kasse. Von Gerd lernte ich das Lesen, das man in der Schule nicht lernen kann, und das Gitarrespielen. Seine Vorliebe für Reinhard Mey, französische Chansons wie die von Moustaki, für Simon & Garfunkel und ähnlich Zartes war bei ihm erschütternd naheliegend, kam mir aber durchaus entgegen, da man als Sanfter, eine erträgliche Stimme und Textsicherheit vorausgesetzt, wichtige Punkte sammeln konnte. Nicht nur die Gitarre half beim anderen Geschlecht, auch Laura führte mich durch diesen Dschungel, indem sie mir die Fremdsprache, die das Verhalten mancher Mädchen für mich bedeutete, in verständliche Worte übersetzte oder mich einfach nur warnte, wenn es nötig war. Ich dankte es ihr, indem ich kein gutes Haar an ihren jeweiligen Freunden ließ und die Jungs durch den Kakao zog, wenn ich ihnen begegnete. Seltsamerweise lachte Laura fast immer mit.

Wir wurden unzertrennlich, Laura und ich, wie Geschwister es nie hätten sein können. Sie war eine Klasse unter mir und ging auf dasselbe Gymnasium. In den Pausen hingen wir meist zusammen, die Nachmittage und Abende verbrachten wir ohnehin gemeinsam, notfalls mit unserem jeweiligen Anhang. Wir arbeiteten beide in der Schülerzeitung, die in Gerds Augen viel zu angepasst war, wir gingen zusammen ins Kino, auf Feten und auf Demos, wir stöberten auf Flohmärkten, betranken uns, kifften, bauten eine Hochebene, gingen schwimmen, und oft lümmelten wir einfach nur in ihrem oder meinem Zimmer, lasen und lasen uns vor, hörten Musik und erzählten uns Geschichten von der Zukunft.

Irgendwann passierte das, was passieren kann, wenn sich sechzehn-, siebzehnjährigen Wirrköpfen eine Phantasie so aufdrängt, dass sie zu einer erzählbaren Geschichte werden muss. Irgendwann blieben wir nicht nebeneinander liegen, als wir das Bett miteinander teilten, irgendwann verhakten wir uns. Natürlich war es kein Inzest, und vermutlich fühlte es sich schon damals nicht so an, aber es vor aller Welt verborgen zu halten, den Eltern allen voran, vergrößerte den Rausch unserer Besonderheit. Als Gerd und Christiane dahinterkamen, lachten sie über unsere Heimlichtuerei, wie erwartet, von uns wahrscheinlich befürchtet. Sie hatten nichts an uns auszusetzen, sie freuten sich. Es war ein lupenreines Achtziger-Jahre-Idyll, zwei Jahre lang, es war Berlin. Den Soundtrack lieferten nicht mehr die *Scherben*, aber ihr Rio, der gerade König von Deutschland geworden war.

Anderthalb Jahre vor dem Mauerfall war ich mit der Schule fertig. Alle verstanden, sogar Laura, dass ich die Insel endlich verlassen wollte, um mich auf dem Festland umzusehen. Ich schrieb mich in Frankfurt ein, weil es dort ein Fach zu studieren gab, das ich angeblich unbedingt studieren wollte. Laura sollte mir nach ihrem eigenen Abitur im Jahr darauf folgen. Als ich meine Sachen packte, wusste ich längst, seit vielen Monaten schon, dass ich nach meinem Weggang nie wieder ein Wort mit einem von ihnen sprechen würde. Vermutlich hatte ich es immer gewusst.

Ich konnte es mir leisten, finanziell jedenfalls, ich hatte es genau durchgerechnet. Ich war nie von Gerd und Christiane adoptiert worden, bekam elternunabhängiges Bafög und eine zusätzliche Waisenrente, ich hatte genug, um mir sogar Reisen zu erlauben, wenn ich nebenher jobben ging. Auch alles andere hatte ich penibel vorbereitet. Mein erstes Zimmer in der Wohngemeinschaft, deren Adresse Laura und ihre Eltern kannten, hatte ich schon vor dem Einzug weitervermietet und mir heimlich eine neue Bleibe gesucht. Das verschaffte mir ein wenig Zeit, um mich an meine neue Existenz zu gewöhnen. Gerd fand zwar bald heraus, wo ich wohnte, aber das hieß nicht, dass ich ihre Briefe beantworten oder ans Telefon gehen musste. Als sie eines Tages unangekündigt in Frankfurt vor der Tür standen, alle drei, blieb ich in meinem Zimmer und ließ mich von einem Mitbewohner verleugnen. Spätestens dann mussten sie verstanden haben, dass es unumkehrbar war. Ich hörte nie wieder von ihnen.

Die drei waren die Letzten, die mich kannten, darin lag ihr unsühnbares Verbrechen. Sie kannten mich und hatten mich dennoch hereingelassen, aber einem Verein, der den aufnahm, der ich gewesen war, wollte ich nicht angehören. Ich wollte die Freiheit, mich selbst zu erfinden. Und daran zu glauben. Wahrscheinlich war mir schon damals klar, dass meine Nachtgespenster, die ein paar Monate nach meiner Flucht wieder auftauchten, der Preis dafür waren, doch ich fand schnell einen Arzt, der nicht an Gespenster glaubte und mir Tabletten verschrieb, die aus ihnen harmlose Irrlichter machten. Wo ich auch hinkam, solche Ärzte fand ich immer.

Ich stürzte mich ins Studium und ins Schreiben, das nützlich dabei war, Spuren zu verwischen und mich selbst in die Irre zu führen, und in beidem war ich meist hartnäckig und erfolgreich genug, um morgens aufzustehen und weiter Pläne zu machen. Ich lernte Leute kennen, diskutierte und trank mit ihnen, veröffentlichte hin und wieder kurze Texte in unwichtigen Blättern, machte ein paar Reisen, keine darunter, die mich verstört oder erleuchtet hätte, ich hatte Freundinnen. Meist bedeuteten sie mir nicht mehr, als Brüste und vorübergehende Bewunderung einem bedeuten können. Ich wurde ein bisschen älter, und irgendwann merkte ich, dass ich mich täglich rasierte.

Eines Tages lief mir Georg über den Weg, und später traf ich auf Sandra. Ich erzählte ihr die Geschichte vom Waisenkind, das in Heimen aufgewachsen war, hin und wieder untergebracht in Pflegefamilien, und in ihren Augen sah ich, dass ich sie glücklich damit machte. Ich hatte keine Gewichte an den Füßen, keine Bindungen, keine Vergangenheit. Ich war reine Freiheit, ich war Zukunft, und ich hatte beides noch zu verschenken.

Ich ahnte nicht, wie recht Georg mit dem haben würde, was er mir viele Jahre später in der Nacht vor Karins Beerdigung sagen sollte. Ich war frei. Und beharrlich nutzte ich meine Freiheit dafür, mich in Ketten zu legen.

VERZIEHEN

Sechs, sieben Frauen in schwarzen Burkinis, die die Körper einschließlich der Köpfe vollständig bedeckten, schwammen im Nichtschwimmerbecken des Sommerbads Kreuzberg um eine ältere Frau herum. Mit dem Rücken zu uns stand sie im Wasser und gab ihren Schülerinnen, alle zwischen dreißig und fünfzig Jahre alt, lachend Anweisungen.

»Mama«, rief Laura.

Christiane drehte sich zu uns um und sah in einiger Entfernung die ihr zuwinkende Laura neben einem unbekannten Mann, beide vollständig bekleidet: Es musste etwas geschehen sein. Besorgt watete Christiane im Wasser in Richtung Beckenrand.

Schon Christianes Pensionierung war für sie nicht einfach gewesen, hatte mir Laura auf dem Weg erzählt, Gerds plötzlicher Tod aber löste ein verheerendes Erdbeben aus. Wochenlang lag alles in Trümmern und tödlicher Stille. Christiane verließ die Wohnung nicht mehr, sprach nicht einmal mit Laura, die jeden Tag vor der Wohnungstür stand, Sturm klingelte und jedes Mal so lange überlegte, die Tür aufbrechen zu lassen, bis von der anderen Seite Christianes »Geh bitte weg« kam, mit der Zeit ein vertrautes Ritual. Laura ging dann jedes Mal weg, um weiter zu warten, und jeden Tag wurde sie hoffnungsloser. Irgendwann aber stand Christiane in der Buchhandlung, die Laura nun ganz übernommen hatte, und sagte ihrer Tochter, dass sie beschlossen habe, Gerd zu verzeihen.

Flusskreuzfahrten, Seniorentanzgruppen und Gemeindefeste kamen für Christiane nicht in Frage, aber sie ging wieder in die Bezirksgruppe der Partei, die sie aus Enttäuschung über deren Zustimmung zu angeblichen Sozialreformen zusammen mit Gerd verlassen hatte, um dort laut und vernehmlich zu stänkern, sie arbeitete an ihrer alten Schule als Hausaufgabenbetreuerin und legte mit einem Dutzend von ihr selbst rekrutierter Nachbarn einen Gemeinschaftsgarten an der Spree an, der inzwischen so viel Gemüse abwarf, dass sich davon nicht nur die Hobbygärtner selbst versorgen konnten, sondern auch große Mengen für die Berliner Tafeln übrig blieben.

Christianes Lieblingsprojekt jedoch war die Gruppe für muslimische Frauen, die sie in einem Flüchtlingsverein ins Leben gerufen hatte. Sie brachte ihren Frauen, die oft erst seit ein paar Wochen im Land waren, Deutsch bei und lernte im Gegenzug von ihnen Arabisch, sie kochte mit ihnen und schaute sich dabei selbst Rezepte ab, sie zeigte ihnen die Stadt und das Umland, wobei sie penibel darauf achtete, einen weiten Bogen um die zahlreichen Neonazireservate zu machen, sie brachte die Kinder der Frauen in Kitas und Schulen unter, füllte Formulare mit ihnen aus, gab Computerkurse, für die sie sich selbst vorher kundig machen musste, und organisierte private Modenschauen im kleinen Kreis, bei denen auch schon mal Dessous gezeigt wurden. Vor ein paar Wochen hatte sich Christiane in den Kopf gesetzt, ihre Freundinnen müssten unbedingt schwimmen lernen, und ihnen Burkinis besorgt, um sie seither jeden Samstag durch Hallen- und Freibadbecken zu treiben. Dem kichernden Ernst nach zu urteilen, mit dem sich Christianes Pinguine durchs Wasser bewegten, hatte sie einen echten Volltreffer gelandet.

Christiane kam auf uns zu, blieb aber plötzlich stehen. Sie zitterte, sicher nicht nur, weil sie aus dem Wasser kam und sich nicht abgetrocknet hatte. Weniger Haare, deutlich mehr Gewicht, im Großen und Ganzen aber war ich identifizierbar. Christiane starrte mich an, sah fassungslos zu Laura, ließ ihre Blicke zwischen uns hin- und herpendeln, bis sie schließlich das tat, was ich hätte tun können. Sie lief auf mich zu und umarmte mich.

»Can. Das gibt's doch nicht. Can! Can, Can, Can.«

Lange verharrte sie in der Umarmung, ließ mich schließlich los und trat einen Schritt zurück, um mich kopfschüttelnd und sprachlos anzusehen.

»Wie …?«, sagte sie zu Laura. »Wo hast du ihn …?«

Sie gab auf, ihre Sätze zu Ende bringen zu wollen. Mit einem letzten Kopfschütteln wandte sie sich ab und ging zurück zum Becken, um ihren Frauen mitzuteilen, dass sie gehen müsse, sie aber gerne ohne sie weitermachen könnten.

Wir hörten sie gut.

»Mein Sohn ist da«, rief Christiane den Frauen zu. »Mein Sohn ist zurück.«

Gerührt blickte Laura zu ihrer Mutter. Der Blick, der mich danach traf, war eine Warnung.

GÖNNER

In der Wärme der Sonne saßen wir nebeneinander auf einem wackligen Bänkchen, das vor einer Vollkornbäckerei stand, die *Backstube* hieß, tranken alle drei Kaffee aus Pappbechern, sprachen vorsätzlich ohne Pausen und hielten die Augen, von gelegentlichen Seitenblicken abgesehen, auf den kleinen Park gegenüber gerichtet. Einer fehlte, spürbar, doch für Gerd wäre ohnehin kein Platz mehr auf der Bank gewesen. Es hätte ihm auch nicht geschmeckt, während eines Gesprächs auf beständigen Blickkontakt zu verzichten. Mir war es recht so.

Ich musste von Sandra und den Kindern erzählen, von meinen Büchern, meinen Freunden und meiner Stadt. Die Zwischenfragen und Bemerkungen von Christiane waren durchweht von unergründlichem, unvernünftigem Stolz, jede einzelne von ihnen beschämte mich. Christiane selbst berichtete nur aus der letzten Zeit, von ihren ehrenamtlichen Tätigkeiten, ihren Plänen, endlich die große Wohnung zu verkaufen, um mit einer Freundin und einem Freund, beide etwas jünger als sie, zusammenziehen zu können, und von ihrer großartigen Schwiegertochter Mimi, die in Lauras Leben die nötige Portion Chaos und Sorglosigkeit bringe. Von meiner Flucht sprach Christiane nicht und von Gerd nur kurz und in einem Ton, als hätten wir die schwierige Zeit gemeinsam durchlebt und daher bliebe nicht viel zu sagen. Laura schwieg, so gut sie konnte, ohne ihre Mutter vor den Kopf zu stoßen. Den Groll, zu dem ihr damaliger Schmerz geronnen war, ließ sie über uns beiden schweben wie einen Luftballon, dessen Schnur um ihr Handgelenk gebunden war. Aber auch sie machte mir keine Vorwürfe. Und sie stellte keine unangenehmen Fragen mehr.

Fragen musste ich.

Ich stand auf, warf meinen Kaffeebecher in den Abfalleimer und blieb vor Christiane und Laura stehen, als ich ihnen erzählte, dass ich während der Arbeit an einem Buch zufällig auf den Namen eines Mannes gestoßen sei, der meinen Vater gekannt habe, seltsamerweise in Griechenland.

»Karakatsanis«, sagte ich, »Abraam Karakatsanis, habt ihr schon mal von ihm gehört?«

Christiane schüttelte hilfsbereit den Kopf, Laura sah mich angewidert an, endlich mit der Gewissheit, auf die sie die ganze Zeit gewartet haben musste. Ich war nicht hier, weil ich sie sehen oder etwas aus der Welt schaffen wollte. Ich hatte ein Ziel, irgendwelche Hintergedanken, ich wollte sie benutzen. Sie hatte recht, aber dem Schuldgefühl, das mich aus meinem Körper zu sprengen drohte, konnte ich mich jetzt nicht aussetzen. Als ich weitersprach, versuchte ich, meinen Blick auf Christiane zu lassen.

»Mein Vater hatte die Adresse von diesem Karakatsanis als Postanschrift angegeben, warum auch immer. Habt ihr damals vielleicht irgendwas aus Griechenland zugeschickt bekommen? Für meinen Vater. Vielleicht hat Karakatsanis herausgefunden, wo der Sohn gelandet war.«

Wieder schüttelte Christiane den Kopf, dann rückte sie von Laura weg und sah sie ernst an, als müsse sie sich erst bei ihr entschuldigen, bevor sie mit mir sprach.

»Der Name sagt mir nichts. Aber es war wirklich jemand da, der deinen Vater kannte.«

Sie sprach nicht weiter, sie schien Anlauf zu brauchen. Mut, Beistand.

»Wer?«

Christiane schwieg weiter, sah wieder kurz zu Laura, scheu und ängstlich, focht irgendeinen inneren Kampf aus.

»Bernhard Roth?«, fragte ich.

Absurderweise hatte Annas Vater Jahre nach dem tödlichen Unfall meiner Eltern nach meinem Vater gesucht und war dabei auf Karakatsanis gestoßen, wie wir von Binah erfahren hatten. Warum sollte er es nicht auch über mich, den Sohn, versucht haben?

Wieder schüttelte Christiane den Kopf. Sie wollte reden, gegen alle Hemmungen, aber sie sah nicht aus wie jemand, der sich nur zu überwinden versuchte. Sie stand vor dem Eingang eines Verlieses, in das sie mich führen musste, obwohl sie selbst um keinen Preis der Welt hineinwollte. Verwirrt sah Laura ihre Mutter an.

»Er war noch jung«, sagte Christiane stockend, »Mitte oder Ende zwanzig. Wir hatten den Namen noch nie gehört. Damals kannte ihn keiner. Er sagte, sein Vater sei ein Freund deines Vaters gewesen und er würde dir gerne helfen. Persönlich könne er es nicht, wegen seiner Arbeit habe er einfach nicht genug Freiräume dafür, aber er wollte seinen Beitrag dazu leisten, wenn Gerd und ich uns um dich kümmern würden.«

»Ihr habt euch doch um mich gekümmert.«

Christiane blickte weg, wagte auch nicht, Laura anzusehen.

»Er war es, der uns von dir erzählt hat. Ich weiß nicht, wie er auf uns kam. Aber er kannte uns. Den Buchladen, unsere politische Arbeit. Er hielt uns für die Richtigen. Seine einzige Bedingung war, dass wir dir nichts von ihm sagten. Er wollte nicht, dass du dich in seiner Schuld fühlst.«

»Wer war der Mann?«, fragte ich und bereitete mich auf die Antwort vor, so gut ich konnte.

»Martin Eissler. Der Unternehmer. Heute ist er sehr bekannt.«

Ich nickte nur, ich fühlte nichts. Ich fragte weiter.

»Er hat mich bei euch untergebracht. Und dann? Dann hat er ›seinen Beitrag geleistet‹?«

Keine Empörung in meiner Stimme, keine Aufregung. Ich wollte verstehen, ich wollte es beim Namen nennen:

»Er hat euch bezahlt, für mich zu sorgen?«

Christiane wand sich. Aus der lustigen Witwe war plötzlich eine Greisin geworden, die ohne Hilfe vielleicht nicht einmal imstande sein würde, von der Bank aufzustehen.

»Wir hätten dich so oder so zu uns genommen, nachdem wir von dir erfahren hatten. Und als du dann bei uns warst, da war das doch alles unwichtig.«

»Hat er euch bezahlt?«, fragte ich hartnäckig. »Die ganze Zeit, bis zum Schluss?«

Christiane nickte zögernd. Laura sah sie entsetzt an.

»Um das Geld ging es nie, Can, das musst du mir glauben. Bitte. Wir konnten es gut gebrauchen, das stimmt. Für die Buchhandlung, für Gerds Projekte. Für die Partei. Hätten wir ablehnen sollen?«

»Was wollte Eissler dafür?«

»Was?« Mit der Frage hatte Christiane nicht gerechnet. »Nichts wollte er. Er wollte helfen. Er war reich, er war großzügig. Und es ging dir doch gut. Es hat dir nie an etwas gefehlt.«

»Euch auch nicht, wenn ich mich recht erinnere.«

Christiane schwieg, aufgerissen von Scham.

»Was wollte er dafür?«, wiederholte ich meine Frage. »Was solltet ihr mit mir machen?«

»Du weißt, was wir mit dir gemacht haben, Can. Wir haben dich geliebt wie einen eigenen Sohn.«

Christianes Tränen hielten mich nicht zurück, änderten nichts an meiner Kälte, die wichtiger war als jemals zuvor.

»Er hat euch in Ruhe gelassen?«, sagte ich scharf. »Und *mich* hat er auch in Ruhe gelassen? Er hat sich nicht eingemischt?«

»Gerd hat gelegentlich mit ihm telefoniert, ihm ab und zu Fotos geschickt oder deine Artikel aus der Schülerzeitung und solche

Sachen. Eissler wollte nur wissen, ob es dir gutgeht. Als du weg warst, ist der Kontakt abgerissen.«

»Ihr habt nie wieder von ihm gehört?«

»Doch.«

Christiane holte ein Taschentuch aus der Tasche, wischte sich über die Augen, schnäuzte sich und straffte ihren Rücken. Was sie zu sagen hatte, konnte offenbar nur jemand sagen, der nicht auseinanderbrach.

»Er hat sich zwanzig Jahre lang nicht gemeldet. Aber an Gerds Grab stand ein Kranz von ihm. Ich habe ihm eine Dankkarte geschickt.«

Ich lächelte sie an, beinahe hätte ich gelacht. An Eisslers und Christianes Manieren gab es nichts auszusetzen.

»Du hast uns deswegen verlassen«, sagte Christiane.

Ich wusste nicht, woher die Festigkeit in ihrer Stimme plötzlich kam. Christiane hatte sich gefangen, sie wollte es ertragen.

»Du hast es irgendwie herausgefunden und uns bestraft. Weil wir dir nie etwas gesagt hatten.«

Sie musste jahrelang mit ihren eigenen Schuldgefühlen gekämpft haben, wie Gerd vielleicht auch, ich hatte es in der Hand, sie davon zu befreien. Ich sah sie nur an, dann drehte ich mich um und ging los, achtete darauf, nicht zu laufen.

Laura holte mich ein, griff nach meinem Arm, brachte mich zum Stehen.

»Ich wusste nichts davon, Can. Ich wusste es wirklich nicht.«

Ich schwieg und wartete auf das, was kommen musste. Auf den Zorn, der ihr aus den Augen brach, als ihre Bestürzung langsam zurückwich und Raum dafür ließ:

»Du wusstest es auch nicht. Du hast es gerade erst erfahren, das sehe ich doch. Du bist nicht deswegen abgehauen.«

Ich riss mich los und ging. Nach ein paar Schritten kam ich zurück.

»Ich komme wieder. Sag ihr das bitte. Ich muss etwas erledigen. Aber ich komme wieder.«

Ich drehte mich wieder um und ging. Ich blieb erst stehen, als ich mir sicher war, dass sie mich nicht mehr sehen konnten. An ein Auto gelehnt, holte ich mein Handy heraus und suchte im Kontaktverzeichnis nach Birgit Laufner, meiner ehemaligen Kommilitonin, die heute bei einer Zeitschrift in München arbeitete und mich regelmäßig mit Informationen über meine Klienten versorgte. Es dauerte eine Weile, bis ich merkte, dass ich Birgits Nummer im neuen Handy nicht finden konnte, noch länger, bis ich die Nummer ihrer Redaktion herausgefunden hatte und weiterverbunden wurde. Während ich in der Warteschleife hing, für die irgendein Spaßvogel *De Do Do Do, De Da Da Da* von Police ausgesucht hatte, versuchte ich mich zu erinnern.

Knapp anderthalb Jahre nach Ende des Studiums erhielt ich einen Anruf von einem Hamburger Verlag, der mir anbot, einem in die Jahre gekommenen englischen Entertainer, der nach dem Krieg mit der British Army nach Deutschland gekommen war und hier Karriere gemacht hatte, beim Schreiben seiner Autobiographie zu helfen. Mein erster Ghostwriter-Job, aus heiterem Himmel. In irgendwelchen Anthologien hatte ich ein paar kürzere Erzählungen veröffentlicht, saß heimlich an etwas, was schon damals kein Roman werden konnte, und hielt mich mit journalistischer Arbeit für ein Stadtmagazin, zuständig für lokale Kunst und Kultur, über Wasser. Keiner kannte meinen Namen, der Anruf war vollkommen unerklärlich. Aber wer lehnt einen Lottogewinn ab, nur weil er keinen Schein ausgefüllt hat? Pünktlich fand ich mich zum ersten Gespräch im Verlag ein und traf überraschend auf Birgit, die dort damals eine Assistenzstelle hatte. Augenscheinlich war sie der Grund für mein unerwartetes Glück. Birgit musste meinen Namen ins Spiel gebracht haben, als Dankeschön für die Hilfe, die sie von mir bei ihrer Magisterarbeit bekommen hatte, ironischerweise schon als Ghostwriter, und wahrscheinlich auch als Entschuldigung für ihre so unverständliche wie unverschämte Rotzigkeit in der Zeit danach. Natürlich sprach ich Birgit darauf an und bedankte mich. Sie bestritt ihre Hilfe nicht, aber mehr als ein bescheidenes Lächeln bekam ich nie, wenn ich nach Details fragte.

Das Buch kam zustande und wurde ein kleiner Erfolg, vielleicht auch, weil es mir gelungen war, eine skurrile, unterhaltsame Aufstiegsgeschichte zu erzählen, die die Nachkriegszeit mit der deutschen Gegenwart verband, ohne die Entwurzlung, Verwirrung und Alkoholsucht auszublenden, mit denen mein erster Klient seinen Erfolg bezahlt hatte. Unmittelbar nach dem Erscheinen des Buchs kam der Folgeauftrag, danach reihten sich die Projekte aneinander wie Glieder einer stabilen Kette, die nie zu reißen drohte. Ich hatte meinen Beruf gefunden und mich nie wieder gefragt, wie es einer jungen, einflusslosen Verlagsassistentin gelungen sein mochte, ihre Chefs davon zu überzeugen, ein vollkommen Unbekannter könne der Aufgabe gewachsen sein.

»Du bist schon durch?«, fragte Birgit, als ich sie endlich in der Leitung hatte.

»Womit?«

»Mit der Roth. Normalerweise rufst du mich nur an, wenn ein neuer Sünder vor deinem Beichtstuhl steht.«

»Ich bin noch dran«, sagte ich, »mittendrin sozusagen.«

»Aber sie rückt nicht mit der Sprache raus, und du brauchst einen dunklen Fleck, um sie aus der Reserve zu locken?«

Den Anfängerfehler hatte ich bei Anna tatsächlich gemacht, aber das musste Birgit nicht wissen, ihre Laune war gut genug.

»Ich fürchte, mit mehr als der popligen Affäre von neulich kann ich nicht dienen«, sagte sie. »Ehrlich gesagt, sie wirkt ziemlich bieder auf mich.«

»Ist sie nicht. Aber um Anna geht es nicht.«

»Sondern?«

»Erinnerst du dich an die Fletcher-Geschichte?«

»Aber sicher. Dein erstes Buch. Ach so …« Sie lachte auf. »Jetzt bin ich meine falschen Lorbeeren los, stimmt's? Er hat's dir gesagt.«

»Wer hat mir was gesagt?«

»Martin Eissler, Anna Roths Mann. Den wirst du doch jetzt öfter gesehen haben. Ihr habt darüber gesprochen.«

»Worüber?«

Birgit stutzte kurz, blieb aber heiter.

»Schon okay, Can, hab schon verstanden. Ich hätte es dir längst sagen müssen. Mea culpa, mea maxima culpa.«

»Was hättest du mir sagen müssen? Birgit, wovon sprichst du?«

»Hör auf, mich zu verarschen. Es war Eissler, der dem alten Fletcher damals den Kontakt zum Verlag verschafft hat. Und er war es auch, der dich als Ghostwriter wollte. Deswegen rufst du doch an, oder?«

»Ja«, sagte ich und überraschte mich selbst damit, dass mir so etwas wie ein hörbares Lachen gelang. »Ich frage mich nur, warum du mir nie etwas gesagt hast. Ich dachte immer, den Auftrag hätte ich dir zu verdanken.«

»War nicht meine Idee, den Mund zu halten, ehrlich nicht. Irgendwoher wusste mein Chef, dass wir beide uns aus dem Studium kannten. Er hat gesagt, Eissler will nicht, dass du von seiner Hilfe erfährst. Daran habe ich mich gehalten.«

Der Mann imponierte mir. Niemand hatte mir jemals so viel Angst gemacht wie Eissler, und niemand hatte mich je so beeindruckt. Er hatte einen Verlag gesucht und gefunden, bei dem sich mir eine Erklärung für mein unerklärliches Glück aufdrängen würde. Er kannte mich, kannte jedes verdammte Detail meines Lebens. Er hatte mich an der Leine. Für Birgit schwieg ich inzwischen zu lange:

»Bist du sauer auf mich? Ich weiß, ich hätte es dir längst sagen können. Aber irgendwann habe ich gar nicht mehr daran gedacht.«

»Alles gut«, sagte ich so unbekümmert, wie ich konnte. »Ich wollte nur wissen, was damals ablief.«

»Tja, du hattest einen bescheidenen Gönner. Woher kannte dich Eissler überhaupt?«

»Lange Geschichte. Erzähle ich ein andermal.«

»Ruf an, wann immer du willst. Aber schicke mir keinen Lagavulin mehr zum Geburtstag.«

»Worauf bist du umgestiegen? Bourbon?«

»Nichts davon. Keine Brennstoffe.«

Ihr Stolz war unüberhörbar.

»Wie lange schon?«

»Fünf Monate.«

»Gratuliere«, sagte ich. »Ich lass mir was Schönes einfallen, versprochen.«

»Will ich hoffen. Aber eine Kiste Wasser wäre ein Scheißgeschenk, nur dass du Bescheid weißt.«

Wir lachten, wir verabschiedeten uns. Einen Moment stand ich nur da und freute mich über die Chance, die Birgit sich plötzlich gab. Dann rief ich meinen Hausarzt an, auf dem Handy, die Nummer konnte ich auswendig. Rezepte ließen sich auch in Apotheken faxen.

IHR LÄCHELN

Anna flog in meine Arme, vielleicht war es auch umgekehrt, sekundenlang hielten wir uns fest und standen den Leuten im Weg. Als mich Anna losließ, spürte ich die Schwerkraft wieder, als mich ihr Blick traf, das Grauen der letzten Nacht.

»Gott sei Dank ist dir nichts passiert«, sagte Anna. »Du könntest tot sein.«

»Ich hatte einen Schutzengel.«

»Einen Schutzengel, der Leute umbringt?«

Ungefiltert hatte ich Anna alles erzählt, als ich sie vom Flughafen in Thessaloniki angerufen hatte. Ich konnte mich kaum erinnern, was ich ihr gesagt hatte, aber ganz sicher wollte ich nicht hier darüber sprechen.

»Wie geht es Max?«, fragte ich.

Anna war über Rom nach Tegel geflogen, doch mehr als ein, zwei Stunden konnte sie mit ihrem Sohn nicht gehabt haben.

»Max ist stinksauer, er will nach Hause.«

»Zu seinem Vater?«

»Den sieht er doch sowieso kaum«, sagte Anna. »In die Schule. Zu seinen Freunden, zum Fußball. Kann ich ihm nicht verdenken.«

»Was hast du gesagt?«

»Dass keiner von uns beiden zu Hause sein kann im Moment und dass ich ihn lieber bei Oma habe als bei seinen Kinderfrauen. Dass seine Lehrerin und sein Trainer nichts dagegen haben.«

»Er hat dir kein Wort geglaubt.«

»Max denkt, wir lassen uns scheiden. Er hat mich angeschrien. Ich lüge ihn an, hat er gesagt. Als ich gefahren bin, hat er mich nicht einmal angesehen.«

Unerträglicher als alles andere. Nichts ist verheerender als die Augen eines Kindes, die sich enttäuscht von dir abwenden. Ich selbst hatte heute noch nicht angerufen. Ich hatte nicht die geringste Ahnung, was ich Ben und Mina sagen sollte. Und Sandra.

»Und deine Mutter?«, fragte ich.

»Sie stellt keine Fragen«, sagte Anna, griff nach ihrem Rollkoffer und ging los. Auch für sie schien es Dinge zu geben, über die sie nicht in Flughafenhallen sprechen wollte.

Als wir nach draußen kamen, riss mich die Sonne ein paar Herzschläge lang fort. Berlin konnte wunderschön sein im Sommer, das Wochenende hatte gerade begonnen, was ließe sich nicht damit anfangen? Auf dem Weg zu den Taxen fiel mir zum ersten Mal auf, dass Anna ein bisschen größer war als ich.

»Wie war es in Istanbul?«, fragte ich.

»Simon Jacob war sehr enttäuscht, dass du nicht gekommen bist. Er kennt deine Familie.«

»Er kennt meine Familie?«

Verblüfft blieb ich stehen.

»Sagen wir, er hat von ihr gehört. Vor allem von deinem Großvater.«

»Was hat Jacob gesagt?«, fragte ich in Annas Rücken, bevor ich wieder zu ihr aufschloss.

»Simon würde gerne selber mit dir sprechen, du bist mit ihm verabredet.«

»Was? Wo denn?«

»An jedem Ort, an dem wir ungestört sind.«

Der Taxifahrer stieg aus dem Auto und öffnete den Kofferraum.

»Wir haben hier eine Wohnung«, sagte Anna. »Aber ich glaube nicht, dass es so eine gute Idee wäre. Ich weiß nicht, ob Optiker vielleicht auch Hausbesuche machen.«

Woher Anna ihren Humor nahm, war mir egal. Wichtig war nur, dass sie weiter so lächelte.

SEIN LÄCHELN

Die portugiesische Putzfrau war jung und hübsch, was ihr im Einstellungsgespräch nicht geschadet haben konnte, studierte im wahren Leben Medienwirtschaft, sprach ein bezauberndes Deutsch und hatte den Schlüssel. Den gab sie uns aber erst, als ich Georg noch einmal anrief und ihr das Handy in die Hand drückte, damit er ihr unsere Rechtschaffenheit bestätigen konnte.

Als ich Georg bei meinem ersten Anruf erzählt hatte, was gestern geschehen war, hatte er nur einsilbig geantwortet und seinen Schrecken bemerkenswert gut unter Kontrolle gehalten. Offensichtlich war er nicht alleine, und bald reichte er Sandra sein Handy weiter. Heute machte sie es mir leicht, sie anzulügen. Sie klang entspannt und genoss die ihr aufgezwungene Auszeit vielleicht sogar ein wenig. Von mir hörte sie, dass alles in Ordnung war und es nicht mehr lange dauern konnte, bis wir uns wiedersahen, und ich erfuhr, dass sie inzwischen auf einer süßen kleinen Insel waren. So albern es Sandra fand, weil ich es mir ohnehin denken konnte, ich hielt sie am Ende erfolgreich davon ab, mir zu sagen, wo sie waren. Wahrscheinlich irgendwo auf den Schären, im schwedischen Sommer kurz nach der Mittsommerwende. Wir wollten schon lange einmal dorthin, hatten es bisher aber nie geschafft. Während ich Leute sterben sah und sich mein bisheriges Leben in ein Marionettentheater verwandelte, bot Georg meiner Frau eine nette Abwechslung und meiner Tochter das Saltkrokan-Feeling, auf das sie schon seit Jahren neugierig war. Ich war ihm dankbar, dass er meine Familie beschützte, von ganzem Herzen, dennoch musste ich mich damit trösten, dass Ben vermutlich grummelnd in der dunkelsten Ecke eines Strandhauses saß und sich hartnäckig weigerte, hinauszugehen und irgendwas zu genießen. Unmittelbar nachdem Sandra und ich aufgelegt hatten, bekam ich eine SMS von Georg: »Das schafft ihr nicht alleine. Geh zur Polizei. Sofort!«

Georgs riesige Penthousewohnung lag am Hausvogteiplatz, bildete den aufgesetzten siebten Stock eines luxussanierten Altbaus und hatte einen spektakulären Blick von einer Terrasse, die mit schwarzen Loungemöbeln, dunkelroten Liegen und Buchsbäumen in cremefarbenen Pflanzenkübeln ausgestattet war, groß genug, um Beachvolleyball darauf zu spielen. Annas eigene Lebensverhältnisse waren zu gut, um von denen Georgs beeindruckt sein zu können, aber immerhin schien sie sich über den seltsamen Raum zu wundern, in dem neben zweitausend Schallplatten, einer High-End-Stereoanlage aus den Achtzigern und einem Hängesessel sieben Flipperautomaten aus den vierziger bis siebziger Jahren und eine Pinballmaschine aus den Zwanzigern standen. Noch mehr aber staunte sie über Georgs Arbeitszimmer mit dem lächerlich kleinen Rattanschreibtisch und den unzähligen Büchern auf selbstgezimmerten, wackligen Regalen. Die Regale baute Georg bis heute selbst, wann immer es die Zahl seiner neuen Bücher notwendig machte, und mit dem Rattanschreibtisch, auf dem er mit vierzehn in einer kleinen Sozialwohnung zu schreiben begonnen hatte, würde er sich vermutlich bestatten lassen, dann allerdings in einem Mausoleum, das es mit jeder Pyramide aufnehmen könnte. Niemand, den ich kannte, war so abergläubisch wie Georg und niemand so belesen, gebildet und nachdenklich wie er. Aber es gab auch niemanden, der so erpicht darauf gewesen wäre, als oberflächliche, erfolgsgierige Schreibnutte durchzugehen. Warum auch immer er diese Rolle spielen zu müssen glaubte, Georg spielte sie so gut, dass sogar ich ihn manchmal mit dem Bären verwechselte, den er den Leuten aufband.

Während wir auf Simon Jacobs Skype-Anruf warteten, standen

Anna und ich auf der Terrasse, tranken Kaffee, den wir uns mit Georgs Kaffeeautomatenmonster gemacht hatten, rauchten, blickten über die Stadt und versuchten zu verstehen, was geschehen war, um die Dinge erträglicher zu machen. Wir mutmaßten, wo wir standen, sachlich im Ton wie die Leute im Fernsehen, die einander im Kugelhagel Fakten aufzählen, aber wir hielten uns bedeckt, beide, belauerten uns, warteten darauf, dass der andere aussprach, was ausgesprochen werden musste. Wir hatten keine Beweise, es gab nichts als lose Fäden und Splitter und zahlreiche Tote, unter ihnen ein Polizist, den ich geduzt hatte, aber wir waren nicht mehr auf Ahnungen angewiesen, wussten beide, wer hinter allem stecken musste. Es war der Mann, der mein Leben seit meiner Kindheit unter Kontrolle gehalten und darin willkürlich für entscheidende Wendungen gesorgt hatte, derselbe Mann, der Anna seit ihrem fünfzehnten Lebensjahr manipuliert und sie schließlich wie eine Trophäe in sein Haus geholt hatte, als sie seiner Ansicht nach so weit war. Der Mann, mit dem sie seit zehn Jahren das Bett teilte, der Vater ihres einzigen Kindes.

Plötzlich stieg Wut in mir auf. Ich drückte meine Zigarette in der Erde eines Buchsbaums aus, Aschenbecher besaß Georg nicht, und sah Anna so scharf an, wie es mir möglich war, wenn ich in ihre unglaublichen Augen sah.

»Glaubst du nicht, wir sollten jetzt zur Polizei?«

Anna zuckte mit den Achseln, als hätte ich einen vollkommen neuen Gedanken eingebracht, den sie sich erst einmal von allen Seiten ansehen musste, dann nickte sie bedächtig.

»Ja. Wahrscheinlich.«

Der Ton, den Anna für richtig hielt, war der, mit dem man beschließt, zum Arzt zu gehen, um sich das gelegentlich schmerzende Knie doch einmal ansehen zu lassen. Ich war mir sicher, sie wusste, dass sie mich provozierte.

»Warum leugnest du nicht alles, warum schickst du mich nicht zum Teufel? Warum verschanzt du dich nicht mit deinem Mann und zwei Dutzend Anwälten und PR-Profis in eurer Festung und versuchst, alles aus der Welt zu schaffen?

Verletzt sah sie mich an, überrascht und überrumpelt. Unendlich einsam. Vielleicht hatte ich mich geirrt.

»Das kann ich nicht. Das weißt du.«

»Und warum brichst du nicht zusammen, warum schlägst du nicht irgendwas kurz und klein? Dein Mann ist ein Ungeheuer. Der Vater deines Sohnes ist ein gottverdammter Mörder.«

Ich hatte kein Recht auf diese Wucht, und nichts wollte ich weniger, als Anna von mir zu stoßen oder zu Boden zu drücken. Aber wenn ich weiter durch dieses Minenfeld gehen sollte, musste ich wissen, wer die war, die neben mir ging.

Anna setzte sich, sah mich ruhig an.

»Willst du mich loswerden?«

Ich hätte »nein« sagen können, es herausschreien oder flüstern, zu ihr gehen, sie in den Arm nehmen. Oder mich ernsthaft fragen, ob sie recht hatte, ob ich ihr wirklich misstraute. Ich brachte nur ein jämmerliches Kopfschütteln zustande.

»Wäre auch schade«, sagte Anna. »Wir kennen uns schon so lange. Über dreißig Jahre.«

Natürlich wusste man nie, woran man bei Anna war, doch dass sie sich ausgerechnet diesen Moment für einen Scherz ausgesucht hatte, war so wenig wahrscheinlich wie ein psychotischer Schub, dem sie plötzlich ausgesetzt war.

»Über dreißig Jahre?«

Anna nickte und nahm sich eine Zigarette aus der Packung, die sie in Istanbul gekauft hatte. In den letzten Tagen war sie wieder zur Raucherin geworden, im Moment aber leider nicht mehr auf meine Zigaretten angewiesen.

»Meine Mutter versucht, sich aus allem rauszuhalten. Auch wenn sie sich ihren Teil denkt, sie stellt keine Fragen. Aber ich habe gefragt. Nach dir. Nach deinem Namen. Sie konnte sich tatsächlich erinnern.«

»Woran?«

»Sie fand den Namen damals sehr ungewöhnlich, sagt sie. Er fiel ihr sofort wieder ein, als ich ihn erwähnte. Und der Besuch, der muss auch ungewöhnlich gewesen sein.«

Sie sah mich an, seltsam heiter, lächelnd. Ich schwieg gespannt, sie würde weitererzählen.

»Irgendwann Mitte der siebziger Jahre, ich war noch nicht in der Schule, da hat mein Vater Besuch von einem türkischen Ehepaar bekommen. Zu Hause, ein Sonntag. Sie hatten ihren Sohn dabei, sieben oder acht Jahre alt.«

Wir waren mit dem Zug gefahren, lange, sehr lange. Ich hatte mich gelangweilt und gemeckert, und ständig war ich von meinem Vater angemotzt worden. Ob die Stadt, in der wir am Ende ausstiegen, München war, wusste ich nicht mehr, aber ich erinnerte mich an das viele Grün und das große Haus. An ein kleines Mädchen, das mir furchtbar auf die Nerven ging.

»Mein Vater hat sich mit seinem Besuch in sein Arbeitszimmer verzogen, und meine Mutter hat den Sohn zu mir ins Kinderzimmer gebracht. Aber der Junge und ich konnten nichts miteinander anfangen. Da hat uns meine Mutter kurzerhand vor den Fernseher gesetzt. Ich kann mich an nichts erinnern, aber meine Mutter sagt, es lief *Unsere kleine Farm*. Damit hatte sie bei den Kindern anscheinend Erfolg.«

»Ich hätte schwören können, es war *Daktari*.«

»Du erinnerst dich?«, fragte Anna. Erfreut, aufgeregt.

»Ich weiß nicht. Vielleicht. Irgendwann haben wir eine quälend lange Bahnfahrt gemacht, nur für einen dämlichen, total kurzen Besuch. Bei irgendwelchen Leuten, die ich nicht kannte und die eine launische kleine Tochter hatten. Gleich danach sind wir wieder zurückgefahren, genauso lange, die ganze Nacht. Ich habe den Schwachsinn damals nicht verstanden, und keiner hat mir irgendwas erklärt.«

»Du warst bei uns«, sagte Anna.

Ich konnte das Leuchten in Annas Augen weder verstehen noch genießen. Ich kämpfte gegen die immense Rückkoppelung an, die dritte an diesem Tag, und es kam mir vor, als hörte ich tatsächlich einen hochfrequenten Ton, der sich über jeden sinnvollen Gedanken legte und mich in eine Schleife presste, aus der es kein Entrinnen zu geben schien.

»Was wollten meine Eltern von deinem Vater?«

»Weiß meine Mutter nicht. Sie erinnert sich, dass er aufgebracht war, nachdem ihr gegangen wart. Aber er hat nichts gesagt. Sie dachte, es hat irgendwas mit seiner Arbeit zu tun, und er hat sich bald wieder beruhigt. Bis heute hat sie nie wieder daran gedacht.«

»Dein Vater hat etwas von meinen Eltern erfahren«, sagte ich, »aber was? Es kann nur um die Eisslers gegangen sein.«

Anna sah mich wortlos an, sah aus, als wolle sie sich die kleine Freude, die sie gerade empfand, nicht trüben lassen.

»Die Reisen, die dein Vater nach Istanbul und Thessaloniki gemacht hat. Hast du deine Mutter auch danach gefragt?«

Anna nickte.

»Er war ständig geschäftlich unterwegs, sagt sie. Sie kann sich nicht erinnern.«

Einen Moment schwiegen wir, dann stand Anna auf, ging ans Geländer, lehnte sich darauf und sah mich von der Seite an, als werfe sie einen Anker nach mir.

»Du hast mich gefragt, warum ich nicht ausraste«, sagte sie, »wie ich das alles ertrage. Ganz einfach. Weil ich nicht alleine bin.«

Ich nickte und versuchte, sie so zärtlich anzusehen, wie ich konnte. Ich glaubte ihr, aber ich wusste, was sie sagte, war wieder nur die halbe Wahrheit.

»Ja«, sagte ich sanft. »Deswegen. Und weil du nicht überrascht bist.«

»Was?« Bestürzt starrte mich Anna an. »Was meinst du damit?«

Ich schwieg.

»Du glaubst, ich habe das alles gewusst?«

»Nein, ganz bestimmt nicht. Aber du hast damit gerechnet. Als ich auf dieser Party aufgetaucht bin und dir die E-Mail von Ellen Reichert gezeigt habe, da warst du wie vor den Kopf gestoßen. Du warst sprachlos, du hast kein Wort geglaubt. Aber ganz sicher warst du nicht überrascht. Es war plausibel für dich. Du hast nichts davon geahnt, das habe ich gemerkt, und es hätte auch irgendwas anderes sein können. Aber was du gelesen und von mir gehört hast, war so schlüssig für dich wie ein Fieberkrampf bei einem Malariaanfall.«

Anna wandte ihren Blick ab, sah hinunter auf den Platz, und einen unwürdigen, bizarren Augenblick lang schoss mir die Frage durch den Kopf, ob ich nach Hause dürfte, wenn sie spränge.

»Kannst du Gedanken lesen?«, fragte Anna.

Die Frage klang grotesk ernst, und sie war ein guter Querpass für eine dumme Bemerkung, aber ausnahmsweise war ich klug genug, den Mund zu halten. Ich ließ Anna die Zeit, die sie brauchte, bis sie zögernd zu sprechen begann.

»Vor etwa zwei Jahren, da war er hinter einem Maschinenbauunternehmen her. Relativ groß, viertausend Mitarbeiter, schon ziemlich angeschlagen. Ein Familienbetrieb mit langer Tradition. An der Firma selbst war er eigentlich gar nicht interessiert, er wollte nur die wertvollen Patente, alles andere sollte ausgeschlachtet und verscherbelt werden.«

»Ich glaube, das habe ich damals gelesen. Die Übernahme ist gelungen.«

»Aber nicht so schnell, wie Martin es gewohnt war. Der Seniorchef des Unternehmens hat ihm Paroli geboten. Für ihn war nicht nur sein Lebenswerk bedroht, sondern die Existenz von viertausend Menschen, eigentlich einer ganzen Kleinstadt, die wirtschaftlich abhängig von der Firma und ihren Mitarbeitern war. Der alte Mann hat gekämpft wie ein Löwe, mit allen Mitteln und Tricks, die ihm zur Verfügung standen. So viel Widerstand hatte Martin vermutlich noch nie erlebt. Aber irgendwann hat er gewonnen, am Ende gewinnt er immer.«

Erst jetzt sah Anna wieder zu mir.

»Ein paar Wochen danach kam ich in sein Arbeitszimmer und sah ihn am Schreibtisch, über eine Zeitung gebeugt. Er hatte ein Lächeln in den Augen, das ich so noch nie bei ihm gesehen hatte. Satt und berauscht, restlos erfüllt. Es war nur ein kurzer Moment, nur diese halbe Sekunde, bis er mich bemerkte, aber ich habe es genau gesehen. Als ich zu ihm an den Schreibtisch kam, sah ich den Artikel, den er las. Es war ein Bericht über den Seniorchef des Maschinenbauunternehmens. Er hatte sich das Leben genommen.«

Anna sah meine schockierten Augen und beantwortete die Frage, die sie ihr wortlos stellten.

»Martin hat ihn nicht umgebracht, das war überhaupt nicht mehr nötig. Er hatte den Mann schon besiegt, alles vernichtet, was er sich ein Leben lang aufgebaut hatte. Perfekt war Martins Sieg aber erst, als sein früherer Gegner sein Versagen vor aller Welt eingestand, indem er sich selbst auslöschte.«

Ich verstand, was Anna sagen wollte. Den römischen Herrschern hatte es auch nicht genügt, andere Völker zu besiegen und zu unterwerfen, sie waren erst zufrieden, als sie ihre Anführer auf Triumphzügen durch Rom schleifen konnten, um sie anschließend zu erdrosseln und öffentlich auszustellen.

»Es lief schon vorher nicht gut mit uns, schon lange nicht«, sagte Anna, »aber nach diesem Tag habe ich ihn nie wieder angefasst und mich nie mehr anfassen lassen.«

»Warum bist du nicht weg?«

»Wegen Max, könnte ich jetzt sagen, wegen der Leute. Aus Bequemlichkeit. Aber auch das wäre nur die halbe Wahrheit. Manchmal kann man einfach nicht glauben, dass man wirklich selbst in einer Geschichte steckt, die gar nicht passieren kann.«

Dazu hätte ich auch einiges beitragen können, aber von meinem Notebook, das auf einem der Terrassentische stand, kam der Skype-Ton. Simon Jacob rief aus Istanbul an.

SICHERGEHEN

Jacob zeigte mir den Bosporus und war auch ansonsten ein charmanter Prahler. In einem schicken grauen Sommeranzug mit weißem Hemd und weit offenem Kragen saß er gutplatziert vor einem Panaromafenster, hinter dem sich Istanbul atemberaubend darbot, und erzählte mir seine Lebensgeschichte, die er gestern Abend vermutlich auch schon Anna erzählt hatte. Sie stand noch am Geländer von Georgs Terrasse, wurde von der Webcam meines Notebooks nicht erfasst, aber sie hörte mit, und mittlerweile verstand sie auch alles. Nachdem mich Jacob mit leichtem Akzent auf Türkisch begrüßt hatte, hatte ich auf Englisch geantwortet und war hartnäckig dabei geblieben, bis er schließlich ebenfalls ins Englische gewechselt war.

Simon Jacobs Eltern, der Sohn eines türkischen Diplomaten aus Istanbul und die Tochter eines Anwalts aus Chicago, hatten sich in Yale kennengelernt und im Schnelldurchlauf Schwangerschaft, Nothochzeit und Scheidung hinter sich gebracht. Als der kleine Simon drei Jahre alt war, verabschiedete sich der Vater aus Chicago, wo die Mutter unbedingt in der Nähe ihrer eigenen Eltern leben wollte, um zurück in die Türkei zu gehen und eine Stelle in der türkischen Niederlassung eines US-Konzerns anzutreten. Auch Väter anderer Scheidungskinder verließen die gemeinsame Wohnung der Eltern, aber selten suchten sie sich ihre neue auf einem anderen Kontinent oder gar gleich auf zwei Erdteilen, auf denen, faszinierend für den kleinen Simon, die Heimatstadt des Vaters lag. Zwar kamen regelmäßig Geld und Grüße, doch Jacob sah seinen Vater in den ganzen Jahren nur die wenigen Male, in denen er beruflich in den USA war und einen Abstecher nach Chicago machen konnte. Bei jedem seiner Besuche und in jedem seiner Briefe lud der Vater seinen Sohn nach Istanbul ein und hörte nie auf, die Schönheit der Stadt zu preisen, doch Simons Mutter wusste eine solche Reise so halsstarrig und ausdauernd zu verhindern, dass der junge Mann nach der Highschool nichts anderes im Sinn haben konnte, als seine Sachen zu packen und nach Istanbul zu ziehen, um dort zu studieren und bei seinem Vater und dessen neuer Familie zu wohnen. Zwar bestand sein Vater darauf, dass sein Sohn sein Studium nicht nur in Istanbul absolvierte, sondern sich die wichtigeren akademischen Weihen in Harvard und London holte, aber Simon kehrte immer wieder nach Istanbul zurück, und die betörende Stadt, diese gewaltige Brücke zwischen den Kontinenten und Kulturen, wurde ihm zur Heimat. Chicago verblasste schnell zur Erinnerung, und einige Jahre lang brach der Kontakt zur schmollenden Mutter ganz ab.

Simon Jacob lernte Türkisch, er erkundete die Stadt, er stöberte in der Familiengeschichte seines Vaters, die ihm so furchtbar lange vorenthalten worden war. Und plötzlich hatte im Leben des kaum Zwanzigjährigen vieles seinen Grund, vielleicht alles, das Scheitern der Ehe seiner Eltern, seine eigenen jahrelangen Gefühle von Verlorenheit und Entfremdung, sogar seine unerklärliche, verrückte Entschlossenheit, die Sicherheit seiner vermeintlichen Heimat zu verlassen und von heute auf morgen komplett neu anzufangen, ohne nur einmal zurückzublicken. Der Vater beantwortete Simons Fragen bereitwillig, aber genierte sich, weil er selbst nur wenig wusste, was Simon ihm kaum glauben konnte. Der Großvater jedoch, in Saloniki geboren und mit seinen Eltern vor fast siebzig Jahren nach Istanbul gekommen, lebte noch und wusste mehr, erzählte am Anfang dennoch nur sehr zögernd. Man sprach nicht darüber, jedenfalls nicht in der Generation seines Großvaters, das spürte Simon, es gab Geheimnisse, es war irgendwie gefährlich. Nach und nach aber öffnete sich ihm sein Großvater und war glücklich, dass er in seinem amerikanischen Enkel, der damals nur unbeholfen Türkisch sprach, unverhofft jemanden gefunden hatte, der unbedingt hören wollte, was er selbst verschüttet und verloren geglaubt, was er tief in seinem Gedächtnis begraben hatte.

Simon Jacob erfuhr, dass sein Vater und Großvater aus einer Dönme-Familie stammten, dass er selbst ein Nachfahre der Jünger von Sabbatai Zwi war, des Messias, der die Welt der Juden ins Wanken gebracht und einen neuen Glauben gestiftet hatte: eine ganz eigene Kultur, eine geheimnisvolle Welt, die fast dreihundert Jahre im Verborgenen existiert hatte und nun drohte, endgültig in Vergessenheit zu geraten. Jacob hatte sein Thema gefunden. Er brachte sein Studium erfolgreich zu Ende, machte Karriere als Bankmanager, forsch und zuweilen mit der nötigen Portion an Skrupellosigkeit, aber jede freie Minute und jeden verfügbaren Dollar widmete er der Aufgabe, die Erinnerung an die Dönme und ihre Welt vor dem Verschwinden zu bewahren.

Jacob sprach mit allen Nachkommen der Dönme, die er finden

und zum Reden bewegen konnte, protokollierte akribisch jedes Gespräch, sammelte Dokumente in der ganzen Welt, auch in Thessaloniki, wohin er bis heute mehrmals im Jahr reiste, weil es die eigentliche Heimat war, der Sitz der Dönme-Seele. Er legte ein Archiv an, das über die Jahre wuchs und jederzeit zu einem stattlichen Museum umgewandelt werden könnte, er richtete eine Internetseite ein, auf der sich die Nachfahren der Dönme informieren und vernetzen konnten, um sich gemeinsam ihrer Herkunft und Identität zu vergewissern, und in den letzten Jahren kämpfte Jacob öffentlich dafür, dass das Geburtshaus von Sabbatai Zwi, das in der antiken Agora von Izmir gefunden worden war, als Gedenkstätte erhalten blieb.

Das alles tat er in seiner Freizeit, aber es war kein Hobby, keine simple Leidenschaft, es war sein Lebenswerk. Er war der beste und im Grunde einzige wirkliche Experte auf seinem Gebiet. Wer etwas über die Dönme wissen wollte, kam an ihm nicht vorbei. Sogar der Historiker von der University of California, der die einzige nennenswerte Arbeit schrieb, in der die Dönme erwähnt wurden, hatte wochenlang Interviews mit Simon Jacob geführt und sich ausgiebig in seinem Archiv umgesehen.

»Ich denke, Ihnen kann ich auch helfen«, sagte Jacob. »Leider konnten Sie gestern nicht kommen.«

Zum ersten Mal senkte Jacob seinen Blick und sah vermutlich auf das kleine Fenster in der rechten unteren Ecke seines Monitors, das das Programm für den Gesprächspartner vorsah. Während seines Vortrags, bei dem ich ihm fast eine Viertelstunde lang aufmerksam und immer amüsierter zugehört hatte, hatte er durchgehend in die Kamera geblickt. Offenbar war es ihm wichtiger, von mir gesehen zu werden, als mich zu sehen.

»Man hat mich nicht ins gelobte Land gelassen«, sagte ich.

Jacob lachte.

»Im Grunde ging es Ihnen da nicht anders als unseren Vorfahren. 1923, beim Bevölkerungsaustausch.«

»Die Dönme sind doch in die Türkei umgesiedelt.«

»Das heißt aber nicht, dass sie willkommen waren. Sie wurden sofort angefeindet. Es gab hitzige Debatten über sie in den Zeitungen. Böswillige Artikel, hässliche Karikaturen. Man wollte sie nicht im Land haben.«

»Warum?«

»Da muss man ein bisschen Nachsicht mit den Türken haben. Nach dem Ersten Weltkrieg war ein Weltreich untergegangen, ein Vielvölkerstaat, in dem jahrhundertelang Dutzende von Nationen und verschiedenste Glaubensrichtungen friedlich nebeneinander existiert hatten. Das Osmanische Reich war zwar bekannt für seine große Toleranz, aber man muss bedenken, dass sich der Sultan und seine Regierung diese Toleranz leisten konnten. Als das große Reich untergegangen war und auf einem extrem geschrumpften, anfangs immer wieder bedrohten Gebiet ein neuer Staat entstand, brauchte man auch eine neue Idee, um den Laden zusammenzuhalten. Und da drängte sich den Republikanern um Atatürk das Konzept eines Nationalstaats nach westlichem Vorbild geradezu auf. Die Historiker sprechen bei einem solchen Umbruch von ›nation building‹. Aber wenn Sie eine Nation errichten wollen, brauchen Sie Kriterien: Wer gehört dazu, wer nicht?«

»Die Dönme offenbar nicht«, sagte ich.

»Viele gehörten nicht dazu, Rasse und Religion wurden zu entscheidenden Merkmalen. Ein echter Türke war plötzlich nur ein Volkstürke, und der konnte nur einen Glauben haben, den Islam. Demnach waren die orthodoxen Griechen in Istanbul, vom Bevölkerungsaustausch seinerzeit als Einzige ausgenommen, keine richtigen Türken, auch wenn man ihnen die türkische Staatsbürgerschaft nicht verwehren konnte, genauso wenig wie die türkischen Juden und die Armenier oder die Nachfahren der Venezianer und die vielen anderen Christen, die vor allem in Istanbul lebten und Wirtschaft und Handel des Landes noch immer dominierten wie schon in den Jahrhunderten davor.

»Die Dönme waren offiziell Moslems«, warf ich ein.

»Genau das machte sie in den Augen der damaligen Öffentlichkeit besonders gefährlich. Sie gaben vor, Moslems zu sein, aber sie waren es nicht wirklich. Ohne sich auch nur ansatzweise um historische Fakten zu kümmern, stellte man die Dönme als getarnte Juden dar, die nichts anderes im Sinn hatten, als die türkische Gesellschaft zu ihrem eigenen Vorteil zu unterwandern. Nicht besonders originell, Sie kennen solche Verschwörungstheorien aus der ganzen Welt. Dummerweise gab es einen Dönme, der sich als Kronzeuge zu profilieren versuchte und die allgemeine Paranoia mit Schauermärchen von unmoralischen Bräuchen wie rituellen Orgien nährte und angeblich von seinem Gewissen getrieben wurde, die Öffentlichkeit über die wahren Absichten der Dönme aufzuklären. Der Schwachkopf empfahl den Türken das, was ohnehin allgemeiner Konsens war: Man sollte die Dönme so schnell wie möglich identifizieren und an den Pranger stellen, um sich vor ihnen schützen zu können.«

»Wie reagierten die Dönme?«

»Wie wohl? Mit Angst. Sie hielten still. Sie hatten ihre Heimat in Saloniki verloren, sie waren gezwungen, in der Türkei zu leben, also mussten sie sich anpassen und unkenntlich machen, ohne sich zu verraten. Sie haben ihre Schulen, die sie in Saloniki aufgeben mussten, in Istanbul neu gegründet, das Terraki- und das Feyziye-Lyzeum. Sie haben im kleinen Kreis, oft nur ganz privat zu Hause, ihre Rituale und Bräuche gepflegt. Und nach ihrem Tod wurden die meisten in Istanbul auf einem bestimmten Teil des *Bülbüldere*-Friedhofs beerdigt, wo ihre Grabstätten Merkmale aufwiesen, die für Eingeweihte erkennbar waren. Dennoch haben die meisten Dönme ihre Kultur nur äußerst vorsichtig gelebt, vollkommen unsichtbar. In dieser Phase waren sie vor allem damit beschäftigt, in der neuen Welt anzukommen und sich zu assimilieren. Sie arbeiteten hart und waren als erfahrene, in ganz Europa vernetzte Geschäftsleute meist sehr erfolgreich. Sie nutzten ihre Bildung und Weltoffenheit, um Karriere als Journalisten, Künstler und Wissenschaftler zu machen, und viele von ihnen gingen in den Staatsdienst oder zum Militär, weil ihnen das besonders sicher erschien. Einige gaben bereits zu dieser Zeit das Gebot auf, das ihre Existenz als Gemeinschaft jahrhundertelang gesichert hatte, und begannen nun auch außerhalb ihrer Gruppe zu heiraten. Schon damals erfuhren einzelne Dönme-Kinder nicht, woher sie stammten. Kurz gesagt: Die Dönme taten, was sie konnten, um echte Türken zu werden.

»Sie klingen nicht, als hätte das viel genützt.«

Simon Jacob sah einen Augenblick wortlos in die Webcam und bemühte sich, mir die Bitterkeit in seinem Lächeln so kenntlich zu machen, wie es über eine Internetverbindung ging.

»Nicht allzu viel, nein. 1942 bekamen auch die Dönme ihre Rechnung präsentiert, *buchstäblich* eine Rechnung. Die Türkei verhielt sich im Zweiten Weltkrieg zwar neutral, aber zur Finanzierung eines eventuellen Kriegseintritts – das jedenfalls war der offizielle Grund – wurde eine Vermögenssteuer beschlossen. Und ausgerechnet die von Atatürk gegründete Regierungspartei, die sich die Trennung von Staat und Religion groß auf die Fahnen geschrieben hatte, erließ für die einzelnen Religionsgemeinschaften unterschiedliche Steuersätze: Während Moslems nur etwa fünf Prozent zu zahlen hatten, lagen die Steuersätze für orthodoxe Christen, Juden und Armenier zwischen hundertsechsundfünfzig und zweihundertzweiunddreißig Prozent. Aber auch die Dönme, in deren Pässen doch ›Moslem‹ stand, wurden als Nichtmoslems behandelt. Zwar gab man sich bei ihnen mit weniger zufrieden als bei den anderen vermeintlich Fremden, aber auch für sie bedeutete die Steuer eine ungeheure Belastung, die viele an den Rand des Ruins trieb, manche auch darüber hinaus.«

Anna kam vom Geländer herüber und kniete sich neben meinem Sessel hin:

»Zweihundertzweiunddreißig Prozent? Wie sollte das denn gehen?«

»Anna«, sagte Jacob erfreut. »Schön, Sie zu sehen.«

»Hi, Simon«, sagte Anna, hielt sich aber nicht weiter mit Höflichkeitsformeln auf. »Mehr als das Doppelte ihres Vermögens, das ist doch unmöglich.«

»Es sei denn, Sie verschulden sich für den Rest ihres Lebens. Oder Sie fliehen außer Landes. Das waren übrigens die besten Optionen, denn wer nicht zahlte, wurde nach Anatolien deportiert und in Arbeitslagern interniert. Fast dreitausend Menschen erging es so. Einundzwanzig von ihnen – das ist die offizielle Zahl – kamen in diesen Lagern um. Bei dieser Steuer ging es in keiner Weise um Kriegskosten oder um wirtschaftliche Stabilisierungsmaßnahmen, wie die Regierung behauptete. Es ging darum, das Geschäftsleben von Nichtmoslems zu befreien und endlich ein echtes türkisches Bürgertum zu etablieren, das die ökonomische Macht übernehmen sollte. Beinahe wäre das vollständig gelungen. Nachdem diese Schande, die Steuergesetz genannt wurde, 1944 ein Ende hatte, erholten sich einige der Opfer zum Glück wieder. Die angestrebte Umverteilung hatte dennoch begonnen, und sie ist im Grunde erst in unseren Tagen unter der gegenwärtigen Regierung von Herrn Erdoğan zu Ende geführt worden: In den Schlüsselpositionen von Wirtschaft und Politik sitzen nun endgültig nur ›echte Türken‹, die alle den richtigen Glauben haben.«

»Wie konnten die Dönme denn überhaupt erkannt und mit der Steuer belegt werden?«, fragte ich. »Sie sagen selbst, in ihren Papieren stand, sie seien Moslems.«

Anna stand auf und setzte sich in den Sessel neben mir. Jacob sah ihr entzückt nach, bis sie aus seinem Blickwinkel verschwand. Musste ein netter Abend gewesen sein, gestern in Istanbul.

»Gute Frage«, sagte Jacob, »sehr gute Frage. Man hat Nachbarschaftskomitees eingerichtet, mit deren Hilfe Bürger in die für sie zutreffenden Steuerkategorien eingeordnet wurden. Mit anderen Worten: Man hat auf Denunzianten gesetzt. Nach zwanzig Jahren in der neuen Heimat, in denen sie sich so unauffällig wie möglich verhalten hatten, mussten die Dönme schockiert feststellen, dass sie nicht nur erkannt, sondern auch weiter ausgegrenzt wurden. Sie galten immer noch nicht als richtige Türken, waren immer noch nichts anderes als heimliche Juden. Welche Panik das in einer Zeit ausgelöst hat, in der fast überall in Europa Juden verfolgt und ermordet wurden, können Sie sich vorstellen. Emigration kam nicht in Frage, aber Vorsicht und Zurückhaltung reichten auch nicht aus. Blieb also nur eine Möglichkeit: Man musste sich in Luft auflösen.«

»Vergessen, wer man war«, sagte ich.

»Exakt. Die Heirat außerhalb der Gemeinschaft wurde zur Regel. Kindern wurde grundsätzlich nicht mehr gesagt, wer ihre Vorfahren waren. Die Orte, an denen sich die Gemeinden trafen, verwaisten. Und nur noch die Alten und die besonders frommen, konservativen Dönme-Gruppen pflegten ihre Bräuche weiter. Die Nachgeborenen aber wuchsen fast alle ohne Wurzeln auf. Viele spürten in diesen ganzen Jahrzehnten das Schweigen und die Angst ihrer Eltern und Großeltern, diese nur schwer greifbare Leere, die durch die Lücken in der Familiengeschichte und der eigenen Identität entstehen kann, die wortlose Angst, aber sie hatten keine Erklärung dafür. Erst in unserer Generation, im Grunde erst in den letzten zehn, fünfzehn Jahren, gerade noch rechtzeitig, bevor die letzten Alten starben, wurden wieder Fragen gestellt, und wir begannen uns zu erinnern. So geht es Ihnen vermutlich auch. Ich nehme an, es sind diese Fragen, die Sie zu mir führen.«

Wenn es doch nur das wäre, dachte ich und sah kurz zu Anna, die mich anlächelte. Ermutigend. Und drängend.

»Anna sagt, Sie haben von meiner Familie gehört.«

»Vor allem von Ihrem Großvater, ja. Falls Galip Evinman Ihr Großvater ist, wovon ich allerdings ausgehe. Ich war sehr erstaunt, als Anna den Namen gestern erwähnte. Unter den Dönme kursierten in den vierziger, fünfziger Jahren eine Reihe von Geschichten über ihn. In erster Linie Gerüchte, beinahe so etwas wie eine Sage.«

»Erzählen Sie sie mir?«

Jacobs höfliches Lächeln ließ vermuten, dass ich Geduld aufbringen musste. Der Experte würde sich die Gelegenheit, sein Wissen zu verbreiten, nicht entgehen lassen, immerhin war ich ein Entwurzelter, der behutsam in seine Erde zurückgesetzt werden musste. Jacob hob ein Blatt von seinem Schreibtisch hoch und blickte darauf, obwohl ich mir sicher war, dass er das Papier nicht brauchte.

»Die Jahrbücher der beiden Dönme-Schulen im damaligen Saloniki liegen mir glücklicherweise in Kopie vor. Nach meinem Gespräch mit Anna habe ich dort nach dem Namen Evinman gesucht und bin in den Unterlagen des Feyziye-Lyzeums fündig geworden. Galip Evinman war Jahrgang 1891 und hat die Schule 1908 beendet. Aus den Jahresberichten über die Ehemaligen geht hervor, dass er nach der Schule ein Jahr in der Firma seines Vaters gearbeitet hat, der einer der größten Tabakhändler der Stadt war, und im Anschluss nach Berlin geschickt wurde, um dort ein Studium der Volkswirtschaft aufzunehmen. Im letzten Eintrag, der sich über ihn in den Unterlagen der Schule findet, wird erwähnt, dass er sein Studium erfolgreich abgeschlossen hat und nach Saloniki zurückgekehrt ist. Und aus anderen Quellen war mir schon vorher bekannt, dass Galip Evinmans Vater, ein bekannter und angesehener Geschäftsmann, während des Ersten Weltkriegs starb. 1916 oder 1917. Als einziger Sohn hat Galip Evinman das Unternehmen danach übernommen und geführt, bis er die Stadt wegen des Bevölkerungsaustausches verlassen musste.«

»Er hat seine Firma verkauft«, versuchte ich mich mit unserem eigenen Wissen ein bisschen aufzuplustern, »an eine jüdische Familie namens Counio. Wir haben die Unterlagen gesehen, in einem Archiv in Thessaloniki.«

Jacob stutzte merklich, bevor er weitersprach.

»Das war sehr klug von Ihrem Großvater. Beim Vertrag über den Bevölkerungsaustausch war zwar ausgehandelt worden, dass die Umgesiedelten an ihrem neuen Wohnort entsprechend ihrem bisherigen Vermögen entschädigt werden sollten, aber die Realität sah natürlich anders aus. Die meisten bekamen keine adäquate Entschädigung, viele stiegen sozial ab. Durch den Verkauf konnte Galip Bey sein Vermögen retten, aber offenbar ließ er es in Saloniki zurück. Und nicht nur sein eigenes. Das wiederum, würde ich sagen, bildet den Kern der Legenden, die über ihn entstanden sind.«

»Nicht nur sein eigenes Vermögen?«

»Ich nehme an, Sie wissen, dass die Dönme drei große Richtungen hatten. Die Yakubi, zu denen die Familie meines Vaters gehörte, die Kapancı und die Karakaş, von denen Sie abstammen. Entstanden sind sie durch persönliche Rivalitäten und theologische Differenzen, am Ende waren es aber nur unterschiedliche Nuancen, Facetten eines gemeinsamen Glaubens. Jede dieser Richtungen hatte weitere Untergruppen: Gemeinden, Netzwerke, wie immer Sie es nennen wollen. Einer dieser Karakaş-Gruppen stand der Vater von Galip Evinman vor, nach dessen Tod er selbst. Damit war er auch verantwortlich für ihr Vermögen. Ein nicht unbeträchtliches Vermögen, wesentlich größer wahrscheinlich als sein eigenes, gewachsen über Jahrzehnte und Jahrhunderte.«

»Das hat er alles in Saloniki gelassen? Seinen eigenen Besitz und den seiner Leute?«

»Unter den Dönme ist noch Jahrzehnte danach darüber gesprochen worden. Evinman galt als Hüter eines unermesslich großen Schatzes, und anscheinend hat er seinen Job so gründlich gemacht, dass niemand an diesen Schatz herankam, bis er schließlich verlorenging. Das hat für großen Wirbel gesorgt. Galip Bey hatte das Sagen, jedenfalls vor der Umsiedlung, aber nicht alle waren damit einverstanden, ihren Besitz zurückzulassen.«

»Verstehe ich Sie richtig? Evinman hat das Vermögen in Saloniki gelassen, weil er es dort für sicherer hielt?«

»Er wird die gleichen Befürchtungen gehabt haben wie die meisten Dönme. Niemand wusste, was nach der Vertreibung aus Saloniki in der neuen türkischen Republik auf sie wartet, viele hofften, dass der ganze Umsiedlungswahnsinn irgendwann vorbei ist. Dass man zurückkehren konnte. Für die Dönme war Saloniki ein Synonym für Heimat. Bis heute nennen sich Angehörige dieser Familien in der Türkei ›Selanikli‹, was so viel bedeutet wie ›Leute aus Saloniki‹. Niemand gibt den Gedanken an seine Heimat so schnell auf.«

»1923 ist Evinman nach Istanbul gekommen? Das wissen Sie genau?«

»Ja. Aber er ist nicht lange geblieben. In der Türkei traf er auf das, was er befürchtet hatte, eine extrem feindselige, unsichere Umgebung. Er musste Zeit gewinnen, bis sich alles beruhigt hat. Bis man wieder in die Heimat zurückkehren und sein Leben weiterführen konnte. Evinman verließ Istanbul und war fast zwanzig Jahre weg.

Wo er war, entzieht sich meiner Kenntnis, aber es gab Gerüchte, er sei nach Berlin gegangen, wo er studiert hatte.«

»Er *war* in Berlin. Er hatte dort einen florierenden Tabakimport. Bis er als Jude denunziert wurde. Da hat er alles verloren, was er sich dort erarbeitet hatte, und musste 1942 vor den Nazis fliehen.«

Jacob nickte interessiert und machte sich tatsächlich eine Notiz.

»Das wusste ich nicht. Aber es passt. 1942 ist er jedenfalls wieder für kurze Zeit in Istanbul und wird von seinen eigenen Leuten unter Druck gesetzt. In der Zeit der unsäglichen Vermögenssteuer ist es einerseits gut, dass das Eigentum seiner Gruppe unerreichbar für die türkischen Behörden ist. Andererseits wird das Geld dringend gebraucht: Wegen der Steuer steht den meisten das Wasser bis zum Hals. Ihr Großvater ist in der Bringschuld.«

»Und was macht er?«

Jacob lachte.

»Seltsamerweise heiratet der alte Junggeselle erst einmal. Mit etwa fünfzig Jahren. Die Tochter eines alten Freundes, eines Dönme aus seiner Gemeinde, der in eines der Arbeitslager in Anatolien deportiert wurde, weil er die Steuer nicht aufbringen konnte, und dort ums Leben kam. Seine Braut ist Waise, völlig mittellos, vermutlich fühlt er sich für sie verantwortlich. Die junge Frau, ich nehme an, Ihre Großmutter, wird schwanger, aber Galip Evinman lässt sie immer wieder allein und verschwindet wochenlang. Niemand weiß, wo er ist.«

»In Thessaloniki«, sagte ich, hatte aber plötzlich das Gefühl, ich müsse meine Aussage abschwächen. Es gab keinen Grund, Jacob zu misstrauen, aber auch keinen, ihm alles zu erzählen. »Vermute ich jedenfalls. Es gibt Anhaltspunkte.«

»Wäre naheliegend«, sagte Jacob. »Inzwischen konnte sich Galip Bey sicher sein, dass es keine Rückkehr nach Saloniki geben würde, und wenn ich Sie richtig verstehe, stand er selbst mit leeren Händen da, als er aus Deutschland floh. Ganz zu schweigen davon, dass er seiner Gemeinde nie mehr unter die Augen treten konnte, wenn er ihnen ihr Eigentum nicht wiedergab.«

»Das gelang ihm aber nicht.«

»Das Vermögen blieb verschollen, so viel ist sicher. Ob Galip Bey es je in die Hände bekam, darüber gingen die Meinungen auseinander. Irgendwann nach dem Krieg, zwischen 1945 und 1950, ist er endgültig verschwunden und nie wieder aufgetaucht. Die einen behaupteten, er habe sich den Besitz seiner Leute unter den Nagel gerissen und sich aus dem Staub gemacht, um irgendwo ein luxuriöses Leben zu führen. Die anderen spekulierten, er habe versagt und sich aus Scham nicht zurückgewagt. Jedenfalls hat man nie wieder von ihm gehört. Sie wissen auch nichts darüber?«

Was hätte ich Jacob auf die Schnelle sagen können? Dass Evinman wahrscheinlich von einem Mann ermordet wurde, der heute, an Maschinen angeschlossen, in einem Hamburger Krankenhaus lag und um seine letzten Atemzüge kämpfte, falls er überhaupt noch atmete? Dass der Mordbefehl von dem Schwiegervater der Frau kam, mit der er gestern Abend nett essen war? Ich schüttelte den Kopf.

»Und Evinmans Familie?«, fragte ich, »seine Frau, sein Kind?«

»Ihr Vater«, sagte Jacob, »haben Sie nie mit ihm darüber geredet?«

»Ich hatte nie Gelegenheit dazu. Ich war noch sehr jung, als meine Eltern starben.«

Aufrichtiges Bedauern in Jacobs Blick.

»Tut mir leid, das zu hören«, sagte er. »Ich fürchte, über seine Familie weiß ich nichts. Die Geschichten aus der Zeit vor und kurz nach der Vertreibung waren bei den alten Dönme, mit denen ich noch sprechen konnte, stets präsenter als alles, was danach kam. Ab den fünfziger Jahren liegt vieles im Dunkeln. Die Gemeinden zerfielen, die alten Kontakte brachen auseinander, die Familien gingen ihre eigenen Wege. Wie gesagt, die meisten bemühten sich zu vergessen, wer sie waren. Ich nehme an, Ihr Vater ist irgendwann nach Deutschland gegangen. Sonst wären Sie nicht dort.«

»Richtig«, sagte ich und versuchte einen Scherz. »Ich bin Deutscher geworden.«

»Sind Sie sicher?«, fragte Jacob merkwürdig ernst. Ich konnte seine Augen nicht mehr sehen, er neigte den Kopf, um auf dem Monitor in meine zu blicken. »In meinem eigenen Leben war die größte

Überraschung, dass meine Vergangenheit nicht mit meiner Geburt beginnt.«

Ich war nicht in der Stimmung für Phrasen, auch wenn diese Banalität irgendwann einmal den nötigen Zug ins Leben eines verwirrten amerikanischen Scheidungskinds gebracht haben mochte. Ich lächelte freundlich und schwieg, ich sah zu Anna. Sie saß immer noch außerhalb von Jacobs Blickfeld.

»Karakatsanis«, flüsterte sie mir zu.

»Abraam Karakatsanis«, sagte ich zu Jacob. »Sagt Ihnen der Name etwas?«

»Nein. Wer ist das?«

»Scheint ein Bekannter meines Vaters gewesen zu sein. Ein Mann von Ende sechzig. Lebt in Thessaloniki und handelt mit alten Jazzplatten. Ich konnte ihn leider noch nicht persönlich sprechen.«

»Karakatsanis, sagen Sie, Abraam Karakatsanis aus Thessaloniki? Ein Bekannter Ihres Vaters.«

Er schien sich doch an irgendwas zu erinnern. Ich wartete ab.

»Ein sehr ungewöhnlicher griechischer Name«, sagte Jacob, »habe ich noch nie gehört. Aber ich würde sagen, in gewisser Weise passt der Name zu Saloniki. Erst recht, wenn er ein Bekannter Ihres Vaters war.«

»Inwiefern?«

Er zögerte, als sei er nicht sicher, ob er weitersprechen sollte.

»Es ist nur eine Spekulation. Aber seit ich mich mit der Geschichte der Dönme beschäftige, bin ich im Laufe der Jahre auf die seltsamsten Dinge gestoßen. Zum Beispiel auf Dönme, die seinerzeit mit allen Tricks versucht haben, in Saloniki zu bleiben. Es gab einige, die eine andere Staatsbürgerschaft angenommen haben, mit der es ihnen legal möglich war, in der Stadt zu bleiben. In einem besonders prominenten Fall, der damals durch die griechische Presse ging, war ein Dönme-Geschäftsmann rechtzeitig vor dem Bevölkerungsaustausch serbischer Staatsangehöriger geworden. Trotz aller Anfeindungen konnte er so bis zu seinem Tod 1934 in Saloniki bleiben und weiter seinen Geschäften nachgehen. Auch ein, zwei andere blieben auf diese Weise in der

Stadt und verließen sie erst, als die Deutschen einmarschierten. Daneben gab es aber auch Gerüchte über Dönme, die 1923 einfach untergetaucht sein sollen, um bleiben zu können. Angeblich haben sie griechische Namen angenommen und sich illegal griechische Papiere besorgt. Aber einen Beweis habe ich dafür nie gefunden.«

»Sie meinen, Karakatsanis könnte aus einer solchen Familie stammen?«

»Nur ein Gefühl. Ihr Großvater gehörte den Karakaş-Dönme an. Und Sie sagen, der Mann lebt in Thessaloniki und war ein Bekannter Ihres Vaters. Wenn man einen gräzisierten Namen haben wollte, in dem man sich selbst wiedererkennt, bräuchte man nicht viel Phantasie, um aus Karakaş Karakatsanis zu machen. Und dann der jüdische Vorname. Abraham.«

Eine Mutmaßung, nicht mehr, auf den ersten Blick so weit hergeholt wie Theorien über das Kennedy-Attentat, die Mondlandung und den elften September. Dennoch sagte ich:

»Der Mann hat eine Marotte, hat mir jemand erzählt. Wenn er Klarinette gespielt hat, sagte er zum Abschluss immer einen bestimmten Satz. Auf Ladino. ›*Asperamos a ti*‹, wenn ich mich recht erinnere. Angeblich bedeutet es ›Warten wir's ab‹.«

Ein breites Lächeln zog in Jacobs Gesicht. Große Neugier. Freude.

»Das ist nicht korrekt, es bedeutet: ›Wir warten auf dich.‹ Und da fehlt noch etwas. Vollständig lautet der Satz: ›*Sabetay Sevi, asperamos a ti.*‹ Es ist eine Formel, die in vielen Hymnen und Gebeten der Dönme auftaucht. Hört sich an, als hätte ich recht gehabt. Der Bekannte Ihres Vaters ist ein Dönme, der noch in Saloniki lebt. Anscheinend sogar ein praktizierender Dönme. Sie müssen ihn finden. Sie müssen mit ihm sprechen!«

Jacob war aufgeregt, sah mich erwartungsvoll an. Ich schwieg. So lange, wie ich brauchte, um zu verstehen, dass ich im Moment nichts verstehen konnte.

»Danke, Simon«, sagte ich und hörte selbst, wie verwirrt und müde ich klang. »Sie haben uns sehr geholfen.«

»Das kann ich normalerweise besser«, sagte Jacob und blickte eindringlich in die Webcam. Er konnte mich noch nicht loslassen. »Aber vielleicht gibt es jemanden, der mehr weiß. Nur eine kleine Chance, aber wer weiß?«

»Wer?«

»Vor ungefähr zehn Jahren, vielleicht auch etwas mehr, da hat mich ein deutscher Journalist angerufen. Damals hatte die jüdische Gemeinde von Griechenland in der Ägäis eine Art Schatzsuche organisiert. Sie wollte ein Schiff bergen lassen, mit dem angeblich ein hoher deutscher Offizier während des Zweiten Weltkriegs das Gold der Juden von Saloniki außer Landes bringen wollte.«

»Max Merten«, sagte ich, »der Militärverwaltungsrat der Deutschen. Wir haben von dieser Expedition gehört. Es ist nichts dabei herausgekommen, soviel ich weiß.«

»Richtig. Das wusste der Journalist auch, aber über diese seltsame Aktion war er auf das Thema aufmerksam geworden. Er saß an einer Story über das jüdische Vermögen, das von den Nazis geraubt wurde, war aber nicht besonders gut informiert. Wegen der Dönme hatte ihn irgendwer auf mich verwiesen. Er hielt sie für eine jüdische Sekte und wollte wissen, was mit ihrem Vermögen geschehen war. Ich konnte ihm natürlich nicht weiterhelfen. Die Dönme waren während des Krieges längst nicht mehr in der Stadt, ganz zu schweigen davon, dass sie keine ›jüdische Sekte‹ waren. Als Sie vorhin den Namen Counio nannten, ist mir eingefallen, dass ihn dieser Journalist damals auch erwähnt hat. Ich habe nie wieder von ihm gehört, aber vielleicht ist er weitergekommen.«

»Wie hieß der Mann?«

»Das weiß ich leider nicht mehr. Keine Zeitung, ein Wochenblatt, glaube ich, *Spiegel*? Ich habe mir seinen Namen damals notiert. Ich kann nachsehen und ihn Ihnen mailen.

»Danke«, sagte ich.

Vielversprechend klang es nicht, aber Jacob hatte recht, es war eine Chance.

»Halten Sie mich auf dem Laufenden? Ich finde, wir sollten Ihre Familiengeschichte unbedingt dokumentieren. Und wenn Sie diesen

Karakatsanis fänden, das wäre eine Sensation: Ein Dönme, der noch in Saloniki lebt.«

Jacob hatte seine Begeisterung kaum im Griff.

»Wenn es irgendwann eine Geschichte gibt, mit Anfang und Ende und was man noch so braucht, dann erzähle ich Sie Ihnen«, sagte ich. »Versprochen. Aber bis dahin möchte ich meinen Namen nirgends lesen, auch nicht auf Ihrer Internetseite.«

Schmunzelnd nickte Jacob, den Blick auf die untere Ecke seines Monitors gerichtet. Anna kam wieder herüber und beugte sich vor den Bildschirm, um sich ebenfalls zu verabschieden.

»Danke, Simon«, sagte sie, »auch für den netten Abend gestern.«

»Jederzeit wieder«, sagte Jacob.

Nach einem letzten artigen Nicken trennte er die Verbindung.

»Das alles hat er dir gestern Abend nicht erzählt?«, fragte ich Anna.

»Nein, das meiste nicht.«

Offenbar war der Abend dennoch bedenklich gut verlaufen, aber ich verkniff es mir, Anna danach zu fragen.

»Warum nicht?«, sagte ich.

»Er hat mir sehr höflich und charmant erklärt, dass er über manche Dinge nur mit denen sprechen kann, die es selbst betrifft. Er wollte sichergehen, bevor er etwas sagt. Dich sehen.«

»Jetzt hat er mich gesehen.«

»Habe ich gemerkt«, sagte Anna und blickte mir lange in die Augen. »Irgendetwas hat er gesehen.«

Ich stand wortlos da, wortlos, nicht unschlüssig. Ich hatte mich entschieden, merkte ich, das war neu. Ich rief Simon Jacob an, wieder über Skype, und es dauerte eine Weile, bis er den Anruf entgegennahm. Die Hände auf den Tisch gestützt, sah er überrascht in die Webcam.

»Herr Evinman?«, sagte er. »Ich suche gerade nach dem Namen des Journalisten, ich habe ihn aber noch nicht gefunden.«

»Danke«, sagte ich, »aber deswegen rufe ich nicht an. Ich hätte noch eine Frage.«

»Ja?«

»Hatten die Dönme ein Ritual, das mit dem Mond zu tun hat?«

Jacob sah mich erstaunt an, dann nickte er.

»Das fünfzehnte Gebot. Sie wissen wahrscheinlich, dass Sabbatai Zwi den *Ma'aminim*, seinen Anhängern, achtzehn Gebote hinterlassen hat, wahrscheinlich sind sie erst nach seinem Tod niedergeschrieben worden. Das fünfzehnte Gebot bestimmt, dass jeden Monat die Geburt des Mondes gefeiert werden soll, der Neumond. Die Gläubigen sind gehalten, in den Himmel zu sehen, wenn der Mond sein Gesicht der Sonne zuwendet, und dabei ein Gebet zu sprechen.«

»Und dieses Gebet ... ist ein bestimmtes Gebet?«

Jacob nickte.

»Meist wurde es auf Ladino gesprochen, aber die türkische Version verstehen Sie sicher«, sagte er und begann zu rezitieren: »Ayi gördüm Allah, Amentu billah ...«

»... Aylar mübarek olur Inschallah«, setzte ich fort, bevor Jacob weitersprechen konnte.

Der Amerikaner nickte. Mit glänzenden Augen sah er den entfernten deutschen Verwandten an, den er wiedergefunden hatte.

VON HIER NACH DA

An Neumond lässt der Mond sich nur erahnen, dachte ich, als wir darüber sprachen, an Neumond ist er fast unsichtbar.

Eine Stunde und einundvierzig Minuten saßen wir im ICE von Berlin nach Hamburg. Etwas Zeit, nicht annähernd genug, um uns zu erzählen, was wir jetzt wussten und was nicht, um Teilchen hin und her zu bewegen und um auf der Suche nach Einfällen, die Lücken füllen könnten, schweigend aus dem Fenster zu sehen.

Einmal stand ich auf und holte Kaffee und Wasser, zweimal berührten sich unter dem Tisch im Großraumwagen unsere Beine. Beim zweiten Mal zogen wir sie nicht weg, nicht sofort, und sprachen einfach weiter.

SERVIETTE **Arnd Leonhard saß an der Theke der *Turnhalle*,** die ein Beleg dafür wäre, falls noch welche nötig gewesen wären, dass St. Georg es geschafft hatte, und hatte die Hand auf dem Bein des etwa zwanzigjährigen Mannes neben sich. Der Journalist, der von Freunden und Kollegen Leo genannt wurde, wie er auf seiner privaten Website enthüllte, arbeitete beim *Stern*, nicht beim *Spiegel*, da hatte Simon Jacobs Erinnerung ihn getäuscht, doch uns war es einerlei, solange der Mann uns helfen wollte und konnte. Am Telefon hatte er hilfsbereit geklungen. Und neugierig, wie von einem Journalisten nicht anders zu erwarten. Er war gleich bereit, sich noch heute mit uns zu treffen.

Anna setzte sich an einen der kleinen Außentische, an denen kaum Platz für mehr als zwei Personen war, und ich ging hinein, um Leonhard zu holen. Er sah seinem Foto auf der Internetseite nicht unähnlich, allerdings schien der Achtundvierzigjährige seinen Kleidungsstil dramatisch verändert zu haben, falls das großkarierte rote Flanellhemd, die enge Röhrenjeans und die minzgrünen Chucks nicht nur Abend- oder Wochenendgarderobe waren; auch die schwarze Hornbrille hatte er auf dem Bild noch nicht getragen. Leonhard begrüßte mich freundlich, stellte mir seinen Begleiter nur mit Vornamen vor, »Thies«, und bot mir einen Barhocker an. Als ich ihn bat, mit mir nach draußen zu gehen, glimmten sofort Protest und Spott in seinen Augen auf, auf sein junges Ein-Personen-Publikum wollte er anscheinend nicht verzichten. Als er kurz hinausblickte und Anna sah, änderte er seine Meinung.

»Wird nicht lange dauern«, sagte er zu Thies, dem stummen Schönen, holte einen Tablet-Computer aus einem Rucksack, der an der Theke hing, und ging mit mir hinaus.

»Frau Roth, guten Abend«, begrüßte er Anna, die ihn nicht kannte, als sei es ein erfreuliches, längst fälliges Wiedersehen. »Ich glaube, Herr Evinman hatte nicht erwähnt, dass Sie auch kommen.«

»Guten Abend, Herr Leonhard«, sagte Anna. »Danke, dass Sie sich die Zeit nehmen.«

Ich quetschte mich neben Anna an den Tisch, Leonhard setzte sich uns gegenüber und schaltete sein Tablet an.

»Was kann ich für Sie tun?« Er sah nur Anna an, ich hatte es nicht anders erwartet. »Wenn ich es am Telefon richtig verstanden habe, geht es um eine alte Recherche. Thessaloniki, richtig? Max Merten und das jüdische Gold.«

»Ja«, sagte Anna, »genau.«

»Und was interessiert Sie da?«, fragte Leonhard und tippte auf seinem Gerät herum. »Nach dem Anruf habe ich mir das alte Material mal rübergesaugt. Relativ umfangreiches Material.«

»Fangen wir einfach irgendwo an«, sagte Anna und wandte ihr makelloses Lächeln an, »konkretere Fragen ergeben sich sicher.«

Ein hübsches Lächeln auch von Leonhard, scharf und präzise, dann schob er das Tablet von sich und sah Anna an wie jemanden, für den man vorläufig bereit war Geduld aufzubringen, obwohl man keine besaß. Ich überlegte kurz, ob ich hineingehen und mich zu Thies setzen sollte, gemeinsam würden wir uns die Zeit schon vertreiben.

»Gut«, sagte Leonhard und ließ seinen Blick auf Anna, »dann formuliere ich die Frage mal anders: *Warum* interessiert Sie meine Recherche?«

»Warum ist das wichtig?«, fragte Anna.

Leonhard schwieg und blickte durch die Scheibe unruhig zu seinem Fang an der Bar, als könne er ihm noch aus dem Netz springen, wenn er zu viel Zeit vertrödelte.

»Eine private Angelegenheit«, sagte ich.

»Und wer sind Sie?«, fragte Leonhard.

Ich bekam einen Blick.

»Ich dachte, ich hätte mich vorgestellt.«

»Den Namen habe ich verstanden«, sagte er und sah schon wieder zu Anna. »Wer ist das? Ihr Privatsekretär, ihr Lover, ihr größer Fan?«

Leonhard hatte einen Gang höher geschaltet, aber Anna verunsicherte er nicht.

»Mein Ghostwriter«, sagte sie. »Wir sitzen an so etwas wie einem Erinnerungsbuch und bräuchten die Informationen dafür.«

»Ah, okay. Sie arbeiten Ihre Familiengeschichte auf. Waren während des Kriegs Verwandte von Ihnen in Thessaloniki? Unter den Opfern?«

Sein Ton war eindeutig, er war zu selbstverliebt und zu gierig angesichts der Gelegenheit, die sich ihm bot. Er hatte Spaß.

»Wollen Sie nicht zur Sache kommen?«, sagte ich. »Sie machen Ihren Job schon lange, auch wenn Sie es aus irgendwelchen Gründen vorziehen, herumzulaufen wie ein Praktikant, dem man noch das Fahrstuhlfahren beibringen muss. Als Sie das Material – wie sagten Sie? – ›herübergesaugt‹ haben, da haben Sie sicher einen Blick drauf geworfen. Und jetzt sitzt Anna Roth vor Ihnen.«

Jetzt bekam auch ich ein entzückendes Lächeln und konnte sehen, dass Leonhard ein Mann war, der die Bedeutung von Details kannte. In seine Zähne hatte er eine Menge investiert.

»Richtig. Ich habe tatsächlich noch mal reingesehen, und da ist mir ein Name aufgefallen, der mir schon damals aufgefallen war. Rudolf Eissler.« Er wandte sich wieder Anna zu. »Ihr Schwiegervater, nicht? Obwohl, kann man das sagen? Sie haben ihn, glaube ich, nie kennengelernt.«

»Er war schon tot, als mein Mann und ich heirateten.«

Gleichmütig, unerschrocken. So sah Anna Leonhard auch an: neugierig darauf, was nun folgen würde.

»Geht es um Eissler senior?«

»Wie kommt es eigentlich, dass Sie die Fragen stellen?«, sagte Anna. »Ich hatte es mir eigentlich andersherum vorgestellt.«

»Wir können alle Fragen stellen und beantworten, dann haben wir alle was davon.«

»Gut«, sagte Anna, »dann formuliere ich meine Frage auch einmal anders: Was kostet es, wenn Sie Fragen beantworten, ohne welche zu stellen?«

Ich hätte gern gewusst, ob Anna Erfahrung mit Angeboten wie diesem hatte. Auch für Annas Buch, das der angebliche Grund unseres Treffens war und vermutlich nie mehr geschrieben würde, wäre die Antwort nicht uninteressant gewesen. Ich rechnete damit, dass Leonhard irgendeinen schlauen Spruch zurückfeuern würde oder einfach aufstand, brüskiert oder amüsiert, um sich weiter um seinen Thies zu kümmern. Er zog die Serviette unter seinem Weißwein hervor, schrieb etwas darauf, faltete sie zusammen und schob sie zu Anna. Anna klappte die Serviette kurz auf und nickte, ohne zu zögern.

»In Ordnung. Schießen Sie los.«

Leonhard schwieg, sah sie nur provokant an.

»Noch was?« Anna ließ ihre Ungeduld hören.

»Gehört zu einer Leistung nicht die Gegenleistung?«, sagte Leonhard.

»Und wie stellen Sie sich das vor, ich gehe zum Bankautomaten und hebe so eine Summe ab? Es ist Samstagabend.«

»Treffen wir uns am Montag«, sagte Leonhard und schien es ernst zu meinen. »Wieder hier? Sagen wir zum Mittagessen.«

Ungerührt sah er in Annas zorniges Gesicht und begann aufzustehen.

»Bleiben Sie sitzen«, sagte ich und schob die Serviette zu ihm zurück. »Schreiben Sie mir eine E-Mail-Adresse auf, die Sie mit Ihrem Gerät abrufen können, und eine Kontonummer. Am besten eine, die Ihre Freunde vom Finanzamt nicht kennen.«

Anna sah mich verwundert an, schüttelte den Kopf, aber der Journalist war schon dabei, ausdruckslos zu tun, was ich ihm gesagt hatte. Er gab mir die Serviette. Ich stand auf und entfernte mich außer Hörweite, um Georg anzurufen.

Gutgelaunt nahm er den Anruf sofort an.

»Can! Wie steht's?«,

»Ich schulde dir zehn Riesen«, sagte ich.

»Ach ja? Seit wann?«

»Sobald du das Geld auf das Konto überwiesen hast, das ich dir gleich nenne. Wann ginge das?«

»Zwei, drei Minuten. Kann ich online machen, muss nur ins Haus. Wir sind gerade am Wasser und picknicken.«

Das wollte ich mir nicht vorstellen, konnte es aber quälend gut.

»Zwei Minuten wären besser als drei«, sagte ich und hörte Georg schon über Kies laufen. »Wie geht es Sandra und den Kindern?«

»Mina kriegt sich vor Begeisterung gar nicht mehr ein, und Sandra scheint sich zu entspannen, jedenfalls für ihre Verhältnisse. Kommt sogar vor, dass sie zwei Sätze am Stück mit mir spricht.«

»Und Ben?«

»Dem habe ich eine Gitarre besorgt, bei den Nachbarn stand eine. Seitdem sehen wir ihn nicht mehr. Immerhin hören wir ihn.«

Georg öffnete eine Tür.

»Und bei euch?«, fragte er.

»Ach, immer dasselbe, du kennst das ja. Man fährt durch halb Europa, versucht am Leben zu bleiben und das Böse zu verstehen.«

Georg lachte.

»Wenigstens scheinst du dich zu amüsieren«, sagte er. »Ich sitze jetzt am Notebook. Gib mir die Kontonummer.«

Ich las Georg die Kontonummer vor, bat ihn, den Überweisungsbeleg sofort an Leonhard zu mailen, und gab ihm für alle Fälle eine weitere Instruktion. Ich erklärte nichts. Georg gehörte nicht zu denen, die etwas erklärt bekommen mussten.

»Grüßt Bootsmann von mir«, sagte ich zum Abschied.

»Was für einen Bootsmann?«

»Frag Mina«, sagte ich, legte auf und ging zurück zum Tisch.

Anna sah aus, als hätte sie in der Zwischenzeit das Sprechen verlernt, aber Leonhard zeigte mir zufrieden seine Zähne.

»Rufen Sie Ihr Mailprogramm auf«, sagte ich zu ihm.

Keine Minute später war der Beleg da.

»Georg Lisinski, oha«, sagte Leonhard. »Ist das auch Ihr Ghostwriter, Frau Roth?«

»Wir hören«, sagte ich.

Leonhard nickte. Ohne weitere Umwege begann er zu reden und gab einen professionellen, kompakten Bericht.

Durch die kuriose Expedition im Ägäischen Meer, die der jüdische Gemeinderat von Griechenland im Jahre 2000 in Auftrag gegeben hatte, war Leonhard auf das Thema aufmerksam geworden. Aber die Sache war nicht aktuell, er hatte genug anderes auf dem Schreibtisch liegen, und es dauerte bis zum nächsten Sommer, bis er nach Thessaloniki fahren konnte, um sich mit Max Merten und seinem angeblichen Goldschatz zu beschäftigen. Binah Veissi hatte Leonhard nicht kennengelernt, aber er war von Mitarbeitern des Jüdischen Museums mit der Geschichte der Juden von Saloniki vertraut gemacht worden, nicht zuletzt mit den Details des Raub- und Mordzugs, den die Deutschen während des Zweiten Weltkriegs gegen sie geführt hatten.

Leonhard erfuhr, was für ein unermesslicher Reichtum von Merten und seinen Leuten erbeutet worden war: Diamanten und Edelsteine aller Größen und Arten, Broschen, Medaillons, Armreife, Goldketten, Trauringe, teure Uhren, kostbare Münzen, Bargeld in Devisen, Vasen, chinesische Porzellangefäße, unersetzbare Kunstobjekte, stapelweise Orientteppiche und was in den jüdischen Häusern und Geschäften an Wertgegenständen noch zu finden gewesen war. Allein die Menge an Gold, das den Juden Thessalonikis geraubt worden war, Leonhard nannte die Zahl gesichert, betrug zwölf Tonnen. Auch er hatte von den Korruptionsvorwürfen gegen Max Merten gehört und wusste, dass Merten später angeblich strafversetzt worden war. Aber er konnte weder einen Beweis dafür finden noch irgendeine Spur, die in diese Richtung führte. Im Gegenteil. Das geraubte Gold hatten Merten und seine Nazi-Kumpane ausschließlich dafür verwendet, um durch Stützungskäufe an der Börse die griechische Währung und Wirtschaft zu stabilisieren, wofür sogar weiteres Raubgold aus anderen besetzten Ländern nach Griechenland eingeflogen wurde.

»Ich kam damals nicht richtig weiter«, sagte Leonhard, »und die Ergebnisse schienen die Recherchekosten nicht zu rechtfertigen. Seit der Schlappe mit den Hitler-Tagebüchern ist man bei uns im Haus ziemlich pingelig mit Nazi-Stoffen.«

Das war es, dachte ich, dafür hatte ich gerade zehntausend Euro Schulden gemacht? Anna sprach aus, was ich dachte.

»Wofür haben Sie sich bezahlen lassen? Um uns zu sagen, dass es nichts zu sagen gibt?«

»Soweit ich mich erinnere, ging es hauptsächlich darum, dass ich keine Fragen stelle. Ich habe keine Fragen gestellt.«

Leonhards vergnügter Gesichtsausdruck, der auf unsere Kosten ging, ließ hoffen, dass er noch nicht am Ende war, aber plötzlich verdüsterte sich sein Blick. Er sah Thies, der herausgekommen war.

»Wir sehen uns nachher«, sagte Thies.

»Bleib da«, sagte Leonhard, es klang fast flehend. »Dauert nicht mehr lange.«

Thies fuhr sich mit der Hand durch seine schönen langen Haare.

»Kein Stress«, sagte er. »Wir sehen uns.«

»Du bleibst da. Geh rein, bestell dir noch was.«

Das jetzt war ein Befehl, der keinen Widerspruch duldete und von einem harschen, unmissverständlichen Blick begleitet wurde. Thies sah nicht aus, als habe er irgendeine Chance zu widersprechen, sein kurzes Zögern galt nur der partiellen Gesichtswahrung. Die Machtverhältnisse in dieser Beziehung waren klar, vielleicht brauchte der Journalist Nebeneinkünfte, um sie aufrechtzuerhalten.

»Am Ende gab es doch so etwas wie eine vage Spur«, sagte Leonhard, als er sich ohne irgendeinen Rest von Verstimmung uns wieder zuwandte. »Im makedonischen Staatsarchiv bin ich auf eine merkwürdige Geschichte gestoßen: Seltsamerweise hat Max Merten irgendwann dafür gesorgt, dass ein jüdischer Geschäftsmann, der bereits enteignet worden war, sein gesamtes Eigentum wieder zurückbekam. Counio hieß der Mann, Alberto Counio, ein Tabakfabrikant.«

Anna und ich sahen uns kurz an, und Leonhard sah, dass wir uns ansahen. Er lächelte.

»Merten kam in Begleitung eines hohen SS-Offiziers auf die zuständige Behörde, um seine Anordnung wegen des Eigentums von Counio bekanntzugeben. Auch dieser Name stand in dem Dokument, das ich einsehen konnte: Rudolf Eissler. Das ist mir damals schon aufgefallen, aber ich fand es nicht wichtig. Eissler war bei der SS, ich hielt ihn für eine Art Bodyguard, der Eindruck auf die griechischen Beamten machen sollte. Wussten Sie, dass Merten König von Saloniki genannt wurde? Ich war auf ihn fokussiert.«

»Und jetzt?«, fragte ich.

»Wie Sie vorhin schon sagten, jetzt sitzt Frau Roth vor mir. Sie ist mit Rudolf Eisslers Sohn verheiratet und interessiert sich für Thessaloniki während des Zweiten Weltkriegs. Und ich habe einen Deal, der mir untersagt, Fragen zu stellen.«

Leonhards verschlagene Verlässlichkeit brachte mich zum Lächeln, im Grunde fand ich solche Typen nicht unsympathisch.

»Weiter«, sagte Anna.

»Weiter ist da nicht mehr viel. Alberto Counio hat seine Firma sofort verkauft, nachdem er sie zurückbekommen hatte …«, er sah auf seinem Computer nach, »… an einen Mann namens Poulos, Iannis Poulos. Ein Gastronom, der keine Ahnung von der Tabakbranche hatte und das Geschäft im Laufe der nächsten Jahre in den Sand gesetzt hat. Die Counios verschwanden nach dem Verkauf, vermutlich wurden sie deportiert wie alle anderen, aber sie überlebten, kehrten nach dem Krieg nach Thessaloniki zurück, und dann kam der elfte September.«

»Der elfte September?«

Sicher war mein Blick ebenso verwirrt wie der Annas.

»Der 11. September 2001. Er beendete den Sommer, eine Ära und meine belanglose Recherche. Wir wurden alle gebraucht auf der neuen Großbaustelle.«

»Von der Familie Counio gab es keine Spur?«, fragte ich.

»Nein. Alberto Counio und seine Frau starben irgendwann in den Sechzigern. Sie hatten einen Sohn …«, wieder sah er auf sein Gerät und schob auf dem Bildschirm herum, »… Daniel Counio, er war Jahrgang 1920, bei Kriegsende also fünfundzwanzig. Vor elf Jahren hätte er noch am Leben sein können, ich habe ihn nicht gefunden. Aber die Familie von Iannis Poulos.«

»Wo?«, fragte Anna.

»In einem Außenbezirk von London. Sie betreiben dort ein griechisches Restaurant, in der dritten Generation inzwischen. Ich habe mit dem Sohn von Iannis Poulos telefoniert, der war da auch schon über sechzig. Eigentlich wollte ich hinfliegen. Aber …«

»Der 11. September«, sagte ich.

Leonhard nickte lächelnd, nahm meinen Bierdeckel und schrieb etwas auf.

»Die Nummer und Adresse von Poulos' Restaurant in Neasden. Sollten sie umgezogen sein, kommen Sie darüber sicher weiter.«

Er stand auf.

»Mehr habe ich nicht für Sie. Wenn Sie mich jetzt entschuldigen würden. Mein Sohn ist ziemlich ungeduldig, wie Sie sehen. Er studiert in München, wir sehen uns so gut wie nie. Wenn ich nicht dranbleibe, haben seine Freunde und seine Mutter die Nase vorn, und ich kann wieder ein paar Monate warten.«

Ich bin blind, dachte ich, ein blinder, voreingenommener Spießer. Ich musste Leonhard trotzdem noch ein wenig zusetzen.

»Ich gehe davon aus, dass es dabei bleibt«, sagte ich. »Ihre Recherchen in der Angelegenheit sind seit elf Jahren beendet. Es wird keinen Artikel mehr geben.«

»Das ist der Deal, vorläufig gibt es keinen Artikel. Aber vielleicht ändern Sie selber Ihre Meinung. Man weiß nie, was passiert.«

»Sollte doch etwas erscheinen, wird Georg Lisinski, der Ihnen das Geld angewiesen hat, den Überweisungsbeleg sofort veröffentlichen und zugeben, Sie für einen gefälschten Artikel bezahlt zu haben. Weil ihm Anna Roths letzter Film nicht gefiel oder die Nase ihres Mannes. Er lässt sich was einfallen.«

»Da bin ich sicher«, sagte Leonhard. »Er ist wirklich sehr einfallsreich. Ich habe gerade sein neues Buch gelesen, diese Weltraum-Geschichte. Grüßen Sie den Meister von mir, er hat mir ein paar angenehm schlaflose Nächte beschert.«

Leonhards Lächeln war echt, seine Gelassenheit auch. Er hatte sicher genug hinter sich, um sich nur noch um die wirklich wichtigen Dinge kümmern zu wollen. Seinen Sohn, seinen Geldbeutel, seine Ruhe. Er ging hinein.

»London?«, fragte Anna.

»Erst mal brauchen wir einen Teddy oder so was«, sagte ich.

KOSTEN BISHER

Zwanzig- bis fünfundzwanzigtausend Euro für den türkischen Staat, korrupte Grenzpolizisten, Rechtsanwaltsgebühren.

Zehntausend Euro für einen korrupten Journalisten.

Mehrere tausend Euro für Flüge und Hotelzimmer.

Jede verlässliche Erinnerung an die letzten fünfunddreißig Jahre.

Jeder aussichtsreiche Plan für morgen, übermorgen und alle Tage danach.

Selbstbeherrschung, Wirklichkeitssinn, Schlaf. Zuversicht.

Achtunddreißig Euro fünfundachtzig für ein Fühlbuch, einen blauen Elefanten und einen Trinkbecher (Tiger und Bär).

VINCENT

Sich nach einundzwanzig Uhr in ein Krankenhaus zu schleichen und auf der Wöchnerinnenstation eine ruhige Wäschekammer zu finden, die sich als Treffpunkt eignet, war an der Seite einer Ärztin einfacher, als ich gedacht hätte. Ich hatte Sybille Mägert von St. Georg aus auf dem Handy angerufen, und sie hatte nichts dagegen, uns zu treffen, gab aber zu bedenken, dass sie in einem Zweibettzimmer lag und Besuche um diese Uhrzeit nicht gern gesehen wurden. Keine zwei Minuten nach meiner SMS kam sie in Nachthemd und Bademantel zu uns in die Kammer. Barfuß. Ihre Beine waren nicht mehr geschwollen, für jemanden, der vor knapp vierundzwanzig Stunden eine Geburt hinter sich gebracht hatte, sah sie phantastisch aus. Etwa zur gleichen Zeit, rechnete ich mir aus, hatte ich zwei Tode hinter mich gebracht. Vermutlich sah ich nicht so gut aus.

Mägert bedankte sich für die Geschenke, die wir ihr in der Bahnhofsbuchhandlung zur Geburt besorgt hatten, legte sie achtlos auf einen Stapel Laken und bat mich um eine Zigarette. Mit geschlossenen Augen inhalierte sie die ersten Züge, tief und genussvoll, verräucherte den kleinen Raum sofort und begann so merklich zu schwanken, dass ich mich bereithielt, sie aufzufangen. Sie öffnete die Augen, unmittelbar darauf stand sie wieder stabil da.

»Ich höre jedes Mal auf, wenn ich schwanger bin, und freue mich dann monatelang auf diesen Augenblick. Aber mein Mann ist ein Sadist. Ein nichtrauchender, gefühlloser Sadist.«

Dreitausendzweihundertfünfzig Gramm, erfuhren wir, zweiundfünfzig Zentimeter. Alles gut verlaufen, komplikationslos und schnell. Der Name war Anna.

»Stand schon fest, bevor Sie mir über den Weg gelaufen sind«, sagte Mägert zu Anna. »Wollte mein Mann unbedingt. Ich hätte das Kind lieber Vincent genannt.«

»Vincent«, sagte ich, »ein Mädchen?«

Mägert schien nicht zu glauben, dass ich eine Antwort erwartete, und sie hatte recht. Während der nächsten zwei, drei Züge sah sie uns wortlos an, als müsse sie bald ein Angebot für uns abgeben.

»Sie leben«, sagte sie. »Scheint auch noch alles dran zu sein.«

»Was haben Sie erwartet?«, fragte Anna.

»Erzählen Sie«, sagte Mägert.

Ich begann zu erzählen. Alles, was ich im Augenblick für wichtig hielt. Religionsgeschichtliche Aspekte, Fragen des Tabakmarkts in den zwanziger Jahren, türkisch-amerikanische Ahnenforscher und korrupte Journalisten ließ ich weitgehend aus und konzentrierte mich auf angebliche städtische Angestellte aus Troisdorf, die griechischen Polizisten den Kopf wegschossen, und auf Plattenhändler im Rentenalter, die töteten, um anderen das Leben zu retten. Mägert hörte zu, ausdruckslos und aufmerksam, Anna hustete zweimal. Als ich zum Ende kam, warf Mägert die Zigarette auf den Boden, damit ich sie austreten konnte, und sah lange auf die Tür, als könnte es ihre Rettung sein, sie zu öffnen und hinauszugehen. Für Mägert war es eine Option, für Anna und mich gab es eine solche Tür nicht.

»Die Kleine schläft noch viel«, sagte Mägert nach einer Weile, »und mein Mann kann mir wegen unserer anderen drei Kinder zum Glück nicht ständig auf der Pelle hocken. Ich hatte heute Zeit und Geburtshormone genug, um mich auf unserem Server einzuloggen und auch Kontakt mit den Kollegen in Griechenland aufzunehmen. Zuerst habe ich einen Riesenschreck bekommen. Ich hatte Angst um Sie beide. Aber dann habe ich gesehen, Sie kommen gar nicht vor.«

»Wo kommen wir nicht vor?«, fragte Anna.

»Im offiziellen Polizeibericht über den Vorfall gestern. Dort heißt es, dass der Kollege, mit dem ich telefoniert hatte, Kollege ...«

Sie versuchte sich an den Namen zu erinnern.

»Xenos«, sagte ich, »Polizeileutnant Giorgios Xenos.«

»Richtig. Kollege Xenos ist laut Bericht tödlich verletzt worden, als er versucht hat, eine deutsche Drogenkurierin festzunehmen. Es gab einen Schusswechsel, bei dem beide getroffen und getötet wurden. An der Leiche der Frau wurden große Mengen Methamphetamin gefunden. Der Bericht sagt, dass sie die Drogen in irgendeinem illegalen Labor auf dem Balkan besorgt hat und von Thessaloniki aus zurück nach Deutschland fliegen wollte, um die Ware an ihre Auftraggeber auszuhändigen.«

»Die Frau ist nicht erschossen worden. Sie wurde überfahren. Und sie war auch ganz sicher kein Drogenkurier«, sagte ich.

Es war nicht das erste Mal in diesen Tagen, dass meine Wirklichkeit in Scherben zerprang, aber offenbar gewöhnte ich mich nicht daran. Im Gegenteil. Von Mal zu Mal wurde es schlimmer. Lars Buchholz, ein Boxer, dessen Autobiographie ich geschrieben hatte, eines meiner Lieblingsbücher, empfand es genauso. Jeder neue Schlag, heftig oder leicht, sei böser als der vorherige, hatte Buchholz mir bei einem unserer Gespräche gesagt. Weil man sie am Ende alle zusammenrechnen müsse.

Mägert sah mich mitleidig an.

»Der Bericht der griechischen Kollegen ist eindeutig. Die Frau ist durch den Schuss, den Herr Xenos aus seiner Dienstwaffe abgab, getötet worden. Von einem Auto, das sie angefahren hätte, ist da keine Rede. Andere Beteiligte außer dem Kollegen Xenos und der Verdächtigen gab es nicht. Keinen Optiker aus Troisdorf oder sonst was. Keinen Retter in letzter Sekunde. Und Sie, Sie waren auch nicht dort. Auch davor nicht, keiner von Ihnen. Sie werden beide mit keinem Wort erwähnt. Der Bericht vermerkt ausdrücklich, dass der Kollege in den letzten Tagen ausschließlich damit beschäftigt war, gegen die Verdächtige zu ermitteln und sie zu observieren.«

»Was soll der Scheiß?«, entfuhr es Anna.

»Die Frage habe ich mir witzigerweise auch gestellt, haargenau dieselbe. Ich würde sagen, es gibt zwei Möglichkeiten. Entweder stehe ich mit zwei durchgeknallten Lügnern in einem Wirtschaftraum, in dem ich mich nicht umdrehen könnte, ohne diese Irren zu berühren. Oder es gibt jemanden, der so viel Einfluss hat, dass er aus jeder Entfernung die Fäden in der Hand behalten kann. Jemand, der die Dinge naheliegend und einfach erklärt haben will und dem daran gelegen ist, Sie beide aus allem herauszuhalten.«

Mit der Frage, wer das war, mussten wir uns nicht langweilen. Wir wussten, dass Mägert es ebenfalls wusste.

»Und jetzt?«, fragte ich.

»Gott sei Dank muss ich die Frage nicht beantworten, ich bin in Mutterschutz. Und wenn ich mir das alles so ansehe, sollte ich die vollen drei Jahre Erziehungszeit nehmen.«

»Und wenn Sie nicht in Mutterschutz wären?«

Sybille Mägert zögerte. Aber nicht lange.

»Ich würde an meine Kinder denken, an meinen Mann und an Vincent, der vielleicht doch noch irgendwann zu uns stößt. An dem Bericht der griechischen Kollegen würde ich nicht zweifeln. Und auch nicht an irgendwas anderem. Anton Mahler wurde Opfer seines pflichtvergessenen Pflegers und außerdem eines Einbruchs, der zufällig zur gleichen Zeit stattfand. Helen Reichert hatte einen tödlichen Verkehrsunfall, ebenso wie Almut Reis und ihr Mann. Almut Reis' Tochter Barbara wiederum starb ein paar Jahre zuvor an einer Lebensmittelvergiftung. Karol Pajak beging Suizid. Wenn Sie mich fragen, klingt sein Selbstmord schwer nach Depressionen, die auch seinen plötzlichen Weggang von Herrn Mahler erklären würden. Es gibt keine Fakten, die auf irgendwas anderes hinweisen, als in den offiziellen Berichten zu lesen ist, keinen Zusammenhang zwischen diesen Fällen. Kein Motiv.«

»Was ist eigentlich mit Mahler?«, fragte ich.

»Unverändert, soviel ich weiß. Immer noch ohne Bewusstsein.«

»Was wollen Sie uns eigentlich sagen?«, fragte Anna unwirsch, »es wäre sinnlos, zu Ihren Kollegen zu gehen?«

»Wer weiß? Versuchen Sie's. Empfehlen würde ich's nicht.«

»Und was *würden* Sie empfehlen?«

Mägert sah Anna zögernd an. Ratlos, vielleicht schuldbewusst.

»In solchen Fällen empfehle ich normalerweise ein Frauenhaus, aber das brauchen Sie wahrscheinlich nicht. Nehmen Sie Ihren Sohn, gehen Sie irgendwohin, lassen Sie eine Weile Gras über die Sache wachsen, und einigen Sie sich dann irgendwie. Offenbar werden Sie geschützt, Sie beide. Noch. Vielleicht hätten Sie eine Chance, wenn Sie aufhören, Fragen zu stellen, die niemand hören will.«

»Alles vergessen?«, sagte ich.

Mägert nickte.

»Kann ich gut«, sagte ich, »wirklich gut.«

»Dann bin ich ja beruhigt.«

Mägert bückte sich, hob ihre Kippe auf und drückte sie mir in die Hand. Ich hatte ihr die Zigarette gegeben, also war ich dafür verantwortlich. Konnte ich verstehen.

»Passen Sie auf sich auf.« Mägert ging zur Tür, öffnete sie. »Ich kann Sie natürlich nicht daran hindern, mich auf dem Laufenden zu halten. Obwohl ich nicht wüsste, warum Sie das jetzt noch tun sollten.«

Erst als Mägert draußen war und die Tür wieder geschlossen hatte, sah ich, dass ihre Geschenke noch auf den Laken lagen.

GEBORGENHEIT **Wir verbrachten die Nacht auf dem Flughafen.** Nach Hause konnte Anna nicht, es gab kein Zuhause mehr, und eine Übernachtung im Hotel lohnte kaum, unser Flug ging um kurz vor sechs. Außerdem wollte Anna, die alle ihre Termine aus fadenscheinigen Gründen abgesagt hatte, nicht dabei fotografiert werden, wie sie in Hamburg, wo ihr ein eigenes Haus zur Verfügung stand, mit einem Mann, der nicht ihr eigener war, in einem Hotel eincheckte. Auf dem Flughafen war die Gefahr, Aufsehen zu erregen, um diese Uhrzeit geringer, zum Glück war tatsächlich wenig Betrieb. Wir gingen sofort durch die Sicherheitsschleuse, holten uns etwas zu essen und zu trinken, Sushi, Bier, Wasser, und setzten uns in eine der Sitzreihen vor unserem Flugsteig am Ende des Terminals. Dort waren wir allein.

Wir aßen, tranken und schwiegen, und irgendwann begann ich zu reden, um irgendwas zu hören. Über die Aussichten der Italiener beim morgigen Finale, über Annas Sohn, der in Rom vermutlich wieder ein schönes Erlebnis beim Public Viewing haben würde, über japanischen Thunfisch nach der Katastrophe von Fukushima, und vermutlich hätte ich auch irgendwas über die Wetteraussichten in London gesagt (überwiegend heiter, neunzehn Grad Höchst-, elf Grad Tiefsttemperatur) und ihr von der Internetseite, die ich auf dem Smartphone aufgerufen hatte, vielleicht vorgelesen, dass es noch siebenundzwanzig Tage, zwanzig Stunden und siebenundvierzig Minuten bis zum Beginn der Olympiade waren, aber Annas höflich knappe Erwiderungen – nie ließ sie mich ohne Antwort – wiesen mich deutlich darauf hin, dass sie nur freundlich sein wollte. Es war so, immer wieder war es so, als hätten wir uns eben erst kennengelernt, beim Check-in vielleicht oder an der Sushi-Bar, und teilten nicht mehr als den zufälligen Ort der Begegnung und das Ziel einer Reise, diese distanzierte schöne Frau, die niemanden vor den Kopf stieß, wenn es nicht unbedingt sein musste, und der aufdringliche Mann, den die Einsamkeit und Langeweile der Nacht zum Schwadronieren trieben.

Ich stand auf, um unseren Müll wegzuwerfen, ging neue Getränke holen und rauchte auf dem Rückweg in einem dieser demütigenden Glaskästen eine Zigarette. Als ich zurückkam und mich setzte, spürte ich Annas Beben in meinem eigenen Körper.

»Wir sind allein«, sagte sie leise, es klang lauter als jeder Schrei. »Niemand glaubt uns, niemand hilft uns. Er hat alle im Griff.«

Ich schwieg. Ich wusste nicht, was ich ihrer Verzweiflung entgegensetzen sollte. Und den Fakten.

»Er hat mit uns gespielt, mit uns beiden. Die ganzen Jahre. Er hat alles manipuliert. Er war überall, ununterbrochen, er *ist* überall.«

Anna hatte recht. Wenn ich in Gerds und Christianes Küche saß, saß Eissler bei uns. Vielleicht war er auch dabei, wenn Laura und ich zusammen waren. Er sah unsere Schnappschüsse, er beurteilte meine Zeugnisse, er las jeden meiner Artikel. Waren Gerds Ratschläge wirklich seine eigenen oder die des Auftraggebers im Hintergrund, dem er Bericht erstattet hatte? Ahnte Eissler schon vor mir, dass ich meine Pflegefamilie eines Tages verlassen würde? Er verhalf mir zu meinem Beruf und stand, wer weiß, vielleicht nicht nur hinter meinem ersten Buchauftrag. Vielleicht ließ er Georg auf den Empfang einladen, auf dem ich ihn kennenlernte. Vielleicht war er es, der Sandra in meine Umlaufbahn brachte. Wenn ich Geld brauchte, hatte es immer eine Möglichkeit gegeben, es zu verdienen. Wenn ein Arzt in der Ambulanz meine Blinddarmentzündung übersah, war zufällig schon der nächste zur Stelle, der doch noch mal einen Blick auf mich warf und sie noch rechtzeitig erkannte. Den einzigen Prozess, den ich je in meinem Leben führen musste, gewann ich, obwohl mein Anwalt die Sache am Ende für aussichtslos hielt. Und die Lehrerin, die Ben ein halbes Jahr lang drangsalierte, verließ die Schule von heute auf morgen, ohne dass wir je die Gründe erfahren hätten.

Je mehr mir einfiel, desto besser fühlte ich mich.

»Du hast recht, er ist überall«, sagte ich. »Ist das nicht wunderbar?«

Anna sah mich entgeistert an.

»Was?«

»Du sagst, wir sind allein. Du hast Angst davor, es versetzt dich in Panik. Aber es stimmt nicht. Wir sind nicht allein. Er ist bei uns, auch wenn wir es nicht wissen. Auch wenn wir ihn nicht sehen können. Er war immer da. Er hat für uns gesorgt, er hat uns geholfen, er hat uns beschützt. Uns beide. Das tut er noch immer. Er hat uns aus allem rausgehalten, du hast die Mägert doch gehört. Wir wenden uns gegen ihn, aber er tut uns nichts. Er beschützt uns immer noch.«

Ich riss keine Witze, nichts an meinem Ton ließ darauf deuten, ich zog Anna den Boden unter den Füßen weg. Das konnte nicht ich sein, der mit ihr sprach. Sie starrte mich an, als säße ich mit einem Messer vor ihr.

»Bist du wahnsinnig geworden?«

»Sag nicht, du verstehst mich nicht. Du warst gerade fünfzehn, als du mit ihm geschlafen hast, mit einem über zwanzig Jahre älteren Mann. Er war der erste, nicht? Welche ungeheure Anziehung musst du gespürt haben, wie schön muss es für dich gewesen sein. Es war kein Abenteuer, keine Verblendung. Hättest du sonst den Kontakt zu ihm gehalten, so viele Jahre? Er hat dir Geschenke gemacht, er hat dir Ratschläge gegeben, er hat dir geholfen. Und du hast dich entschieden, dein Leben mit ihm zu verbringen. Du musst einen Grund gehabt haben, einen guten, überzeugenden Grund. Du hast dich wohl gefühlt in seiner Nähe, er hat dir ein Kind geschenkt und für dich gesorgt, aber er hat dir deine Freiheit gelassen. Er hat deine Füße auf weiten Raum gestellt. Und er hat sich um dich gekümmert. Um uns beide. Er war überall, du hast recht. Sollten wir ihm nicht dankbar sein? Welchen Grund hätten wir, etwas daran zu ändern.«

Anna erstarrte. Es lag nicht nur an meinen Worten.

Eine Frau von Anfang zwanzig kam an unseren menschenleeren Flugsteig. Austin-Powers-T-Shirt, ausgebleichte Jeans, schmutzige Vans und ein Rucksack, der eigentlich nicht mehr als Handgepäck durchgehen konnte. Bei den Preisen der Fluglinie für aufgegebenes Gepäck war es sicher einen Versuch wert. Sie nickte uns freundlich zu, angenehm schüchtern, und setzte sich in die Sitzreihe links von uns. Alles an ihr war stimmig wie ein Klischee. Diesmal war es vielleicht keine städtische Angestellte, kein Optiker, sondern eine Studentin, die unterwegs war, um ihren Freund zu besuchen, der ein Auslandssemester in London eingelegt hatte. Wenn wir ins Gespräch mit ihr kämen, würden wir vermutlich erfahren, dass sie in Marburg studierte und den günstigsten Flug von Hamburg aus bekommen hatte. Sie würde uns sagen, dass sie ein Sparpreisticket der Bahn nehmen musste, deswegen zu früh hier eingetroffen war, kein Geld für eine Übernachtung hatte und die paar Stunden gut auf dem Flughafen absitzen konnte. Anna und ich waren nicht mehr allein, hier vor dem Flugsteig. Vielleicht sahen wir in Augen, die die neuen Augen von Eissler waren. Und seine Hände, die jeden Moment in den Rucksack greifen und uns nun doch dafür bestrafen würden, dass wir ihn verraten und erzürnt hatten. Ängstlich sah Anna die junge Frau an, panisch beinahe.

»Das denkst du doch nicht wirklich«, flüsterte sie mir zu, ohne die Augen von der jungen Frau zu nehmen. »Was du da alles sagst, das kann doch nicht dein Ernst sein.«

Ein Flehen in ihrer Stimme, die Verunsicherung eines Kindes.

»Nein«, sagte ich. »Nein. Natürlich ist es nicht mein Ernst. Aber so kann man es auch sehen. Und das sollten wir wissen.«

Die junge Frau streckte sich auf den Sitzen aus, legte den Kopf auf ihren Rucksack und drehte uns den Rücken zu. So konnte sie die Zeit bis zum Boarding nutzen, ohne unseren unverschämten Blicken ausgesetzt zu sein.

»Wir müssen auch ein bisschen schlafen, wir werden es brauchen«, sagte ich und zog Anna sanft zu mir.

Eine kleine Ewigkeit lang fühlte es sich an, als hätte ich einen Holzstamm an mich gelehnt, aber dann floss etwas aus Anna heraus. Weich schmiegte sie sich an mich und legte den Kopf auf meine Schulter. Ich spürte ihren Atem an meinem Hals, vermutlich hatte sie die Augen schon geschlossen. Dass ich selbst in dieser Haltung einschlafen konnte, bezweifelte ich, aber es machte mir nichts aus.

Endlich hatte ich eine Ahnung, mit welcher Kraft wir es zu tun hatten. Da draußen, hier bei uns.

PASST

»Wenn ihr mich seht, bin ich Gott. Wenn ihr mich nicht seht, bin ich nicht Gott.«

Angeblich aus dem Talmud, ein Satz aus einem Interview mit einem renitenten Rabbi. Ich las ihn später. Viel später. Danach. Natürlich habe ich gelacht.

Brauchen wir Gott, oder braucht er uns?

BETROGEN

Wir standen vor einem Hindutempel, prächtig weiß und riesig, und sahen uns auf dem Tempelhof nach Mike Poulos um. Aus einem weißen Lieferwagen mit der Aufschrift *Alexander the Great*, wie die griechische Taverne hieß, die er mit seiner Familie hier in Neasden betrieb, entlud er gerade einen großen Korb mit Teigtaschen. Neben seinem Wagen standen zwei weitere Fahrzeuge, die Lieferwagen eines russischen Caterers und eines malaysischen Restaurants. Heute könne er uns nur hier treffen, hatte Poulos mir am Telefon erklärt, die Hindugemeinde feiere ihr Sommerfest, und wie viele andere Gastronomen des Stadtteils habe er dort einen Essensstand. In Neasden, einem alten Arbeiterviertel im Londoner Nordwesten, waren die Immigranten inzwischen in der Mehrheit, und es war Tradition, dass beim Sommerfest, zu dem die Hindugemeinde ihre Nachbarn einmal im Jahr einlud, neben der indischen Küche auch alle anderen Kulturen kulinarisch vertreten waren, solange sie nur vegetarische Gerichte anboten. Poulos, Anfang vierzig, begrüßte uns mit einer umwerfenden Höflichkeit, die ich für britisch hielt. Sein Argwohn war in glänzende Klarsichtfolie verpackt. Sofort ging er zum Smalltalk über.

»Es ist der größte Hindutempel außerhalb Indiens«, sagte er. »Sie haben erst mehrere tausend Tonnen Carrara-Marmor von Italien nach Indien gebracht, dort jahrelang von Hunderten von Steinmetzen bearbeiten lassen und danach die einzelnen Steine nach London verschifft, um den Tempel Stück für Stück hier aufzubauen. Ist das nicht unglaublich?«

Wir nickten höflich und blickten unübersehbar fasziniert auf das Gebäude.

»Innen ist der Tempel genauso beeindruckend, noch mehr sogar. Oben im Gebetsraum mit seinen heiligen Schreinen und den Gottheiten, sie nennen sie Murtis, da ist eine solche Ruhe, egal wie viele Leute da sind, und manchmal wimmelt es nur so von Gläubigen, gleichzeitig spüren Sie aber eine solche Energie, das lässt sich kaum in Worte fassen. Ich weiß immer noch nicht richtig, woran die Hindus glauben, aber diesen Glanz und diese Klarheit, die können Sie wirklich spüren. Sie sollten sich das unbedingt ansehen.«

»Später sicher«, sagte ich. »Wenn wir schon hier sind.«

Skeptisch sah uns Poulos an, Misstrauen und Neugier hielten sich die Waage.

»Wegen dieser alten Kriegsgeschichten kommen Sie extra aus Deutschland?«, fragte er. »Ich weiß nicht viel darüber. Ich war ja noch nicht einmal geboren.«

»Wir würden auch gern mit Ihrem Vater sprechen«, sagte ich.

»Er ist im letzten Jahr gestorben, an Bauchspeicheldrüsenkrebs. Wie schon mein Großvater und irgendwann bestimmt auch ich.«

»Es kann eine genetische Disposition geben, das stimmt«, sagte Anna, »aber es ist trotzdem kein Schicksal. Sollten Sie rauchen, würde ich es sofort aufgeben, fast noch wichtiger ist der Verzicht auf Alkohol. Ein starker, regelmäßiger Alkoholkonsum erhöht das Erkrankungsrisiko um das Dreifache. Fleisch und fettreiche Kost sollten Sie grundsätzlich reduzieren und immer auf Ihr Gewicht achten. Im Moment haben Sie damit aber offensichtlich keine große Mühe. Gibt es Probleme mit der Galle in Ihrer Familie?«

»Ich weiß nicht«, antwortete Poulos verdattert.

»Wenn sich Steine im Gallengang festsetzen, am Eingang zum Pankreas, und nicht behandelt werden, dann ist Krebs fast schon vorprogrammiert. Bei den geringsten Symptomen von Gallensteinen sollten Sie sofort zum Arzt gehen und sich die Galle entfernen lassen. Anzeichen dafür sind starke, anhaltende Schmerzen im rechten Oberbauch.« Anna fasste sich an ihre rechte Seite. »Etwa hier. Typischerweise treten sie mitten in der Nacht auf, meist wenn man beim Abendessen all die verbotenen Dinge getan hat, die ich Ihnen gerade aufgezählt habe.«

Perplex starrte Poulos Anna an. Ängstlich. Vermutlich war ihm nicht bewusst, dass er sich an den Bauch griff.

»Wie war das damals?«, fragte Anna übergangslos, »wie kam es, dass Ihr Großvater die Tabakfabrik von der Familie Counio gekauft hat?«

Poulos brauchte einen Moment, um von seiner individuellen Krebsprophylaxe auf die Geschichte seiner Familie umzuschalten, möglicherweise war ihm das Thema inzwischen aber lieber als eine Unterhaltung über die Vorteile einer genussarmen Lebensführung.

»Ich weiß wirklich nicht viel darüber«, sagte er. »Mein Großvater hatte eine Taverne in Thessaloniki, und während des Kriegs war da anscheinend regelmäßig ein hoher deutscher Offizier zu Gast. Ich komme gerade nicht auf den Namen.«

»Eissler?«, probierte ich es, »Rudolf Eissler. Ein SS-Mann.«

Poulos schüttelte den Kopf.

»Nein, es war ein anderer Name. Ich glaube auch nicht, dass er bei der SS war. Daran würde ich mich sicher erinnern.«

»Max Merten«, sagte Anna.

»Genau, Merten. So hieß er. Dieser Merten war oft da, hat mein Großvater erzählt, mit seinen Kollegen und oft wohl auch alleine, und irgendwie haben die beiden sich mit der Zeit angefreundet. Er muss ein richtig hohes Tier gewesen sein, so etwas wie ein König, habe ich mir als Kind vorgestellt, als ich die Geschichte zum ersten Mal gehört habe.«

Poulos erzählte lässig und ungezwungen, ohne jede Scheu. Er war lange nach dem Krieg geboren worden, vermutlich in London. Es machte ihm nichts aus, dass ein Mitglied seiner eigenen Familie mit dem König der Besatzerdeutschen befreundet gewesen war, und er schien auch keine Rücksicht darauf nehmen zu müssen, was wir davon hielten.

»Irgendwann kam der Deutsche zu meinem Großvater und bot ihm den größten Tabakhandel der Stadt an. Er gehörte einem Juden, und der Deutsche wollte dem Mann offenbar einen Gefallen tun. Die anderen Juden mussten ihren Besitz alle abgeben, aber der Besitzer der Tabakfabrik sollte sein Geschäft verkaufen dürfen. Warum auch immer. Meinem Großvater wollte der Deutsche anscheinend auch einen Dienst erweisen. Der Kaufpreis war äußerst niedrig, und das Geld dafür wollte ihm der Deutsche sogar leihen. Mein Großvater hatte nicht die geringste Ahnung vom Tabakgeschäft, aber er ließ sich darauf ein. Irgendwie hat es immer so geklungen, als hätte ihm der Mann keine echte Wahl gelassen. Es war wie ein Abenteuer für meinen Großvater, und es ging schief.«

»Warum?«, fragte ich.

»Wie gesagt, er selber hatte keine Ahnung vom Tabakgeschäft, und fast alle früheren Angestellten und Arbeiter waren Juden. Die waren ja alle nicht mehr da.«

Sie waren nicht mehr da. Natürlich hätte ich etwas sagen können, aber wir waren hier, um etwas zu erfahren, nicht um Poulos Geschichtsunterricht zu erteilen.

»Außerdem war die ganze Sache hohl, buchstäblich hohl. Die Fabrik war da, die Tabakplantagen, die Lastwagen und so was, aber sonst nichts. Ich meine, es gab keine Rücklagen, kein Geld. Die Firma war vor dem Verkauf komplett ausgesaugt worden. Es gab kein Kapital, um schwierige Zeiten zu überstehen, und Ende der Vierziger, Anfang der Fünfziger, da ging dann gar nichts mehr. Mein Großvater gab auf. Er wollte mit meiner Großmutter und meinem Vater, der damals zehn oder elf war, nach Amerika. Gelandet ist er hier.«

»Wer hat die Firma ausgesaugt?«, fragte Anna.

Poulos zuckte mit den Achseln.

»Das hat mein Großvater nie erfahren, glaube ich. Er hat sich betrogen gefühlt. Ich meine, er hat diesem Merten das Geld, das er von ihm bekommen hatte, nie zurückzahlen müssen, die Deutschen waren ja längst nicht mehr da. Aber er hatte trotzdem das Gefühl, er sei benutzt worden. Als nützlicher Idiot, als Strohmann.«

»Strohmann für wen?«, fragte ich, »wofür?«

Wieder ein Achselzucken von Poulos.

»Und an den Namen Eissler können Sie sich nicht erinnern?«, fragte Anna. »Diesen Namen hat Ihr Großvater nie erwähnt? Oder irgendjemand anderen von der SS?«

»Nein«, sagte Mike Poulos. »Aber warum sprechen Sie eigentlich mit mir? Warum fragen Sie nicht die Familie des Mannes, der die Fabrik verkauft hat. Er hieß Counio, das weiß ich noch, Alberto Counio.«

»Wir haben niemanden aus der Familie gefunden«, sagte ich, »nicht in Thessaloniki.«

»Die sind aber noch dort. Jedenfalls die Enkelin.«

»Welche Enkelin?«

»Vom Fabrikbesitzer, die Enkeltochter von Alberto Counio. Früher haben wir ab und zu Urlaub in Thessaloniki gemacht. Und einmal hat sich mein Vater mit ihr getroffen, ich war dabei. Da war ich zwölf oder dreizehn. Ich denke, es war kein angenehmes Gespräch, sie waren beide ziemlich laut.«

»Zwölf oder dreizehn«, sagte ich. »Wie lange ist das her? Fünfundzwanzig Jahre? Dreißig?«

»Ungefähr. Die Frau war noch recht jung, sie lebt sicher noch. Sie war verheiratet mit einem Arzt. Der war damals auch dabei. Er hat sie zu beruhigen versucht, als sie mit meinem Vater sprach. Nach der Heirat hatte die Frau sicher einen anderen Nachnamen, vielleicht haben Sie sie deswegen nicht finden können. Ich komme leider nicht auf den Namen ...«

Er versuchte sich zu erinnern. Wir sahen ihn gespannt an.

»Ich kann mich noch gut an das Auto ihres Mannes erinnern. Da stand ich damals total drauf, weil es diese tolle Hydropneumatik hat, die das Auto anhebt, wenn es losfährt. Ein Citroën DS. Wenn ich was von Autoreparaturen verstünde, ich würde mir heute noch so einen anschaffen.«

Das kann nicht sein, dachte ich, wer behält ein Auto dreißig Jahre lang?

»Ich glaube, ihr Mann hieß Veissi«, sagte Poulos, »Dr. Veissi, so ähnlich jedenfalls. Den Vornamen der Frau weiß ich aber beim besten Willen nicht mehr, tut mir leid.«

»Binah, ihr Name ist Binah Veissi«, sagte ich und starrte Anna an, konnte Mike Poulos erstauntes Nicken aus den Augenwinkeln aber dennoch erkennen.

HONACI

Wir mussten einen Flug über Athen nehmen, aber wir trafen schon am Nachmittag ein, rechtzeitig bevor das Museum schloss. Mit einer Gruppe von zehn, zwölf Weißhaarigen, die so bunt gekleidet waren, als müssten sie aus Gründen der Verkehrssicherheit auf sich aufmerksam machen, stand Binah im Foyer vor den Grabsteinen und den Schwarzweißfotos vom alten jüdischen Friedhof und deutete auf den Mann im Kaftan, der auf einem der Bilder neben drei Frauen in orientalischer Tracht stand.

»Das ist ein ›Honaci‹«, sagte sie, »ein Mitglied der unteren rabbinischen Hierarchie, ein Friedhofsführer. Die andauernde Gemeinschaft der Lebenden und Toten war ein wichtiger Teil des Glaubens. An Feiertagen ging man auf den Friedhof, um die Gräber von Vorfahren oder großen Rabbinern wie Samuel Gion oder Levi Gattenio zu besuchen, die als heilige Männer galten. Bei dreihunderttausend Gräbern war es nicht leicht, das richtige zu finden. Man brauchte die Honaci, die einen für kleines Geld zu den Gräbern führten und an ihnen die Gebete sprachen, die gesprochen werden mussten. Die Bezeichnung Honaci leitet sich vom osmanischen Wort ›hon‹ ab, es bedeutet so viel wie ›aussprechen‹ oder ›ausrufen‹. Die Honaci riefen die Namen der Toten aus und beteten für sie.«

Binah setzte ihre Sonnenbrille auf, aber sie war noch nicht am Ende.

»Natürlich bin ich Historikerin, und mit dem Beten habe ich es nicht so. Aber im Grunde bin ich auch ein Honaci. Ich glaube an die Gemeinschaft der Lebenden und Toten, und ich führe die Leute für mein Leben gern an Gräber.«

Als Profi hätte ich nicht enttäuscht sein dürfen. Auch ich hatte mein Repertoire, auf das ich zurückgriff, Lieblingswörter, Sätze, Charakterdeutungen, die ich passend variierte, oft sogar die gleichen Hinterhalte, in die ich die Leser gerne lockte. Dennoch hätte ich mir gewünscht, dass sich Binah das alles nur für uns hatte einfallen lassen. Niemand sieht gern Mikros, die vom oberen Bildrand ins Bild hängen.

Binah setzte sich die Sonnenbrille wieder auf, wandte sich in unsere Richtung und ging los, um abrupt stehen zu bleiben, ihre Brille abzusetzen und uns überrascht anzusehen. Sie bat ihre Leute um einen Moment Geduld und kam zu uns.

»Sie sind wieder da.«

Ein banaler Satz, der zum Zerbersten angefüllt war. Ich hörte Erstaunen darin, vielleicht sogar ein wenig unvernünftige Freude, Unentschlossenheit, Vorahnungen, Angst, Widerstandsgeist, Verwirrung und Resignation. Wir sahen sie wortlos an.

»Ich habe leider nicht viel Zeit«, sagte Binah. »Amerikanische Juden. Die meisten hatten Familie in Thessaloniki, zwei von ihnen waren als Kinder im KZ. Aber ein pünktliches Abendessen ist ihnen wichtiger als ihre eigene Geschichte.«

Wir schwiegen, wir sahen sie an.

»Sie wissen es«, sagte Binah.

»Ja«, sagte ich.

»Wir wissen es«, sagte Anna.

ÜBERLEBT

Zuerst war die Scham da, überall im Körper, im Blut, in der Leber, im Herzen, sie saß in den Beinen, hinter den Augen, auf der Brust, sie lag auf der Haut, bedeckte sie wie geronnenes Harz, trennte von der Welt, schützte vor ihr. Die Schuld kam danach. Sie ist die große Schwester der Scham, sie ist reifer, sie kennt ihren Grund, man kann sie sich zum Feind und Freund machen, mit ihr verhandeln, sie ertragen, aber man kann auch von ihr getötet werden. Binahs Vater wurde von ihr getötet.

Zehn Jahre hatte er es nach der Rückkehr ausgehalten, auf den Tag genau zehn Jahre, dann schwamm er aufs Meer hinaus und kam nicht zurück. Er hatte das Überleben nicht verdient, wollte endlich korrigieren, was die Deutschen verpfuscht hatten. Daniel Counio war längst tot, gestorben mit seiner Verlobten und seiner Schwester, für die Max Merten nichts tun konnte. Daniels ältere Schwester lebte mit ihrem Mann damals schon in Athen, wo Merten keinen Einfluss hatte, und seine Verlobte Leah, die Liebe seines Lebens, wollte bleiben, obwohl er sie anflehte, mit ihm zu gehen. Daniel hätte Leah mitnehmen können, Merten war einverstanden, doch das Angebot des Deutschen galt nur für sie. Ohne ihre Familie, ohne ihre Eltern und die jüngeren Geschwister wollte Leah nicht gehen. Vielleicht wäre sie auch geblieben, wenn sie Daniel geglaubt hätte. Wenn sie sich hätte ausmalen können, was sie alle erwartete.

Binahs Vater konnte es. Weil er es wusste. Merten hatte genug angedeutet. Daniel Counio ging und verzieh es sich nicht. Rechtzeitig vor dem letzten Grauen verließ er im März 1943 Thessaloniki zusammen mit seinen Eltern und vergaß nie, dass er sein Leben nur einem schmutzigen, unwürdigen Handel zu verdanken hatte, der darin bestand, dass Daniels Vater Alberto Counio den Deutschen Eissler und Merten nicht nur sein eigenes Vermögen überließ, sondern sie auch zu den Kisten führte, die er seit 1923 für seinen alten Freund Galip Evinman sicher verwahrte. Die drei Counios konnten die Stadt unbehelligt verlassen, Merten sorgte für eine sichere Passage nach Casablanca, das von den Alliierten bereits befreit worden war. Bis zum Ende des Kriegs blieben sie dort. Warum sie nach Thessaloniki zurückkehrten, das verstand Binah bis heute nicht. Doch wohin hätten sie sonst gehen sollen?

Und sie kehrten ja nicht zurück. Es war nicht mehr dieselbe

Sonne, es war nicht mehr derselbe Himmel, nicht dasselbe Meer. Es war ein anderer Planet. Es gab nur noch Schatten, aber nicht mehr die, die ihn warfen. So hatte es der Dichter Schlomo Reuben Mordechai nach seiner eigenen Rückkehr in einem Gedicht auf Ladino beschrieben. Binah konnte es auswendig; eine Strophe trug sie auf Englisch vor.

Den anderen Juden erzählten die Counios, dass sie im letzten Moment vor der Deportation fliehen konnten, von Verrat und Tauschhandel erfuhr niemand etwas. Vielleicht gab es unter denen, die sich an früher erinnern konnten, auch solche, die sich fragten, warum die Counios nicht auf die Rückgabe ihres enteigneten Unternehmens pochten, das von den Poulos zugrunde gerichtet wurde, aber niemand stellte Fragen. Es war nicht die Zeit für Gerüchte. Einen Alltag mit seinen Belanglosigkeiten und seiner Langeweile, in dem Gerede einen Sinn hat, gab es nicht. Und an der Last, überlebt zu haben, zu dem elend kleinen Haufen zu gehören, den die Hölle wieder ausgekotzt hatte, trugen auch die, die keine Schuld auf sich geladen hatten. Wer hätte da Fragen stellen, wer Vorwürfe machen sollen?

Der alte Counio fand eine Anstellung als Buchhalter einer Textilfabrik, sein Sohn Daniel, Binahs Vater, kam als Bankangestellter unter. Man lebte weiter, und zum Weiterleben – für Daniel Counio nicht mehr als Weiteratmen, Weiteressen, Weiterschlafen – gehörte es, zu heiraten und Kinder zu bekommen. Er heiratete die Tochter von Juden aus Sofia, die vor den neuen stalinistischen Machthabern in Bulgarien geflohen und auf dem Weg nach Palästina in Thessaloniki hängengeblieben waren. Das Mädchen, das Daniel ausgewählt hatte, um zu tun, was zu tun war, weil es alle taten, hatte den Vorteil, dass sie ihn nicht an damals erinnerte, aber es hätte auch jede andere junge Jüdin sein können. Binah war kein Kind der Liebe. Das war der Urgrund ihrer Scham.

Ein Kind spürt, wenn es Folge eines Missverständnisses ist, es schämt sich dafür. Und dafür, keinen Vater zu haben, nur eine verlassene, verstörte Mutter und Großeltern, die nichts als ihr Versagen und ihre Schuld sehen, wenn sie auf ihr Enkelkind blicken. Es schämt sich, weil es zu denen gehört, an die sich die, die keine Juden sind, nicht erinnern mögen, und es schämt sich, weil es übersehen wird oder, öfter noch, noch heimtückischer, weil es angewidert beäugt wird wie Schimmel, der auf einer frisch geweißten Wand wieder an die Oberfläche drängt. Binahs Scham war allgegenwärtig, doch erst als die Mutter sie für alt genug hielt, um den Abschiedsbrief zu lesen, den der Vater seiner Ehefrau hinterlassen hatte, verstand sie.

Was der Vater Binahs Mutter geschrieben hatte, sollte eine ehrenvolle Geste der Entlastung sein, aber es war Gift, das selbstsüchtige Geständnis eines Mannes, der die Geschichte seines zerstörten Lebens zum ersten Mal ausführlich erzählte und versicherte, großherzig scheinbar, seine Frau und ihr gemeinsames Kind hätten mit seinem Entschluss nichts zu tun. War ihm bewusst, was er damit grausam unmissverständlich ebenfalls zum Ausdruck brachte, war es ihm gleichgültig? Binah und ihre Mutter hatten nie eine Rolle für ihn gespielt. Ohne sie je wirklich wahrgenommen zu haben, hatte der von der Finsternis Besiegte auch ihre Leben heillos beschädigt.

Binah bekam den Brief am Ende ihrer Schulzeit zu lesen, und zum ersten Mal hatte sie Gewissheit über das, was sie immer gespürt hatte. Es war kein Unfall, der den Vater in den Tod gerissen hatte, und es war auch kein Freitod. Ihr Vater war das Opfer eines zeitverzögerten Mordes geworden, den er selbst ausgeführt hatte. Die Eltern ihres Vaters waren damals schon seit ein paar Jahren tot, ihre Mutter hatte erst vor kurzem wieder geheiratet. Nach Jahren der Ödnis und Starre brach das Leben aus ihr wieder hervor, und mit ihren gerade einmal vierzig Jahren hielt sie sich noch für jung genug, um neu anzufangen. Sie wollte mit ihrem neuen Mann nach Wien ziehen, und Binah sollte mit, um dort zu studieren, die Stadt der Toten und ihre Geister endlich hinter sich zu lassen.

Doch Binah wollte nicht.

Wie einst Leah, die Frau, die von ihrem Vater verraten wurde, konnte auch sie nicht gehen. Sie musste das Grauen verstehen, es studieren, sie wollte die Toten in Thessaloniki nicht alleinlassen. Sie sollten nicht vergessen werden, keiner von ihnen. Auch die Opfer nicht, die die wahren Verbrecher zu Tätern gemacht hatten, die Unschuldigen, die gezwungen waren, zu Schuldigen zu werden. Binah studierte Geschichte an jener Universität, die buchstäblich auf den Gräbern ihrer Vorfahren stand, dem alten jüdischen Friedhof, und wurde zur Grabwächterin. Sie widmete ihr Leben den Toten, zu denen sie die Lebenden bis heute führte.

Hätten wir zusammen an ihrer Biographie gearbeitet, vielleicht hätte ich Binah vorsichtig gefragt, nach Wochen erst, wenn überhaupt, ob sie immer noch auf der Suche nach dem verlorenen Vater war, den man ihr genommen hatte, lange bevor sie gezeugt und geboren wurde. Ob sie wiedergutzumachen versuchte, dass er und seine Eltern überlebt hatten. Vielleicht hätte ich mich irgendwann auch zur Frage vorgetastet, ob ihr eigener, ihr letzter Grund, diesen Beruf gewählt zu haben, nicht der war, unaufhörlich rechtfertigen zu müssen, selbst am Leben sein zu dürfen. Aber ich schwieg, selbstverständlich, hörte nur der Geschichte zu, die Binah erzählte. Tausende und Abertausende von Geschichten aus Thessaloniki hatte sie im Laufe ihres Lebens schon erzählt, Lebensläufe, Schicksale, Kriminalfälle, aber diese eine, die ihrer eigenen Familie, so gut wie noch nie. Mit der Schuld konnte Binah arbeiten, gegen sie argumentieren und anschreien, sie erklären, die wahren Täter identifizieren, die Opfer ins Recht setzen. Aber ihrer Scham und deren Sprachlosigkeit schien sie noch immer ohnmächtig ausgeliefert zu sein.

»Ich weiß nicht, warum ich Sie nicht gleich zum Teufel geschickt habe«, sagte sie und lachte.

Binahs Lachen klang dürr und hilflos. Sie holte eine Zigarette aus der Packung, Dr. Veissi gab ihr Feuer. Als er das Feuerzeug wieder sinken ließ, strich er mit dem Zeigefinger sanft über ihren Arm. Binahs Mann hatte sie nach ihrer Führung abholen wollen und saß nun mit uns in einem Café auf dem Aristoteles-Platz. Der Arzt war Ende sechzig oder Anfang siebzig, trug einen gepflegten Henriquatre-Bart, wirkte in der Seriosität seiner Freizeitkleidung – hellgraue Bügelfaltenhose, dunkelblaues Hemd, Lederslipper – wie aus der Zeit gefallen und machte sich Sorgen um seine Frau. Er war höflich und freundlich zu uns, durch und durch korrekt, aber er sah uns kaum an. Seine Augen brauchte er für Binah.

»Das frage ich mich auch«, sagte Anna und sah Binah zornig an. »Warum haben Sie überhaupt mit uns gesprochen und uns dann doch nur Knochen hingeworfen?«

Ich wollte es Binah nicht noch schwerer machen und blickte weg, aufs leblose, leere Meer hinaus, von dem uns nur die Leoforos Nikis trennte, die Küstenstraße, auf der Ellen von Abraam Karakatsanis überfahren worden war. Annas Frage interessierte mich brennend, aber nie hätte ich sie selbst gestellt.

»Ich konnte Sie nicht einfach wegschicken, aber ich war noch nicht so weit. Ich wollte Sie kennenlernen.«

»Es sind Menschen gestorben. Davor *und* danach. Wie lange wollten Sie noch warten?«

Ich hatte eine Vermutung über das, was in Dr. Veissi vorging, Anna konnte froh über seine tadellosen Manieren sein. Anna würdigte er keines Blickes, aber er tat, was er wortlos tun konnte, um Binah zu trösten. Mit seinen Augen, seiner Aufmerksamkeit, seiner Seelenruhe.

»Es ist die Büchse der Pandora«, sagte Binah. »Meine eigene und, wie ich jetzt weiß, auch Ihre. Nennen Sie mich feige, verachten Sie mich, ich würde nicht widersprechen, aber ich halte die Büchse geschlossen, wenn ich kann. Ich wusste nicht, ob Sie damit umgehen können. Ich musste mir erst klar darüber werden, ob Sie sie wirklich öffnen wollen.«

»Sie wollten uns schützen?«

Anna war schon dabei, aufzubrausen.

»Binah war sicher, Sie kommen wieder«, sagte Dr. Veissi, ohne den Blick von seiner Frau abzuwenden. Erst danach wandte er sich Anna zu und sah sie mit der Gutmütigkeit eines Mannes an, der weiß, dass er auch anders könnte, wenn er müsste.

»Es gibt überhaupt keinen Grund für eine Rechtfertigung«, sagte ich zu Binah und sah dabei sicherheitshalber kurz zu Anna. »Aber wollen Sie uns jetzt nicht die ganze Geschichte erzählen? Von Anfang an?«

»Aber den Anfang habe ich Ihnen doch schon erzählt, lang und breit«, sagte Binah, und ihr Lachen klang zum Glück wieder etwas kräftiger. »Am Anfang waren die Juden, die aus Spanien vertrieben wurden und sich in Saloniki niederließen, und die Anhänger Sabbatai Zwis, die Saloniki hundertsiebzig Jahre danach ebenfalls zu ihrem Universum machten. Am Ende des neunzehnten Jahrhunderts, als unsere Großväter geboren wurden, gehörte die Stadt ihnen. Beiden Gruppen ging es ausgezeichnet, besonders wohlhabenden Tabakhändlern wie den Counios und den Evinmans. Alberto, mein Großvater, wurde 1890 geboren, Ihr Großvater Galip Evinman war ein Jahr jünger, soviel ich weiß.«

»Die beiden kannten sich?«

»Sie waren Freunde, beste Freunde. Von Kindheit an. Engere Beziehungen zwischen Juden und Dönme waren zwar eher die Ausnahme, die Gemeinschaften konkurrierten eigentlich in jeder Hinsicht miteinander, aber die Familien unserer Großväter arbeiteten in derselben Branche, und die Stadt war nicht annähernd so groß wie heute. Irgendwann müssen sie sich über den Weg gelaufen sein. Sie spielten zusammen, sie stromerten durch *Hamdiye*, das damals neue Villenviertel, in dem ihre Elternhäuser lagen, fast noch ganz in der Natur, sie fuhren in einem kleinen Ruderboot aufs Meer, um zusammen zu fischen, und nach ihren Schulabschlüssen hatten beide das Glück, in Berlin studieren zu dürfen. Sie mieteten sich zusammen eine Wohnung in Schöneberg, sie waren jung und frei. Sie hatten sicher eine herrliche Zeit.«

»Und nach ihrer Rückkehr?«

»Beide waren zukünftige Erben erfolgreicher Firmen, sie gehörten zu den reichsten und durch ihre wirtschaftliche Macht einflussreichsten Familien der Stadt. Trotz der Machtergreifung der Griechen, trotz des Ersten Weltkriegs, trotz des großen Feuers. Die Zeiten wurden schwieriger, aber die beiden waren jung und selbstbewusst genug, um die Herausforderungen anzunehmen. Nach dem Tod seines Vaters wurde Ihr Großvater zum Chef seines Familienunternehmens. Der Vater meines Großvaters, Isaak Counio, lebte zwar noch, zog sich aber auch schon langsam aus dem Tagesgeschäft zurück und überließ seinem Sohn immer mehr Verantwortung. In ihren jeweiligen Unternehmen waren jetzt die beiden Freunde an der Reihe. Sie waren Konkurrenten, aber sie nahmen die geschäftliche Rivalität sportlich, sie hatte nie einen Einfluss auf ihre Freundschaft. Beide hatten eine glänzende Zukunft vor sich.«

»Und dann lag die Zukunft plötzlich hinter ihnen«, sagte ich. »Jedenfalls Evinmans Zukunft.«

Binah sah mich bekümmert an, als habe sie die Nachricht gerade erst von mir erhalten.

»Ja. 1923 ging die Geschichte der Dönme nach über zweihundertfünfzig Jahren in dieser Stadt zu Ende. Im Zuge des Bevölkerungsaustausches musste auch Ihr Großvater Thessaloniki verlassen, aber er rechnete wohl fest damit, zurückzukehren. Er verkaufte seine Firma zu einem fairen Preis an seinen Freund Alberto und dessen Vater Isaak, die dadurch zu den größten Tabakhändlern der Stadt wurden, aber er ließ sich nur einen Teil auszahlen und fungierte als stiller, im Grunde geheimer Teilhaber. Den Erlös aus dem Verkauf und sein übriges Vermögen ließ er da, anscheinend auch das Vermögen seiner Leute. Er bat meinen Großvater, es für ihn zu verwahren. Er vertraute ihm.«

»Ich nehme an, wir reden nicht über Geld«, sagte ich.

Ich hätte einen Lacher von Binah erwartet, irgendeine witzige Bemerkung, aber sie schüttelte ernst den Kopf.

»Nach dem Weltkrieg und der Krise, die nicht nur den Balkan fest im Griff hatte, gab es nur zwei harte Währungen: Gold und Diamanten. Den kleinen Teil, den er in Diamanten angelegt hatte, nahm Ihr Großvater mit, den konnte er transportieren. Das Gold ließ er da.«

»Wie viel?«, fragte Anna.

»Das weiß ich nicht genau. Mehrere Dutzend Kisten, so stand es in dem Abschiedsbrief meines Vaters. Er hat es nicht genau beziffert. Sicher mehr als eine Tonne, vielleicht weit mehr.«

»Galip Evinman ging nach Berlin«, sagte ich. Das Wort Großvater kam mir noch immer nicht über die Lippen. »Ich nehme an, er blieb mit Alberto Counio in Verbindung.«

Binah nickte.

»Ihr Großvater importierte Tabak von hier, den Tabak der Firma Counio, und verkaufte ihn dort weiter. Jetzt waren die Freunde keine Konkurrenten mehr, sondern Partner, die auf mehreren Ebenen geschäftlich verbunden waren. Mein Großvater reiste auch selbst regelmäßig nach Berlin. Noch bis Anfang oder Mitte der Dreißiger müssen sie sich relativ häufig gesehen haben.«

»Bis die Nazis an die Macht kamen«, sagte Anna.

Binah musste nicht nicken.

»Und die blieben nicht nur in Deutschland, wie Sie wissen. Evinman hatte als türkischer Staatsbürger und Moslem, der er offiziell war, nichts zu befürchten, aber er sah, was in Deutschland mit jüdischen Firmen und ihrem Besitz geschah. Und er wusste, was überall geschehen würde, sobald die Deutschen einmarschierten. Er warnte meinen Großvater und bat ihn, sein Vermögen so gut wie möglich zu verstecken. Bis dahin lag das Gold ganz banal, aber sicher in einem Tresorraum der Agrarbank. Mein Großvater holte es von dort, rechtzeitig vor dem Einmarsch der Deutschen in Griechenland, und brachte es im Kellergewölbe eines Klosters im Kástra-Viertel unter. In der alten Oberstadt, auf dem Plateau unseres Stadtbergs. Dort brachte er auch sein eigenes Vermögen in Sicherheit, alles, was nicht nötig war, um den Firmenbetrieb am Laufen zu halten. Er hatte Angst um seinen Besitz. Dass er lieber um sein Leben fürchten sollte, ahnte er so wenig wie irgendein anderer Jude.«

»Ein Jude versteckt seinen Besitz in einem orthodoxen Kloster?«, fragte ich.

»Mein Großvater kannte den Abt recht gut. Das Kloster besaß Tabakfelder außerhalb der Stadt, und die Familie hatte schon lange geschäftlich mit den Mönchen zu tun. Mein Großvater war davon überzeugt, dass sie anständig bleiben würden, wenn es darauf ankäme. Natürlich wird er ihnen auch eine Art Depotgebühr gezahlt haben.«

»Aber die Rechnung ging nicht auf?«

»Zunächst schon, jedenfalls sah es so aus. Meine Familie wurde enteignet wie alle jüdischen Familien, aber mein Großvater und mein Vater, er war damals Anfang zwanzig, wähnten sich in Sicherheit. Sie verloren ihre Firma, aber der Großteil ihres Vermögens war gerettet, genauso wie das von Galip Evinman. Eines Tages jedoch holten zwei SS-Leute sie ab und brachten sie zu Max Merten, dem Kriegsverwaltungsrat, der mit Rudolf Eissler, dem SS-Chef von Thessaloniki, auf sie wartete. Eissler und Merten wollten wissen, wo Evinmans Gold ist.«

»Woher wussten sie davon?«

Binah zuckte mit den Achseln.

»Sie wussten es. Merten hatte die Enteignung schon rückgängig gemacht, weil Eissler und er vermuteten, dass das Gold irgendwo auf dem Firmensitz versteckt war. Mein Großvater und mein Vater leugneten, irgendwas davon zu wissen, aber Merten und Eissler waren sich ihrer Sache absolut sicher. Für Merten war es eine einmalige Gelegenheit. Es gab schon Korruptionsvorwürfe gegen ihn, aber was er hier ergattern konnte, war ein geheimer Schatz, der seit zwanzig Jahren versteckt gehalten wurde. Er tauchte in keiner offiziellen Bestandsliste auf, auch nicht in den Papieren, die bei der Enteignung der Firma Counio aufgesetzt worden waren. Es war eine sichere Sache.«

»Und das alles ging von Merten aus?«, fragte ich.

»Das weiß ich nicht. Ohne Merten als Kriegsverwaltungsrat wäre es jedenfalls nicht möglich gewesen. Abgewickelt wurde das Ganze von Eissler. Er war es, der die Kisten zum Hafen transportieren und verschiffen ließ.«

»Wer hat sie zum Kloster geführt?«, fragte Anna. »Ihr Vater oder Ihr Großvater?«

Sie konnte den Vorwurf aus ihrem Ton nicht heraussieben, vielleicht wollte sie es nicht. Binah schwieg einen Moment.

»Es war mein Großvater, der es ihnen verraten hat«, sagte sie schließlich. »Während Eissler seine Pistole auf den Kopf meines Vaters gerichtet hielt und Merten gleichzeitig das großzügige Angebot machte, ihn und seine Familie aus Thessaloniki herauszubringen und ihr Leben zu retten. So hat es mein Großvater jedenfalls meiner Mutter erzählt, als sie ihn darauf ansprach, nachdem sie den Abschiedsbrief meines Vaters gelesen hatte. Das war das erste und letzte Mal, dass sie darüber sprachen.«

Dr. Veissi blickte wieder zu Anna. Er hätte sie fragen können, was sie an Antonio Counios Stelle getan hätte, aber das musste er nicht. Anna hielt seinem Blick stand, sie deutete ein versöhnliches, entschuldigendes Nicken an.

»Mein Großvater führte Eissler und seine Leute zum Kloster und war dabei, als alles abtransportiert wurde. Im Kellergewölbe stieß Eissler auch auf eine Ikone, die ihm gefiel. Die Mönche hatten sie dort versteckt. Der Abt wollte verhindern, dass Eissler sie stahl, und wurde von ihm vor den Augen meines Großvaters erschossen. Ich weiß nicht einmal, ob sie wertvoll war.«

Aufgeschreckt sah ich zu Anna. Es musste die Ikone gewesen sein, die heute in der Bibliothek ihres Mannes hing. Die ihm so viel bedeutete, weil er sie von seinem Vater zum einundzwanzigsten Geburtstag geschenkt bekommen hatte.

»Sie war wertvoll«, sagte Anna, so ruhig sie konnte, »sehr wertvoll sogar. Eine byzantinische Arbeit aus dem 13. Jahrhundert. Maria mit Kind.«

Erstaunt sahen Binah und ihr Mann Anna an. Aber sie schwieg, war nicht in der Verfassung für Erklärungen. Sie kämpfte gegen ihr Zittern an. Meine Blicke zu ihr hatten nicht die Kraft derer, mit denen Dr. Veissi Binah hielt. In solchen Momenten spürte ich, wie wenig ich ausrichten konnte. Damit sie sich anlehnen konnte, hätte ich Anna an mich reißen müssen.

»Wissen Sie, wohin das Gold verschifft wurde?«, fragte ich Binah, nachdem ich eingesehen hatte, dass ich Anna besser in Ruhe ließ.

»Nach Marseille. Mein Großvater musste die Papiere unterschreiben, offiziell galt es als seine Lieferung. Da sind die Herren auf Nummer Sicher gegangen. Mein Großvater konnte sich nach dem Tode meines Vaters noch an den Namen der Firma erinnern, an die die

Fracht ging, aber meine Mutter hat sich damals nichts aufgeschrieben, und als ich davon erfuhr, war mein Großvater schon tot. Das Schiff hieß *Columbus*, das wusste sie noch, ausgelaufen ist es am 4. März 1943, zwei Tage bevor mein Vater und seine Eltern die Stadt verließen. Darüber könnte man es vielleicht noch herausfinden. Ich selbst habe es nie versucht.«

Sie senkte den Blick, schaffte es auch nicht, ihren Mann anzusehen, dem immer noch nichts anderes wichtiger war auf dieser Welt, als sie vor Schmerz zu bewahren. Binah war die unerschrockene Historikerin, das ungeliebte Gewissen der Stadt, in der sie als »pain in the ass« galt, wie Xenos uns erzählt hatte. Sie hatte jedes Verbrechen erforscht und es öffentlich gemacht, um nichts und niemanden zu vergessen. Aber einer Geschichte war Binah niemals nachgegangen.

»Dann gab es Mertens berühmten Goldschatz also doch«, sagte ich, »allerdings anders, als es sich die meisten vorgestellt hätten.«

»Die Frage ist, ob es am Ende noch Mertens Schatz war«, sagte Binah. »Als er 1957 nach Athen einreisen wollte und verhaftet wurde, da war er eigentlich auf dem Weg hierher. Er hatte meinem Großvater vorher geschrieben. Merten war auf der Suche nach dem Gold und wollte wissen, ob er von ihm Hinweise bekommen könnte. Offenbar gab es ein Zerwürfnis mit Eissler.«

»Aber Merten konnte nicht mehr mit Ihrem Großvater sprechen«, sagte ich. »Er kam für ein paar Jahre ins Gefängnis.«

»Richtig. Und danach hat mein Großvater bis zu seinem Tod nichts mehr von ihm gehört.«

»Und von Eissler oder jemand anderem, der davon wusste?«

»Nein, nie. Aber ich. Jahre später.«

Binah zögerte weiterzusprechen, sah zu Anna. Ich wusste noch nicht, dass sie es nur tat, um nicht mich anzusehen.

»Annas Vater?«, sagte ich. »Er kannte die Geschichte auch?«

»Das war später. Vorher war jemand anderer hier, der mich sprechen wollte.«

Wieder zögerte sie, tankte sich mit einem Blick kurz bei ihrem Mann auf.

»*Ihr* Vater«, sagte sie.

»Was?« Schockiert sah ich sie an. »Sie kannten meinen Vater?«

Binah schüttelte den Kopf, wich meinem Blick nicht mehr aus. Sie sprach, als erzählte sie die Geschichte einer anderen.

»Es war 1973. Ihr Vater hatte mir aus Deutschland geschrieben, er hatte versucht, mich anzurufen. Aber ich hatte nie geantwortet. Ich war einundzwanzig, eine junge, verängstigte Studentin. Und ich war allein. Meine Mutter war schon in Wien, alle meine anderen Familienangehörigen waren tot, meinen Mann kannte ich damals noch nicht. Ich wusste nicht, was ich Ihrem Vater hätte sagen können. Ich stand selbst noch unter dem Schock dieser Geschichte, obwohl es fast vier Jahre her war, dass ich von ihr gehört hatte. Dann war er im Sommer in der Stadt, hinterließ mir Nachrichten, wollte mich treffen. Ich reagierte nicht darauf, und als er vor meiner Tür stand, öffnete ich sie nicht. Ich kann Ihnen nicht sagen, wie leid es mir tut. Natürlich hätte ich mit ihm sprechen müssen. Aber ich wusste nicht, was ich ihm hätte sagen sollen, dem Sohn des Mannes, der von meiner Familie verraten worden war. Es war eine alte Geschichte. Damals dachte ich, es ist nicht meine.«

Es musste die Reise gewesen sein, auf der das einzige Foto entstanden war, das ich von meinen Eltern besaß. Ich an ihrer Hand vor der Neuen Moschee. Dieselbe Reise, auf der mein Vater Karakatsanis kennengelernt hatte, falls das, was uns Binah beim letzten Mal erzählt hatte, immer noch ein ausreichend großer Teil der Wahrheit war. Binah sah mich an, als könnte ich ein Rettungsseil in ihren Brunnen werfen. Ich schwieg. Woher sollte ich wissen, ob irgendetwas anders gewesen wäre, wenn sie mit meinem Vater gesprochen hätte? Vielleicht. Vielleicht hätte ich dann hier nicht sitzen und ihr zuhören müssen.

»Sie wurden die Geschichte aber nicht los«, sagte Anna. Keine Schärfe mehr in ihrem Ton, der jetzt behutsam und sachlich klang. »Irgendwann tauchte mein Vater hier auf. Ende der Achtziger.«

Binah nickte, ließ ihren Blick aber auf mir.

»Wusste er, aus welcher Familie Sie kamen?«

»Ja. Ich weiß nicht, woher, aber er wusste es.«

»Was hat er Ihnen gesagt?«

»Er erzählte mir, dass ihn etwa fünfzehn Jahre zuvor ein Mann aufgesucht hatte, dessen Familie aus Saloniki stammte. Davut Evinman, der Sohn von Galip Evinman.«

Anna und ich sahen uns kurz an, und Anna brachte sogar ein Lächeln zustande. Während unsere Väter miteinander sprachen, hatten wir zusammen *Daktari* gesehen.

»Davut Evinman hatte Herrn Roth etwas erzählt, was er nicht glauben konnte. Etwas Ungeheures, was mit einem Kunden der Privatbank zu tun haben sollte, bei der er arbeitete. Herr Roth hatte danach alle Unterlagen der Bank kontrolliert, aber nichts gefunden, was in diese Richtung wies. Fünfzehn Jahre später jedoch war offenbar etwas passiert, was ihn aufhorchen ließ, um es vorsichtig auszudrücken. Ehrlich gesagt, er war sehr aufgebracht. In Panik.«

»Und was war passiert?«, fragte Anna.

»Die Details hat er mir nicht genannt, und ich habe nicht nachgefragt. Ich wollte die Sache so schnell wie möglich hinter mich bringen. Aber es ging um Rudolf Eissler und seine Rolle während des Kriegs. Ich habe ihm alles erzählt, was ich Ihnen heute auch erzählt habe. Er schien nicht überrascht zu sein.«

»Warum haben Sie das getan?«, fragte ich.

»Was?«

»Mit Annas Vater gesprochen, ihm alles erzählt. Warum haben Sie bei ihm Ihr Schweigen gebrochen?«

»Ich war keine zwanzig mehr«, sagte Binah scharf, brauchte dann aber eine Weile und mehrere zaghafte Blicke zu Anna, bevor sie weitersprach. »Herr Roth erzählte mir, dass seine Eltern Juden gewesen waren, die zum Katholizismus konvertiert sind, um der Verfolgung zu entgehen. Bis zu ihrem Tod sei er von ihnen über seine wahre Herkunft belogen worden. Wie hätte ich einem solchen Mann verschweigen sollen, was ich weiß? Herr Roth hat mir gesagt, er habe in seinem Beruf oft mit Grauzonen zu tun. Geld, zumal großes Geld, sei immer auf irgendeine Weise schmutzig. Aber hier habe er nicht wegsehen können. Es war eine persönliche Sache für ihn. Er wusste jetzt, woher das Vermögen der Familie Eissler stammte, und er wollte es beweisen.«

Und deshalb musste er sterben, dachte ich. Ich blickte beklommen zu Anna. Sie ließ sich nichts anmerken, doch mehr als zuhören konnte sie im Moment nicht.

»Annas Vater hat auch nach meinem Vater gesucht«, sagte ich. »Das haben Sie jedenfalls beim letzten Mal gesagt.«

»Ja.«

»Obwohl er seit zehn Jahren tot war.«

»Das wusste ich nicht, davon hat Herr Roth nichts gesagt. So wie er über Ihren Vater sprach, hat sich für mich gar nicht die Frage gestellt, ob er lebt.«

»Karakatsanis konnte Herrn Roth nicht weiterhelfen?«

»Nein. Das habe ich Ihnen alles schon erzählt. Aber es war sehr eigenartig.«

»Was?«

»Herr Roth hat den Plattenhändler die ganze Zeit angestarrt. Auf eine, wie soll ich sagen, ziemlich unhöfliche, direkte Weise. Das schien mir nicht zu seinem sonstigen Auftreten zu passen.«

»Und warum?«

»Ich weiß nicht. Wie gesagt, Herr Roth war die ganze Zeit über sehr nervös. Er war sicher enttäuscht über das, was er hörte. Vielleicht hat er Karakatsanis nicht geglaubt.«

»Oder er hat ihn wiedererkannt«, sagte Anna.

»Das kann nicht sein«, sagte ich, noch bevor sie den Satz zu Ende gesprochen hatte.

Vielleicht sagte ich es nicht nur. Ein paar Leute drehten sich von den Nebentischen zu uns um. Anna sah mich erschrocken an, schien sofort zu bereuen, dass sie ausgesprochen hatte, was auch ich denken musste, wenn ich kein Schwachkopf war.

»Nein, das kann nicht sein«, sagte Binah, die meine Aufregung nicht verstehen konnte. »Herr Karakatsanis kannte Ihren Vater nicht. Da bin ich sicher.«

Anna nickte, als sei sie vollkommen überzeugt, ich schwieg und sah plötzlich in die dunkelbraunen Augen von Dr. Veissi, der wahrscheinlich zu ergründen versuchte, mit welcher Art von Gemütskrankheit es seine Frau bei mir zu tun hatte. Er hatte es nicht eilig, seinen Blick abzuwenden, ich selbst war zu müde, um meinen Kopf zu bewegen.

»Es tut mir leid«, sagte Binah leise. »Das alles hätte nie geschehen dürfen.«

Ich hätte Binah fragen können, was genau sie meinte, den Bevölkerungsaustausch, die Nazis, den Weltkrieg, die Shoah, die Bösartigkeit der türkischen Regierung gegenüber ihren eigenen Bürgern, die keine Moslems waren, besonders den jüdischen, den Raub, den Eissler und Merten begangen hatten, die vielen Morde und Selbstmorde, das Schweigen und die Lügen unserer Eltern und Großeltern? Ich hätte sie darauf hinweisen können, dass mir nichts davon in ihrer Verantwortung zu liegen schien. Aber ich schwieg, genauso wie Anna. Wir alle schwiegen länger, als gut für uns war. Dr. Veissi holte wortlos sein Portemonnaie heraus, legte ein paar Scheine auf den Tisch, die für alle unsere Getränke reichten, und stand auf, den Blick liebevoll auf seine Frau gerichtet. Binah, Anna und ich blieben noch einen Moment sitzen und sahen uns an. Wir waren Überlebende, alle drei, jeder und jede gestrandet auf eigene Weise. Jetzt mussten wir aufstehen und weitergehen.

Anna und ich brachten Binah und ihren Mann zu ihrem Auto, das Dr. Veissi gleich nebenan auf dem Platz der Freiheit geparkt hatte. Als ich die Beulen an der Stoßstange und den Kotflügeln des ansonsten wundervoll gepflegten DS sah, musste ich lächeln. Dafür war ganz sicher Binah verantwortlich, für jede einzelne von ihnen. Wir gaben uns die Hand, und es gelang mir, Lebwohl zu sagen. In Binahs Augen sah ich keine Veränderung, keine Erleichterung, keine Zuversicht. Vielleicht sah ich Scham. Noch immer wollte sie verstehen, aber das ist nur ein anderes Wort für entschuldigen. Binah hatte keine Chance, sich jemals zu befreien, aber sie hatte Dr. Veissi.

Sie stiegen ein und fuhren los. Anna und ich blickten ihnen noch einen Moment nach, dann verließen wir den Platz in entgegengesetzter Richtung, um uns ein, zwei Meter neben dem Holocaust-Mahnmal auf die Leoforos Nikis zu stellen und auf ein Taxi zu warten.

UMSCHLÄGE

Ich blieb im Taxi sitzen und beobachtete, wie Anna in den Imbiss ging. Alexandros hatte den Fernseher schon auf die Durchreiche gestellt, den Bildschirm zum Trottoir, wo auch heute Abend wieder alle sitzen würden. Das Endspiel ließ einen guten Umsatz erwarten, auf den er in diesen Zeiten trotz des Trauerfalls in der Familie nicht verzichten konnte, vermutlich gerade deswegen nicht. Wer weiß, ob Giorgios schon beerdigt worden war; im Süden ging es sehr schnell, vielleicht machten das aber auch nur Juden und Moslems so.

Wie ich ihr vorgeschlagen hatte, ließ sich Anna zwei »Salonica-Eggs« von Alexandros geben, der über den Wunsch der Touristin verwundert schien. Dann kam er hinter der Theke hervor und ging zur hinteren Wand seines schmalen Lädchens, um aus dem Kühlschrank ein Getränk zu holen, das sich Anna selbst hätte herausnehmen können. Als Alexandros ihr den Rücken zuwandte, beugte sich Anna über die Theke und hob schnell den Korb mit den Zitronen hoch, um den Umschlag darunterzulegen. Der Name von Giorgios' Frau Elena, Alexandros' Schwester, stand darauf, ich hoffte, dass er die lateinischen Buchstaben lesen konnte. Im Umschlag war das gesamte Bargeld, das wir mit unseren Karten am Geldautomaten an einem Tag abheben konnten. Alexandros, der nichts bemerkt zu haben schien, ging hinter die Theke zurück, gab ihr das Wasser und nahm von ihr einen Schein entgegen. Nachdem sie das Wechselgeld entgegengenommen hatte, kam Anna aus dem Imbiss, stieg ins Taxi und drückte mir die Eier in die Hand.

»Was ist das?«, fragte sie.

»Saloniki-Eier«, sagte ich und bat den Fahrer loszufahren, bevor ich weitersprach. »Eine alte Spezialität der Stadt. Sie werden auch ›Judeneier‹ genannt.«

Ich sah, dass Alexandros dem Taxi nachblickte; wer weiß, ob er mich erkannte. Die Eier legte ich zwischen uns auf die Rückbank.

In der Odos Kassandrou bat ich den Fahrer, auf uns zu warten. Charis Mavros blickte träge vom Notebook auf, als wir Karakatsanis' Laden betraten, war dann sofort konzentriert und abwehrbereit. Er erkannte uns auf den ersten Blick. Ich grüßte ihn, er schwieg. Charis trug denselben Anzug wie beim letzten Mal, diesmal ein Simpsons-T-Shirt darunter, und hatte das lange Haar wieder zum Pferdeschwanz gebunden. Der blaue Bruchverband über seiner Nase war neu, ebenso die grünliche Verfärbung seiner Stirn und das geschwollene linke Auge.

»Ich möchte zu Herrn Karakatsanis«, sagte ich.

»Abraam ist nicht da.«

»Und wo ist er?«

»Das hat er mir nicht gesagt.«

»Sie haben mit ihm gesprochen?«

»Wir haben telefoniert.«

»Wann kommt er zurück.«

»Bald. Aber nicht heute. Auch nicht morgen oder übermorgen.«

»Hat er keine Angst mehr vor der Polizei?«

»Warum sollte er?«

»Der Unfall.«

»Ach das«, sagte Charis, als habe er diese Belanglosigkeit völlig vergessen. »Das war ein Missverständnis. Die Polizistin, die mich ins Krankenhaus gefahren hat, die hat gestern angerufen. Sie sagt, die Sache hat sich erledigt.«

»Wie schön«, sagte Anna und sah aufreizend lange auf Charis Mavros' Notebook.

»Kennen Sie sich gut aus mit Computern und dem Internet und so was?«

»Kommt drauf an.«

»Ich habe eine Freundin, die hat auf einmal alle ihre Daten in ihrer

Internet-Cloud verloren. Sie glaubt, das seien irgendwelche Hacker gewesen. Kann so etwas sein?«

Mavros war zu ausgehungert und zu dämlich, um sein stolzes Grinsen unterdrücken zu können.

»Theoretisch überhaupt kein Problem«, sagte er.

Vermutlich hätten wir ihn auch auf irgendeine Weise dazu gebracht, den Diebstahl von Ellen Reicherts Notebook zuzugeben, aber es war nicht wichtig. Ich empfand plötzlich eine bizarre Enttäuschung darüber, dass sich Karakatsanis diesen Typen als Vertrauten ausgesucht hatte. Aus meiner Sakkotasche holte ich einen verschlossenen Briefumschlag, wir hatten vorhin eine ganze Packung kaufen müssen, und gab ihn Mavros.

»Wenn Karakatsanis zurück ist, geben Sie ihm das hier bitte.«

Wortlos öffnete er eine Schublade und ließ den Umschlag hineinsegeln.

»Wissen Sie eigentlich, was mit dem Polizisten geschehen ist, der Ihnen die Nase gebrochen hat?«, fragte ich.

Mavros sah mich nur an. Es war so still im Laden, dass ich glaubte, ihn riechen zu können.

»Er ist tot«, sagte ich.

»Ach ja. Sie haben es im Lokalradio gebracht. Eine Schießerei mit irgendwelchen Drogendealern, stimmt's? Ich habe sofort eine Kerze für ihn angezündet.«

Ich drehte mich um und ging zur Tür. Ohne Gruß. Anna folgte mir, auch sie verabschiedete sich nicht.

Auf der Fahrt zum Flughafen gab ich Anna ein Saloniki-Ei und nahm mir selbst das andere.

»Wollen wir?«, fragte ich und hielt ihr mein Ei hin.

Anna lachte, wir schlugen die Eier aneinander, und sie gewann. Ihr ausgelassenes Lachen gab mir für einen Moment die Welt zurück. Wir schälten die Eier und begannen, sie zu essen.

»Kaffee, oder?«, sagte Anna. »Nicht mein Fall, glaube ich.«

»Meiner auch nicht«, sagte ich und aß das Ei auf.

Misstrauisch blickte der Fahrer in den Rückspiegel, er machte sich

Sorgen um seine Innenausstattung. Ich wusste nicht, wohin mit meinen Schalen und ließ sie in meine Sakkotasche rieseln. Dann strich ich Annas Schalen von ihrer Handinnenfläche und steckte sie dazu.

»Was hast du Karakatsanis geschrieben?«, fragte sie.

»Nicht viel«, sagte ich, »nur ein, zwei Sätze.«

AUF TÜRKISCH

Ich will reden. Sie wissen sicher, wie Sie mich finden. – Can Evinman

Ich hatte es eigentlich dabei belassen wollen, schrieb aber doch noch etwas darunter.

Sonst finde ich Dich.

SEHEN

»Wo bist du?«, fragte Anna.

»Hier, hätte ich gedacht. Oder irre ich mich?«

»Ich weiß nicht genau«, sagte Anna mit einem herausfordernden Lächeln. »Seit Stunden sprichst du kaum. Im Flieger war ich mir nicht mal sicher, ob du noch atmest.«

»Dann habe ich nicht geschnarcht?«

Wir saßen im Restaurant des Hilton am Charles-de-Gaulle-Flughafen. Nach Paris hineinzufahren war uns zu anstrengend erschienen. Auf den Fernsehern liefen die letzten Minuten der Endspielübertragung, auf unseren Tellern waren die allerletzten Lieferungen aus der Küche. Mein Entrecote schmeckte wie ein ausgewrungenes Handtuch, der Wein allerdings, ein auf dem Papier schlichter Bordeaux, war hervorragend. Morgen Vormittag würden wir nach Marseille weiterfliegen, Anna hatte schon telefoniert. Wir konnten etwas Schlaf nachholen und würden sogar Zeit haben, um uns in den Flughafenshops mit frischer Unterwäsche und ein paar neuen Kleidungsstücken einzudecken, die längst nötig waren.

»Was geht dir durch den Kopf?«, fragte Anna.

»So weit sind wir schon? ›Was denkst du gerade, Schatz?‹«

»Wenn du es mir dann verrätst. Was denkst du gerade, Schatz?«

Ich legte mein Besteck hin, mehr Mühe und Nachsicht konnte ich für das Essen nicht aufbringen.

»Keine Ahnung«, sagte ich, und das war die Wahrheit. »Ich denke nicht. Ich beobachte mich dabei, wie ich mich beobachte. Dann beobachte ich mich dabei, wie ich mich dabei beobachte, dass ich mich beobachte. So ungefähr.«

»Und wenn du es nicht tust?«

»Was?«

»Dich beobachten. Was siehst du dann?«

»Nichts. Meistens jedenfalls. Und wenn ich doch was sehe, weiß ich nicht, ob da ist, was ich sehe. Wenn ich etwas weiß, weiß ich nicht, woher ich es weiß. Siehst *du* irgendwas? Weißt du etwas?«

Ich klang nicht larmoyant, das hätte ich auch nicht gewollt, ich klang irre. Annas Lächeln hielt sich hartnäckig, aber es mischten sich Spuren von Besorgnis hinein, die ihr unbekümmerter Ton nicht vollständig überdecken konnte.

»Wir wissen schon eine Menge, finde ich. Wir haben viel gesehen.«

»Na, wunderbar«, sagte ich, »und das reicht dir nicht?«

Falls es etwas zu verstehen gab, was ich selbst noch nicht wusste, verstand es Anna nicht, aber sie fragte nicht nach. Sie sah mich an, bis sie anscheinend von selbst darauf kam, was mein Problem war.

»Das war Unsinn, was ich in Thessaloniki gesagt habe«, sagte sie.

»Was?«

»Dass mein Vater Karakatsanis wiedererkannt hätte. Du hattest recht, das kann nicht sein.«

Es war nicht der Schlüssel, den sie gesucht hatte. Ich ignorierte ihre Bemerkung und sagte:

»Was wollen wir in Marseille, Anna?«

Natürlich hatten wir lange genug darüber gesprochen, ihre Verwunderung über die Frage, der sie sich ein halbes Spielerinterview lang überließ, war verständlich.

»Versuchen wir nicht herauszufinden, an wen die Goldlieferung damals ging?«

»Okay. Und? Nehmen wir an, siebzig Jahre danach gibt es noch irgendwelche Hafenunterlagen, die uns weiterbringen. Nehmen wir sogar an, wir finden zum ersten Mal irgendeinen Beweis, den man sehen und anfassen kann. Einen Beweis, der direkt zu deinem Mann und seinem Vater führt. Und dann?«

»Was ›und dann‹? Worauf willst du hinaus?«

Anna wurde leiser, klang makellos sanftmütig. Wie immer, wenn sie wütend wurde.

»Gehen wir dann zur Polizei?«, fragte ich. »Oder gleich zu Arnd Leonhard, der eine hübsche Geschichte daraus macht, eine Titelstory vielleicht?«

Anna zuckte gleichgültig mit den Schultern, das eine schien ihr so recht und unwichtig zu sein wie das andere. Wichtiger war anscheinend, meine verworrenen Gedanken zu durchschauen. Abwartend sah sie mich an.

»Und dann?«, fragte ich wieder.

»Was willst du, Can? Sollen wir aufhören? Ist dir langweilig geworden?«

»Es geht nicht um mich.«

Als ich es aussprach, spürte ich, vollkommen fraglos in diesem Augenblick, dass mich in diesem Moment tatsächlich nichts anderes quälte. Meine Sorge um Anna quoll über. Mir fiel ums Verrecken nicht ein, wie das letzte Kapitel ihrer Autobiographie aussehen könnte, wenn ich es schreiben müsste.

»Die Frage ist, was *du* willst«, sagte ich, »Gerechtigkeit, Wahrheit, Sühne?«

»Such's dir aus«, sagte Anna. »Einen Treffer landest du immer.«

»Diese Bestie ist dein Mann. Dein Sohn ist sein Sohn. Du musst wissen, in welcher Ecke du am Ende stehst. Du kannst nicht einfach weitermachen und dann mal sehen, was passiert. Du brauchst einen Notausgang. Vorher. Jetzt. Du kannst nicht mehr zurück. Nie mehr.«

Sie sah mich lange an. Enttäuscht vielleicht, dass noch Worte nötig waren, um mir zu erklären, was zwischen uns keiner Erklärung mehr bedürfen sollte, vielleicht auch berührt von meiner Angst um sie.

»Wo soll ich denn hin?«, sagte sie. »Wir sind im Niemandsland, wir waten durch Nebel. Du siehst nichts, sagst du? Was meinst du, warum? Wenn wir da jemals wieder herauswollen, müssen wir weitergehen. Ich jedenfalls. Egal, was danach kommt.«

Für eine Erwiderung ließ mir Anna keine Zeit:

»Und du? Kannst du zurück?«

Mein Schweigen überrumpelte mich. Variationen von Annas Frage wirbelten mir durch den Kopf wie ein epileptischer Nervensturm. Konnte ich zurück, musste ich, durfte ich?

Wollte ich?

»Ja, sicher«, sagte ich. »Warum nicht?««

Ich hatte mit Sandra zuletzt von Berlin aus gesprochen, am Tag nach Xenos' Tod. War das gestern, war es vorgestern? Mein Handy hatte ich ausgestellt, als wir am indischen Tempel aus dem Taxi gestiegen waren, vor dem Gespräch mit Mike Poulos. Das musste heute Morgen gewesen sein, aber ich hätte es nicht beschwören können. Ich konnte die Tage und Orte nicht auseinanderhalten. Nichts mehr. Die Taxis und Flugzeuge, die Flughäfen, Restaurants und Hotels, die Städte, die Gespräche, die Informationen. Alles zerfloss, alles schob sich ineinander. Wenn etwas herausragte, kam augenblicklich etwas Neues und überspülte alles andere, um gleich darauf selbst von einer weiteren Welle überrollt zu werden. Nichts war sicher, alles war abwegig, widersinnig, vollkommen unwahrscheinlich. Es war höllisch komisch. Ich lachte.

»Was ist so lustig?«, fragte Anna.

»Nichts. Du hast recht. Wir müssen weitergehen. Beide.«

»Und ein bisschen schlafen«, sagte Anna.

»Und schlafen«, sagte ich.

Man kann nicht weit sehen im Nebel, keine Neuigkeit, aber man sieht nicht ständig in die Ferne. Ich hatte die ganze Zeit etwas gesehen, was wirklich da war. Ich sah Anna, und für den Augenblick schien mir das nicht wenig.

WIEGENLIEDER

Sie waren wahrscheinlich mit dem Boot gekommen, im Schutz der Nacht, auf den letzten Dutzend Metern ohne Motor. Leise genug, um unbemerkt ins Haus einzudringen, ihren Auftrag schnell und effizient auszuführen und sofort wieder zu verschwinden. Selbst wenn die Nachbarn sie nun hören würden, konnten sie im Strandhaus nur noch Leichen finden. Ich sah sie in ihrem Blut vor mir liegen. Georg, der sich ihnen sicher noch entgegengestellt hatte. Und Sandra. Ben. Mina. Es war unerträglich, jenseits aller Worte, ein Albtraum. Sofort warf ich mir vor, ohne jeden Beweis, irgendein Indiz oder einen Zeugen, dass es ein Wunschtraum sein könnte.

Ich stand in meinem geräumigen, geschmackvoll eingerichteten Hotelzimmer, das Sandra und mich um weitere dreihundertsechs Euro ärmer machte, und ließ es zum zweiten Mal auf ihrem Handy klingeln. Zum zweiten Mal sprang die Mailbox an. Ich drückte die Verbindung weg und rief Georg an, er ging sofort dran.

»Can! Na, endlich. Wo hast du gesteckt?«

»Wo ist Sandra?«

»Im Bett, sie war müde. Ehrlich gesagt, sie war ziemlich durch den Wind. Hast du sie gerade angerufen?«

»Ja.«

»Dann schläft sie vielleicht schon.«

Mir sackten die Beine weg, die erste Erleichterung führte die entkräftete, aber unbesiegte Angst durch meinen Körper spazieren. Ich setzte mich aufs Bett, meine Schimären setzen sich zu mir. Sandras Kopf, entstellt durch einen aufgesetzten Schuss, lag auf einem blutdurchtränkten Kissen.

»Ich wecke sie«, sagte Georg, und ich hörte ihn schon losgehen.

»Nein. Lass sie schlafen.«

»Sie hat bestimmt nichts dagegen. Im Gegenteil. Sandra hat den ganzen Tag versucht, dich zu erreichen. Am Ende habe sogar ich mir Sorgen gemacht.«

Ich hatte mein Handy, das ich in London ausgeschaltet hatte, gerade erst angestellt. Sandras Nachrichten auf der Mailbox hatte ich weder gezählt noch abgehört, so wenig wie ich ihre Textnachrichten gelesen hatte.

»Lass sie schlafen«, sagte ich noch einmal.

»Okay«, sagte Georg erstaunt.

Er wartete ab, bekam von mir aber nichts zu hören.

»Erzähl«, sagte er schließlich. »Wie geht's euch?«

»Morgen«, sagte ich. »Vielleicht.«

»Okay«, sagte Georg. Noch leiser als zuvor, noch verdutzter.

»Ist das Ben, den ich da höre?«

»Wer sonst? Den kann man nicht abstellen, oder? Ich glaube, er spielt die ganze Nacht durch. Und am nächsten Tag kommt er nicht aus dem Bett. Nicht, dass wir ihn sehen würden, wenn er wach ist.«

Georg plapperte, ich schien ihn verwirrt zu haben. Ich konnte mich nicht erinnern, dass mir das schon einmal gelungen wäre.

»Gib ihn mir mal«, sagte ich. »Und dann lass uns allein.«

»Zu Befehl«, sagte Georg, und ich hörte ihn losgehen.

»Tut mir leid.«

»Ach was. Gefällt mir, dein neuer Ton.«

Georg hatte seine Lässigkeit wieder, er öffnete eine Tür. Die Gitarre war jetzt gut zu hören. Ben spielte *Heart of Gold*, es klang weit abgründiger als bei Young. Beängstigend zugespitzt, zornig.

»Ben. Dein Papa«, sagte Georg und reichte den Hörer weiter.

»Ben?«, sagte ich.

»Ja.«

Mehr Missmut und Empörung waren in einem ersten Wort nicht unterzubringen. In einer einzigen Silbe. Die Tür wurde wieder geschlossen, wir waren alleine.

»Wie geht's dir?«, fragte ich.

»Wie glaubst du wohl? Ich fühl mich wie der Scheiß-Graf von Monte Christo.«

Für sein Alter und unsere Zeit war Bens Vergleich ergreifend altmodisch und präzise, ich war stolz auf ihn. Natürlich waren wir irgendwann auf der Ile d'If gewesen, auf der die Festung liegt, in der Dumas' Vater seinen Romanhelden eingekerkert hatte. Dort hatten wir auch das Fluchtloch gesehen, das bauernschlaue Tourismusfunktionäre in eine Zellenwand hatten schlagen lassen, als könnten Besucher die Lücken zwischen Realität und Fiktion nicht selber schließen. Vielleicht hatten sie recht.

»Hast du den Roman eigentlich mal gelesen?«, fragte ich.

»Lass den Scheiß«, sagte er. »Wie lange sitze ich hier noch fest?«

»So schlimm?«

Die Frage war offenbar keine Antwort wert.

»Was läuft hier eigentlich?«, fragte Ben.

»Hat dir Mama nichts erzählt?«

»Nein. Entweder hat sie Angst, dass Mina was mitkriegt. Oder sie hält mich auch noch für ein bescheuertes Kind.«

»Das bist du nicht«, sagte ich, und wieder hielt es Ben nicht für nötig, etwas zu erwidern.

Ich brauchte nicht lange, um mich zu entscheiden. Ich begann zu erzählen, und wenn ich etwas ausließ, dann aus Gründen der Erzählökonomie, nicht aus Rücksicht. Ich hatte neuerdings einen Großvater und Ben einen Urgroßvater, wir hatten eine Geschichte. In der mussten Menschen ihre Heimat verlassen, wurden beraubt, starben. Weil sie ermordet wurden. Meine Verhaftung und meinen Gewaltausbruch am Istanbuler Flughafen schilderte ich ebenso wie Giorgios' Ermordung und den Tod seiner Mörderin. Am Anfang zupfte Ben nebenbei auf den Saiten, bald war nichts mehr zu hören.

»Kein Scheiß?«, fragte er immer wieder.

»Kein Scheiß«, sagte ich jedes Mal.

Ich lud ab, fühlte mich leichter mit jedem Satz, und mir war klar, dass es so falsch wie richtig war, was ich tat. Ich wusste nicht, wie Ben das alles aufnehmen würde, aber er war kein Kind mehr, er wollte es nicht sein. Solange Mina noch klein war, waren Ben und ich die Einzigen, die die Geschichte wirklich betraf. Außerdem hatten wir beide Erfahrung mit so etwas, an unseren Flugzeugabstürzen hatten wir Katastrophen trainiert. Sie geschahen, wenn man nicht auf der Hut war, aber man konnte ihnen entkommen, wenn man unbeirrt das Richtige tat. Ich war ihnen bisher entkommen, wir alle, warum sollte sich das ändern?

Als ich fertig war, schwieg Ben so lange, dass ich sofort alle Worte bereute, aber keine neuen fand, die uns hätten retten können.

»Und jetzt?«, sagte er. Es klang wie ein Schmerzenslaut.

Alles wird gut, hätte ich gerne gesagt. Aber das hatte ich noch nie gesagt. Ich wusste nicht, wie man es sagt.

»Jetzt bringe ich die Sache zu Ende. Und so lange seid ihr in Sicherheit.«

»Und du?«

»Ich pass auf mich auf«, sagte ich und achtete darauf, dass keine Lücke entstand, in die Angst hineinwachsen konnte. »Spielst du was für mich?«

»Was soll ich?«, fragte Ben verdattert.

Vielleicht war ich durchgedreht. Dann bestand eine leise Chance, dass auch alles andere nur Hirngespinste waren. Ich hätte gerne selber darauf gehofft.

»Leg das Handy hin und spiel irgendwas für mich, egal was.«

»Das ist doch schweineteuer.«

»Scheiß drauf«, sagte ich und hoffte, dass er grinste.

Ohne ein weiteres Wort legte Ben das Handy hin und begann zu spielen. Ich stellte den Lautsprecher meines Handys an, legte es neben mich und streckte mich auf dem Bett aus. Gegen die Müdigkeit, die mich plötzlich anfiel, kam ich kaum mehr an.

Ben suchte Songs aus, die ich mochte, spielte Cohen und Cash, er sang sogar für mich. Das tat er sonst kaum, wenn wir in Hörweite waren. Die ersten beiden Stücke hörte ich noch, beim dritten, ich glaube *One*, muss ich eingeschlafen sein.

NACHGESCHLAGEN

Ich lag auf dem Handy, als ich am nächsten Morgen aufwachte. Die Verbindung zu Ben war natürlich getrennt, aber es war eine SMS von Georg da, abgeschickt mitten in der Nacht.

Az der tate schenkt dem zin, lachen beide. Az der zin schenkt dem tatn, weinen beide – jiddisches Sprichwort. Schlag nach, was Du nicht verstehst. Und lass von Dir hören, langsam kann ich Sandra nicht mehr beruhigen.

Auf die Schnelle fand ich im Internet nur ein jiddisch-englisches Wörterbuch. »Az« wurde dort mit »as, when, if, that« erklärt, »zin« bedeutete »son«, und der »tate«, das hatte ich schon vorher gewusst, war der Vater.

Es ging Georg verdammt nochmal nichts an. Selbst wenn er recht hatte, ich hatte jetzt keine Zeit. Weinen konnte ich später.

VERRAT

Dr. Alain Janvier legte die Hand auf Annas Hüfte und ließ sie unüblich lange dort, als er ihr die üblichen Wangenküsse gab. Ich bekam einen festen Händedruck und einen ungeniert neugierigen Blick. Mit Anna hatte er Französisch gesprochen, mich begrüßte er in passablem Deutsch und erkundigte sich höflich, ob der Flug angenehm war. Janvier hatte schmeichelndes Grau an den Schläfen, war sommerlich leger, keineswegs nachlässig gekleidet und strahlte die spöttische, betont selbstironische Gelassenheit aus, die ich an Franzosen seines Milieus schon öfter beobachtet hatte. Ich versuchte ihn mir als den jungen Arzt vorzustellen, in den sich Anna vor fünfzehn oder mehr Jahren in München verlieben konnte, und kam zum Schluss, dass er Kostüm und Maske des zeit- und alterslosen Bürgers wahrscheinlich schon damals getragen hatte. Was das über Anna sagen mochte, wollte ich nicht wissen, zumal ich die Wahl ihres Ehemannes hätte hinzurechnen müssen.

Janvier, der mich bat, ihn Alain zu nennen, opferte die Mittagspause seiner Praxis für uns und hatte es eilig, uns in einem Porsche Cayenne in die Stadt zu fahren. Schon auf der Abfahrt zum Alten Hafen landeten wir im Stau. Stolz beschwerte sich Janvier über die Unannehmlichkeiten, die Marseilles Beförderung zur europäischen Kulturhauptstadt, die im nächsten Jahr anstand, in großer Zahl mit sich brachte. An der Zufahrt zum Alten Hafen war die *Villa Méditerranée* fast schon fertig, das protzige weiße Kulturzentrum, das aussah wie eine Schiffsbrücke oder ein riesiges Sprungbrett, wer weiß, was der Architekt vor Augen hatte. Der große schwarze Quader direkt daneben, in dem das neue Museum der Zivilisationen Europas und des Mittelmeers untergebracht werden sollte, war noch eingerüstet, aber es gab schon den neuen Steg, der das Dach des imposanten Neubaus in zehn, zwölf Metern Höhe mit dem Fort Jean verband. Die Hafenfestung aus dem 17. Jahrhundert, die jahrelang unbeachtet verwittert war, wurde nun ebenfalls renoviert, wie inzwischen beinahe alles, was die Stadt, ihrem alten Charakter und Leumund angemessen, bisher sich selbst überlassen hatte.

Marseille war dabei, sich umzukrempeln, in den letzten Jahren waren mir die Veränderungen bei jedem Besuch augenfälliger erschienen. Wir fuhren an Le Panier vorbei, dem ältesten Viertel der Stadt, das oberhalb des Alten Hafens lag. Wo einst italienische, später maghrebinische Einwanderer ihr Zuhause hatten und der faszinierend schlechte Ruf Marseilles als Paradies der Seeleute, Huren und Verbrecher begründet wurde, wohnten heute wohlhabende

Bürger in perfekt sanierten Altstadthäusern und gingen Berufen nach, die mit Hafen und Meer nichts mehr zu tun hatten. Von Le Panier ging die Neuerfindung der Stadt aus, die seit meinem letzten Besuch vor einem knappen Jahr offenbar ein schwindelerregendes Tempo angenommen hatte.

Dass die ganze Stadt eine einzige Baustelle geworden war, wie Janvier klagte, war nicht zu übersehen. Die Straßen, die um den Alten Hafen herumführten, waren durch Absperrungen und Bauzäune entstellt, auf dem Wasser und an den Anlegern jedoch bot sich immer noch der Blick, auf den ich mich seit unserem Abflug nutzlos gefreut hatte. Jachten in allen Größen und Kategorien, Ausflugsboote, die zu den vor Marseille liegenden Inseln fuhren oder zu den Calanques, den einzigartigen Buchten, die sich an Marseilles Steilküste bis Cassis fjordartig entlangziehen, und ein paar kleinere Fischerboote, deren Besitzer den Hafen nach dem allmorgendlichen Fischmarkt noch nicht verlassen hatten und schwätzend und rauchend auf dem Quai des Belges standen.

Janvier fuhr um den Alten Hafen herum und bog dann in Höhe der Plage des Catalans, einem der lebhaften Strände der Stadt, auf die Corniche Kennedy ein, die sich entlang der Küste in Richtung Süden schlängelte. Der Blick öffnete sich zum Meer, und mir ging das Herz auf. Die Ile d'If, mit dem realen Kerker des fiktiven Grafen von Monte Christo, und dahinter die anderen Frioul-Inseln, an denen eine prächtige Fähre vorbeizog, unterwegs nach Algerien, Korsika oder Italien. Segel- und Motorboote, Windsurfer, Wasserskifahrer und in Ufernähe Schwimmer und Ballspieler jedes Alters. Hier, entlang der Corniche, zeigte die überreizte Großstadt ein entspanntes Gesicht mediterraner Muße. Als wir über den Viadukt fuhren, der über die Vallons des Auffes führte, wechselte ich auf die linke Seite der Rückbank, ohne mich am irritierten Blick zu stören, den Janvier in den Rückspiegel warf, und sah in die charmante Bucht hinunter, wo kleinere Boote lagen und im *Chez Jeannot* die besten Pizzen serviert wurden, die ich in Marseille je gegessen hatte. Ich überlegte, ob das Restaurant etwas für Anna und mich sein könne, die Auswahl war groß in dieser Stadt. Eine groteske, in unserer Lage durch und durch lächerliche Ferienstimmung hatte mich erfasst, der seltsame Eifer, Anna die Stadt zu zeigen, in der sie bisher noch nie war, weil sie Janvier keinen unnötigen Schwierigkeiten aussetzen wollte.

Zwar versuchte ich jede Schwingung zu registrieren, die sich vorne zwischen Anna und Janvier aufbauen mochte, andererseits tat ich alles, was ich konnte, um mich auf ihr Gespräch und unsere Wirklichkeit nicht einlassen zu müssen. Mein Französisch war leider ausreichend, um der Geschichte zu folgen, die Anna Janvier in einem hemmungslosen, vertrauensvollen Mischmasch aus ihrer und seiner Sprache erzählte.

Ich war ihr Ghostwriter – das Wort hatte mir noch nie gefallen, von Anna ausgesprochen hasste ich es –, und wir arbeiteten an ihrer Autobiographie. Bei der Arbeit an ihrem eigenen Buch war Anna aufgefallen, dass es über die Geschichte der Familie und Firma ihres Mannes noch keine zusammenhängenden Aufzeichnungen gab, was sie auf die Idee gebracht hatte, mich mit einer Art Chronik zu beauftragen, die für ihren Mann eine Überraschung zum Firmenjubiläum werden sollte. Nach Marseille gab es alte geschäftliche Verbindungen, auf die ich zufällig gestoßen war und die ich angeblich gerne recherchieren wollte, doch mehr als das Datum einer Schiffslieferung hatten wir nicht. Es gab kein Detail, das nicht hanebüchen klang, aber Janvier sträubten sich seine vollen schwarzen Haare auch dann nicht, als Anna das Datum nannte, das in der Besatzungszeit lag. Unglaubwürdig, formal aber überzeugend gab er vor, von ihrer Idee begeistert zu sein, und war überaus erfreut, helfen zu dürfen. Seine Familie hatte gute Kontakte zur hiesigen Industrie- und Handelskammer, dort würden sich die Informationen über die damalige Lieferung und ihren Adressaten eventuell finden lassen.

Ich war sicher, dass er schon genauere Vorstellungen über den nächsten ehrenamtlichen Einsatz in Afrika hatte, bei dem sich Anna bedanken konnte, doch die überschwängliche Freundlichkeit, mit der Anna dem Arzt begegnete, beruhigte mich. So ging sie mit Leuten um, glaubte ich zu wissen, die nicht mehr verdient hatten als ihre Höflichkeit.

Janvier brachte uns im Haus seiner Schwester unter, einer kleinen, leicht verwelkten Jugendstilvilla, die an der Corniche auf dem Hang oberhalb der Plage du Prophète lag und einen atemberaubenden Meerblick hatte. Die alleinstehende Schwester hatte die Villa von ihrer Lieblingstante geerbt, erzählte Janvier gründlicher, als er musste, war gerade für ein paar Tage geschäftlich in den Staaten und hatte nichts dagegen, wenn ihr Haus von Gästen der Familie genutzt wurde. Warum Janvier uns nicht zu sich nach Hause einlud, wurde nicht ausgesprochen, lag aber so klar auf der Hand wie der eigentliche Grund seiner Verpflichtungen, die dazu führten, uns ausgerechnet heute Abend nicht zum Essen ausführen zu können. Janvier zeigte uns, was wir im Haus seiner Schwester wissen mussten, um uns zurechtzufinden, gab uns den Schlüsselbund, an dem auch die Schlüssel der Garage und des Autos waren, das wir benutzen durften, dann verabschiedete er sich mit dem Versprechen anzurufen, sobald er mit der Handelskammer gesprochen hatte.

Janviers Händedruck beim Gehen war noch kräftiger als der erste am Flughafen, sein Blick schärfer diesmal, an der Grenze zum Spott. Anna bekam zum Abschied nur ein Lächeln, das Janvier sichtbar als Kompromiss ausstellte, und sie parierte es souverän mit einer Handbewegung und einem Nicken, dessen Gefälligkeit mir an seiner Stelle das Herz gebrochen hätte.

Wir sahen Janvier schweigend nach, als er die zahllosen Stufen der Escalier du Prophète bis zur Corniche hinunterging.

»Was denkst du?«, sagte Anna.

»Über ihn?«

Sie nickte. Ungewohnt verhalten, scheu.

»Ist das wichtig?«

»Ja.«

»Er ist nett«, sagte ich und ließ in meiner Betonung keinerlei Missverständnisse aufkommen.

Anna lachte, überzeugend fast, und sah aufs Meer.

»Wenn's anders gelaufen wäre, wäre ich vielleicht hier gelandet.«

»Ich persönlich hätte ihn sofort geheiratet«, sagte ich. »Wenn er mir das hier geboten hätte.«

»Ihr hättet eindeutig bessere Chancen gehabt«, sagte Anna und lächelte tapfer die versteinerten Enttäuschungsartefakte weg, auf die sie durch die Begegnung mit Janvier gestoßen sein musste.

Sie entschuldigte sich und ging nach oben, um sich frisch zu machen und umzuziehen; vielleicht mussten die Einkäufe, die sie in Paris auf dem Flughafen gemacht hatte, noch einmal anprobiert werden. Ich stöberte im Wohnzimmer, dem man das Geld, das hier wohnte, kaum ansah. Die beiden Selbstporträts von Janssen, die an der Wand hingen, waren sicher Originale, und neben Büchern von Sartre, Queneau, Houellebecq und anderen, die Franzosen in ihre Regale stellen, standen jahrhundertealte Erbstücke, darunter eine französische Ausgabe des Don Quichotte von 1756, in der ich kurz blätterte. Von solchen Details abgesehen, war die Einrichtung zweckmäßig und geradezu nachlässig elegant. In der Küche fand ich eine Flasche Pastis, schenkte mir fingerbreit ein, füllte das Glas mit Eiswürfeln und Wasser aus der Leitung auf und setzte mich damit auf die Terrasse.

Der Blick war überwältigend. Sofort vertraut. Aus den Rätselbildern einer Vergangenheit, die nicht meine eigene war, und den Träumen von einer Zukunft, von der ich bisher niemanden überzeugen konnte. Gierig sah ich aufs bewegte Meer, bis ich mich fühlte wie der Verräter, der ich war. Jetzt war ich bereit. Ich rief an.

WER ZUR HÖLLE

»Was hast du Ben gesagt?«, fragte Sandra.

Kaum eine Begrüßung, nicht mehr als mein Name, kein Vorwurf, dass ich mich nicht gemeldet hatte, nur diese Frage. Sorge.

»Was hat er denn erzählt?«, fragte ich.

»Ist das eine Antwort?«

»Nein«, sagte ich und gab immer noch keine.

»Nichts hat er gesagt. Aber er ist wie ausgewechselt. Er starrt mich die ganze Zeit an, als würde er darauf warten, dass ich etwas sage.«

»Ich gebe unser ganzes Geld aus«, sagte ich.

»Was?«

»Wenn das so weitergeht, sind wir bald pleite.«

Ich war froh, es gesagt zu haben, auch wenn Sandra nicht die geringste Ahnung hatte, wovon ich sprach, und sich nicht mehr darum scherte als um den aktuellen Dollarkurs. Sie stutzte kurz, lang genug hoffentlich, um über meine psychische Verfassung nachzudenken. Warum sollte ich nicht verrückt geworden sein? Verrückte waren unzurechnungsfähig, sie wurden gut behandelt vor Gericht. Bestenfalls war ich niedlich und hilflos, in seltenen Fällen kam man damit durch. Meine Erbärmlichkeit wog das nicht auf.

»Was hast du ihm gesagt?«, fragte Sandra noch einmal. »Hast du ihm alles erzählt?«

»Ja.«

Tatsächlich hatte ich Ben *alles* erzählt. Ihr nicht. Das stand mir noch bevor.

»Der Mord an dem Polizisten, die Frau, die vor deinen Augen totgefahren wurde, das hast du ihm alles erzählt?«

Ihr Entsetzen war verständlich und legitim. Auf mein eigenes hatte ich alle Rechte verwirkt. Langsam könne er Sandra nicht mehr beruhigen, hatte Georg mir geschrieben, jetzt gewann sein Satz an Plausibilität.

»Georg hat es dir gesagt?«

Vorwurfsvoll klang das, ich hatte es nicht im Griff.

»Sollte er nicht? War's ein Geheimnis unter guten Freunden? Unter Blutsverwandten?«

»…«

»Wer zur Hölle bin ich für dich, Can? Wer bist du? Warum schließt du mich ständig aus?«

Ich hatte jahrelang auf diese Fragen gewartet, mein halbes Leben lang, sehnsüchtig wie ein Serienmörder, der darauf hofft, dass ihm endlich Einhalt geboten wird. Das verstand ich mit einer gefährlichen Klarheit, der wir aus gutem Grund aus dem Weg gegangen waren. Aber jetzt saß ich hier. Jetzt kam Anna aus dem Haus, in diesem taillierten, sandfarbenen Leinenkleid, mit nach hinten gebundenem Haar und einem ahnungslosen Lächeln. Entschuldigend hob sie die Hände, als sie sah, dass ich telefonierte, griff nach dem Pastis und sah mich fragend an. Ich nickte. Mit dem Glas in der Hand stieg sie die Terrassentreppe hinunter, ging über den Kies des Gartens und lehnte sich außer Hörweite an die Steinbrüstung. Sie trank einen Schluck, sie blickte aufs Meer.

»Can«, sagte Sandra, »bist du noch da?«

»Ich schließe dich nicht aus«, sagte ich leise. »Das wollte ich nie.«

»Und warum sagst du mir nichts?«

»Ich weiß nicht. Ich wollte dir keine Angst machen, schätze ich.«

»Und Ben Angst zu machen war kein Problem? Soll ich schnell Mina holen? Gibt's irgendeine Vergewaltigung oder einen neuen Mord, von denen du ihr erzählen könntest?«

»Sandra, bitte. Es tut mir leid.«

Sie schwieg.

»Es tut mir leid«, sagte ich noch einmal.

»Wann hat das angefangen?«, fragte Sandra. »Wann ging diese Scheiße mit uns beiden los?«

Jetzt schwieg ich. Ich konnte das Weinen hören, das Sandra zurückhielt.

»Komm einfach her, Can. Bitte. Komm her zu uns. Hol uns ab.«

»Das kann ich nicht, Sandra. Noch nicht. Einen Tag noch, vielleicht zwei. Dann haben wir entweder etwas, oder es ist vorbei. So oder so.«

»Vorbei«, sagte Sandra und ließ das Wort bedrohlich zwischen uns auspendeln.

»Mir geschieht nichts«, sagte ich, war mir aber augenblicklich nicht mehr sicher, ob ich Sandras Unterton richtig verstanden hatte.

»Dir macht das alles richtig Spaß, oder?«, sagte sie. »So viel Spaß hattest du schon lange nicht mehr.«

Anna drehte sich zu mir um, wandte sich aber diskret wieder ab, als sie sah, dass ich noch telefonierte.

»Nein«, sagte ich und fühlte meine Lüge am ganzen Körper. »Wer hat Spaß an so was? Ich *muss* es tun.«

»Ja«, sagte Sandra. »Ja, das musst du wohl.«

Die Pause, die entstand, hätte ich füllen müssen, aber ich wusste nicht, womit.

»Ich liebe dich«, sagte Sandra.

»Ich dich auch«, sagte ich.

Das war keine Lüge, ich war mir sicher wie lange nicht mehr. Es war keine Lüge, und es war keine Lösung

ZEIT

Ich öffnete die Garage, in der ein Mini Cooper und ein Motorroller standen, entriegelte das Auto mit dem Funkschlüssel und ging an die Fahrertür.

»Gibst du mir mal die Schlüssel?«, sagte Anna.

Ich warf Anna den Schlüsselbund zu, den sie mühelos mit einer Hand auffing, und trat von der Tür weg, weil ich annahm, dass sie fahren wollte. Anna ging die Schlüssel durch, bis sie den hatte, der in die Vespa passte, setzte sich darauf und rollte rückwärts aus der Garage.

»Na, los«, sagte sie. »Worauf wartest du?«

Anna hatte die richtige Wahl getroffen, in dieser Stadt gab es kein besseres Fahrzeug. Ich hielt mich an ihr fest, während sie die Corniche entlangbrauste und sich zwischen den Autos hindurchschlängelte, ohne vom Gas zu gehen, genoss den Wind und den ständig wechselnden, zitternden Blick aufs Meer und dachte nur in den ersten Augenblicken daran, dass wir ohne Helm und anderen Schutz bei Annas Tempo kaum eine Chance hatten, den Spaß zu überleben, falls er uns aus der Kurve trug oder auf eine Motorhaube katapultierte. Anna fuhr kühn, aber sicher, und sie ließ sich von mir sorglos durch die Stadt dirigieren. Anfangs schrie ich ihr noch ins Ohr, dann begnügte ich mich damit, ihr auf den rechten oder linken Oberschenkel zu tippen, um die Richtung anzuzeigen. Ich führte Anna, sie trug mich fort.

Wir fuhren hoch zur Notre-Dame de la Garde, wo ich Anna erklärte, was wir sahen, als wir bei hervorragender Sicht über die ganze Stadt, zu den Inseln und die Küste hinunter bis Les Goudes blicken konnten, und ich erzählte ihr von den deutschen Truppen, die sich ganz am Ende hier oben verschanzt hatten, und von der gespenstischen Lichterprozession, die immer noch jedes Jahr im August stattfand, um an dieses letzte erbitterte Gefecht zu erinnern. Dann setzte ich mich selbst an den Lenker, fuhr uns hinunter in die Stadt, weit vorsichtiger als Anna, spürbar unbeholfen, fürchtete ich, und stellte den Roller an der Oper ab.

Wir gingen über den Kapuzinermarkt, auf dem sich Afrika und Europa jeden Tag aufs Neue treffen, schlenderten durch die Gassen von Noailles, überall Frauen mit Hidschab oder Tschador, Männer mit Kaftan und Takke, rochen an Gewürzen und tranken in einer algerischen Patisserie einen Mandeltee, bevor wir die Stufen zum Cours Julien hochgingen, dem Zentrum des Viertels La Plaine, in dem der französische Rap geboren wurde und es keine Hauswand ohne Graffito gab. Dort führte ich Anna zum *Eléphant rose*, der besten Eisdiele der Welt, wie ich prahlte, entschied mich für Zitrone-Dill und Ananas-Rum, und übermütig nahm Anna eine Kugel Stopfleber- und eine Kugel Thymianeis.

Die Finger noch klebrig, gingen wir wieder hinunter zur Canebière, Marseilles einstigem Prachtboulevard, dem die Pracht ein wenig abhandengekommen war, und spazierten von dort über die Quais des Alten Hafens bis zur Notre-Dame de la Major, um dort die Straßenseite zu wechseln und in die Altstadtstraßen von Le Panier einzutauchen, den Brutkasten der Stadt. Auch hier war ich geschwätzig und jedes Mal froh, wenn Anna, die leidenschaftliche Leserin, mich unterbrach, um ein Zitat von Pagnol oder Izzo beizusteuern. Sie wusste, dass wir durch das einstige »Krebsgeschwür der Stadt« bummelten,

»das große Bordell«, und suchte in dem durchsanierten, glattgeschliffenen Viertel vergeblich nach Resten der »schwärzlichen Häuser«, von denen sie gelesen hatte, »wie von Lepra befallen, zerfressen von einer aus Abwässern gespeisten Vegetation«. Ich war fasziniert von Annas Gedächtnis und ihrer Fähigkeit, sich aus Gelesenem ein so eindrückliches Bild eines Ortes zu verschaffen, an dem sie nie gewesen war, fragte mich aber auch mit einer mich langsam selbst ermattenden Eifersucht, ob sich ihr literarisches Interesse an der Stadt wohl an dem Arzt entzündet haben mochte, der in ihr lebte.

Wir hatten Zeit. Ich gab den Stadtführer, Anna die wissbegierige Reisende. Es waren geschenkte Stunden, so schmerzhaft zweckfrei und mitunter zäh, dass ich den Nutzen der Montagesequenzen, die in romantischen Komödien selten fehlten, mit jedem weiteren entbehrlichen Wort, das mir entwischte, immer besser verstand. Wir sprachen nicht über die Gründe, die uns hergeführt hatten, das wollten wir offensichtlich beide nicht, doch worüber wollten wir sonst sprechen? Vergangenheit und Zukunft waren versunken und hatten einer endlosen Gegenwart Platz gemacht, die mir ebenso beglückend wie bedrückend erschien, fataler noch als das Zwischenreich, das wir in den letzten Tagen gemeinsam durchwandert hatten. Janviers Anruf war beinahe eine Erlösung. Annas Handy klingelte, als wir aus der Vieille Charité kamen, einst Armenhospiz Le Paniers und heute ein Museum, in dem wir schweigend auf Hundertwasser-Bilder gestarrt hatten, als hätten wir sein leuchtendes, ermüdendes Gold noch nie zuvor gesehen.

Wir setzten uns auf die Stufen, die zu dem kleinen Platz vor der Charité führten, und Anna stellte den Lautsprecher ihres Handys an. Janviers Kontakt bei der CCI, der Industrie- und Handelskammer Marseilles, war in alten, offenbar gut geführten Archivakten fündig geworden. Die Lieferung, die im März 1943 mit der *Columbus* aus Thessaloniki in Marseille eintraf, war für die Firma Legrand bestimmt gewesen. Die Firma, die in den vierziger Jahren gegründet worden war, hatte noch Jahrzehnte nach dem Krieg weiterexistiert, bis sie Ende der achtziger Jahre aufgelöst wurde. Der Mitarbeiter der

Kammer hatte einen früheren Angestellten der Firma ausfindig machen können und mit ihm für morgen früh einen Termin vereinbart. Wir konnten ihn um neun Uhr im Palais de la Bourse treffen, dem Sitz der Kammer an der Canebière, wie Janvier erklärte.

Seine Familie musste wirklich einflussreich sein, wie sonst brachte man eine Art Behörde dazu, so schnell und umfassend Ergebnisse zu liefern? Er kündigte an, uns morgen gegen halb neun abzuholen, und bevor er auflegte, entschuldigte er sich noch einmal, seinen Pflichten als Gastgeber nicht ausreichend nachkommen zu können. Seine Bitte um Verständnis klang wie ein Verweis auf bessere Zeiten, deren er sich sicher zu sein schien. Dass ich ihn auch hören konnte, ahnte er nicht.

»Weiß seine Frau von euch?«, fragte ich, nachdem Anna das Handy wieder eingesteckt hatte.

»Das bezweifle ich«, sagte Anna und stand auf.

Wir hatten wieder Zeit. Bis morgen früh. Ich hatte Angst.

»Wie wär's mit einem Aperitif?«, fragte Anna. »Die kleine Bar da vorne sah nett aus. ›Trois Coins‹?«

»›*Treize* Coins‹«, sagte ich und blickte zu ihr hoch.

Im Gegenlicht konnte ich ihr Gesicht nicht erkennen, aber ich sah es vor mir. Den kleinen Hautfleck über der Lippe, ihre Augen, die niemals müde wurden, die Stirnfalte, die sich sicher schon gebildet hatte, weil ich mir wieder zu viel Zeit ließ.

»Fahren wir zurück«, sagte ich. »Wir haben Pastis, und in der Küche habe ich jede Menge Wein gesehen.«

Vielleicht lächelte sie, oder sie sah mich zögernd an. Wahrscheinlich nicht. Ratlos war sie selten, kleinmütig nie.

»Okay«, sagte sie.

Dann stand ich auf und konnte sie sehen.

DANN

Dann fuhr ich uns zurück, und Anna schmiegte sich an meinen Rücken. Dann stellten wir den Roller in die Garage und holten uns an einem Stand eine Pizza, gingen hinunter zum Strand, aßen schweigend im Sand und hörten dem Bongospieler zu, dessen Rhythmus uns einhüllte wie eine Decke, bis die Sonne im Meer versunken war. Dann gingen wir die Stufen zur Villa hoch und zählten sie dabei, holten Wein und Gläser aus der Küche und setzten uns auf die Terrasse.

Dann sprachen wir doch.

Dann fragte mich Anna zum ersten Mal nach der Nachbarin, auf deren Trauerfeier sie mich abgeholt hatte. Mir fiel ein, dass ich mit Karin schweigen konnte wie mit niemandem sonst, und Anna erzählte von ihrer Mutter, die so viele Arten zu schweigen kenne wie Eskimos Wörter für Schnee. Weil ihr Gesicht leer wurde, versuchte ich sie zum Lächeln zu bringen mit der Geschichte vom Tennisspieler, in dessen Namen ich zweihundertzwanzig Seiten geschrieben hatte, obwohl er auf alle meine Fragen nicht mehr als Ja und Nein geantwortet hatte. Anna revanchierte sich mit der Anekdote vom finnischen Regisseur, der bei ihrem ersten Treffen im Café Einstein drei Wassergläser voll Wodka getrunken hatte, ohne ein einziges Wort zu sagen.

Dann ging es hin und her, stockend und fließend und leicht und schwer, und dann stand ich auf, legte die Hände auf Annas Schultern und sagte, wir sollten jetzt schwimmen gehen.

Dann gingen wir hinunter, schwammen angetrunken hinaus aufs schwarze Meer, sahen uns nicht und berührten uns kaum, kamen nass zurück, weil wir nicht an Handtücher gedacht hatten, und dann tranken wir noch ein Glas.

Dann standen wir auf, dann verging die Nacht.

KELLER **In der Säulenhalle des Palais de la Bourse** wurden wir von Monsieur Perrodin empfangen, dem Direktor der CCI, der höflich zu uns war und liebenswürdig zu Janvier. Perrodin stellte uns den kleinen Mann vor, der neben ihm stand und aussah wie ein greisenhafter Asterix, der eine Zeitreise hinter sich hatte, die ihn dazu zwang, eine fischgraue Anzughose und ein weißes Hemd zu tragen, die er beide nicht ausfüllen konnte. Auch Etienne Moletto musste einen Zaubertrank besitzen, den er regelmäßig zu sich nahm, die geplatzten Äderchen auf seiner Nase und sein zerfurchtes graues Gesicht erzählten davon. Anna und ich gaben ihm die Hand, Janvier begnügte sich mit einem neutralen Nicken. Offenbar wurden von beiden Regeln beachtet, die ich nicht kannte.

Der kleine Herr Moletto, bis vor fünfundzwanzig Jahren Geschäftsführer der Firma Legrand, die während des Kriegs die Schiffsladung aus Thessaloniki erhalten hatte, wirkte aufgeräumt und hilfsbereit und war informiert. Er wollte nicht wissen, welches Interesse sein früherer Arbeitsplatz nach so vielen Jahren hervorgerufen hatte, er stellte keine Fragen. Er schlug vor, gleich zum ehemaligen Sitz der Firma zu gehen, um die Dinge vor Ort »verständlicher« zu besprechen. So jedenfalls übersetzte es Janvier, auf dessen Dolmetscherdienste wir wegen Molettos ausgeprägtem Marseiller Idiom nicht verzichten konnten. Wir waren einverstanden, und Perrodin schien erleichtert, uns verabschieden zu können. Er trug Janvier Grüße für seinen Vater auf.

Parallel zum Quai du Port gingen wir an der Rückseite des Rathauses vorbei in Richtung Le Panier. Moletto ging langsam, hatte anscheinend ein Problem mit seinem linken Bein, aber er sprach schnell. Janvier, dem es gutging in der Gegenwart, schienen die alten Geschichten, die Moletto unterwegs über ihre Stadt erzählte, nicht zu gefallen. Er übersetzte sie mit einer subtilen Distanz im Ton, die ich bemerkenswert fand bei einem, der eine Sprache benutzte, die nicht seine eigene war.

Nachdem die Alliierten in Nordafrika gelandet waren, wurde Südfrankreich, angeblich frei bisher, angeblich verwaltet von der Vichy-Regierung, schließlich doch von den Deutschen besetzt. Das undurchsichtige wie undurchdringliche Le Panier und die angrenzenden Hafengebiete galten als Hort der Résistance, und was war da naheliegender, als den Sumpf vollständig auszutrocknen? Im Januar 1943 wurden zwanzigtausend Bewohner der Altstadtviertel von der SS evakuiert, mit kollegialer Hilfe der französischen Polizei, um in einem Lager bei Fréjus interniert zu werden, und fast zweitausend von ihnen, Juden, Widerstandskämpfer und andere Störelemente, wurden weitertransportiert in die Todeslager Osteuropas. Im Februar – man hatte darauf gewartet, dass Joseph Goebbels in der Stadt war und die Aktion mit eigener Hand fröhlich filmen konnte – sprengten die Deutschen dann große Teile der Altstadt weg, offiziell um den Widerstandskämpfern jede Möglichkeit zum Untertauchen zu nehmen. Dass französische Immobilienhaie auf diese Weise an die begehrten Filetgrundstücke am Hafen kamen, war in den Augen der Marseiller Bürgerschaft bis heute nichts als Zufall. Honni soit qui mal y pense.

Janvier verdrehte die Augen, war anscheinend aber anständig genug, um auch das zu übersetzen, was ihm selbst unanständig erschien. Moletto, der nicht aussah, vermutlich auch nicht sprach, als hätte er eine weiterführende Schule von innen gesehen, hielt uns tatsächlich einen geschichtlichen Vortrag, aber wir ahnten nicht, worauf das hinauslief. Über die Place de Lenche, auf der die zahllosen Restauranttische um diese Uhrzeit noch nicht gedeckt waren, führte er uns in eine schmale Gasse, die Rue de L'Evêché, und erzählte weiter.

Ein Mann namens Gérard Legrand gehörte zu den glücklichen Franzosen, die dank der Deutschen an ein Haus im Panier kamen. Das Ladengeschäft im Erdgeschoss nutzte er für seine Firma, die er im Februar 43 gegründet hatte. Das Stockwerk über dem Geschäft bewohnte er mit seiner Frau selbst, die anderen vermietete er. Im Handelsregister von Marseille war die Firma *Legrand SARL* als Importgesellschaft eingetragen.

Vor dem letzten Haus, das am Treppenaufgang zum oberen Teil des Viertels lag, blieb Moletto stehen, als interessiere er sich für die Obst- und Gemüseauslagen der kleinen Epicerie.

»Das hier«, sagte er, »Legrands Haus.«

Das brauchte Janvier nicht zu übersetzen.

Wir folgten Moletto in den Laden. Ein junger Nordafrikaner grüßte ihn mit einem teilnahmslosen Nicken, und nachdem der alte Mann etwas zu ihm gesagt hatte, nickte er noch einmal, diesmal ohne von seinem Handy aufzusehen. Moletto hinterher gingen wir durch den Laden und ließen uns zwei Stockwerke tief in den Keller führen, bis wir vor einer angerosteten massiven Metallwand standen. Moletto brauchte keinen Schlüssel, um die Tür zu öffnen.

»Es gab eine Alarmanlage, aber sie war gar nicht nötig«, übersetzte Janvier. »Als er am Ende dichtgemacht hat, hat er die Anlage an einen Blumenhändler am Friedhof von Saint Pierre verkauft. Wozu braucht ein Blumenhändler eine Alarmanlage?«

Mir war nicht klar, ob der letzte Satz aus Molettos oder aus Janviers Kopf stammte, aber es war nicht wichtig. Moletto schaltete das Licht an, und im schwachen Schein einer einzelnen Glühbirne sahen wir, dass wir in einem knapp dreißig Quadratmeter großen moderigen Raum standen, in dem leere Gemüsekartons, Autoteile, Möbel, Fässer, ein Kinderwagen, Elektrogeräte, Stahlseile und ein Außenbordmotor vor sich hin rotteten.

»Hier standen die zweiunddreißig Kisten und damals nichts anderes«, sagte Moletto, übersetzte Janvier. »Die erste und einzige größere Lieferung an die Firma Legrand, die ein paar Wochen nach der Firmengründung im März 1943 aus Griechenland eintraf und dreiundvierzig Jahre eingelagert blieb.«

Anna und ich sahen uns an.

»Nein, *neunundzwanzig* Kisten blieben hier. Drei wurden 1948 abgeholt. Es hatte mit der deutschen Währungsreform zu tun, sagt er. Die anderen Kisten blieben einfach da. Über vierzig Jahre lang.«

Legrand starb 1954 bei einem Autounfall auf der kurvenreichen Straße nach Cassis. Seine Witwe zog aus, und die Firma wurde an einen Mann namens Touery übergeben. Der wiederum übergab sie 1969 an Monsieur Moletto, der die Firma führte, bis sie 1987 abgewickelt wurde.

»›Übergab‹? Er meint, Touery hat sie ihm verkauft?«, fragte ich, und Janvier reichte die Frage durch.

Moletto lächelte, schüttelte den Kopf und erklärte, dass sie alle drei nur offiziell Inhaber der Firma gewesen seien.

»Sie gehörte Rudolf Eissler«, übersetzte Janvier, doch das hatten wir schon verstanden. »Sie waren nur ... Wie sagt man?«

»Strohmänner«, sagte Anna.

Janvier nickte. Spätestens jetzt begann er sich zu wundern.

Die einzige Aufgabe von Moletto und seinen Vorgängern hatte darin bestanden, einen Geschäftsbetrieb zu simulieren. Sie durften und sollten die Firma dafür nutzen, um auf eigene Rechnung Importgeschäften nachzugehen, solange sie legal waren und nicht auffielen, aber das war, von der Fassade fürs Finanzamt abgesehen, im Grunde nicht nötig. Die Bezahlung war großzügig, und Moletto lebte mietfrei in einer schönen Wohnung. Die einzige Bedingung war, nicht in den Keller zu gehen und dafür zu sorgen, dass ihn auch niemand sonst je betrat. In einer Zeit, in der Le Panier das Armenhaus der Stadt war, bestand ohnehin keine große Gefahr, dass jemand einbrach, um nach Wertsachen zu suchen. Es gab keinen besseren Aufbewahrungsort.

»Wusste er, was in den Kisten war?«, fragte Anna.

»Gold«, sagte Moletto. Aber das habe er damals nicht gewusst, und nie habe er gefragt.

Wie vermutlich seine beiden Vorgänger vor ihm wunderte sich Moletto natürlich, dass die Kisten nie abgeholt wurden. Aber dafür gab es eine Erklärung. Rudolf Eissler, dem alten Patron, hatte der Inhalt der ersten drei Kisten genügt, um seine Schulden zu bezahlen und sein Geschäft in Deutschland zu eröffnen, einen im Laufe der Nachkriegsjahre immer erfolgreicheren Versandhandel. Den Rest der Kisten zu holen und zu Geld zu machen erschien dem Alten zu riskant, nachdem Max Merten in den fünfziger Jahren verhaftet wurde, als er auf der Suche nach ihnen war. Eissler brauchte das Gold nicht, er hatte genug Einnahmen, mehr als genug, er war ein ehrbarer Kaufmann geworden, der weder seinen Besitz noch seine Reputation aufs Spiel setzen wollte. Die Kisten in Marseille betrachtete er als Reserve für den äußersten Notfall.

Sein Sohn jedoch sah das anders. Die Klitsche seines Vaters war Martin Eissler nicht genug, und diese heuchlerische Philosophie der Bescheidenheit schien ihm feige. Doch solange der Vater lebte, waren ihm die Hände gebunden. 1987 starb Rudolf Eissler, und noch im selben Jahr ließ sein Sohn die Kisten holen und nach München zur Hausbank des Familienunternehmens bringen. Die Privatbank Löscher und Hellwig lagerte das Gold ein, das nach heutigen Maßstäben etwa einen Wert von hundertsechzig Millionen Euro besaß, und garantierte zur zukünftigen Verwendung die legale Herkunft der deponierten Werte. Die Bank legte einen Investmentfonds auf, einen der damals in Mode gekommenen *Exchange-traded Funds*, mit dem das Gold durch einzelne Investoren kapitalisiert und legalisiert wurde, ohne dass jemand jemals etwas anderes in die Hände bekam als einen Anteilschein, und der Erlös floss auf Eisslers Konten. Mit diesem Startkapital und den Mitteln, die ihm aus den Gewinnen des geerbten Stammhauses zur Verfügung standen, schuf Martin Eissler in den nächsten zwanzig Jahren nach und nach den großen Konzern, den er heute lenkte. Und nach und nach verschwand das Gold auch physisch aus den Tresoren der Bank, auf Umwegen meist in Richtung Indien, und mit ihm auch jede beweisbare Spur, die nach Saloniki und in den Zweiten Weltkrieg führen konnte.

Janvier hielt sich tapfer, aber es war nicht zu übersehen, wie sehr er sich zusammenreißen musste, um Molettos Worte zu übersetzen, ohne Fragen oder Flüche auszustoßen. Ununterbrochen sah er zu Anna, die sich mit jedem ihrer Blicke entschuldigte für das, was sie ihm aus heiterem Himmel zumuten musste.

Exchange-traded Fund, dachte ich, *Indien, Max Merten, Löscher und Hellwig*, das alles erzählte uns Asterix?

»Woher weiß er das alles so genau?«, fragte ich. »Vorhin hat er gesagt, er wusste damals nicht einmal, was in den Kisten war.«

Moletto holte ein gefaltetes Blatt Papier aus seiner Hosentasche und faltete es auf, es war beidseitig beschrieben. Fassungslos übersetzte Janvier, was er von Moletto hörte.

»Er sagt, er hat sich alles aufgeschrieben. Und memoriert. Der Patron hat ihn gestern angerufen. Er hat gesagt, Moletto soll euch alles sagen.«

Moletto blickte gründlich auf sein Blatt. Ich glaube, was er dann sagte, bedeutete so viel wie:

»Ich hoffe, ich habe nichts vergessen.«

GEFALLEN

»Was bedeutet das?«, fragte Janvier, als wir aus dem Laden traten.

Moletto hatte uns drinnen verabschiedet und war beim Ladenbetreiber geblieben. In Richtung Hafen gingen wir die Rue de L'Evêché zurück.

»Das Gold, das ist gestohlen, nicht? Im Krieg. Nazigold, nicht?«

Janvier war außer sich, er schoss seine grotesk betonten deutschen Wörter ab wie Pistolenkugeln.

»Alain, es tut mir leid«, sagte Anna. »Ich wollte dich da nicht reinziehen.«

»Was bedeutet das alles, Anna? Was bedeutet das? Warum bist du hier?«

Eine korpulente schwarze Frau in einer rosa Caprihose und türkisem T-Shirt, höchstens zwanzig, kam uns auf dem Bürgersteig entgegen. Mit der einen Hand hielt sie sich ein Handy ans Ohr, mit der anderen schob sie einen Kinderwagen vor sich her. Dicht hinter ihr ging ein junger Araber, der sicher noch keine zwanzig war, vielleicht der Vater des Kindes. Auch er telefonierte. Das Sozialamt der Stadt, das in der Straße hinter uns lag – Anna und ich hatten das Schild gestern bei unserem Spaziergang durch Le Panier gesehen –, war kein unwahrscheinliches Ziel für die beiden. Um mich von meinen eigenen Sozialproblemen abzulenken, stellte ich mir ein paar Schritte lang vor, der Mann und die Frau, Kinder eigentlich noch, vielleicht schon beide Eltern, telefonierten miteinander, und überlegte, was sie sich wohl zu erzählen hätten.

»Ich kann dir das jetzt nicht alles erklären, es ist ... kompliziert«, sagte Anna. »Du darfst niemandem davon erzählen. Bitte, Alain. Noch nicht. Es ist ungeheuer wichtig. Für dich selbst.«

»Für mich?«, sagte Janvier.

Er blieb stehen, sah Anna verständnislos an. Wir mussten vom Bürgersteig hinunter, um dem Kinderwagen Platz zu machen. Die junge Mutter hatte weder einen Dank noch einen Blick übrig, aber der große Junge hinter ihr lächelte uns freundlich an, als er näher kam, besonders Janvier, der unübersehbar eine Aufmunterung zu brauchen schien. Sein Handy nahm der junge Mann in diesem Moment herunter, gleichzeitig griff er mit der anderen Hand in seine Hosentasche, zog ein Springmesser heraus und ließ die Klinge hervorschnellen.

Warum ich sofort reagierte, weiß ich nicht. Aber ich konnte nichts ausrichten, weil ich nicht schnell genug an Anna vorbeikam, die zwischen uns stand. Das Messer bohrte sich tief in Janviers Brust, der Angreifer zog es sofort wieder heraus, drehte sich mit dem Schwung dieser Bewegung um und lief davon. Ich hatte versucht, ihm in den Arm zu fallen, vergeblich, ihn aber noch berührt. Ich hatte etwas angefangen, was ich einfach fortsetzte, ohne nachzudenken. Ich lief ihm hinterher. Anna schrie Janviers Namen, immer und immer wieder, und obwohl ich mich nicht umdrehte, wusste ich, dass sie schon dabei war, alles zu tun, was eine Ärztin ohne Hilfsmittel tun kann, um ein Leben zu retten.

Ich hatte genug, ein für alle Mal, und irgendjemand musste das zu spüren bekommen. Dass ich gegen ein Messer nichts bewirken konnte, wusste ich, und vielleicht fragte ich mich auch, ich erinnere mich nicht mehr, was ich tun würde, wenn ich ihn zu fassen bekäme. Aber so weit war ich nicht, jetzt ging es ums Laufen. Das war anstrengend und absurd genug.

Der Mann, der Janvier töten sollte und es vielleicht geschafft hatte, bog rechts in die nächste Straße ein, die zur Notre-Dame de la Major und zu den neuen Gebäuden am Hafenbecken führte. Sein Vorsprung war groß. Er war über zwanzig Jahre jünger als ich, mit Sicherheit verbrachte er seine Tage nicht am Schreibtisch, und falls er rauchte, hatte er noch nicht die hunderttausend Zigaretten verqualmt, die mir selbst die Brust einschnürten. Ich hatte keine Chance, ihn zu erwischen, doch als er die stark befahrene Place de la Major vor der Kirche zu überqueren versuchte, gelang es nicht allen Autos, rechtzeitig abzubremsen. Ich sah, dass ihn ein kleiner Lieferwagen am Bein erwischte, bevor der Fahrer das Auto zum Stehen bringen konnte. Der junge Araber schrie auf, aber er blieb auf den Beinen, stützte sich an der Motorhaube ab und rannte humpelnd weiter. Als ich selbst über die Fahrbahn lief, standen die meisten Autos noch. Jetzt hatte ich eine echte Chance, ihn zu kriegen. Meine Angst wuchs, sie trieb mich an.

Über den Kai an der Villa Méditerranée vorbei lief der Kerl direkt auf das neue, fast fertige Museum daneben zu. Ich hatte keine Ahnung, warum er das tat, drinnen würde er in der Falle sitzen. Dann fiel mir der Steg ein, der vom Dach des Museums zum Fort Saint Jean führte. Er wollte ins Gebäude, um mich drinnen abzuschütteln, zur Festung zu gelangen und sich von dort aus im Gewimmel des Alten Hafens unsichtbar zu machen. Durch die Glaswand sah ich, wie sich ihm drinnen ein Bauarbeiter in den Weg stellte. Er stieß ihn beiseite und ließ sich auch nicht durch seine wütenden Schreie aufhalten. Als ich das Gebäude betrat und an dem Bauarbeiter vorbeilief, blickte er mich nur stumm an, als hätte er eingesehen, dass er sich besser nicht einmischen sollte.

Statt eines Treppenhauses gab es einen Rundgang, der nach oben führte. Immer wieder verlor ich ihn aus den Augen, immer wieder sah ich ihn, ich sah auch das Messer, das er noch in der Hand hielt. Ich bekam kaum noch Luft. Inzwischen war ich in einem Alter, in dem ein Herzinfarkt nicht mehr unwahrscheinlich ist. Plötzlich sehnte ich mich danach. Nach einem Grund, endlich aufzuhören. Ich sah mich auf den Boden sinken wie Janvier, unverschuldet unfähig, noch irgendetwas ausrichten zu können. Ich konnte gerettet werden. Ein Bypass, ein Stent, was auch immer, ein paar Tage im Krankenhaus, dann ab nach Hause. Ich dachte an meinen Auslandskrankenschutz, der ein ganzes Jahr gültig war und sich zum Glück automatisch verlängerte, und lief weiter, verringerte den Abstand Meter um Meter. Meine Kondition war miserabel, aber er war verletzt. Im obersten Stock wich er Bauarbeitern aus und stieß am Durchgang zur Dachterrasse gegen den Rahmen einer Tür, deren Glas noch nicht eingesetzt war. Er verlor sein Messer, und als er es aufhob, verlor er Zeit. Ich war dicht hinter ihm und sah, dass er tatsächlich auf den Steg zulief, der vom Museumsdach über den Festungshof auf den oberen Teil des Forts führte.

Dort, auf dem Steg, holte ich ihn ein.

Ich hätte gleich an sein verletztes Bein denken sollen, aber ich griff nach seiner Schulter, als wollte ich in irgendeinem Gewühl einen Bekannten auf mich aufmerksam machen. Er wirbelte herum, mit aufgerissenen Augen, in denen ich die Angst sehen konnte, die meine Chance war. Ich wich zurück, entkam seinem Messer, machte sofort darauf einen Schritt nach vorne, ihn überrumpelnd, mich selbst überraschend, und trat mit aller Kraft gegen sein linkes Bein. Der Schmerz, der ihn durchfuhr, gab mir Zeit, mit meiner linken Hand seine rechte zu greifen, sie von mir wegzuhalten und ihn mit meinem ganzen Gewicht ans Geländer zu drücken.

Er war jünger als ich, größer, aber auch mindestens zehn, fünfzehn Kilo leichter. Es gelang ihm nicht, sich von mir zu befreien. Meinen Kopf hielt ich so weit wie möglich von seinem fern, weil ich fürchtete, er könne klug und verzweifelt genug sein, mich zu beißen. Er drückte sich gegen mich, wand sich, zappelte, er schrie, versuchte seine Hand mit dem Messer aus meinem Griff zu lösen, aber er schaffte es nicht. Er war angeschlagen. Verletzt, überrascht, verängstigt. Ein Kind, das nicht mit Konsequenzen gerechnet hatte.

Und ich hatte mehr als den Zorn dieses Tages in mir. Ich hielt den jungen Araber fest, der kaum älter war als Ben, aber ich versuchte, Eissler in meine Gewalt zu bekommen. Ein Patt. Wir würden ewig so dastehen. Dafür musste ich sorgen. Sobald ich losließ, hatte ich ein Messer im Bauch.

Aus den Augenwinkeln sah ich zwei Bauarbeiter. Sie kamen näher, blieben aber auf dem Dach stehen, betraten den Steg nicht. Da war ein Messer. Da waren zwei Leute, die sie nicht kannten. Die verbissen miteinander rangelten. Wessen Partei sollten sie ergreifen, für wen von ihnen das eigene Leben gefährden? Einer der Männer holte sein Handy hervor. Die Polizei zu rufen war eine gute Idee. Wenn sie eintraf, konnte sie an meiner Leiche Spuren sichern.

Der Junge spuckte mich an, bäumte sich auf, trat mir mit seinem Knie zwischen die Beine. Ich brüllte den Schmerz fort, stemmte mich noch stärker gegen ihn, drückte seinen Oberkörper nun fast vollständig über das Geländer, versuchte sein Gewicht und den verlagerten Körperschwerpunkt zu nutzen, um ihn irgendwie in den Griff zu bekommen. Später würde ich mich daran erinnern, dass mich diese letzten Bewegungen die Kraft gekostet hatten, die ich brauchte, um seine Hand mit dem Messer ausreichend zu fixieren. Später würde ich mir so gut wie sicher sein, dass der Junge die Hand beinahe schon herausgewunden hatte. Dass es um Sekunden ging. Ich würde mich damit beruhigen, dass es Notwehr war. Es war Notwehr. Und ich wusste, was ich tat.

Ich stieß ihn hinunter. Es ging leichter, als ich es mir vorgestellt hätte. Schnell. Kein großes Zerren und Schieben. Er fiel einfach, fast wie von alleine, schlug im Hof der Festung auf. Blieb reglos liegen. Die Bauarbeiter liefen zum Rand des Museumsdachs, blickten hinunter. Ich rannte sofort los, den gleichen Weg zurück, vorbei an anderen Männern, die mich anstarrten. Keiner hielt mich auf, keiner hinderte mich daran, das Gebäude zu verlassen. Draußen auf dem Quai klingelte mein Handy. Ich holte es im Laufen heraus, vielleicht war es Anna.

Sie war es nicht. Die Nummer auf dem Display erkannte ich sofort, es war der Anschluss, von dem ich in der Nacht vor unserem Abflug nach Istanbul in Thessaloniki angerufen worden war. Ich ging dran, noch immer atemlos.

»Can«, sagte Eissler, »Can? Tu mir einen Gefallen und beruhige dich. Es ist vorbei.«

Ich glaubte nicht, dass er eine Erwiderung erwartete.

»Im Großen und Ganzen wisst ihr ja jetzt Bescheid. Über die Details können wir reden, wenn wir uns sehen. Du hast sicher noch ein paar Fragen.«

Ich hatte nur eine.

»Warum schicken Sie dieses Kind?«

»Welches Kind?« Er schien wirklich überlegen zu müssen. »Ach, du meinst den jungen Burschen, den du töten musstest? Ich habe ihn nicht ausgesucht. Das wurde vor Ort entschieden. Tut mir leid, dass er dir Schwierigkeiten gemacht hat. Ich habe nicht damit gerechnet, dass du ihn verfolgst. Zum Glück ist es gutgegangen.«

Ich blickte mich nicht um, aber ich ging langsamer. Er war bei mir.

»Um Dr. Janvier tut es mir auch sehr leid. Ihr hättet ihn niemals damit behelligen dürfen.«

Milder Tadel in seinem Ton, aber auch hörbare Nachsicht. Er hatte uns schon verziehen.

»Versuch bitte, Anna zu erklären, dass es nicht um Gefühle ging. Ausschlaggebend waren nur geschäftliche Gründe. Ich nehme an, du verstehst das.«

Ich war wieder an der Kathedrale, mein Atem wurde allmählich ruhiger. Aber ich hatte nicht vor, ihn zum Sprechen zu nutzen.

»Wir sehen uns dann in Deutschland«, sagte Eissler, »aber es kann ein bisschen dauern. Ich denke, es wäre nicht schlecht, wenn ich erst mal ein paar Tage mit Max verreise. Bringt ihn auf andere Gedanken. Hast du eine Idee, was ihm in seinem Alter gefallen könnte?«

Ich drückte ihn weg. Und lief los.

ABZWEIGUNG **Moletto stand in dem kleinen Pulk,** der sich in der Rue de L'Evêché gebildet hatte, und nickte mir einen freundlichen Gruß zu. Janvier, der noch an derselben Stelle lag, wurde inzwischen von drei Männern behandelt, deren Rastlosigkeit im Verhältnis zur Reglosigkeit des Körpers vor ihnen lächerlich wirkte. Quer daneben stand der Rettungswagen und blockierte die Gasse. Anna lehnte daran, blutverschmiert zum wievielten Mal, und blickte ausdruckslos auf Janvier hinunter. Im Gegensatz zu mir verstand sie, was zu sehen war. Worauf das alles hinauslief. Falls es nicht schon vorbei war.

Kripobeamte sah ich nicht, aber fünf, sechs uniformierte Polizisten, die zu Fuß gekommen sein mussten; gegenüber dem Sozialamt befand sich in der nächsten Querstraße keine zwanzig Meter entfernt eine Polizeiwache. Bei Anna war noch kein Beamter. Ich ging zu ihr, sie sah mich nicht an.

»Anna, wir müssen gehen. Sofort.«

»Das Herz«, sagte sie, »das Herz. Er wusste, was er tun musste.«

»Lass uns gehen. Bitte.«

Anna rührte sich nicht, wandte ihren Blick nicht von Janvier ab.

»Eissler hat mich angerufen.« Ich sagte nicht, dein Mann, das sagte ich schon lange nicht mehr. »Er will zu Max.«

Es gibt kein Entsetzen, das sich nicht steigern lässt. Jetzt sah Anna mich wenigstens an. Ich nahm sie am Arm und zog sie mit. Ich achtete darauf, dass wir nicht zu schnell gingen. Bevor wir uns abwandten, sah ich Molettos Lächeln. Auf dem Place de Lenche begannen wir zu laufen. In der Rue de la Loge, die oberhalb des Alten Hafens parallel zum Quai verlief, zog ich Anna in einen Hauseingang.

»Ruf deine Mutter an«, sagte ich.

Anna nahm ihr Handy heraus, starrte aber darauf, als sähe sie es zum ersten Mal. Zitternd. Die Erste Hilfe des Schocks ließ nach.

»Schon gut«, sagte ich. »Schon gut.«

Ich nahm Anna das Handy aus der Hand, fand die Nummer nicht

unter M, sondern unter E (»Edelgard Roth«) und rief an. Ich musste mich nicht lange vorstellen, Annas Mutter konnte mich auf Anhieb einordnen. Sie verstand auch sofort, als ich sagte, dass sie das Haus mit Max auf der Stelle verlassen musste. Grundsätzliche Fragen stellte sie nicht, aber eine konkrete.

»Wo sollen wir hin?«

»Irgendwohin, wo Menschen sind. So öffentlich wie möglich. Nehmen Sie Ihre Freundin mit und Ihr Personal. Je mehr Zeugen, desto besser.«

Annas Mutter versprach, das Haus mit Max sofort zu verlassen; ich kündigte an, sie anzurufen, wenn wir wussten, wann wir in Rom landeten. Dann legte ich auf, steckte das Handy zurück in Annas Hosentasche und nahm sie an der Hand. Wir gingen nach rechts auf den Platz hinter dem Rathaus, hinunter zum Hafen.

»Woher weiß er, wo Max ist?«, sagte Anna.

»Ich habe ihn umgebracht«, erwiderte ich. »Der Kerl, der Alain angegriffen hat, ich glaube, er ist tot.«

In Annas Augen blitzte Schrecken auf. Mitgefühl. Der Beginn einer neuen Lähmung. Ich ging einfach weiter, nach ein paar Schritten war sie wieder neben mir. Am Alten Hafen hielt ich ein Taxi an und ließ uns zur Villa fahren, wo noch unsere Sachen waren. Ich konnte mein Notebook nicht zurücklassen, die beste aller Spuren, Anna musste das Blut abwaschen und sich umziehen. Der Taxifahrer starrte sie im Rückspiegel die ganze Zeit an. Als wir vor der Treppengasse zum Haus hielten, gab ich ihm genug Geld, um seine Neugier zu zügeln und ihn warten zu lassen. Auch in der Villa von Janviers Schwester sprachen wir kein Wort. Die mechanischen Abläufe, zügig ausgeführt, hielten Anna davon ab, zusammenzubrechen. Ich sorgte dafür, dass ihr Blick nicht mehr auf das große Foto im Wohnzimmer fiel, das die Schwester mit Janvier und dem Rest ihrer großen Familie zeigte.

Im letzten Augenblick bekamen wir einen Direktflug nach Ciampino. Anderthalb Stunden Flugzeit, am frühen Nachmittag würden wir in Rom sein. Als der Bordservice mit den Getränken kam, gab ich

Anna zwei meiner Tabletten, die sie ohne Zögern schluckte, nahm aber selbst keine, weil einer von uns klar bleiben musste, obwohl ich nichts weniger wollte, als klar zu bleiben. Anna hatte ihre Augen schon geschlossen, als sie sagte, dass sie Janvier auf dem Gewissen habe. Ich schwieg. Weil sie recht hatte. Sie hatte Eissler einen Grund gegeben, rational zu handeln.

Irgendwann hatte Anna, die junge Frau, die ihr Leben noch vor sich hatte, Janvier geliebt, den jungen Mann, dessen Leben schon verplant war. Ein Teil von ihr hatte damals vielleicht nicht aufgehört, zu warten und zu hoffen, obwohl es immer eine Beziehung auf Zeit gewesen war. Anna kannte die Grenzen, Janvier hatte ihr damals in München reinen Wein eingeschenkt. Aber das hieß nicht, dass sie verstanden hatte, was es bedeutete. Er war die Abzweigung in Annas Leben, die sie nicht genommen hatte, weil die Einfahrt verboten war. Anna ging weiter, nahm eine andere, und dieser andere Weg kostete Janvier am Ende das Leben.

Anna bewegte sich nicht, und sie sagte nichts mehr. Sie war eingeschlafen, nahm ich an. Ich wusste nicht, was ich tun sollte, wie ich vermeiden konnte, darüber nachzudenken, dass wir die Gefahr genau gekannt hatten, in die wir Janvier gebracht hatten.

Ich selbst hatte mich nicht nur verstricken lassen. Ich hatte meine Hände benutzt.

NICHTS

Der Boden öffnet sich nicht, das Herz setzt nicht aus. Man schnallt sich an, man trinkt etwas, und man weiß, irgendwann wird man auch essen, später schnallt man sich ab, man steht auf. Man nimmt ein Taxi, man hat dieselbe dumpfe Angst wie zuvor, dieselbe Taubheit gegenüber dem, was kommen mag. Nichts geschieht. Man atmet dieselbe Luft, niemand starrt einen an. Niemand sieht den Triumph, niemand die Erleichterung. Die Freiheit. Es war Notwehr. Es war unumgänglich. Nur ein flüchtiger Moment, der gutgegangen war. Nichts war geschehen. Weil ich getan hatte, was ich tun musste und tun konnte. Ich hatte gehandelt, wie Captain Sully gehandelt hätte. Ich hatte mich nicht beirren lassen.

NACH HAUSE

Sie waren wieder zurück und standen mit uns im Salon des kleinen Palazzo in Parioli. Annas Mutter und Signora Oldoini, die Freundin der Mutter, der ältere Herr im Anzug, der uns empfangen hatte, und eine junge Frau, die sich an der Tür bereithielt und die Kunst, sich unsichtbar zu machen, noch besser zu beherrschen schien als der Mann im Anzug. Nur einer fehlte.

»Er ist sein Vater«, sagte Annas Mutter. »Was hätte ich tun sollen? Die Polizei rufen? Mit welcher Begründung?«

Die Wirkung der Tabletten konnte noch nicht nachgelassen haben, aber offensichtlich war sie nicht stark genug für Anna.

»Woher wusste er, wo ihr seid? In einem Restaurant, sagst du? Wie soll er gewusst haben, wo?«

Anna schrie.

»Von Max!«, sagte Annas Mutter ruhig. »Max hat ihn selber angerufen. Sie haben ständig miteinander telefoniert, hat Martin gesagt.« Martin. Unbefangen, vertraut. Ein betretener Blick zur Tochter, die ihre Beherrschung verlor. »Martin hätte ihn längst abholen können. Max hat ihn jeden Tag mehrmals angerufen. Er wollte nach Hause. Zu seinem Vater.«

»Das ist nicht wahr.« Anna ging auf ihre Mutter los. »Das hättest du nicht zulassen dürfen.«

Ich fing Anna gerade noch ab, schloss die Arme um sie.

»Lass mich los.«

»Du musst dich beruhigen. Anna, bitte.«

Vergebens flüsterte ich, natürlich konnte uns jeder hören. Ich hätte nicht sagen können, ob der Blick der Mutter angewidert oder mitleidig war, mitfühlend war er nicht.

»Schon gut. Ja, okay. Lass los, bitte. Alles okay.«

Ich ließ Anna los. Beruhigt hatte sie sich nicht, aber sie hatte sich einigermaßen unter Kontrolle.

»Wo sind sie?«, fragte sie leise.

»Martin hat gesagt, sie fahren nach Hause.«

Anna nickte und sah mich dabei an, als erwarte sie etwas von mir. Wie hätte ich die Tränen aufhalten sollen, die ihr lautlos über das Gesicht liefen?

»Kann ich … Ich würde gerne das Bad benutzen«, sagte Anna.

Auf Italienisch gab Signora Oldoini der jungen Frau an der Tür eine Anweisung, und die führte Anna sofort hinaus. Annas Mutter und ihre Freundin setzten sich wortlos, niemand bot mir einen Platz an. Der ältere Mann, Hauswart, Butler, was auch immer, nahm immer noch keine Notiz vom Geschehen. Mir war bewusst, dass Signora Oldoini zumindest ein wenig Deutsch verstehen musste.

»Martin Eissler hat Ihren Mann ermorden lassen«, sagte ich zu Annas Mutter. »Anna hat es vor kurzem erfahren. Wussten *Sie* es?«

Ich weiß nicht, worauf ich gehofft haben mochte. Mit den vollkommen gleichmütigen Blicken jedenfalls, mit denen mich beide Damen ansahen, hatte ich nicht gerechnet. Die junge Frau kam zurück und stellte sich wieder an die Tür.

»Ich kann mir nicht vorstellen, dass Sie wirklich eine Antwort darauf erwarten«, sagte Annas Mutter. »Wenn Sie nicht damit aufhören, erhalten Sie aber sicher eine von Herrn Eissler.«

Ich bekam noch einen letzten Blick, der glaubwürdig bemüht war, meine Schamlosigkeit zu ergründen, dann löste ich mich in Luft auf und hörte nur noch mein eigenes Atmen. Die Minuten dehnten sich wie Stunden. Irgendwann traute ich meinem Gefühl.

»Wo ist das Bad? Wo haben Sie Anna hingebracht?«, fragte ich die Frau an der Tür, erst auf Englisch, dann auf Französisch. Sie rührte sich erst, als ihre Chefin auf Italienisch mit ihr sprach.

Die Tür war nicht abgeschlossen, das Bad leer. Natürlich war es das. Im Entree schnappte ich mir nur meine Tasche mit dem Notebook und lief los, das Handy schon am Ohr. Auf der Straße war Anna nicht mehr, und ans Telefon ging sie auch nicht. Ich hielt ein Taxi an, ließ mich nach Fiumicino fahren, rief unterwegs dutzendmal an, hinterließ eine Nachricht nach der anderen. Den Flug nach Hamburg bekam ich nicht mehr, das Boarding war abgeschlossen, ich hatte Anna um Minuten verpasst. Es gab noch einen Flug nach München mit direktem Anschluss nach Hamburg, ich würde etwa anderthalb Stunden nach Anna dort eintreffen.

Anderthalb Stunden reichen, um sich einen Film anzusehen. Oder dafür zu sorgen, dass nichts mehr ist wie zuvor.

RICHTIG

Hätte ich den Brand legen müssen, ich hätte mich auch für Eisslers Bibliothek entschieden. Die Ikone war von der Wand gerissen worden und stand in Flammen. Wie der Teppich, auf dem sie lag. Wie das grüne Cembalo, wie die Regale mit den Büchern und den Prominentenfotos, wie die Sessel. Der Kunststoffkanister, aus dem das verwendete Benzin stammen musste, hatte schon zu schmelzen begonnen. Zum Glück stand die Haustür auf, als ich kam. Vom Flughafen hatte ich mich direkt zu Annas Privatadresse fahren lassen, weil ich nicht wusste, wo ich sonst nach ihr suchen sollte, aber ich hatte kaum damit gerechnet, sie anzutreffen. Mit einem Feuer hatte ich noch weniger gerechnet.

Die Feuerwehr war unterwegs, aber ich konnte nicht einfach hinausgehen und warten. Falls Anna noch hier war, musste ich sie in Sicherheit bringen. Ich musste sie suchen. Ich hatte Angst, Eissler zu finden. Darauf war ich nicht vorbereitet, aber würde ich es jemals sein? War Sabbatai Zwi vorbereitet, als er vor den Sultan geführt wurde? Wusste er, dass er aufgeben würde? In einer der Hotelnächte hatte ich auf Simon Jacobs Internetseite einen Artikel gefunden, in dem ein Zeitzeuge zitiert wurde, der behauptete, auf dem Weg zum Sultan habe den Messias jeder Mut verlassen, weil er nur einen schäbigen grünen Gürtel trug. Das hatte ich sofort verstanden. Ein einziges Detail konnte ausschlaggebend sein.

In den Wohnbereich hatte das Feuer noch kaum übergegriffen. Den größten Schaden verursachte hier vorläufig die Sprinkleranlage, die die Bilder von Hockney und Rauch bereits ruinierte, aber nichts von Bedeutung ausrichten würde, wenn die Flammen die Kontrolle auch in diesem Raum übernahmen. Ich ging weiter, rief laut nach Anna, wurde aber von den Geräuschen des Feuers, der Sprinkleranlage und von den grellen, asynchronen Alarmlauten übertönt. Es schien niemand da zu sein. Weder Anna noch Eissler, kein Personal. Während das Haus von immer mehr Rauchschwaden angefüllt wurde, die nach oben zogen, ging ich Etage für Etage hoch und kämpfte gegen die Furcht an, dass ich mein Leben in einem menschenleeren Haus sinnlos riskierte. Ganz oben fand ich sie, in ihrem Arbeitszimmer im Dachgeschoss.

Mit feuchten Haaren saß Anna unter ihrer Glaskuppel auf dem Boden, den Rücken an die Chaiselongue gelehnt, die Knie angezogen und umarmt wie ein junges Mädchen. Wo sie saß, erreichten sie nur wenige Wasserspritzer. Ich sah Anna, aber ich erkannte sie kaum. Ich weiß nicht, was ich erwartet hatte, aber diese Nacht hatte ich in ihren Augen noch nie gesehen. Einen Moment lang wollte ich ihr recht geben, mich neben sie setzen und einfach warten. Auch ich war müde. Aber noch hatte ich nicht verloren, was sie verloren hatte.

»Komm«, sagte ich. »Wir müssen hier weg.«

Sie blieb sitzen und sah mich an, als sei sie überrascht, dass ich es mir nicht bequem machte. Anscheinend hatte sie genug Zeit für einen Plausch.

»Da war kein Reservekanister im Auto. Ich musste zu einer Tankstelle. Die ganze Zeit hatte ich Angst, die sehen mir an, was ich vorhabe.«

Am liebsten hätte ich sie in den Arm genommen und ihr etwas vorgesungen.

»Haben sie keinen Verdacht geschöpft, oder hat ihnen deine Idee gefallen?«, fragte ich.

Fürs Erste hatte ich auch alle Zeit der Welt, war unbekümmert und geschwätzig. Wenn ich sie in Bewegung setzen wollte, durfte ich sie nicht aufscheuchen, hätte mit dem tadelnden Blick, den ich mir einfing, aber rechnen können. Auf Anhieb hatte ich sie noch nie zum Lachen gebracht.

»Ich hatte kein Geld dabei, keine Karten, nichts. Als ich losgefahren bin, habe ich nur an die Schlüssel gedacht. Ich habe ihm meine Uhr angeboten.«

Falls der Mann an der Kasse Kinder hatte, hätte ihn die Uhr um manche Sorge erleichtert, die ihm ihre Ausbildung bereiten mochte. Sie war noch an ihrem Handgelenk.

»Er wollte sie nicht«, sagte sie. »Er hat mich erkannt.«

Natürlich hatte er sie erkannt. Und zwei und zwei können die meisten zusammenzählen. Ich begann, mir die morgigen Schlagzeilen vorzustellen, und überlegte, welche Formulierungen ich selbst wählen würde. Wahrscheinlich hatte ich meinen Blick nicht unter Kontrolle.

»Was ist so komisch?«, fragte sie. »Worüber amüsierst du dich?«

»Lass uns gehen. Es wird Zeit.«

Sie blieb sitzen.

»Und die Scheißikone?«

»Brennt«, sagte ich.

Sie sah mich zufrieden an. Bevor es behaglich werden konnte, ging ich zu ihr und hielt ihr meine Hand hin.

»Er bekommt, was er verdient. Aber wir beide verschwinden hier jetzt.«

Sie rührte sich nicht, sah mich auch nicht mehr an. Wenn ich Glück hatte, musste sie nur einen Gedanken zu Ende bringen. Dass sie sich nicht drängen ließ, hatte ich oft genug erlebt. Inzwischen war Rauch im Zimmer, die Hitze allerdings hätte ich mir schlimmer vorgestellt. Ich glaubte, Sirenen zu hören, war mir aber nicht sicher. Ich war auch nicht sicher, ob sie leise noch etwas gesagt hatte. Es war einfach zu laut hier drin.

»Was sagst du?«, fragte ich.

»Das war doch richtig, oder? Das brauche ich doch alles nicht mehr.«

»Nein, brauchst du nicht mehr«, sagte ich, zog sie hoch und führte sie hinaus.

Durch das verrauchte Treppenhaus, in dem wir kaum noch etwas sehen konnten, gingen wir hinunter. Im Übergang zum ersten Stock bildeten Qualm und Hitze eine undurchdringliche Mauer. Während ich den Rauch irgendwie aushielt, wurde Anna von Hustenanfällen geschüttelt und bekam kaum noch Luft. Sie hatte ihre Reserven verbraucht, sie wollte nicht hinaus. Ich hielt sie unter den Armen, ging mit ihr wieder hoch in den zweiten Stock, musste sie nahezu tragen und rief die Feuerwehr an, deren Sirenen vor dem Haus nun deutlich zu hören waren. Von der Zentrale wurde ich mit dem Einsatzleiter vor Ort verbunden, der mich aufforderte, noch ein Stockwerk höher zu gehen, die Tür zum Treppenhaus sorgfältig hinter mir zu schließen und ein Fenster zur Straße zu öffnen, das groß genug war, um durchzukommen.

»Und du?«, fragte mich Anna verschreckt, als der Korb der Drehleiter vor dem Fenster angekommen war.

Der Feuerwehrmann hielt ihr die Hand hin.

»Und du?«, fragte Anna noch einmal.

»Ich komme sofort nach.«

Der Feuerwehrmann nickte, aber Anna rührte sich nicht. Und ließ mich nicht los. Vielleicht ahnte sie schon etwas, vielleicht war es nur der Reflex des verängstigten Kindes, das nicht alleingelassen werden wollte. Vorsichtig löste ich ihre Finger, jeden einzeln, strich ihr über die Wange und half ihr hinüber in den Korb. Während er hinunterfuhr, bekam Anna, die sich mit ihren Augen immer noch an mir festhielt, wieder einen starken Hustenanfall und drohte wegzusacken. Der Feuerwehrmann musste sie stützen, um sie auf den Beinen zu halten. Unten wurde Anna von Sanitätern in Empfang genommen und in einen Rettungswagen gebracht, wo sie sofort eine Sauerstoffmaske aufgesetzt bekam.

Kurz darauf stieg ich selbst in den Korb und wurde hinuntergefahren, aber ich ließ Anna nicht aus den Augen. Unten wollte ich sofort zu ihr, aber ein zweites medizinisches Team fing auch mich ab.

»Lassen Sie mich bitte durch«, sagte ich, »ich will wissen, wie es ihr geht.«

»Es geht ihr gut«, sagte die junge Frau, die mich aufhielt, in einem Tonfall, der oft und erfolgreich trainiert worden war. »Sie wird versorgt. Jetzt sind Sie dran.«

Sie lächelte, als teilte sie mir einen Millionengewinn mit.

»Geben Sie uns eine Minute«, sagte sie und fasste mich behutsam am Arm.

Ich sah zu Anna, die auf der Trage im Rettungswagen lag, die Sauerstoffmaske noch im Gesicht. Zwei Männer kümmerten sich um sie. Annas Augen konnte ich nicht mehr sehen. Ich wusste nicht, dass ich sie vorhin zum letzten Mal gesehen hatte.

Die Türen des Rettungswagens wurden von innen geschlossen. Sofort löste ich mich von der jungen Frau und lief los. Zu spät. Der Rettungswagen fuhr an. Ich blieb stehen und sah dem Wagen nach, bis er um die Ecke war.

Dann begann ich zu husten und sank auf die Knie.

HALLO

Ich bin ein Held, sagte die Zeitung, die ich in der Buchhandlung des Flughafens gekauft hatte. Der Artikel war der Aufmacher am 4. Juli, ich las ihn, während ich auf die Landung des Flugzeugs wartete.

Publikumsliebling Anna Roth, »(39, ›*Tropenwalzer*‹)«, war beinahe Opfer des verheerenden Feuers in ihrer Hamburger Villa geworden. Ghostwriter Can E., der mit ihr verabredet war, um an ihren Memoiren zu arbeiten, war glücklicherweise zur Stelle, als sie im brennenden Haus von den Flammen eingeschlossen war, und konnte sie mit Hilfe der Feuerwehr gerade noch rechtzeitig retten. Die Ursache des Feuers war nicht bekannt, so wenig wie der aktuelle

Aufenthaltsort von Anna Roth. Die Rauchvergiftung, die sie erlitten hatte, war zum Glück nicht ernst, aber wegen des Nervenzusammenbruchs, den der lebensgefährliche Zwischenfall ausgelöst hatte, war die Schauspielerin in Behandlung. Anna war in einer Privatklinik untergebracht worden und befand sich auf dem Weg der Besserung. Der bekannte Unternehmer Martin Eissler war erleichtert über den glimpflichen Ausgang des Unfalls und dankte dem Retter seiner Frau. Eissler und der achtjährige Sohn des Ehepaars waren an Annas Seite und hofften, sie bald nach Hause holen zu können.

Das meiste wusste ich schon von Sybille Mägert, die mich mit ihrer Anna im Krankenhaus besucht hatte, in das ich nach meinem Zusammenbruch vor Eisslers brennendem Haus zur Beobachtung eingewiesen worden war. Anscheinend war Mägert die ganze Zeit auf dem Polizeiserver eingeloggt und hatte mit einem neugeborenen Kind und drei weiteren nichts Besseres zu tun, als sich informiert zu halten. Während die kleine Anna ruhig im bunten Tragetuch vor Mägerts Brust lag und nicht mehr als ein-, zweimal quäkte, hatte mir ihre Mutter die offiziellen Versionen der Ereignisse mitgeteilt.

Janvier war Opfer eines versuchten Raubes geworden, der tödlich endete. Der Täter, der auf der Flucht selbst ums Leben kam, war ein mehrfach vorbestrafter Jugendlicher aus einer der Banlieues im Norden von Marseille. Der Zeuge, der den Täter verfolgt und gestellt hatte, war unbekannt und unauffindbar, es lag auch keine verlässliche Personenbeschreibung vor. Die Ursache des Brandes in Eisslers Haus wurde noch untersucht; bis die offiziellen Ergebnisse vorlagen, konnte es Wochen dauern. In welche Klinik Anna eingewiesen worden war, wusste Mägert nicht.

»Gehen Sie nach Hause«, hatte sie gesagt. »Im Moment können Sie hier nichts mehr tun.«

Ich wusste nicht, ob ich je geschafft hatte, irgendwas zu tun, ich wusste auch nicht, ob das Mägerts eigene Meinung war oder ob auch aus ihr jemand anderer sprach, aber ich wusste, dass sie recht hatte. Ich nickte, rief Sandra an und ließ mich auf eigene Verantwortung aus dem Krankenhaus entlassen.

Die Ankunftstafel zeigte an, dass die Maschine aus Stockholm gelandet war. Ich warf die Zeitung weg und stellte mich vor den Ausgang. Mina kam als Erste heraus. Als sie mich sah, lief sie sofort los, mit ausgebreiteten Armen, blieb aber kurz stehen, fotografierte mich zweimal, blitzblitz, lief wieder los und sprang mir auf den Arm, um sich von mir tausend Küsse abzuholen und mich großzügig mit ihren eigenen zu versorgen. Mina war noch auf meinen Armen, als Ben zu uns kam und uns beide wortlos umarmte, sein Kopf an meinem. Es musste lange her sein, dass so etwas vorgekommen war, sein herber Geruch war nicht der, an den ich mich erinnerte. Den ich gerochen hatte, als ich ihn auf den Armen halten konnte. Ich ließ Mina hinunter, legte meine Hand auf Bens Nacken und zog ihn noch einmal zu mir, konnte aber immer noch kein Wort sagen. Scheu lächelte ich ihn an, dann ging ich auf Sandra zu und blieb vor ihr stehen.

»Hallo«, sagte ich.

»Hallo«, sagte sie.

VIER

DER GRÜNE GÜRTEL

In den Morgenstunden des 16. September 1666 wird der Gefangene, der das Haus seines Volkes bis in die Grundfesten erschüttert hat wie kein anderer vor ihm, von vier Männern des Sultans aus der Haftzelle in Adrianopel geholt, in die er erst am Abend zuvor aus der Verbannung im hundertfünfzig Meilen entfernten Gallipoli überstellt worden ist. Die Hohe Pforte hat befohlen, ihn unverzüglich vor den Diwan zu führen. Endlich werden sie sich gegenüberstehen.

Der Mann ist ein Star, ein Desperado, eine Diva.

An diesem wolkenlosen Spätsommertag warten seine Anhänger vor dem Gefängnis auf ihn, säumen zu Hunderten die Straßen, um ihn auf dem Weg zum Palast zu begleiten. Sie breiten Teppiche aus, damit seine Füße den schmutzigen Boden nicht berühren, sprechen unter dem Lärm des Jubels den Priestersegen. Ein Gottesdienst unter freiem Himmel, nichts anderes als ein gewaltiger Triumphzug.

»Es segne dich …«, singen die Kohanim

»… Es segne dich der Ewige von Zion her, Er, der Himmel und Erde macht«, antwortet die Gemeinde.

»Der Ewige …«

»… Ewiger, unser Herr, wie mächtig ist dein ganzer Name auf der Erde …«

»… Behüte dich …«

»… Behüte mich, denn ich habe dir vertraut.«

»Es lasse sein Antlitz leuchten dir der Ewige und beschütze dich. Er wende sein Antlitz dir zu und gebe dir Frieden …«

»… Frieden, Frieden, dem Fernen wie dem Nahen, spricht der Ewige. Ich heile ihn.«

Jewarechecha Adonai vejischmerecha, hört der Mann sie singen, *ja'er Adonai panaw eleicha wichuneka, jissa Adonai panaw eleicha wejasem lecha schalom.*

Heiter werden Verabredungen für die Zeit nach der Heimkehr getroffen, heute ist Tag der Tage. Der Tag, auf den sie gewartet haben, immer ungeduldiger seit zwei Jahren, geduldig seit über anderthalb Jahrtausenden. Heute wird ihr Erlöser wahrmachen, was er ihnen versprach. Er wird den Mächtigen ihre Macht entreißen und sie zurückbringen ins Gelobte, in ihr eigenes Land.

Plötzlich bleibt der Messias stehen, sieht an sich herunter und bekennt seine Scham über den ärmlichen Aufzug, in dem er vor den Sultan treten muss. Leise klagt und jammert er über den grünen Gürtel, den er trägt, den *elenden* grünen Gürtel, dann geht er schweigend weiter. Denen, die ihn am Straßenrand hören konnten, sinkt der Mut. Ihre Hoffnung ist unterwegs, um dem Herrscher die Krone vom Haupt zu nehmen. Um sie heimzuführen und zu retten. Nun fürchtet er, nicht gut genug gekleidet zu sein?

Mehmet IV. liebt die Jagd, und lieber würde der junge Sultan jetzt durch seine Wälder reiten, als in dem stickigen Alkoven zu stehen, der nicht ohne Grund Käfig genannt wird. Doch sein Großwesir ist auf Kreta, wo er im Feldzug gegen die Venezianer die Belagerung Heraklions anführt, und der Kaymakam, der Stellvertreter des Großwesirs, will in der Angelegenheit, die der Staatsrat heute verhandelt, nicht ohne den Herrscher entscheiden.

Für die Mitglieder des Diwans ist der Sultan unsichtbar, doch das engmaschige Gitter des Alkovens erlaubt ihm, alles zu sehen und zu hören, was in dem angrenzenden Palastraum vor sich geht. Jederzeit kann er ins Geschehen eingreifen und Befehle erteilen, die ein Diener dem Kaymakam flüsternd überbringen würde. Neben dem Stellvertreter des Großwesirs und anderen hohen Hofbeamten nehmen an der Diwansitzung wie stets auch die oberste religiöse Autorität des Reichs, der Scheichülislam Yahya Efendi, und der Hofprediger Vani Mehmet Efendi teil. Doch die Anwesenheit von Mustafa Fevzi, eines konvertierten Juden, ist ungewöhnlich. Der Sultan selbst hat seinen Leibarzt hinzurufen lassen. Die Gegenwart eines Mannes, der den wahren Glauben erst als Erwachsener angenommen hat, eines Mannes, dem er vertraut, kann hilfreich sein.

Als der Gefangene hereingeführt wird, traut der Sultan seinen Augen kaum. Das soll der Mann sein, der verantwortlich für den Aufruhr ist, der nicht nur Mehmets eigenes Reich erfasst hat, vom Balkan bis nach Nordafrika, sondern an jedem Ort tobt, an dem dieses Volk siedelt, in Holland und Italien, in Deutschland, Polen und Russland? Das ist der, dem sie blindlings vertrauen, für den sie all ihren Besitz aufgeben? Dem sie ihre Leben in die Hände legen? Dieser Mann soll ihnen zurückgeben, was sie verloren haben, viele Jahrhunderte bevor Mehmets eigene Vorfahren die Steppen Zentralasiens verließen, um die Welt zu erobern?

Mit hängenden Schultern und zu Boden gesenktem Blick steht der Mann da, in Kleidung, mit der sich kein Stalljunge vor die Augen seiner Herrschaft wagen würde. Wahrscheinlich ist es die Angst, die ihn lähmt, denkt der Sultan, aber würde einer, der nicht von dieser Welt ist, nicht genauso vor ihnen stehen? Haben Angst und Erhabenheit nicht manchmal das gleiche Gesicht?

Vani Mehmet Efendi, der Hofprediger, erbittet vom Kaymakam das Wort.

»Man sagt, du bist ein Prophet. Ist das wahr?«

»Nein. Ich bin kein Prophet.«

Der Mann hebt den Kopf nicht, ist kaum zu hören.

In seinem Käfig lächelt der Sultan. Der Mann lügt nicht. Er ist kein Prophet, er hält sich für den Messias.

»Wir hören, du vollbringst Wunder«, sagt der Hofprediger. »Kannst du es auch für uns tun? Wir sind begierig, deine Wundertaten zu sehen.«

Der Mann schweigt. Der Kaymakam wird ungeduldig.

»Wenn ich einen Bogenschützen rufe und ihm befehle, dich als das Schwarze auf seiner Scheibe anzusehen, wird sein Pfeil dich durchdringen, oder werden dein Fleisch und Blut ihm widerstehen? Falls seine Pfeile dir nichts anhaben können, ist das ein Zeichen, das der Allmächtige uns sendet. Dann würden wir uns dir alle auf der Stelle bereitwillig unterwerfen, auch unser aller Gebieter.«

Der Mann schweigt.

»Soll ich den Schützen rufen?«, fragt der Kaymakam, doch wieder bekommt er keine Antwort.

Schon will der Sultan seinen Diener hinüberschicken, da ergreift endlich sein Arzt das Wort.

»Ich bin Mustafa Fevzi Hayati Zade, der Sohn des Schneiders, Leibarzt unseres Herrschers. Bevor ich zum wahren Glauben fand, nannte man mich Isaak Zafiri.«

Vielleicht täuscht sich der Sultan. Obwohl der Mann weiter verharrt, den Kopf gesenkt, die Lippen aufeinandergepresst, scheint eine starke Regung durch seinen Körper zu fließen.

»In seiner unendlichen Güte hat der Sultan mir gewährt, den Turban aufsetzen zu dürfen. Nun bin ich ein angesehener Mann am Hof, aber unvergleichlich wichtiger ist: Ich habe den wahren Gott erkannt und meinen Frieden gefunden.«

Der Arzt wartet einen Augenblick ab, bevor er auf Ladino weiterspricht, der Sprache der sephardischen Juden:

»Warum sollst nicht auch du glücklich sein, mein Freund?«

Der Mann fasst an seinen Gürtel, mit beiden Händen, und zögernd, unerträglich langsam hebt er den Blick.

Erwartungsvoll blickt Mehmet zu ihm, endlich wird er ihm in die Augen sehen.

In ihnen ist vollkommene Leere.

Als der Sultan den letzten, den tödlichen Pfeil abschießt, der den gewaltigen Keiler zu Boden zwingt, fällt ihm der Mann ein, der am Morgen vor dem Diwan stand. Ihm ist dieses Schicksal erspart geblieben. Seit jeher werden solche Angelegenheiten in Mehmets Reich möglichst ohne Blutvergießen geklärt. Die Unruhe zu bändigen hat diesmal nicht mehr gekostet als hundertfünfzig Piaster am

Tag und einen Würdentitel. Was noch nötig sein mag, wird die Zeit bringen. Und der wahre Glaube.

So ungefähr, klaubte ich mir nach meiner Rückkehr zusammen, muss es damals doch gewesen sein.

So war es.

FÜNF

27. Juli

SPIRALE **Die Brandursache sei ein Kurzschluss gewesen,** hat Lorenzo Sandra heute Morgen in seiner Mail geschrieben. Zwei Zimmer im oberen Stockwerk des Landhauses, das keine halbe Stunde von Florenz entfernt auf einem sanften Hügel zwischen malerischen Olivenhainen liegt, sind durch den Rauch leicht beschädigt worden und müssen renoviert werden. Da die Arbeiten nicht abgeschlossen sein werden, wenn wir morgen anreisen, bietet der freundliche Mitarbeiter der landwirtschaftlichen Kooperative, die die Villa vermietet, uns großzügig an, die Buchung kostenlos zu stornieren. Falls wir die Unannehmlichkeiten während des Aufenthalts auf uns nehmen wollten – groß genug sei das Haus schließlich –, ist er gerne bereit, einen Rabatt zu gewähren.

»Was sollen wir tun?«, fragt Sandra. »So schnell finden wir nichts anderes.«

»Nein«, sage ich, »jedenfalls nicht so was Schönes.«

Vor zweieinhalb Wochen haben die Schulferien begonnen, und Sandra zählt die Tage, bis sie endlich auch Urlaub hat. Das Haus in Lamporecchio, einem kleinen Nest neben Leonardos Geburtsort Vinci, hat sie zusammen mit Ines schon im Februar gebucht und freut sich seitdem darauf. Zweimal waren wir mit Ines und Jens in den letzten Jahren dort und haben es jedes Mal sehr genossen. Ein großer, schattiger Garten mit Oliven- und Feigenbäumen, einem großen Swimmingpool und Spielgeräten für Kinder, ein behaglich eingerichteter Salon mit Kamin, Billardtisch und Flügel, an dem Ben uns den Soundtrack der Ferien lieferte, ein Traum von einer toskanischen Küche, in der die Produkte der Kooperative – Olivenöl, Wein, Grappa, tausenderlei Gemüse und Obst – kostenlos zur Verfügung stehen und jeden Tag wie von Zauberhand aufgefüllt werden, hervorragende Landgasthöfe in der Umgebung und Pistoia, Florenz und Siena nur Katzensprünge entfernt: Entspannender kann ein Urlaub kaum sein. Jens will seinen Neffen, der so alt wie Mina ist, auch in diesem Jahr mitbringen, um sich seinen Kinderwunsch mit den beiden wenigstens ferienweise zu erfüllen, und Sandra und Ines können wieder genug Zeit quasselnd und dösend am Pool vergehen lassen.

Ich hatte ursprünglich vor, in einer kühleren Ecke des Gartens zu sitzen und Annas Buch abzuschließen, aber es wird kein Buch mehr geben. Ich müsste mir genug zum Lesen mitnehmen oder schon mit der Recherche zum nächsten Projekt beginnen, was mit der hervorragenden WLAN-Versorgung auf dem Grundstück kein Problem sein dürfte. Es wartet ein Sternekoch auf mich, der in seiner Jugend Mitglied einer Straßengang war und sich heute ernste Gedanken über die Ungerechtigkeiten der Welternährung macht.

»Nur ein paar rauchgeschwärzte Wände, die übermalt werden«, sage ich, »das kann nicht groß stören. Aber besser, du erwähnst es Ben gegenüber nicht. Sonst hat er noch einen Grund mehr, zu Hause zu bleiben.«

Ben hatte sich in Lamporecchio schon die letzten Male zu Tode gelangweilt und sich an den verstimmten Flügel geklammert wie ein Ertrinkender an einen Rettungsring. Doch diesmal muten wir ihm wirklich viel zu: Seine Freundin Sarah, die ein paarmal an mir vorbeigehuscht ist – scheuer und wachsamer als der Fuchs bei Karins Beerdigung –, ist mit ihren Eltern seit Ferienbeginn verreist, und unser Urlaub beginnt direkt im Anschluss. Außer dem dünnen Faden ihrer SMS-Verbindung bliebe den Verliebten sechs lange Wochen keine andere Kontaktmöglichkeit.

»Kommt nicht in Frage, dass er allein zu Hause bleibt«, sagt Sandra. »So alt ist er noch nicht.«

Ben ist alt genug gewesen für das Grauen der Welt, denke ich.

»Er muss ja nicht alleine sein«, sage ich und streiche die Zeitung glatt, die aufgeschlagen vor mir auf meinem Schreibtisch liegt.

»Du willst auch nicht mit?«

»Ich dachte an Beatriz. Sie fährt mit Ludger erst im Herbst weg. Die beiden könnten bei uns wohnen und ein Auge auf Ben haben.«

»Du kommst also mit?«

Obwohl ich Sandra nicht quälen will und mir genau vorstellen kann, wie aufgewühlt und gereizt sie an ihrem Schreibtisch sitzt und durch die Glasscheibe zu ihrem Chef sieht, der nichts von ihrer Unruhe bemerken soll, brauche ich Zeit und nehme sie mir auch.

»Warum nicht?«, sage ich schließlich.

Eine andere Antwort fällt mir nicht ein. Ich finde sie erstaunlich präzise, doch dass jetzt Sandra schweigt, verstehe ich gut. Ich falte die Zeitung vor mir so zusammen, dass nur noch der Artikel zu sehen ist, den ich gerade zu Ende gelesen hatte, als sie anrief. Der Artikel in der *Zeit* über den Fall Anna Roth trägt die Überschrift *»Zu viel, immer noch zu viel«*. Die Gastautorin, eine angesehene Frauenrechtlerin, weiß nicht, wie recht sie hat, aber zweimal am Tag geht jede Uhr richtig.

»Du willst einfach weitermachen?«, sagt Sandra.

»Ich glaube nicht, dass ich das mache«, sage ich. »Das tun wir beide nicht.«

»Du denkst nicht ständig an sie? Du kannst sie einfach da drin verkommen lassen?«

»Es ist ihre Entscheidung, Sandra. Sie ist zufrieden dort, das weißt du.«

Sandra schweigt, sie atmet, sie steht auf, geht auf und ab. Setzt sich wieder. Manches lässt sich am Telefon besser aussprechen. Ich glaube, ich weiß, was kommen wird. Eine Frage steht seit über drei Wochen aus, obwohl sie belanglos ist.

»Hast du mit ihr geschlafen?«, fragt Sandra.

Wir haben über fast alles gesprochen, auch über das, was wir aus guten Gründen jahrelang ausgelassen haben. Nur über zwei Dinge nicht. Was in Marseille auf dem schmalen Steg zwischen dem Museum und der Festung wirklich geschehen ist, habe ich ihr erzählt, als sie es nicht hören konnte. Und bis heute hat Sandra diese Frage nicht gestellt, die so naheliegend war.

»Nein«, sage ich, »ich habe nicht mit Anna geschlafen. Aber in der Nacht vor Janviers Ermordung, im Haus seiner Schwester, da lagen wir uns auf einmal in den Armen.«

Wieder hängt ein Schweigen zwischen uns. Keine Kunstpause, keine Verlegenheit, keine Furcht. Ich kämpfe gegen ihren Duft an, gegen das Rauschen des Meeres, das über die Straße bis zu uns nach oben drang, gegen den wehrlosen Blick aus ihren unheimlichen Augen.

»Und dann?«, fragt Sandra bange.

»Dann habe ich mich bei ihr entschuldigt und bin in mein Zimmer gegangen.«

»Warum?«

»Weil ich an euch gedacht habe.«

»An *euch?*«

»An die Kinder und dich.«

Selbst wenn ich wollte, ich kann nicht mehr lügen. Sandra hat es nicht verdient. Trotz allem. Ich kann es nicht hören, aber ich weiß, dass sie weint. Dass sie sich von der Glasfront abwendet, hinter der ihr Chef sitzt, sich auf die linke Seite ihrer Unterlippe beißt, die Augen schließt. Der Moment ist zu bequem, um es auszusprechen, und ich will auf keinen Fall rücksichtslos sein, aber ich weiß nicht, ob es noch eine Gelegenheit geben wird. Irgendwann muss es raus. Das bin ich Sandra schuldig.

»Du hast mit Georg geschlafen«, sage ich.

Das neue Schweigen explodiert, setzt den Boden in Bewegung, kann nicht lang genug dauern.

»Ich ... Can ...«

»Nicht nur in Schweden«, sage ich, so sanft ich kann. »Es geht schon eine ganze Weile so.«

»Can.«

»Ich glaube, ich verstehe dich, Sandra. Lass uns reden, wenn ich zurück bin. Am Telefon ist es schwierig.«

»Du fährst weg?« Eine andere Panik in Sandras Stimme. »Wohin?«

»Nach Kiel«, lüge ich. »Zu Goetz. Der Koch, ich habe dir von ihm erzählt. Ich will mit ihm darüber sprechen, was ich mir für ihn vorstellen könnte.«

»Wann kommst du wieder?«

»Heute Nacht. Wenn alles planmäßig verläuft.«

»Can ...«

»Wir reden morgen«, sage ich und lege ohne ein weiteres Wort auf, leichter kann ich es Sandra nicht machen.

Ich gieße Kaffee nach, zünde mir eine Zigarette an und lese den Artikel noch einmal. Die Autorin versteht Anna Roth gut, Anna ist leider nicht die Erste ihrer Art, über die sie im Laufe ihres Journalistenlebens öffentlich nachdenken musste. Unterhaltsam und anschaulich wird Anna am Ende einer Reihe eingeordnet, die von der Monroe über Brigitte Bardot und Lady Di bis zur deutschen Schauspielerin führt, die seit über drei Wochen in einer privaten Nervenklinik untergebracht ist. Sie alle sind Projektionsflächen, glaubt die Autorin, entkernte Frauen, die in ihrer öffentlichen Existenz einen Halt gesucht haben, den sie besser in sich selbst gefunden hätten, um nicht an den eigenen Erwartungen zu scheitern und beinahe zwangsläufig in frühem Tod, Sektierertum oder Psychose zu enden. Auffällig und zeitgemäß ist der Verzicht auf Schuldfragen. Die Analyse beschränkt sich auf die Ursachen der Selbstüberforderung von prominenten Frauen, beschreibt einfühlsam und beunruhigend ihre verzweifelten Versuche, dem Bild gerecht zu werden, das nicht nur die Öffentlichkeit von ihnen hat, sondern in erster Linie sie selbst von sich brauchen.

Auffällig ist auch, dass Anna Roths Zusammenbruch als Kurzschlusshandlung beschrieben wird. Zum ersten Mal wird, beeindruckend beiläufig, von Brandstiftung als Ursache des Feuers in Eisslers Hamburger Haus gesprochen. Es passt ins Bild, Verstörte machen solche Sachen, doch nie wäre es im Artikel erwähnt worden, wenn sich Autorin und Zeitung nicht abgesichert hätten. Eissler muss es autorisiert haben. Ich werfe einen schnellen Blick auf die Nachrichtenseiten im Internet: Die Sensation, die im *Zeit*-Artikel in einem eleganten Nebensatz versteckt ist, zieht in den anderen Medien des

Landes schon ihre Kreise. Ben wird es auch lesen. Er hat nie einen Beweis gebraucht, dass sein Vater ihn angelogen hat, aber spätestens jetzt hätte er einen.

Eisslers neuer Triumphzug hat begonnen, es kann nicht mehr lange dauern, bis der besiegte Feind erdrosselt und öffentlich ausgestellt wird.

Ich ziehe die mittlere Schreibtischschublade auf, hole die drei Röhrchen heraus, die ich mir vorsichtshalber mit Rezepten von drei verschiedenen Ärzten besorgt habe, und schütte die Tabletten alle auf meinen Schreibtisch. Zuerst lege ich mit den Tabletten einen großen, einfachen Kreis, aus dem ich mit wenigen Änderungen ein Gesicht mache, einmal lächelnd, einmal knurrig, dann versuche ich mich an einem Haus, am Ende liegt eine Spirale vor mir.

Ich glaube, die Spirale gefällt mir am besten.

4. Juli

RÜCKWÄRTSGANG **Wir aßen im *Amalfi*,** nachdem ich die drei vom Flughafen abgeholt hatte, Minas Lieblingsitaliener. Obwohl Davide sie wie immer hofierte wie einen prominenten Ehrengast und betont herablassend gegenüber uns anderen war, bekam Mina ihre Tortellini kaum auf, die ihr Davide wie ihre übliche Spezi ohne Bestellung serviert hatte. Schon auf dem Weg nach Hause schlief sie im Auto ein. Ich trug Mina hoch, legte sie in ihr Bett, ohne sie umzuziehen, und blieb noch einen Moment neben ihr sitzen. Sah sie an. Aus ihrem kleinen Rucksack holte ich nach ein paar reglosen Minuten ihre Kamera und fotografierte sie zweimal. Bis heute weiß ich nicht, woher Minas Leidenschaft fürs Fotografieren rührt. Die Kamera hilft ihr beim Sehen und Ertragen, das verstehe ich, vielleicht hat sie aber auch noch die Hoffnung, sie könne den Augenblick zum Verweilen zwingen. Bevor ich hinausging, löschte ich die Fotos und legte die Kamera zurück in den Rucksack.

Sandra und Ben warteten in der Küche auf mich. Bens Handy, die Standleitung zu seiner Freundin, die ich noch nicht kannte, lag auf dem Tisch und brummte. Während mir Sandra ein Glas Weißwein einschenkte, tippte Ben schnell noch ein paar Worte und steckte das Handy weg. Im Restaurant hatte er es nicht aus der Hand gelassen und unter dem Tisch seine Parallelexistenz weitergeführt, jetzt schien er sich zwischen seinen Welten entscheiden zu wollen. Erwartungsvoll sah er mich an, ich sollte endlich erzählen, was ich nicht erzählen konnte, als Mina wach war.

»Wann ist das eigentlich passiert?«, fragte ich Ben.

»Was?«

»Das mit deiner Freundin. Sarah? Seit wann seid ihr zusammen?«

Im Restaurant hatte ich noch nicht gewagt, nach ihr zu fragen. Wie gute Freunde, die sich nach ihren Urlauben wiedersehen, hatten wir über unsere Reisen geplaudert. Sandra hatte von Stockholm erzählt, plappernd unterstützt von Mina, von der kleinen Insel und Georgs fragwürdigen Kochversuchen, und ich hatte von den vielen Veränderungen in Marseille berichtet, den Hindutempel in London beschrieben, der mich tatsächlich sehr beeindruckt hatte, und halbwegs überzeugend über den Verkehr in Rom geschimpft.

»Seit zwei Wochen«, sagte Ben nur und dann nichts mehr.

Er sah mich weiter an. Ich war an der Reihe, er hatte recht.

Sollte ich den Fehler, den ich in der Nacht am Flughafen in Paris begangen hatte, noch einmal begehen? Ben war dabei, eine Kindheit hinter sich zu lassen, in der er wie die meisten anderen Kinder seiner Generation unaufhörlich Bildern und Worten des Grauens ausgesetzt war. Er war vier, als die Türme in New York zusammenstürzten und er den ganzen Tag und die halbe Nacht auf unseren Schößen vor dem Fernseher verbrachte, er war sieben, als er uns beim Abendessen fragte, was sexueller Missbrauch ist, und zwei Tage vor dem Amoklauf von Winnenden, bei dem an einem ganz gewöhnlichen Mittwoch fünfzehn Kinder ermordet wurden, wurde er zwölf. Seinen Geburtstag feierte er am Samstag darauf im Soccer-Center; ich war dankbar, dass Ben und seine Gäste kein Wort darüber verloren. Auch auf diesem Treibsand von Angst und Schrecken musste Ben seine Haltung zur Welt suchen und Vertrauen in sie finden, das Gehen lernen und das Lieben. Wie sollte er das können, wenn er wusste, dass das Böse auch an unserem Tisch saß? Ich hatte mich von Eissler nicht nur über die letzte aller Grenzen treiben lassen, in dieser Nacht in Paris hatte ich auch vergessen, wer für wen verantwortlich war.

»Was war in Marseille?«, musste Ben fragen, weil ich noch immer schwieg. »Habt ihr was herausgefunden?«

Sandra sah kurz zu mir, beschwörend, dann hüllte sie Ben mit ihren Blicken ein, als könnten sie den Aufprall abfedern, mit dem sie jeden Moment rechnete.

»Nichts, rein gar nichts«, sagte ich und lachte betreten. »Ich schätze, wir haben uns da ziemlich verrannt. Kommt vor, wenn Leute sich in meinem Alter zu lange gelangweilt haben.«

In der Nacht, in der mir Ben am Telefon auf der Gitarre vorgespielt hatte, bis ich eingeschlafen war, hatte ich ihm längst nicht alle Details und Zusammenhänge erzählt, ich glaubte auch nicht, dass Sandra oder Georg mehr gesagt hatten. Mir standen genug Lücken zur Verfügung, um eine neue Geschichte zu basteln, die der ersten nicht zu offenkundig widersprach. Eine Geschichte, in der zwei überspannte und von ihrem Alltag unterforderte, in ihrem maßlosen Ernst lächerliche Erwachsene mehr oder weniger gewöhnliche Zufälle von Anfang an falsch dechiffriert hatten. Sie begann mit einer ehrgeizigen Mitarbeiterin in Eisslers Firma, die Gerüchte streute, um sich materielle Vorteile zu verschaffen, und endete mit einer brennenden Zigarette in der Hand von Anna, die durch die Strapazen der Reise völlig übermüdet war und erst vom Schlaf, dann vom Feuer überrascht wurde. Zum Glück kam ich noch einmal vorbei, jedenfalls am Ende dieser Geschichte, weil ich mein Notebook liegengelassen hatte.

Mit jedem meiner Sätze entspannte sich Sandra mehr, ließ ihre Augen aber auf Ben. Er hörte mir ohne erkennbare Reaktion zu, ohne Protest, ohne Hohn, unterbrach mich nicht. Ich hoffte, dass er den Schutz, den ich ihm zu geben versuchte, annehmen konnte.

»Der griechische Polizist«, sagte Ben, nachdem ich zu Ende gekommen war, »warum ist er erschossen worden?«

»Es war eine Drogenkurierin, hinter der er schon länger her war. Sie ist uns zufällig über den Weg gelaufen. Er hat mich gewarnt und gleich seine Waffe gezogen, aber sie hat zuerst geschossen. Bevor sie selbst getroffen wurde.«

Wie schon bei allen anderen Teilen meiner neuen Geschichte hielt ich mich auch dabei an die Version, die ich von Sybille Mägert gehört hatte. In Bens Ohren konnte nichts davon auch nur einigermaßen überzeugend klingen, aber vorläufig kam es nur auf äußere Plausibilität und Geschlossenheit an. Wir konnten eine Verabredung treffen, wortlos, wir konnten uns einfach darauf einigen. Ben musste merken, wie wichtig es war, dass wir es taten.

»Ich dachte, sie ist überfahren worden.«

»Habe ich das gesagt?«, fragte ich und wand mich verschämt. »Als wir telefoniert haben, da war ich ziemlich angedüdelt. Du hast ja gemerkt, wie schnell ich weggedöst bin.«

»Sie ist nicht überfahren worden?«

Ich schüttelte den Kopf.

»Als die Schießerei losging, bin ich abgehauen, so schnell ich konnte. Ich habe einfach irgendein Auto angehalten und habe dem Mann Geld gegeben, damit er mich zum Flughafen fährt. Ich war echt in Panik. Totale Paranoia. Ich dachte, es hat alles mit dieser irren Geschichte zu tun, die uns diese Reichert angedreht hat.«

Ben sah mich nur an. Mir war klar, was er dachte. Aber ich hatte keine Wahl. Ich lächelte ihn unsicher an, so verlegen ich konnte. Dann wurde ich erwachsen und stand zu meinen Fehlern.

»Schätze, ich wollte auch mal ein richtig spannendes Buch schreiben. Sonst hätte ich den ganzen Mist nicht geglaubt. Was meinst du, was los gewesen wäre, wenn da auch nur die Hälfte von dem Märchen gestimmt hätte. Ein Knaller wäre das geworden. Kein Vergleich mit dem Fliegenschiss, den ich sonst so fabriziere.«

Sandra sah kurz zu mir. Vielleicht wollte sie mich bremsen, wahrscheinlich trug ich zu dick auf. Aber darum ging es nicht, Ben brauchte eine Geschichte, die er irgendwann gefahrlos für mindestens ebenso wahrscheinlich halten konnte wie jede andere. Wenn es ausreichte, mich lächerlich zu machen und Bens Respekt zu verlieren, sollte es mir recht sein; ich hätte mir auch ein Bein oder einen Arm dafür amputieren lassen.

»Und dein Großvater?«, fragte er.

»Evinman?« Ich lachte, wie ich lachte, Ben kannte das, wenn mir etwas besonders unangenehm war. »Tja. Anscheinend nur ein Allerweltsname. Damals in Saloniki, meine ich. Weiß ich aber jetzt erst. Der Typ war nicht mein Großvater, aber die Namensgleichheit hat diese Frau auf die Idee gebracht, uns zu leimen.«

Nur ein zurückhaltendes Lächeln in Bens Gesicht, aber schon deutliche Spottkringel auf seiner Stirn.

»Tut mir leid, dass ich Sonntagnacht so übertrieben habe«, sagte ich. »Ich wollte dir keine Angst machen.«

»Ich hatte keine Angst.«

Ich musste Ben glauben, fürchtete ich. Er sah mich noch einen Moment an, als überlegte er, ob es sich lohne, noch etwas zu sagen, doch dann holte er sein Handy aus der Hosentasche und stand auf.

»Okay«, sagte er, offenbar waren wir fertig. Er war fertig mit mir. »Ich ruf schnell noch mal Sarah an. Sonst wird's zu spät.«

»Okay«, sagte ich.

Sandra wartete noch einen Augenblick ab, nachdem Ben gegangen war, sprach erst, als sie sicher war, dass er sie nicht hören konnte.

»Was ist wirklich passiert?«

Ich erzählte es ihr. Ich erzählte alles. Auch von dem jungen Araber, der kaum älter als Ben gewesen war. Als ich seinen Tod beschrieb, sagte ich, dass ich aus nächster Nähe gesehen hätte, wie er in den Festungshof fiel. Das war die Wahrheit, ich hatte es gesehen. Aus nächster Nähe. Vielleicht konnte ich irgendwann daran glauben, dass dieser Satz ausreichte. Mich mit mir selbst darauf einigen. Schon beim Erzählen fühlte es sich an wie etwas, von dem ich gelesen, bestenfalls gehört hatte. Vielleicht wäre es gutgegangen, wenn mich nicht wieder der Geruch überfallen hätte, der mich immer wieder jäh niederrang. Sein Schweiß, der penetrante Deoduft, der sich damit mischte, sein Atem. An sein Gesicht konnte ich mich nicht erinnern, obwohl ich immer wieder vergeblich versuchte, es mir vorzustellen. Doch der Geruch war so überwältigend, als stünde er neben mir.

»Er ist auch tot?«, fragte Sandra.

Ich nickte nur, ich hätte kein Wort herausbekommen. Ich weiß nicht, ob Ben das entsetzte, eingefrorene Gesicht seiner Mutter noch sah, als er hereinkam. Schnell tauschte Sandra es gegen ein harmloses Lächeln aus.

»Hast du Sarah erreicht?«, fragte Sandra.

»Ich geh schlafen«, sagte Ben. »Wahrscheinlich sollte ich morgen wieder in die Schule, oder?«

»Besser wär's«, sagte ich. »Sind ja nur noch zwei Tage.«

»Nacht«, sagte Ben.

»Nacht«, sagte ich.

»Schlaf gut«, sagte Sandra.

RESTLICHT

Sandra hatte sich noch nicht umgezogen, als ich hereinkam. Im Slip stand sie vor mir und blickte mich an, als kenne sie mein Gesicht irgendwoher, könne es aber nicht mehr richtig zuordnen. Sie ließ das T-Shirt aus ihrer Hand fallen und ging auf mich zu.

»Ich wusste nicht, ob ich dich wiedersehe.«

»War nicht schwer, das Schlafzimmer zu finden«, sagte ich. »Ich konnte mich noch ziemlich gut an den Weg erinnern.«

Sie ignorierte den Scherz, der keinem von uns half. Kam näher.

»Ich dachte, ich hätte dich verloren.«

»Ich bin hier«, sagte ich. Weil es das Einzige war, was ich sagen konnte.

»Ja.«

Sicher klang sie nicht, aber eine Frage schien es nicht zu sein.

Ich musste nicht antworten, ich konnte lächeln, mich von Sandra küssen lassen, sie küssen und streicheln und aufs Bett ziehen. Wir hatten es nicht eilig, aber wir ließen uns keine Zeit. Wir wollten uns erinnern, beide, glaube ich, wir waren nicht auf Überraschungen aus. Alles war, wie es richtig war, jede Bewegung, jeder Laut, jedes Zeichen und jede Antwort darauf, das vertraute Raunen nach mehr. Als Sandra zum Höhepunkt kam, begann sie leise zu schluchzen und wurde bald von einem heftigen Weinen erschüttert, das fast schlagartig endete, als sie herabsank und in meinen Armen zur Ruhe kam.

In unseren ersten Jahren war es immer wieder passiert, dass Sandra beim Orgasmus zu weinen begann; zum Glück hatte sie mich schon nach dem ersten Mal beruhigt. Manchmal zerfließe sie, hatte sie mir erklärt, als müsse sie sich rechtfertigen, sie verliere jede Kontrolle. Alles ströme heraus, alle Anspannung, ihr ganzes Glück. Seit Jahren war es nicht mehr vorgekommen, doch wie heute war es auch früher gewesen. Genau so. Das konnte uns vielleicht durch die Nacht bringen. Ich hielt sie fest, ich stellte keine Fragen, nicht ihr und nicht mir. Sandra schwieg ebenfalls. Es dauerte eine Weile, bis sie so gleichmäßig und laut atmete, wie ich es kannte. Bis sie leise zu schnarchen begann und ich mir sicher war, dass auch ich einschlafen durfte. Irgendwann musste es mir gelungen sein.

Als ich in der Nacht aufwachte, war Sandra weg. Wie in der Nacht nach der Lesung, in der Georg hier war. Ich suchte nach ihr, und diesmal ging ich auch nach oben. In meinem Arbeitszimmer, in dem ich seit meiner Abreise nicht mehr gewesen war, fand ich sie. Die Schreibtischlampe, die Sandra als einzige eingeschaltet hatte, beleuchtete den Raum nur schwach, aber ich sah sofort, dass das Bild nicht mehr an der Wand hing. Ich brauchte einen Moment, um mich an Georgs Mail zu erinnern. Er hatte das Bild einen Albtraum genannt. Und es tatsächlich abgehängt.

Sandra saß am Schreibtisch und las. Sie blickte nur kurz auf, als sie mich sah. Ohne ein Wort, ohne ein Lächeln. Wenn ich Glück hatte, war sie nur konzentriert.

»Was liest du da?«, fragte ich.

»Deine Notizen über Anna Roth. Die ersten Kapitel. Viel ist es nicht.«

»Mehr wird's auch nicht.«

Sie nickte abwesend und las weiter, beachtete mich nicht mehr. Ich holte eine Packung Zigaretten und ein Feuerzeug aus der Schublade, in der ich meine Notration aufbewahrte, setzte mich in den Sessel, zündete mir eine an und sah meiner Frau ein halbe Zigarette lang schweigend beim Lesen zu.

»Und warum?«, fragte ich, als ich es nicht mehr aushielt.

»Warum – was?«

»Warum liest du das? Mitten in der Nacht.«

»Ich dachte, vielleicht finde ich heraus, wer die Frau ist, die meinen Mann so berührt hat, dass er alles stehen- und liegenlässt, um mit ihr durch die Welt zu jagen und sein Leben zu riskieren.«

So schnell hatte ich nicht damit gerechnet. Ich drückte die Zigarette aus und stand auf.

»Deswegen, glaubst du? Alles nur wegen Anna?«

»Ja«, sagte Sandra vollkommen ruhig und legte die Blätter aus der Hand. »Und weil Karin gestorben ist.«

»Karin? Was hat Karin damit zu tun?«

»Karin war deine Vertraute, Can, die Frau, mit der du geteilt hast, was du mit mir nicht teilen wolltest. Hoffe ich jedenfalls für dich. Ich hoffe wirklich, du hast wenigstens mit Karin gesprochen. Ich war nur deine Ehefrau, ganz bestimmt nicht deine Freundin. Schon lange nicht mehr. Ich weiß nicht, ob es je anders war. Ich kann mich einfach nicht mehr erinnern.«

Sandra sprach mit einem Bedauern und einer Trauer, die aus Gewissheit gewachsen waren. Sie musste das alles tausendmal hin- und herbewegt haben, jahrelang vielleicht. Offenbar war kein Irrtum möglich. Vielleicht sollte ich ihr vertrauen, dachte ich, ich konnte mich auch nicht erinnern.

»Die Lücke nach Karins Tod, die musstest du irgendwie füllen. Und warum diesmal nicht Seelenverwandte und Prachtweib in einer Person? Warum nicht die Gelegenheit nutzen, die sich dir praktischerweise gleich bot?«

»Ich war nicht auf der Suche nach einer Frau«, sagte ich. Ich wäre gern leise und ruhig gewesen, so ruhig wie Sandra, nichts wollte ich mehr. »Ich wollte wissen, was mit meinen Eltern geschehen ist. Ich wollte endlich wissen, ob ich auch eine Vergangenheit habe.«

»Deine Vergangenheit war dir immer scheißegal, Can, deine Herkunft, deine Kindheit. Du hast dich nur für die Gegenwart interessiert und noch mehr für die Zukunft. Für die ganzen Wunder, die du alle noch erwartet hast, um nicht zurückblicken zu müssen. Von früher hast du nie mehr als ein, zwei Sätze erzählt, weder mir noch den Kindern. Du kannst dich nicht erinnern, hast du gesagt, du warst zu jung. Aber auch über die Zeit danach, das Heim, die Pflegefamilien, da ist kaum ein Wort von dir gefallen. Ich habe das nie verstanden. Von Anfang an nicht und später immer weniger.«

»Verwechselst du da nicht etwas?«

»Ich? *Ich* verwechsle etwas?«

»Hast du dich je dafür interessiert? Hast du mich wirklich jemals danach gefragt, woher ich komme? Wer ich bin? Wolltest du je irgendwas über mich und meine Vergangenheit wissen?«

Ich weiß nicht, was ich erwartet hatte, mit dieser Enttäuschung in Sandras Augen, diesem Entsetzen hatte ich aber sicher nicht gerechnet. Sie sah aus, als hätte ich sie angespuckt. Ich wusste noch nicht, dass ich sie nicht verstand, ich marschierte einfach weiter.

»Du warst doch froh, dass ich keinen Ballast mitgebracht habe. Keine Schwiegereltern, die an Weihnachten und Wochenenden auch auf die Rechnung mussten, keine hässlichen Mitbringsel und eingeprägten Gewohnheiten, kein Heimweh, keine Altlasten. Nichts. Dir hat das unbeschriebene Blatt doch gefallen, das ich war. Das leere, günstige Grundstück, das die fleißige Architektin bebauen konnte, ohne irgendwas abreißen zu müssen.«

Sandra stand auf und kam hinter dem Schreibtisch hervor, blieb stehen, blickte mich lange wortlos an. So elend und trüb hatte ich ihre Augen noch nie gesehen, so verstört, so hoffnungslos. Ich hätte gern alles auf der Stelle zurückgenommen, sie erlöst und mich selbst. Ich hätte ihr gern mit der Faust ins Gesicht geschlagen.

»Ich habe dich gefragt, Can, genauso wie die Kinder. Immer und immer wieder.«

Ich schüttelte den Kopf. Irgendwas musste ich tun, um hier stehen und Sandras Blicke aushalten zu können.

»Glaubst du wirklich, ich wollte das alles auf meinen Schultern haben? Ich hätte mich nicht gerne beschenken lassen? Denkst du, ich hätte mich nicht gefreut, wenn meine Kinder von dir etwas bekommen hätten, was sie von mir nicht bekommen konnten?«

Sandra ging ein paar Schritte auf die Tür zu, als wollte sie mich darauf vorbereiten, worauf das alles hinauslief.

»Ich habe dich gefragt, Can, jahrelang. Ich habe nie eine Antwort bekommen. Ich dachte, es ist zu schmerzhaft für dich. Du kannst nicht, du brauchst Zeit. Aber es geschah nichts. Es war, als wärst du erst auf der Welt, seit wir uns kennen.«

Georg hatte fast denselben Satz zu mir gesagt.

»Du hast mir Angst gemacht«, sagte Sandra, »es war unheimlich. *Du* warst mir unheimlich.«

»Unheimlich?«

Ich wusste nicht, ob Sandra mich gehört hatte, vielleicht hatte ich gar nichts gesagt. Sie sprach einfach weiter.

»Irgendwann hatte ich es satt, mich zu fragen, was ich falsch mache. Was *ich* ändern muss, um hinter deine Mauern zu kommen. Irgendwann wurde es mir gleichgültig, ob du nicht aus deiner Haut kannst oder ob da vielleicht wirklich nichts ist. Weil es zu weh getan hat. Ich habe aufgegeben, auf dich zu warten. Und darauf hast du es auch angelegt, denke ich. Ob du es weißt oder nicht.«

Als Sandra wieder ein paar Schritte machte, durchfuhr mich die Hoffnung, sie wolle zu mir, wie der letzte Wunsch in einem abstürzenden Flugzeug. Sie ging zur Tür.

»Aber jetzt hast du ja anscheinend jemanden gefunden, der nicht auf dich warten muss.«

»Was soll das heißen?«, fragte ich. »Das war's also?«

Sandra öffnete die Tür, bevor sie sich zu mir umdrehte.

»Die Antwort lag nie bei mir, Can. Ich glaube nicht, dass sich irgendwas daran geändert hat.«

»Ich habe deine Fragen nie gehört«, sagte ich, als Sandra draußen war und die Tür längst geschlossen hatte.

Ich schaltete die Schreibtischlampe aus und setzte mich in meinen Sessel. Meine Augen gewöhnten sich schnell an die Dunkelheit. Das Laternenlicht, das von außen einfiel, erschien mir bald grell. Ich musste die Augen schließen.

27. Juli

WAHRSCHEINLICH **Ich sammle die Tabletten vom Schreibtisch** und nehme mir Zeit, sie nacheinander langsam in die Kunststoffröhrchen fallen zu lassen. Dann packe ich die Tabletten zusammen mit den Texten und meinem Notizbuch in die Tasche, lege die Wodkaflasche und zwei Stofftaschentücher dazu, blicke mich ein letztes Mal in meinem Arbeitszimmer um, in dem ich mehr Zeit als in allen anderen Räumen unserer Wohnung verbracht habe, dann gehe ich.

In der Küche spielt Mina Schach mit Beatriz, die wie immer während der Ferien auch vormittags da ist, damit ich arbeiten kann. Am anderen Ende des Tisches sitzt Ben, für seine momentanen Verhältnisse außergewöhnlich früh wach, und schaufelt mit der einen Hand Müsli in sich hinein, während er mit der anderen eine SMS tippt. In den letzten Wochen hat er manchmal sogar gesimst, während er am Klavier saß und mit einer Hand weiterspielte.

»Sarah kommt heute zurück, oder?«

Vermutlich ist es ein Ja, das Ben hervorkaut, ohne von seinem Display aufzublicken.

»Pass auf«, sage ich, »du hast zwei Möglichkeiten. Entweder du bleibst hier, vorausgesetzt Beatriz ist einverstanden, mit Holger bei uns zu wohnen, während wir weg sind, und ein bisschen auf dich aufzupassen.«

Ich sehe zu Beatriz.

»Warum nicht?«, sagt sie erfreut.

Holger und Beatriz wohnen in einer engen Wohnung, die außer einem Schlafzimmer, in dem ein Schreibtisch steht, den beide abwechselnd benutzen, nur eine große Küche hat, die ihnen auch als

Wohnzimmer dient. Sicher wäre es für die beiden eine Art Urlaub, wenn sie die drei Wochen bei uns verbrächten.

»Oder?«, fragt Ben.

»Oder du fragst Sarah, ob sie mit nach Lamporecchio kommen will. Im oberen Stockwerk hättet ihr eure Ruhe, und im Schuppen stehen Räder und eine alte Velosolex. Ihr wärt nicht auf uns angewiesen. Vinci ist um die Ecke, und Florenz und Siena sind mit der Bahn nicht weit. Du könntest Sarah ein bisschen was zeigen.«

Schweigend blickt mich Ben an. Nach einer reflexartigen Ablehnung sieht es jedenfalls nicht aus.

»Kommt doch mit«, sagt Mina begeistert, »beide!«

»Überleg's dir, und sprich mit Sarah darüber«, sage ich. »Falls ihr mitkommen wollt, sag Mama Bescheid, die ruft dann Sarahs Eltern an. Ist vielleicht ein bisschen kurzfristig, aber Sarah soll ihren Urlaubskram gar nicht erst auspacken. Wenn sie was waschen muss, kann sie das dort.«

Ben schweigt noch immer, aber er beginnt schon zu tippen. Wenn ich mich nicht täusche, mit mehr Schwung als zuvor.

»Ich muss noch mal wegfahren«, sage ich, »nach Kiel.«

»Heute?«, fragt Beatriz überrascht. »Kommst du aber wieder gleich?«

»Ja«, sage ich, »heute Nacht. Wahrscheinlich.«

Gern würde ich daran glauben. Ich hebe Mina aus dem Stuhl, stelle sie mit den Füßen auf den Stuhl und umarme sie fest, lasse sie nicht mehr los. Wie immer genießt es Mina am Anfang, dann lässt sie es geschehen, aber sie wird nicht ungeduldig. Nie wird sie ungeduldig. Ich sehe nicht zu Beatriz, ich kann mir ihren verwunderten Blick gut vorstellen.

»Du bist doch bald zurück«, sagt Mina.

Zum ersten Mal höre ich einen Zweifel in Minas Ton, eine leise Angst, die vielleicht aus mir herausgeschwungen ist und jetzt in ihr herumirrt.

»Ja, klar«, sage ich fröhlich und lasse sie schnell los, um sie gleich wieder hochzuheben und auf den Stuhl zu setzen.

Ben würde ich auch gerne umarmen, aber ich begnüge mich damit, mich hinter ihn zu stellen und kurz seine Schultern zu massieren, bevor ich ihm zum Abschied über die Haare streiche.

»Macht's gut«, sage ich, und erst dann fällt mir ein, dass sich Karin in ihrem Brief mit denselben Worten verabschiedet hat.

Ohne einen von ihnen noch einmal anzusehen, gehe ich schnell aus der Küche, bevor ich es mir anders überlegen kann, und verlasse die Wohnung. Im Erdgeschoss gehe ich zu Karins Wohnungstür und klingele. Christoph Peters öffnet die Tür und sieht mich überrascht an.

»Herr Evinman? Hallo.«

»Hallo«, sage ich, aber mehr sage ich nicht.

Peters wird unsicher.

»Kann ich etwas für Sie tun?«

»Wahrscheinlich. Ziemlich sicher sogar. Ich würde gern mit Ihnen über Martin Eissler sprechen. Ich glaube, Sie kennen ihn.«

4.–9. Juli

WAS VERGEHT **Eissler meldete sich nicht,** damit hatte ich nicht gerechnet. Ließ er mich absichtlich zappeln, hatte er mich vergessen? Wichtig war ich offenbar nicht. Ich war allein.

Keine Nachricht von ihm, aber noch tagelang riefen Journalisten an, die genauer wissen wollten, wie ich Anna Roth gerettet und den Brand erlebt hatte. Manche konnten mir noch Geld anbieten, bevor ich auflegte; drei oder vier, wenn man den Fotografen mitrechnet, standen sogar vor der Tür und hatten Glück, dass ich keine Wodkaflasche in der Hand hatte. Bald ließ das Interesse nach, die Tageszeitungen verschossen ihr Pulver, und die Wochenpresse zog mit ein paar pflichtgemäßen Artikeln nach. Es war nur ein Unfall gewesen, Neuigkeiten kamen nicht nach. Anna Roth verschwand aus den Schlagzeilen und geisterte nur noch durch die bunten Blätter am Ende der Nahrungskette, die jedes Archivfoto der beliebten Schauspielerin hervorkramten, das sie finden konnten, und sich große Sorgen um ihren traurigen Sohn und ihren fürsorglichen Mann machten, um ihre nun gefährdeten Filmprojekte und ihre komplette Zukunft (*»Findet sie zurück ins Leben?«*). In einem Regenbogenblatt lieferte auch Anna Roths Lebensretter ein pathetisches Zitat über die dramatischen Sekunden im brennenden Haus, obwohl ich nie mit jemandem gesprochen hatte, aber die kleine vorlaute Zeitschrift war zu unbedeutend, um etwas dagegen unternehmen zu müssen.

Ich telefonierte viel in diesen Tagen. Ich sprach mit Margit, der von meiner Heldentat sehr beeindruckten Lektorin von Annas Buch, vereinbarte mit ihr, das Projekt so lange auf Eis zu legen, bis wir mehr über Annas Situation wussten, und bekam für die Zwischenzeit einen Starkoch angeboten. Ich telefonierte mit Birgit und jedem anderen Journalisten, den ich persönlich und gut genug kannte, um herauszubekommen, in welcher Klinik Anna eingesperrt worden war, aber niemand wusste oder erfuhr etwas. Auch Sybille Mägert, die mit der Säuglingsgelbsucht ihrer Anna beschäftigt war und längst genug von mir haben musste, konnte nicht helfen.

Verlässlich rief Georg mich an, manchmal mehrmals am Tag, und bot jedes Mal an, zu kommen und mich zu unterstützen, aber ich wusste nicht, wobei und was ich hier mit ihm anfangen sollte. Ich erzählte ihm, was ich ihm noch zu erzählen schuldig war, und blieb bei der Version, die Sandra zu hören bekommen hatte. Auch vor Georgs innerem Auge starb der junge Araber nur, er wurde nicht getötet. Irgendwann würde ich dem Jungen nicht mehr aus dem Weg gehen können, dafür würde sein Geruch sorgen, der mich immer heimtückischer überfiel, mir den Atem nahm und den Blick und mich minutenlang in Todesangst versetzte.

Aber jetzt musste ich mich um Anna kümmern.

Ich komme gleich nach, hatte ich ihr gesagt, als ich sie drängte, allein in den Rettungskorb des Feuerwehrwagens zu steigen, ich hatte versprochen, bei ihr zu bleiben. Ich hatte mein Versprechen nicht gehalten. Auch Georg wollte seine Kontakte nutzen, um Anna zu finden, aber ich machte mir keine Hoffnungen. Wir suchten keinen Filmstar, der in eine Klinik geflüchtet war, um irgendeine Drogensucht vorübergehend eindämmen zu lassen; wir suchten einen Menschen, den Martin Eissler nicht mehr unter anderen Menschen sehen wollte.

Ich nahm so viele Tabletten, wie ich nehmen konnte, ohne die Kontrolle und das Gedächtnis zu verlieren, ich vergrub mich in meinem Arbeitszimmer. Hier konnte ich Sandra und Ben aus dem Weg gehen, hier konnte ich mich am Schreibtisch festhalten, wenn ich den Blick sah, der mir aus dem Korb einer Feuerwehrleiter zugeworfen wurde, oder den Geruch wahrnahm, der den Raum verpestete wie Giftgas, obwohl das Fenster meist weit geöffnet war.

Ich simulierte Arbeit. Ich sah mir alles an, was ich im Internet über Eissler und seine Firma finden konnte, jeden Artikel, jedes Foto, jede Statistik und jede Werbung, las alles über die Dönme und Sabbatai

Zwi, über die Bank, bei der Annas Vater gearbeitet hatte, und über Saloniki, traf dabei in der Autorenzeile auch immer wieder auf Binahs Namen, trieb mich auf Simon Jacobs Website rum. Ich bestellte Bücher, machte mir Notizen und zeichnete Pfeile, aber ich wusste, ich tat nichts anderes als der Gestörte, der sich siebzigmal am Tag die Hände waschen oder Gullydeckel zählen muss, um sich seine marodierenden Gespenster vom Leib zu halten. Ich wartete. Auf Eissler, auf ein Zeichen von Anna. Auf Anna, auf ein Zeichen von Eissler.

Ein paarmal begegnete ich nachts meinen Eltern, zwei älteren Menschen jedenfalls, die meine Eltern zu sein schienen, obwohl ich mich in einer dieser Nächte fragte, während ich träumte, ob es nicht Hochstapler waren. Beim ersten Mal starrten sie mich in einem Zugabteil vorwurfsvoll an, ohne ein einziges Wort zu meinen Entschuldigungen zu sagen, die ich immer verzweifelter und lauter vorbringen musste. In der Nacht darauf holten sie Mina ab und fuhren mit ihr weg. Ich konnte nichts dagegen tun, weil ich wusste, dass ich ihnen ein Kind schuldig war. Bei ihrem letzten Erscheinen gingen wir zusammen im Grand Canyon spazieren, in dem ich mit Georg bei unserer USA-Reise gewesen war. Ich sah mich im Traum bebend nach ihm um, weil ich seine Zustimmung wollte, aber er war nirgends zu sehen, ich musste die Entscheidung selber treffen. Ich stieß meine Eltern die Schlucht hinunter und wachte, bevor ich sie unten aufschlagen sah, auf der Couch in meinem Arbeitszimmer auf, auf der ich seit dem Gespräch mit Sandra schlief. Ich war mir sicher, dass es kein Traum war, dass ich die Tat wirklich begangen hatte, und beruhigte mich erst ein wenig, als ich mich daran erinnerte, dass es nicht meine Eltern waren, die ich getötet hatte.

An zwei Nachmittagen ging ich mit Mina in den Park. Wir versuchten, auf der Slackline zu balancieren, die Mina vor ein paar Wochen zum Geburtstag bekommen, aber noch nicht ausprobiert hatte, spielten Federball und beobachteten die Papageien, die in einer großen lärmenden Population Sommer wie Winter hier lebten. Mina gelangen ein paar schöne Gruppenaufnahmen, aber dem Einzelporträt, dem sie hartnäckig hinterherjagte, entzog sich jeder der von ihr auserkorenen Halsbandsittiche, deren Vorfahren vor Jahrzehnten aus irgendeinem Käfig ausgebüchst waren, um an einem für sie eher unwirtlichen und unpassenden Ort eine neue Dynastie zu gründen und so frei wie ignorant zu leben. Die schlechte Laune, die Minas Misserfolg mit sich brachte, bekämpften wir mit zwei Eisbechern im *Capri*, obwohl wir in weniger als einer Stunde am Abendessenstisch sitzen sollten. Die Abendessen waren am schlimmsten.

Mina half uns, weil jeder ihrer Tage so bunt und spannend war, dass sie genug zum Erzählen und wir zum Zuhören und Nachfragen hatten, und auch Ben war kein großes Problem, weil er so stur damit beschäftigt war, die elektronische Verbindung zu Sarah aufrechtzuerhalten, dass ich es ihm unter anderen Umständen übelgenommen hätte, doch Sandra und ich mussten jeden Abend aufs Neue sehen, wo wir blieben. Die Lampenfabrik, ihr größenwahnsinniger Chef und das verbohrte Bauamt hielten uns eine halbe Stunde lang über Wasser, an anderen Tagen waren es die unendliche Geschichte von Ines' und Jens' Beziehungsproblemen, unsere Urlaubspläne, der Starkoch, den ich von Margit angeboten bekommen hatte, oder Beatriz' letzte, äußerst unfair benotete Hausarbeit an der Uni. Wenn es nichts mehr zu sprechen gab, wurden die Blicke zwischen Sandra und mir riskant.

Ich tat uns beiden einen Gefallen, wenn ich nach dem Essen jeden Abend hinüber ins *Fargo* ging und mich an den Tresen setzte, um auf irgendein Gespräch zu warten, in das mich Siggi oder einer der Nachbarn verwickelte, die hier ihren Feierabend einläuteten. Das Feuer in Annas Haus, von dem alle gelesen hatten, war stets Pflichtprogramm, bevor es zu den üblichen Themen weiterging. Früher saß ich nach der Arbeit oft ein, zwei Biere lang am Tresen und dachte nach, um auf eine Lösung zu kommen, die ich am Schreibtisch nicht gefunden hatte, um eine anstehende Besprechung zu planen oder eine Wendung zu verstehen, die ein Leben genommen hatte, das ich anderen verständlich machen sollte. Heute wusste ich nicht mehr, was nachdenken heißen mochte, und bei zwei Bier blieb es nie; jedes Mal saß ich noch da, wenn sich meine Gesprächspartner bereits verabschiedet hatten.

Am Samstagabend kam Jurij, den ich noch nie im *Fargo* gesehen hatte, mit einem Karton herein und reichte ihn über den Tresen. Anscheinend eine Notlieferung, die den Wodkahändler zur Wochenendarbeit zwang und ihm als Dankeschön ein Glas Rotwein auf Kosten des Hauses einbrachte. Jurij erkannte mich, nickte mir freundlich zu und setzte sich zwei Barhocker weit entfernt an den Tresen, weil er auch außerhalb seines Geschäftes die Intimsphäre seiner Kunden zu respektieren wusste. Ich stand auf, setzte mich, ohne zu fragen, neben ihn, bedankte mich noch einmal für die sechs Wodkasorten, die er für mich ausgesucht hatte, und erzählte, so schlüssig es in meinem Zustand gelang, die ungeheuer lustige Anekdote vom alkoholkranken Rechtsanwalt, der mein Geschenk abgelehnt hatte. Jurij lachte höflich.

»Tut mir leid«, sagte er. »Ich nehme die Flaschen gerne zurück, wenn Sie keine Verwendung dafür haben.«

»Ach was«, sagte ich und versicherte ihm, dass ich viel Freude an seinen Produkten gehabt und sie mit meiner Frau und einem Freund der Reihe nach alle ausprobiert hätte.

»Ein Wodka besser als der andere«, behauptete ich.

Jurij bedankte sich, trank einen Schluck Wein, setzte das Glas ab und richtete seinen Blick darauf, nicht auf mich. Er sah auch nicht zu Siggi. Sein Instinkt musste ihn schon nach meinen ersten Sätzen gewarnt haben, und ich war sicher, dass er vor allem mich schützen wollte. Ich erinnere mich nicht, je einen diskreteren Menschen getroffen zu haben. Er war höflich, er war vornehm. Aber auf mich musste er keine Rücksicht nehmen.

»Warst du früher wirklich beim Geheimdienst?«, fragte ich.

Jurij blickte wortlos zu Siggi, der nur grinste und lässig mit den Achseln zuckte. Dann hatte er eben irgendwann zu viel geplappert. Hinter seinem Tresen war Siggi unverwundbar. Bis hinter seinen Tresen kam nicht einmal der Tod.

»Sie haben gesehen, womit ich mein Geld verdiene«, sagte Jurij.

»Und früher? Bevor du nach Deutschland gekommen bist?«

»Das ist lange her. Zwanzig Jahre. Ich erinnere mich kaum.«

Erst jetzt sah er mich an. Mit einem unmissverständlichen, endgültigen, einem feinen Lächeln. Aber so kamen wir nicht weiter.

»Du warst Auftragskiller, stimmt's?«

Der Blick, den Jurij Siggi nun zuwarf, war von Gleichmut so weit entfernt wie ein Pinguin vom Fliegen. Auch Siggi kam überraschend schnell ins Rutschen.

»Can ...«, begann er beschwichtigend.

»Also hab ich recht«, unterbrach ich ein bisschen zu laut und schlug mit der flachen Hand gutgelaunt auf den Tresen. Das händchenhaltende Paar, das am anderen Ende saß, ließ sich kurz los und sah zu uns herüber.

»Rauchen Sie?«, fragte Jurij.

»Ja.«

Er holte eine Packung Zigaretten und ein Feuerzeug aus der Tasche seines Sakkos und stand auf. Ich folgte ihm nach draußen und blickte an der Tür triumphierend zurück zu Siggi. Kopfschüttelnd zapfte er Bier. Dass er meinem Blick betreten auswich, hatte ich noch nie zuvor erlebt.

Draußen bot mir Jurij eine Zigarette an, gab mir Feuer und zündete sich selbst eine an. Wir waren alleine.

»Sie haben zu viel getrunken«, sagte er. »Aber ich glaube nicht, dass es daran liegt.«

»Was?«, fragte ich, obwohl ich ihn nicht am Reden halten musste.

»Ihre aufdringlichen Fragen. Sie wirken nicht wie ein Spießer auf mich. Ich kann mir kaum vorstellen, dass Sie einer von denen sind, die die Belanglosigkeit ihrer Existenz nicht einsehen können und sich mit dem Leben anderer aufputschen müssen.«

»Doch«, sagte ich, »genau das bin ich. Damit verdiene ich sogar Geld.«

Er sah mich zweifelnd an. Er hält mich für kokett, dachte ich.

»Warum wollen Sie das alles wissen?«, fragte er.

Ich hatte mich unerwartet wohl gefühlt, als ich den Wodka gekauft hatte, eine grundlose Zuversicht gespürt, die ich nach Ellen Reicherts Mail und Karins Tod dringend gebraucht hatte. Ich wäre sofort in seinen Degustationsraum eingezogen oder meinetwegen in sein Wodkalager, wenn ich gewusst hätte, wie ich hätte darum bitten können. Jurij war ein völlig Fremder, er war ein Verbündeter.

»Ich habe jemanden umgebracht«, sagte ich. »Ich habe einen Menschen getötet. Ich spüre nichts. Ich weiß nicht, wie es jetzt weitergehen soll.«

Falls Jurij überrascht war, sah ich es nicht.

»Ein Unfall?«, fragte er ruhig.

»Nein. Er hatte ein Messer. Wahrscheinlich hatte ich keine Wahl. Niemand weiß davon.«

Er nickte, als hätte ich alles gesagt, was man sagen konnte, er fragte nicht nach. In seinen Augen sah ich, dass er mir glaubte. Zwei Frauen kamen plaudernd heraus und zündeten sich Zigaretten an.

»Gehen wir ein paar Schritte«, sagte Jurij.

Schweigend gingen wir nebeneinanderher. Ich wusste nicht, ob wir ein Ziel hatten. Vielleicht brachte er mich zur Polizei oder zerrte mich in irgendeine dunkle Hofeinfahrt und tat mir den Gefallen, die Strafe selber auszuführen. Aber dann begann Jurij zu sprechen.

»Ich habe nie jemanden getötet, ich war kein Agent oder wie immer Sie das nennen wollen. Aber ich habe tatsächlich beim Geheimdienst gearbeitet. Beim PGU, der Auslandsabteilung des KGB. Ich war Übersetzer. Ich saß den ganzen Tag am Schreibtisch und übersetzte irgendwelche Dokumente, vieles davon verstand ich nicht. Abhörprotokolle, Aktenvermerke und Unterlagen, manchmal sogar Bedienungsanleitungen, weil im Ausland wieder Geräte angeschafft worden waren, die nie für den russischen Markt gedacht waren. Ich hatte einen sicheren, aber äußerst langweiligen Job, und er erschien mir auch im Nachhinein so bedeutungslos, dass ich meine Tätigkeit gegenüber Ihrem Freund Siggi aufgebauscht habe, als wir uns kennenlernten. Es war Alkohol im Spiel, aber ich denke, in erster Linie schämte ich mich dafür, niemand zu sein. Ich war einer dieser Spießer, von denen ich vorhin sprach. Vielleicht bin ich das heute noch.«

Wir bogen zum zweiten Mal rechts ab, Jurij wollte offenbar zurück zum *Fargo*.

»Ich hatte einen Freund, der war das, was man einen Agenten nennen würde. Der an Operationen im Ausland beteiligt war. Einen engen Freund.«

Auch das drückte er offen, aber taktvoll aus. Er sah kurz zu mir, um sich zu vergewissern, ob ich die Natur der Beziehung verstanden hatte. Ich nickte.

»Bei einem seiner Einsätze ging etwas schief. 1987, in Nairobi. Er wurde von jemandem überrascht, der gefährlich war. Für sein Leben, für die Operation. Mein Freund tötete ihn, wahrscheinlich hatte er keine Wahl. Seine Vorgesetzten waren zufrieden, aber er selbst war sich niemals sicher. Schon im Hotel in Kenia wusch er sich stundenlang, hat er mir erzählt, und zu Hause, da stand er tagelang praktisch nur unter der Dusche.«

»Der Geruch«, sagte ich.

»Bitte?«

»Er hat versucht, den Geruch loszuwerden.«

»Das weiß ich nicht«, sagte Jurij, »davon hat er mir nichts gesagt. Ich hielt es eher für eine symbolische, wenn auch leider sinnlose Handlung. Irgendwann hörte es auf, überraschend bald eigentlich, irgendwann merkte ich, dass es ihn nicht mehr beschäftigte. Vielleicht dachte er ab und zu daran, aber er sprach nicht darüber, es quälte ihn nicht mehr. Er gewöhnte sich daran, glaube ich, es gehörte zu seinem Leben. Es verging, weil sein Leben weiterging. Als wir ein paar Jahre darauf auseinandergehen mussten, hätte ich Ihnen nicht sagen können, ob es wirklich geschehen war, obwohl ich mich an jedes Detail erinnern konnte, das er mir erzählt hatte.«

Wir standen wieder vor dem *Fargo*. Die beiden Frauen waren nicht mehr da. Ein Stammgast, den ich vom Sehen kannte und mit einem Nicken grüßen musste, ging auf und ab und telefonierte.

»Ich glaube, Sie können nichts anderes tun, als es zu akzeptieren und auszuhalten, dass Sie es aushalten. Das dürfte nicht leicht sein.«

»Und warum es geschah«, sagte ich, »die Gründe, die sind egal?«

»Vermutlich nicht«, sagte er. »Gründe sind nie egal. Aber sie ändern nichts an dem, was geschehen ist.«

Wir gingen hinein, setzten uns wieder an den Tresen, tranken langsam unsere Gläser aus und unterhielten uns über den bevorstehenden Abschied der Schauspielintendantin vom hiesigen Theater, den Jurij sehr bedauerte. Eine Weile beobachtete Siggi uns argwöhnisch, irgendwann begann er zu grinsen. Zu Hause schrieb ich gleich eine Mail an Sybille Mägert, in der ich mich wortreich dafür entschuldigte, sie erneut zu belästigen, und sie bat, mir alles weiterzuleiten, was sie in den Berichten ihrer französischen Kollegen über den jungen Mann finden konnte, der vom Steg des Museums zu Tode gestürzt war. In die Betreffzeile schrieb ich »Marseille«. Danach ging ich ins Schlafzimmer und legte mich neben Sandra ins Bett, zum ersten Mal seit der Nacht meiner Rückkehr. Sie schlief fest und schnarchte ihr feines Schnarchen. Flüsternd schilderte ich ihr, wie ich es geschafft hatte, den Jungen vom Steg zu stoßen. Ich erzählte ihr alles, woran ich mich erinnern konnte, beschrieb ihr auch die Attacken seines Geruchs, die mich in diesem Augenblick verschonten, obwohl ich damit gerechnet hatte. Nach einer Viertelstunde, vielleicht etwas später, drehte sich Sandra um, ihr Arm kam auf meiner Brust zum Liegen.

Ich schloss die Augen, versuchte einzuschlafen und nahm mir vor, ihr irgendwann alles noch einmal zu erzählen.

MONTEREY

Am Sonntag gingen wir schwimmen, Mina, Sandra und ich. Im Freibad am Stadion trafen wir uns mit Minas Freundin Gesa und ihren Eltern, später stieß Ines zu uns. Allein. Sie hatten sich wieder gestritten, Jens wollte seinen Ärger auf dem Rennrad loswerden. Gegen fünf Uhr fuhren wir zu einem frühen Abendessen in einen neuen Biergarten, von dem Gesas Vater nur Gutes gehört hatte. Georg rief an, bevor das Essen kam.

Georg hatte nichts herausgefunden. Keiner, den er gefragt hatte, wusste, wo Anna war oder wie es sich herausfinden lassen könnte. Er klang aufgewühlt.

»Du musst jetzt mit Eissler sprechen«, sagte er. »Irgendwann musst du es tun.«

»Und was sage ich ihm?«

»Du ziehst doch jetzt nicht den Schwanz ein.«

Ich schwieg.

»Willst du noch weiter warten?«, fragte Georg grimmig. »Worauf?«

»Das Essen ist da«, sagte ich.

Am Abend las ich Mina vor dem Schlafengehen drei Kapitel aus Guus Kuijers *Wir alle für immer zusammen* vor, ihrem Lieblingsbuch, das sie nicht oft genug hören und lesen konnte, sah hinterher kurz ins Wohnzimmer, wo Sandra alleine mit einer Flasche Rotwein vor einem *Tatort* saß und mich einen gedankenlosen, herrlichen Moment lang ansah, als könnte ich mich neben sie setzen, dann ging ich hoch, schaltete in meinem Arbeitszimmer den Computer ein und tippte Georgs Namen in die Internetsuchmaschine ein.

Mit Georgs Namen verknüpfte ich in der Suchleiste immer neue Stichwörter. Die Namen der Firmen, die zu Eisslers Konzern gehörten, Namen von Geschäftsführern oder Mitarbeitern, über die ich mir in den letzten Tagen Notizen gemacht hatte, Produkte, Präsentationen, Auslandsreisen, Vorträge, die direkt oder entfernt mit Eissler und seinen Geschäften zu tun hatten. Mindestens eine Stunde lang machte ich erfolglos weiter, und ich wusste nicht, warum ich es tat. Ich wusste aber auch nicht, warum Georg am Telefon so aufgewühlt geklungen hatte, und ich wusste immer noch nicht, wie sein Name in Ellen Reicherts Handy gekommen war. Bis ich das Foto fand, tat ich ihm unrecht, war ich nur ein bizarrer, lächerlicher Wahnkranker, ein schlechter Freund. Das Foto illustrierte einen Artikel vom 17. Mai 2009, der über eine Tagung der Rudolf-Eissler-Stiftung berichtete. In einer kleinen Gruppe von Männern und Frauen, viele Gesichter erkannte ich, war Georg zu sehen. Drei Prominente weiter lächelte Martin Eissler.

Ich starrte auf das Foto, wer weiß wie lange, stand irgendwann auf, legte mich auf die Couch und wachte nach einem traumlosen

Schlaf erst auf, als am Morgen Sandra hereinkam. Sie wartete nicht ab, bis ich mich aufgesetzt hatte.

»Der Scherer hat angerufen«, sagte sie aufgeregt. »Der Typ von der Bank.«

»Und?«, fragte ich und versuchte die Scham zu ignorieren, die mir den Hals zuschnürte, weil hinter Sandra Mina stand und sah, wo ich heute Nacht geschlafen hatte.

»Unsere Hypothek ist bezahlt worden. Komplett. Wir haben keine Schulden mehr.«

Ich hustete und räusperte mich, sah auf meine Füße.

»Sie hätten uns natürlich fragen müssen, sagt Scherer, aber sie hätten auch Zeitung gelesen. Was sollte gegen ein großzügiges Dankeschön einzuwenden sein? Da sie auf die diskrete Anfrage nur den ungefähren Wert der Wohnung und die ungefähre Laufzeit des Darlehens genannt haben, wurde das Bankgeheimnis nicht verletzt.«

»Sagt Scherer?«

Sandra nickte.

»Was überwiesen wurde, war mehr als ausreichend, sagt er. Der Rest ist unserem Tagesgeldkonto gutgeschrieben worden.«

Sandra war befremdet, sie war angewidert. Wunderte sich über ihre Freude, schämte sich dafür.

»Wir können es nicht behalten, oder?«

Er schenkte uns anderthalb Jahrzehnte, wenigstens, er gab uns Spielraum. Freiheit, dachte ich und lachte los. Sandra sah mich verwirrt an.

»Können wir es denn zurückschicken?«, fragte ich.

Zwei, drei Stunden später klingelte es. Ich war gerade in der Küche, um Kaffee zu holen, und ging selbst an die Tür. Der Paketbote brachte einen flachen, an einer Seite zu einem Dreieck zulaufenden Versandkarton, der an Ben adressiert war, aber von mir quittiert werden durfte. Das Paket, aufgegeben von einer Firma in Brüssel, war nicht schwer. Ich brachte es Ben.

»Hast du was bestellt?«, fragte ich.

Er schüttelte wortlos den Kopf, war noch nicht lange wach.

»Sieht nach einer Gitarre aus, würde ich sagen.«

Misstrauisch sah er mich an, ließ keinen Zweifel daran, dass ihm nicht nach Späßen zumute war.

»Willst du es nicht öffnen?«

Ben legte das Handy weg und kniete sich auf den Boden, wo ich den Karton abgelegt hatte, musste aber noch einmal aufstehen und eine Schere vom Schreibtisch holen, weil er das Klebeband nicht abbekam. Im Karton lag etwas, was in Polsterfolie eingeschlagen war, der Form nach tatsächlich eine E-Gitarre. Obenauf war ein Umschlag, aus dem Ben eine Karte holte. Nachdem er sie gelesen hatte, reichte er sie mir fassungslos weiter. Unter dem schlicht eingeprägten Namen nur ein paar handschriftliche Zeilen.

Lieber Ben,
mit dieser Gitarre hat Jimi Hendrix 1967 auf dem Monterey Pop Festival gespielt, Du weißt sicher Bescheid. Viel Freude damit. Grüß bitte Deinen Vater und besonders Deine Mutter von mir, ich hoffe, wir lernen uns alle bald einmal persönlich kennen.
Herzlich,
Dein Martin Eissler

Ungläubig starrte Ben auf die Reliquie, die anscheinend im offenen Karton in der Folie lag. Regungslos.

»Pack sie schon aus«, sagte ich.

Vorsichtig packte Ben die Gitarre aus, zärtlicher berührte er vermutlich auch Sarah nicht. Es war eine schwarze Gitarre, die an drei Stellen kleine Dellen hatte, Beschädigungen, die ausgebessert und sichtbar überlackiert worden waren.

»Eine Stratocaster?«, fragte ich.

Ben nickte.

»Monterey«, sagte er, »Juni 67.«

Ben saß auf dem Boden und hielt die Gitarre wie ein verletzliches Baby auf dem Schoß, streichelte sie behutsam.

»Hendrix hat am Sonntag gespielt, am letzten Tag, nach Grateful Dead und The Who. Er wollte seine Gitarre nach dem Auftritt eigentlich kaputtschlagen, aber beim Gig von The Who hatte Pete Townshend seine Gitarre auch schon zertrümmert. Hendrix hat gedacht, wenn er dasselbe macht, sieht es aus, als würde er es nur nachmachen. Also hat er sich Feuerzeugbenzin geholt und die Stratocaster angezündet. Aber es war nicht seine Lieblingsgitarre, er hatte sie während des Konzerts ausgetauscht und nur die letzten drei, vier Songs damit gespielt. Als er von der Bühne weg ist, hat ein Typ aus seiner Crew die Gitarre schnell gelöscht und gerettet. Sonst gäb es sie nicht mehr.«

Ben wusste solche Sachen. Auf seinen Geburtstags- und Weihnachtswunschlisten standen in den letzten Jahren die Biographien von Hendrix, Joplin und Redding, die Tagebücher von Cobain und die Selbstdarstellungen von Slash, Young und Richards. Sicher gab er auch sein eigenes Taschengeld für solche Bücher aus. Ehrfürchtig sah Ben auf die Gitarre, stand noch immer nicht auf.

»Die Gitarre hier ist vor ein paar Monaten in London versteigert worden«, sagte er, »für zweihundertneunzigtausend Euro. Ich hab's im Internet gelesen.«

Man konnte Eissler vieles vorwerfen, geizig war er nicht.

»Willst du sie nicht mal spielen?«, fragte ich.

Ben sah mich an, als hätte ich ihn zu einem Tango aufgefordert. Nach einer Weile stand er auf, ging mit der Gitarre zu seinem Verstärker, schloss sie an, legte den Gurt um und begann zu spielen. *Little Wing*, ich erkannte es sofort. Während er spielte, hielt er seinen Blick auf das eingerahmte Schwarzweißfoto von Hendrix gerichtet, das an der Wand zwischen den Fotos von Kurt Cobain und Keith Richards hing. Ich nahm an einem Gottesdienst teil, leider einem nur sehr kurzen. Abrupt hörte Ben auf zu spielen, sah mich entschlossen an.

»Ich will das Ding nicht«, sagte er. »Die Gitarre ist von ihm. Das geht nicht.«

»Nein«, sagte ich, »das geht nicht.«

»Und jetzt?«, fragte Ben.

»Wir sollten Jimi Hendrix einen Gefallen tun«, sagte ich, und Ben begann zu lächeln.

Er verstand mich sofort, glaube ich.

Ich holte den Benzinkanister aus dem Auto und ging damit auf die Dachterrasse, wo Ben schon auf mich wartete. Zusammen schafften wir es, eine von Sandras großen Palmen aus dem Übertopf zu heben, und stellten die Gitarre hinein. Ich fand es selbstverständlich, dass es Ben war, der die Gitarre mit Benzin besprenkelte und anzündete. Mit dem Wasserschlauch in der Hand hielt ich mich bereit, um notfalls einzugreifen, wenn die Flammen zu wild wurden. Schweigend sahen wir minutenlang dabei zu, wie das Feuer die Gitarre auffraß und sie immer tiefer in den Topf sank.

»So cool wie bei Jimi Hendrix sieht es leider nicht aus«, sagte ich. »In so einem Kübel.«

»Macht nichts«, sagte Ben. »Hätte ihm trotzdem gefallen.«

Es war lange her, dass wir gemeinsam gelacht hatten. Als das Feuer bei den nicht brennbaren Teilen der Fender angelangt war und langsam erstarb, spritzte ich zur Sicherheit ein wenig Wasser auf die Reste.

»Wir sollten den Kübel gleich saubermachen«, sagte ich, »sonst schimpft Mama.«

»So können wir sie nicht mehr zurückschicken«, sagte Ben.

»Wir müssen sie nicht zurückschicken. Er wird es auch so verstehen. Ich sorge dafür.«

Ben nickte. Wir einigten uns, wortlos, ich gab ihm ein Versprechen, das ich nicht aussprechen konnte.

Als wir auf dem Dachboden fertig waren und die Tüte mit den Resten der Stratocaster pietätlos im Restmüll lag, ging ich in mein Arbeitszimmer, holte das Bild hinter dem Regal hervor, wo Georg es versteckt hatte, und hängte es wieder auf. Es war wirklich hässlich, und es war wertlos. Robert, der Galerist, der angeblich mit mir befreundet war, hatte mich damals über den Tisch gezogen, aber ich hatte nie darüber nachgedacht und mir das Bild auch nie richtig angesehen. Es hatte jahrelang gehangen. Weil Bilder hängen.

Ich checkte meine Mails und öffnete nur die von Sybille Mägert, die mir kommentarlos Informationen ihrer französischen Kollegen gesendet hatte. Der junge Mann, den ich getötet hatte, bekam einen Namen und ein Alter, Fragmente einer Lebensgeschichte.

Als Farouk Yussouf starb, war er neunzehn Jahre alt. Seinen Vater hatte er nie kennengelernt, und seine Mutter verschwand, als er neun war. Der Junge wuchs in Heimen auf, vor allem aber im Jugendgefängnis, in das er mit vierzehn eingesperrt wurde, weil er einen vierzigjährigen Mann bei einem gemeinschaftlich begangenen Straßenüberfall lebensgefährlich verletzt hatte. Schon davor war er wegen Einbrüchen und Diebstählen mehrmals festgenommen worden, konnte aber wegen seines Alters nicht verurteilt werden. Vor anderthalb Jahren hatte er seine Jugendstrafe abgesessen und sich seither offensichtlich nicht mehr erwischen lassen. Er hatte keine Arbeit und keine Angehörigen. In den letzten Monaten wohnte er bei den Eltern eines Freundes, den er im Gefängnis kennengelernt hatte.

Eissler hatte sich den Richtigen aussuchen lassen.

Farouk Yussouf, neunzehn Jahre alt, vorbestraft und arbeitslos, wohnhaft in Marseille, war von mir getötet worden. Sein Geruch hatte in mir überlebt. Ich hatte nicht vor, das jemals zu vergessen, aber ich nahm ihn nicht herunter von Eisslers Liste. Ich schaltete den Computer aus, ging ans Fenster, sah hinunter auf meine Straße und rief die Nummer an, die noch in der Anruferliste meines Handys gespeichert war. Er ging sofort dran.

»Can«, sagte Eissler erfreut. »Ich habe schon auf deinen Anruf gewartet. Wie geht's dir?«

Er mochte mich. Das sollte ich auf keinen Fall überhören.

»Ich möchte Anna sehen«, sagte ich.

»Natürlich. Wann immer du willst. Du könntest es mit einem Besuch bei mir verbinden, es ist nicht weit von Hamburg.«

Ich schwieg. Falls man ein Lächeln hören kann, hörte ich es.

»Ich sorge dafür, dass du jederzeit zu Anna kannst. Die melden sich bei dir. Ich freue mich, dich zu sehen. Wir haben eine Menge zu besprechen.«

»Danke«, sagte ich, »vielen Dank.«

27. Juli

JEMAND **Christoph Peters schenkt mir Kaffee ein.** Mit den Kaffeebechern in der Hand gehen wir hinüber ins Wohnzimmer, in dem sich kaum etwas verändert hat, so wenig wie im Flur oder in der Küche. Der Stutzflügel ist weg, auf einem Regalbrett, auf dem früher DVDs standen, stehen jetzt Bücher, aber Karin hätte keine Mühe, sich zurechtzufinden. Die Dinge sind alle noch da, es ist absurd. Wenn es nach mir ginge, würde ich mich an die alten Ägypter halten, mit dem Toten würde ich auch alles beerdigen, was ihm gehört hat. Ob es im Jenseits gebraucht wird oder nicht.

»Martin Eissler, der Unternehmer?«, fragt Peters. »Sie haben seine Frau gerettet, nicht? Ein Feuer. Ich habe davon gelesen.«

Ich nicke. Peters lächelt mich verwirrt an.

»Woher soll ich ihn denn kennen? Wie kommen Sie darauf?«

Ich muss einen Flug erwischen, ich kann mir keine Zeit lassen.

»1993 haben Sie in einem Korruptionsprozess gegen leitende Mitarbeiter des Medizingeräteherstellers Trottner als Staatsanwalt die Anklage vertreten. Drei Jahre bevor Sie wegen dieser anderen Geschichte die Nerven verloren und den freigesprochenen Angeklagten selbst bestraft haben. Die Firma Trottner, die vier Jahre zuvor von Martin Eisslers Konzern aufgekauft wurde, stand im Verdacht, Mitarbeiter von insgesamt elf Universitäts- und städtischen Kliniken bestochen und auf diese Weise Aufträge von insgesamt zweiundsiebzig Millionen Mark akquiriert zu haben.«

Peters Gesicht verfinstert sich. Er setzt sich, ich bleibe stehen.

»Wenn ich das richtig verstanden habe, war die Beweislage ziemlich eindeutig. Aber kurz vor Ende des Prozesses haben Sie selbst mehrere Beweisstücke zurückgezogen und schließlich sogar die Einstellung des Verfahrens beantragt.«

Eissler hatte ihn gekauft. Mit der seelischen Labilität des Staatsanwalts, der später Selbstjustiz begehen sollte, hatte er sicher nicht gerechnet, sich nach dessen Entlassung aus der Haft aber loyal und großzügig verhalten. Peters bekam einen neuen Auftrag.

»Ihr überraschender Sinneswandel im Prozess gegen die Manager der Firma Trottner hatte sicher einen Grund«, sage ich. »Martin Eissler hat Sie schon damals bezahlt.«

Und als Peters wieder frei war, hat Eissler ihn in meiner Nähe stationiert, auf Karin angesetzt. Vielleicht hat Peters Karin in ihrer Entscheidung zum Selbstmord ermutigt, ganz sicher sogar. Ich könnte Peters den Kaffee ins Gesicht schütten, aber er ist nicht heiß genug. Ich könnte den Becher auf seinem Schädel zertrümmern und ihm mit den Scherben die Augen ausstechen.

»Und jetzt hat er Sie wieder aktiviert, richtig? Eissler hat Sie hier im Haus installiert. Vorläufig nur als Schläfer, nehme ich an, oder haben Sie schon einen konkreten Auftrag?«

Peters Bestürzung ist echt, sein aschfahles Gesicht, seine Atemnot. Der Jüngste ist er nicht mehr, die Jahre im Gefängnis und das Jahr auf der Straße haben sicher ihre Spuren hinterlassen. Wenn er jetzt zusammenbräche, würde es eine ganze Weile dauern, bis ich zum Telefon griffe.

»Ich bin nicht Christoph Peters«, sagt Peters.

»Bitte?«

»Ich heiße Christoph Peters, aber Sie irren sich trotzdem.«

Peters steht auf, geht zum Bücherschrank, zieht die Schublade auf, in der früher Karin ihre alten Kalender aufbewahrt hat, holt eine Mappe heraus, kommt zurück und setzt sich wieder, atmet so schwer, als habe er einen Dauerlauf hinter sich. Ich warte darauf, dass er die Mappe aufschlägt, aber er lässt sie zu. Mit geschlossenen Augen konzentriert er sich darauf, seinen Atem zu beruhigen.

»Herr Peters?«

Er öffnet die Augen und sieht mich an, als habe er nicht mit mir gerechnet. Seine Stimme ist ruhig und klar, als er zu reden beginnt.

»Die Bücher, die ich gelesen habe, als ich vor dem Supermarkt saß, die habe ich meistens geschenkt bekommen, aber ich habe mir auch regelmäßig Zeitungen und Zeitschriften aus Altpapiertonnen besorgt. Mir konnte es egal sein, wie alt eine Neuigkeit war, Zeit war nicht wichtig für mich. Irgendwann habe ich einen Artikel über diesen Staatsanwalt gelesen. Er hatte sich nach seiner Entlassung bei der Tochter des Typen, den er umgebracht hatte, entschuldigt und war danach spurlos verschwunden. Ein ganz kleiner Artikel, eine Art Lückenfüller. Er hatte den gleichen Namen wie ich, aber eindeutig das interessantere Leben. Er hatte eine Entscheidung getroffen, er hatte seine Aufgabe ernst genommen. Irgendwann bin ich in die Stadtbücherei und habe mir an einem der Computer dort alles durchgelesen, was ich im Internet über ihn finden konnte. Einfach so, keine Ahnung, warum. Ich habe gesponnen. Ich habe mir vorgestellt, ich hätte selbst die letzten Jahre mit einem guten Grund im Knast verbracht und nicht so, wie es wirklich war.«

Ich ahne, worauf das hinausläuft. Ich will es nicht hören, aber ich frage:

»Und wie war es wirklich?«

»Ich war Sachbearbeiter bei der Barmer. Die Krankenkasse. Ich hatte eine Frau und eine Tochter. Nach der Arbeit bin ich abends meistens in meine Stammkneipe gegangen und habe ein, zwei Bier getrunken und ein bisschen gequatscht. Ganz normal, wie das jeder macht. Mit den Jahren bin ich immer länger geblieben, aus zwei Bier wurden allmählich drei, aus drei vier oder fünf, und irgendwann habe ich sie nicht mehr gezählt. Einfach so, hat sich ergeben. Ich hatte keine Probleme, es gab keinen Grund. Ich hatte keinen Ärger auf der Arbeit oder mit meiner Frau, aber den bekam ich natürlich und trank noch mehr, und dann gab's wieder Ärger. Irgendwann ist sie ausgezogen und hat Maya mitgenommen, irgendwann hat die Barmer mir gekündigt, weil ich morgens nicht mehr aus dem Bett kam, irgendwann flog ich aus der Wohnung.«

Er öffnet die Mappe, dreht sie zu mir und schiebt sie an den Rand des Couchtisches. Ich setze mich und sehe mir flüchtig an, was drin ist. Drei zerknitterte Fotos von seiner Tochter und ihm, keines von seiner Frau, ein paar Unterlagen aus seinem alten Leben, ebenfalls verknittert und trotz neuen Lebens nie wieder zu glätten. Scheidungsurkunde, Geburtsurkunde, eine Mitteilung über den Erlös einer Zwangsversteigerung, ein alter SCHUFA-Eintrag und verschiedene andere Papiere, die ich mir kaum ansehe, darunter seltsamerweise das Ergebnis eines HIV-Tests. Eissler beschäftigt Profis, die gründlich arbeiten, die städtische Angestellte und ihr Optiker waren sehr überzeugend, aber das ist hier ist zu jämmerlich.

»Ich habe immer gern gelesen«, sagt Peters. »Das konnte ich ja ausgiebig tun. Ich war nicht unzufrieden, wissen Sie? Eigentlich war ich frei. Eine große Wahl hatte ich sowieso nicht. Keine Wohnung: keine Arbeit, keine Arbeit: keine Wohnung. Im Winter wurde es manchmal schwierig, aber irgendwie kam man über die Runden. Alle paar Jahre habe ich den Standort gewechselt, einfach so, ein bisschen Abwechslung hat nie geschadet.«

»Schließlich sind Sie hier gelandet, in unserer Straße.«

Er nickt.

»Und irgendwann sind Sie mit Karin ins Gespräch gekommen. Ich schätze, Karin hat Sie angesprochen und nach Ihrer Lebensgeschichte gefragt.«

Wieder ein Nicken. Jetzt weicht er meinem Blick aus.

»Ihre eigene war Ihnen zu banal.«

»Ich wollte einen Grund haben. Ich wollte jemand sein.«

»Sie wollten sie nicht enttäuschen. Kann ich verstehen«, sage ich und stehe auf. »Danke, Herr Peters. Entschuldigen Sie die Störung.«

Ängstlich sieht er mich an.

»Werden Sie es den anderen verraten?«, fragt er.

Verwundert sehe ich ihn an, verstehe die lodernde Panik in seinen Augen nicht.

»Ich habe gelogen«, sagt Peters. »Ich habe mir das alles mit einer Lüge erschlichen.«

»Sie meinen, Sie haben die Wohnung nur bekommen, weil Sie behauptet haben, Sie sind ein Mörder? Und Sie müssten alles wieder abgeben, weil Sie nur ein obdachloser Alkoholiker waren?«

Peters nickt, erleichtert darüber, dass ich ihn verstanden habe. Und ich kann mein Lachen nicht mehr zurückhalten.

»Von mir erfährt niemand, dass Sie kein Mörder sind. Keine Sorge. Und Karin, Karin hätte die Geschichte ganz sicher gefallen, glauben Sie mir. Die ganze Geschichte.«

Ich verabschiede mich von Peters, bestelle mir vor dem Haus ein Taxi und winke dabei Siggi zu, der gerade von seiner morgendlichen Einkaufstour kommt und aus dem Lieferwagen steigt. Ich muss wieder lachen, als ich an Peters denke.

Man kann nicht immer richtigliegen, das weiß ich doch.

11.–12. Juli

WELTGRENZEN

»Du kennst Eissler«, sagte ich.

Georg war so freundlich gewesen, zum Bahnhof zu kommen, denn ich hatte wenig Zeit. Um zwei wurde ich in der Klinik erwartet, war aber nach Berlin geflogen, weil ich zuerst mit Georg sprechen wollte, bevor ich mit der Bahn nach Hamburg weiterfuhr und mir dort einen Mietwagen nahm.

»Du kennst ihn seit über drei Jahren.«

»Ich kenne ihn sogar weitaus länger. Im Gegensatz zu dir lese ich auch den Wirtschaftsteil einer Zeitung.«

Georg war nachsichtig mit mir, wie schon bei meinem letzten paranoiden Anfall, als ich aus Thessaloniki angerufen und ihn beschuldigt hatte, mit Ellen Reichert unter einer Decke zu stecken. Wir standen am Bahnsteig und hatten jeder einen Pappbecher Kaffee in der Hand. Neugierig sah er mich an und trank einen Schluck. Seinem amüsierten Blick nach zu urteilen, hatte sich das frühe Aufstehen für ihn schon gelohnt.

»Im Mai 2009 fand im exquisiten Ambiente des Schlosshotels Elmau eine sehr interessante Tagung statt. ›*Das Ende der Freiheit? – Welt und Weltgrenzen nach dem 11. September 2001*‹. Eingeladen waren prominente Journalisten, Autoren und ein paar Herrschaften, die wohl unter die Kategorie Elder Statesmen fielen. Du warst auch dort.«

Sieben Jahre davor hatte Georg seinen ersten Bestseller gelandet, den er lange vor dem elften September zu schreiben begonnen hatte, einen ungeheuer spannenden, politisch brisanten, durch und durch kompromisslosen Thriller über die Folgen eines verheerenden Terroranschlags in Deutschland, eine verstörende Dystopie, deren Klarheit und Relevanz er in seinen späteren Büchern, spannend und erfolgreich allesamt, nie wieder erreichte.

»Die Tagung wurde von der Rudolf-Eissler-Stiftung veranstaltet. Klingelt da was?«

Georg ist sich nicht zu schade, die Lippen zu schürzen, mit den Achseln zu zucken und ein nachdenkliches Gesicht aufzusetzen.

»Kann sein«, sagte er.

»Kann sein?«, sagte ich. »Kann auch sein, dass am zweiten Abend Martin Eissler zu euch stieß, wahrscheinlich einmal der Reihe nach Hände schüttelte und eine kurze Ansprache hielt, bevor er in illustrer Runde ein vier- oder fünfgängiges Menü zu sich nahm?«

»Und?«, fragte Georg.

»Willst du mich verarschen? Spätestens dort hast du Eissler kennengelernt, so viele Teilnehmer waren es nicht, dass er dich übersehen haben könnte. Er hat mein Leben lückenlos überwacht. Er wusste, dass wir uns kennen. Wahrscheinlich bist du nur deswegen eingeladen worden.«

Ein hämisches Grinsen erleuchtete Georgs Gesicht.

»Und du nennst *mich* narzisstisch?«

»Wann hat dich Eissler angesprochen? Dort vermutlich noch nicht. Auf der Tagung wollte er dich erst mal kennenlernen, oder? Dich abschätzen. Und dann kam irgendwann ein Anruf und ein nettes Abendessen in einem ruhigen, erstklassigen Lokal? Wo? In Hamburg oder in Berlin? Was wollte er von dir? Solltest du mich ausspähen? Mich zu irgendwas treiben?«

Georg schüttelte den Kopf, sein Mitleid machte ihn sprachlos.

»Warum hast du mir nicht gesagt, dass du ihn kennst? Selbst wenn das alles nur Paranoia wäre, auf dieser Tagung hast du ihn doch getroffen. Warum hast du nichts davon erzählt, als die ganze Scheiße losging?«

»Vorgestern saß ich auf einem Panel mit einem russischen Kosmonauten und einem deutschen Raumfahrtexperten. Ein Marketing-Ding vom Verlag. Habe ich dir davon erzählt?«

»Das ist doch nicht dein Ernst!«

Georg sagte – nichts. Aber er quälte sich nicht.

»Was läuft hier, Georg?«

»Ich habe Sandra gevögelt. Nicht nur einmal.«

Ein Spitzenreturn. Volley, völlig unberechenbar, rasend schnell. Ich war nicht nur ohne Chance, den Ball anzunehmen, ich bekam ihn mitten ins Gesicht. Wer soll da gleich sprechen?

»Sie hat dir noch nichts gesagt?«

Keine Frage, nur ein kleiner Bonus. Für ihn. Ich schwieg noch immer, ich wartete ab. Noch war nicht ausgeschlossen, dass Georg gleich in Lachen ausbrach.

»Du hast sie doch schon lange abserviert, du hast nur nichts gesagt. Jedenfalls sieht Sandra das so. Du hast die Dinge laufen lassen und gewartet, dass es sich von alleine erledigt. Das tut's aber nicht. Nie. Ich wollte Sandra helfen. Und dir. Vor allem dir.«

Das selbstgerechte Arschloch hatte recht. Ich hatte mir gewünscht, dass etwas passiert, irgendwas, vielleicht genau das, was geschehen war. Es war, als sei ein Gebet erhört worden. Ich wollte, dass mich jemand erlöst, uns, und jetzt wollte ich nichts lieber, als Georg die Kehle zuzudrücken, bis er krepierte und ich ihn auf die Gleise fallen lassen konnte. Doch dafür hätte ich einen Fuß vor den anderen setzen, wenigstens einen Arm heben müssen.

»Ihr seid durch, Can. Darum solltest du dich kümmern, nicht um deine Spinnereien. Und um Anna. Anna braucht dich jetzt.«

Ich hatte Sandra entwürdigt und beschmutzt, sie war das Opfer meiner Phantasien, die ich irgendwie verwirklicht bekommen hatte. Die Gedanken sind nicht frei, dachte ich, nie, und griff in meine Jackentasche, um mich zu vergewissern, dass ich meine Tabletten nicht vergessen hatte. Der Zug fuhr ein, ich hatte Glück. Ich konnte mich umdrehen und einfach losgehen.

»Tut mir leid, Can«, rief Georg mir hinterher, »tut mir leid.«

Ich musste nur kurz warten, bis alle draußen waren, dann stieg ich ein und setzte mich auf irgendeinen Platz. Es war nicht der, den ich reserviert hatte.

HINTER IHR **Eissler hatte einen feinen Sinn für Ironie,** falls es kein Zufall war, dass die Klinik keine fünfzehn Kilometer entfernt von dem Ort lag, an dem ich meine Eltern zum letzten Mal gesehen hatte. Das Navigationsgerät im Mietwagen war beeindruckend aktuell. Als ich auf der einsamen Straße hinter dem Deich darüber nachdachte, ob ich mich verfahren hatte, und beinahe schon zurückfahren wollte, tauchte die Klinik plötzlich im Niemandsland auf. Das Gelände schien groß zu sein, war hoch umzäunt und hatte am Eingang eine Schleuse mit zwei uniformierten Mitarbeitern. Einer kam aus dem Wachhaus, ließ sich durch das Fenster meinen Personalausweis geben und nickte seinem Kollegen zu. Ich wurde erwartet. Das Tor ging auf, ich bekam erklärt, wo ich parken sollte, und durfte weiter.

Ein weitläufiger, schöner Park mit alten Bäumen, zahlreichen Sitzgelegenheiten, Sportgeräten, einem sprudelnden Brunnen und wenigstens einem Dutzend sommerlich leger gekleideter Menschen. Sie lasen und unterhielten sich, lachten und tranken Kaffee an Teakholztischen, an denen sie bedient wurden. Ohne Ausnahme wirkten alle entspannt. Wieso auch nicht? Sie waren an einem angenehmen Ort. Das vierstöckige Haupthaus bestand praktisch nur aus Glas, war materialisierte Transparenz, nicht ansatzweise die Mischung aus Bates' Motel und dem viktorianischen Spukhaus, die ich mir in meinen trivialen Phantasien ausgemalt hatte. Am Empfang wartete eine junge Frau im Businesskostüm auf mich. Sie freute sich sehr, mich kennenzulernen.

Wir nahmen den Aufzug und fuhren in den obersten Stock, wo sie mich in einen lichtdurchfluteten, betont zeitgemäß, aber gemütlich eingerichteten Aufenthaltsraum führte. Blaue und orange Sofas und Sessel, die mit den beiden farbenfrohen Ölgemälden an den Wänden perfekt harmonierten, eine Bücherecke, in der die Neuerscheinungen der Saison hervorgehoben platziert waren, eine gekühlte Vitrine mit Obst, Fruchtsäften und Smoothies, ein schmaler, hoher Tisch, auf dem Thermoskannen und Gebäck bereitstanden. Anna fiel kaum auf in dem Sessel, in dem sie vor der Glasfront saß, fügte sich bruchlos ins Stillleben ein. Hinter ihr lag die Weite des Wattenmeeres.

»Frau Roth, Ihr Besuch ist da«, sagte die junge Frau.

Anna blickte auf. Wenn sie nicht blind geworden war, sah sie mich.

»Danke«, sagte sie.

Die Klinikmitarbeiterin ging sofort. Und jetzt bemerkte ich es. Annas Augen waren erloschen.

»Anna«, sagte ich, »Anna.«

Sie ließ ihren Blick auf mir, ihr Mund lächelte freundlich. Sie stand nicht auf, sagte nicht meinen Namen.

»Anna.«

»Hallo.« Schleppend und zeitverzögert kam ihre Antwort, wie bei Auslandstelefonaten früher.

Was ich hinter Anna sah, hatte ich vor fünfunddreißig Jahren zum letzten Mal gesehen, von der Terrasse des Hotels aus. Seither war ich an jedem Meer, nie wieder an diesem.

»Can«, sagte Anna, es klang wie eine Frage. »Schön, dass du mich besuchen kommst.«

Ich konnte nicht stehen bleiben, aber ich konnte auch nicht zu ihr gehen und sie aus dem Sessel heben. Ich setzte mich Anna gegenüber, auf den Platz, der ihr am nächsten war. Der freie Blick auf den Albtraum hinter ihr ließ sich nicht vermeiden.

»Wie geht es dir?«, fragte ich und überlegte kurz, ob ich mich vorbeugen und ihre Hand nehmen sollte. Absurder als alles andere wäre es nicht gewesen.

»Gut«, sagte Anna, »ziemlich gut. Immer besser.«

»Was haben Sie mit dir gemacht?«

Sie verstand die Frage nicht. Wieder lächelte ihr Mund. Ich machte sie verlegen, weil sie mir nicht folgen konnte.

»Wer?«

»Hier in der Klinik, was machen sie mit dir?«

Eine kleine Erleichterung in ihrem Gesicht, sie nickte. Sie war froh, dass sie mich jetzt verstand.

»Sie helfen mir. Sie sind alle sehr freundlich, wirklich. Mir geht's gut. Es wird immer besser.«

»Wie bist du hier bloß gelandet«, sagte ich leise. Mehr zu mir selbst als zu ihr.

»Ich habe ein Haus in Brand gesteckt«, sagte Anna.

Natürlich durfte man sich über mich wundern, die Frage hätte ich mir selbst beantworten können.

»Martin sagt, du warst da. Du hast mich gerettet.«

»Du erinnerst dich nicht?«

»Doch. Doch, ein bisschen. Nicht an alles.«

Es war ihr peinlich, Gedächtnislücken sind beschämend. Ich musste ihr noch eine unangenehme Frage stellen.

»Weißt du, warum du es getan hast?«

Anna nickte.

»Ich war total gestresst, die ganzen Jahre. Zu viel Arbeit, zu wenig Schlaf, zu viel Alkohol. Ich habe nicht genug auf mich geachtet. Da können irgendwann Sicherungen durchbrennen. Ist schon vielen passiert. Ich hatte noch Glück. Echtes Glück.«

Ich konnte es kaum glauben, ertragen konnte ich es gar nicht.

»Und vorher? Weißt du noch, was wir davor gemacht haben?«

»Ja«, sagte sie, und ihr Lächeln nahm ein wenig mehr Gesichtsfläche ein. »Wir waren unterwegs, du und ich. In Frankreich und Griechenland. Für das Buch. Du fandest es wichtig, dass wir dort waren. Du wolltest in Ruhe arbeiten, oder?«

»Ja«, sagte ich.

»Es war schön, oder? Ein bisschen wie Urlaub?«

»Ja«, sagte ich.

Plötzlich wurde ich neidisch. Ich hatte keine Ahnung, was sie ihr gaben, aber das Zeug war gut. An Bruchstücke konnte sie sich erinnern, sie erkannte die Leute wieder, das alles reichte, um eine nette Geschichte zu erzählen oder zu glauben. Im Vergleich dazu waren meine Tabletten kaum mehr als Pfefferminzbonbons.

»Bist du deswegen hier?«, fragte Anna.

»Weswegen?«

»Wegen des Buchs?«

Ich schüttelte den Kopf.

»Martin sagt, du schreibst es fertig. Aber falls du mich brauchst, im Moment geht es nicht. Ich kann mich nicht gut konzentrieren.«

Ihre Scham zerriss mir das Herz.

»Kein Problem«, sagte ich. »Ich wollte dich nur besuchen.«

»Schön«, sagte sie, und dann schwiegen wir.

Die Wanderer auf dem Watt, die sich hinter Anna vom Ufer entfernten, gab es vielleicht wirklich. Einer deutlich größer als der andere. Sie waren zu weit weg, ich sah nur ihren Rücken, doch ich war mir sicher, es waren eine Frau und ein Mann, sicher trugen beide grüne Gummistiefel.

»Bald werde ich entlassen, dann geht's mir noch besser.«

»Schön«, sagte ich.

»Dann können wir weitermachen«, sagte Anna. »Wenn du noch was brauchst, meine ich.«

»Nicht mehr viel«, sagte ich.

Dann gab es nichts mehr zu sagen. Nach ein paar Minuten stand ich auf, holte mir einen Kaffee und setzte mich wieder, um weiter mit Anna zu schweigen. Vielleicht war sie eingenickt, mit offenen Augen. Sie war völlig entspannt. Ich trank meinen Kaffee aus, stand auf, ging zu ihr und kniete mich vor sie. Ich glaube, sie war nicht erschrocken, als sie zurückwich. Sie war befremdet. Sie verstand die Nähe nicht. Ich nahm trotzdem ihre Hände.

»Du kommst hier raus«, sagte ich, »dafür sorge ich.«

Anna dachte angestrengt nach, um auf eine Antwort zu kommen, sie wollte nicht unhöflich sein. Sie war überfordert.

»Danke«, sagte sie schließlich im selben Ton, in dem ich mich auf der Straße manchmal bei Leuten bedanke, denen es gelingt, mir einen Flyer zuzustecken.

Ich stand auf und ging.

»Auf Wiedersehen«, sagte Anna, als ich an der Tür war.

Ich drehte mich um, ich lächelte. Sie nicht.

UM WEN **An der ersten Treppe, die ich sah,** hielt ich den Wagen an, stieg aus und ging die Stufen zur Deichkrone hoch. Ich hielt es aus, ich konnte mir die Ödnis ansehen, die in wenigen Stunden – schnell ging das – vom Wasser verschlungen sein würde. Ich stand da, sah hin und weinte. Um wen, wusste ich nicht. Es waren neue Tränen, und es waren alte, die längst hätten geweint werden müssen. Sie alle zu vergießen dauerte lange.

Als es vorbei war, blieb ich noch einen Moment oben, drehte der entsetzlichen Weite den Rücken zu und rief Georg an.

»Hast du ihr schon was gesagt?«, fragte ich ihn.

»Wem?«

»Sandra. Hast du ihr gesagt, dass du mit mir gesprochen hast?«

»Nein.«

»Dann lass es. Bitte. Ich brauche Zeit.«

»Wofür? Was meinst du damit?«

Ich schwieg, irgendwann sagte Georg:

»Okay.«

Mehr hatte ich nicht. Melodramatisch grußlos wollte ich nicht auflegen, aber ich hatte keine Vorstellung davon, was in unserer Lage angemessen war.

»Warst du bei Anna, hast du sie gesehen?«, fragte Georg.

»Ja.«

»Wie geht es ihr?«

»Gut«, sagte ich. »Ziemlich gut. Immer besser.«

STARK **Segelboote wie vor einem Monat,** derselbe Blick, dasselbe Hotel, dieselbe Dachterrasse. Dasselbe Wetter. Ich saß sogar auf demselben Platz, trank wieder Bier, obwohl es zu früh dafür war, und gab mich ein paar glückliche Augenblicke lang der Vorstellung hin, ich könne hier nach einem anstrengenden Tag – der frühe Flug, das lange, zähe Meeting mit Anna – einfach eingenickt und nach einem unerklärlich grotesken, detailwütigen Albtraum wieder aufgewacht sein. Der Sommer hätte noch nicht richtig begonnen, Ellen Reichert käme nicht, ich lernte sie nie kennen. Ich würde hinunter auf mein Zimmer gehen, noch ein bisschen zappen und bald einschlafen, um mich morgen mit Anna zu einer weiteren Runde zu treffen. Vielleicht wäre sie offener als heute, hoffen darf man immer, auf alle Fälle würde ich danach nach Hause fliegen. Zu meiner Familie, meinem hässlichen Bild, meinem Koma. Zu Karin.

Als ich an Karin dachte, verrauchten meine Trugbilder sofort, den Tod bekam ich nicht weggesponnen. An dem Tag, an dem mich Ellen Reichert in die Hölle stieß, hatte Karin ein Leben beendet, das sie bis zum Schluss eigenwillig ausgekostet hatte. Karin war ungefähr in meinem Alter gewesen, als sie starb, etwas jünger, mehr Zeit hatte sie nicht bekommen. An das, was noch vor mir selbst liegen mochte, konnte ich nur noch als einen Nachschlag denken, einen unverdienten Bonus. Den Rest. Das Wort setzte etwas voraus, von dem etwas übrig blieb. Was das gewesen sein mochte, hätte ich nicht sagen können. Ich erinnerte mich nicht.

Morgen würde ich nicht Anna zum Interview treffen, sondern Eissler, wozu auch immer. Um neun waren wir verabredet, ich fragte mich, ob ich meinen grünen Gürtel schon trug. Die Anekdote aus Sabbatai Zwis Leben, in der der Messias vor seiner Begegnung mit dem Sultan über seinen elenden Gürtel klagt, hatte eine Pointe, wie ich inzwischen gelesen hatte. Ein Dönme-Nachfahre, der auf Simon Jacobs Website darüber geschrieben hatte, war der Ansicht, dass die Farbe des Gürtels kein Zufall sein konnte. Grün sei die Farbe des Islam: Der Gürtel symbolisiere Sabbatais bevorstehenden Übertritt zum Islam, der ihm schon vorher bewusst gewesen sein müsse. Der Messias hatte also nicht über seine Armut geklagt, sondern über seine Feigheit.

Ich hatte ihn nicht kommen sehen, plötzlich saß er auf dem Platz, auf dem auch Ellen Reichert gesessen hatte. Jeans und Poloshirt, bequeme Leinenschuhe, zurückgekämmte lange Haare, die nicht weit über der Schulter endeten, und hinter einer zarten goldfarbenen Nickelbrille leuchtend blaue, fröhliche Augen. Gute Augen. Ein bisschen erinnerte er an diesen Philosophen aus dem Fernsehen. Er wirkte jung, deutlich jünger, als er war, mit seinen dreiundsechzig Jahren vielleicht sogar jünger als ich. Er strahlte mich an, als könne er sein Glück kaum fassen, blickte dann auf die Alster.

»Da könnte ich auch immer stundenlang hingucken«, sagte Eissler. »Gibt kaum einen schöneren Anblick als Segelboote auf dem Wasser. Segelst du gern?«

»Habe ich noch nicht oft gemacht«, sagte ich, »aber ja.«

Eissler freute sich.

»Dann machen wir das morgen. Mit Max, er hat ja Ferien. Ich habe mir den ganzen Tag freigenommen.«

Ich nickte, und Eissler nahm sich noch einmal Zeit, mich glücklich anzusehen. Staunend, wortlos. Es war echt. Oder billig. Seine Methode prallte an mir ab, sie machte mich sicherer. Genau das war vermutlich seine Absicht.

»Endlich begegnen wir uns«, sagt er. »Ich war so gespannt.«

»Ich auch«, sagte ich und sah zu den beiden Sakkoträgern, die sich an den Nebentisch gesetzt hatten, beide um die dreißig, fünfunddreißig, beide mit auffällig gerader Sitzhaltung. Einer, der Gebräunte, behielt mich im Auge, der andere ließ seine Blicke über die Dachterrasse kreisen wie ein Radar.

»Lass dich bitte nicht von ihnen stören. Mir ist es auch lästig, sehr sogar, aber ich habe mich davon überzeugen lassen, dass es sinnvoll ist.« Eissler lachte. »Der eine heißt auch Martin, der links. Wäre ein guter Grund gewesen, ihn nicht zu nehmen, aber er gehört zu den Besten. Ehemals GSG 9, Einsätze in Afghanistan, Dschibuti und so was. Ich bin selber viel in solchen Gegenden unterwegs, ein wenig Erfahrung kann da nicht schaden.«

Ich nickte nur, es gab nichts zu sagen. Die Option, Eissler vom Dach zu stürzen und dann schlafen zu gehen, war vom Tisch.

»Warst du bei Anna?«, fragte Eissler.

»Ja.«

»Ich hoffe, du hast dich nicht erschrocken.«

»Das Wort hätte ich nicht verwendet.«

»Sie fahren die Medikation schon langsam zurück, bald ist Anna wieder die Alte. Aber sie braucht Zeit, um alles zu verarbeiten.«

Er war nicht angewiesen auf meine Reaktion, aber er war höflich, er ließ mir Zeit für eine. Ich sah ihn nur an.

»Sie ist nicht so stark«, sagte er.

»So stark wie wer?«, fragte ich. »Wie ich?«

»Wie andere von ihr denken«, sagte er. »Ich weiß nicht, wie du sie erlebt hast in den letzten Wochen, aber Anna neigt leider dazu, sich zu überfordern. Manchmal glaubt sie an das Bild, das die Öffentlichkeit von ihr hat, und dann mutet sie sich viel zu viel zu.«

Küchenpsychologie, das freundliche Geschwätz von Leuten, die sich Sorgen um jemanden machen, der ihnen am Herzen liegt. Wir hatten eine Verbindung, wir hatten unsere Anna. Sie war nicht unsere einzige Gemeinsamkeit, aber fürs Erste vielleicht die brauchbarste.

»Wie gut, dass mein Termin heute Abend ausgefallen ist«, sagte Eissler, setzte sich auf und ließ die Hände aufeinanderklatschen, als wolle er düstere Gedanken vertreiben. »Tut mir leid, ich hätte daran denken müssen, dich einzuladen. Du schläfst natürlich bei uns.«

»Ich will keine Umstände machen. Ich fühle mich immer sehr wohl hier.«

Mit einem amüsierten, liebevollen Lächeln überging er meine Bemerkung.

»Deine Sachen lassen wir zu uns bringen. Wir beide fahren erst mal zu Anton.«

»Anton? Anton Mahler?«

Es war nicht abwegig, es war genauso schlüssig wie alles andere, überrascht war ich dennoch.

»Ja, ins Krankenhaus«, sagte Eissler. »Ich habe schon Bescheid gesagt, sie warten auf uns.«

Er stand auf, ich ließ mir einen Moment Zeit. Tief sog ich noch einmal Farouk Yussoufs Geruch ein, der mich umhüllte, seit Eissler bei mir war.

ANTEILNAHME

»Prinz Max von Baden«, sagte Eissler. »Hast du schon mal von ihm gehört?«

»Der letzte Kanzler des Kaiserreichs? Aber nur vier, fünf Wochen lang, glaube ich.«

»Richtig. Wusstest du, dass er schwul war? Päderasten nannte man diese Leute damals.«

»Nein«, sagte ich.

Mit blauen Kunststoffhauben, -kitteln und -überschuhen saßen Eissler und ich nebeneinander an Mahlers Bett. Der alte Mann war kaum noch da, die Geräte, Schläuche und Leitungen, mit denen er vollautomatisch überwacht, beatmet, infundiert und entwässert wurde, nahmen weit mehr Platz und Aufmerksamkeit ein als er selbst. Hinter der Sichtscheibe des Krankenzimmers stand der andere Martin auf dem Flur und versuchte, seinen Job zu machen, ohne sich an den Blicken zu stören, mit denen ihn alle Ärzte und Schwestern bedachten, die an ihm vorbeikamen.

»1922 wurde er öffentlich geoutet, wie man das heute nennen würde. In den Memoiren eines Berliner Polizisten, der früher das Homosexuellendezernat geleitet hatte, den Namen habe ich vergessen. Anton hatte Max von Baden immer vor Augen, wie damals wahrscheinlich viele mit dieser Neigung. Er wollte sich die Demütigungen und Qualen ersparen, die der Prinz sein Leben lang ertragen musste.«

»Scheint gelungen zu sein«, sagte ich. »Mahler ist alt geworden. Soweit ich weiß, ohne große Demütigungen und Qualen.«

»Mehr oder weniger«, sagte Eissler und musste lächeln. »Immerhin liegt er jetzt im Koma. Ironischerweise erging das dem Prinzen so ähnlich. Max von Baden wollte die Monarchie in Deutschland retten, wofür ihm aber notwendig schien, dass der amtierende Kaiser Wilhelm abdankt. Aber er hatte nicht mit der Kaiserin gerechnet. Auguste Viktoria. Um ihrem Mann den Thron zu retten, rief ihn die resolute Dame an – 1918, kurz vor der Novemberrevolution – und drohte, den Kanzler des Reichs öffentlich als Päderasten bloßzustellen. Max von Baden bekam einen schweren Nervenzusammenbruch und wurde mit einem Opiat in einen tagelangen, komaähnlichen Tiefschlaf versetzt, damit er sich von dem Schock erholen konnte.«

»Hat das Ihr Vater mit Mahler auch gemacht?«, fragte ich.

»Anton in einen Tiefschlaf versetzt?«

Natürlich hatte Eissler mich verstanden, aber er scherzte gern mit mir.

»Ihm gedroht.«

»Mein Vater hat Anton dabei erwischt, wie er sich auf recht eindeutige Weise mit einem Kameraden vergnügte. Was mit dem anderen geschehen ist, weiß ich nicht, Anton jedenfalls stand in der Schuld meines Vaters, der niemandem gegenüber je ein Wort darüber verloren hat. Man kann sich gar nicht mehr vorstellen, wie wichtig das damals für Menschen wie Anton war.«

»Und nach dem Tod Ihres Vaters, da haben Sie Mahler geerbt? Den schwulen Killer der Familie?«

Eissler schmunzelte. Er freute sich sehr, dass wir uns so gut verstanden.

»Ich hätte es anders ausgedrückt, aber da ist was dran. Antons Loyalität ging auf mich über, und dafür bin ich ihm sehr dankbar.«

Er sah Mahler zärtlich an, strich ihm über die Stirn.

»Glaub aber bitte nicht, dass er das alles nur getan hat, weil er erpresst wurde. Ich glaube, dieser Aspekt hat schon bald keine Rolle mehr gespielt, es sei denn als eine Art Legitimation für ihn selbst. Anton hat es gerne getan, es war eine Bereicherung für ihn, denke ich. Diese Bedeutsamkeit, diese Begegnung mit dem Existentiellen, die hat er in seinem übrigen Leben sicher vermisst.«

»Ein Risikosport«, sagte ich, »ein Hobby.«

Eissler schien darüber nachzudenken.

»Nein«, sagte er, »ich glaube, das wäre zu banal.«

Er lächelte mich an, bevor sein Blick an Mahler haftenblieb.

»Wir reden nachher ausführlich darüber, du hast sicher noch viele Fragen. Aber jetzt sollten wir uns um Anton kümmern.«

»Ich habe keine Fragen«, sagte ich.

Erstaunt wandte sich Eissler mir wieder zu.

»Nein?«

»Nein.«

»Ich dachte, du würdest gern besser verstehen. Du hast eine große Begabung, die Dinge zu verstehen. Hättest du sonst deinen Beruf gewählt?«

»Was geschieht, wenn man versteht?«, fragte ich.

Ein Lächeln in seinen Augen, ein verständnisvolles Nicken.

»Du hast recht, man kann seine Freiheit verlieren. Manchmal gewinnt man Freiheit dazu.«

»Eine Frage hätte ich doch«, sagte ich. »Filippos Ninis, hat Mahler je was mit ihm gehabt?«

»Filippos Ninis?«

»Ein Grieche, den er in Saloniki kennengelernt und später nach München geholt hat. 1950.«

»Der Name sagt mir nichts, tut mir leid.«

Auch Eissler konnte nicht alles wissen, und die Frage, die ich gestellt hatte, war die lächerlichste von allen. Dennoch war ich ein wenig enttäuscht. Eissler gab dem Martin hinter der Scheibe ein Zeichen. Der Bodyguard ging los und verschwand aus meiner Sicht.

»Anton hat eine Patientenverfügung, die er bei mir verwahrt hat. Ich habe sie ein wenig zurückgehalten, weil ich dachte, du willst ihn sicher noch einmal sehen. Das habe ich auch den Leuten hier gesagt. Dass du der Sohn eines guten Freundes von Anton bist und dich verabschieden willst. Das sollten wir jetzt tun.«

Er stand auf, senkte den Kopf und verharrte so, bis der Arzt hereinkam. Erst da stand auch ich auf.

»Wir wären so weit«, sagte Eissler.

Der Arzt nickte. Mit angemessenem Gesichtsausdruck, so flink wie diskret stellte er die Infusionen ab und schaltete fast alle Geräte aus, bevor er uns wieder alleine ließ. Die Nulllinie auf dem Herzmonitor war schnell erreicht, beinahe sofort, ich war erstaunt. Nach einem letzten Nicken in Mahlers Richtung verließ Eissler den Raum. Er wirkte bewegt. Wenn ich an diesen Moment denke, könnte ich schwören, seine Augen waren feucht.

Ich trat kurz nach Eissler auf den Flur. Der Arzt kam zu uns und gab uns die Hand.

»Meine aufrichtige Anteilnahme«, sagte er.

»Danke«, sagte Eissler.

»Danke«, sagte ich.

Wir gingen, GSG-9-Martin blieb zwei, drei Schritte hinter uns.

»Ich hoffe, du magst Fisch«, sagte Eissler. »Ich habe gehört, es gibt Fisch.«

QUÄLEREI

Wir waren auf seiner Terrasse, genossen den schönen Blick, das herrliche Wetter und das ausgezeichnete Essen. Max und seine Kinderfrau Meike aßen mit uns, aber Eissler schien nicht zu allen Angehörigen des Personals die gleiche Nähe zu haben: Martin musste drinnen sitzen und behielt mich durch das Panoramafenster im Blick. Sein Arbeitgeber hatte keine Scheu, mir zu zeigen, dass er sich meiner noch nicht ganz sicher sein konnte.

Bis das durch den Brand beschädigte Haus renoviert war – Eissler hoffte, dass die Arbeiten schon vor Annas Rückkehr abgeschlossen werden konnten –, wohnte er mit seinem Sohn in der Hafencity im Penthouse über seiner Konzernzentrale. Vermutlich stand die Wohnung für unvorhergesehene Fälle wie diesen oder Eisslers persönliche Mußestunden dauerhaft zur Verfügung und war sicher von denselben Innenarchitekten eingerichtet worden. Bis zu den Bildern an den Wänden glich die Einrichtung hier frappant der des Hauses, das Anna vermutlich nie ein Zuhause gewesen war. Die Waldlandschaft von Hockney, die ich vor dem Abendessen genauer betrachtet hatte, wildes Violett, Blau und Orange auch hier, wirkte wie eine exakte Kopie des Bildes, das im anderen Haus verbrannt sein musste. Eissler gehörte wahrscheinlich zu den Männern, die sich Anzüge gleich sechsfach kaufen, wenn sie sich einmal zu einer Entscheidung durchgerungen haben.

»Wir gehen morgen segeln«, sagte Eissler zu seinem Sohn. »Hast du Lust?«

»Okay«, sagte Max und ließ mich nicht aus den Augen.

Er starrte mich offen an, schon die ganze Zeit. Von der Vorsicht der Blicke, mit denen er mich auf der Fahrt nach Göttingen zu ergründen versucht hatte, seiner ganzen Befangenheit war nichts mehr zu spüren. Vielleicht hielt er mich für den Schuldigen, der ihm seine Mutter genommen und sie am Ende ins Krankenhaus gebracht hatte. Oder er fühlte sich auf vertrautem Boden, den Vater an seiner Seite, sicherer als damals.

»Aber dein elektronisches Spielzeug lässt du zu Hause«, sagte Eissler, »in Ordnung?«

»Immer noch Dragon Quest?«, fragte ich. »Hüter des Himmels?«

»Manchmal«, sagte Max.

»Und den Weltenbaum hast du zum Blühen gebracht?«

Er sah mich gequält an, die Frage musste dämlich gewesen sein.

»Ihr kennt euch ja schon ganz gut«, sagte Eissler.

Max und ich schwiegen.

»Can ist heute hier, weil ein gemeinsamer Freund von uns gestorben ist«, erklärte Eissler seinem Sohn. »Wir waren gerade im Krankenhaus. Er war schon ganz alt, hundert Jahre, stell dir das mal vor. Wochenlang lag er schon im Koma. Das ist so was wie ein ganz, ganz tiefer Schlaf. Er konnte sich nicht bewegen oder die Augen öffnen, und er sah echt furchterregend aus. Ganz weiß. Ganz eingefallen. Er wurde nur noch von Maschinen am Leben gehalten. Richtig gruselig.«

Erschrocken sah Max ihn an, während Meike angestrengt damit beschäftigt war, jeden Ausdruck zu vermeiden.

»Da haben Can und ich gedacht, das ist doch eine Quälerei, und den Ärzten gesagt, sie sollen endlich mal die ganzen Maschinen und Medikamente abstellen. Das haben sie auch gemacht, und dann war er ganz schnell tot. Wirklich schnell. Keine Minute hat das gedauert, und unser armer Freund hatte seinen Frieden gefunden.«

Eissler glaubte an seine Gene. Bei seinem eigenen Vater und ihm hatte das funktioniert, jetzt war Max an der Reihe. Der Junge war offenbar alt genug, um vorbereitet zu werden. Ich war froh, dass Anna nicht mitbekam, was ihr Sohn hören musste. Ich hielt es selber kaum aus.

»So, jetzt aber ab ins Bett«, sagte Eissler heiter.

Sofort stand Meike auf. Zögernd folgte Max, seine Fassungslosigkeit quoll ihm noch immer aus den Augen.

»Und die haben das einfach gemacht, die Ärzte?«, fragte Max. »Als du ihnen gesagt hast, der alte Mann soll lieber sterben?«

»Ja, natürlich«, sagte Eissler und zog seinen Sohn liebevoll zu sich, um ihm einen Kuss zu geben. »Schlaf gut, Süßer. Meike liest dir bestimmt noch was vor.«

Max ging mit der Kinderfrau hinein.

»Gute Nacht«, rief ich ihm nach und schämte mich für den Hohn, der sich nicht vermeiden ließ.

»Er bedeutet mir alles«, sagte Eissler. »Du verstehst das. Mit Mina und Ben geht dir das genauso.«

Der Mann und die Frau, die serviert hatten, kamen auf die Terrasse. Während die Frau den Tisch abräumte, öffnete der Mann eine Flasche Rotwein, ließ Eissler kosten und schenkte uns nach einem beiläufigen Nicken des Hausherrn ein.

»Du bist auch wie ein Sohn für mich«, sagte Eissler. »Fällt dir sicher schwer, es zu glauben. Aber so ist es.«

»Sie waren sehr gut zu mir. Aber das habe ich erst vor kurzem erfahren.«

Eissler lächelte, vermutlich über meine Wortwahl, und nippte an seinem Wein.

»Ich dachte, wir sind noch nicht so weit. Aber dann hat sich alles beschleunigt. Durchaus überraschend, ehrlich gesagt.«

»Worauf haben Sie gewartet?«

»Worauf warte ich jetzt?«

»Dass ich aufstehe und versuche, Sie vom Dach zu stoßen, bevor mich Ihr Gorilla erschießen kann?«

Eissler lachte laut auf.

»Ich bin froh, dass du so offen bist«, sagte er und brauchte noch einen Moment, bis er seine Erheiterung unter Kontrolle hatte. »Ja, ich fürchte, so etwas könnte dir durch den Kopf gehen.«

»Das können Sie verstehen?«

»Ja und nein«, sagte er und sah mich eine Weile schweigend an, als suche er nach Worten, die auch einer wie ich verstehen kann. »Ich würde dir gerne meine Geschichte erzählen.«

»Die ändert alles?«

»Sicher«, sagte Eissler. »Die Frage ist nur, wie schnell das geht.«

ERKLÄRT EISSLER

Die Goldenen Zwanziger hallten noch nach, erklärt er, der Tanz auf dem Vulkan, sicher weiß ich, was er meint. Sein Vater war Anfang der dreißiger Jahre mit dem Auftrag in die Hauptstadt geschickt worden, eine neue Zigarettenfabrik aufzubauen, die das Firmen- und Familienglück endlich wenden sollte, und selbstverständlich wollte er das, aber er war jung, sehr jung, er wollte sein Leben auch genießen. Wo konnte man das damals besser als in Berlin?

Der Vater arbeitete hart, baute den Betrieb auf, knüpfte überall Kontakte und war klug und kühl genug, die Zeichen der Zeit zu erkennen und sicherheitshalber auch die Nähe der Nazis zu suchen. Er wurde Parteimitglied, trat später der SS bei, und schon 1933 zahlte sich das aus, er stand auf der richtigen Seite. Etwa zur gleichen Zeit, schon am Anfang seiner Berliner Jahre, hatte der Vater eine Begegnung, die letztlich zur wichtigsten seines Lebens werden sollte. Er lernte meinen Großvater kennen, den türkischen Tabakimporteur Galip Evinman, der der Hauptlieferant seines Unternehmens war, und freundete sich mit ihm an.

Dem fast zwanzig Jahre älteren Mann aus der Türkei war es ein Vergnügen, den jungen Burschen aus Hamburg unter seine Fittiche zu nehmen und ihn ins Berliner Leben einzuführen, auch in das der Nacht, er wurde in jeder Hinsicht zu einem Mentor für ihn. Was der Vater davon hatte, lag auf der Hand, erklärt Eissler, was meinen Großvater dazu trieb, da kann er nur spekulieren. Er war schon lange in Berlin, er war erfolgreich und bestens ins Geschäftsleben integriert, sicher hatte er auch viele deutsche Bekannte, aber in gewisser Weise war er wohl immer ein Fremder geblieben, dem es schmeicheln musste, einem jungen Deutschen etwas beizubringen wie einem Sohn. Irgendwann, Alkohol war im Spiel und Vertrauen, sicher auch Prahlerei, gestand der Mentor seinem Schützling, wer er wirklich war. Was konnte es ihm in Deutschland schon schaden, vom Messias zu erzählen, von dessen Anhängern und deren Nachfahren? Der Mann aus Saloniki hatte den Vulkanausbruch schon hinter sich, den Weltenbrand des Bevölkerungsaustauschs, der ihn und seine Leute aus der Heimat vertrieben hatte. Er dachte, er hätte nichts mehr zu verlieren. Der Vater verstand die Geschichte nicht wirklich, erklärt Eissler, da musste er erst selber kommen, Jahrzehnte später, aber der junge Mann, Eisslers Vater, merkte sich immerhin, dass in Saloniki grenzenloser Reichtum lag. Der Vater blieb mit meinem Großvater befreundet, es scherte ihn einen Dreck, dass sein Freund ein heimlicher Jude oder etwas Ähnliches war. Die Sache mit den Nazis, die war fürs Geschäft. Doch dafür nützte sie nichts. Nicht gleich, nicht direkt.

Die neue Berliner Zigarettenfabrik war ein Flop, eine Kostenschleuder, erklärt Eissler. Als der Vater des Vaters im Sterben lag – der Krieg hatte bereits begonnen –, als die Sorge, nichts als Schulden hinterlassen zu bekommen, sich allmählich zur Gewissheit verdichtete, erinnerte sich der Vater an das, was ihm sein türkischer Freund und Mentor in einer sorglosen Nacht erzählt hatte. Er ließ sich als SS-Offizier nach Saloniki versetzen, machte Hauptmann Max Merten, dem Militärverwaltungsrat der Stadt, ein Angebot, das der nicht abschlagen konnte, und setzte einen gut durchdachten Brief in die Heimat ab, der andeutete, was ein Dönme ist und dass es sich beim Berliner Tabakimporteur Galip Evinman um einen solchen handelt.

Was dann folgte, weiß ich ja schon, ein paar Details aber sind sicher noch interessant. Mein Großvater, erklärt Eissler, hatte keine Chance, seinen Freund zur Rede zu stellen, nie wieder, und musste Berlin verlassen. Er verlor sein Vermögen in Deutschland, dann auch das, das er in Saloniki in Sicherheit wähnte. Aber er war hartnäckig, er gab nicht auf. Die Freundschaft war durchaus gegenseitig gewesen, der Vater hatte ihm von Anton und dessen Neigung erzählt, die ihn zu einem willfährigen Handlanger machte. Mein Großvater glaubte, wenn er es klug genug einfädelte, könne er einen Verbündeten in Anton finden und mit dessen Hilfe sein Eigentum zurückbekommen. Doch Anton war loyal und erzählte seinem Vorgesetzten alles. Der Vater trug Anton auf, seinen alten Freund Evinman hinzuhalten, auch später in Deutschland, nach dem Krieg, und das tat Anton auch, und er ging sogar so weit, ihn in die Arme seiner eigenen Frau zu treiben. Antons Tochter Almut, die ich glücklicherweise noch kennengelernt habe, war die Tochter meines Großvaters, sie war, das habe ich mir sicher schon gedacht, meine Tante. Auch das übrigens eine erstaunliche Parallele zu Max von Baden, dessen Kinder beide ausgerechnet von dem Arzt gezeugt wurden, der den Prinzen von seiner Homosexualität heilen sollte; aber das nur ganz nebenbei.

Irgendwann war es genug mit dem Hinhalten, irgendwann musste der Vater seinen Vorkriegsfreund Evinman aus Antons und seiner eigenen Nähe entfernen. Er hatte einen Teil des Goldes aus dem Zwischendepot in Marseille nach Deutschland geholt (und dies seinem früheren Partner Max Merten wohlweißlich verschwiegen), jetzt brauchte er Ruhe, um die Zukunft anzugehen und ein neues Geschäft aufzubauen. Die Schwangerschaft von Antons Frau war ein guter Zeitpunkt, um für klare Verhältnisse zu sorgen, und auf Anweisung seines früheren Vorgesetzten sorgte Anton auch gern dafür. Allerdings war er dabei so unvorsichtig oder geschwätzig, erklärt Eissler, dass Antons Frau Hilde nicht verborgen blieb, wie der leibliche Vater des Kindes, das sie austrug, sein Leben verlor. Sie wartete noch ab, bis das Kind geboren war, dann warf sie sich vor den nächsten Zug. Und das war ein Segen für alle.

Denn danach kehrte tatsächlich Ruhe ein, jahrzehntelang, wenn man davon absieht, dass Max Merten auf der Suche nach dem Anteil, den ihm sein früherer Partner vorenthielt, in Griechenland verhaftet wurde und ein paar Jahre im Gefängnis verbringen musste. Aber diese Ruhe, erklärt Eissler, diese Ruhe war ein Fehler, ein Riesenfehler. Nichts als Zeitverschwendung. Was hätte man nicht schon in dieser Zeit bewerkstelligen können? Der Vater hatte nicht verstanden, was ihm von meinem Großvater und dessen Messias geschenkt worden war. Hatte nicht begriffen, dass es nicht um Gold ging, sondern um Freiheit. Um Wahrheit. Der Vater war vorsichtig, ließ sich von seiner Furcht leiten. Seine Seele war eine Kaufmanns-, vielleicht sogar eine Krämerseele. Dieser eine Verrat, die eine große Entscheidung hatte schon alle seine Kapazitäten aufgebraucht.

Dabei hätte der Vater sich nur richtig mit meinen Vorfahren und ihrem Glauben beschäftigen müssen, erklärt Eissler. Dann hätte er gesehen, dass es keine Beschränkungen in diesem Leben gibt, kein Gut, kein Böse, keine Urteile, die gültig sind, wenn man sie nicht anerkennt. Keinen Grund für Angst, nicht einen einzigen. Sabbatai Zwi hatte das erkannt, sein Prophet Nathan von Gaza hatte die richtigen Worte dafür gefunden, und die Menschen hatten sie verstanden. Am Ende siegte zwar die Angst, doch nur vorübergehend, nur nach außen hin. Auch das konnte man aus dieser Geschichte und von meinen Vorfahren lernen, erklärt Eissler: dass man seine Freiheit bewahren und uneingeschränkt entfalten, dass man das Leben annehmen und zum Ziel führen kann, wenn man sich vom Geheimnis schützen lässt.

Normen und Gesetze waren nichts als eine Konstruktion, das hatten Sabbatai und Nathan gelehrt. Das Dasein, der *Baum des Lebens* hatten sie es genannt, kannte keine Verbote, keine Gebote und keine Sünde. Solche Vorstellungen waren nichts als Worte, nützlich nur für die, die nicht an etwas glauben konnten, schon gar nicht an sich selbst. Worte für die Schwachen und Feigen, die sich nicht anders zu schützen wussten. *Gepriesen seiest Du, Gott, der das Verbotene erlaubt.* Kannte ich diesen Satz, der alles zum Ausdruck brachte, was man wissen musste? Gott war ein Platzhalter für das Leben, das gelebt werden wollte. Das Übertreten von Gesetzen war nicht nur gerechtfertigt, erklärt Eissler, es war absolut notwendig, um die Bedingungen der eigenen Existenz zu verbessern. Um Mensch zu werden.

Und zwar jetzt, hier und heute. Sabbatai, der die Befreiung des Menschen Erlösung genannt hatte, um sich in der Sprache seines gläubigen Volkes verständlich zu machen, hatte das Ziel nicht auf das Jenseits, auf eine ferne, ungewisse Zukunft verschoben, sondern es im Diesseits verfolgt. Er wollte den Tempel wiedererrichten. Sofort. Alles war möglich, wenn man sich nicht von der herrschenden Moral knechten ließ. Wenn man bereit war, Verantwortung für sein Tun und Wollen zu übernehmen und die Gesetze zu brechen, die den Gesetzen des unteilbaren, wahren Lebens im Wege standen. Die Krise zum Beispiel, die heute seit vier, fünf Jahren die Leute weltweit zum Zittern brachte, diese *angebliche* Krise ist keine der Moral, wie alle jammerten und schrieben, erklärt Eissler. Es ist eine Krise, die durch Inkonsequenz erzeugt wurde. Durch Halbherzigkeit. Durch die Furcht, zu Ende zu führen, was zu Recht begonnen worden war. Gier gab es so wenig wie Selbstlosigkeit, das waren wieder nur Wörter. Gier war nur ein Ausdruck, den Leute benutzten, die nicht in der Lage waren, das Leben anzunehmen. Die nicht den Mut hatten, der Angst ins Gesicht zu lachen.

Das alles hatte er natürlich nicht sofort erkannt, erklärt Eissler, aber schon im ersten Moment – als der Vater ihm an seinem einundzwanzigsten Geburtstag alles erzählte und ihm die Ikone aus Saloniki schenkte, die jetzt leider verbrannt war –, schon da hatte er gespürt, dass er vor etwas Großem stand. Wusste ich übrigens, dass die Dönme ihre Kinder in die letzten Geheimnisse ihres Glaubens erst einweihten, wenn sie ins heiratsfähige Alter gekommen waren? Und da ging es nicht um diese rituellen Orgien und solche Dinge, sondern um Wahrheiten, die niemand außerhalb der Gemeinschaft je erfahren durfte: um ihre wahren Aufgaben in diesem Leben. Auch der Vater hatte lange gewartet, ihm zu erzählen, was im Krieg geschehen war, worauf das Vermögen der Familie beruhte. Aber er hatte nur die Oberfläche gestreift, hatte selbst nie erkennen können, was er da jenseits der materiellen Güter in den Händen hielt.

Der Vater hatte genug, erklärt Eissler, er war zufrieden, was der größte Fehler ist, den man begehen kann. Er wollte seine Ruhe, und die hatte er. Antons Tochter hatte kurzzeitig Sorgen gemacht, als sie ihn Ende der Sechziger im Streit für immer verließ, aber sie hatte wahrscheinlich nur Antons besondere Neigung entdeckt, die sie schockiert haben musste, und ihm deswegen die Schuld am Freitod der Mutter gegeben.

Eine ernstere Gefahr jedoch drohte bald darauf von meinem Vater, erklärt Eissler. Mein Vater kam mit meiner Mutter und mir Anfang der Siebziger nach Deutschland, um dem Schicksal seines Vaters und dem Verbleib seines Vermögens nachzugehen, doch in den ersten Jahren stocherte er nur im Nebel. Bedrohlich wurde er erst, als er Kontakt mit Annas Vater aufnahm, Bernard Roth, einem Vorstand der Hausbank, der nicht eingeweiht war. Annas Vater glaubte meinem Vater nicht, aber natürlich stellte er Fragen, die sein Vater, erklärt Eissler, für den Augenblick zufriedenstellend beantworten konnte. Aber so etwas durfte sich nicht wiederholen, meine Eltern mussten leider verschwinden, und dafür sorgte wieder Anton, der es immer noch auf eine unmittelbare, ja beinahe unschuldige Weise liebte, Grenzen auszuloten, und sich leidenschaftlich gern an den Rändern der Existenz bewegte, um seine Lebendigkeit zu spüren.

Für mich, das nun zurückgelassene Waisenkind, den späten Nachfahren derer, die Sabbatai verstanden hatten, spürte er selbst von Anfang an ebenso große Verantwortung wie Zuneigung, erklärt

Eissler, doch leider dauerte es ein wenig, bis er den Vater davon überzeugen konnte, eingreifen und mir helfen zu dürfen. Mit der Familie, die er für mich ausgesucht hatte, war ich bestimmt einverstanden, er war sicher damals, dass es passte, und glaubt noch heute, die richtige Wahl getroffen zu haben – wenngleich ihm stets klar war, dass ich eines Tages über diese Familie hinauswachsen und sie für immer verlassen musste. Er hat mich nie aus den Augen verloren, er hat mich begleitet und genau beobachtet, um zu erkennen, was der richtige Weg für mich war. Um diesen Weg für mich zu ebnen. Er hatte immer Großes für mich vorgesehen, erklärt Eissler, und das ist noch immer so.

Die Zeit, in der ich heranwuchs, das war die Zeit, in der er sich selbst vorbereitet hat, erklärt Eissler. Vielleicht hätte er den Vatermord eher begehen müssen, im übertragenen oder wörtlichen Sinn, aber damals war er noch nicht so weit. Er wartete geduldig, Geduld gehört auch dazu, er lernte, er plante. Hatten nicht auch die Dönme zweihundert Jahre lang Geduld gebraucht, bis sie an der Spitze der Gesellschaft angelangt waren und die Macht ihrer Stadt in den Händen hielten? Irgendwann war es so weit, irgendwann war der Vater tot. Er selbst, erklärt Eissler, musste am Ende kaum nachhelfen. Dann konnte er aus Marseille holen, was er brauchte, um endlich das ihm bestimmte Leben zu leben. Um zu verwirklichen, was er die ganzen Jahre vor Augen hatte.

Diesmal war er darauf vorbereitet, dass Annas Vater, der im Gegensatz zu zwei seiner Kollegen in der Bank noch immer nicht eingeweiht war und leider nicht eingeweiht werden konnte, wieder auf ihn aufmerksam werden und Fragen stellen würde. Deswegen suchte er die Nähe von dessen Tochter, erklärt Eissler. Aber er hatte nicht erwartet, dass er so bezaubert von Anna sein würde. Er verfiel ihr, wie soll er es anders ausdrücken, und ließ sie nie wieder aus den Augen, so wenig wie mich. Er nahm Anna den Vater nicht gern, das tat ihm selbst weh, aber es führte kein Weg daran vorbei. Ein Herzinfarkt, der Annas Vater ereilte, kam zu Hilfe und ein letztes Mal auch Anton: ein unscheinbarer alter Mann, der nur kurz in ein

Krankenzimmer schlüpfen und ein Kissen auf ein Gesicht drücken musste, um das Problem zu lösen. Niemand wundert sich über den Herztod eines herzkranken Mannes.

Jetzt stand nichts mehr im Weg, erklärt Eissler, jetzt kamen die Jahre der Freiheit, in der er sich selber beweisen durfte, ob er genug gelernt hatte, um für sich selbst zu finden, was Sabbatai Erlösung genannt hatte. Um das Leben in seiner Ganzheit anzunehmen und zu leben, wie es gelebt werden muss, wenn es ein Leben sein soll. Er wird mich nicht damit langweilen, ich weiß, was ihm seither gelungen ist, und ich kann mir sicher vorstellen, welche Freude es ihm war; eine Freude aber auch zu sehen, wie gut Anna und ich uns in diesen Jahren auf den Wegen entwickelten, auf die er uns leiten durfte.

Irgendwann sorgte ein Zufall für Verwirrung, erklärt Eissler, Zufälle gibt es immer: eine kleine Unachtsamkeit von Almut Reis, Antons Tochter, die dazu führte, dass Almuts eigene, längst erwachsene Tochter Barbara zum ersten Mal von der Existenz ihres Großvaters erfuhr. Barbara Reis war schockiert über die lebenslange Lüge ihrer Mutter. Sie holte Anton aus dem Altenheim, in dem hervorragend für ihn gesorgt wurde, um wiedergutzumachen, was die scheinbar kaltherzige Mutter dem Großvater antat. Seiner alten Loyalität verpflichtet, rief Anton sofort an, um die Erlaubnis dafür einzuholen. Was hätte er dagegen haben sollen, fragt Eissler, er freute sich über Antons neues kleines Glück am Ende des Lebens und war sich sicher, dass Anton seine Geheimnisse bewahren würde.

Das tat Anton damals auch, aber ein neuer Zufall änderte die Lage: Barbara Reis starb in einem Urlaub an den Folgen einer Lebensmittelvergiftung. Und eine Lebensmittelvergiftung war es tatsächlich, es gab damals nicht den geringsten Grund einzugreifen. Barbaras Lebensgefährtin Ellen Reichert aber verlor vor Trauer jeden Sinn für die Realität. Nachdem sie auf irgendetwas gestoßen und den alten, inzwischen doch ein wenig senilen Mann zum Reden gebracht hatte, war sie davon überzeugt, dass ihre geliebte Frau ermordet worden sein musste.

Das hatte eine unübersehbar ironische Komponente, erklärt

Eissler, dieser Verdacht ausgerechnet dort, wo er völlig unbegründet war. Es war eine amüsante Wendung, die ihn dazu brachte, Ellen gewähren zu lassen, als sie sich in die Firma und seine Nähe einschlich. Er hätte es unterbunden, wenn es nötig gewesen wäre, doch es war nicht nötig, noch nicht, und die schöne, kluge, hin und wieder ein wenig überspannte Ellen machte ihm eine Zeitlang große Freude, auch an gewissen Abenden und auf gemeinsamen Geschäftsreisen, auf denen sie sich besonders rührend und intensiv darum bemühte, hinter seine Geheimnisse zu kommen, die er ihr – scheinbar unfreiwillig – häppchenweise zukommen ließ. Er war sehr gespannt darauf, erklärt Eissler, worauf das alles hinauslaufen, was Ellen sich noch einfallen lassen würde. Und am Ende war er doch überrascht und beeindruckt, als sie mich fand und als Ghostwriter mit Anna zusammenbrachte.

Ein wenig konnte er noch abwarten, erklärt Eissler, immerhin war er weiter gespannt auf den Fortgang und fühlte sich unterhalten, doch als Ellen mich zu Anton geführt hatte, da musste er eingreifen und dafür sorgen, dass man sich um die kümmerte, die zu viel Einblick hatten. Bei Almut Reis und ihrem Mann war er vielleicht ein wenig übervorsichtig, es sprach nicht viel dafür, dass Ellen sie irgendwann eingeweiht hatte. Andererseits war es nicht ausgeschlossen, und kaum etwas anderes ist so wichtig wie das Geheimnis. Das Geheimnis ist nur die Grundlage, nicht der Kern der Dinge, doch es gewährt die Garantie, sie zusammenhalten zu können. Über Generationen hinweg, über Jahrhunderte, das wisse ich inzwischen ja auch. Das Geheimnis an sich ist untrennbar verbunden mit der Freiheit, erklärt Eissler, es ist eine Lebensweise, eine hochentwickelte Kultur. Selbstverständlich wissen alle, dass er ein erfolgreicher, ungeheuer wohlhabender Geschäftsmann ist, dass er in der wirtschaftlichen Elite dieses Landes und Europas einen Spitzenplatz besetzt. Doch welchen Einfluss er wirklich hat, wie er ihn nutzt, um die Welt zu gestalten, welche Visionen er verfolgt, das weiß niemand außer ihm selbst. Das muss ein Geheimnis bleiben, um die Kraft zu bewahren, die ihm die Freiheit gibt.

Nun sind wir beide uns früher begegnet, als er es vorgesehen hatte, erklärt Eissler. Diesen Augenblick, in dem wir aufeinandertreffen, hatte er sich anders ausgemalt, auch die Begleitumstände. Doch die Schönheit des Lebens rührt auch aus dem Unvorhergesehenen. Mit dem Unvorhergesehenen umzugehen, es dem eigenen Willen zu unterwerfen, das ist die Herausforderung, an der sich die eigene Größe messen lassen muss. In diesem Fall war diese Herausforderung zum Glück mit dem Gewinn verbunden, mich schon jetzt in seiner Familie willkommen heißen zu dürfen. Schon bald werde ich meine Aufgaben erfahren und übernehmen.

Er ist glücklich, erklärt Eissler, dass nun endlich auch ich zu meiner Freiheit finde.

SEINE HAND

»Verstehst du?«, fragte Eissler.

»Nein«, sagte ich.

»Du wirst es verstehen«, sagte er gutmütig. »Das weiß ich. Aber ich glaube, jetzt gehen wir besser schlafen. Wir wollen morgen früh raus. Am Morgen ist es auf dem Wasser am schönsten.«

Es war dunkel geworden, während Eissler sich die Zeit genommen hatte, mir alles zu erklären. Irgendwann war die Terrassenbeleuchtung angegangen, schwach und diskret genug, um die Lichter der Stadt genießen zu können. Wir standen auf und gingen hinein. Martin war inzwischen von einem Kollegen abgelöst worden, der sofort aufstehen wollte, als er den Chef hereinkommen sah, aber von Eissler im Vorbeigehen mit einem freundlichen Blick und einer Handbewegung daran gehindert wurde.

Eissler führte mich zur Tür eines Gästezimmers und öffnete sie für mich.

»Sag mal, diese Polizistin, mit der ihr beiden hin und wieder zu tun hattet, ich hatte den Eindruck, sie weiß nicht viel und wird sich auch zurückhalten. Ist das richtig?«

Noch nie hatte von einer Antwort, die ich geben musste, ein Leben abgehangen. Ich nickte, ohne zu zögern, aber ich brauchte ein paar Atemzüge, um sprechen zu können.

»Ganz sicher«, sagte ich und hoffte, dass ich es auch ebenso sicher ausgesprochen hatte. »Hat sie mehr als deutlich gemacht. Sie hat Kinder.«

»Das dachte ich mir auch«, sagte Eissler und lächelte mich freundlich an, die Sache war erledigt.

Er legte mir eine Hand auf die Schulter, ließ sie dort liegen und sah mir lange in die Augen. Ihm schien zu gefallen, was er sah.

»Schlaf gut«, sagte er schließlich und ließ mich allein.

Ich ging hinein und schloss die Tür. Das Gästezimmer war besser ausgestattet als jedes Hotelzimmer, in dem ich je übernachtet hatte. Ein eigenes, verschwenderisch großes Bad, eine kleine Bibliothek, ein monumentaler Neo Rauch an der Wand und an einer anderen ein eingelassener, ebenso großer Flachbildschirm, eine gekühlte Minibar. Ich nahm mir einen Orangensaft heraus und spülte damit zwei Tabletten hinunter. Ich konnte nicht denken und wollte es nicht. Aber ich hätte gern jemanden angerufen, wenn ich gewusst hätte, wen. Ich dachte an Jurij und bemitleidete mich dafür, dass mir niemand anderer einfiel.

Ich ging ins Bad, zog mich um, legte mich ins Bett und deckte mich zu. Ich war vor dem Diwan erschienen, doch noch war ich nicht aufgefordert worden, mich zu entscheiden. Ich griff nach der Fernbedienung, die bequem auf dem Nachttisch lag, und zappte mich durch die Programme. Bei einer Talkshow blieb ich hängen, es ging um Meditation.

GUTEN MORGEN

Ich wachte auf, als die Tür aufging. Eissler kam herein. Ich setzte mich nicht auf, überlegte sogar kurz, mich schlafend zu stellen. Um auf die Uhr zu sehen, hätte ich mich bewegen müssen. Die Sonne stand noch tief, es musste noch sehr früh sein.

»Guten Morgen«, sagte Eissler.

Er zog sich einen Stuhl heran und setzte sich ans Kopfende des Betts.

»Tut mir leid, dass ich dich schon so früh wecken muss, aber wir müssen unseren kleinen Ausflug leider auf ein anderes Mal verschieben. Ich fliege gleich nach Tallinn. Es gab dort Komplikationen, um die ich mich leider selbst kümmern muss.«

Ich schwieg und bewegte mich nicht, hatte die Decke immer noch hochgezogen. Es schien Eissler nicht zu stören, dass ich nicht zu ihm sah. Er saß da wie eine Mutter am Krankenbett ihres Kindes.

»Ich wollte mit dir auf dem Boot sprechen«, sagte Eissler, »aber das geht leider nicht mehr.«

Die Pause, die eintrat, füllte ich nicht. Ich hätte nicht gewusst, womit, und gestern sah es auch nicht danach aus, dass Eissler beim Reden geholfen werden musste. Aus den Augenwinkeln verfolgte ich, wie er eine Nachricht auf seinem Smartphone las, bevor er sich mit ausgestreckten Beinen zurücklehnte.

»Eines Tages wirst du meine Autobiographie schreiben«, sagte er. »Darauf hast du dich seit vielen Jahren vorbereitet. Du wirst die richtigen Worte finden, du wirst wissen, was du aussprechen kannst und wie du die Menschen dazu bringst, zu verstehen, was nicht ausgesprochen werden darf. Du kannst das, niemand könnte es besser als du. Aber das hat noch Zeit. Du wirst mich besser kennenlernen, du wirst dich mit mir in der Welt bewegen, die ich dir gestern nur andeuten konnte. Wir werden Zeit miteinander verbringen und eine Menge Spaß haben, das verspreche ich dir. Heute habe ich aber erst mal eine andere Bitte an dich.«

Er wandte sich mir zu und sah mich einen Moment lächelnd an, glücklich und erwartungsvoll. Es war zu spät, mich aufzusetzen, aber ich erwiderte seinen Blick. Gern hätte ich auch gelächelt, ihm den Gefallen getan. Der Teil in mir, der nicht aus dem Raum flüchten wollte, wünschte nichts dringender in diesem Moment.

»Anna wird bald entlassen«, sagte Eissler. »Sie setzen die Medikamente langsam ab und bereiten sie auf die Rückkehr vor. Ich denke, wir sollten sie damit überraschen, dass ihr Buch fertig ist. Du hast schon viel Material und bekommst von mir noch mehr, du kannst es zügig zu Ende schreiben. Du sparst nichts aus, du lässt sie über ihre Alkoholsucht sprechen und auch über all ihre anderen psychischen Probleme. Diese Offenheit erwarten die Leute heute, aber wem sage ich das? Du bist der Profi.«

Eissler lachte. Und er half mir, er sah mich nicht mehr an. Ich durfte unbeobachtet um Atem ringen.

»Dann werden die Leute es auch verstehen, wenn Anna uns verlässt. Bald. Schon bevor das Buch erscheint. Sie wird es tun, weil Max nicht zwischen uns hin- und hergerissen sein darf. Es wird nicht leicht sein für ihn, ohne seine Mutter zu leben, aber langfristig ist es das Beste. Du würdest genauso denken, wenn es um Mina oder Ben ginge. Wäre übrigens sehr schön, wenn Max die beiden bald kennenlernen würde. Mina und er würden sich prima verstehen. Ich hoffe, sie werden sich noch irgendwann treffen können.«

Eissler hatte keinen Zweifel daran, dass ich ihn verstand, und er hatte recht. Er sah auf die Uhr und stand auf.

»Ich muss leider los«, sagte er und fuhr mir tatsächlich über die Haare. »Fang gleich an, wenn du wieder zu Hause bist. Da liegt das restliche Material für dich schon bereit.«

An der Tür drehte er sich noch einmal lächelnd zu mir um.

»Schlaf weiter, wenn du kannst. Es ist noch früh. Tut mir leid, dass ich dich stören musste.«

Er ging und schloss die Tür. Ich hatte kein Wort gesagt, weder ja noch nein. Niemand hatte nach einer Antwort gefragt.

EINFACH

Ich hatte noch Zeit, ich musste mich bewegen.

Ich ging an den Flugsteigen auf und ab und kam auch in den Wartebereich, in dem Anna und ich die Nacht vor dem Flug nach London verbracht hatten. Auf dem Platz, auf dem ich gesessen hatte, saß ein Businesstyp im Anzug, der unablässig in sein Handy sprach, seine Aktentasche lag auf dem Sessel daneben. An mich angelehnt, hatte Anna dort geschlafen, mir selbst war es nicht gelungen. Ich hatte nicht aufhören können, auf ihren Atem zu achten, wie ich es in den ersten Lebensjahren manchmal stundenlang auch bei Ben und Mina getan hatte, weil ich die Furcht nicht loswurde, sie könnten plötzlich aufhören, da zu sein.

Erst als ich meinen Arm um Anna gelegt und sie sanft an meine Brust gedrückt hatte, war auch ich eingenickt.

Die Rechnung war einfach, Eissler stellte mich im Grunde nicht vor eine Wahl. Er ließ mir Mina und Ben. Ich musste nur ein Buch schreiben, in dem Anna selbst die Gründe erklärt, die irgendwann, noch vor Erscheinen ihrer Erinnerungen, zu ihrem Selbstmord geführt haben werden.

VERLOREN

Seinen Rollkoffer im Flur sah ich sofort, erst dann hörte ich die Klarinette, obwohl sie sich neben Bens Klavier mühelos behaupten konnte. Wenn ich es richtig erkannte, war es Mike Garsons Jazzarrangement eines Paganini-Stücks, das Ben früher oft geübt hatte, am Anfang noch mit Karin. Die Klarinette passte hervorragend dazu.

»Wie lange ist er schon da?«, fragte ich Sandra, die mir im Flur entgegenkam.

»Du kennst ihn?«

Ich sah sie nur an, ich wartete auf meine Antwort.

»Seit einer Stunde ungefähr«, sagte Sandra. »Er hat Ben gebeten, mit ihm zu spielen, sie haben sich sofort verstanden.«

Ich ging an Sandra vorbei ins Wohnzimmer. Mina saß auf dem Sofa, ihren Fotoapparat in der Hand, und hörte hingerissen zu. Sicher hatte sie schon etliche Fotos von beiden gemacht. Ben nickte entspannt und spielte weiter, als ich hereinkam, aber Karakatsanis ließ sein Instrument sofort sinken und sah mich an. Ben spielte noch ein paar Takte, dann hörte auch er auf und wandte sich Karakatsanis mit einem Lächeln zu, das ich schon lange nicht mehr in seinem Gesicht gesehen hatte.

»Das war cool«, sagte Ben.

»Danke«, sagte Karakatsanis und deutete eine Verbeugung in seine Richtung an. Dann sah er wieder zu mir:

»Guten Tag.«

»Sie wollen sicher in Ruhe reden«, sagte ich. »Gehen wir essen.«

Ich drehte mich um und ging los, ohne auf meine Kinder zu sehen, die sicher ebenso erstaunt und schockiert über meine unerklärliche Grobheit waren wie Sandra. An der Wohnungstür wartete ich auf den Mann, der hier nichts verloren hatte. Weder in meinem Haus noch in meinem Leben.

LEBT **Er hatte ein gefülltes Pata-Negra-Kotelett genommen,** eine Spezialität des *Fargo*. Die Dönme brachen alle Regeln, hielten sich weder an islamische noch an jüdische Gebote, sie feierten die Beschneidung ihres Messias und schliefen mit den Frauen anderer Männer, warum sollten sie kein Schweinefleisch essen? Ich nahm mir vor, später zu Hause nachzuschlagen, ob sie doch irgendwelche Speisevorschriften hatten, vielleicht auf Simon Jacobs Website.

»Sie sind ein Dönme?«, fragte ich ihn und sah in das Gesicht des bärtigen alten Mannes. Ich hatte mich lange nach einem Spiegel gesehnt, ohne es zu wissen. Und nicht geahnt, wie zornig mich das machen würde.

Karakatsanis schüttelte den Kopf, nahm einen Bissen. Auch er konnte sich an meinen Augen nicht sattsehen.

»*Sabetay Sevi, asperamos a ti.* Ihr Freund Charis hat mir in Saloniki gesagt, Sie ›beten‹ mit Ihrer Klarinette, und dann sagen Sie diesen Satz. Meistens am Strand, sagte er. Am Meer.«

Karakatsanis nickte. Aß weiter, sah mir weiter in die Augen.

»Wenn ich es richtig verstanden habe, bedeutet es ›Sabbatai Zwi, wir warten auf dich‹.«

Wieder nur ein wortloses Nicken, aber er legte das Besteck hin.

»Sie glauben an Sabbatai Zwi, Sie ... warten auf ihn? Aber Sie sind kein Dönme?«

»Ich bin kein Moslem«, sagte Karakatsanis. »Dönme nannte man die Ma'aminim, die in Saloniki lebten und später in der Türkei. Als Moslems. Die Griechen nannten sie Sazanikos. Es gibt sie nicht mehr. Und der Name ist egal, wichtig ist der Glaube.«

»Ihr Glaube?«, fragte ich. »Sabbatai Zwi war Ihr Messias?«

»Er *ist* der Messias«, sagte er. »Schabbtai Zvi lebt. Er wird wiederkommen.«

Zum ersten Mal straffte sich Karakatsanis' Körper, seine Augen funkelten. Der Sarkasmus in meinem Ton hatte ihm nicht gefallen, bei diesem Thema war nichts mehr von der Rücksicht zu sehen, die er auf mich nehmen zu müssen schien. Die sich in jedem seiner Blicke, in jeder Geste gezeigt hatte. Wer auch immer er war, er war ein religiöser Fanatiker. Oder ein wahrhaft Gläubiger, falls es da einen Unterschied gab.

»Daran haben meine Eltern auch geglaubt?«

Karakatsanis schüttelte wieder den Kopf. Als wir uns gesetzt hatten, hatte er mir gesagt, er sei gekommen, um mit mir über meine Eltern zu sprechen.

»Nein?«, bohrte ich nach, während Karakatsanis sich wieder unscheinbar machte. Das stolze, geradezu hochmütige Leuchten in seinen Augen verflog. Es war, als verliere er seine Konturen, als bereite er sich darauf vor, sich aufzulösen.

»Meine Eltern waren keine Dönme? Mein Vater war nicht der Sohn von Galip Evinman aus Saloniki? Galip Evinman *war* ein Dönme.«

»Doch. Er war sein Sohn. Aber dein Vater wusste lange nicht, dass er aus einer Familie von Ma'aminim stammt. Was das bedeutet. Er hatte seinen Vater nicht kennengelernt, und seine Mutter hat nie darüber gesprochen. Er sagte, es gab Sitten bei ihm zu Hause, die anders waren als bei anderen. Aber sie hat deinem Vater nichts erklärt, es war einfach so. Dein Vater war über zwanzig, als er erfuhr, wer er wirklich war.«

Die dunklen Jahre in der Türkei, von denen Simon Jacob erzählt hatte, die Jahre, in denen die Dönme zu schweigen begannen, auch gegenüber ihren eigenen Kindern. Als sie allmählich aus der Geschichte verschwanden. Die Jahre der Angst.

»Und meine Mutter«, fragte ich, »kam sie auch aus einer Dönme-Familie?«

»Nein, ihr Vater war ein türkischer Offizier, der an gar nichts glaubte. Außer an Atatürk. Das war sein Gott.«

Eine Bitterkeit in der Stimme, die Karakatsanis nicht rechtzeitig eliminiert hatte. Er wich meinem Blick aus. Wir liefen unaufhaltsam auf den Vorhang zu, den einer von uns öffnen musste.

»Und das wissen Sie alles von meinem Vater?«

Karakatsanis nickte wortlos, ließ seinen Blick auf dem Teller. Ich hätte ihm ins Gesicht schreien müssen, aber ich spielte das Spiel mit. Es schützte uns beide. Falls wir spielten. Falls wir beide wussten, dass wir es taten.

»Wie haben Sie ihn kennengelernt?«

»In Thessaloniki. Er kam in mein Geschäft, vor über dreißig Jahren. Zufall.«

»Fast vierzig Jahre, oder?«

Wieder nickte er. Ich quälte ihn. Das wollte ich nicht, ich wollte nur, dass er nicht vor mir saß. Dass er wieder verschwand, dass es ihn nicht gab. Nie gegeben hatte.

»Er kommt in Ihren Laden, als er in Saloniki ist, logisch. Er liebt Jazz, und Sie verkaufen Jazz-Platten. Und zufällig spielen Sie beide Klarinette. Warum nicht? Und dann fragt einer den anderen, sag mal, wenn wir hier doch in Saloniki sind, hast du eigentlich auch was mit dem alten Sabbatai Zwi und seinen Leuten zu tun? So?«

Er schwieg. Vielleicht war es jetzt so weit. Aber ich war noch nicht so weit. Und das sah er. Ich glaube, er nahm Rücksicht. Auf mich. Und auf seine Scham, seine Schuld.

»Wir haben uns verstanden«, sagte Karakatsanis. »Ich habe ihm meine Geschichte erzählt. Und er hat seine erzählt.«

»Die würde ich auch gerne hören«, sagte ich, »*Ihre* Geschichte. Wie kommt es, dass Sie in Saloniki sind? Mussten nicht alle Dönme die Stadt 1923 verlassen? Damals waren alle, die an Ihren Messias glaubten, Moslems. Und die mussten alle gehen.«

»Meine Familie hatte Glück«, wand er sich. »Ein paar konnten bleiben. Es gab Möglichkeiten.«

Wenn es die Wahrheit gewesen wäre, hätte ich sofort Simon Jacob anrufen und ihn glücklich machen können. Ich hätte ihm einen von den Nachfahren dieser gewieften, verschollenen Dönme präsentieren können, denen es beim Bevölkerungsaustausch gelungen war, sich unsichtbar zu machen und in Saloniki zu bleiben. Jacob wollte sie so gerne finden, um auch ihre Geschichte zu erzählen. Aber es war nicht die Wahrheit.

»Wann haben Sie meinen Vater kennengelernt, 1973? Da war er mit meiner Mutter und mir in Saloniki. Das weiß ich sicher. Von Binah Veissi. Soviel ich weiß, haben Sie Frau Veissi später auch einmal getroffen, zusammen mit Bernhard Roth.«

Karakatsanis nickte zögernd.

»1973, ja.«

»Giorgios Xenos, der Polizist, der erschossen wurde – Sie waren dabei –, er hat mir aber gesagt, dass Sie selbst erst seit 1979 in Saloniki gemeldet sind.«

Er starrte mich an.

»Ich habe ein gutes Gedächtnis für Zahlen, aber ich habe es mir auch notiert.«

Ich drängte ihn in die Ecke, und ich hatte keine Ahnung, warum. Vielleicht wollte ich wissen, wie weit er geht. Es war lächerlich, es war demütigend. Für uns beide. Ich wollte nicht, dass er aufhört. Ich wollte, dass er Karakatsanis bleibt, mir eine Geschichte erzählt, die das möglich macht und unsere Gesichter wahrt, und sei es nur für die nächsten Minuten.

»Ich war ein paar Jahre in Athen«, sagte Karakatsanis. »Ich wollte dort ein Geschäft aufbauen. Es hat nicht geklappt.«

Er sah mich nicht an. Siggi kam an den Tisch.

»Schmeckt's euch nicht?«

Eine berechtigte Frage, unsere Teller waren kaum angerührt.

»Du kannst abräumen«, sagte ich. »Liegt nicht am Essen.«

Siggi sah mich eindringlich an, während er die Teller nahm. Irgendwann musste ich etwas gegen seine besorgten Blicke unternehmen, die sich in letzter Zeit häuften. Aber nicht jetzt.

»Einen Wodka«, rief ich ihm nach.

»Noch was?«, fragte er.

Karakatsanis schüttelte den Kopf.

»Was hat Ihnen mein Vater über sich erzählt?«, fragte ich Karakatsanis.

Er zögerte. Er musste viel Zeit gehabt haben, um über diese Frage nachzudenken, wenigstens auf dem Weg hierher, vielleicht seit Jahrzehnten. Dennoch zögerte er. Dann sah er mich an, als habe er eine Entscheidung getroffen, und begann zu sprechen.

»Er ist ohne Vater aufgewachsen. In Istanbul. Seine Mutter hat gut für ihn gesorgt, er hatte eine ganz normale Kindheit, eine gute Kindheit. Er spielte wie die anderen Kinder, er ging zur Schule, später studierte er, verliebte sich und heiratete. Alles war normal. Wie bei allen. Aber er fühlte sich fremd. Dort, wo er war. In seinem Leben. Er war nie ganz bei sich, er gehörte nicht dazu, obwohl das niemand außer ihm so gesehen hätte. Er hatte eine wunderbare, schöne Frau, er hatte Freunde, er hatte einen guten Job und seine Musik. Aber etwas fehlte, er war oft traurig und konnte es sich nicht erklären. Vielleicht ist es so, wenn man ohne Vater aufgewachsen ist, dachte er. Es war schon immer so, er kannte es nur so.«

Meinem Vater war es ergangen wie mir. *Das* war das Erbe. Der Fluch, der Gendefekt. Die Dönme-Mutation. Siggi brachte mir den Wodka und blieb am Tisch stehen, als müsse er sich für irgendwas bereithalten. Mit einem ungehobelten Blick verscheuchte ich ihn.

»Als seine Mutter krank geworden war, deine Großmutter, todkrank, da hat sie deinem Vater alles erzählt. Deine Eltern waren schon verheiratet, du warst unterwegs. Deine Großmutter konnte nicht länger schweigen, mit einer Lüge wollte sie nicht gehen. Sie sagte ihm, aus welcher Familie sie selber kam und wer sein Vater gewesen war. Sie erzählte deinem Vater die ganze Geschichte. Sie erzählte ihm vom Messias.«

»Und dann ergab plötzlich alles einen Sinn?«, fragte ich atemlos. »Seine Verwirrung, die Leere, diese unerklärliche Sehnsucht?«

Karakatsanis nickte.

»Er hatte sich fremd gefühlt, weil er fremd *war*. Er lebte das falsche Leben. Man hatte ihm seinen Vater genommen, seine Bestimmung, seinen Besitz. Den Glauben. Dein Vater begann, sich mit seinen Vorfahren zu beschäftigen. Mit dem Messias. Von Tag zu Tag verstand er die Wahrheit besser, die Schabbtai Zvi uns brachte. Er war ohne Glauben aufgewachsen, aber er begann den Gott der Wahrheit zu erkennen, die drei Knoten des Glaubens, die Pracht Israels.«

Mein Vater hatte seine Leere gefüllt, dachte ich, aber ich sprach es nicht aus, er hatte in sich hineingepumpt, was er finden konnte. Weil seine Welt verschwunden war, bevor er sie betrat. Er musste sich ein Puppenhaus bauen und nachspielen, was es nicht mehr gab. Karakatsanis quoll über von diesem Glauben, er ertrank darin.

»Warum ging mein Vater nach Deutschland?«, fragte ich.

»Er wollte endlich wissen, was mit seinem Vater geschehen war. Er wollte zurück, was ihm gehörte. Seiner Familie. Dir.«

»Und meine Mutter hat sich darauf eingelassen? Mit mir? Ich war gerade ein Jahr alt.«

»Sie hat deinen Vater geliebt«, sagte Karakatsanis. »Sie wäre überallhin mit ihm gegangen.«

Ich musste die Tränen aushalten, die sich in Karakatsanis Augen sammelten. Ich trank mein Glas in einem Zug leer. Ich hielt nichts aus, gar nichts.

»Und dann«, fragte ich, »in Deutschland?«

»Es dauerte lange, aber er kam langsam dahinter, was geschehen war. Er verfolgte die Spur seines Vaters auch in Thessaloniki. Damals lernten wir uns kennen.«

Er blieb bei der Geschichte, die er auch Binah und Annas Vater erzählt hatte. Warum nicht? Es spielte keine Rolle mehr.

»Und da hat er Ihnen alles erzählt?«, fragte ich.

Karakatsanis nickte.

»Dann habe ich ein paar Jahre nichts mehr von ihm gehört. Irgendwann kam er wieder. 1979. Er hatte alles hinter sich.«

Meine Eltern waren beide am 9. April 1977 gestorben. Sie waren von der Flut überrascht worden und in der Nordsee ertrunken. Ich starrte Karakatsanis an. Er wusste, was er mir antat, als er es aussprach. Alles löste sich auf. Der Fixpunkt meines Lebens, das Einzige, was mir je sicher gewesen war, die Leere, die zu dem festen Boden geworden war, auf dem ich ging. *Ich* löste mich auf, ich verschwand.

»Dein Vater hatte herausbekommen, was geschehen war«, sagte Karakatsanis. »Aber der Mann, der bei der SS gewesen war und deinen Großvater ermordet hatte, er war eine tödliche Gefahr. Und sein Sohn, das war der Teufel.«

»Der Teufel«, wiederholte ich, nur um mich sprechen zu hören, um mich zu vergewissern, dass ich noch einen Mund hatte, eine Stimme.

»Sie wollten deine Eltern nicht töten. Es war schlimmer. Viel schlimmer.«

Karakatsanis brauchte einen Moment, bis er weitersprechen konnte. Es war mir egal. Zeit hatte keine Bedeutung mehr.

»Deine Eltern sollten gehen. Für immer. Sie sollten nie wieder darüber sprechen. Sie wurden verschont. Aber der Sohn des SS-Manns stellte eine Bedingung. Sie mussten dich zurücklassen. Du warst sein

Pfand. Um dich jederzeit töten zu können, wenn sie sich nicht an die Abmachung halten.«

Es gab keine Worte, längst nicht mehr, aber es kamen Sätze aus meinem Mund. Leise. Geflüstert beinahe, ohne jede Kraft.

»Sie haben ihm gehorcht? Meine Eltern haben mich einfach verlassen?«

»Sie haben dein Leben gerettet. Du wärst sonst getötet worden. Sofort. Genau wie sie. Sie hatten keine Wahl.«

»Ich *wurde* getötet, ich hatte kein Leben mehr! Sie hatten kein Recht dazu, niemand hat ein Recht, einem Kind so etwas anzutun.«

Dass ich geschrien hatte, merkte ich erst, als Siggi sich plötzlich zu mir hinunterbeugte und mir den Arm um die Schulter legte.

»Wird langsam zur Gewohnheit, dass du auch die Leute an den anderen Tischen unterhältst. Willst du das?«

»Entschuldige«, sagte ich.

Ich versuchte zu tun, was ich jahrzehntelang eingeübt hatte. Ich stand auf, obwohl ich sitzen blieb, ich stellte mich an die Wand, lehnte mich lässig an und sah zu uns herüber. Wahrscheinlich sah es aus, als beruhigte ich mich.

»Entschuldige«, sagte ich noch einmal.

Siggis Blick oszillierte zwischen Misstrauen und Nachsicht. Nach einer beiläufigen Geste zu den anderen Gästen, die verdeutlichen sollte, dass die Show vorbei war, und einem letzten brüderlichen Klaps auf meine Schulter ging er wieder.

»Mein Vater ist 1979 zu Ihnen gekommen und hat Ihnen das alles erzählt«, sagte ich zu Karakatsanis, jetzt wieder beherrschter. »Und dann? Was ist aus ihm geworden?«

»Ich habe ihn nie wiedergesehen.«

Er sah mich nicht an, obwohl er doch gelassen bleiben konnte, er sagte die Wahrheit. Nachdem mein Vater 1979 zum zweiten Mal nach Saloniki gekommen war, hatte ihn Karakatsanis nie wiedergesehen. Meinen Vater gab es nicht mehr. Es gab einen Mann, der auf die Rückkehr seines Messias wartete und in seiner Musik den Atem Gottes suchte.

»Und meine Mutter?«, fragte ich.

Drei Wörter kosteten Karakatsanis unendliche Mühe.

»Sie ist tot«, sagte er.

»Wie ist sie gestorben?«

Er schwieg. Er begann zu weinen. Lautlos. Aber er brachte den Mut auf, mir dabei in die Augen zu sehen. Den Respekt.

Jungen Menschen, deren Herz zerbrochen ist, kommt selten eine Krankheit zu Hilfe. Sie müssen sich vor einen Zug werfen, ins Meer gehen oder Tabletten nehmen. Er musste nicht aussprechen, wie meine Mutter gestorben war.

Ohne ein weiteres Wort stand ich auf und ging. Was sollte ich noch hören, was könnte er noch sagen?

»Mach einen Deckel, ich zahle morgen«, rief ich Siggi im Vorbeigehen zu.

Ich war schon fast über der Straße, als ich ihn hörte.

»Can, lütfen! Bekle beni.«*

Ich blieb vor unserer Haustür stehen, wartete auf ihn.

»Deine Eltern hatten keine Wahl, sie haben nur an dich gedacht. Was sollten sie tun? Sie mussten dich retten. Und das musst du jetzt auch. Du darfst nur an deine Kinder denken, an nichts anderes.«

Eissler hatte ihn ausgegraben, er hatte ihn geschickt. Der Teufel hatte ihm gesagt, vor welche Wahl er mich gestellt hatte. Ich wurde plötzlich ruhig, ich entspannte mich. Beinahe hätte ich gelacht.

»Wir haben es nicht in der Hand«, sagte er, »aber wir können die Kinder schützen.«

»Ich rufe Ihnen ein Taxi«, sagte ich. »Soll ich Ihnen ein Hotel empfehlen?«

Karakatsanis erstarrte.

»Mein Koffer«, sagte er nach langem Zögern. »Mein Koffer ist noch oben. Und meine Klarinette.«

»Hole ich schnell.«

---

* türk. »Can, bitte! Warte auf mich.«

»Die Kinder. Ich ... Kann ich mich von den Kindern verabschieden?«

Seine Augen flehten mich an.

»Warum? Wollen Sie ihnen schnell noch etwas vorspielen? Peter und der Wolf vielleicht, den Türkischen Marsch, den Karneval der Tiere? Würde ihnen gefallen, da bin ich sicher. Mir hat es gefallen.«

Er zitterte, er brach auf. Ich hatte kein Mitleid mit ihm, ich war ihm nichts schuldig. Aber ich verstand ihn, leider. Ich holte mein Handy heraus und rief unsere Nummer an. Sandra ging dran.

»Ist Mina noch wach?«, fragte ich sie.

»Sie ist schon umgezogen, aber noch nicht im Bett. Warum?«

»Zieh ihr bitte irgendwas über und schick sie mit Ben runter. Sie sollen die Sachen von unserem Besuch mitbringen.«

»Sie sollen beide kommen?«

»Ja«, sagte ich. »Wenn's geht, schnell.«

Ich legte auf und rief die Taxizentrale an. Bis die Kinder kamen, schwiegen wir, aber wir sahen uns an. Ich warf einen letzten Blick in den Spiegel.

Karakatsanis nahm Rücksicht auf mich. Er umarmte die Kinder nicht, er gab ihnen nur die Hand.

»Ich habe mich sehr gefreut, euch kennenzulernen«, sagte er.

»Auf Wiedersehen«, sagte Mina. Natürlich war sie verwirrt darüber, in Schlafanzug und Sportjacke auf der Straße zu stehen, nicht weniger über Karakatsanis' feierlichen Ton.

»Sie haben wahnsinnig gut gespielt«, sagte Ben. »Super Instrument, die Klarinette.«

Karakatsanis hob den Klarinettenkoffer hoch.

»Willst du sie haben?«, fragte er. »Ich schenke sie dir. Du bist sehr begabt. Du lernst es schnell.«

Verblüfft sah ihn Ben an, brachte nicht einmal ein Kopfschütteln zustande. Das Taxi fuhr vor. Ich nahm Karakatsanis das Instrument aus der Hand, hob auch den Koffer hoch, ging damit zum Kofferraum, den der Fahrer schon von innen geöffnet hatte, und legte beides hinein.

»Elveda«*, sagte Karakatsanis, und ich schwieg.

Wir sahen uns nicht mehr an. Ich wusste, ich würde ihn niemals wiedersehen. Doch nachblicken wollte ich ihm nicht noch einmal, verabschieden musste ich mich nicht. Das hatte ich getan, als es etwas bedeutete, als es unwiderruflich war. Als der Schlüssel im Schloss meiner Zellentür umgedreht wurde.

Karakatsanis stieg ein, das Taxi fuhr los, aber das hörte ich nur. Mina winkte.

»Der wollte mir doch nicht wirklich die Klarinette schenken«, sagte Ben, als wir ins Haus gingen.

»Doch«, sagte ich.

»Wo fährt er hin?«, fragte Mina.

»Ins Hotel oder vielleicht gleich zum Flughafen.«

»Wer war das überhaupt?«, fragte Ben.

»Er kannte meinen Vater.«

Ben blieb kurz auf den Stufen stehen und sah mich erstaunt an, sagte aber nichts.

»Und warum bleibt er dann nicht bei uns?«, fragte Mina.

»Er musste gehen«, sagte ich.

SCHEISS AUF IHN

Sandra musste meine Augen gesehen haben, als die Kinder und ich zurück waren und ich wortlos an ihr vorbeiging, um so schnell wie möglich in mein Zimmer zu kommen. Es war nicht logisch, dass sie mir folgte. Nicht mehr. Alles andere hätte ich besser verstanden. Ein ruhiges Glas Rotwein auf der Terrasse, einen Anruf bei Georg, ein verächtliches Schulterzucken, ein »scheiß auf ihn«. Nichts davon hätte ich ihr übelgenommen.

Ich wandte mich ab, als Sandra hereinkam und die Tür schloss. Ich hätte sie gebeten zu gehen, wenn ich den Mund aufbekommen

* türk. »Leb wohl«

hätte. Die Frage war nicht, ob ich Sandra ertrug. *Ich* war nicht zumutbar. Noch nie, für niemanden. Ich war ein Infektionsherd, ein offener Strahlenbehälter. Sandra hatte ich vergiftet, aber sie war eine erwachsene Frau, sie hatte begonnen, nach einem Gegengift zu suchen. Die Kinder waren mir ausgeliefert gewesen. Ich war der Letzte, der nach einem Heilmittel für sie suchen durfte.

Als mich Sandra in die Arme nahm, begann ich zu schluchzen und zu schreien, glitt mit ihr auf den Boden, biss in meine Hand, um mich zum Verstummen zu bringen, verkrampfte mich, wurde von Wellen geschüttelt, die unaufhörlich durch meinen Körper peitschten. Ich hatte keine Bilder vor Augen, keine Erinnerungen, da war keine Trauer, kein Zorn, keine Verzweiflung. Es war nur Schmerz, vernichtender Schmerz, einer folgte auf den anderen. Ich stürzte und zerschellte, ich wurde zu Tode gequetscht, ich wurde zermalmt. Bestraft, ausgelöscht, ins Leben gezwungen.

Als es vorbei war, nach Minuten, nach Jahren, hielt Sandra mich noch lange im Arm. Erst als ich mich vorsichtig von ihr löste und aufstand – sie anzublicken, wagte ich nicht –, stellte sie die Frage.

»Wer war der Mann?«

Ich hätte es ihr gesagt. Ich hätte alles gesagt. Aber ich sah den großen Umschlag auf meinem Schreibtisch.

»Was ist das?«, fragte ich.

»Post für dich. Ist gestern gekommen. Per Kurier.«

Ich ging zum Schreibtisch, hob den schweren Umschlag, der keinen Absender trug, hoch und riss ihn auf. Das Material für Annas Buch. Eissler hatte mir seine Wünsche schon geliefert.

»Lässt du mich bitte allein«, sagte ich kühl. »Ich muss arbeiten.«

Fassungslos sah mich Sandra an. Aber nur kurz. Ich hatte kein Recht, die Hoffnungslosigkeit in ihren Augen zu sehen. Sie drehte sich um, ging hinaus und schlug die Tür zu.

Es war richtig so. Die Tür, alles. Anders ging es nicht.

GOTT **Sofort rief ich Binah an,** auf dem Schreibtisch vor mir hatte ich Eisslers Papiere ausgebreitet. Nach der Begrüßung kam ich direkt zur Sache.

»Haben Sie irgendwo Freunde, bei denen Sie eine Weile untertauchen können?«, fragte ich. »Sie und Ihr Mann. Am besten so weit weg wie möglich.«

Ich hatte mit ihrem Lachen gerechnet, doch dann fiel mir ein, dass ich es auch bei unserer letzten Begegnung nicht gehört hatte.

»Warum? Wie kommen Sie auf so was?«

»Eissler«, sagte ich. »Der Sohn.«

Sie schwieg, und ihr Schweigen machte mir Sorgen. Ich hoffte, dass Dr. Veissi in ihrer Nähe war.

»Er räumt auf«, sagte ich. »Ich habe Angst, dass er auch bei Ihnen vorbeikommt.«

»Aber was habe ich mit ihm ...«

Binah brach ab. Ich hörte, wie sie sich eine Zigarette anzündete. Sie sprach nicht weiter.

»Wir waren bei Ihnen, Binah. Wenn es nichts anderes gäbe, allein das würde schon reichen.«

»Sie sind ... Sie ... Geht es Ihnen gut?«

»Ja«, sagte ich. »Nein.«

»Und Anna?«

Ich schwieg.

»Gott«, sagte Binah, und dann hörte ich lange nichts mehr.

»Binah?«

»Ich habe eine gute Freundin in Boston. Sie lehrt in Harvard, Geschichte des Nahen Ostens.«

»Gut«, sagte ich, »sehr gut. Ich will nicht, dass Ihnen etwas passiert. Ich brauche Sie.«

27. Juli

ALLES, GLEICHZEITIG **Im Flieger nach Hamburg** sehe ich immer wieder Christoph Peters' panische Augen vor mir, seine unbändige Angst, als unschuldig entlarvt zu werden, die ich ihm vermutlich nicht nehmen konnte, als ich seine Wohnung und unser Haus vor ein paar Stunden verließ. Hamburg ist mein endgültiges Reiseziel heute, aber vorher nehme ich einen Umweg über Kiel und treffe mich mit Ulrich Goetz, dem Koch mit den Sternen, in seinem Restaurant mit Fördeblick. Eine Vorsichtsmaßnahme, beobachtet werde ich vermutlich nicht mehr. Eissler ist sich meiner längst sicher. Ich gehöre zur Familie, wenn noch nicht ganz, dann spätestens, wenn ich ihm das Manuskript von Annas Buch gebe. Es ist mein Gesellenstück, meine Eintrittskarte fürs große Spiel, meine Verzichtserklärung. Eissler traut mir. Er war geduldig, er hat sich viel Zeit genommen, um mich zu studieren, Jahrzehnte. Er traut meiner Angst, meinen Genen, der Leere, die er in mich schlug. Eissler füllt das Vakuum. Auf diese Weise liebt er.

Der Koch gefällt mir. Seine Prominenz erscheint Goetz verdächtig, besorgniserregend groß beinahe, seine Unruhe ist echt, seine Fragen sind naiv. Er hat kein schlechtes Gewissen wegen der Probleme der Welternährung, über die er sich äußern will, er hat ein Anliegen, das wenig mit ihm selbst zu tun hat. Er kennt sich aus mit den Fragen, die er stellt, sucht selbst noch nach Antworten. Es könnte ein gutes Buch werden, ich hätte Lust dazu haben können. Zum Abschied sage ich Goetz, dass ich mir die Zusammenarbeit mit ihm gut vorstellen könne und nach meinem Urlaub bereit sei, mit dem Projekt anzufangen. Goetz merkt nicht, wie sollte er, dass ich über eine Zukunft spreche, die fiktiv ist.

Kurz vor Hamburg fahre ich von der Autobahn auf eine Raststätte raus, weil ich noch einen Moment brauche, hole mir einen Kaffee und checke auf dem Smartphone meine Mails. Sandra hat geschrieben. Nach unserem Telefongespräch heute Morgen hat sie immer wieder angerufen, ich durfte nicht drangehen.

Verflucht, Can. Can, lieber Can. Ich weiß nicht, warum ich das getan habe. Ausgerechnet das, ausgerechnet Georg. Ich wollte nicht, dass du es jemals erfährst, aber natürlich wollte ich dir weh tun. Ich wollte mich nicht länger ohnmächtig fühlen, ich wollte Dir nicht mehr ausgeliefert sein. Deinem Schweigen, Deiner Teilnahmslosigkeit. Ich wollte mich rächen. Das wollte Georg auch, glaube ich.

Ja, Georg hat sich gerächt. An mir. Für all die Jahre, in denen ich im Weg stand, in denen ich die falsche Frau an Deiner Seite war. Das hat er Dir jetzt bewiesen. Ich will mir gar nicht vorstellen, wie er es Dir gesagt hat, mit welcher Genugtuung, welcher Eitelkeit. Wahrscheinlich tue ich ihm unrecht. Er liebt Dich wirklich, glaube ich, es war ein Freundschaftsdienst, in mehr als einer Hinsicht. Ich weiß, wie pervers sich das für Dich anhören muss. Georg war so – wie soll ich es ausdrücken? –, er war so befremdet wie ich, er konnte genauso wenig ertragen, wie Du immer weiter entglitten bist. Nicht ihm, nicht mir und den Kindern. Nicht nur. Dir. Dir selbst vor allem. Georg hat mich getröstet, weil du es nicht getan hast, und er hat mich ausgenutzt, das weiß ich, er hat mich dafür bestraft, dass ich zwischen Euch stand oder zwischen Dir und irgendwas, von dem ich nicht weiß, was es ist. Hätte ich nie gedacht, niemals hätte ich das gedacht, aber das alles kann gleichzeitig sein.

Can, lieber Can, ich wollte, es wäre eine Midlife-Krise, meine, Deine, was weiß ich. Ich wollte, ich hätte einen unverzeihlichen Fehler begangen, der sich vielleicht doch irgendwann verzeihen lässt. Aber das ist es nicht. Es ist viel schlimmer, viel mehr. Nicht bei mir. Bei Dir. Ich gehe den Rest unseres Lebens in Sack und Asche, wenn es etwas nützt. Ich mache, was Du willst. Aber ich fürchte, es würde nichts nützen.

Ich weiß nicht, was jetzt passieren wird. Was überhaupt noch geschehen kann zwischen uns. Aber ich weiß, dass ich nicht nur unser Leben liebe, die Kinder und uns beide. Ich liebe Dich. Ich weiß nicht, wann Du taub dafür geworden bist. Wann es aufgehört hat, etwas zu bewirken. Can, ach Can, so eine Scheiße, es tut mir so leid. Alles tut mir leid, einfach alles –

Ich schreibe Sandra keine Antwort. Ich trinke den Kaffee auf und fahre weiter. Erst als ich schon in Hamburg bin, das Navigationsgerät des Mietwagens dirigiert mich in Richtung Hafencity, rufe ich sie an. Ich hoffe, dass ihr Handy jetzt abgestellt ist. Wie jeden Freitag müsste sie im Jour fixe ihres Architekturbüros sitzen, um die vergangene Woche auszuwerten und die nächste vorzubereiten. Eine Marotte, mit der ihr Chef Sandra und ihre Kollegen seit einem Managementseminar quält. Vielleicht habe ich Glück, und Sandra ist pflichtbewusst oder aufgewühlt genug, um auch an einem Tag wie diesem an der Konferenz teilzunehmen.

Die Mailbox springt sofort an.

»Sandra, ich ... Ich habe deine Mail gelesen. Du musst dich nicht entschuldigen. Du darfst dich nicht entschuldigen. Das müsste ich tun, niemand sonst. Aber es wäre nur Zeitverschwendung. Und ich habe schon so viel Zeit verschwendet. Weißt du, ich glaube, wir haben uns beide geirrt. In der Nacht nach meiner Rückkehr, da ... Du hast da gesagt, du fragst dich, ob ich nicht aus meiner Haut kann oder ob da wirklich nichts ist. Vielleicht war da nichts. Nicht das, worauf du gewartet hast. Wonach ich selbst mein Leben lang gesucht habe, ohne es zu wissen. Aber da war etwas anderes, da war so viel mehr. Du und ich, wir beide, die Kinder, die ... diese ganzen Jahre, die wir hatten. Deine bescheuerten Bäume auf der Terrasse, die Häuser, an denen du nicht vorbeigehen kannst, ohne sie mit dem Handy aus jedem Winkel zu fotografieren, dein Niesen, mit dem du mich im Frühling jeden Morgen weckst, der entsetzliche Phoenix an meiner Wand, mein Ordnungsfimmel, der euch allen auf die Nerven geht ...«

Ich stocke, weil ich merke, wie banal ich vor mich hin plappere. Aber ich kann nicht aufhören. Mir fallen die unglaublichen, selbstvergessenen drei Tage in Straßburg ein, die pornographischen Liebesgedichte von Brecht, die ich Sandra vorlas, ohne sie zum Erröten zu bringen, die Nacht in der alten Fabrikhalle, in der wir ganz still sein mussten, der ewige Kampf von Pat Metheny gegen die Jupiter-Sinfonie beim Renovieren, unsere Höllenangst vor Minas Geburt, mein einsamer, herrlicher Moment der Fremdheit auf der Fähre zwischen Kowloon und Hong Kong Island. Es hört nicht auf, es strömt auf mich ein und aus mir heraus; ein Albtraum ist es, ein einziges Glück.

»Bens Musik und seine Verstocktheit«, sage ich, »die Sonne, die aufgeht, wenn der Mistkerl doch mal lächelt, seine unerträgliche Schlagfertigkeit. Minas Schlaflosigkeit und ihr unbeugsamer Wille, ihre nervige Knipserei, ihre unglaublichen Fotos. Die Menschen, denen ich so viel verdanke, obwohl ich dir noch nie von ihnen erzählt habe. Dein verräterisches Glucksen, wenn du dich nicht zu lachen traust, dieses herrliche Gefühl, wenn meine Hand nachts in deiner Achselhöhle liegt. Das war alles doch genug, jeden Tag aufs Neue, mehr als genug. Aber ich habe es nicht gesehen. Verschwommen manchmal und nur an guten Tagen. Ich habe auf das Leben gewartet und alles in die Zukunft geschoben. Mit über vierzig noch wie ein Teenager, der darauf wartet, dass es endlich losgeht. Weil ich Angst hatte. Ich hatte Angst, ich hätte nichts. Ich konnte nicht sehen, was ich hatte, was ständig dazukam, jeden Tag. Ich sah nur nach vorne, weil ich nicht nach hinten sehen konnte. Da lag das Grauen, und das habe ich mir leider nicht eingebildet. Ich habe dir vertraut, Sandra, immer. Aber noch mehr habe ich meiner Angst vertraut. Ich weiß nicht, ob man seine Herkunft kennen muss, diese Vergangenheit, die andere vor einem gehabt haben. Vielleicht ist das so. Vielleicht erkennt man nur dann, was wichtig ist. Ich habe lange dafür gebraucht. Viel zu lange. Ich will mich nicht entschuldigen, Sandra, ich will mich bedanken.«

Ich zögere, bevor ich weiterspreche, ich weiß nicht, wie ich es sagen soll. Aber ich muss es schnell sagen, unaufgeregt. Ich räuspere mich, ich versuche mich zu konzentrieren.

»Ich werde nicht rechtzeitig zurück sein. Ihr müsst ohne mich losfahren. Ich komme nach Lamporecchio, sobald ich kann. Vielleicht erreichst du mich nicht. Mach dir dann bitte keine Sorgen, ja? Bitte. Ich … Es tut mir leid.«

Ich drücke die Verbindung weg. Jetzt habe ich mich doch entschuldigt. Und ich habe nicht gesagt, was ich hätte sagen müssen. Vielleicht hat Sandra es trotzdem gehört, nichts ist wichtiger. Ich wische mir die Tränen aus dem Gesicht und parke den Wagen auf dem Parkplatz von Eisslers Konzernzentrale.

Am Empfang im Erdgeschoss ist man kurz verwirrt, weil ich in die Privatwohnung der Familie Eissler möchte, obwohl ich nicht angemeldet bin. Während ich darauf warte, dass man sich von ganz oben zu meinem Anliegen äußert, blicke ich in die Kameras, die an der Decke hängen. Ich hoffe, ich bin gut zu erkennen.

Keine zwei Minuten später erscheint Martin, der Bodyguard, und bittet mich, ihm zu folgen. Er wird sich irgendwo hier unten bereitgehalten haben, oben wurde er bisher nicht gebraucht, nehme ich an. Wir gehen zu einem Aufzug, der hinter zwei Türen auf einem separaten Flur liegt und nicht für die Öffentlichkeit bestimmt ist. Bevor wir einsteigen, tastet Martin mich ab und blickt in meine Arbeitstasche. Was er fühlt und sieht, stört und wundert ihn nicht.

»Was haben Sie eigentlich in Dschibuti gemacht?«, frage ich, während wir hochfahren. »Die Piratensache? Operation Atalanta?«

Ich bekomme keine Antwort, nicht einmal einen Blick.

An der Wohnungstür frage ich mich, ob Martin einen Schlüssel hat und aufschließen wird, aber er klingelt. Eine junge Frau die ich noch nicht kenne, öffnet und führt uns in den Salon, in dem Max mit seiner Großmutter sitzt. Natürlich ist Annas Mutter da. Die Presse wartet schon auf die schönen Fotos, die entstehen werden, wenn Anna von ihrer ganzen Familie abgeholt wird. Am Wochenende wird sie die Klinik verlassen, deswegen bin ich hier. Gerade noch rechtzeitig, um ihrem Mann einen Gefallen zu tun.

Max sieht mich erstaunt an, kann sich aber nicht zu einem Gruß durchringen. Die Blicke der alten Dame sind noch verächtlicher als bei unserer letzten Begegnung in Rom. Martin bleibt an der Tür stehen, durch die Eissler kurz darauf hereinkommt, um uns vom Schweigen zu erlösen.

»Can, was für eine nette Überraschung. Oder habe ich was vergessen?«

Erfreut sieht er mich an, kommt näher. Seine linke Hand landet auf meiner Schulter, die rechte benutzt er, um meine zu schütteln.

»Nein, nein«, sage ich, »ich hatte nur in der Nähe zu tun. In Kiel. Ich dachte, ich schaue auf der Rückfahrt kurz rein. Wenn ich nicht störe.«

»Natürlich störst du nicht«, sagt er, aber seine Augen verlangen eine bessere Antwort von mir.

»Ich habe das Manuskript dabei«, sage ich. »Annas Buch.«

»Wie schön«, sagt Eissler und meint es sicher so.

Erst jetzt scheint er die Blicke zu bemerken, die seine Schwiegermutter für mich hat.

»Kennt ihr euch eigentlich schon?«, fragt Eissler. »Das ist Can. Can Evinman. Ein sehr guter Freund.«

Annas Mutter hat die Überraschung, die ich ihr bereitet haben muss, gut im Griff, den Frost bekommt sie aber nicht aus den Augen, als sie mir zunickt.

Ich bin froh, dass Eissler sich amüsiert.

13.–26. Juli

ABSCHIED **Ich schrieb jeden Tag bis tief in die Nacht,** ich hatte nicht viel Zeit. Bei jedem Satz hatte ich Anna vor Augen, mit jedem Satz verabschiedete ich mich mehr von ihr.

Ich hörte Annas wortreiches Schweigen bei unseren ersten Treffen, sah ihr blutverschmiertes Kleid vor Mahlers Haus, blickte in ihre unglaublichen Augen, ich spürte ihr Zittern. Ich freute mich über ihren schamlosen Appetit in Thessaloniki, saß neben ihr auf dem Pier, roch ihren Duft und fühlte ihre Schulter, amüsierte mich über ihre Ungeduld bei Binahs endlosen Erklärungen und über die Frechheiten, die sie Giorgios Xenos um die Ohren schlug. Ich bewunderte ihre Chuzpe, als sie dem Journalisten Geld anbot, fühlte mit ihr, als sie stockend von ihrem Vater sprach, hatte meine Sorge nicht im Griff bei ihrem Zusammenbruch in Rom, half ihr aus einem brennenden Haus in einen Feuerwehrkorb.

Vor allem sah ich sie in Marseille. Uns. Das tropfende Eis in La Pleine und im Panier ihr Entzücken über die Häuser und Straßen, die es nicht nur in Büchern gab. Ihre kühne Ausgelassenheit auf dem Motorroller, ihre nackten Füße im Sand des Prophète, ihre Augen auf der Terrasse der Villa, diese Augen in dieser Nacht. Ich sah ihre Sehnsucht, ihre Angst, ihre Verlorenheit. Ich nahm Abschied. Ich wusste genug, um zu wissen, dass ich es tun musste. Entscheidend war nicht, ob ich eine Wahl hatte. Ich wollte es, jeden Tag mehr, ich befreite mich von Anna.

Georg rief immer wieder an, bis er verstand, dass er damit aufhören musste. Ich würgte ihn jedes Mal ab; er hatte Glück – und das wusste er –, dass ich überhaupt ein paar Worte mit ihm sprach. Ich hatte keine Ahnung, ob er Sandra schon etwas gesagt hatte. Falls sie wusste, dass mir Georg von ihnen erzählt hatte, ließ sie sich nichts anmerken; wir gingen uns aus dem Weg, wenn wir keine Rücksicht auf Mina oder Ben nehmen mussten. Über uns wollte ich mit Georg nicht sprechen, über ihn, über Sandra, mich, aber seine Fragen zu Anna beantwortete ich knapp. Ich sagte ihm, dass Anna bald aus der Klinik entlassen würde. Inzwischen war sie freiwillig dort, die vorübergehende Betreuung durch ihren Mann war aufgehoben worden. Auf Rat der Ärzte wollte Anna noch ein wenig bleiben, ein oder zwei Wochen, um sich weiter zu erholen und von den Medikamenten runterzukommen, bevor sie zurück zu ihrer Familie nach Hause ging. Auf Georgs aufgeregte Fragen und düstere Mutmaßungen erwiderte ich nichts. Ich sagte ihm, was ich gehört hatte. Und was ich gehört hatte, hatte ich von Eissler gehört.

Eissler rief fast jeden Tag an, manchmal war ich es, der anrief. Ich hielt ihn auf dem Laufenden über den Stand der Arbeit, ich besprach Fragen und Probleme, die sich ergeben hatten, wir plauderten. Er nahm sich jedes Mal Zeit, ich lernte ihn kennen. Das sollte ich. Er sprach über die Projekte, die er gerade verfolgte, über Erfolge und Widerstände und langfristige Ziele, er erzählte von Max. Und nie vergaß er, sich nach Ben und Mina zu erkundigen. Nie vergaß ich, um was es ging. Das war wichtig, für uns beide.

Am Anfang der Woche, in der Anna entlassen werden sollte, stand Eissler vor der Tür. Er war in der Stadt, weil er sich am neuen Hafen eine Immobilie für eine Tochterfirma ansehen wollte. Die Nähe zum Sitz von Microsoft war bewusst gewählt, erklärte er. Er saß in meinem Wohnzimmer, schwatzte über das Projekt und stand auf und gab Mina und Beatriz die Hand, als sie aus dem Freibad nach Hause kamen. Gern ließ er sich von meiner Tochter fotografieren und behielt sie fast durchgehend im Blick. Sandra und Ben waren nicht da, sonst hätte Ben vielleicht etwas auf Hendrix' Strato vorspielen müssen. Vielleicht nicht. Eissler fragte nicht nach der Gitarre, spielte auch mit keinem Wort darauf an, dass er uns die Wohnung, in der er mit seinem Namensvetter, dem Leibwächter, saß und Kaffee trank, zu einem guten Teil geschenkt hatte. Nach einer guten halben Stunde ging er wieder, und an der Tür beruhigte er mich. Er sagte, ich solle mir keine Sorgen machen, falls das Buch erst nach Annas Rückkehr fertig würde, wie ich befürchtete. Eine Deadline hatten wir nicht, auf ein paar Tage kam es nicht an.

Am Nachmittag des 26., einen Tag vor meiner Abfahrt nach Kiel und Hamburg, von der noch niemand wusste, traf ich in der Küche auf Ben, als ich mir einen Kaffee holte. Er saß am Küchentisch und hielt mit seinem Handy Kontakt zu Sarah. Das Radio lief, in den Nachrichten wurde vom Absturz eines Kleinflugzeugs im Ostallgäu berichtet. Vier Menschen waren ums Leben gekommen. Ich war mit meiner aufgefüllten Tasse fast schon draußen, als Ben sagte:

»Du hast mir immer Angst damit gemacht. Eine Scheißangst.«

Ich drehte mich zu ihm um, sah ihn erschrocken an.

»Womit habe ich dir Angst gemacht?«

»Mit den Flugzeugabstürzen. Ich war erst acht oder neun oder so was, als du damit angefangen hast. Die ganzen Bilder im Internet, dieses ewige Rumsuchen, warum es wieder passiert ist.«

»Ich?«, sagte ich erschüttert, »*ich* habe damit angefangen? Als wir damals in Berlin waren, bei Georg, da bist du doch ins Internet und hast diese Seiten gefunden. ›Crash.net‹ und wie die alle hießen. Weil das erste Flugzeug, mit dem wir fliegen sollten, kaputt war und wir umsteigen mussten.«

Ben schüttelte den Kopf, durchaus erstaunt. Ich glaube, er grinste.

»Das warst du«, sagte er, »und danach auch. Die ersten Male auf jeden Fall. Irgendwann habe ich es auch gemacht. Gewohnheit, schätze ich. Ich dachte, es gefällt dir. Wir hatten irgendwie Spaß mit dem Scheiß, aber das darf man natürlich niemandem erzählen.«

Er lachte. Ich nicht.

Ben war acht damals. Er war genau in dem Alter, in dem ich meine Eltern verloren hatte. Ich wollte ihn vorbereiten, nahm ich an, auf die unausweichlichen Katastrophen, die es im Leben gab, wollte, dass Ben niemals unvorbereitet war. Ich hatte ihn schützen wollen und die Angst erst in sein Leben gebracht.

»Deswegen hast du das gemacht«, fragte Ben und sah mich mitfühlend an. »Wegen deiner Eltern?«

»Was?«, sagte ich fassungslos.

»Was du gerade gesagt hast. Dass du mich vorbereiten wolltest und so was. Wegen deiner Eltern ...«

Ich hatte nicht gemerkt, dass ich es laut ausgesprochen hatte. Ich hatte gesagt, was ich dachte.

»Ich ... – Vielleicht. Ich weiß nicht. Ja, vielleicht.«

Natürlich schämte ich mich. Dass meine Sicherheitsschleusen aufgesprungen waren, ich innen und außen offenbar nicht mehr eindeutig unterscheiden konnte, war der geringste Grund für meine Scham. Als ich Bens Augen auszuweichen versuchte, fiel mein Blick auf den grünen Teewagen. Minas Glasvase mit den Urzeitkrebsen stand da nicht mehr.

»Wo sind die Krebse?«, fragte ich.

»Tot«, sagte Ben. »Hat sich jedenfalls nichts mehr bewegt, und das Wasser war ganz trüb. Mina hat es zusammen mit Beatriz ins Klo geschüttet.«

»Und sie ... War Mina nicht traurig?«

»Nö, nicht so richtig. Sie hat gedacht, die Krebse leben nicht so lang. Und ich glaube, sie fand sie ziemlich langweilig.«

»Okay«, sagte ich und drehte mich schnell um. »Bis nachher, ich muss noch ein bisschen arbeiten.«

»Papa?«

»Ja?«

»Alles okay?«

»Ja, klar. Alles okay«, sagte ich und ging.

In den nächsten Stunden bekam ich den Text fertig. Mit dem Korrekturlesen gab ich mir keine allzu große Mühe, Fehlerfreiheit war nicht wichtig, wichtig war der Inhalt. Und der gefiel mir.

Am Abend brachte ich Mina ins Bett und las ihr fast eine Stunde lang vor. Ich blieb bei ihr sitzen, bis sie eingeschlafen war, deckte sie noch einmal richtig zu und küsste sie auf die Stirn, bevor ich ging. Als ich danach bei Ben reinsah, überwand ich mich und drückte ihn kurz an mich. Den Kuss, den ich ihm gerne gegeben hätte, ersparte ich uns beiden.

»Gute Nacht«, sagte ich.

»Gehst du schon schlafen?«

»Gleich.«

»Du …«

Ich war schon an der Tür, drehte mich noch einmal zu ihm um.

»Ja?«

»Das war schon okay, ehrlich. Die Abstürze, meine ich. Bisschen Angst kann ja auch Spaß machen. Hat's doch auch.«

Ich nickte nur dämlich, was hätte ich sagen können?

»Ich habe erst vorhin überhaupt wieder daran gedacht. Wir haben doch so viele andere Sachen zusammen gemacht. Coole Sachen.«

»Ja, haben wir«, sagte ich und ging schnell hinaus, bevor Ben meine Augen sehen konnte.

In meinem Arbeitszimmer las ich den Text noch einmal und wartete danach bei einem Glas Wodka, meinen Blick auf den alten Phoenix gerichtet, der mir heute doch nicht so hässlich erschien. Ich wartete, bis ich sicher war, dass Sandra eingeschlafen sein musste. Dann ging ich ins Schlafzimmer und legte mich neben sie. Diese Nacht wollte ich nirgendwo anders verbringen.

Ich weiß nicht, ob Sandra bemerkt hat, dass ich neben ihr lag. Ich wagte nicht, sie auch nur anzurühren. Als ich am nächsten Morgen aufstand, schlief sie noch.

27. Juli

BARISTA **»Gehen wir ins Arbeitszimmer«**, sagt Eissler, »da können wir uns in Ruhe unterhalten.

Ich nicke, während ich versuche, die Blicke von Annas Mutter zu ignorieren. Martin, der Namensvetter, setzt sich sofort in Bewegung, als sein Chef losgeht. Eissler schüttelt den Kopf. Er weiß, wann jemand besiegt ist. Er lächelt mich an.

Ich lächle nicht, gebe mir nicht einmal Mühe. Ich weiß, Eissler wird es mir nachsehen. Ihm ist klar, was es mich kostet, hier zu sein und ihm zu bringen, was ich ihm bringen soll. Ich bin mit meinen Schuldgefühlen beschäftigt, meiner Angst, ich denke an Anna, an die Kinder. An Sandra. Ich beneide Karin.

Wir gehen ins Arbeitszimmer, das bedeutend kleiner ist als die Bibliothek im anderen Haus. Eissler schließt die Tür, bietet mir einen Platz an und setzt sich mir gegenüber. Schöner Ausblick, schöne Möbel, schöner Teppich, eine beeindruckende Zahl von beeindruckend eingebundenen Büchern, aber kein Cembalo, keine byzantinische Ikone, keine Prominentenfotos. Und keine Sicherheitskameras, soweit ich sehe. Hierhin zieht sich Eissler sicher selbst zurück, wenn er weder gestört noch beobachtet werden will. Den Besuch, der Gefahren mit sich bringen könnte, empfängt er in dieser Wohnung vermutlich im wesentlich repräsentativeren Salon.

»Was hast du in Kiel gemacht?«, fragt Eissler.

»Ich habe mich mit Ulrich Goetz getroffen«, sage ich. »Dem Chef vom *Fährhaus*.«

»Ich kenne ihn. Na, sagen wir, ich habe ihm mal die Hand geschüttelt. Anna und ich waren bei ihm essen.«

»In Kiel oder in seiner Dependance in Berlin?«

»In Kiel. Ich glaube, in Berlin kocht er selten selbst«, sagt Eissler.

»Wir wollten es mal ausprobieren, aber so richtig begeistert war ich nicht, ehrlich gesagt. Ein bisschen sehr zurückhaltend alles, oder? Fast eitel schlicht.«

»Ich habe seine Küche selber noch nicht ausprobiert«, sage ich, »aber das sollte ich bald tun.«

»Willst du ein Buch über ihn schreiben? Oder sagt man, *für ihn?*«

»Vielleicht. Ich weiß noch nicht.«

»Das musst du nicht, Can. Du hättest genug zu tun. Bei mir. Das weißt du. Wir fangen erst an.«

Ich kann nicht antworten, ich kann ihn nicht ansehen. Ich ringe mit meinen Gefühlen, ich versuche zu atmen. Eissler sieht es und nimmt Rücksicht. Er lässt mir Zeit, hält mich mit seinen Blicken und seinem feinfühligen Lächeln.

»Du kannst das Buch natürlich schreiben, wenn du willst«, sagt er. »Wir müssen nichts überstürzen, wir haben alle Zeit der Welt.«

Ich bringe immer noch kein Wort heraus, zum Glück geht die Tür auf. Max kommt herein, ein wenig überfordert mit dem Tablett, das er trägt. Zwei Tassen Kaffee darauf, Milch, Zucker, eine Flasche Wasser, Gläser.

»Oha, lassen sie *dich* heute arbeiten?«, sagt Eissler fröhlich und springt auf. »Warte, ich helfe dir.«

Er nimmt seinem Sohn das Tablett ab und stellt es auf den Tisch.

»Den Kaffee habe ich selbst gemacht«, sagt Max. »Mit der neuen Maschine. Oma hat mir geholfen.«

»Sollen wir mal probieren?«, fragt Eissler und nimmt einen Schluck. »Mhm. Hervorragend. Ganz wunderbar.«

Eissler trinkt seinen Kaffee schwarz, ich brauche Zucker. Ich nehme einen Löffel und rühre schnell um, weil der Junge auch auf mein Urteil wartet. Mit einem Lächeln, das Max nicht übersehen soll, führe ich die Tasse an den Mund.

»Schmeckt super«, sage ich schnell, dann huste ich schon und kleckere, als ich die Tasse wieder abstelle.

Ich bin zu nervös, um irgendwas zu sagen oder zu tun. Eissler unterdrückt ein Lächeln und nimmt noch einen Schluck.

»Weißt du, wie man die Leute nennt, die beruflich Kaffee machen? Die Spezialisten, die alle Sorten kennen?«, fragt Eissler. Max löst seinen vergnügten Blick von mir und wendet sich seinem Vater zu, um den Kopf zu schütteln.

»Baristas«, sagt Eissler. »Richtige Profis. Ich hoffe, du wirst später mal etwas anderes machen, aber du kannst es schon ein bisschen mit ihnen aufnehmen.«

Noch ein Schluck und noch ein Ausdruck großen Entzückens.

»Wirklich gut, Max«, sagt Eissler. »Hast du gut gemacht, vielen Dank. Aber jetzt musst du uns ein bisschen alleine lassen. Can und ich müssen noch etwas in Ruhe besprechen.«

Der Junge nickt, aber er zögert, weil er mich ansehen muss. Zum Lachen gibt es nichts mehr, er kann gehen. Er schließt die Tür richtig, das höre ich, ohne Lärm. Er ist gut erzogen.

»Du hast mir was mitgebracht?«, fragt Eissler.

Noch immer gelingt mir kein Wort, sogar mein Nicken verunglückt. Eissler hat Geduld, er trinkt noch einen Schluck Kaffee, er sieht mich aufmunternd an.

»Ich würde gern einen Blick hineinwerfen«, sagt Eissler vorsichtig. »Gibst du mir das Manuskript?«

»Gibt es nicht ... Vielleicht gibt es eine andere Lösung.«

Ich kann es ihm nicht geben, ich brauche noch etwas Zeit, vielleicht auch, um mich selbst davon zu überzeugen, dass ich das, was ich gleich tun werde, tun muss.

»Anna ist nicht dumm«, sage ich. »Sie weiß, was auf dem Spiel steht. Sie wird sich zurückhalten. Sie wird nie ein Wort sagen. Genauso wenig wie ich.«

Eissler nickt, er ist ganz bei mir, er versteht mich. Er wägt ab, was ich sage. Wenn ich ihn wirklich überzeugen könnte, würde ich ihn überzeugen. Vielleicht muss ich mir noch mehr Mühe geben.

»Im Moment sieht es so aus«, sagt er, »du hast recht. Anna ist sehr vernünftig. Die Medikamentendosis ist schon deutlich niedriger, und sie ist dennoch sehr ruhig. Sie freut sich, nach Hause zu kommen. Aber wie lange wird das anhalten? Ich muss an Max denken, Can, wir müssen immer an die Familie denken. Ich kann ihm nicht zumuten, irgendwann innerlich zerrissen zu werden. Max braucht eine klare Perspektive, er muss wissen, wohin er gehört.«

Ich schweige. Den Impuls, über meine Augen zu wischen, unterdrücke ich. Ich kann Eissler kaum noch sehen.

»Ich verstehe dich, Can. Und das ehrt dich sehr. Ich weiß, wie du für Anna empfindest. Wer wüsste das besser als ich? Aber wir haben wirklich keine Wahl. Je schneller und klarer wir uns entscheiden, umso weniger schmerzhaft ist es für alle.«

Er lässt mir noch einen kurzen Moment, dann streckt er mit einem freundlichen Blick die Hand aus.

»Gibst du mir das Manuskript bitte?«

Ich hole die Mappe aus meiner Tasche, reiche sie ihm. Eissler legt sie sich auf die Beine, setzt sich eine Lesebrille auf, dann trinkt er noch einen Schluck und behält die Tasse in der Hand, während er mit der anderen die Mappe aufschlägt.

Er beginnt zu lesen. Ich sehe auf die Uhr.

KEINE ANGST Die Welt ertrinkt in Angst, die Menschen flüchten vor ihr. Der Angst vor den eigenen Möglichkeiten, der Angst vor dem Glück. Vor dem Leben. Es gibt nur einen Weg, der Angst zu begegnen, ich habe nie einen anderen gesucht. Man muss sich von ihr leiten lassen. Man muss – nein: man *kann* nur dorthin gehen, wohin sie einen trägt. Wo sie am größten ist.

Ich rede nicht von Fortschritt und Optimierung, nicht von Grenzen, die ausgelotet und überwunden werden sollen, jenen angeblichen Grenzen, von denen heute jeder spricht, der ein armseliges elektronisches Gerät oder Erfrischungsgetränk verkaufen will.

Ich rede davon, dass es keine Grenzen gibt.

Es hat sie niemals gegeben.

Weil das Leben keine Unterscheidungen kennt. Weil es nicht nach richtig oder falsch, angemessen oder abwegig, gut oder böse fragt. Das Leben teilt sich nicht auf, es kennt keine Regeln, es sucht sich seinen Weg. Es feiert, was da ist. Es belohnt, was sich am Leben hält und weiterblüht. Es wertet nicht. Es sucht nach seiner Ganzheit, es lässt sich weder knechten noch bändigen.

Wer das einmal erkannt hat, wer es ernst nimmt und die Zeit nutzt, die einem gewährt ist, der lebt in Freiheit: im Paradies der Gegenwart, das von Augenblick zu Augenblick vergeht und entsteht.

Wer herausgefunden hat, dass nur lebt, wer sein Leben auf diese Weise führt, wer seine Freiheit gefunden hat, der muss sich an keine Regel und kein Gesetz halten. Er *darf* es nicht. Weil er die Pflicht hat, die Beengungen der menschlichen Existenz zu überwinden. Weil er sich nicht der Feigheit und Angst beugen darf, die künstliche Grenzen geschaffen haben, um Menschen von ihrer Bestimmung abzuhalten.

Ich werde mich nicht rechtfertigen. Für Rechtfertigungen gibt es keinen Grund. Aber es gibt Fragen. Sie können, sie sollten beantwortet werden. Die Geschichte meines Leben, die ich hier erzähle, gibt Antworten. Sie erklärt, warum ich getan habe, was ich tat. Obwohl auch zwei Sätze genügen würden.

Weil ich es konnte.

Weil ich frei war.

Was auf dieses Vorwort folgt, ist eine Beichte in der Sprache des Triumphs. In Eisslers Sprache. Ich verstehe alle, ich verstehe alles. Deswegen kommen sie zu mir, deswegen vertrauen sie mir an, was sie niemand anderem anvertrauen. Auch Eissler. Er hat mir vertraut, weil er sich selbst getraut hat. Seiner Menschenkenntnis, seiner Stärke, seiner Unverwundbarkeit. Deswegen hat er mich behalten, deswegen hat er so lange geduldig gewartet, deswegen hat er mich herangezogen. Jetzt bekommt er, was er von mir wollte. Vor der Zeit. Zu früh für ihn, vielleicht rechtzeitig für die unter uns, die noch am Leben sind.

Seine Hybris war die einzige Chance, der grenzenlose Hochmut, seine Selbstsicherheit. Ich war für ihn ein Plan, der aufgehen musste, wie all seine Pläne aufgegangen sind, ich war längst besiegt. Wie mein Großvater und mein Vater. Entkernt. Gerettet von ihm. Mit dem, was jetzt geschieht, hat er nicht gerechnet. Er konnte nicht damit rechnen.

Er rechnet noch immer nicht damit.

Eissler blickt kurz hoch, blättert dann mit einer Hand weiter. In der anderen hält er noch immer die Tasse, als hätte er sie vergessen.

Ich weiß nicht, wie lange so etwas dauert. Woher soll ich wissen, ob überhaupt etwas passiert? Ob Absprachen eingehalten wurden, die ich nicht selbst getroffen habe.

Verwirrt blickt Eissler wieder hoch, vollkommen verblüfft. Aufrichtig verstört.

»Was ... Was soll das? Das ... Was ... ist das?«

Seine Zunge ist schwer, er klingt betrunken oder wie nach einem Schlaganfall, aber er selbst scheint nichts von seiner Benommenheit zu bemerken. Noch nicht. Vielleicht brauche ich etwas Zeit.

»Deine Autobiographie«, sage ich. »Die wolltest du doch von mir. Hast du das nicht gesagt?«

»Aber nicht ... Nicht ... Jetzt nicht ...«

Die Mappe rutscht ihm vom Schoß, die Tasse fällt ihm aus der Hand. Auf dem weichen Teppich macht sie keinen Lärm und geht auch nicht kaputt. Der Fleck ist klein, so gut wie nicht zu sehen, in der Tasse war kaum noch etwas drin.

»Mir ist nicht gut«, sagt Eissler, erstaunlich klar plötzlich.

Er schließt die Augen, reißt sie wieder auf, versucht aufzustehen, fällt sofort zurück auf den Sessel.

»Ich brauche ... Du musst ... Du musst mir ...«

Er ist wieder kaum zu hören, bekommt die Sätze nicht mehr zusammen, doch die Augen wirken klar und hellwach. Seine entsetzten, verängstigten Augen.

Ich stehe auf, nehme meine Tasche und die Flasche Wasser und gehe zu ihm hinüber.

»Keine Angst«, sage ich. »Keine Angst. Es wird gleich besser.«

Er versucht den Kopf zu schütteln, was in einem kurzen Zucken endet, er öffnet den Mund, keucht etwas heraus, was ich nur hören kann, weil ich dicht vor ihm knie.

»Hilf mir … Musst mir …«

Ich halte Eissler den Mund zu. Dass er noch die Kraft findet, um Hilfe zu schreien, ist unwahrscheinlich, aber ich will kein Risiko eingehen. Dass wir zusammen auf den Boden rutschen und auf dem Teppich übereinander zum Liegen kommen wie ein Liebespaar, das nicht mehr warten kann, ist eher meinem eigenen Lampenfieber zu verdanken als Eisslers schwachen Versuchen, sich zu wehren.

»Erinnerst du dich an Max von Baden?«, plappere ich, als könnte ich ihn damit beruhigen. »Der Kanzler. Du hast mir davon erzählt, wie er in einen künstlichen Schlaf versetzt wurde, damit er sich von einem Nervenzusammenbruch erholen konnte. So was Ähnliches hast du gerade auch genommen. Es ist harmlos.«

Was Eissler im Körper hat, heißt Remifentanil und ist ein Opioid, das in der Anästhesie verwendet wird. Das Mittel hat eine extrem kurze Halbwertszeit von wenigen Minuten und wird sehr schnell wieder abgebaut. Genauso schnell werden auch die Abbauprodukte über die Nieren eliminiert. Sie sind nach Eintritt eines Todes, der eine andere Ursache hat, kaum nachzuweisen. Der Körper muss nur lange genug am Leben bleiben.

»Du wirst bald schlafen«, sage ich. »Nicht gleich. Aber bald.«

Sie hat es getan. Bis vor ein, zwei Minuten war es nur eine Hoffnung, eine begründete Hoffnung zwar, aber nicht mehr. Jetzt sorgt sie hoffentlich auch dafür, dass Eissler und ich ein bisschen Zeit haben. Zeit, die wir alleine verbringen können. In Ruhe.

WARUM

Ich hatte eine Wahl. Schon als ich Farouk Yussouf tötete, hatte ich eine Wahl. Ich hätte ihn nicht verfolgen müssen. Auf dem Steg hätte ich ihn loslassen und in Kauf nehmen können, selbst verletzt oder getötet zu werden. Ich wollte nicht verletzt oder getötet werden, lieber wollte ich selbst töten.

Zwischen zwei Herzschlägen hatte ich mich in Marseille entschieden, einem Menschen das Leben zu nehmen, und nun traf ich diese Entscheidung wieder. In Ruhe. Eissler hatte mich falsch eingeschätzt. Er hatte zu Recht an die Liebe geglaubt, die ich für meine Kinder so empfand, wie meine Eltern sie für mich empfunden haben mussten, als sie mich verließen.

Aber bei mir hatte Eissler die falschen Schlüsse daraus gezogen.

Er hatte nicht bedacht, dass Liebe keine aussichtslosen Situationen kennt, dass sie untrennbar einhergeht mit der Hoffnung. Liebe glaubt nicht an das Unwahrscheinliche, wie Georg vor vielen Jahren seine Haltung zur Welt beschrieb. Sie setzt auf das Unmögliche. Ehe sie verzweifelt, vergewaltigt sie die Realität.

Ich hatte so gut wie keine Chancen. An keiner der Stellen, die ineinandergreifen mussten, lagen sie höher als an einer anderen, aber ich dachte nicht daran, zu verzweifeln. Das hatte ich längst hinter mir. Eissler hatte mir geholfen. Einen besseren Therapeuten hätte ich niemals gefunden.

Als mich Jurij vor zehn Tagen in seinen Degustationsraum führte, ahnte er vermutlich schon, dass ich nicht gekommen war, um Wodka zu kaufen, aber sicher rechnete er nicht mit der Geschichte, die ich ihm dann zumutete; eine ganze Stunde lang, wahrscheinlich länger. Jurij hörte aufmerksam zu und stellte kurze Zwischenfragen, die mir selbst durch die verworrene Geschichte halfen. Zweimal unterbrach er mich und holte Tee für uns. Wie ich rauchte er eine Zigarette nach der anderen. Als ich fertig war, stand er auf und ging in dem verqualmten Raum minutenlang auf und ab, bevor er den ersten Satz sagte.

»Sie glauben, dieser Mann muss sterben?«

»Sie glauben das nicht?«

»Geht es darum, was *ich* glaube?«

Er war aufgebracht. Er hatte jedes Recht dazu.

»Entschuldigen Sie«, sagte ich. »Ja. Ich glaube, er muss sterben.«

»Und das löst das Problem? Sie sagen, dieser Mann ist überall, er hat überall Leute.«

»Aber er ist keine Hydra. Er hat viele Augen, er hat viele Arme. Aber es gibt nur einen Kopf. Er glaubt nur an sich selbst. Er rechnet nicht mit Misserfolg. Mit Widerstand. Hoffe ich jedenfalls.«

»Was machen Sie, wenn ich Sie jetzt hinauswerfe und sofort die Polizei anrufe?«

»Das könnten Sie. Vielleicht sollten Sie das.«

»Und was machen Sie, wenn ich Ihnen nicht helfe?«

»Ich weiß nicht. Ich werde ihn auf jeden Fall töten.«

Ich konnte es aussprechen. Ich sprach darüber mit einem Mann, den ich erst zweimal in meinem Leben getroffen hatte. Es war leicht, weil ich schon durch den Tunnel durch war, durch den ich nun andere Menschen zu locken versuchte. Jurij hatte nicht verdient, was ich ihm aufbürdete, es ging ihn nichts an, ich hatte kein Recht dazu. Aber ich hatte auch keine andere Idee.

Jurij schüttelte den Kopf, wandte sich ab, zündete sich eine Zigarette an.

»Warum machen Sie es nicht selbst, warum sprechen Sie nicht selbst mit der Mutter Ihrer Freundin?«

»Weil Eissler mich im Blick hat. Sie nicht. Und wenn ich hier gleich mit einer Kiste Wodka aus dem Haus gehe, kommen Sie auch nicht auf die Liste. Annas Mutter ist keine Gefahr für ihn, war sie noch nie. Er muss sie nicht beobachten lassen.«

»Da sind Sie sich sicher?«

»Nein.«

Ich hatte Jurij vorher noch nie lächeln sehen. Sein Lächeln hielt nicht lange an.

»Wie stellen Sie sich das vor? Ich gehe zu Anna Roths Mutter und erzähle ihr eine Geschichte, die ihre Tochter ihr anscheinend nicht erzählt hat. Und die Frau glaubt mir sofort? Warum *genau* sollte sie das tun?«

Ich zuckte mit den Achseln, aber dann fiel mir doch eine Antwort ein. Keine überzeugende Antwort, aber eine Antwort.

»Weil immerhin die Möglichkeit besteht, dass wahr ist, was Sie ihr sagen, und Eissler ihr nach ihrem Mann auch die Tochter nehmen könnte.«

»Und was mache ich dann?«

»Sie geben ihr das hier«, sagte ich und holte aus der Brusttasche meines Hemdes, was ich mitgebracht hatte. »Remifentanil. Eine Zwei-Milligramm-Stechampulle. Lässt sich geschmacksneutral in jeder Flüssigkeit auflösen und hat eine stark sedierende Wirkung. Ich brauche nur die Zeit, die mir dieses Zeug verschafft.«

»Sie sind wahnsinnig«, sagte Jurij, »Sie sind wahnsinnig, und Sie sind wahnsinnig gefährlich. Sie bitten mich gerade um Beihilfe zum Mord. Sie kennen mich nicht und fordern mich zu einem Verbrechen auf. Was habe ich Ihnen getan?«

Diesmal beließ ich es beim Schulterzucken.

»Wenn die Mutter die Polizei anruft, sobald ich aus dem Haus bin, dann gehe ich für Jahre ins Gefängnis. Auch Beihilfe zu einem versuchten Mord wird bestraft. Und wenn ich rauskomme, irgendwann, dann sitze ich noch am selben Tag in einem Flugzeug nach Minsk.«

Ich schwieg. Es gab nichts hinzuzufügen, Jurij hatte die Dinge präzise auf den Punkt gebracht.

»Warum sollte ich das für Sie tun, Herr Evinman? Warum sollte ich Ihnen glauben, dass das alles wahr ist, was Sie mir erzählen? Und wenn es wahr ist: dass es keine andere Lösung gibt? Warum glauben Sie, dass ich mich an einem Mord beteiligen würde?«

Ich hatte mir keine Rede zurechtgelegt, ich hatte nicht einmal damit gerechnet, so weit mit ihm zu kommen. Ich hatte mir nur vorgenommen, eine Chance zu nutzen, die es nicht gab.

»Warum Sie mir glauben sollten?«, sagte ich. »Weil Sie sich selbst ein Bild von mir machen. Weil Sie mit Siggi über mich gesprochen haben. Weil Sie sich vielleicht auch woanders über mich erkundigt haben und noch erkundigen werden. Weil die ganze Sache so unglaublich klingt, dass sie nicht erlogen sein kann. Weil Ihnen kein anderer guter Grund einfällt, warum ich herkomme und Ihnen das alles erzähle. Warum ich Sie um so etwas bitte.«

Er sah mich nur an. Ich hatte keinen Einfluss auf ihn. Das haben wir nie. Aber auch um das zu verstehen, hatte ich lange gebraucht. Wir sind nicht das, was die anderen in uns sehen, das sollten wir wissen. Keine Autobiographie der Welt, kein Geheimnis und keine Gefälligkeit verschafft uns die Macht, uns die richtigen Blicke zu erkaufen. Wir können nur hoffen, manchmal müssen wir vertrauen.

»Und warum Sie das tun sollten?«, sagte ich. »Weil Sie ein Menschenleben retten können. Das Leben eines Menschen, den Sie nicht kennen. Und die Leben der Menschen, die ihr in den Tod folgen werden. Nächste Woche oder nächstes Jahr, wann immer er es wieder für nötig hält. Weil er die Dinge so regelt und weil das aufhören muss. Weil es anders nicht aufhören wird. Weil sich das Böse manchmal nur beenden lässt, wenn man zu ihm hinabsteigt.«

Jurij schwieg noch immer, sah mich mit einem Blick an, in dem ich nur seine Angst erkannte und alles andere, das auch darin liegen mochte, nicht verstand. Ich konnte mich nicht damit aufhalten, ich sprach weiter.

»Ich an Ihrer Stelle würde mir nicht glauben. Vor einem Monat hätte ich selbst nichts davon geglaubt. Ich hätte so etwas niemals getan, schon gar nicht für einen Fremden. Nein, ich würde es an Ihrer Stelle nicht glauben, ich würde es nicht tun. Ich bitte Sie dennoch darum. Weil ich nicht weiß, wen ich sonst darum bitten kann. Weil ich irgendwas in Ihren Augen gesehen habe, als ich zum ersten Mal hier hereinkam, was mich dazu bringt, Ihnen zu sagen, was ich brauche.«

Jurij sah mich noch einen Moment an, dann drehte er sich abrupt um, ging zum Fenster und öffnete es. Das hätten wir längst tun sollen. Er blickte schweigend auf die Straße, lange, hob irgendwann grüßend die Hand, als er jemanden sah, den er kannte.

»Wollen Sie wieder sechs Flaschen?«, fragte er, ohne sich umzudrehen. »Sechs gute Flaschen?«

»Ja, bitte. Gerne wieder den Beluga Gold. Der hat mir letztes Mal am besten geschmeckt.«

»Ausverkauft. Im Moment ist er nicht zu bekommen.«

»Was würden Sie mir stattdessen empfehlen?«, fragte ich.

Fünf Tage später trafen wir uns an Siggis Theke. Ich kam später als Jurij und ließ einen Barhocker Abstand, als ich mich setzte. Jurij trank Rotwein, ich bekam von Siggi meinen Klaps auf die Schulter und ein Bier. Jurij sprach erst, als Siggi Getränke an einen Tisch brachte und die Gäste dort bei Laune zu halten begann.

»Ich habe ihr Päckchen in München abgeliefert«, sagte Jurij.

Ich sagte nichts.

»Ich bin mir ziemlich sicher, dass die Frau ihre Tochter sehr liebt. Sie hatte den Hörer schon in der Hand, aber dann hat sie mir zugehört.«

Ich schwieg weiter.

»Sie wusste so gut wie nichts. Sie wollte zu ihrer Tochter fahren und mich danach anrufen.«

Ich sah kurz zur Seite, wandte meinen Kopf aber sofort wieder nach vorne, weil ich merkte, dass ich es Jurij noch schwerer machte.

»Sie hat mich angerufen, vor zwei Stunden. Sie hat gesagt, ich soll Ihnen sagen, sie weiß, was sie tun muss.«

Ich nickte. Eine Hand presste ich auf die Theke, mit der anderen umschloss ich das Glas, vielleicht ließ sich das Zittern so verbergen. Jemanden getötet zu haben, der einen selbst töten konnte, war eine Tragödie. Aber die Tür, die mir gerade geöffnet wurde, war die zu einer vorsätzlichen Tat, zu einem in voller Klarheit geplanten Mord. Wenn ich durch sie hindurchging, würde ich mir nie mehr beantworten können, ob ich mich von Eissler unterschied.

Jurij schob einen Geldschein unter sein Glas und stand auf.

»Falls wir uns wiedersehen, hier oder irgendwo sonst, dann werden wir uns freundlich zunicken. Wir werden nie wieder ein Wort miteinander wechseln. Sollten Sie Wodka brauchen, gehen Sie in den Supermarkt, oder bestellen Sie sich was im Internet.«

Er ging. Ich versuchte zu trinken.

»Jurij ist weg?«, fragte Siggi, als er zurück hinter der Theke war. Ich nickte.

»Ihr könnt euch gut leiden, oder?«

»Weiß ich nicht«, sagte ich. »Ich glaube, wir verstehen uns.«

ERTRÄGLICH MACHEN **Er darf nicht einschlafen.** Noch nicht. Ich nehme die Hand von seinem Mund und rüttle ihn vorsichtig. Er schlägt die Augen auf, ich muss dafür sorgen, dass sie offen bleiben. Er versucht nicht einmal zu sprechen, er starrt mich fassungslos an, mitleiderregend verwirrt, immer wieder fallen ihm die Augen zu. Er scheint alle Kraft dafür aufwenden zu müssen, seine Lider zu kontrollieren.

»Bleib noch ein bisschen wach«, sage ich leise und bin überrascht, wie zärtlich ich klinge. »Ich brauche dich hier. Bei mir.«

Ich hebe seinen Oberkörper so hoch, wie ich kann, lehne ihn an den Sessel, sein Kopf sinkt nach vorne. Aus der Tasche hole ich die Tablettenröhrchen und die Stofftaschentücher heraus, die ich mitgebracht habe. Ich öffne eine der Packungen und halte sie bereit, drehe den Verschluss der Wasserflasche auf und stelle sie neben mich. Dann greife ich mit dem ausgebreiteten Taschentuch unter Eisslers Kinn, hebe es an, ziehe das Tuch mit Daumen und Mittelfinger hoch an seine Wangen und drücke damit auf die Kiefergelenke, um ihm den Mund zu öffnen. Ich schütte Tabletten hinein, etwa die Hälfte der Packung. Natürlich hustet und spuckt er. Kraftlos, reflexhaft. Ein paar Tabletten fallen wieder heraus, bevor ich ihm den Mund schließen und zuhalten kann. Er versucht sich zu wehren, so gut er noch kann. Das verstehe ich. Aber er darf nicht ersticken.

»Du musst mir helfen«, sage ich. »Das ist deine einzige Chance. Das sind nur Beruhigungstabletten. Sie wirken nicht sofort, egal wie viele ich dir gebe. Und ich kann schlecht abwarten, bis du tot bist. Irgendwann wird hier jemand hereinkommen. Dann wirst du ins Krankenhaus gebracht, und sie werden versuchen, dich zu retten. Du hast eine Chance. Aber wenn du mir nicht hilfst, dann drücke ich dir den Hals zu. Sofort. Dann gehe ich ins Gefängnis. Das ist mir egal.«

Er hört mich, ganz sicher hört er mich, sieht mich entsetzt an, den Mund voll mit meinen Tabletten.

»Wir lassen das Schicksal entscheiden«, sage ich. »Was hältst du davon? Wenn du überlebst, komme ich ins Gefängnis. Und was du dann mit mir machst, weiß ich. Wenn du stirbst, bin ich es, der Glück gehabt hat. Hast du mich verstanden? So hat jeder von uns eine Chance. Einverstanden, Martin? Martin, machen wir das so?«

Seine Augenlider bewegen sich auf und ab, vielleicht ist es eine Art Nicken. Wahrscheinlich ist es das.

»Willst du Wasser? Ich gebe dir Wasser, ja?»

Seine Lider antworten mir nicht mehr, aber er öffnet den Mund, ein wenig nur, mehr schafft er wahrscheinlich nicht.

»Okay«, sage ich. »Okay. Gut. Prima machst du das.«

Ich gebe ihm vorsichtig Wasser, halte das Taschentuch unter seinen Mund, um aufzufangen, was ihm aus dem Mund fließt. Er schluckt, mehrmals, er schluckt alles hinunter. Er sieht mir dabei in die Augen.

»Danke«, sage ich. »Ich danke dir.«

Ich tropfe mit dem Taschentuch sein Hemd ab. Es darf nichts nass sein, wenn sie ihn finden.

»Wir machen das gleich noch mal, ja? Bleib bitte noch ein bisschen wach, Martin.«

Und wir machen es noch einmal, genauso, jedes Mal schluckt er, wir machen es dreimal. Dann kann er nicht mehr. Die Augen fallen ihm zu, der Kopf sackt wieder weg. Die Dosis müsste reichen, es sind kaum Tabletten übrig. Aber noch sind es nicht die Tabletten, die wirken, es ist das Remifentanil, gegen das er sich nun lange und tapfer gewehrt hat. Vorsichtig ziehe ich ihn wieder auf den Boden, bis er vor dem Sessel liegt. Ich sammle die Pillen ein, die er ausgespuckt hat, versuche mit dem zweiten Taschentuch abzutrocknen, was nass geworden ist, packe alles wieder ein, was ich nicht mehr brauche, und hole die andere Mappe mit Binahs Briefen und ihrem Artikel aus der Tasche. Aber die hat noch Zeit.

Ich setze mich neben Eissler und lege meine Hand auf seine.

»Ich glaube, du hast sie nicht verstanden«, sage ich leise und hoffe, er kann mich irgendwie noch hören. »Es ging nie um Sabbatai

Zwi. Es ging nur um den Messias. Um das, was ein Messias bedeutet, nie um Sabbatai selbst. Er war dir wahrscheinlich nicht unähnlich. Er kreiste um sich selbst. Er war ein Gefangener seiner Extreme, ein Opfer seiner Wünsche und Visionen. Aus diesem Gefängnis konnte er sich nie befreien. Er muss sich sehr einsam gefühlt haben.«

Eissler liegt auf der Seite, den Kopf auf seinem rechten Arm. Er schläft friedlich, ist völlig entspannt. Ich gönne es ihm. Ich hoffe, er hat eine unbeschwerliche Reise.

»Viele seiner Anhänger waren klüger als er, seine Nachfolger vor allem. Die Sünde zu erlauben hieß für sie nicht, das Böse zu akzeptieren. Im Gegenteil. Sie glaubten, dass das Böse erst durch das Urteil eines zornigen, strengen Gottes entsteht. Eines Vaters, der vernichtet und nie verzeiht. Vor dem man sich *verstecken* muss. Sie glaubten, das Böse kann geheilt werden, wenn es sich nicht mehr versteckt. Wenn die kleinen Sünden erlaubt sind, die zum Menschen gehören: die unanständigen Wünsche, der kleine Eigennutz, die Missachtung bedrückender, sinnloser Regeln. Wenn man sich für all das nicht mehr schämen und schuldig fühlen muss. Es ging ihnen darum, sich selbst und den anderen zu akzeptieren – mit allem, was in uns ist. Es ging nie um einen Freibrief für Selbstsucht und Mord. Sie wollten das Leben für alle erträglicher machen, Martin, sie wollten es niemals auf Kosten anderer führen. Ich glaube wirklich, du hast sie missverstanden.«

Eisslers Puls ist kaum noch zu fühlen, ich beuge mich hinunter, um nach seinem Atem zu horchen. Er atmet noch. Regelmäßig, flach. Ich rieche ihn, und plötzlich rieche ich auch Farouk Yussouf, sehe ihn vor mir, ganz deutlich, seine jungen Augen, seinen letzten verständnislosen Blick auf die Welt. Die Gerüche vermischen sich. Ich muss mich beeilen. Ich stehe auf und lege die Mappe, in der Eissler gelesen hat, aufgeschlagen auf den Sessel, auf dem ich saß. Die andere Mappe mit Binahs Briefen und ihrem Artikel lege ich in eine Schublade des Schreibtisches, die nicht abgeschlossen ist.

Der erste Brief von Binah trägt das Datum 17. April 2012. Darin teilt die Historikerin Eissler mit, sie plane den beigefügten Artikel zu veröffentlichen, und bittet vorab um eine Stellungnahme, gegebenenfalls um Einwände und Korrekturen. In diesem Artikel wird beschrieben, wie sich Max Merten und Rudolf Eissler im März 1943 das Goldvermögen der Familie Counio widerrechtlich aneigneten, es von Thessaloniki nach Marseille verschiffen ließen, von wo es erst durch Rudolf Eissler und später durch seinen Sohn Martin Eissler weitertransportiert wurde, um die Grundlage des früheren Versandhauses und heutigen Konzerns zu bilden.

Binah hat fast alle Fakten, die Anna und ich zusammengetragen haben, in ihren kurzen, beinahe lakonischen Text aufgenommen, auf meinen Wunsch aber den Namen Evinman und jeden Bezug zu den Dönme weggelassen. Nichts davon ist beweisbar, gar nichts, aber ein Selbstmord ist immer ein gewichtiges Argument. Dass dieser Suizid jetzt erfolgt, ist logisch: In ihrem zweiten Brief, der scheinbar vor knapp zwei Wochen aufgesetzt wurde, teilt Binah mit, der Artikel werde nun, nachdem Eissler auf ihr erstes Schreiben nicht reagiert habe, am 30. Juli in einer kleinen historischen Zeitschrift, die in Harvard von Geschichtsstudenten herausgegeben wird, als Oral-History-Dokument erscheinen. Eine Kopie des Artikels werde sie der *New York Times* zukommen lassen.

Es könnte funktionieren. Eissler hat erfahren, dass er entlarvt worden ist. Er sieht seine Felle wegschwimmen, er fürchtet, über kurz oder lang wird er am Pranger stehen und alles verlieren. Er nutzt die Zeit, die ihm noch bleibt, um seine Lebensbeichte niederzuschreiben, sein größenwahnsinniges Vermächtnis an die Welt. Den Ghostwriter seiner Frau, die der Psychopath schon in den Zusammenbruch getrieben hat, bittet er darum, seine Memoiren professionell zu überarbeiten und sie später unter allen Umständen zu veröffentlichen. Da hat Eissler die Tabletten schon genommen. Plötzlich bricht er vor meinen Augen zusammen. Es könnte funktionieren.

Ich muss jetzt raus. Es hat nicht lange gedauert, zwanzig Minuten, höchstens eine halbe Stunde, und an seine Anweisung, nicht zu stören, werden sie sich halten. Aber jetzt muss ich hier raus. Er muss noch leben, wenn ich Hilfe hole. Ich vergewissere mich, dass keine Tabletten auf dem Boden liegen, nichts nass ist, dass ich meine Tasche geschlossen habe.

Dem Drang, mich neben Eissler hinzuknien und ihm über den Kopf zu streichen, widerstehe ich. Ich atme durch, werfe einen letzten Blick auf den Mann, der einer meiner Väter war, und gehe zur Tür.

ABGEPUMPT

Martin sieht mich aus dem Arbeitszimmer stürzen und läuft schon los, bevor ich schreie.

»Er braucht Hilfe. Schnell! Er ist zusammengebrochen.«

Erschrocken sieht Max mich an. Meike, die vorhin noch nicht hier war, geht sofort zu ihm, legt ihm die Hände auf die Schulter und zieht ihn an sich. Annas Mutter steht auf, den bebenden Blick auf ihren Enkel gerichtet. Die junge Frau, die dem Leibwächter und mir geöffnet hatte, kommt herein, sieht sich aufgeschreckt um.

»Wir brauchen einen Arzt«, rufe ich hilflos laut, obwohl jeder weiß, dass ich ein Handy habe, mit dem ich selber anrufen könnte.

Die junge Frau holt ihr Handy aus der Tasche und ruft an, während ein Mann, den ich noch nie gesehen habe, herbeieilt und sofort zum Arbeitszimmer durchgeht.

Durch die offene Tür sehe ich, wie der Leibwächter herauszufinden versucht, was Eissler fehlt, und, ohne zu zögern, mit Erste-Hilfe-Standards beginnt. Der andere Mann kniet sich auf der anderen Seite von Eissler hin, sagt etwas zum Bodyguard, lässt aber selbst die Hände vom Chef. Wir anderen warten, ohne uns zu rühren. Ohne ein Wort, ohne einen einzigen Laut. In Max' Augen macht der erste Schock einer unermesslichen Angst Platz. Annas Mutter und ich vermeiden jeden Blickkontakt.

Notarzt und Rettungssanitäter kommen schnell. Während Eissler untersucht und behandelt wird, ruft der Leibwächter die Polizei. Die uniformierten Beamten treffen ein, als Eissler auf der Liege herausgerollt wird, von seinem Namensvetter Martin begleitet auch auf diesem Weg. Unmittelbar danach kommen zwei Kriminalbeamte. Einer von ihnen ist der Polizist, der uns damals von Mahlers Haus ins Präsidium gefahren und Anna dabei angehimmelt hat. Vielleicht ein Zufall, oder es gibt Zuständigkeiten, die eingehalten werden. Als ich mit dem Polizisten spreche, bemerke ich aus den Augenwinkeln, dass Annas Mutter kurz zu mir sieht, zum ersten Mal seit ich aus dem Zimmer gekommen bin.

Ich sage Annas Fan, was ich ihm sagen kann. Wie er sich sicher noch erinnert, bin ich Ghostwriter, Annas Ghostwriter, und Eissler hat mich heute gefragt, ob ich bereit wäre, seine eigenen Erinnerungen zu überarbeiten und in einen Zustand zu bringen, in dem sie veröffentlicht werden können. Ich war überrascht über das unerwartete Angebot und hatte gerade die verwirrenden ersten Seiten überflogen, als er plötzlich zusammenbrach. Das ist alles, was ich weiß. Mehr kann ich leider nicht sagen.

Der Polizist nickt, anscheinend will er sich hier nicht lange aufhalten. Er weist seine Kollegen höflich an, Fotos vom Arbeitszimmer zu machen und eventuelle Spuren zu sichern, dann bittet er mich, ihn aufs Präsidium zu begleiten, um meine Aussage aufnehmen zu können. Annas Mutter darf zu Hause bleiben und sich zusammen mit Meike um ihren verstörten Enkel kümmern; falls Fragen auftauchen sollten, wird er wiederkommen. Als wir gehen, verabschiede ich mich von niemandem.

Bis zum Schluss verbirgt Annas Mutter ihre Augen vor mir. Ich wusste nie, wer diese Frau ist, heute erfahre ich es auch nicht. Max starrt mich aus seinen verweinten Augen an, als wüsste er, was ich getan habe. Wenn Eissler stirbt, habe ich ihm seinen Vater genommen, vielleicht habe ich ihm ein Leben gegeben.

Kurz nach uns trifft Sybille Mägert auf dem Präsidium ein, ohne ihre Anna. Wie ich schon von ihrem Kollegen weiß, hat sie darum gebeten, über alle Entwicklungen informiert zu werden, die mit Mahler, Eissler, Anna oder mir zu tun haben. Es sieht nicht aus, als könne sich der Mann einen Reim darauf machen, aber er scheint zu den Lässigen zu gehören, die sich für die Gründe anderer Menschen nur interessieren, wenn sie dazu aufgefordert werden.

Mägert und ihr Kollege nehmen meine kurze Aussage auf, dann werde ich alleine gelassen und warte. Eine halbe Stunde mindestens, eine halbe Stunde, in der vermutlich Ärzte noch mit allen Mitteln um Eisslers Leben kämpfen. Mich quält, dass ich hier nicht rauchen darf, ob Eisslers Ärzte am Ende erfolgreich sein werden, kümmert mich nicht. Nichts war mir jemals gleichgültiger. Ich würde meine Kinder gerne aufwachsen sehen, im Moment genügt mir aber zu wissen, sie werden die Chance dazu haben, ohne dass jemand sterben muss, der den Tod nicht zum Tanz aufgefordert hat.

Mägert kommt ohne ihren Kollegen wieder und sagt, nach dem ärztlichen Bericht aus der Klinik liege nahe, dass es sich um einen Selbstmordversuch handele. In Eisslers Wohnung seien Dokumente gefunden worden, die nach der ersten Durchsicht darauf schließen ließen, dass es auch ein Selbstmordmotiv gebe. Ich nicke nur. Es ist besser, wenn ich nichts sage. Mägert hat Verstellungen und Lügen nicht verdient.

»Wollen Sie nicht wissen, wie es ihm geht?«, fragt sie.

»Doch«, sage ich.

»Nicht besonders gut. Steht ziemlich auf der Kippe.«

Ich sehe sie nur an, Mägert erwartet keine Antwort. Sie steht auf, holt uns neuen Kaffee und schenkt ein. Als sie die Tür schließt und sich eine Zigarette anzündet, hole ich meine Packung auch heraus. Wir trinken Kaffee, wir rauchen, wir schweigen. Man kann gut mit Mägert schweigen. Lange. Aber sie vergeudet mit mir Zeit, die sie jemand anderem nimmt.

»Und Anna?«, frage ich. »Sollten Sie nicht lieber bei ihr sein?«

»Abgepumpt«, sagt sie. »Mein Mann ist bei ihr.«

»Gut«, sage ich, dann schweigen wir weiter.

Ich habe kein Zeitgefühl mehr, ich sehe nicht auf die Uhr, ich fühle mich nicht unwohl. Aber zwischendurch fällt mich ein Gefühl von Absurdität an. Wir können nicht ewig warten. Sogar wenn ich wüsste, worauf wir warten.

Mägerts Kollege öffnet irgendwann die Tür, sieht missbilligend auf den Qualm im Raum und ruft Mägert hinaus. Nach wenigen Minuten kommt sie zurück.

»Herr Eissler hat es nicht geschafft«, sagt sie. »Er ist tot.«

»Tut mir leid«, sage ich und bereue es sofort, obwohl ich mich auch bei diesem Satz daran halte, Mägert nicht anzulügen.

»Dann werden wir ihn nicht befragen können. Wir müssen uns mit dem begnügen, was wir gefunden haben.«

Eine vollkommen neutrale Aussage. Mägert drückt nicht aus, was sie davon hält. Was erwarte ich auch?

»Kann ich jetzt gehen?«, frage ich.

»Sie konnten die ganze Zeit gehen, Sie haben Ihre Aussage schon gemacht.«

Mägert geht an mir vorbei zu ihrem Schreibtisch und setzt sich.

»Danke«, sage ich.

Sie schweigt, das verstehe ich. Zur Polizei geht niemand, der gern dabei zusieht, wie um ihn herum Dinge geschehen, auf die er so viel Einfluss hat wie ein Talisman auf das Schicksal.

»Wenn Vincent doch irgendwann zu Ihnen stößt, dann grüßen Sie ihn von mir, ja?«

Natürlich bekomme ich keine Antwort, aber auf einen letzten Blick hofft man doch, wenn man jemanden nie wiedersehen wird.

AUF EUCH

»Du kannst nach Hause«, sage ich zu Anna.

Ihre Augen glänzen. Das haben sie schon getan, als ich kam. Gelassen steht sie vor mir. Lebendig. Leuchtend. Ganz und gar klar.

»Er ist tot.«

Anna nickt.

»Meine Mutter hat angerufen.«

»Fahr nach Hause. Max braucht dich jetzt.«

Anna sieht mich lange an. Was sollte einer von uns noch sagen?

»Danke«, sagt Anna.

»Ich habe nur die Zeit genutzt«, sage ich.

Ich drehe mich um und gehe. Ich will nicht mehr in diese Augen sehen, irgendwann kann ich es vielleicht. Anna ruft mir nicht hinterher, sie hält mich nicht auf.

Als ich aus dem Klinikgebäude komme, steigt Georg aus dem Taxi; offenbar habe ich ihn rechtzeitig angerufen. Ich sehe kurz zu ihm, bevor ich zum Auto weitergehe.

»Can.«

Ich bleibe stehen, drehe mich um. Warte. Er müsste reden, aber er bringt kein Wort heraus. Dann übernehme ich das eben.

»Das war alles nicht nötig«, sage ich. »Es wäre auch anders gegangen. Aber so ging es auch.«

Ich lasse ihn stehen, steige ins Auto und fahre los. Nach Hamburg, Arnd Leonhard wartet auf mich.

Wir treffen uns wieder in der *Turnhalle*. Ich gebe Leonhard, der heute einen Anzug trägt, Binahs Artikel und schärfe ihm ein, dass er ihn von ihr zugeschickt bekommen hat. Dann erzähle ich ihm, was ich Mägert und ihrem Kollegen erzählt habe, kein Wort mehr und kein Wort weniger. Leonhard verzichtet auf Fragen, die er nicht beantwortet bekommen würde, wir haben unsere Abmachung noch. Er bedankt sich, gibt mir die Hand und trägt mir Grüße für Anna und Georg auf. Wahrscheinlich gehe es seinem Sohn gut, sagt er, als ich ihn nach ihm frage, seit unserem letzten Treffen hat er ihn nicht mehr gesprochen.

Von hier kann ich zu Fuß zum Hotel gehen, in dem ich in Hamburg immer übernachte. Ich checke ein, beziehe mein Zimmer und dusche lange, bevor ich auf die Dachterrasse hochfahre.

Dort bestelle ich mir einen Gin Tonic und trinke ihn auf Ellen Reichert. Dann trinke ich ein Bier auf Giorgios Xenos, einen Whisky Sour auf Anna, einen Wodka auf Jurij und Georg, und weil sie Lagavulin dahaben, trinke ich auch einen Lagavulin auf Birgit. Obwohl die hübsche Bedienung immer besorgter wirkt, wenn ich sie rufe, bestelle ich noch einen Sekt und proste Karin zu. Zum Schluss nehme ich einen Pastis. Ich weiß nicht, was Farouk Yussouf mochte, in Marseille trinkt man Pastis.

Erst als ich aufstehe, merke ich, wie betrunken ich bin. Ich kann kaum stehen, der Weg zum Zimmer wird aufregend werden. Jetzt schleiche ich erst einmal zum Geländer und halte mich daran fest, blicke über die Alster und hoch in den Himmel. Neumond haben wir nicht, aber ich sage es trotzdem. So laut, dass alle es hören.

»Ayi gördüm Allah
Amentu billah
Aylar mübarek olur
Inschallah.«

Ich schließe die Augen, weil ich mir wünsche, dass jemand mich anlächelt, wenn ich sie wieder öffne. Aber dann muss ich selber schrecklich lachen.

LICHT

Als ich in Lamporecchio ankomme, gehe ich erst ins Haus, obwohl die meisten von ihnen sicher im Garten sind. Ben finde ich natürlich im so dunklen wie kühlen Salon des alten Landhauses. Am Flügel, wo sonst? In zwei, drei Meter Entfernung von ihm sitzt Sarah auf einem Stuhl, den sie sich aus der Küche geholt haben muss, und zeichnet. Sofort legt sie ihren Skizzenblock verdeckt auf die Beine; ich soll nicht merken, dass sie meinen Sohn zeichnet. Schade, ich hätte gern gewusst, wie sie ihn sieht.

»Hi«, sage ich. »Was macht ihr hier drinnen, wollt ihr euch eine Erkältung holen oder so was?«

Ben hört sofort auf zu spielen und steht tatsächlich auf, um mich zu umarmen. Ich hätte viel Geld verloren, wenn ich mich auf eine Wette darüber eingelassen hätte. Er freut sich, aber er wirkt auch überrascht und erleichtert. Dabei hatte ich angerufen und gesagt, wann ich ungefähr eintreffe.

»Alles okay?«, fragt Ben.

»Alles okay«, sage ich und freue mich, dass ich mich nicht mehr fürchte, wenn Ben dieses Wort ausspricht.

Sarah lächelt nett, als ich zu ihr sehe, und wendet ihren Blick sofort wieder verschämt ab. Sie ist wirklich noch sehr jung, und verdammt hübsch ist sie auch. Ben ist ein Glückspilz.

»Lass dich von diesem Vampir hier nicht einkerkern«, sage ich. »Im Gegensatz zu ihm musst du dich vor Licht nicht fürchten.«

»Hau ab«, sagt Ben lachend, und ich gehe.

Jens ist mit Mina und seinem Neffen Jonas im Pool, Sandra und Ines liegen unter Sonnenschirmen und lesen. Als sie mich sieht, steigt Mina sofort aus dem Wasser und rennt zu mir. Mit Fotografieren müssen wir uns heute nicht aufhalten, sie springt mir auf die Arme, macht mich klatschnass und überschwemmt mich auch mit ihren Küssen. Ich trage sie zurück zum Pool, lasse sie zu Jonas' großem Vergnügen hineinplumpsen und begrüße Ines und Jens.

Sandra steht schon neben ihrer Liege und wartet auf mich.

»Magst du dir was anziehen, und wir gehen ein bisschen spazieren?«, frage ich sie. »Ich muss dir was erzählen.«

»Was?«, fragt Sandra.

»Alles«, sage ich und küsse sie.

EPILOG

18. Juli 2014

HEUTE ABEND **Wie immer komme ich zu spät,** die Lesung hat schon begonnen. Das Auditorium des Jüdischen Museums in Berlin ist zum Glück etwas größer als das Publikumsinteresse an dem Buch, das heute Abend vorgestellt wird. Ich finde noch einen freien Platz, von dem ich Georg vorne am Tisch so gut sehen kann wie Anna, die in der ersten Reihe sitzt.

Georg hat das Buch geschrieben, das geschrieben werden musste. Einen Roman, der die Geschichte einer jungen türkischen Jüdin erzählt, die mit ihren Eltern und ihren beiden Brüdern seit ihrer Geburt in Berlin lebt und 1942 in einen schier aussichtslosen Kampf um Leben und Tod gerät. Die türkischen Behörden entziehen ihrer Familie und ihr die türkische Staatsbürgerschaft – und damit die einzige Möglichkeit, sich vor dem Holocaust zu retten. Die Eltern und ihre älteren Brüder zögern zu lange, weil sie nicht glauben können, dass dies das letzte Wort der Regierung ihres eigenen Landes ist, das letzte Wort ihrer Heimat. Dass wirklich geschehen könnte, was schließlich geschieht. Ihre Familie wird deportiert, aber der jungen Frau selbst gelingt es, zu fliehen und unterzutauchen. Ein junger türkischer Diplomat, der gegen die Anweisungen seiner Vorgesetzten vergeblich versucht, seinen jüdischen Landsleuten zu helfen, unterstützt die junge Frau bei ihrer Flucht, verliebt sich in sie und bezahlt dafür mit dem Leben. Unter großer Gefahr schafft es Georgs Heldin am Ende, aus Deutschland herauszukommen und sich in Sicherheit zu bringen. Nach ihrem Tod im Jahr 2011 findet ihre Enkeltochter, die ihre Wohnung in Brooklyn auflösen muss, handschriftliche Aufzeichnungen über eine Geschichte, über die ihre Großmutter nie gesprochen hat. Sie erzählt sie uns.

Georgs Roman ist nicht gut, er ist überragend. Spannend wie ein

Thriller vom ersten bis zum letzten Satz, anrührend und aufwühlend, in der Recherche schockierend präzise, von einer schmerzhaften historischen Klarheit, unterhaltsam und verstörend zugleich. Ein großer Wurf, eines der seltenen Bücher, die fehlen würden, wenn es sie nicht gäbe. Georg hat es sogar geschafft, eine Frauenfigur ernst zu nehmen und aus ihrer Sicht zu erzählen.

Als die Fragerunde beginnt, wendet Anna den Kopf, um sich im Publikum umzublicken. Sie lächelt, als sie mich sieht. Wovor sollte sie sich fürchten? Georg, der mich schon bemerkt hat, als ich kam, muss nach der Veranstaltung Bücher signieren und persönlichere Fragen beantworten. Ich habe ein paar Minuten allein mit Anna. Seit zwei Jahren haben wir uns nicht mehr gesehen und gesprochen.

Die Anschuldigungen, die Binah damals in ihrem Artikel vorbrachte und die zuerst von Arnd Leonhard im *Stern* und dann auch von allen anderen Medien des Landes aufgegriffen wurden, konnten nie bewiesen werden. Es gab keine Anspruchsteller, daher gab es auch keine rechtlichen Einwände, als Max das gesamte Vermögen seines Vaters erbte und Anna dessen Verwaltung übernahm. Sie filetierte den Konzern, verkaufte seine Einzelteile, die Eissler in Jahrzehnten zusammengetragen hatte, wie Käse auf dem Wochenmarkt und gründete mit dem Erlös eine Stiftung zur Erforschung des sephardischen Judentums und seiner Geschichte.

Binah bekam einen mehr als ansehnlichen Betrag für ihre eigenen Forschungen und für weitere gute Jahre mit Dr. Veissi, Jahre, die Anna nicht nur glücklich, sondern auch sorglos wissen wollte. Giorgios' Familie wurde großzügig versorgt, und auch mir bot sie einen Teil an. Mehr als die Hälfte, weit mehr. Es sei kein Geschenk, sagte sie, es sei mein Recht, das Anrecht meiner Familie. In meinem Antwortbrief bedankte ich mich und lehnte ab. Wir hatten schon etwas bekommen, einen nicht unbeträchtlichen Teil unserer Wohnung, das war genug. Ich wollte auch nicht, dass ihre Stiftung *Bernhard Roth und Galip Evinman-Stiftung* heißt, der Name ihres Vaters musste ihr reichen. Aber ich dachte, Ben hätte Verwendung für eine gute Gitarre, die weder angebrannt noch von Hendrix sein musste, und bat

Anna darum. Eine Woche nach meinem Brief traf die Birdflower Telecaster ein, ohne Begleitkarte, und brachte Ben zum Stottern.

Seither hatten Anna und ich keinen Kontakt. Vor etwas mehr als einem Jahr starb ihre Mutter an einer Krebserkrankung, an der sie offenbar schon seit über vier Jahren gelitten hatte, und vor ein paar Monaten las ich, dass Anna regelmäßig in einer Praxis in Berlin als Vertretungsärztin einspringt. Das war kurz nach ihrer Hochzeit mit Georg, die den meisten Zeitungen noch eine Meldung wert war, obwohl es lange her ist, dass Annas letzter Film lief.

»Guten Abend, Can«, sagt Anna.

»Guten Abend, Anna«, sage ich.

Mir würde es reichen, einfach nur in diese Augen zu sehen, um zu spüren, was sie mit mir machen, aber ich denke, sie erwartet ein paar Fragen von mir. Die meisten dürfte ich mir schon beantwortet haben. Ich hätte gleich damit beginnen können, sie zu stellen, als ich herausfand, dass Georg Eissler schon auf dieser Tagung begegnet ist. Eissler kam mit seiner Frau zum Abendessen. Ich weiß nicht, warum ich nicht sofort daran dachte.

»Herzlichen Glückwunsch«, sage ich. »Zur Hochzeit. Bisschen spät, aber eine Karte wollte ich nicht schicken.«

»Verstehe ich«, sagt sie. »Danke.«

»Habt ihr euch gleich verliebt? Damals auf der Tagung?«

Sie lächelt, sie schweigt, sie schüttelt den Kopf.

»Du hast aber dafür gesorgt, dass Georg eingeladen wird, oder? Du hast gewusst, dass Georg mit mir befreundet ist. Von mir wusstest du längst, nehme ich an.«

»Ja.«

»Hast du damals schon *alles* gewusst?«

»Ich habe etwas geahnt.«

Ich hätte nichts dagegen, wenn ihr das Antworten schwerer fiele. Andererseits, wer hätte etwas davon?

»Wann bist du dahintergekommen? Nach dem Tod deines Vaters?«

»Nein, noch lange nicht. Erst als ich mich irgendwann getraut habe, seine Papiere genauer durchzusehen. Und da hatte ich nur ein paar Hinweise. Es hat lange gedauert, bis ich etwas verstanden habe. Vor allem hat es gedauert zu glauben, was ich sehe.«

»Als du Eissler geheiratet hast, hast du da schon etwas geahnt?«

Diesmal fällt ihr die Antwort angemessen schwer, vielleicht tut sie mir aber auch nur einen Gefallen. Sie schüttelt den Kopf.

»Ich weiß nicht. Nein. Ich hatte keinen Verdacht oder so etwas, aber vielleicht habe ich ... Ich habe vielleicht etwas gespürt.«

»Etwas – *gespürt?* Und wenn ich dich jetzt frage, warum du ihn dann heiratest und ein Kind von ihm bekommst, was würdest du sagen? Mich fragen, wie viel Zeit ich für die Antwort habe?«

»Nein. Ich würde sagen, ich weiß es nicht.«

Ich lächle, ich nicke. Ich bin dankbar für ihre Offenheit. Eine ehrlichere Antwort hat sie nicht, da bin ich sicher, keine genauere. Wir sollten es dabei belassen, ein paar Kleinigkeiten interessieren mich aber noch.

»Mahlers Enkeltochter, Barbara Reis, die hat wahrscheinlich nicht zufällig erfahren, dass sie einen Großvater hat, oder? Hast du sie darauf gestoßen?«

Anna nickt.

»Als sie unerwartet starb, da hast du Ellen Reichert den Stab einfach weitergereicht? Du hast sie auf mich aufmerksam gemacht, ohne sie merken zu lassen, dass *du* sie mit Informationen versorgst?«

Jetzt beginne ich Anna doch zu quälen. Sie nickt, aber sie sieht sich dabei nach Georg um. Es stehen nur noch zwei, drei Leute bei ihm, er ist fast durch.

»Und Georg? Habt ihr das alles zusammen geplant?«

»Nein ... Nicht alles.«

»Du hast Verbündete gebraucht, Anna, du hast Hilfe gesucht. Das verstehe ich. Aber warum hast du mir nichts gesagt?«

»Georg hat gesagt, du würdest nichts davon wissen wollen. Du würdest mir niemals zuhören. Du würdest die Augen verschließen und einfach weitermachen. Er dachte, deine Angst ist zu groß.«

Ich lache. Etwas lauter, als ich will. Georg war ein guter Freund, er kannte mich. Er wusste nicht nur, wer ich war; er wusste auch, was ich brauche.

»Er hatte recht«, sage ich.

»Du hättest meine Mutter nicht hineinziehen sollen«, sagt Anna. »Das wollte ich auf keinen Fall. Ich wusste, sie erträgt es nicht.«

»Ich hatte keine andere Idee«, sage ich.

Für Vorwürfe ist es zu spät, auf allen Seiten.

»Woher wusstest du, dass ich nicht aufgebe? Wie das alles endet?«

Anna braucht Zeit für die Antwort.

»Ich wusste es nicht, ich wusste gar nichts. Ich habe etwas in Gang gesetzt, was mich überrollt hat. Uns beide. Irgendwann war es zu spät, dich einzuweihen. Das meiste habe ich doch nicht einmal für möglich gehalten ...«

Es ist nicht wichtig, ob ich ihr glaube. Wir nutzen einander aus, wir blicken uns nur bis in die Augen. Was dahinter lag, konnte ich nicht sehen. Ich wollte es nicht. Das kann ich ihr nicht vorwerfen.

»Ich muss gehen, Anna. War schön, dich zu sehen.«

Georg kommt auf uns zu, er beeilt sich.

»Finde ich auch«, sagt Anna. »Danke, dass du da warst.«

Ein letzter Blick noch, einmal noch in diese Augen, dann gehe ich los.

»Can, warte«, sagt Georg.

Ich bleibe stehen und drehe mich um. Natürlich könnte ich zu ihm gehen und ihn umarmen, nichts will ein Teil von mir mehr.

»Gib mir noch ein paar Jahre«, sage ich, »dann sehen wir weiter.«

Ich gehe los, wende mich aber doch wieder um und gehe auf Georg zu. Ein paar Schritte nur, nicht mehr.

»Ein atemberaubendes Buch«, sage ich. »Absolut großartig.«

»Seit wann liest du meine Bücher?«, fragt Georg.

»Ich lese sie doch gar nicht«, sage ich und lache.

Dann gehe ich wirklich.

Vom Jüdischen Museum bis zum Chamissoplatz braucht man zu Fuß keine halbe Stunde. Die frische Luft kann ich so gut gebrauchen wie den Abstand. Ich frage mich, wann wohl die englische Übersetzung von Georgs Roman erscheint, damit ich sie Binah schicken kann. Sie sollte den Roman unbedingt lesen. Eine Geschichte kann kein Trost sein, aber wenigstens ist eine – erfunden und wahr – dem Vergessen entrissen.

In letzter Zeit telefonieren Binah und ich oft miteinander, sie hilft mir bei der Recherche für das Buch, an dem ich sitze. Als Ghostwriter habe ich zum letzten Mal für Ulrich Goetz gearbeitet, den klugen Koch, aber bei Biographien bin ich geblieben. Im Moment schreibe ich über die Lebensgeschichte von Daniel Carasso, dem König des Joghurts. Von einer Idee will ich erzählen, vom Erfolg und vom Fliehenmüssen, vom Durchhalten und vom Anfangen. Ich habe tatsächlich einen Verlag dafür gefunden, auf dem Buchdeckel wird mein Name stehen.

Weil ich an Binah denke und diese ganzen alten Geschichten, an die ich kaum noch denke, fällt mir auch der Mann ein, der in Thessaloniki früher ein Plattengeschäft hatte. Es steht leer, hat Binah mir irgendwann gemailt, der ehemalige Besitzer hat keine neue Adresse hinterlassen. Er kommt mir nur selten in den Sinn, manchmal an Abenden wie diesem oder wenn ich Mina erzähle, wie ich das Schwimmen gelernt habe und das Notenlesen, das ich seltsamerweise immer noch beherrsche. Aber wenn ich Jazzmusik höre, zieht sich meine Brust nicht mehr zusammen, und mit dem Fleischer, bei dem wir Lamm kaufen, spreche ich jetzt manchmal auch Türkisch.

Laura öffnet mir die Tür und bringt mich in die Küche, wo sie am langen Holztisch die Köpfe zusammengesteckt haben und sich auf Sandras Tablet-Computer die Fotos ansehen, die Mina in Istanbul gemacht hat. Lauras Frau Mimi und Christiane, die ihren Stolz über ihre unverhofften Enkelkinder noch immer nicht beherrschen kann, reagieren auf jedes Foto mit Staunen und Fragen, Christianes Mitbewohnern Brit und Helmut ist die Anstrengung ihrer Höflichkeit anzusehen. Sandra kennt die Fotos schon alle, sie hat Zeit, mich anzulächeln. Laura drückt mir ein Glas Wein in die Hand und schenkt Sandra nach. Ben ist nicht mit nach Berlin gekommen, weil er mit Lina zu Hause auf ein Konzert will, das sie nicht verpassen dürfen, und weil das ein guter Grund ist, sein eigenes Leben zu führen. Lina kam nach Paula und wird wohl länger bleiben, Paula kam nach Leonie, die nach Sarah kam.

Bis vor vier Tagen waren wir in Istanbul, fast eine Woche lang. Wir alle vier, ausnahmsweise, nach Istanbul wollte Ben mit. Nach über vierzig Jahren war ich zum ersten Mal dort. Simon Jacob hat uns die Stadt gezeigt, und ich habe auch kurz Rechtsanwalt Akbulut besucht, der mich am Flughafen aus der Zelle geholt hatte. Wir haben entfernte Verwandte meiner Mutter kennengelernt, die Simon für mich fand, und waren höflich zueinander. Ich nehme an, wir werden uns Mails mit Fotoanhängen schicken, vielleicht sehen wir uns bei irgendeiner Gelegenheit wieder. Istanbul ist wunderschön, Anna hatte recht, aber London, Berlin und Marseille sagen mir mehr. Vielleicht ändert sich das noch.

Nichts hat sich geändert, alles hat sich geändert. Die Dinge sind zusammengekommen, sie laufen auseinander. Ich bekomme immer noch einen Schreck, wenn ich Christoph Peters aus Karins Wohnung kommen sehe, doch an ihrem Grab fühle ich mich seltsam wohl. Jedes Mal blicke ich mich nach dem Fuchs von der Beerdigung um, habe ihn seither aber nie wiedergesehen. Mina fotografiert immer noch gern, verrückt und ausdauernd wie früher, aber sie hat jetzt eine Spiegelreflexkamera, kommt inzwischen gut ohne Beatriz aus, und manchmal schminkt sie sich. Ben nimmt die Telecaster von Anna oft in die Hand und zupft ein bisschen darauf herum, ohne sie anzuschließen, aber eigentlich hat er das Gitarrespielen aufgegeben, fürs Erste jedenfalls. Wenn er wütend ist, spielt er Klavier, so gut wie nie, und nie, wenn er glücklich ist. Wir beide streiten uns oft, weil wir es jetzt können, mit Sandra werde ich das Streiten nie lernen. Wir wollen selten dasselbe, das merken wir jetzt, und oft weiß ich nicht, wo es enden soll. Aber ich halte es aus. Ich halte aus, dass sie mit Georg nur schlafen konnte, weil sie ihn anziehend fand, welche anderen Gründe im Friedensvertrag auch stehen. Ich halte aus, zwei Menschen getötet zu haben, ohne bestraft worden zu sein, und mich genau daran zu erinnern, beide Male Triumph empfunden zu haben, nicht nur Schuld und Entsetzen. Ich halte es aus, die Dinge aushalten zu können. Das ist das Schwerste. Wenn sie an Bedeutung verlieren.

Laura setzt sich wieder zu den anderen, um sich die Fotos anzusehen. Sandra stößt mit mir an, ich lege meinen Arm um sie, gemeinsam betrachten wir Mina und ihr Publikum. Ich weiß wirklich nicht, wo es enden soll, das alles, und auch heute Abend bin ich glücklich darüber.

Worauf sollte ich warten?

Anmerkung

Der Autor hat sich beim Schreiben dieses Romans alle Freiheiten der Fiktion genommen. Figuren und Handlung sind reine Erfindung, die geschichtlichen Hintergründe leider nicht.

Für eine weitergehende Beschäftigung mit der faszinierenden Geschichte der Dönme empfiehlt sich grundlegend:

- Marc David Baer: *The Dönme – Jewish Converts, Muslim Revolutionaries and Secular Turks*. Stanford: Stanford University Press 2010.

Dem vergessenen Schicksal der türkischen Juden in Deutschland und Europa während der nationalsozialistischen Gewaltherrschaft geht diese Arbeit nach:

- Corry Guttstadt: *Die Türkei, die Juden und der Holocaust*. Berlin: Assoziation A 2008.

Eine Darstellung der Geschichte Thessalonikis und des Zusammenlebens und -wirkens der Kulturen in dieser außergewöhnlichen Stadt findet sich bei:

- Mark Mazower: *Salonica. City of Ghosts – Christians, Muslims and Jews 1430–1950*. London: HarperCollins UK 2005.

Die Vorgeschichte der Dönme – die jüdische messianische Bewegung des 17. Jahrhunderts – beschreibt in all ihren nahezu unglaublichen Facetten:

- Gershom Scholem: *Sabbatai Zwi – Der mystische Messias*. Frankfurt am Main: Jüdischer Verlag 1992.

Danksagung

Bei der Recherche für diesen Roman und seiner Entstehung ist der Autor bis über den letzten Satz hinaus vielfach unterstützt worden, meist auf unschätzbar hilfreiche Weise.

Sein besonderer Dank gilt Martina Aschmies, Dr. Marc David Baer, Dr. Michael Bernatz, Christina Biermann und Peter Panes, Lara Ertener, Till Ertener, Dr. Christoph Falkenroth, Kristin Holighaus, Volker Jarck, Iris Kirschenhofer und Dr. Julia Schade sowie dem gesamten Fischer-Team, Dr. Rena Molho, Dr. Mietke-Preiß und Stefanie Ostendorf.

Wie er Imke Ertener je danken könnte, weiß der Autor nicht.